# Par une nuit d'hiver

NORA ROBERTS

# Par une nuit d'hiver

Roman

*Titres originaux :*

FIRST IMPRESSIONS
ALL I WANT FOR CHRISTMAS
BLITHE IMAGES
HOME FOR CHRISTMAS

*Traduction de l'américain par* KARINE XARAGAI
Premier, deuxième et quatrième titres

*Traduction de l'américain par* ANDREE JARDAT
Troisième titre

MOSAïC®
est une marque déposée par Harlequin



MOSAÏC, une maison d'édition de la société HARLEQUIN
83-85, boulevard Vincent Auriol, 75646 PARIS CEDEX 13.
Tél. : 01 45 82 47 47

www.auteurs-mosaïc.fr

ISBN 978-2-2803-2665-0

# LA PROMESSE DE NOËL

# 1

Le soleil du matin décochait ses traits de lumière sur les montagnes, embrasant à dessein les touches de rouge et d'or qui émaillaient le feuillage vert foncé. Quelque part dans les bois, un bruissement trahit le retour précipité d'un lapin vers son terrier, tandis que dans le ciel un oiseau pépiait avec une gaieté insistante. Le chèvrefeuille s'agrippait en masses touffues à la rangée de clôtures bordant la route. Ses dernières fleurs embaumaient l'air d'un parfum léger. Dans un champ éloigné, un fermier et son fils moissonnaient l'ultime récolte de foin de l'été. On entendait distinctement le grondement régulier de la lieuse.

Sur la route menant à la petite ville, Shane ne croisa qu'une seule voiture en un kilomètre et demi. Le conducteur la salua de la main. Elle lui répondit de même. C'était bon d'être de retour chez soi.

Marchant sur le bas-côté herbeux de la route, Shane cueillit une fleur de chèvrefeuille et, comme lorsqu'elle était petite, inhala son fugace parfum sucré. Elle froissa les pétales entre ses doigts et la fragrance s'intensifia. C'était une odeur qu'elle associait à l'été, de même que la fumée de barbecue et l'herbe tendre. Pourtant, l'été touchait à sa fin.

Shane attendait avec impatience l'automne qui ferait resplendir les montagnes dans toute leur gloire. Celles-ci se pareraient alors de couleurs saisissantes et l'air se ferait pur et vif. Quand viendrait la période venteuse, le monde s'emplirait de bruits et de feuilles tourbillonnantes. L'automne était la saison des feux de bois et des jonchées de glands.

Elle avait la curieuse impression de n'être jamais partie. Comme si, encore âgée de vingt et un ans, elle se rendait à Sharpsburg pour y acheter trois litres de lait ou une miche de pain qu'elle rapporterait à sa grand-mère. Les rues trépidantes de Baltimore, les trottoirs et la foule de ces quatre dernières années auraient pu n'avoir existé qu'en rêve. Comme si elle n'avait pas passé cette période à enseigner dans un établissement de zone défavorisée, corrigeant des copies et assistant à des réunions pédagogiques.

Pourtant, quatre ans s'étaient écoulés. L'étroite maison à étage de sa grand-mère lui appartenait désormais. De même que les trois acres de terrain boisé au relief accidenté. Et si les montagnes et les forêts n'avaient pas changé, pour Shane, il en allait tout autrement.

Physiquement, elle n'était guère différente de ce jour où elle avait quitté l'ouest du Maryland pour son poste dans un lycée de Baltimore. Menue de partout, sa svelte silhouette n'avait jamais pris les courbes et rondeurs tant espérées. Son fin minois triangulaire arborait une peau crémeuse au hâle délicat. Aujourd'hui encore, la seule allusion à son teint de pêche suffisait à la braquer : on lui en avait tellement rebattu les oreilles… Son visage, dépourvu des pommettes élégantes dont elle avait toujours rêvé, se creusait de furtives fossettes à chacun de ses sourires. Son nez, parsemé de taches de rousseur, était retroussé. Espiègle. Ce qualificatif lui collait à la peau depuis toujours.

De fins sourcils arqués surmontaient ses grands yeux sombres, miroirs fidèles de toutes ses émotions. Son regard reflétait rarement l'indifférence. D'ordinaire, elle portait court ses cheveux miel foncé qui bouclaient naturellement autour de son visage. En général, son heureux caractère animait sa mine expressive, et sa bouche fine et bien dessinée semblait toujours prête à sourire. *Mignonne* — c'était l'adjectif qui revenait le plus souvent pour la décrire. Shane en était venue à haïr ce mot, tout en se faisant une raison. Rien ne transformerait jamais la saine vitalité de son charme piquant en beauté chaude et sensuelle.

Tandis qu'elle longeait le dernier virage précédant l'entrée dans la bourgade, Shane fut prise d'une soudaine impression de déjà-vu : elle avait effectué ce même trajet à tous les âges — enfant, adolescente, et jeune fille à l'orée de sa vie de femme. Elle en conçut un sentiment de sécurité et d'appartenance. Rien dans la grande ville ne lui avait jamais procuré ce bonheur simple de faire partie d'un tout.

Elle parcourut en riant les derniers mètres à la course, puis poussa énergiquement la porte du magasin général. Le carillon tinta furieusement avant que la porte ne se referme.

— Salut !

— Salut à toi, répliqua avec un large sourire la femme derrière le comptoir. Tu es bien matinale, aujourd'hui.

— A mon réveil, je me suis aperçue que j'étais à court de café.

Avisant sur le comptoir le carton contenant les beignets du jour, Shane roula des yeux avec gourmandise et s'y dirigea tout droit.

— Oh, Donna, ils sont fourrés à la crème ?

— Evidemment…

Avec un soupir envieux, Donna regarda Shane choisir un beignet et mordre dedans. Depuis presque vingt ans, elle voyait son amie s'empiffrer comme un ogre sans jamais prendre un gramme.

Bien qu'ayant grandi ensemble, les deux jeunes femmes étaient comme le jour et la nuit. Shane était aussi blonde que Donna était brune. Shane était petite ; Donna grande et plutôt ronde. Toute sa vie, cette dernière s'était satisfaite de son rôle d'acolyte de Shane, plus directive. C'était elle, l'aventurière. Quant à Donna, son plus grand plaisir consistait à pointer les failles des plans que tramait son amie… avant de s'y rallier sans réserve.

— Alors, comment se passe ton installation ?

— Plutôt bien, répondit Shane, la bouche pleine.

— On t'a à peine vue depuis ton retour.

— J'ai eu tellement à faire ! Ces dernières années, Gran était complètement dépassée par l'entretien de la maison, expliqua-t-elle d'une voix où se mêlaient affection et chagrin. Elle s'est toujours davantage intéressée à son jardin qu'aux fuites du toit. Peut-être que si j'étais restée…

— Ah, ne recommence pas à te faire des reproches ! la coupa Donna en fronçant ses sourcils sombres. Elle tenait à ce que tu prennes ce boulot d'enseignante, et tu le sais très bien. Faye Abbott a vécu jusqu'à quatre-vingt-quatorze ans. Ce n'est pas donné à tout le monde. Et jusqu'au bout, elle aura gardé son fichu caractère !

Shane rit.

— Tu as bien raison. Parfois, j'ai la certitude qu'elle est assise à sa place dans le rocking-chair de la cuisine pour vérifier que je fais bien la vaisselle avant d'aller me coucher.

A cette pensée, Shane faillit se laisser aller à la nostalgie de son enfance envolée, mais refusa de verser dans les regrets.

— J'ai vu Amos Messmer dans son champ, en train de faire les foins avec son fils.

Son beignet avalé, Shane s'essuya les mains sur l'arrière de son jean et reprit :

— Je croyais que Bob était dans l'armée.

— Il a été rendu à la vie civile la semaine dernière. Il va épouser une fille qu'il a rencontrée en Caroline du Nord.

— Sans blague ?

Donna eut un petit sourire. En sa qualité de propriétaire du magasin général, elle avait toujours apprécié d'être les yeux et les oreilles de la petite ville.

— Elle vient ici le mois prochain. Elle est secrétaire juridique.

— Quel âge a-t-elle ? s'enquit Shane pour tester son amie.

— Vingt-deux ans.

Shane éclata d'un rire ravi, la tête renversée en arrière.

— Oh, Donna ! Tu es terrible. J'ai l'impression de ne jamais être partie d'ici.

Donna sourit en retrouvant la franche hilarité de son amie.

— Je suis contente que tu sois revenue. Tu nous as manqué.

Shane s'appuya d'une hanche contre le comptoir.

— Où est Benji ?

— Dave l'a pris en haut, expliqua Donna en se rengorgeant un tantinet à la pensée de son mari et de son fils. Si je lâche ce petit monstre dans le magasin, c'est la panique assurée. On se relaiera après déjeuner.

— C'est le côté pratique d'habiter au-dessus de son commerce.

Apercevant la brèche qu'elle avait espérée, Donna s'y engouffra :

— Shane, tu penses toujours à reconvertir ta maison ?

— Je n'y pense plus, rectifia Shane. Je vais le faire.

Elle embraya rapidement, sachant ce qui allait suivre :

— Un petit magasin d'antiquités, ça marche toujours, et le fait d'y associer un musée le distinguera des autres.

— Mais c'est tellement risqué..., fit remarquer Donna.

La lueur d'excitation qui brillait dans le regard de Shane renforça son inquiétude. Dans le passé, elle avait vu cette même lueur annoncer nombre de projets aussi fantastiques qu'osés.

— Le coût...

— J'ai assez pour monter mon affaire, affirma Shane, écartant tout pessimisme. Et pour l'instant, la majeure partie de mon stock peut être tiré de la maison. Je tiens dur comme fer à ce projet, Donna, poursuivit-elle devant la mine soucieuse de son amie. Ma propre maison, mon propre commerce.

Elle embrassa du regard le magasin compact et bien achalandé :

— Tu devrais me comprendre.

— Oui, mais moi, j'ai Dave pour me donner un coup de main, je peux me reposer sur lui. Je ne crois pas que je serais capable d'assumer seule le lancement ou la gestion d'une affaire.

— Ça va marcher.

Shane fixa un point au-delà de Donna, le regard empli de sa propre vision.

— Je vois déjà l'air que ça aura quand j'aurai fini.

— Tout ce réaménagement…

— A la base, la structure de la maison restera la même, rétorqua Shane. Il y aura des modifications, des travaux…

Elle minimisa cette perspective du revers de la main :

— De toute manière, même si je ne comptais qu'habiter la maison, je serais en grande partie obligée d'en passer par là.

— Les permis, les autorisations…

— J'ai déposé toutes les demandes nécessaires.

— Les impôts.

— J'ai déjà vu un comptable.

Elle sourit tandis que Donna poussait un soupir.

— Je dispose d'un bon emplacement, de solides connaissances en matière d'antiquités, et je suis capable de retracer n'importe quelle bataille de la guerre de Sécession.

— Et ce à la moindre provocation.

— Attention, la menaça Shane, ou je t'inflige une reconstitution de la bataille d'Antietam.

Entendant le carillon de la porte retentir de nouveau, Donna feignit un soulagement comique.

— Bonjour, Stu.

Les dix minutes suivantes s'écoulèrent en menu bavardage, le temps que Donna encaisse et emballe les articles de mercerie. En un rien de temps, Shane serait mise au courant de tous les événements qu'elle avait manqués ces quatre dernières années.

A Sharpsburg, elle était acceptée comme une originale — la fille du pays qui était partie à la ville et en était revenue avec de grands projets. Pour les habitants les plus anciens de la bourgade et de la campagne environnante, elle serait toujours la petite-fille de Faye Abbott. Ces gens-là avaient l'esprit de clan et elle faisait partie des leurs. Elle ne s'était pas installée ni mariée avec le fils de Cy Trainer, comme prévu, mais aujourd'hui elle était de retour.

— Stu ne change pas, constata Donna lorsqu'elle se retrouva seule avec Shane. Tu te souviens au lycée, quand nous étions en seconde et lui en terminale ? Il était capitaine de l'équipe de football. Qu'est-ce qu'il était sexy dans son maillot trempé de sueur !

— Des muscles, mais pas grand-chose dans la cervelle, rétorqua Shane d'un ton sec.

— C'est vrai que tu as toujours été branchée intellos. Dis donc, enchaîna-t-elle avant que Shane ait pu protester, il se pourrait bien que j'en aie un pour toi.

— Un quoi ?

— Un intello. Du moins, c'est l'impression qu'il me donne. En plus, c'est ton voisin, ajouta-t-elle avec un sourire de plus en plus large.

— Mon voisin ?

— Il a acheté la vieille maison Farley. Il a emménagé au début de la semaine dernière.

— La maison Farley ?

Devant l'air incrédule de Shane, Donna eut la satisfaction de voir qu'elle lui annonçait un scoop.

— La maison a été pratiquement ravagée par un incendie. Qui serait assez bête pour acheter cette espèce de vieille grange délabrée ?

— Vance Banning, répondit Donna. Il vient de Washington.

Après avoir médité sur les implications d'une telle démarche, Shane haussa les épaules.

— Eh bien, je suppose que c'est un terrain de choix même si la maison devrait être condamnée.

Se dirigeant vers un rayon avec nonchalance, elle choisit une boîte de café d'une livre qu'elle posa sur le comptoir sans en vérifier le prix.

— J'imagine qu'il a dû l'acheter pour bénéficier d'un avantage fiscal ou un truc de ce genre.

— Non, je ne pense pas.

Donna encaissa le café et patienta le temps que Shane tire des billets du fond de la poche arrière de son pantalon.

— Il est en train de la retaper.

— C'est courageux de sa part.

Shane empocha la monnaie d'un air absent.

— Et seul, par-dessus le marché, ajouta Donna en arrangeant les présentoirs à bonbons. Je n'ai pas l'impression qu'il croule sous l'argent. Pas de boulot…

— Oh…

Cette dernière remarque éveilla aussitôt la compassion de Shane. Tout le monde pouvait être touché par le problème croissant du chômage, elle était bien placée pour le savoir. A peine un an plus tôt, le personnel enseignant de son lycée avait été réduit de trois pour cent.

— Cela dit, j'ai entendu dire qu'il se débrouillait plutôt bien, poursuivit Donna. Archie Moler y est passé il y a quelques jours, pour lui apporter du bois de construction. Il paraît qu'il avait déjà remplacé l'ancienne véranda. Mais ce type ne possède quasiment aucun meuble. Des cartons de livres, mais à part ça, pas grand-chose.

Shane réfléchissait déjà à ce qu'elle pourrait lui céder de sa propre collection. Elle avait bien quelques chaises en trop…

— Et, ajouta Donna avec chaleur, il est hyper-séduisant.

— Je te rappelle que tu es une femme mariée, la sermonna Shane.

— Ça ne m'empêche pas d'avoir des yeux pour voir. Il est grand.

Donna soupira. Du haut de son mètre soixante-treize, elle appréciait les hommes d'une certaine stature…

— Et brun, avec un visage comme habité. Tu sais, genre taillé à la serpe. Et des épaules…

— Tu as toujours été sensible aux belles carrures.

Donna se contenta de sourire.

— Il est un peu mince à mon goût, mais son visage compense le reste. Et réservé avec ça, il ne lâche pas trois mots.

— C'est dur de débarquer quelque part où personne ne te connaît. (Shane parlait d'expérience.) Et au chômage, par-dessus le marché. Comment crois-tu que…

Sa question fut interrompue par le tintement du carillon. Un coup d'œil par-dessus son épaule fit oublier à Shane ce qu'elle était sur le point de demander.

Il était grand, sur ce point Donna avait raison. Durant les quelques secondes pendant lesquelles ils se dévisagèrent, Shane enregistra chaque détail de son physique. Mince, oui, mais avec de larges épaules et des bras aux muscles saillants qu'exposaient les manches retroussées de sa chemise. Son visage hâlé s'amincissait en une mâchoire nette à la ligne bien dessinée. Une tignasse de cheveux noirs et raides retombait en mèches désordonnées sur son front haut.

Il avait une bouche magnifique. Pleine et bien dessinée, mais qui pouvait être cruelle, devina Shane d'instinct. Et son regard clair, d'un bleu profond, était froid. Sans doute même pouvait-il se faire glacial. Quant à son visage, elle ne l'aurait pas qualifié d'habité, mais plutôt de lointain. Il portait sur lui un air de distante arrogance. Chez cet homme, l'indifférence semblait rivaliser avec une puissante énergie intérieure.

L'attirance spontanée qu'elle éprouva pour lui la surprit. Elle avait toujours été attirée par des hommes décontractés et faciles à vivre. A l'évidence, celui-ci n'était ni l'un ni l'autre, pourtant elle ne pouvait nier ses sentiments. L'espace d'un éclair, toute son âme fut aimantée vers cet homme, en un élan qui tenait de la logique mathématique et de l'immatérialité des rêves. Cinq secondes, cela n'avait pas pu durer plus longtemps. C'était suffisant.

Shane sourit. Il lui adressa un infime hochement de tête, avant de se diriger vers l'arrière du magasin.

— Quoi ?

Shane avait encore l'esprit absorbé par cet homme.

— Ta maison, répéta Donna d'un ton entendu.

— Oh, trois mois, je pense…

Elle engloba le magasin d'un regard vide comme si elle venait d'y entrer :

— Il y a beaucoup de travaux à faire.

L'homme revint chargé d'un litre de lait qu'il posa sur le comptoir et chercha son portefeuille. Donna encaissa en lançant par en dessous un regard appuyé à Shane, puis rendit la monnaie à son client. Celui-ci quitta le magasin sans avoir prononcé un mot. — C'était Vance Banning, annonça Donna avec emphase.

— Oui, soupira Shane. J'avais deviné.

— Tu vois ce que je veux dire. Hyper-séduisant, mais pas franchement amical comme type.

— Non, admit Shane en se dirigeant vers la porte. A tout à l'heure, Donna.

— Shane ! la héla Donna, riant à moitié. Tu oublies ton café.

— Hein ? Oh, non merci, murmura-t-elle d'un ton absent. J'en prendrai une tasse plus tard.

Donna resta quelques secondes à contempler la porte qui s'était refermée avant de reporter son regard sur la boîte de café qu'elle tenait à la main.

— Quelle mouche l'a-t-elle donc piquée ? s'interrogea-t-elle à voix haute.

*
* *

Shane reprit le chemin de la maison, en proie à un trouble intérieur. Bien qu'émotive par nature, elle était capable, si nécessaire, de faire preuve d'un redoutable esprit d'analyse. Présentement, elle gérait le choc du flash qu'elle venait d'éprouver. C'était bien plus que la simple réaction d'une femme face à un homme séduisant.

De manière inexplicable, c'était comme si toute sa vie elle avait attendu cette rencontre brève et silencieuse. Reconnu. Le mot s'imposa à son esprit. Elle l'avait reconnu, oui, pas d'après la description de Donna, mais d'après sa connaissance intime de ses propres désirs. *C'était lui.*

Absurde, se morigéna-t-elle. Stupide. Elle ne le connaissait pas, ne l'avait jamais entendu s'exprimer. Aucune personne de bon sens ne pouvait éprouver quelque chose d'aussi fort envers un parfait inconnu. Sa réaction tenait plus probablement au fait qu'elle était en train de parler de lui avec Donna au moment où il était entré dans le magasin.

Quittant la grand-route, elle entreprit de gravir le chemin escarpé qui menait à sa maison. Assurément, il ne s'était pas montré amical, songea-t-elle. Il n'avait pas répondu à son sourire ni montré la moindre velléité d'une courtoisie élémentaire. Quelque chose dans le bleu froid de ses yeux imposait aux autres de garder leurs distances. Ce n'était pas le genre d'homme qu'elle appréciait d'habitude. Cela dit, la réaction qu'elle avait eue vis-à-vis de lui ne s'apparentait guère à la calme émotion qui caractérise la sympathie ordinaire.

Comme toujours en apercevant la maison, une bouffée de plaisir l'envahit. C'était à elle. Les bois, épais et teintés du premier souffle de l'automne ; l'étroit ruisseau au cours cahoteux ; les rochers qui surgissaient de terre un peu partout — tout cela lui appartenait.

Elle fit halte sur le pont de bois qui franchissait le ruisseau et observa la maison. Elle avait vraiment besoin de travaux. Certaines planches de la véranda devaient être remplacées, et puis il y avait le gros problème du toit.

Malgré tout, c'était une adorable petite maison, confortablement nichée à l'orée des bois, à l'avant de collines onduleuses et des lointaines montagnes bleues. Elle avait été bâtie plus d'un siècle auparavant en roche de la région. La pluie ferait ressortir les couleurs des vieilles pierres qui rutileraient comme neuves. Mais pour le moment, sous le soleil la maison était d'un gris rassurant.

L'architecture en était simple : au style avait été préférée la pérennité des lignes droites. L'allée s'avançait jusqu'à la véranda dont la première marche était un peu effondrée. Ce ne serait pas la pierre qui poserait problème à Shane, mais bien le bois. Elle contempla les rudes contours de la maison afin de s'emplir de leur beauté familière.

Les dernières fleurs de l'été s'étiolaient. Les roses étaient roussies et fanées tandis qu'éclosaient les premières floraisons de l'automne. On entendait le sifflement de l'eau franchissant les rochers, le faible murmure du vent à travers les feuilles et le bourdonnement paresseux des abeilles.

Sa grand-mère avait toujours préservé son intimité. Shane pouvait faire le tour de la maison sans voir l'ombre d'une autre habitation. Souhaitait-elle avoir de la compagnie, elle n'avait que cinq cents mètres à faire, sinon elle pouvait rester chez elle en toute tranquillité. Après quatre ans de classes surchargées et de confinement quotidien, Shane était prête à accueillir volontiers la solitude.

Et avec un peu de chance, songea-t-elle en reprenant sa marche, elle pourrait ouvrir son magasin et être opérationnelle avant Noël. « Antietam Musée et Antiquités. » Explicite et tout à fait respectable, estima-t-elle. Sitôt achevés les travaux extérieurs, elle pourrait s'attaquer à l'intérieur. Tout était parfaitement clair dans son esprit.

Le premier étage serait structuré en deux parties informelles. L'entrée du musée serait gratuite afin d'inciter les gens à se diriger vers le magasin d'antiquités. Dans un premier temps, le patrimoine familial suffirait à alimenter la collection du musée, sans compter les six pièces emplies de mobilier ancien à trier et à répertorier. Il lui faudrait se rendre à quelques ventes aux enchères ainsi que courir les vide-greniers afin d'accroître son stock, mais normalement, son héritage et ses économies devaient lui permettre de tenir un moment.

La maison et le terrain lui appartenaient, libres de toutes dettes et charges ; elle n'avait à s'acquitter que des taxes annuelles. Sa voiture, pour ce qu'elle valait, était payée. Chaque sou économisé pourrait être consacré à son projet de commerce. Elle allait connaître la réussite et l'indépendance — et ce dernier point comptait plus que le premier.

Chemin faisant, Shane marqua une pause et jeta un œil en contrebas sur la piste forestière envahie par la végétation, qui menait à la propriété Farley. Elle était curieuse de voir ce que ce Vance Banning faisait sur cette vieille baraque. Et, autant l'avouer, elle avait envie de le revoir, maintenant qu'elle y était préparée.

Après tout, ils allaient être voisins, raisonna-t-elle en faisant taire ses dernières hésitations. La moindre des choses était de se présenter et d'entamer leurs relations sur de bonnes bases. Elle s'enfonça sous les arbres.

Elle connaissait ces bois par cœur. Que de fois les avait-elle arpentés depuis l'enfance, au pas de course ou en flânant ! Certains des arbres étaient tombés et vieillissaient au sol en pourrissant sur des couches de feuilles mortes. Au-dessus de sa tête, les branches se rejoignaient en arceaux, formant une voûte trouée çà et là par des flots de soleil matinal. D'un pas confiant, elle suivit le sentier étroit et sinueux. L'écho assourdi de coups de marteau lui parvint alors qu'elle était encore à quelques mètres de la maison.

Même s'il troublait la tranquillité des bois, Shane aimait ce bruit. Il symbolisait le travail et la progression. Hâtant le pas, elle avança en direction du son.

Elle était encore à couvert des arbres lorsqu'elle le vit. Il se tenait sous la véranda refaite à neuf de la vieille maison Farley et fixait les supports de la future balustrade. Il avait ôté sa chemise et sa peau bronzée luisait d'un fin voile de transpiration. Les poils sombres de sa poitrine s'amenuisaient en ligne fine avant de disparaître sous la ceinture d'un jean à l'usure confortable.

Il souleva la lourde partie supérieure de la balustrade afin de la mettre en place, ce qui fit saillir les muscles de son dos et de ses épaules. Totalement absorbé par son travail, Vance n'avait pas conscience de la femme qui l'observait à la lisière des bois. En dépit de tous ces efforts physiques, il était détendu. Nulle dureté ne crispait le contour de sa bouche et ses yeux ne reflétaient aucune froideur.

Quand elle s'avança dans la clairière, Vance leva brusquement la tête. Son regard s'emplit de contrariété et de méfiance. Sans y prêter attention, Shane alla vers lui.

— Salut.

Son bref sourire amical creusa son visage de fossettes fugaces.

— Je suis Shane Abbott. Je possède la maison à l'autre bout du sentier.

Les yeux fixés sur elle, il accueillit cette information d'un haussement de sourcil. « Que diable me veut cette fille ? », s'interrogea-t-il avant de poser son marteau sur la balustrade.

Shane sourit de nouveau, puis contempla longuement la maison sous tous ses aspects.

— Vous avez du pain sur la planche, commenta-t-elle d'un ton aimable, en glissant les mains dans les poches arrière de son jean. Une si grande maison… Il paraît qu'elle était belle, jadis. Je crois qu'un balcon courait tout autour du premier étage.

Elle leva les yeux.

— Quel dommage que le feu ait fait autant de dégâts à l'intérieur — sans compter toutes ces années de négligence…

Elle tourna vers lui son regard brun et intéressé.

— Vous êtes menuisier ?

Vance eut une brève hésitation avant de hausser les épaules. Après tout, ce n'était pas si loin de la vérité.

— Oui.

— C'est pratique, alors.

Shane accepta sa réponse, attribuant son hésitation à sa gêne d'être au chômage.

— Toutes ces montagnes doivent vous changer de Washington.

L'homme haussa de nouveau un sourcil mobile et Shane sourit.

— Désolée. C'est le fléau des petites villes. Les rumeurs vont vite, surtout quand c'est un homme de la plaine qui s'y installe.

— Un homme de la plaine ? s'étonna Vance en s'appuyant contre le pilier de la balustrade.

— Vous venez de la ville, donc c'est ce que vous êtes.

Elle rit, d'un rire bref et pétillant.

— Même après vingt ans passés ici, vous resterez toujours un homme de la plaine, tout comme cet endroit sera toujours la vieille maison Farley.

— Je me fiche pas mal du nom qu'on lui donne, répliqua-t-il froidement.

Sa réaction assombrit le regard de Shane d'un froncement de sourcils imperceptible. Jamais ce visage aux traits durs et résolus n'accepterait un geste ouvert de charité, estima-t-elle.

— Moi aussi, je fais des travaux sur ma maison, commença-t-elle. Ma grand-mère adorait s'encombrer de meubles. Je suppose que vous n'avez pas besoin d'une paire de chaises ? Je vais devoir les hisser jusqu'au grenier si personne ne m'en débarrasse.

L'homme continua de la regarder droit dans les yeux, impassible.

— J'ai tout ce dont j'ai besoin pour le moment.

Ayant anticipé cette réponse, Shane réagit avec légèreté.

— Si jamais vous changez d'avis, elles seront au

grenier, en train de prendre la poussière. Vous avez un beau morceau de terrain, commenta-t-elle en portant le regard au loin jusqu'à l'étendue de pâturages.

Il y avait là plusieurs dépendances, même si la plupart avaient cruellement besoin de réparations. Comptait-il s'en occuper avant l'arrivée de l'hiver ?

— Allez-vous élever du bétail ?

Vance fronça les sourcils en voyant le regard de Shane errer sur sa propriété.

— Pourquoi ?

La question était froide et inamicale. Shane s'efforça d'en faire abstraction.

— J'ai des souvenirs d'ici, quand j'étais petite, avant l'incendie. L'été, je passais la nuit allongée sur mon lit, fenêtres ouvertes. J'entendais les vaches des Farley aussi nettement que si elles s'étaient trouvées dans le jardin de ma grand-mère. C'était sympa.

— Je n'ai pas l'intention d'élever du bétail, lâcha-t-il d'un ton bref, avant de reprendre son marteau.

Lui signifiant très clairement son congé par ce geste.

Perplexe, Shane le dévisagea avec attention. Il n'était pas timide, conclut-elle. Grossier. Tout simplement grossier.

— Pardon de vous avoir interrompu dans votre travail, dit-elle froidement. Mais comme vous êtes un homme de la plaine, je vais vous donner un conseil. Vous devriez marquer les limites de votre propriété si vous ne voulez pas d'intrus chez vous.

Indignée, Shane reprit le sentier et disparut parmi les arbres.

# 2

« Petite bécasse », songea Vance en faisant rebondir doucement le marteau sur sa paume. Il s'était montré impoli, mais n'en éprouvait pas de regret particulier. Il n'avait pas acheté une parcelle de terrain isolée en lisière d'un point perdu sur la carte pour y recevoir ses semblables. Il pouvait fort bien se passer de compagnie, surtout quand celle-ci prenait la forme d'une blonde genre pom-pom girl à grands yeux bruns et fossettes.

Que diable espérait-elle en venant ici ? s'interrogea-t-il en tirant un clou de la poche qu'il portait sur la hanche. Tailler une petite bavette ? Visiter la maison ? Il eut un rire bref et sans joie. Une fan des relations de bon voisinage… D'une main sûre, Vance enfonça le clou dans le bois en trois coups de marteau. Il ne voulait pas de voisins. Lui, ce qu'il voulait, ce qu'il comptait bien avoir, c'était du temps à lui. Cela faisait bien trop d'années qu'il ne s'était pas offert ce luxe.

Sortant un autre clou de la poche, il avança le long de la balustrade. Il le positionna et le planta rapidement. Surtout, il n'avait pas fait cas de la brève attirance qu'il avait ressentie pour elle quand il l'avait vue au magasin général. Les femmes, songea-t-il la mine sombre, avaient la manie diabolique de toujours profiter d'un tel instant de faiblesse. Pas question de retomber dans ce piège. Ses cicatrices étaient en nombre suffisant pour lui rappeler ce qui se tramait derrière de grands yeux candides.

« Me voilà donc menuisier », pensa-t-il. Un sourire

narquois aux lèvres, il ouvrit les mains et examina ses paumes. Dures et calleuses. Elles étaient restées lisses bien trop longtemps, réfléchit-il, habituées à signer des contrats et à remplir des chèques. Pour un certain temps, il était revenu là où il avait débuté : dans le bois. Oui, il serait menuisier le temps de se sentir prêt à reprendre sa place derrière un bureau.

La maison, et le fait même qu'elle tombait en ruine, lui donnait la raison d'être qui l'avait déserté au cours des deux dernières années. Il connaissait bien la pression, la réussite, le devoir, mais il avait perdu le sens d'une joie simple, il gisait enseveli quelque part sous tout le reste.

Que le vice-président de Riverton Construction, Inc. prenne les commandes pour quelques mois, pensa-t-il. Lui, il était en vacances. Et que la petite blonde aux yeux de biche reste sur ses terres, ajouta-t-il mentalement en plantant un autre clou. Les relations de voisinage, très peu pour lui.

Il se retourna au bruit des feuilles mortes froissées. Voyant Shane revenir sur ses pas, il marmonna un long chapelet de malédictions. Avec le soin exagéré d'un homme suprêmement agacé, il posa son marteau.

— Oui ?

Il la fixa d'un regard bleu glacial et attendit.

Shane ne s'arrêta pas avant d'avoir atteint le pied des marches. Toute sa timidité s'était envolée.

— Je me rends bien compte que vous êtes *extrêmement* occupé, commença-t-elle en lui retournant un regard d'une froideur égale à la sienne, mais j'ai pensé que ça vous intéresserait peut-être de savoir qu'il y a un nid de mocassins tout près du sentier. De *votre* côté du terrain, précisa-t-elle.

Vance lui jeta un regard méfiant, évaluant la possibilité qu'elle ait inventé toute cette histoire de serpents dans le seul but de lui casser les pieds. Elle soutint sans ciller son regard scrutateur, et se tut juste assez de temps pour laisser le silence s'installer entre eux avant de tourner les talons. Elle n'avait pas fait deux mètres qu'il exhalait un soupir d'impatience et la rappelait.

— Une minute ! Vous devez me le montrer.

— Je ne vous *dois* rien du tout ! s'indigna Shane — en vain — face à la porte grillagée qu'il venait de lui claquer au nez.

Un instant, elle regretta d'avoir vu le nid, ou de ne pas l'avoir tout bonnement ignoré et poursuivi son chemin jusque chez elle. Mais alors, bien sûr, s'il s'était fait mordre, elle s'en serait voulu.

« Eh bien, tu vas faire ta B.A. », se dit-elle, voilà tout. Du bout de sa chaussure, elle shoota dans un caillou. Que n'était-elle restée chez elle ce matin ! Tout aurait été plus simple…

La porte grillagée claqua avec violence. Levant la tête, Shane regarda Vance descendre les marches, muni d'une carabine bien huilée. Cette arme lisse et élégante allait bien avec sa personne.

— Allons-y, lança-t-il d'un ton bref en se mettant en route sans l'attendre.

Bouillonnante de colère contenue, Shane lui emboîta le pas.

Dès qu'ils avancèrent sous la voûte des arbres, ils furent parsemés de taches de lumière. L'odeur de la terre et des feuilles gorgées de soleil luttait contre celle de l'huile à canon. Sans un mot, Shane coupa la route à Vance pour prendre la tête de la marche. Elle s'arrêta, le doigt pointé sur un amoncellement de pierres et de feuilles mortes couleur marron.

— Là.

Après s'être approché d'un pas, Vance repéra les bandes en forme de sablier qui zébraient les serpents. Si cette fille ne lui avait pas indiqué l'endroit exact du nid, il ne l'aurait jamais remarqué… à moins, bien sûr, qu'il n'ait carrément marché dessus. Pensée tout à fait déplaisante, songea-t-il en évaluant la faible distance qui séparait le nid du sentier. Shane le regarda en silence ramasser un gros bâton afin de retourner les pierres. Aussitôt, un sifflement se fit entendre.

Les yeux braqués sur les serpents en colère, elle ne vit pas Vance épauler sa carabine. La première détonation la fit bondir. Durant les quatre suivantes, son cœur tambourina dans sa poitrine tandis qu'elle gardait le regard rivé sur la scène.

— Ça devrait suffire, marmonna Vance en baissant son arme.

Après avoir mis la sécurité, il se tourna vers Shane dont le teint avait viré au verdâtre.

— Un problème ?

— Vous auriez pu me prévenir, fit-elle d'une voix tremblante. J'aurais préféré ne pas voir ça.

Vance jeta un regard sur l'horrible magma gisant au bord du sentier. « Bravo ! se sermonna-t-il amèrement, quelle gaffe ! » Il la maudit en silence, se maudit lui-même, et la prit par le bras.

— Revenez vous asseoir à la maison.

— Ça va passer.

Embarrassée, mécontente, Shane tenta de se dégager.

— Je ne veux pas de votre gracieuse hospitalité.

— Et moi je ne veux pas que vous tombiez dans les pommes sur mon chemin, riposta-t-il en l'entraînant vers la clairière. Vous n'étiez pas obligée de rester là après m'avoir montré le nid.

— Oh, mais ce fut un plaisir, parvint-elle à articuler, une main sur son estomac chaviré. Vous êtes l'homme le plus antipathique et le plus mal élevé que j'aie jamais rencontré.

— Moi qui croyais me tenir à carreau, murmura-t-il en ouvrant la porte grillagée.

Vance poussa Shane à l'intérieur et lui fit traverser l'immense pièce vide qui menait dans la cuisine.

Après un coup d'œil aux murs décrépits et au sol nu, elle lui adressa un simulacre de sourire.

— Il faut que vous me donniez le nom de votre décorateur.

Elle crut l'entendre rire, mais c'était peut-être une erreur de sa part.

La cuisine, en total contraste avec le reste de la maison, était propre et lumineuse. Les murs avaient été recouverts de papier peint ; quant aux plans de travail et aux placards, ils avaient été remis à neuf.

— Ah, ici c'est joli, reconnut-elle alors qu'il la faisait asseoir sans ménagement sur une chaise. Vous faites du bon travail.

Sans répondre, Vance mit la bouilloire sur le feu.

— Je vais vous faire un café.

— Merci.

Shane concentra son attention sur la cuisine, bien décidée à chasser de son esprit l'horrible spectacle dont elle avait été témoin. L'encadrement des fenêtres avait été remplacé, leur bois teinté et verni pour l'assortir au lambrissage qui montait du sol jusqu'au plafond. Il avait laissé les poutres apparentes et ciré leur bois de façon à leur donner un lustre mat. Le parquet en chêne d'origine avait été poncé, colmaté et encaustiqué. Vance Banning s'y connaissait en bois, estima-t-elle. La véranda, c'était de la menuiserie élémentaire, mais cette cuisine dénotait un réel sens esthétique allié au goût du détail.

Quelle injustice qu'un homme doué d'un pareil talent soit au chômage ! Toutes ses économies avaient dû passer dans l'apport initial pour la propriété, réfléchit-elle. Même si la maison s'était vendue à bas prix, le terrain était magnifique. Se remémorant le dénuement des autres pièces du rez-de-chaussée, Shane ne put se défendre d'un nouvel accès de compassion. Elle laissa son regard errer vers le sien.

— C'est vraiment une pièce charmante, déclara-t-elle en souriant.

Une infime touche de couleur avait afflué à ses joues. Vance lui tourna le dos pour décrocher un mug.

— Il faudra vous contenter d'un instantané, lâcha-t-il.

Shane poussa un soupir.

— Monsieur Banning… Vance, décida-t-elle, et attendit qu'il se retourne pour poursuivre. Nous sommes peut-être partis du mauvais pied, tous les deux. Je n'ai rien d'une voisine fouineuse et indiscrète — du moins pas au point d'en être haïssable. J'étais curieuse de voir le travail que vous faisiez sur la maison et j'avais envie de voir à quoi vous ressembliez. Je connais tout le monde dans un rayon de cinq kilomètres, ici.

Elle se leva dans un haussement d'épaules.

— Je n'avais pas l'intention de vous embêter.

Comme elle allait le frôler en passant, Vance lui saisit le bras. Sa peau était encore glacée.

— Asseyez-vous… Shane.

Le temps d'un instant, elle détailla son visage. Il était froid et inflexible, mais derrière ce masque elle sentit comme une lueur de bonté contenue. En réaction, son regard se fit plus chaleureux et elle l'avertit :

— Je dénature mon café avec du lait et du sucre. Trois cuillerées.

Vance eut un sourire réticent qui lui releva un coin de la bouche.

— C'est dégoûtant.

— Oui, je sais. Vous en avez ?

— Sur le plan de travail.

Vance versa l'eau bouillante et, après un instant d'hésitation, décrocha un second mug pour lui-même. Un café dans chaque main, il rejoignit Shane à la table à abattants.

— C'est vraiment une pièce agréable.

Avant de se servir du lait, elle fit courir ses doigts sur la surface de la table.

— Une fois restaurée, ce sera une merveille.

Shane ajouta trois généreuses cuillerées de sucre dans son mug, faisant légèrement tressaillir Vance qui buvait son café noir à petites gorgées.

— Vous vous y connaissez en antiquités ? s'enquit-elle.

— Pas vraiment.

— C'est une de mes passions. En fait, j'envisage d'ouvrir un magasin.

D'un air absent, Shane ramena en arrière les cheveux qui lui tombaient sur le front, avant de se laisser aller contre le dossier.

— Apparemment, nous avons choisi le même moment pour nous installer ici. J'ai passé ces quatre dernières années à Baltimore à enseigner l'histoire des Etats-Unis.

— Vous avez abandonné l'enseignement ?

Ses mains, remarqua Vance, étaient aussi menues que le reste de sa personne. La fine trace bleue des veines qui couraient sous sa peau claire lui donnait un côté très délicat. Elle avait des poignets étroits et des doigts effilés.

— Trop de règles et de consignes, affirma Shane en agitant ces mêmes mains qui avaient capté son attention.

— Vous n'aimez pas les règles et les consignes ?

— Uniquement les miennes.

Elle secoua la tête en riant.

— J'étais plutôt bonne comme prof, vraiment. Mon problème, c'était la discipline.

Elle lui lança un sourire contrit en tendant la main vers son mug de café.

— Je suis nulle, question discipline.

— Et vos élèves en profitaient ?

Shane roula des yeux d'un air accablé.

— Ils ne manquaient aucune occasion.

— Mais vous avez tenu bon pendant quatre ans ?

— Je me devais de persévérer coûte que coûte.

Un coude sur la table, Shane appuya le menton au creux de sa paume.

— Comme beaucoup de gens qui ont grandi dans un petit patelin rural, je voyais la ville comme un eldorado. Les lumières vives, la foule, l'effervescence trépidante... Je voulais connaître l'excitation avec un grand E. Je l'ai eue pendant quatre ans. Ça m'a suffi.

Elle reprit son café.

— Et à côté de ça, vous avez des citadins qui pensent que la solution, c'est d'aller vivre à la campagne pour y élever des chèvres et faire des conserves de tomates.

Elle rit, le nez dans son mug.

— L'herbe est toujours plus verte ailleurs.

— C'est ce qu'on dit, murmura-t-il en la regardant.

Elle avait de minuscules paillettes dorées dans les yeux. Comment ne les avait-il pas remarquées plus tôt ?

— Et vous, pourquoi Sharpsburg ?

Vance haussa les épaules avec désinvolture. Toute question personnelle était à éluder.

— J'ai fait quelques petits boulots à Hagerstown. J'aime bien cette région.

— Vivre si en retrait de la grand-route peut s'avérer problématique, surtout l'hiver, mais personnellement ça ne m'a jamais dérangée d'être bloquée sous la neige. Une fois, nous sommes restées sans électricité pendant trente-deux heures. Gran et moi nous sommes relayées pour entretenir le feu du poêle à bois et nous avons fait cuire la soupe dessus. Les lignes téléphoniques aussi avaient été coupées. Nous étions comme seules au monde.

— Ça vous a plu ?

— Pendant trente-deux heures, oui, répondit-elle avec un sourire amical. Je n'ai pas le tempérament d'un ermite. Certaines personnes sont de la ville, d'autres du bord de mer.

— Et vous, vous êtes une montagnarde.

Shane releva la tête et le regarda dans les yeux.

— Oui.

Le sourire qu'elle avait ébauché à son intention ne se matérialisa pas. Quelque chose dans la rencontre de leurs regards lui remémora cet instant au magasin. Cela n'en était qu'un simple écho, mais en un sens, plus perturbant. Elle comprit que ce phénomène était voué à se reproduire, inéluctablement. Elle avait besoin de temps pour décider de l'attitude à adopter face à cette situation. Elle se leva et alla rincer son mug à l'évier.

Intrigué par sa réaction, Vance décida de la mettre à l'épreuve.

— Vous êtes une femme très séduisante.

Il savait comment adoucir sa voix d'inflexions flatteuses.

Shane se retourna vers lui en riant.

— La bouille idéale pour une pub de barres aux céréales, pas vrai ?

Son sourire était diaboliquement attirant, songea-t-il.

— Je préférerais être plus sexy, mais j'ai choisi d'avoir le genre sain.

Elle appuya sur le mot avec une emphase peinée en revenant vers la table.

Il n'y avait aucune duplicité dans ses manières ni dans son expression.

Que cherchait-elle donc ? se demanda-t-il une fois de plus. Occupée à détailler la cuisine, Shane ne vit pas son regard perplexe.

— Je suis vraiment en admiration devant votre travail.

Prise d'une inspiration subite, elle se tourna vers lui.

— Dites donc, j'ai des tas de travaux et de réaménagements à faire avant de pouvoir ouvrir. Je sais peindre et faire quelques bricoles moi-même, mais il y a beaucoup de menuiserie.

Nous y voilà, songea Vance avec détachement. Elle cherchait un service gratis. Elle allait lui faire le coup de la femme désemparée en comptant que son orgueil de mâle aurait raison du reste.

— J'ai ma propre maison à retaper, lui rappela-t-il avec froideur, debout devant l'évier.

— Oh, je sais bien que vous ne seriez pas en mesure de me consacrer beaucoup de temps, mais nous pourrions peut-être trouver un arrangement.

Excitée par cette idée, elle se leva pour le rejoindre. Son esprit anticipait déjà à toute allure.

— Je ne pourrais pas vous payer autant que ce que vous pourriez gagner en ville, enchaîna-t-elle. Peut-être cinq dollars de l'heure. Si vous pouviez vous libérer dix ou quinze heures par semaine…

Elle se mordilla la lèvre inférieure. C'était un tarif dérisoire, mais en ce moment c'était tout ce qu'elle pouvait se permettre.

Incrédule, Vance ferma le robinet avant de la regarder bien en face.

— Vous me proposez du travail ?

Shane rougit un peu, craignant de l'avoir mis dans l'embarras.

— Eh bien, seulement à temps partiel, si ça vous intéresse. Je sais que vous pourriez gagner davantage ailleurs, et si vous trouviez quelque chose d'autre, je ne m'attendrais pas à ce que vous restiez, mais entre-temps…

Elle n'acheva pas sa phrase, ne sachant trop comment il allait réagir au fait qu'elle était au courant de son chômage.

— Vous parlez sérieusement ? s'enquit Vance au bout d'un moment.

— Eh bien… oui.

— Pourquoi ?

— J'ai besoin d'un menuisier. Vous êtes menuisier. Il y a beaucoup de travaux à faire. Vous pouvez refuser de vous en mêler. Mais pourquoi ne pas y réfléchir et passer chez moi demain pour jeter un coup d'œil au chantier ?

Elle tourna les talons, prête à s'en aller, mais marqua un temps d'arrêt, la main sur la poignée.

— Merci pour le café.

Vance resta quelques minutes le regard fixé sur la porte que Shane avait refermée derrière elle. Tout à coup, il éclata d'un rire sincère et admiratif. Celle-là, songea-t-il, c'était la meilleure de l'année !

Le lendemain matin, Shane se leva de bonne heure. Elle avait des projets pour la journée et comptait bien s'y attaquer de façon systématique. Le sens de l'organisation n'était pas son fort. Encore une raison qui expliquait que l'enseignement ne lui ait pas convenu. Cependant, quand on envisage de monter un commerce, le stock constitue un élément primordial — il lui fallait faire l'inventaire de ce qu'elle possédait, des objets qu'elle pourrait supporter de vendre et de ceux qu'elle devrait réserver au musée.

Ayant décidé de procéder du bas vers le haut, Shane, plantée au milieu du salon, fit le point de la situation. Il y avait là une jolie chauffeuse Chippendale en acajou, une table à abattants et pieds pivotants qui ne nécessitait aucune restauration, une chaise à dossier en échelle dont il fallait refaire le cannage de l'assise, une paire de lampes à pétrole Aladin et un sofa en velours capitonné qu'il faudrait regarnir. Sur une table basse Sheridan trônait un pichet en porcelaine des années 1830 et qui contenait une gerbe de fleurs que sa grand-mère avait fait sécher elle-même. Shane les effleura brièvement avant de s'emparer de son bloc-notes. Tout cela respirait trop son enfance pour qu'elle puisse s'octroyer le luxe de s'appesantir dessus. Si sa grand-mère avait encore été de ce monde, elle lui aurait demandé de s'assurer qu'elle agissait à bon escient, puis lui aurait dit de se lancer. Shane était sûre d'avoir raison.

Elle lista systématiquement les objets en deux colonnes : une pour ceux qui nécessiteraient des réparations, l'autre pour le stock qu'elle pouvait vendre en l'état. Il lui faudrait fixer le prix de chaque chose, ce qui en soi constituait une tâche énorme. Elle passait déjà ses soirées plongée dans des catalogues à prendre des notes. Il n'y avait pas un seul magasin d'antiquités qu'elle n'ait visité dans un rayon de cinquante kilomètres. Elle avait soigneusement pris en compte la procédure et l'évaluation des prix. Elle intégrerait ce qui lui plaisait à son stock et écarterait le reste. Quelque forme que prenne sa boutique, Shane était bien décidée à ce qu'elle lui ressemble.

L'un des murs du salon s'ornait d'étagères fourre-tout qui avaient été fabriquées avant sa naissance. Elle s'y dirigea et entama sur une autre feuille une nouvelle liste d'objets qu'elle destinait au musée.

Le képi et la boucle de ceinturon, vestiges d'un uniforme de la guerre de Sécession ayant appartenu à un ancêtre, un bocal de verre rempli de douilles usagées, un clairon cabossé, un sabre d'officier de cavalerie, une cantine portant les initiales JDA gravées à la main sur le métal — ce n'étaient là que quelques éléments des reliques dont elle avait hérité. Shane savait qu'au grenier se trouvait une malle remplie d'uniformes et de vieilles robes. Il y avait un journal griffonné par l'un de ses arrière-grands-oncles durant les trois années pendant lesquelles il avait combattu pour le Sud, ainsi que des lettres écrites à une tante de ses aïeules par le père de celle-ci, qui avait servi sous le drapeau nordiste. Chaque pièce serait répertoriée et datée avant d'être mise sous verre.

De sa grand-mère, Shane avait peut-être hérité la fascination pour les reliques de l'histoire, mais pas sa négligence. Il était temps que les vieilles photos et les objets d'époque descendent de leur étagère. Mais comme toujours lorsqu'elle examinait ou manipulait ces objets, Shane se perdit dans sa rêverie.

A quoi ressemblait l'homme qui le premier avait soufflé dans ce clairon ? Il devait être rutilant à l'époque, et intact. Un jeune garçon, songea-t-elle, aux joues recouvertes d'un duvet de pêche. Avait-il connu la peur ? L'euphorie ? Tout droit sorti de sa campagne, imagina-t-elle, et sûr de lutter pour la bonne cause. De quelque côté qu'il ait combattu, il avait donné le signal de la bataille en sonnant ce clairon.

Avec un soupir, elle reposa l'instrument et le mit dans un carton. Avec soin, Shane emballa et empaqueta jusqu'à ce que toutes les étagères soient vides, à part la plus haute. En reculant, elle réfléchit à la façon dont elle pourrait atteindre les objets qui se trouvaient à plus d'un mètre au-dessus de sa tête. Sans prendre la peine de traîner la lourde échelle à travers la pièce, elle tira une chaise à elle. Elle était perchée sur le siège lorsque résonna un coup frappé à la porte de derrière.

— Oui, entrez, cria-t-elle, un bras tendu en l'air et l'autre main posée sur une étagère inférieure afin de garder l'équilibre.

Elle jura et maugréa en voyant que les objets restaient hors de sa portée. Juste comme elle se hissait sur la pointe des pieds, chancelante, quelqu'un la saisit par le bras. Perdant l'équilibre dans une exclamation étouffée, Shane se retrouva fermement agrippée par Vance Banning.

— Vous m'avez fait une peur bleue ! l'accusa-t-elle.

— Vous n'avez rien trouvé de plus intelligent que de monter sur une chaise ?

Il la fit descendre sans ôter les mains de sa taille. Puis, alors qu'il avait bien l'intention de la relâcher, il n'en fit rien. Elle avait les cheveux en bataille et la joue maculée d'une traînée de poussière. Ses mains petites et fines restaient posées sur ses bras tandis qu'elle levait vers lui un visage souriant. Sans réfléchir, Vance inclina la tête et appliqua sa bouche sur la sienne.

Shane ne se débattit pas, mais eut un sursaut de surprise. Ensuite, elle se détendit. Même si elle ne l'attendait pas maintenant, elle avait toujours su que ce baiser viendrait en son temps. Elle se laissa envahir par cette première vague de pur plaisir.

La bouche de Vance se pressait âprement contre la sienne, sans douceur ; cela ne ressemblait en rien à ce qu'un baiser signifiait pour elle : un geste d'affection, d'amour et de réconfort. Pourtant, son instinct lui souffla qu'il était capable de tendresse. Levant une main pour lui caresser la joue, elle chercha à apaiser le chaos d'émotions contraires qu'elle devinait en lui. Il relâcha aussitôt son étreinte. Le contact de sa main avait été trop intime pour lui.

Shane sentit qu'il lui fallait prendre la chose à la légère, même si tout son corps brûlait du désir d'être dans ses bras. Inclinant la tête sur le côté, elle lui décocha un sourire malicieux.

— Bonjour.

— Bonjour, répondit-il prudemment.

— Je fais l'inventaire, expliqua-t-elle en désignant la pièce d'un geste ample. Je veux tout répertorier avant de tout entreposer là-haut. Je compte convertir cette pièce en musée et le reste du rez-de-chaussée en magasin. Pourriez-vous m'aider à attraper ces choses sur l'étagère du haut ? lui demanda-t-elle, en cherchant des yeux son bloc-notes.

Sans un mot, Vance déplaça l'échelle et s'exécuta, déconcerté par le fait qu'elle n'ait pas fait allusion à leur baiser fougueux.

— Une grande partie des travaux va consister à entièrement vider la cuisine pour en installer une autre à l'étage, poursuivit Shane, en jetant un œil à ses listes.

Elle savait que Vance l'observait dans l'attente d'une réaction quelconque. Elle était bien décidée à ne pas lui donner ce plaisir.

— Bien sûr, il faudra abattre certains murs, agrandir les encadrements de porte. Mais je ne veux pas perdre l'âme de cette maison dans le réaménagement.

— Vous semblez avoir réfléchi à tout.

Etait-elle vraiment aussi sûre d'elle ? se demanda-t-il.

— Je l'espère.

Elle pressa le bloc-notes contre sa poitrine et embrassa la pièce d'un regard circulaire.

— J'ai demandé toutes les autorisations nécessaires. Quel casse-tête ! Comme je n'ai aucun sens des affaires, j'ai dû bosser deux fois plus dur pour m'initier à tout ça. Je joue gros. Mais, reprit-elle d'un ton ferme et résolu, ça va marcher, je vais tout faire pour ça.

— Quand comptez-vous ouvrir ?

— J'ambitionne la première quinzaine de décembre, mais…

Elle haussa les épaules.

— Ça dépendra de l'avancement des travaux et de ma capacité à étoffer rapidement mon stock. Je vais vous montrer le reste de la maison. Comme ça, vous pourrez vous faire une idée du chantier et décider de l'accepter ou non.

Sans attendre son consentement, Shane se dirigea vers l'arrière de la maison.

— La cuisine a de beaux volumes, surtout si on y inclut le garde-manger.

Ouvrant une porte, elle révéla un grand placard garni d'étagères.

— En enlevant les plans de travail et le gros électroménager, je devrais gagner beaucoup de place. Ensuite, si l'on agrandit cette ouverture, continua-t-elle en poussant une porte battante, en n'en conservant que l'encadrement, cela donnera davantage d'espace à la salle d'exposition principale.

Ils entrèrent dans la salle à manger éclairée par de hautes fenêtres à croisillons. Shane se déplaçait d'un pas vif, remarqua-t-il, et savait exactement ce qu'elle voulait.

— Cette cheminée ne sert plus depuis des années. J'ignore si elle fonctionne encore.

Shane passa devant et alla effleurer d'un doigt la surface de la table à manger.

— Ma grand-mère y tenait comme à la prunelle de ses yeux. Elle a été rapportée d'Angleterre il y a plus d'un siècle.

Le bois de cerisier luisait sous la caresse du soleil.

— Les chaises font partie du lot d'origine. Hepplewhite.

Shane passa la main sur le dossier en forme de cœur des six chaises restantes.

— L'idée de vendre cet ensemble de salle à manger me déplaît fortement — elle l'aimait tant, mais…

Sa voix se teinta de nostalgie tandis qu'elle remettait en place une chaise qui n'en avait nul besoin.

— Je n'aurai pas d'endroit où les mettre et je ne peux pas me permettre le luxe de les garder pour moi.

Elle se détourna.

— La vitrine à porcelaines est de la même époque, poursuivit-elle.

— Si vous preniez un poste au lycée du coin, vous pourriez garder tout ça et laisser la maison telle quelle, l'interrompit Vance.

Il y eut quelque chose de courageux et de touchant dans la façon dont elle redressa les épaules pour déclarer d'une voix tremblante :

— Non.

Shane secoua la tête avant de le regarder en face.

— Je n'ai pas la trempe nécessaire pour ce métier. En un rien de temps, je me retrouverais à faire l'école buissonnière comme mes élèves. Ils méritent un meilleur exemple que ça. J'aime l'histoire.

De nouveau son visage s'éclaira.

— Cette histoire-là, précisa-t-elle en retournant vers la table. Quelle personne s'est assise pour la première fois sur cette chaise ? De quoi a-t-elle discuté pendant le dîner ? Quel genre de robe portait-elle ? Ont-ils parlé de politique et de l'émergence des colonies ? L'un d'eux connaissait peut-être Ben Franklin et sympathisait en secret avec la Révolution.

Elle éclata de rire.

— Ce n'est pas ce genre de choses qu'on est censé enseigner en programme de terminale.

— Ça semble plus intéressant que de réciter une litanie de noms et de dates.

— Peut-être. De toute façon, je n'y retournerai pas.

Marquant une pause, elle regarda Vance droit dans les yeux.

— Vous êtes-vous déjà retrouvé piégé dans un domaine où vous réussissiez, quelque chose que vous croyiez fait pour vous, avant de vous réveiller un matin avec l'impression d'être enfermé dans une cage ?

Ses mots firent mouche et Vance hocha la tête affirmativement.

— Alors vous devez comprendre pourquoi je dois

choisir entre un métier que j'aime et mon équilibre psychologique.

Shane caressa de nouveau la surface de la table. Après avoir poussé un profond soupir, elle fit le tour de la salle à manger.

— Je ne veux pas modifier l'architecture de cette pièce, à l'exception des ouvertures. C'est mon arrière-grand-père qui a fabriqué la cimaise.

Elle regarda Vance qui s'avançait pour l'examiner.

— Il était maçon de métier, précisa-t-elle, mais il devait aussi s'y entendre en menuiserie.

— C'est du bel ouvrage, acquiesça Vance en admirant la facture et le détail de la cimaise. J'aurais du mal à reproduire une telle qualité avec un outillage moderne. Il ne faut pas y toucher, pas plus qu'à aucune autre menuiserie de cette pièce.

A son corps défendant, il commençait à s'intéresser au projet. Pour lui, ce serait un défi — d'un genre différent que la maison qu'il avait choisie pour se mettre à l'épreuve. Consciente d'un changement dans son attitude, Shane décida de battre le fer tant qu'il était chaud.

— Par ici il y a un petit boudoir d'été.

Indiquant une autre porte, elle prit Vance par le bras et l'entraîna à sa suite.

— Vu qu'il est adjacent au salon, j'envisage d'en faire l'entrée du magasin, tandis que la salle à manger ferait office de salle d'exposition principale.

Le boudoir n'était rien d'autre qu'un carré de trois mètres cinquante au papier peint défraîchi et au parquet lacéré de profondes rayures. Vance repéra néanmoins quelques belles pièces de Duncan Phyfe ainsi qu'un fauteuil Morris. Au cours de cette rapide visite, ses yeux ne s'étaient posés que sur des meubles de plus d'un siècle et, à moins qu'il ne s'agisse d'excellentes copies, il avait également vu quelques porcelaines Wedgwood. Ces meubles valent une petite fortune, réfléchit-il, alors que la porte de derrière tient à peine sur ses gonds.

— Il y a beaucoup de boulot à faire, commenta Shane en allant ouvrir une fenêtre pour dissiper la faible odeur de renfermé. Cette pièce s'est complètement dégradée durant toutes ces années. Vous devriez pouvoir vous faire une meilleure idée que moi des travaux nécessaires pour la remettre à neuf.

Elle observa Vance qui examinait avec sérieux les lames de parquet ébréchées et l'habillage des murs fissuré. Rien ou presque n'échappait à son œil de professionnel, c'était évident. Evidente aussi sa contrariété devant l'état de délabrement de la pièce. « Et, songea-t-elle, vaguement amusée, il n'a encore rien vu. »

— Je ne devrais peut-être pas tenter le diable en vous faisant voir le haut maintenant, remarqua-t-elle.

Vance se tourna vers elle en haussant un sourcil interrogateur.

— Pourquoi ?

— Parce que l'étage demande deux fois plus de travaux que le rez-de-chaussée, et que je tiens vraiment à ce que vous acceptiez ce job.

— Ce qui est sûr, c'est que vous avez sacrément besoin de quelqu'un, grommela-t-il.

Sa propre maison nécessitait des travaux de rénovation considérables. Ce qui impliquait une grosse somme de temps et d'efforts physiques. Cet endroit, d'un autre côté, exigeait les compétences d'un artisan habile qui saurait tirer parti de la structure déjà existante. De nouveau, il fut titillé par l'attrait du défi.

— Vance…

Après un instant d'hésitation, Shane décida de jouer le tout pour le tout :

— Je pourrais vous proposer six dollars de l'heure, tarif comprenant votre panier-déjeuner et du café à volonté. Les gens qui viendront ici pourront être témoins de la qualité de votre travail. Ça pourrait vous amener des chantiers plus importants.

A sa grande surprise, le visage de Vance s'éclaira d'un

grand sourire. Le cœur de Shane bondit dans sa poitrine. Plus que son baiser fougueux, ce bref sourire d'adolescent accentua son attirance pour lui.

— D'accord, Shane, lâcha-t-il sur une impulsion subite. Marché conclu.

# 3

Contente d'elle-même et de la soudaine bonne humeur de Vance, Shane décida de lui montrer l'étage. Le prenant par la main, elle le conduisit en haut de l'escalier raide et étroit. Qu'est-ce qui avait provoqué chez lui ce sourire inattendu et allumé son regard d'une lueur amusée, mystère, mais tant qu'il était dans de bonnes dispositions, elle avait envie de le garder auprès d'elle.

Par contraste avec sa propre main rendue calleuse par les travaux, Vance trouva à la paume de Shane la douceur d'une peau de bébé. Ce qui le conduisit à s'interroger sur le reste de son corps — la courbe de son épaule, la ligne de sa cuisse, le dessous de son sein. « Cette fille n'est pas mon genre », se sermonna-t-il, et il jeta un œil à la fine lézarde qui courait sur le mur à sa gauche.

— Il y a trois chambres, l'informa Shane lorsqu'ils eurent atteint le palier. Je veux garder la mienne, transformer la plus grande en salon et la troisième en cuisine. Je peux me charger des travaux de peinture et de tapisserie une fois que le gros œuvre sera accompli.

La main sur le bouton de porte de la chambre principale, elle se tourna vers lui.

— Vous vous y connaissez en cloisons sèches ?

— Un peu.

Impulsivement, Vance parcourut du doigt l'arête du nez de Shane. Leurs regards se croisèrent, exprimant une surprise mutuelle.

— Vous avez de la poussière sur le visage, marmonna-t-il.

— Oh…

En riant, Shane se nettoya du revers de la main.

— Ici.

De son pouce rugueux, Vance lui caressa la pommette. La peau de la jeune femme tenait ses promesses : douce, crémeuse. Et elle aurait cette même saveur, pensa-t-il, autorisant son pouce à s'attarder.

— Et ici, continua-t-il, pris dans son fantasme.

Il effleura le bas de sa joue d'une caresse. Il la sentit frémir tandis que son regard glissait sur sa bouche.

Ses yeux étaient immenses et fixaient les siens sans ciller. Brusquement, Vance laissa retomber sa main, cassant l'ambiance mais pas la tension qui demeura entre eux. Shane poussa la porte en s'éclaircissant la voix.

— Voici… hum…

Paniquée, elle tenta de mettre de l'ordre dans ses pensées en émoi.

— Voici la chambre principale, reprit-elle en se passant nerveusement les doigts dans les cheveux. Je sais, le sol est en mauvais état et je pourrais écorcher vif celui qui a recouvert de peinture cet habillage en chêne.

Elle poussa un long soupir tandis que son cœur reprenait un rythme plus calme :

— Je vais voir si on peut lui rendre son vernis d'origine.

D'un geste distrait, elle effleura un endroit où se décollait le papier peint.

— Ma grand-mère n'aimait pas le changement. Cette pièce n'a pas bougé depuis trente ans. C'est-à-dire depuis la mort de son mari, précisa-t-elle doucement. Les fenêtres se coincent, le toit fuit et la cheminée fume. En fait, toute la maison, hormis la salle à manger, est dans un état de délabrement général. Elle s'est toujours contentée de petites réparations de fortune çà et là.

— Quand est-elle décédée ?

— Il y a trois mois.

Shane souleva un coin du jeté de lit en patchwork avant de le laisser retomber.

— Un matin, elle ne s'est pas réveillée, c'est tout. Je m'étais engagée à assurer un cours d'été, ce qui m'a empêchée de revenir m'installer définitivement avant la semaine dernière.

Ses paroles trahissaient clairement un douloureux sentiment de culpabilité.

— Votre présence aurait-elle pu changer quelque chose ? demanda-t-il.

— Non.

Elle alla vers une fenêtre.

— Mais elle ne serait pas morte seule.

Vance, sur le point de répliquer, préféra s'abstenir. Mieux valait se garder de donner des conseils personnels aux gens qu'on ne connaissait pas. Encadrée par la fenêtre, Shane semblait toute petite et sans défense.

— Et ces murs-ci ? s'enquit-il.

— Quoi ?

L'esprit à des années-lumière, Shane se tourna vers lui.

— Ces murs, répéta-t-il. Vous voulez en abattre un ?

Elle fixa un moment sans les voir les roses pâlies du papier peint.

— Non… Non, répéta-t-elle d'un ton plus ferme. J'avais pensé enlever la porte et agrandir le passage.

Vance acquiesça d'un hochement de tête, notant qu'elle avait triomphé du combat qu'elle semblait livrer sans relâche contre ses émotions.

— Si j'arrive à récupérer l'aspect d'origine des boiseries, continua-t-elle, l'encadrement de l'entrée pourrait être réalisé en chêne assorti.

Vance s'avança pour examiner la paroi.

— C'est un mur porteur ?

Shane fit la grimace.

— Je n'en ai pas la moindre idée. Comment…

Elle s'interrompit en entendant frapper à la porte d'entrée.

— Zut ! Vous pouvez peut-être continuer à faire le tour de l'étage pendant quelques minutes ? Vous n'avez pas besoin de moi pour vous faire une idée de la disposition des lieux.

Sur ce, Shane dévala l'escalier quatre à quatre. Haussant les épaules, Vance tira un mètre de sa poche arrière et se mit à prendre des mesures.

Le sourire spontanément amical affiché par Shane s'évanouit sitôt qu'elle ouvrit la porte.

— Shane.

— Cy.

Son visiteur prit une expression vaguement sévère.

— Tu ne m'invites pas à entrer ?

— Bien sûr que si.

Avec une réticence qui ne lui était pas naturelle, Shane recula d'un pas. Elle referma la porte très soigneusement derrière lui, mais n'alla pas plus loin dans la pièce.

— Comment vas-tu, Cy ?

— Bien, très bien.

Evidemment, songea Shane, agacée. Cy Trainer Jr. allait toujours très bien — toujours impeccable et tiré à quatre épingles. Et prospère désormais, ajouta-t-elle mentalement, en notant son costume élégant mais discret.

— Et toi, Shane, comment vas-tu ?

— Bien, très bien, répliqua-t-elle, tout en sachant que sa raillerie, pour être mesquine, n'en tomberait pas moins à plat. Cy était imperméable au sarcasme.

— Désolé de ne pas être passé la semaine dernière. J'étais complètement débordé.

— Les affaires marchent bien ? s'enquit-elle d'un ton dénué du moindre soupçon d'intérêt. Mais là encore, il passa à côté.

— L'argent rentre bien, acquiesça-t-il en resserrant inutilement le nœud de sa cravate. Les gens achètent des maisons. Les propriétés rurales constituent toujours un bon investissement. Le marché de l'immobilier est solide.

L'argent restait toujours sa priorité, constata Shane avec ironie.

— Et ton père ? demanda-t-elle.

— Ça va. Il se retire progressivement des affaires, tu sais.

— Non, répondit-elle avec douceur. Je ne savais pas.

Elle aurait été surprise d'apprendre que Cy Trainer Sr. ait lâché les rênes de la Trainer Real Estate. Même un pied dans la tombe, le vieil homme serait toujours aux commandes, quoi que son fils s'imagine.

— Il n'aime pas rester inactif, expliqua Cy. Cela dit, il aurait adoré te revoir. Il faudra que tu passes au bureau, un de ces jours.

Shane ne répondit pas.

— Donc…

Comme à son habitude, Cy ménagea une pause avant d'énoncer un fait d'importance.

— Tu t'installes ici.

Shane leva un sourcil méfiant en surprenant son regard faire le tour des caisses d'emballage.

— Petit à petit, acquiesça-t-elle.

Elle ne lui proposa pas de s'asseoir, même si c'était délibérément grossier de sa part. Ils restèrent debout, non loin du seuil de la porte.

— Tu sais, Shane, cette maison n'est pas en très bon état, mais elle bénéficie d'un emplacement de tout premier ordre.

Il lui adressa un petit sourire condescendant qui la fit grincer des dents.

— Je suis sûr que je pourrais t'en obtenir un bon prix.

— Vendre ne m'intéresse pas, Cy. C'est ce qui t'a amené ici ? Tu voulais faire une estimation des lieux ?

Il prit l'air choqué qui s'imposait.

— Shane !

— Il y avait autre chose ? demanda-t-elle d'une voix égale.

— Je suis simplement passé prendre de tes nouvelles.

Devant la détresse qui transparaissait dans sa voix et dans ses yeux, Shane sentit les excuses lui monter aux lèvres.

— J'ai entendu une rumeur complètement folle selon laquelle tu essaierais de monter un magasin d'antiquités.

Shane sentit toutes ses velléités d'excuses s'envoler.

— Ce n'est pas une rumeur, Cy, qu'elle soit folle ou non. C'est bien ce que je m'apprête à faire.

Il poussa un soupir et la considéra d'un air qu'elle qualifia en son for intérieur de paternel. Elle prit sur elle pour contenir son agacement.

— Shane, as-tu la moindre idée de la difficulté et des risques qu'il y a à monter une affaire dans la conjoncture économique actuelle ?

— Je compte sur toi pour me le dire, marmonna-t-elle.

— Ma chère, commença-t-il d'un ton calme qui la fit bouillir intérieurement. Tu es professeur certifié, nantie de quatre ans d'expérience. C'est de la folie d'abandonner sur un coup de tête un métier stable pour une lubie.

— Mais j'ai toujours eu un grain de folie, pas vrai, Cy ?

Son regard se fit glacial.

— Tu n'as jamais manqué de me le faire remarquer, même à l'époque où nous étions censés être follement épris l'un de l'autre.

— Voyons, Shane, c'est justement par égard pour toi que j'essayais de freiner tes… impulsions.

— Freiner mes impulsions !

Plus stupéfaite que furieuse, Shane se passa la main dans les cheveux. Plus tard, se dit-elle, plus tard, elle serait capable d'en rire. Mais pour l'instant, elle avait envie de hurler.

— Tu n'as pas changé. Tu n'as pas changé d'un iota. Je parie que tu continues à ranger tes chaussettes en petites boules bien alignées et que tu as toujours sur toi un mouchoir de rechange.

Il se raidit légèrement.

— Si tu avais appris la valeur du sens pratique…, commença-t-il.

— Tu ne m'aurais pas larguée deux mois avant le mariage ? acheva-t-elle avec fureur.

— Franchement, Shane, tu ne peux pas dire ça comme ça. Tu sais bien que je n'ai songé qu'à ton intérêt.

— Mon intérêt, maugréa-t-elle entre ses dents. Eh bien, laisse-moi te dire une bonne chose.

Elle enfonça un doigt poussiéreux dans sa cravate à très fines rayures.

— Ton sens pratique, tu peux te le mettre où je pense, avec tes comptes équilibrés et tes embauchoirs. A l'époque, j'ai pu croire que tu m'avais blessée, mais en fait tu m'as rendu un grand service. Je *hais* le sens pratique, les pièces qui sentent l'odeur du pin et les tubes de dentifrice enroulés depuis le fond.

— Je ne vois vraiment pas ce que tout ça vient faire dans notre discussion.

— C'est pourtant bien de ça qu'il s'agit, tempêta-t-elle. Tu ne vois rien si ce n'est pas répertorié en colonnes nettes et équilibrées. Et je vais te dire autre chose, enchaîna-t-elle sans lui laisser le temps de protester. Je vais avoir mon propre magasin, et même si je ne fais pas fortune, je compte bien m'amuser.

— T'amuser ?

Cy secoua la tête d'un air désespéré.

— Ce n'est pas en s'amusant qu'on lance un commerce.

— En tout cas, c'est ma façon de faire, riposta-t-elle. Je n'ai pas besoin de gagner des mille et des cents pour être heureuse.

Il la considéra avec un petit sourire condescendant.

— Tu n'as pas changé.

Ouvrant la porte à toute volée, Shane le dévisagea d'un regard meurtrier.

— Va-t'en vendre tes baraques, lui suggéra-t-elle.

Avec une dignité qu'elle lui enviait tout en la méprisant, Cy franchit le seuil de la maison. Shane claqua la porte derrière lui, avant de céder à la colère en donnant un coup de poing dans le mur.

*Flûte !*

Portant ses phalanges meurtries à sa bouche, elle pivota

sur elle-même. C’est alors qu’elle aperçut Vance au pied de l’escalier. Leurs yeux se croisèrent, mais il garda son expression de sérieux impassible. Shane sentit ses joues s’enflammer d’un sentiment de gêne et de colère.

— Le spectacle vous a plu ? s’enquit-elle avant de filer en trombe vers la cuisine.

Laissant libre cours à sa frustration, elle fit claquer les portes des placards et n’entendit pas que Vance l’avait rejointe. Lorsqu’il lui toucha l’épaule, elle fit volte-face, prête à exploser de rage.

— Laissez-moi examiner votre main, suggéra-t-il d’un ton calme.

Ignorant son sursaut de protestation, il prit sa main entre les siennes.

— Ce n’est rien.

Avec douceur, il lui fit fléchir les doigts, puis appuya sur les phalanges. Une violente douleur arracha à Shane une exclamation étouffée.

— Vous avez réussi à ne pas vous la casser, murmura-t-il, en revanche vous allez avoir des ecchymoses.

Il prit sur lui pour maîtriser une soudaine montée de rage : elle avait abîmé cette main douce et menue !

— Surtout ne dites rien, lui ordonna-t-elle d’une voix sifflante. Je ne suis pas une idiote. Quand je me rends ridicule, je n’ai besoin de personne pour me le faire remarquer.

De nouveau, il prit le temps de vérifier l’état de sa main en faisant jouer ses doigts.

— Je vous présente mes excuses, lâcha-t-il. J’aurais dû vous faire savoir que j’étais là.

Il desserra l’étau de sa main et Shane retira la sienne en relâchant sa respiration. Elle éprouva un plaisir pervers à sentir la douleur vaguement lancinante.

— Ce n’est pas grave, marmonna-t-elle en se tournant pour faire du thé.

Il fronça les sourcils dans son dos.

— Je n’aime pas vous mettre dans l’embarras.

— Quel que soit le temps que vous resterez ici, vous auriez de toute façon fini par entendre parler de Cy et moi.

Elle tenta de hausser les épaules avec désinvolture, mais la brusquerie de son geste ne fit que souligner davantage son agitation.

— Ça vous aura fait gagner du temps, maintenant vous savez tout.

— Tout, non.

Et Vance prit conscience, non sans un certain malaise, qu'il avait envie de savoir. Avant qu'il ait pu dire un mot, Shane claqua le couvercle sur la bouilloire.

— Il me donne toujours l'impression d'être une imbécile !

— Pourquoi ?

— Avec toutes ses petites manies…

Elle ouvrit un placard d'un geste coléreux.

— Il garde toujours un parapluie dans le coffre de sa voiture, fulmina-t-elle.

— Ça devrait aller pour votre main, murmura Vance en la voyant effectuer des mouvements rapides et nerveux.

— Il ne commet jamais, *jamais*, d'erreurs. Il est toujours raisonnable, ajouta-t-elle avec mépris, en posant brutalement deux tasses sur le plan de travail. Est-ce qu'il m'a crié dessus tout à l'heure ? l'interrogea-t-elle en faisant volte-face vers lui. Est-ce qu'il a proféré le moindre juron, est-ce qu'il s'est mis en colère ? Mais il est *incapable* de la moindre émotion ! cria-t-elle, frustrée. Sans blague, ce type-là ne transpire même pas.

— Vous étiez amoureuse de lui ?

Pendant un instant, Shane se contenta de le dévisager ; puis elle laissa échapper un bref soupir inachevé.

— Oui. Oui, je l'aimais vraiment. J'avais seize ans quand on a commencé à sortir ensemble.

Tandis qu'elle allait au réfrigérateur, Vance alluma le gaz sous la bouilloire, ce qu'elle avait omis de faire.

— Il était tellement parfait, tellement intelligent et… qu'est-ce qu'il s'exprimait bien !

Sortant le lait, Shane eut un petit sourire.

— Cy est un vendeur-né. Il peut parler de tout et de n'importe quoi.

Vance éprouva un bref sentiment d'aversion pour cet homme. Alors que Shane posait un gros sucrier en céramique sur la table, le soleil darda un rayon sur sa chevelure, faisant chatoyer de reflets les boucles et ondulations de ses cheveux avant qu'elle ne s'éloigne. Agacé par un étrange picotement à la base de sa colonne vertébrale, Vance s'aperçut qu'il était fasciné par cette femme.

— J'étais folle de lui, poursuivait Shane, et il dut se secouer mentalement pour se concentrer sur ce qu'elle disait.

Les subtils mouvements de son corps qu'il devinait sous le T-shirt confortable avaient commencé à détourner son attention.

— Quand j'ai eu dix-huit ans, il m'a demandée en mariage. Nous étions tous les deux en fac et Cy estimait qu'un an était un délai convenable pour des fiançailles. Cy est quelqu'un de très convenable, précisa-t-elle d'un air penaud.

« Ou un imbécile à sang froid », rectifia Vance en son for intérieur, jetant un œil aux seins de Shane qui pointaient imperceptiblement sous la fine cotonnade. Contrarié, il reporta son regard sur le visage de la jeune femme. Mais son propre sang continuait à bouillonner dans ses veines.

— Je voulais qu'on se marie tout de suite mais, comme toujours, il m'a reproché d'être trop impulsive. Le mariage est une chose importante. Tout devait être parfaitement organisé. Quand j'ai suggéré qu'on vive ensemble pendant quelque temps, il a été choqué.

Shane posa le lait un peu bruyamment sur la table.

— J'étais jeune et amoureuse, et j'avais envie de lui. Il pensait qu'il était de son devoir de contrôler mes instincts les plus… primaires.

— Quel crétin, marmonna Vance dans le sifflement de la bouilloire.

— Il a passé toute cette année-là à me façonner à sa guise et je me suis efforcée d'être conforme à ses désirs : une femme respectable, sensée. Echec sur toute la ligne.

Shane secoua la tête au souvenir de cette longue année de frustration.

— Quand je voulais sortir manger une pizza avec une bande d'étudiants, il me rappelait qu'il nous fallait être attentifs à la dépense. Il guignait déjà cette petite maison à la sortie de Boonsboro. Son père lui avait dit que c'était un bon investissement.

— Mais vous, vous l'aviez en horreur, commenta Vance.

Surprise, Shane se retourna vers lui.

— Je la méprisais. C'était le petit ranch de rêve avec sa haie et son bardage en aluminium blanc. Quand j'ai dit à Cy que j'étoufferais là-dedans, il a ri et m'a tapoté la tête.

— Pourquoi ne lui avez-vous pas dit d'aller se faire voir ? s'enquit Vance.

Shane lui décocha un bref regard.

— Vous avez déjà été amoureux ? murmura-t-elle.

C'était sa réponse, pas une question, et Vance demeura silencieux.

— On a passé cette année-là à se chamailler sur tout, poursuivit-elle. Je persistais à imputer nos désaccords à la nervosité causée par la longueur des fiançailles, mais au fur et à mesure les querelles ont révélé des conflits de personnalité plus radicaux. Cy me serinait sans cesse que je verrais les choses différemment une fois que nous serions installés. D'une manière générale, je le croyais.

— Il me fait l'effet d'un abruti mortellement rasoir.

Quoique surprise par le mépris glacial du ton de Vance, Shane sourit.

— Peut-être, mais il pouvait se montrer tendre et gentil.

Vance émit un grognement sarcastique, mais elle se contenta de hausser les épaules.

— J'en oubliais son côté rigide. Puis il est devenu de plus en plus critique à mon égard. Je me mettais en colère, mais je ne remportais jamais la bataille puisqu'il ne se départait jamais de son calme. La cassure finale est venue de nos projets de lune de miel. Je voulais aller aux Fidji.

— Aux Fidji ? répéta Vance.

— Oui, lança-t-elle d'un ton de défi. C'est différent, exotique, romantique. J'avais à peine dix-neuf ans.

Prise d'un nouvel accès de rage, elle fit claquer sa petite cuillère sur la table.

— Il avait tout prévu : un petit complexe hôtelier en Pennsylvanie. Le genre d'endroit sans âme où vos activités sont planifiées, où on organise des compétitions, le truc avec piscine intérieure. Jeu de palets.

Elle prit un air horrifié et but une gorgée de son thé.

— C'était un forfait — trois jours et deux nuits en pension complète. Cy avait hérité de sa mère une somme substantielle, et moi-même j'avais quelques économies, mais il ne voulait pas jeter l'argent par les fenêtres. Il avait déjà plus ou moins établi son plan retraite. Je n'ai pas pu le supporter !

Toujours debout, Vance but une gorgée de son thé et la dévisagea avec attention :

— Et donc vous avez annulé le mariage.

Allait-elle saisir la perche qu'il lui tendait et prétendre que la rupture était venue d'elle ?

— Non.

Shane posa sa tasse sur le côté.

— Nous avons eu une dispute épouvantable et il est parti furieux à son petit club tout près de la fac où il a fini la soirée en compagnie de ses amis. J'avais prévenu Cy que je ne passerais pas ma première nuit de femme mariée devant un spectacle minable ou un carton de bingo.

Vance réprima à grand-peine un sourire.

— Tout ça me paraît frappé au coin du bon sens, murmura-t-il.

Shane secoua la tête dans un faible rire.

— Quand je me suis calmée, j'ai décidé que l'essentiel c'était que nous soyons enfin ensemble, peu importe l'endroit. Je me suis dit que Cy avait raison. Que j'étais immature et irresponsable. Il nous fallait mettre de l'argent de côté. Il me restait encore deux années de fac à faire et lui venait à peine de débuter dans la boîte de son père. Mon attitude était frivole. Frivole, c'était l'un de ses adjectifs préférés à mon endroit.

Shane regarda sa tasse en fronçant les sourcils, mais sans boire.

— Je suis passée chez ses parents, prête à lui présenter mes excuses. C'est là que très raisonnablement, très calmement, il m'a larguée.

Un long moment de silence s'écoula avant que Vance ne vienne la rejoindre à la table.

— Vous n'aviez pas dit qu'il ne commettait jamais d'erreurs ?

Shane le fixa un instant avant d'éclater de rire. Un rire bref et franchement appréciateur.

— J'avais besoin d'entendre ça.

Dans un élan soudain, elle appuya la tête contre son épaule. Sa colère s'était évaporée en lui parlant, et rire l'avait empêchée de continuer à s'apitoyer sur son sort.

Vance se sentit envahi d'une tendresse qui l'incita à la prudence. Toutefois, il ne put résister à l'envie de passer la main dans sa coupe courte et désordonnée. Elle avait des cheveux épais et indisciplinés. Et incroyablement soyeux. Sans même s'en apercevoir, il enroula une de ses boucles autour de son doigt.

— Vous l'aimez toujours ? s'entendit-il lui demander.

— Non, répondit Shane avant qu'il ait pu retirer sa question. Mais aujourd'hui encore il me donne l'impression d'être une romantique irresponsable.

— C'est ce que vous êtes ?

Elle haussa les épaules.

— La plupart du temps.

— Ce que vous lui avez dit était juste, vous savez.

Pris d'un désir intense qui lui fit oublier toute prudence, Vance l'attira à lui.

— J'ai dit beaucoup de choses.

— Qu'il vous avait rendu service, murmura Vance pendant que ses doigts s'aventuraient sur sa nuque.

Shane soupira, mais était-ce de plaisir ou d'approbation, il n'aurait su le dire.

— Vous seriez devenu cinglée à lui enrouler ses chaussettes en petites boules.

Rieuse, Shane releva la tête pour voir son visage. Elle l'embrassa une première fois, très légèrement, en signe de gratitude, puis recommença, cette fois pour son propre plaisir.

Sa petite bouche était extrêmement tentante. Bien décidé à assouvir son envie, Vance la saisit fermement par la nuque pour la maintenir dans cette position. Lorsqu'il se fit plus pressant, Shane réagit sans hésitation ni timidité. Elle entrouvrit les lèvres et l'invita à l'embrasser.

Dans un infime gémissement de plaisir, sa langue rencontra celle de l'homme. La bouche de Vance, soudain brûlante, soudain impatiente, épousa la sienne. Il avait besoin de sa douceur, de sa franche générosité. Il avait envie de se rassasier de cette passion fraîche et pure qu'elle lui offrait de si bon gré. Lorsqu'il plaqua sa bouche plus brutalement contre la sienne, elle s'abandonna à lui, simplement ; quand il lui mordilla douloureusement la lèvre, elle l'attira encore plus près, simplement.

— Vance, murmura-t-elle en se laissant aller contre lui.

Il se leva d'un bond, la laissant tout étourdie de surprise.

— J'ai du travail, lâcha-t-il d'un ton sec. Je vous ferai une liste des matériaux dont j'aurai besoin pour commencer. Je vous ferai signe.

Avant que Shane ait pu formuler une quelconque réaction, il était déjà sorti par la porte de derrière.

Elle resta un long moment à fixer la porte grillagée. Qu'avait-elle fait pour allumer une telle colère dans son regard ? Comment était-il possible qu'après l'avoir embrassée avec tant de passion, il ait tourné les talons dans la seconde ? Elle baissa tristement les yeux sur ses poings serrés. Elle s'emballait toujours trop vite. Romantique ?

Oui, et rêveuse aussi, c'est ce que lui disait sa grand-mère. Il y avait trop longtemps qu'elle attendait de rencontrer le prince charmant qui achèverait de donner un sens à sa vie. Elle avait envie d'être chérie, respectée, adorée.

Peut-être, réfléchit-elle, demandait-elle la lune : conserver son indépendance tout en partageant ses rêves, être autonome tout en marchant main dans la main avec un homme solide. Ce n'était pourtant pas faute d'avoir rabâché sa leçon : il lui fallait abandonner sa quête du grand amour. Mais son cœur défiait sa raison.

Dès le premier instant, elle avait senti quelque chose de différent chez Vance. Le temps d'une fraction de seconde, lorsque leurs yeux s'étaient croisés, son cœur avait bondi et crié : *c'est lui !* Mais c'était absurde, se sermonna-t-elle. L'amour, c'était la compréhension, la connaissance de l'autre. Elle ne connaissait pas Vance Banning et ne le comprenait pas davantage.

Dans un sursaut, elle prit conscience qu'elle l'avait peut-être offensé. Elle allait devenir son employeur, et à la façon dont elle l'avait embrassé… il avait pu penser qu'en lui donnant de l'argent, elle escomptait autre chose en prime de ses talents de menuisier. Peut-être s'était-il imaginé qu'elle projetait de le séduire en lui agitant sous le nez quelques dollars dont il avait bien besoin.

Brusquement, elle éclata de rire. Gagnée par l'hilarité, elle renversa la tête en arrière et se mit à marteler la table de ses poings. Shane Abbott, une séductrice ! Oh, mon Dieu ! songea-t-elle en essuyant des larmes de rire. Quelle rigolade ! Après tout, comment un homme normalement constitué pourrait-il résister à une femme au visage maculé de crasse qui essaie de trouer les murs à coups de poing ?

Shane soupira, épuisée de rire. Son imagination avait besoin d'une petite pause. Elle retourna à l'inventaire de son stock.

# 4

Vance n'arrivait pas à dormir. Il avait travaillé jusque tard dans la soirée, suant sang et eau dans le but d'apaiser sa colère et son désir inassouvi. Ce n'était pas la colère qui l'inquiétait. Il connaissait trop bien cette émotion pour qu'elle lui fasse perdre le sommeil. Le désir non plus ne lui était pas inconnu, mais devoir admettre qu'il avait envie de cette petite pimbêche férue d'histoire le mettait en rage… et ne le laissait pas en repos.

Il n'aurait jamais dû accepter ce boulot, se reprocha-t-il pour la énième fois. Qu'est-ce qu'il lui avait pris de dire oui ! Fâché contre lui-même, Vance sortit sous la véranda.

L'air s'était considérablement rafraîchi avec la tombée de la nuit. Dans le ciel, les étoiles formaient un vaste motif scintillant autour d'une demi-lune blanche. Jamais il n'avait observé Vénus avec autant de netteté. Une armée de grillons lançait son signal monotone tandis qu'à sa droite, les lucioles, minuscules lumières jaunes, dansaient au-dessus du champ en jachère. En regardant droit devant lui, il pouvait voir jusqu'à la lisière des arbres mais pas au-delà. Les bois étaient sombres, secrets, mystérieux. De l'autre côté, dans une chambre au papier peint fané, dormait Shane au creux d'un lit Jenny Lind.

Il l'imagina, pelotonnée sous la couette aux motifs d'anneaux entrecroisés qu'il avait remarquée lors de sa visite. Elle devait avoir gardé sa fenêtre ouverte afin de laisser entrer les bruits et senteurs de la nuit. Dormait-elle dans l'une de ces chemises de nuit en coton à fanfreluches d'où n'émergeait que la tête, ou se glissait-elle seule et nue sous sa couette ?

Vance se maudit, furieux de l'orientation qu'avaient prise ses pensées. Non, il n'aurait jamais dû accepter ce fichu boulot. La proposition avait flatté son amour-propre et son humour. Six dollars de l'heure. Il laissa échapper un rire bref qui effraya un hibou perché dans un arbre voisin. Appuyé contre un pilier, il essaya encore de percer l'obscurité des bois, sans rien distinguer d'autre que des ombres et des silhouettes.

Depuis quand n'avait-il pas travaillé pour un salaire horaire ? Pour répondre à sa propre question, Vance fit un effort de mémoire et se replongea en arrière. Quinze ans ? Bonté divine, songea-t-il avec incrédulité. Tant de temps s'était-il écoulé ?

A l'époque il n'était qu'un ado débutant à l'échelon le plus bas de la prospère entreprise de construction que possédait sa mère. « Commence par apprendre les ficelles du métier », lui avait-elle conseillé, ce qu'il avait accepté avec ardeur. Tout ce qu'il voulait, c'était travailler de ses mains, et dans le bois. Il débordait de l'assurance — et de l'arrogance — de la jeunesse. L'administration, c'était bon pour les vieilles barbes en complet veston, incapables de faire une coupe à l'onglet. Pas question de se mêler à leurs réunions de travail étouffantes ou à leurs négociations contractuelles alambiquées. Vivre le nez dans la paperasse, lui ? Non, il était trop malin pour tomber dans ce piège.

Combien de temps lui avait-il fallu pour se retrouver coincé — enchaîné à un bureau ? Cinq ans ? Six ? Sans importance, décida-t-il dans un haussement d'épaules. Au point où il en était, un an de plus ou de moins…

En soupirant, Vance parcourut la véranda sur toute sa longueur. Sous sa main, la balustrade qu'il avait choisie lui-même était rugueuse et solide. Quel choix s'était offert à lui ? Il y avait eu l'attaque brutale de sa mère, suivie de son long et pénible rétablissement. Elle l'avait supplié de la remplacer au poste de président de Riverton. Etant veuve et mère d'un fils unique, elle craignait plus que tout que son entreprise soit gérée par des inconnus. Ce qui comptait pour elle, trop peut-être, c'était que la société dont elle avait hérité et qu'elle avait réussi à conserver durant les périodes de vaches maigres reste dans la famille. Vance savait qu'elle avait dû combattre les préjugés, prendre des risques et travailler la moitié de sa vie à transformer une entreprise médiocre en réussite exemplaire. Et puis un jour, elle s'était retrouvée quasiment impotente, et s'était alors tournée vers lui.

S'il s'était avéré incapable, il aurait pu sans l'ombre d'un scrupule déléguer ses responsabilités et se contenter d'un rôle de figure symbolique. Il aurait pu retourner à ses outils. Mais incapable, il ne l'était pas — il ressemblait trop à sa mère pour ça.

Sous sa direction, Riverton Construction avait prospéré et pris de l'ampleur. De prestigieuse entreprise de Washington, l'affaire était passée au statut de conglomérat national. Pour son malheur, il maniait aussi bien le stylo que le marteau. Il s'était enfermé à clé dans sa propre cage.

Et puis il y avait eu Amelia. Sa bouche se crispa en un sourire cynique. Amelia — douce, sexy, avec sa chevelure semblable à un coucher de soleil et son calme accent traînant de Virginie. Pendant des mois elle lui avait tenu la dragée haute, l'allumant et le repoussant tour à tour, jusqu'à ce qu'il ne vive plus que dans l'obsession de la posséder. Obsession, pensa-t-il de nouveau. Un terme tout à fait approprié. Sain d'esprit, il aurait vu ce qui se cachait derrière ce masque de beauté et de culture, et percé à jour la froide manipulatrice qu'elle était — avant de lui avoir passé la bague au doigt.

Pour la énième fois, il se demanda combien d'hommes lui avaient envié sa ravissante et respectable épouse. Mais ceux-là ne connaissaient pas son véritable visage : parfaite en apparence mais à l'intérieur, pourrie jusqu'à la moelle.

Froide. Même avec son expérience, il n'avait jamais connu personne d'aussi froid qu'Amelia Ryce Banning.

Dans le chêne à sa gauche, le hibou entonna un ululement régulier : deux appels brefs suivis d'un long — deux courts, un long. Vance écouta ce cri monotone en songeant à ses années de mariage.

Durant les premiers mois, Amelia avait dépensé son argent sans compter — vêtements, fourrures, voitures. Cela ne l'affectait guère puisqu'il estimait que sa beauté irréelle ne pouvait se contenter que du *nec plus ultra*. Et il l'aimait — ou du moins il aimait la femme qu'il croyait qu'elle était. Il la voyait comme une princesse faite pour les diamants, les fourrures douces et exotiques, les soieries… Il avait pris plaisir à la combler de tout ce luxe, à voir resplendir sa beauté torride. La plupart du temps, il fermait les yeux sur les factures excessives, les réglant sans un murmure de protestation. Une ou deux fois, il avait commenté son extravagance et recueilli sa douce détresse accompagnée d'excuses. C'est à peine s'il avait remarqué que les factures continuaient d'affluer.

Ensuite, il avait découvert qu'elle lui vidait son compte en banque dans le but d'alimenter l'entreprise de construction défaillante de son frère, à Richmond. Confrontée aux faits, Amelia lui avait fait le coup des larmes et de l'impuissance. Elle avait joliment plaidé la cause de son frère. Prétendu qu'elle ne pouvait supporter de le voir au bord de la faillite alors qu'elle-même vivait dans l'opulence.

Convaincu qu'elle n'avait agi que par solidarité familiale, Vance avait accepté d'accorder un prêt personnel à son frère, mais refusé de siphonner les capitaux de Riverton pour les injecter dans une entreprise peu fiable et mal gérée. Amelia, loin d'être satisfaite, était passée de la bouderie aux cajoleries. Puis, voyant qu'il n'en démordrait pas, elle s'était jetée sur lui comme une tigresse en folie, lui griffant le visage de ses ongles impeccablement manucurés et crachant des obscénités de sa bouche fardée à la moue méprisante. Dans sa rage, elle s'en était prise à lui sans faire plus longtemps mystère des raisons qui l'avaient poussée à l'épouser : son argent, sa position sociale et tout ce que cela pourrait lui rapporter à elle ainsi qu'à l'entreprise de sa famille. Vance avait alors découvert la véritable personnalité qui se cachait derrière sa beauté et son charme apprêté. Cela n'avait été que le premier choc d'une longue série de désillusions.

La brûlante passion d'Amelia s'était muée en frigidité ; ses adorables sourires en rictus de dédain. Elle avait refusé tout net l'idée d'avoir des enfants. Cela aurait nui à sa silhouette et mis un frein à sa liberté. Pendant plus de deux ans, Vance s'était efforcé de sauver son couple battant de l'aile, de récupérer quelques bribes de la vie qu'il projetait d'avoir avec Amelia. Mais il avait fini par comprendre que la femme qu'il croyait avoir épousée n'était qu'une illusion.

En fin de compte, il avait demandé le divorce, ce qu'Amelia avait accepté en riant. C'est avec joie qu'elle lui rendrait sa liberté en échange de la moitié de tout ce qu'il possédait — y compris sa part de Riverton. Elle lui avait promis une sordide bataille juridique et des tonnes de battage médiatique. Après lui avoir indiqué qu'elle serait la partie lésée, Amelia avait promis de jouer jusqu'au bout son rôle d'épouse répudiée.

Pris au piège, Vance avait encore vécu un an avec elle, maintenant en public l'illusion du bonheur conjugal, évitant son épouse en privé. Quand il avait découvert l'existence de ses amants, il avait entrevu une première lueur d'espoir.

La trahison d'Amelia ne l'avait pas fait souffrir car il n'éprouvait plus aucun sentiment pour elle. Petit à petit, discrètement, Vance avait entrepris d'accumuler les preuves qui lui rendraient sa liberté. Il était prêt à affronter l'humiliation et la publicité d'une odieuse bataille juridique pour se sortir de ce piège, lui et sa société. Puis, tout cela était devenu inutile. L'un des amants éconduits d'Amelia avait mis un terme à toute l'histoire en lui tirant une balle dans le cœur.

Si le retentissement médiatique n'avait pas été pire, Vance ne le devait qu'à sa fortune et à son influence. Cela n'avait quand même pas empêché les messes basses et les spéculations sordides. Pourtant, il avait réagi par un soulagement timoré qui l'avait emporté sur son chagrin. Le sentiment de culpabilité suscité par toute cette affaire l'avait conduit à s'immerger encore plus dans le travail. Il y avait des appartements à construire en Floride, un grand complexe médical dans le Minnesota, l'extension d'une université du Texas. Mais cela n'avait pas suffi à lui rendre la paix de l'esprit.

Bien décidé à retrouver Vance Banning, il avait acheté dans les montagnes cette maison complètement délabrée et s'était mis en congé de longue durée. Du temps, de la solitude et le travail qu'il aimait, voilà le traitement qu'il s'était prescrit à lui-même. Et juste au moment où il croyait avoir trouvé la solution à ses problèmes, il avait rencontré Shane Abbott.

Celle-ci n'avait rien de la sirène lascive qu'avait été Amelia ni de la tranquille sophistication des femmes qu'il avait mises dans son lit ces deux dernières années. Elle était fraîche et pleine de vie. Il avait spontanément été attiré par sa générosité bienveillante. Mais son épouse ne lui avait légué que du cynisme et de la méfiance. Seul un imbécile se serait fait avoir une seconde fois par la comédie de l'innocence. Et il était tout sauf un imbécile.

Maintenant que sur un coup de tête il avait accepté le chantier de Shane, il irait jusqu'au bout. C'était un défi : serait-il encore capable de produire le bel ouvrage de précision qu'elle exigeait ? Sans compter que désormais il avait appris à se méfier des femmes. Certes, son allure pleine de fraîcheur et son charme naturel ne le laissaient pas insensible. Il admirait la façon dont elle avait affronté Cy, son ancien fiancé. Bien que blessée, elle lui avait tenu tête et l'avait flanqué à la porte.

Il pourrait s'avérer intéressant de passer ses vacances à réaménager la maison de Shane : ce serait l'occasion de découvrir ce qui se cachait sous son masque. Tout le monde porte un masque, songea-t-il avec amertume. La vie n'est qu'une longue mascarade. Il ne lui faudrait pas longtemps pour déceler ce qui se tramait derrière ses immenses yeux bruns et son rire pétillant.

Poussant une exclamation de dégoût, Vance s'engouffra dans la maison. Ce n'était pas une femme qui allait lui faire perdre le sommeil. Toutefois, il passa une grande partie de la nuit à se tourner et se retourner dans son lit.

C'était une matinée idéale. A l'ouest, les montagnes se dressaient sur fond de ciel uniformément bleu. Shane ouvrit ses fenêtres sur les oiseaux qui piaillaient entre eux dans un raffut jubilatoire. Dans la chambre s'engouffra un air chaud, imprégné du parfum des zinnias. Pour une nature telle que la sienne, rester confinée entre poussière et bloc-notes par une journée pareille était tout bonnement inconcevable. Mais, estima Shane en s'appuyant sur le rebord de la fenêtre, il y avait moyen de joindre l'utile à l'agréable.

Après avoir passé un vieux T-shirt sur un short rouge délavé, elle alla farfouiller dans le cagibi du sous-sol pour en extraire un rouleau et un pot de peinture. Certes, la véranda nécessitait des réparations excédant de loin ses maigres compétences, mais la partie arrière était encore assez solide. Tout ce qu'il lui fallait, c'était une couche de peinture ou deux pour lui rendre son aspect gai et lumineux.

Se munissant au passage d'une radio portative, Shane se dirigea vers l'extérieur. Elle trafiqua le bouton de réglage jusqu'à ce qu'elle ait trouvé une station en accord avec son humeur ; puis, après avoir monté le volume, elle se mit au travail.

En une demi-heure, la véranda fut balayée et lavée au

jet. Elle sécha rapidement sous le soleil étincelant tandis que Shane ouvrait le pot en faisant levier sur le couvercle. Elle remua la peinture en se réjouissant de cette journée et du travail à venir. Une ou deux fois, elle lança un coup d'œil en direction de l'ancienne piste forestière : quand Vance allait-il lui « faire signe » ? Si seulement il pouvait apparaître au bout du sentier… Elle admirait sa longue foulée décontractée et son regard qui semblait refléter une maîtrise intérieure s'étendant à tout ce qui pouvait se trouver sur son chemin. Shane aimait ça : cette assurance, cette sensation de puissance contrôlée.

Elle avait toujours eu de l'admiration pour les gens de caractère. Sa grand-mère, en dépit des épreuves et des déceptions que la vie lui avait infligées, était restée une forte femme jusqu'au bout. Et en dépit de tous leurs désaccords, Shane devait reconnaître que Cy aussi était un homme de tempérament. Ce qui lui manquait, c'était cette bonté sous-jacente qui équilibrait la force et l'empêchait de se transformer en dureté. Elle devinait chez Vance une certaine gentillesse, même s'il en faisait rarement démonstration. Mais le fait que ce trait de caractère soit présent en lui faisait pour elle toute la différence.

Détournant son regard du sentier, Shane emporta le seau, le rouleau et le bac à l'extrémité de la véranda. Elle versa la peinture, s'agenouilla, inspira un bon coup et se mit à l'œuvre.

Arrivé au bout du sentier, Vance fit halte pour la regarder. Elle avait presque peint un tiers de la véranda. Ses bras étaient constellés de minuscules taches blanches. La radio chantait à plein volume et Shane l'accompagnait avec exubérance. Ses hanches se balançaient en mesure. Le tissu fin et délavé de son short se tendait sur ses fesses au rythme de ses mouvements. Elle s'éclatait comme une folle à accomplir cette tâche simple, cela sautait aux yeux, tout comme son incompétence. Vance ne put réprimer un sourire lorsque Shane, en s'étirant pour attraper le seau, posa la main sur la peinture fraîche. Elle jura gaiement avant de s'essuyer sans façons sur l'arrière de son short.

— Je croyais que vous saviez peindre, commenta Vance.

Surprise, Shane faillit renverser le contenu du seau en se tournant brusquement vers lui. Toujours à quatre pattes, elle lui sourit.

— J'ai dit que j'étais capable de peindre. Pas que j'étais douée.

Mettant sa main en visière pour se protéger du soleil, elle le regarda s'avancer.

— Vous êtes venu superviser mon travail ?

Il baissa le regard vers elle en secouant la tête.

— Non, je pense qu'hélas il est trop tard.

Shane haussa un sourcil de défi.

— Quand j'aurai terminé, ce sera superbe.

Vance émit un son évasif.

— Je vous ai fait une liste de matériaux, mais je dois encore prendre quelques mesures.

— Vous n'avez pas perdu de temps.

Shane s'assit par terre. Vance haussa les épaules : il n'allait quand même pas lui avouer qu'il avait tout rédigé cette nuit, alors que le sommeil le fuyait…

— Il y a autre chose, enchaîna-t-elle en étirant les muscles de son dos.

Elle tendit la main pour réduire le volume de la radio à un doux murmure.

— La véranda de devant.

Vance baissa les yeux sur son œuvre.

— Celle-là aussi, vous l'avez repeinte ?

Manifestement, Vance n'avait que peu d'estime pour ses talents… Lucide, Shane fit la grimace.

— Non, pas celle-là.

— Encore heureux ! Qu'est-ce qui vous a arrêtée ?

— Elle tombe en morceaux. Vous pourriez peut-être me conseiller sur ce que je dois faire. Oh, regardez !

Shane lui saisit la main, oubliant la peinture au profit

de la famille de cailles qui, en file indienne, traversait d'un pas sautillant le sentier derrière eux.

— Ce sont les premières que je vois depuis mon retour.

Fascinée, elle les suivit des yeux jusqu'à ce qu'elles aient disparu de leur vue.

— Il y a aussi des cerfs. J'ai repéré quelques traces, mais jusqu'ici je n'ai pas pu en apercevoir.

Elle poussa un soupir de satisfaction tandis que les cailles s'enfonçaient dans les bois, accompagnées d'un froissement de feuilles mortes. Brusquement, Shane se rappela sa main tachée de peinture.

— Oh, Vance, je suis désolée !

Lui lâchant la main, elle bondit sur ses pieds.

— Je vous en ai mis dessus ?

Pour toute réponse, il ouvrit la paume et examina d'un air ironique la tache blanche qui la maculait.

— Je suis vraiment navrée, articula-t-elle, prise de fou rire.

Il lui décocha un drôle de regard tandis qu'elle s'efforçait de contenir son rire irrépressible.

— Non, sans blague. Attendez.

Shane frotta la paume de Vance avec le bas de son T-shirt, sans succès. Dans sa tentative d'aide, elle révéla la peau claire et veloutée de son ventre.

— Vous l'incrustez encore plus, lui fit remarquer Vance avec douceur, essayant de rester de marbre devant cette peau entraperçue et la taille fine de la jeune femme.

— Ça partira, l'assura-t-elle, luttant en vain contre l'hilarité. Je dois avoir de la térébenthine ou un truc dans ce genre.

Elle pressa sa main sur sa bouche, mais un gloussement s'en échappa.

— Je suis *vraiment* désolée, affirma-t-elle avant de laisser tomber le front sur la poitrine de l'homme. Et je ne rirais pas comme ça si vous arrêtiez de me fixer avec ce regard.

— Quel regard ?

— Patient.

— La patience vous plonge toujours dans de telles crises de fou rire ? s'enquit-il.

De ses cheveux émanaient une odeur de shampoing, un faible parfum citronné. Etrange que cela lui rappelle à ce moment précis la douceur de miel de sa bouche.

— S'il n'y avait que ça ! se lamenta-t-elle d'une voix étranglée. C'est une malédiction.

Elle inspira profondément, mais laissa la main posée sur la poitrine de Vance tandis qu'elle essayait de retrouver son calme.

— Un de mes élèves avait dessiné une caricature absolument crevante de son prof de biologie. Quand je suis tombée dessus, j'ai dû sortir un quart d'heure de la classe avant de pouvoir feindre la désapprobation.

Vance la repoussa, agacé par la réaction intempestive et déraisonnable qu'elle éveillait en lui.

— Parce que vous ne désapprouviez pas ?

— Moi ?

Shane secoua la tête en souriant :

— J'aurais bien voulu, mais la caricature était tellement réussie ! Je l'ai ramenée chez moi et je l'ai encadrée.

Soudain, elle se rendit compte qu'il lui tenait les bras, et que ses pouces en caressaient la peau nue tandis que ses yeux la scrutaient de son fameux regard, profond et réservé. Il ne semblait pas avoir conscience de son geste tendre et intime. Rien dans ses yeux ne trahissait la moindre tendresse. Si Shane avait suivi son instinct premier, elle se serait mise sur la pointe des pieds et l'aurait embrassé. Elle en avait envie — et lui aussi, elle le sentait. Quelque chose la retint d'agir. Elle resta immobile. Ses yeux croisèrent les siens avec calme, reflétant une franchise totale. Si quelqu'un cachait des secrets, c'était lui, et à cet instant, ils le surent tous les deux.

Vance aurait été plus à l'aise face à la dissimulation qu'à la candeur. Quand il s'aperçut qu'il tenait Shane dans ses bras et qu'il n'avait pas envie que cela cesse, il desserra son étreinte.

— Vous feriez mieux de retourner à votre peinture, suggéra-t-il. Je vais aller prendre quelques mesures.

— Très bien.

Shane le regarda se diriger vers la porte.

— Il y a de l'eau bouillante dans la cuisine si vous voulez du thé.

Quel homme étrange, songea-t-elle en le suivant des yeux, perplexe. D'un geste inconscient, elle effleura du doigt l'endroit tiède de son bras où sa chair était entrée en contact avec la sienne. Qu'avait-il cherché en scrutant ses yeux d'un regard si profond ? Que s'attendait-il à y trouver ? Tout serait tellement plus simple si seulement il lui posait les questions qui le tourmentaient ! Haussant les épaules, Shane se remit à la tâche.

Au pied de l'escalier, Vance marqua une pause et jeta un coup d'œil en direction du salon. Surpris, il entra pour examiner la pièce de plus près. Celle-ci avait été entièrement vidée ; chaque vase, lampe et bibelot avait été emballé dans des cartons étiquetés.

Elle avait abattu un sacré boulot, songea-t-il. Ce petit corps tonique renfermait une énergie de boxeur poids lourd. Elle avait de l'ambition, estima-t-il, et le cran nécessaire pour l'accomplir. Quoi qu'en dise son ex-fiancé, Shane Abbott était tout sauf frivole. Du moins, pas d'après ce qu'il lui avait été donné de voir jusqu'ici. Et, gravissant les marches de l'escalier, il fut de nouveau envahi d'une bouffée d'admiration pour elle.

En haut non plus, elle n'avait pas chômé, découvrit Vance. Une vraie tornade, conclut-il en avisant les cartons étiquetés dans la chambre principale. Et une fois prises ses mesures et ses notes, il passa dans la chambre de Shane.

Il y régnait un véritable capharnaüm qui tranchait avec l'organisation méticuleuse qu'il avait trouvée dans les autres pièces. Papiers, listes, notes, tablettes et factures griffonnées s'entassaient sur l'abattant ouvert d'un secrétaire Governor Winthrop. La brise qui entrait par les fenêtres ouvertes fit frémir les documents. Par terre, près du meuble, s'éparpillaient des dizaines de catalogues d'antiquités. Une chemise de nuit sur l'envers — un long T-shirt arrivant à mi-cuisse et non celle dont il l'avait affublée en pensée — avait été jetée sur une chaise. Une paire de baskets fatiguées gisaient contre la penderie, comme si elles avaient été lancées là puis oubliées par leur propriétaire.

Au centre de la pièce se trouvait un grand carton de livres qu'il se souvenait avoir vu la veille. Les livres étaient alors dans la troisième chambre. Manifestement, Shane les avait transportés la nuit dernière dans sa propre chambre afin d'en faire le tri. Plusieurs d'entre eux s'empilaient en équilibre précaire sur le sol ; d'autres jonchaient sa table de chevet. A l'évidence, le mode de travail de Shane était aux antipodes de son mode de vie.

Bizarrement, Vance repensa à Amelia et à l'élégance de l'ordre qui régnait dans ses appartements privés. Déclinés dans des tons de rose et d'ivoire, ceux-ci n'offraient pas la moindre trace de poussière ou de fouillis. Même le bataillon de pots de crème et de flacons de parfum encombrant sa coiffeuse était aligné avec soin. Shane ne possédait pas de coiffeuse, et l'abattant du secrétaire ne supportait qu'une petite boîte émaillée, une photo encadrée et un unique flacon de parfum. La photo était un instantané couleur montrant Shane adolescente auprès d'une femme très droite, aux cheveux blancs.

« Voilà donc la grand-mère », songea Vance. Elle arborait un sourire guindé de circonstance, mais assurément ses yeux pétillaient de rire parmi les rides. Son visage tanné n'affichait rien de la douceur du grand âge, observa-t-il, mais plutôt une rudesse contrastant avec la jeune fille qui se tenait près d'elle.

Elles posaient debout sur l'herbe d'été, dos au ruisseau. La grand-mère portait une robe-tablier à fleurs, sa petite-fille un T-shirt jaune et un jean taillé en short.

Cette Shane-là n'était guère différente de la femme en train de peindre à l'extérieur. Elle avait les cheveux plus longs, un corps plus frêle, mais débordait déjà de cette même gaieté. Même si son bras était passé sous celui de la vieille dame, il se dégageait de ce geste une impression de camaraderie, pas de soutien.

Elle était plus séduisante avec les cheveux courts, estima Vance en étudiant sa photo. La façon dont ses boucles lui encadraient le visage rehaussait la douceur de sa peau et le triangle de son petit minois…

Cette photo avait-elle été prise par Cy ? Cette idée le contraria aussitôt. Cy lui déplaisait par principe, même si pendant toutes ces années il avait certainement employé bon nombre de ses clones. Ces gens-là combinaient leur vie comme une déclaration d'impôts.

Qu'est-ce qu'elle avait bien pu trouver à ce type ? se demanda-t-il avec dégoût tout en s'éloignant pour aller prendre d'autres mesures. Si elle l'avait épousé, elle vivrait maintenant en banlieue dans une maison étouffante, aurait deux, trois enfants, apporterait tous les mercredis son soutien aux soldats dans le cadre des Ladies Auxiliary, et prendrait chaque année quinze jours de vacances dans un cottage loué en bord de mer. Le bonheur pour certains, songea-t-il, mais pas pour une femme qui aimait peindre des vérandas et rêvait des îles Fidji.

Cette espèce de crétin complètement coincé l'aurait harcelée de reproches jusqu'à la fin de sa vie, conclut Vance avant de redescendre. Elle l'avait échappé belle. Dommage qu'il n'ait pas pu en faire autant ! Au lieu de quoi il avait passé quatre années insupportables à rêver que sa femme disparaisse de sa vie et deux autres à culpabiliser que son vœu se soit réalisé.

Chassant ses idées sombres, Vance sortit jeter un coup d'œil à la véranda de devant.

Un peu plus tard, alors qu'il était en train de prendre des mesures en marmonnant, Shane le rejoignit, un mug de thé dans chaque main.

— Pas génial, hein ?

Vance leva vers elle un regard dégoûté.

— C'est un miracle que personne ne se soit jamais cassé une jambe sur ce truc.

— On ne l'utilise guère.

Shane haussa les épaules en zigzaguant d'un pas expert entre les lames douteuses.

— Gran passait toujours par la porte de derrière. Comme tous les gens qui viennent à la maison.

— Pas votre petit ami.

Shane lui lança un regard dur.

— Cy ne passe jamais par la porte de derrière, et ce n'est pas mon petit ami. D'après vous, qu'est-ce que je devrais faire ?

— Il me semblait que vous aviez déjà réglé le problème, rétorqua-t-il en rempochant son mètre. Et fort bien même.

Shane le fixa un instant avant de se mettre à rire.

— Non, je ne parlais pas de Cy, mais de la véranda.

— Arrachez cette espèce de ruine une bonne fois pour toutes.

— Oh…

Shane s'assit avec précaution sur la marche du haut.

— En entier ? J'espérais remplacer les lames les plus abîmées et…

— Il suffirait du poids de trois personnes pour que tout s'effondre complètement, la coupa Vance en regardant les planches branlantes avec mécontentement. Je ne comprends pas qu'on puisse laisser les choses se dégrader à ce point.

— Très bien, ne vous énervez pas, suggéra-t-elle en lui tendant un mug de thé. Combien diriez-vous que ça va me coûter ?

Vance calcula un petit moment avant de lui donner un prix. Il vit la consternation se peindre sur le visage de Shane, puis elle lâcha un soupir.

— O.K.

Voilà qui anéantissait son dernier espoir de conserver l'ensemble de salle à manger de sa grand-mère…

— S'il le faut. C'est une priorité, je suppose. Le temps risque de se mettre au froid d'un jour à l'autre.

Elle parvint à sourire à Vance sans enthousiasme.

— Je n'aimerais pas que mon premier client me fasse un procès après être passé à travers le plancher de la véranda.

— Shane.

Vance se tenait face à elle. Comme elle était assise sur la marche du haut, leurs visages étaient presque au même niveau. Malgré le regard de Shane, ouvert et franc, il hésita avant de parler.

— Combien avez-vous ? D'argent, précisa-t-il sans détour en voyant qu'elle le fixait sans comprendre.

Cette question la contraria.

— Assez pour m'en sortir, affirma-t-elle avant de laisser échapper un soupir d'agacement face au regard insistant de Vance. Tout juste, avoua-t-elle. Mais je pourrai tenir le temps que mon affaire me rapporte quelques dollars. J'ai réparti tout mon budget entre la maison et l'achat du stock. Gran m'a laissé un petit pécule et j'avais mes propres économies.

De nouveau, Vance hésita. Il s'était promis de ne pas s'investir dans la vie de cette fille, mais chaque fois qu'il la voyait, c'était plus fort que lui.

— Croyez bien que je regrette de vous tenir le même discours que votre petit ami, commença-t-il.

Shane l'interrompit d'emblée :

— Alors ne dites rien. Et ce n'est pas mon petit ami.

— Très bien.

Vance contempla son mug, les sourcils froncés. Il y avait une différence entre accepter un boulot pour s'amuser et prendre l'argent d'une femme qui de toute évidence ne roulait pas sur l'or. Il but une gorgée de son thé en se creusant les méninges à la recherche d'un prétexte crédible pour refuser le tarif horaire qu'elle lui avait proposé.

— Shane, en ce qui concerne mon salaire…

— Oh… Pour l'instant, je ne suis pas en mesure de vous faire une meilleure offre, Vance.

Une lueur de détresse traversa son regard.

— Plus tard, quand l'affaire sera lancée…

— Non.

Gêné et contrarié, il posa la main sur la sienne pour l'arrêter.

— Non, il n'était pas question de vous demander un tarif plus élevé.

— Mais…

Shane s'interrompit. Soudain elle comprit, et ses yeux s'emplirent de larmes. D'un geste vif, elle posa son mug et se leva. Elle descendit les marches en secouant la tête.

— Non, non, c'est très gentil à vous, articula-t-elle avec peine en s'éloignant de lui. Je… J'apprécie vraiment, mais c'est inutile. Je ne voulais pas avoir l'air de…

Laissant sa phrase inachevée, elle contempla les montagnes environnantes. L'espace d'un instant, il n'y eut plus que le glouglou du ruisseau qui s'écoulait derrière eux.

Se maudissant intérieurement, Vance alla vers elle. Après une brève hésitation, il la prit par les épaules.

— Shane, écoutez…

— Non, je vous en prie.

Elle se retourna vivement vers lui, les yeux noyés de chagrin même si jusque-là elle avait réussi à endiguer ses larmes. Elle posa ses mains sur ses avant-bras et Vance fut surpris par la force inattendue de ses doigts.

— C'était très gentil à vous de me le proposer.

— Non, pas du tout, répliqua Vance d'un ton cassant.

Il était parcouru par un sentiment de frustration, de culpabilité et d'autre chose encore. Et détestait tout cela en bloc.

— Zut, Shane ! Vous ne comprenez rien. L'argent ne…

— Je comprends que vous êtes un homme adorable, le coupa-t-elle.

Elle l'entoura de ses bras en appuyant sa joue contre sa poitrine et Vance sentit le piège se refermer sur lui.

— Non, c'est faux, marmonna-t-il.

En voulant la repousser et se tirer du pétrin dans lequel

il s'était fourré, Vance reprit Shane par les épaules. En aucun cas il n'accepterait sa gratitude indue. Mais ses mains remontèrent toutes seules vers ses cheveux.

Il ne voulait pas la repousser, comprit-il. Loin de là, même ! Pas au moment où elle pressait contre lui ses seins fermes et menus. Pas quand ses cheveux s'enroulaient avec exubérance autour de ses doigts. Ils étaient si doux, soyeux, et couleur de miel. Sa bouche aussi était douce, se rappela-t-il avec convoitise. Et s'abandonnant au désir, Vance enfouit son visage dans la chevelure de Shane en murmurant son nom.

Quelque chose dans le ton de sa voix, un soupçon de désespoir, éveilla chez Shane l'envie de le réconforter. Elle n'était pourtant pas encore consciente qu'il la désirait, elle ne percevait que son malaise. Elle se serra plus fort contre lui, impatiente de le calmer, tout en parcourant son dos de ses mains apaisantes. Sous sa caresse, le sang de Vance ne fit qu'un tour. D'un geste vif, presque brutal, il lui inclina la tête en arrière et plaqua sauvagement sa bouche sur la sienne.

Bâillonnant le cri instinctif que poussa Shane, il ne remarqua pas les efforts de la jeune femme pour se débattre. La flamme qui le consumait était si forte, si intolérablement brûlante, qu'il ne songeait qu'à l'éteindre. Shane en éprouva tout d'abord de la peur, mais la passion, plus puissante, l'emporta sur le reste. Le feu se propagea en elle, la submergea jusqu'à ce que sa bouche réponde fougueusement à son baiser.

Jamais rien ni personne ne l'avait mise dans un tel état — cette folle volupté, ce désir terrifiant. Dans sa frénétique excitation, elle poussa un gémissement lorsque Vance lui mordilla la lèvre inférieure. Elle sentait courir sur sa peau de rapides frissons qui la troublaient et l'incendiaient. Pas un instant elle ne songea à le repousser. Elle était déjà sienne, elle le savait.

Vance songea qu'il allait devenir fou s'il ne la touchait pas, s'il n'apprenait pas au moins l'un des secrets de son petit corps mince. La nuit dernière, ses fantasmes s'étaient acharnés à le tourmenter, ne lui laissant pas une seconde de répit. A présent, il lui fallait les satisfaire. Sans mettre fin à l'assaut de sa bouche, il passa la main sous le T-shirt de Shane, à la recherche d'un sein. Il sentit son cœur cogner sous sa main. Elle avait un corps ferme et menu. Cela ne fit qu'accroître son appétit et lui arracha un gémissement tandis que du pouce et de l'index il excitait la pointe de son sein déjà dressé.

Shane sentit sa tête exploser de couleurs, comme un arc-en-ciel aveuglant de brillance. Elle se cramponna à lui, effrayée, envoûtée, pendant que ses lèvres et sa langue continuaient à répondre à son désir avec une exigence égale à la sienne. Contre sa peau veloutée, elle sentait sa main rugueuse et couverte de cals. Son pouce la frottait douloureusement, l'amenant à un degré d'excitation proche du délire. Il n'y avait chez lui aucune douceur, aucune tendresse. Sa bouche était dure et brûlait du goût violent de la colère. Plaqué contre le sien, le corps de Vance était raide et tendu. Une passion brute et dévastatrice semblait jaillir de lui, la défiant d'y répondre avec une ardeur équivalente.

Shane sentit ses bras se resserrer convulsivement autour d'elle ; puis il la libéra si soudainement de son étreinte qu'elle chancela et dut se rattraper à son bras pour ne pas perdre l'équilibre.

Dans ses yeux, Vance vit défiler les nuages de la passion, les éclairs de la peur. Elle avait la bouche meurtrie et gonflée par la férocité de la sienne. Il la contempla, dérouté. Jamais il ne s'était montré aussi brutal envers une femme. En général, il passait pour un amant attentionné, parfois indifférent peut-être, mais jamais violent. Il recula d'un pas.

— Je suis désolé, lâcha-t-il d'un ton sec.

D'un geste nerveux, Shane porta brièvement la main à ses lèvres encore sensibles. Sa propre réaction, bien plus que les façons de Vance, l'avait profondément ébranlée.

Où ce feu et cette passion étaient-ils restés enfouis durant tout ce temps ?

— Je ne…

Shane dut s'éclaircir la voix avant de pouvoir articuler autre chose qu'un murmure.

— Ne soyez pas désolé. Moi je ne regrette rien.

Vance la considéra fixement pendant quelques instants.

— Ça vaudrait pourtant mieux pour tout le monde.

Il tira un papier de la poche arrière de son jean.

— Voilà la liste des matériaux dont vous allez avoir besoin. Dès qu'ils vous auront été livrés, faites-le-moi savoir.

— Très bien.

Shane accepta la liste qu'il lui tendait. Comme il s'éloignait, elle prit son courage à deux mains :

— Vance…

Il marqua une pause et se retourna.

— Je ne regrette rien, répéta-t-elle avec calme.

Il ne répondit pas, contourna la maison et disparut.

# 5

Shane n'avait jamais travaillé aussi dur que ces trois derniers jours. La chambre d'amis et la salle à manger étaient bourrées à craquer de cartons étiquetés, répertoriés et scellés. La maison avait été récurée, balayée et époussetée de fond en comble. Shane avait potassé des catalogues d'antiquités jusqu'à ce que les mots se brouillent devant ses yeux fatigués. Chaque objet en sa possession avait été listé de façon systématique. En fixer l'époque et le prix était plus éreintant que le travail manuel et la faisait souvent veiller jusqu'après minuit. Tirée de son lit par les rayons du soleil, elle se remettait aussitôt à la tâche. Cependant, à aucun moment son énergie ne fléchit. Chaque étape réalisée faisait croître son excitation, la poussant à en faire davantage.

Le temps qui passait la renforçait dans sa conviction et sa confiance : elle avait pris la bonne décision. Elle *sentait* que c'était la bonne. Il lui fallait trouver sa voie : les sacrifices et les risques financiers étaient un passage obligé. Elle n'avait pas l'intention d'échouer.

Pour elle, le magasin ne serait pas qu'un commerce, mais une aventure. Une aventure qu'elle avait certes hâte d'entreprendre, mais la planification et l'anticipation étaient des étapes tout aussi stimulantes. Elle avait passé contrat avec un couvreur et un plombier, et choisi ses peintures et vernis. Cet après-midi, sous un déluge de pluie, les matériaux qu'elle avait commandés d'après la liste de Vance lui avaient été livrés. Ces événements pourtant banals et terre à terre lui avaient donné le frisson de l'accomplissement. En un sens, tout ce bois, ces clous et autres boulons représentaient la preuve tangible de la mise en œuvre de son projet. Antietam Musée et Antiquités deviendrait une réalité sitôt la première planche fixée.

Tout excitée, elle avait appelé Vance qui, s'il se montrait fidèle à sa parole, s'attaquerait au chantier dès le lendemain matin.

Au-dessus d'une tasse de chocolat, Shane, dans la solitude de sa cuisine, écoutait le martèlement incessant de la pluie en pensant en lui. Au téléphone, il s'était montré bref et très professionnel. Elle ne s'en était pas offusquée. Elle était arrivée à la conclusion que la propension de Vance aux sautes d'humeur faisait partie de son caractère. Cela ne l'en rendait que plus attirant.

Elle regarda au-dehors : les fenêtres étaient sombres et la lumière de la cuisine se reflétait avec une lueur spectrale sur les carreaux mouillés. Il faudrait allumer un feu pour chasser ce froid humide, songea-t-elle paresseusement, mais elle n'avait pas vraiment envie de bouger. Au lieu de quoi, elle frotta ses pieds nus l'un contre l'autre : tant pis pour les chaussettes, il aurait fallu qu'elle monte à l'étage…

Une goutte se détacha lentement du plafond pour tomber dans une casserole posée par terre. De temps à autre, ce tintement métallique la faisait sursauter. Partout dans la maison étaient disposées d'autres casseroles à des endroits stratégiques. Shane se moquait de la pluie autant que d'être seule. La véritable solitude lui était un sentiment pour ainsi dire étranger. Comblée par sa propre compagnie, par l'activité de son esprit, elle ne rêvait à cet instant d'aucune autre présence, même si elle ne l'aurait pas non plus évitée. Pourtant, elle pensait à Vance : était-il assis à sa fenêtre, en train de regarder la pluie tomber par une vitre obscurcie ?

Oui, s'avoua-t-elle, elle était terriblement attirée par cet homme. Et ce qu'elle ressentait dans ses bras dépassait de loin la simple réaction physique, quand il l'embrassait avec cette violence qui la terrifiait tout en l'excitant. Sa seule présence était stimulante — on sentait l'orage couver sous son calme apparent. Il y avait chez lui un dynamisme étonnant. Le dynamisme d'un homme que l'oisiveté rendait mal à l'aise, voire impatient. L'absence de travail, songea-t-elle dans un soupir de compassion, devait le frustrer terriblement.

Shane comprenait son besoin de produire, d'être actif, même si ses propres accès d'énergie frénétique alternaient souvent avec des périodes de paresse assumée. Elle allait vite, mais sans se bousculer. Elle pouvait soit travailler des heures sans se fatiguer, soit dormir jusqu'à midi sans le moindre remords. Quoi qu'elle fasse, elle y mettait tout son cœur. Il était vital pour elle de trouver un moyen de prendre plaisir à la moindre besogne, si modeste ou exténuante soit-elle. Elle en conclut que Vance, lui, pouvait travailler inlassablement sans pour autant devoir y trouver de l'agrément.

Le fait que leurs tempéraments respectifs soient aussi diamétralement opposés ne la dérangeait pas. Son intérêt pour l'Histoire, allié à son expérience d'enseignante, lui avait donné un aperçu de la diversité de la nature humaine. A ses yeux, il n'était pas nécessaire que les pensées et les humeurs de Vance aillent dans la même direction que les siennes. Le confort d'une telle compatibilité ne serait guère excitant et ne laisserait place à aucune surprise. La totale harmonie, réfléchit-elle, pouvait être charmante, assez douce et très insipide. Il y avait quand même dans la vie des choses plus… intéressantes.

Elle avait perçu chez Vance une étincelle d'humour, peut-être un sens du ridicule, presque oublié. Et il était loin d'être froid. Consciente de ses défauts comme de leurs différences, elle reconnaissait néanmoins à cet homme des qualités justifiant son attirance pour lui.

Le sentiment qu'elle avait éprouvé dès leur première rencontre n'avait fait que s'intensifier. Cela défiait toute logique, toute raison, mais son cœur avait su instantanément qu'il était l'homme qu'elle attendait depuis toujours. Shane avait beau se dire que c'était impossible, elle savait que l'impossible a la mystérieuse manie de se produire contre toute attente. Le coup de foudre ? Ridicule. Et pourtant…

Impossible ou pas, ridicule ou pas, son cœur, lui, avait fait son choix. C'est vrai qu'elle tombait facilement amoureuse, mais sans pour autant donner son affection à la légère. Son amour pour Cy avait été une passion de jeunesse, influençable, mais tout à fait réelle. Il lui avait fallu longtemps pour s'en remettre.

Shane ne se faisait aucune illusion sur Vance Banning. C'était un homme difficile. Même ses brusques accès de gentillesse ou d'humour n'enlevaient rien au fait qu'on ne le changerait pas. Il y avait en lui trop de colère, trop de volonté. Et si elle admettait avoir été victime d'un coup de foudre, elle avait assez de bon sens pour voir que le phénomène n'était pas réciproque.

Il la désirait. Elle était obligée de le reconnaître, même si cela la déconcertait, ne s'étant jamais considérée comme une femme désirable. Pourtant, son désir n'empêchait pas Vance de garder ses distances. C'était cette réserve, décida-t-elle, cette méfiance étudiée qui bataillait contre sa passion.

Elle but paresseusement une gorgée de son chocolat et regarda la pluie par la fenêtre. Le problème, pour elle, c'était de forcer ses barrières. Ce n'était pas la première fois qu'elle était amoureuse, ni qu'elle affrontait la souffrance et cette sensation de vide. La souffrance, elle était prête à l'accepter de nouveau, mais ce vide intérieur, pas question de l'éprouver une seconde fois ! Elle voulait Vance Banning. Tout ce qu'il lui restait à faire était de se rendre désirable à ses yeux. Shane reposa son mug avec un petit sourire. Elle avait été élevée pour réussir.

La lumière éblouissante des phares sur la fenêtre la fit sursauter. Elle se leva et alla à la porte de derrière voir qui avait bravé la pluie pour lui rendre visite. Les mains en œillère de part et d'autre du visage, elle scruta la vitre mouillée. Elle reconnut la voiture et ouvrit immédiatement la porte en grand. Elle fut agressée par une pluie glaciale, mais rit en voyant Donna, tête baissée, zigzaguer péniblement entre les flaques.

— Salut !

Sans cesser de rire, Shane s'effaça pour laisser son amie se précipiter à l'intérieur.

— Tu t'es un peu mouillée, observa-t-elle.

— Très drôle.

Donna se débarrassa de son imperméable qu'elle alla suspendre à une patère près de la porte de derrière. Avec la désinvolture qu'autorise une amitié de longue date, elle ôta ses mocassins trempés.

— Je me suis dit que tu devais hiberner. Tiens.

Elle tendit à Shane la boîte de café d'une livre.

— Un cadeau de bienvenue pour mon retour ? s'enquit cette dernière, en retournant la boîte avec curiosité. Ou serait-ce une allusion au fait que tu en prendrais bien une tasse ?

— Ni l'un ni l'autre.

Secouant la tête, Donna passa la main dans ses cheveux mouillés.

— Tu l'as achetée l'autre jour, mais tu l'as laissée au magasin.

— Ah bon ?

Shane médita là-dessus quelques secondes avant d'éclater de rire.

— Ah, c'est vrai ! Merci. Qui s'occupe du magasin pendant que tu fais les livraisons ?

Et se tournant, elle fourra la boîte dans un placard.

— Dave.

Donna se laissa choir sur une chaise de la cuisine avec un soupir.

— Sa sœur est venue jouer les baby-sitters, alors il m'a mise à la porte.

— Dur, en plein orage…

— Il voyait bien que je n'arrivais pas à tenir en place.

Elle jeta un œil par la fenêtre.

— Cette pluie ne semble pas vouloir s'arrêter.

Elle frissonna en regardant d'un œil réprobateur les pieds nus de son amie.

— Tu n'as pas froid ?

— Je songeais à allumer un feu, répondit celle-ci d'un air absent, avant de sourire. Mais ça m'a paru terriblement casse-pieds.

— Un gros rhume aussi, c'est terriblement casse-pieds.

— Le chocolat est encore chaud, lui signala Shane en s'emparant machinalement d'une autre tasse. Tu en veux ?

— Oui, merci.

Donna ramena de nouveau ses cheveux en arrière avant de joindre les deux mains ; mais elle ne pouvait pas rester tranquille. Tout à coup, elle lança à Shane un sourire radieux.

— Il faut que je te dise quelque chose, sinon je vais exploser.

Vaguement intriguée, Shane la regarda par-dessus son épaule.

— Vas-y.

— J'attends un autre enfant.

— Oh, Donna, c'est merveilleux !

Shane éprouva un pincement d'envie envers son amie. Repoussant très vite ce sentiment mesquin, elle alla la serrer dans ses bras.

— C'est pour quand ?

— Pas avant sept mois.

Donna essuya la pluie sur son visage en riant.

— Je suis aussi excitée que la première fois. Dave aussi, même s'il joue les nonchalants.

Elle lança un regard épanoui à Shane.

— L'air de rien, il s'est débrouillé pour lâcher l'info à tous les gens qui sont entrés dans le magasin cet après-midi.

Shane étreignit de nouveau son amie.

— Tu te rends compte de la chance que tu as ?

— Oui.

Donna eut un sourire penaud.

— J'ai passé la journée à chercher des prénoms. Que penses-tu de Charlotte et Samuel ?

— Très distingués.

Shane retourna à la cuisinière. Après avoir versé le chocolat, elle apporta les deux tasses à table.

— A la santé de la petite Charlotte ou du petit Samuel !

— Ou bien Andrew et Justine, hasarda Donna en trinquant.

— Tu comptes en avoir combien, au juste ? ironisa Shane.

— Un seul à la fois, répondit Donna en tapotant fièrement son ventre.

Ce geste fit sourire Shane.

— Tu m'as bien dit que la sœur de Dave s'occupait de Benji ? Elle n'est plus au lycée ?

— Non, elle a eu son examen cet été. Pour l'instant, elle cherche un autre job.

Donna se laissa aller contre le dossier de sa chaise avec un soupir de satisfaction.

— Elle compte aller en fac à temps partiel, mais elle ne roule pas sur l'or, et pour le moment ses horaires de travail sont pratiquement incompatibles avec des études.

Son front se plissa de compassion.

— Ce trimestre, elle n'arrive pas à assister à plus de deux cours du soir par semaine. A ce rythme-là, il lui faudra des siècles avant de décrocher un diplôme.

— Hmm…

Le regard de Shane s'abîma au fond de sa tasse.

— Pat était très brillante, si mes souvenirs sont bons ?

— Brillante et jolie comme un cœur.

Shane hocha la tête.

— Dis-lui de passer me voir.

— Toi ?

— Quand j'aurai démarré mon affaire, j'aurai besoin d'une aide à temps partiel.

Son regard se perdit dans le vague tandis que le vent projetait des rafales de pluie contre les fenêtres.

— Les deux premiers mois, je ne pourrai rien faire pour elle mais après, si elle est toujours intéressée, on pourrait trouver un arrangement.

— Shane, elle va être folle de joie ! Mais tu es sûre que tu peux te permettre d'embaucher quelqu'un ?

Shane leva sa tasse d'un air de défi.

— Dans six mois, je serai fixée sur mon sort.

Considérant cette idée, elle enroula une boucle de cheveux autour de son index, signe chez elle de nervosité, comme ne l'ignorait pas Donna. Cette dernière fronça les sourcils mais ne dit rien.

— Je veux que le magasin reste ouvert sept jours sur sept, enchaîna Shane. C'est le week-end qu'il y aura forcément le plus d'activité si j'arrive à attirer quelques touristes. Entre la vente et la comptabilité, le stock et les achats qu'il me faudra faire, je ne m'en sortirai jamais seule. Si je coule, murmura-t-elle, ce sera corps et biens.

— Je ne t'ai jamais vue faire les choses à moitié, remarqua Donna avec un brin d'admiration mêlée d'inquiétude. A ta place, je serais morte de peur.

— J'ai un peu peur, avoua Shane. Parfois je m'imagine cet endroit quand tout sera fini, et je vois les clients entrer pour examiner la marchandise. Je vois toutes les salles et les comptes que je vais devoir tenir…

Elle roula des yeux au plafond.

— Qu'est-ce qui me fait croire que je vais y arriver ?

— Du plus loin que je m'en souvienne, tu as toujours su négocier ce qui s'est trouvé sur ton chemin.

Donna s'interrompit, le temps de considérer Shane avec attention.

— Tu vas tenter le coup malgré toutes les chausse-trapes que je vais te pointer du doigt ?

Un sourire creusa les fossettes de Shane.

— Oui.

— Alors, je ne t'en indiquerai aucune, répliqua Donna

avec un sourire railleur. Ce que je vais te dire, c'est que tu es aussi capable qu'une autre d'y arriver.

Après avoir contemplé son chocolat d'un air soucieux, Shane leva la tête et planta son regard dans celui de son amie.

— Pourquoi ?

— Parce que tu vas te donner à fond.

La simplicité de sa réponse provoqua le rire de Shane.

— Tu es sûre que ça suffira ?

— Oui, répondit Donna avec un tel sérieux que Shane se rembrunit.

— J'espère que tu as raison, murmura-t-elle avant de chasser ses doutes. De toute façon, il est un peu tard pour se faire du souci maintenant. Alors, poursuivit-elle d'un ton plus léger, quoi de neuf à part Justine et Samuel ?

Après un instant d'hésitation, Donna se jeta à l'eau :

— Shane, j'ai vu Cy l'autre jour.

— Ah oui ? fit Shane, étonnée, tout en buvant une gorgée. Moi aussi.

Donna s'humecta les lèvres.

— Il avait l'air très… euh, préoccupé par tes projets.

— Critique et préoccupé sont deux adjectifs tout à fait différents, objecta Shane avant de sourire en voyant les joues de Donna s'empourprer. Oh, ne t'en fais pas, Donna ! Cy n'a jamais approuvé une seule de mes idées. Ça ne me dérange plus. En fait, moins il approuve, poursuivit-elle lentement, et plus ça me renforce dans la conviction que j'ai raison. Je ne pense pas qu'il ait jamais pris un risque de toute sa vie.

Notant que Donna mâchonnait nerveusement sa lèvre inférieure, Shane la fixa d'un regard droit.

— Bon, quoi d'autre ?

— Shane.

Donna marqua une pause, puis se mit à suivre du doigt le bord de la tasse sans s'arrêter. Shane reconnut ce geste d'hésitation et garda le silence.

— Je crois que je ferais mieux de te le dire avant que… Eh bien, avant que quelqu'un d'autre ne te l'apprenne. Cy…

Shane laissa patiemment passer quelques secondes.

— Cy quoi ? demanda-t-elle d'un ton ferme.

Donna leva la tête, l'air penaud.

— Il a beaucoup vu Laurie MacAfee ces derniers temps.

Devant les yeux écarquillés de surprise de Shane, elle embraya à toute vitesse :

— Je suis désolée, Shane, vraiment désolée, mais franchement je pensais que tu devais le savoir. Et je me suis dit que ça te serait peut-être plus facile de l'apprendre de moi. Je crois que… Enfin, je crains que ça ne soit sérieux.

— Laurie…

Shane s'interrompit et parut s'abîmer dans la contemplation fascinée de l'eau qui gouttait dans la casserole.

— *Laurie MacAfee* ? articula-t-elle au bout d'un silence stupéfait.

— Oui, acquiesça Donna d'une voix douce, les yeux rivés sur la table. D'après la rumeur, ils seront mariés l'été prochain.

L'air malheureux, elle attendit la réaction de Shane. Lorsqu'elle l'entendit éclater d'un rire inextinguible, elle releva la tête, craignant une crise de nerfs.

— Laurie MacAfee !

Shane martelait la table de ses poings et riait à s'en rendre malade.

— Oh, c'est merveilleux, c'est parfait ! Oh ! lala ! Oh, mon Dieu, quel couple *admirable* !

— Shane…

Préoccupée par ses yeux humides et son rire hystérique, Donna cherchait le mot juste.

— Oh, je regrette de ne pas l'avoir su plus tôt, je l'aurais félicité !

Vaincue par l'hilarité, Shane appuya son front sur la table. Prenant cela pour le signe d'un cœur brisé, Donna posa une main consolatrice sur la tête de son amie.

— Shane, il ne faut pas le prendre comme ça…

Elle lui caressa doucement les cheveux, et ses propres yeux s'emplirent de larmes.

— Cy n'est pas pour toi. Tu mérites quelqu'un de mieux.

Sa déclaration fit partir Shane d'un nouvel éclat de rire.

— Oh, *Donna* ! Oh, Donna, tu te souviens des si mignons petits ensembles qu'elle portait toujours au lycée ? Et elle était toujours première en cours d'économie domestique !

Shane dut s'astreindre à plusieurs longues inspirations avant de pouvoir poursuivre :

— Elle avait fait un mémoire sur la façon de planifier le budget d'un ménage.

— Je t'en prie, ma chérie, n'y pense plus.

Donna balaya la cuisine du regard : y avait-il du brandy à usage médicinal quelque part dans la maison ?

— Elle aura ses embauchoirs personnels, fit Shane d'une voix faible. J'en suis persuadée. Et elle leur collera une étiquette pour ne pas les mélanger. Oh, Cy !

Prise d'une nouvelle crise de fou rire, elle cogna du poing sur la table.

— Laurie. Laurie MacAfee !

Bourrelée d'inquiétude, Donna lui souleva doucement la tête.

— Shane, je…

Dans un sursaut, elle se rendit compte que son amie, loin d'être accablée de chagrin, était tout simplement submergée par l'hilarité. Durant quelques secondes, Donna fixa les grands yeux de Shane où dansaient des lueurs amusées.

— Eh bien, constata-t-elle sèchement. Je savais que ça te mettrait dans tous tes états.

Shane hurla de rire.

— Je vais leur offrir un truc victorien en cadeau de mariage. Donna, reprit-elle dans un immense sourire de gratitude, tu as illuminé ma journée. Oui, illuminé, vraiment.

— Je savais que tu le prendrais mal, répliqua Donna

avec un sourire perplexe. Essaie simplement de retenir tes larmes en public.

— Je saurai rester digne, promit Shane avant de sourire. Tu es adorable. Tu croyais vraiment que j'en pinçais encore pour Cy ?

— Je n'étais pas sûre, avoua Donna. C'est que tous les deux... Eh bien, vous êtes restés si longtemps ensemble, et puis je me souvenais combien tu avais été anéantie après votre rupture. Après, tu n'en as plus jamais reparlé.

— J'avais besoin d'un peu de temps pour panser mes blessures, expliqua Shane. Mais ça fait belle lurette qu'elles sont guéries. J'étais amoureuse de lui, mais je m'en suis remise. Il a bien amoché mon amour-propre. Cela dit, j'ai survécu.

— Je l'aurais tué à l'époque, marmonna Donna, la mine sombre. Deux mois avant le mariage !

— Ça valait mieux que deux mois après, lui fit remarquer Shane avec logique. Ça n'aurait jamais marché entre nous. Aujourd'hui, en revanche, Cy et Laurie MacAfee...

Cette fois, toutes les deux éclatèrent de rire.

— Shane, reprit Donna en lui lançant un regard soudain plus calme. Des tas de gens vont s'imaginer que tu tiens encore à Cy.

Shane balaya cette perspective d'un haussement d'épaules.

— On ne peut pas empêcher les gens de s'imaginer des choses.

— Ni les empêcher de jaser, murmura Donna.

— Ils se trouveront très vite une cible de commérages plus intéressante, rétorqua Shane avec désinvolture. En plus, j'ai suffisamment de pain sur la planche pour ne pas perdre mon temps à m'inquiéter à ce sujet.

— C'est ce que j'ai vu d'après tout ce qui s'entasse sous la véranda. Qu'est-ce qu'il y a sous cette bâche ?

— Du bois et des matériaux.

— Mais que vas-tu en faire exactement ?

— Moi, rien. C'est Vance Banning qui va s'en charger. Un peu plus de chocolat ?

— Vance Banning !

Stupéfaite, puis fascinée, Donna se pencha en avant.

— Raconte !

— Il n'y a pas grand-chose à raconter. Tu ne m'as pas répondu pour le chocolat.

Donna repoussa son offre d'un geste impatient.

— Shane, qu'est-ce que Vance Banning va faire de tout ce bois et de ces matériaux ?

— De la menuiserie.

— Pourquoi ?

— Parce que je l'ai embauché pour ça.

Donna serra les dents, exaspérée :

— Pourquoi ?

— Parce qu'il est menuisier.

— Shane !

Shane maîtrisa vaillamment son sourire.

— Ecoute, il n'a pas de boulot, il est doué et j'ai besoin de quelqu'un prêt à travailler en dessous du minimum syndical, alors…

Elle écarta les mains en signe d'évidence.

— Qu'as-tu découvert sur lui ?

Donna exigeait d'avoir la primeur des tout derniers scoops.

— Pas grand-chose, avoua Shane, dépitée. Rien, en fait. Il n'est pas très bavard.

Donna eut un petit sourire entendu.

— Ça, je le savais déjà.

Pour toute réponse, Shane lui décocha un bref sourire.

— Disons qu'il peut se montrer carrément impoli quand ça lui prend. Il a un orgueil démesuré ainsi qu'un merveilleux sourire dont il use trop peu. Des mains puissantes…, murmura-t-elle avant de se reprendre. Et une gentillesse qu'il dispense au compte-gouttes. Je pense qu'il a le sens de l'autodérision mais qu'il a perdu le mode d'emploi. Je sais que c'est un bourreau de travail parce que quand le vent souffle vers ici, je l'entends manier la scie et le marteau à toute heure.

Elle lança un regard par la fenêtre en direction du sentier.

— Je suis amoureuse de lui.

— Oui, mais qu'est-ce que…

Le souffle coupé, Donna s'étrangla :

— *Quoi !*

— Je suis amoureuse de lui, répéta Shane avec un sourire amusé. Tu veux un peu d'eau ?

Donna resta presque une minute à la dévisager fixement, sidérée. « Elle plaisante », se dit-elle. Mais à l'expression de Shane, elle comprit que son amie était tout à fait sérieuse. En tant que femme mariée enceinte de son deuxième enfant, il était de son devoir, décida-t-elle, de lui montrer les dangers de ce genre de pensée.

— Shane, commença-t-elle d'un ton patient, maternel, tu viens à peine de rencontrer cet homme. Alors…

— Je l'ai su à la minute où j'ai posé les yeux sur lui, la coupa Shane calmement. Je vais l'épouser.

— L'épouser !

A court de mots, Donna se perdit dans un bredouillis confus. Pleine d'indulgence, Shane se leva pour aller lui chercher un verre d'eau.

— Il… Il t'a demandée en mariage ?

— Non, bien sûr que non.

Shane pouffa à cette seule idée tout en tendant le verre à Donna.

— Il vient à peine de me rencontrer.

Tentant de suivre la logique de son amie, Donna ferma les yeux et se concentra.

— Je suis complètement paumée, finit-elle par avouer.

— J'ai dit que j'allais me marier avec lui, expliqua Shane en se rasseyant. Mais il ne le sait pas encore. D'abord, je dois attendre qu'il tombe amoureux de moi.

Après avoir reposé son verre d'eau sans l'avoir touché, Donna la considéra d'un air sévère.

— Shane, je crois que tu subis une pression bien plus grande que ce que tu imagines.

— J'ai beaucoup réfléchi à tout ça, répliqua Shane,

ignorant le commentaire de son amie. Primo, pourquoi serais-je tombée amoureuse de lui au premier regard si ça n'était pas écrit ? Réponse : c'est que ça doit être écrit, et donc deuzio, tôt ou tard il va tomber amoureux de moi.

Donna suivit le schéma de pensée de son amie et le jugea criblé d'imperfections.

— Et comment vas-tu t'y prendre pour le rendre amoureux ?

— Oh, je ne peux pas le forcer, reconnut Shane avec bon sens.

Elle s'exprimait d'une voix à la fois confiante et sereine.

— Il va devoir tomber amoureux de moi telle que je suis et au moment qui lui sera propice — de la même façon que je suis tombée amoureuse de lui.

— Eh bien ! Ce n'est pas la première fois que tu nous sors des idées complètement dingues, Shane Abbott, mais là, c'est vraiment le pompon !

Donna croisa les bras sur la poitrine.

— Tu projettes d'épouser un homme que tu connais depuis à peine une semaine — et qui ignore qu'il va se marier avec toi —, et tu vas rester là à patienter bien gentiment jusqu'à ce que l'idée lui vienne de t'épouser.

Shane réfléchit un petit moment avant d'acquiescer d'un hochement de tête.

— C'est à peu près ça.

— C'est la chose la plus ridicule que j'aie jamais entendue, affirma Donna avant de lâcher un petit rire surpris. Et te connaissant, ça va probablement marcher.

— J'y compte bien.

Se penchant vers elle, Donna lui prit les mains.

— Qu'est-ce qui te plaît chez lui, Shane ?

— Je ne sais pas, répondit-elle du tac au tac. Encore une raison qui me conforte dans ma certitude que c'est le bon. Je ne sais presque rien de lui, sauf que ce n'est pas un homme de tout repos. Il va me faire souffrir et me faire pleurer.

— Alors pourquoi…

— Me faire rire, aussi, l'interrompit Shane. Et me rendre folle de rage.

Elle sourit légèrement, mais ses yeux reflétaient le plus grand sérieux.

— Je ne pense pas qu'avec lui j'aurai jamais cette impression d'être… inadéquate. Et quand je suis près de lui, je *sais*. Ça me suffit.

— Oui.

Donna hocha la tête en serrant brièvement les mains de Shane.

— Ça ne m'étonne pas. Tu es la personne la plus aimante que je connaisse. Et la plus confiante. Ce sont des qualités merveilleuses, Shane, mais aussi… dangereuses, disons. Si seulement nous en savions plus sur lui…, ajouta-t-elle à mi-voix.

— Il a des secrets, murmura Shane, et le regard de Donna s'aiguisa. Et ces secrets lui appartiennent tant qu'il n'est pas prêt à les partager avec moi.

— Shane…

Les doigts de Donna se crispèrent sur les siens.

— Je t'en prie, sois prudente.

Un peu surprise par ce ton, Shane sourit.

— Je le serai. Ne t'en fais pas. Je suis peut-être plus confiante que la plupart des gens, mais je sais me défendre. Je ne tiens pas à me ridiculiser.

Inconsciemment, elle jeta de nouveau un regard par la fenêtre, visualisant en pensée le sentier qui menait à la maison de Vance.

— Il n'a rien d'un homme simple, Donna, mais c'est quelqu'un de bien. Ça au moins, je le sais.

— Très bien, acquiesça Donna.

En son for intérieur, elle se promit de garder Vance Banning à l'œil.

Longtemps après le départ de Donna, Shane demeura assise dans la cuisine. La pluie continuait de tambouriner sur le toit. Le goutte-à-goutte régulier du plafond résonnait d'un tintement musical au fond de la casserole. Bien que consciente de la témérité du discours qu'elle avait tenu à son amie, elle éprouvait du soulagement d'avoir formulé ses pensées à voix haute.

Non, elle n'était pas aussi aveuglément confiante qu'elle pouvait le paraître au premier abord. Secrètement, elle était terrifiée de voir qu'elle aimait de façon si irrationnelle. Elle était confiante, oui, mais pas naïve. Elle n'ignorait pas que la confiance avait un prix, et que souvent celle-ci se payait très cher. Néanmoins, sa décision était déjà prise, elle le savait — mais avait-elle eu seulement le choix ?

Shane se leva, éteignit la lumière et se mit à déambuler dans la maison plongée dans l'obscurité. Elle la connaissait dans ses moindres recoins, savait quelle lame du parquet craquait. Tout dans cette demeure lui était familier et réconfortant. Elle l'aimait. Elle ne connaissait rien des méandres intérieurs de Vance, rien des replis secrets de son âme. Tout chez cet homme lui était inconnu et déstabilisant. Elle l'aimait.

S'il s'était agi d'un amour doux et tranquille, elle aurait pu l'accepter facilement. Mais il n'y avait rien de tranquille dans la tempête qui enflait en elle. Sa belle énergie et son goût pour l'aventure n'empêchaient pas qu'elle avait grandi dans un monde paisible, au rythme lent, et où la grande excitation se résumait à une course à travers bois ou à une balade à l'arrière d'un tracteur en période de fenaison. Tomber subitement amoureuse d'un inconnu pouvait paraître d'un merveilleux romantisme dans une fiction, mais quand ce genre de chose arrivait dans la réalité, c'était tout bonnement terrifiant.

Shane monta à l'étage en évitant par habitude les marches qui craquaient ou gémissaient. Tout autour d'elle, la pluie résonnait d'un bruit creux de roulement de tambour, projetée de temps à autre sur les fenêtres par une rafale de vent. Ses pieds nus effleuraient le bois du parquet d'un pas feutré. Au milieu du couloir, un petit seau recueillait l'eau qui gouttait du plafond. Elle le contourna avec adresse.

Qui était-elle pour croire qu'elle n'avait qu'à attendre patiemment que Vance tombe amoureux d'elle ? Elle alluma la lumière dans sa chambre et alla se contempler dans le miroir. Suis-je belle ? demanda-t-elle à son reflet. Séduisante ? Riant à moitié, elle posa les coudes sur la coiffeuse afin de se détailler de plus près.

Une pincée de taches de rousseur, de grands yeux sombres et un casque de cheveux courts. Elle ne vit pas son incroyable vitalité, ni l'appétissant velouté de sa peau ou l'étonnante sensualité de sa bouche.

Ce visage-là était-il capable de ravir le cœur d'un homme ? s'interrogea-t-elle. Cette idée l'amusa tellement qu'aussitôt son reflet lui sourit avec bonne humeur. Pas vraiment, estima Shane, mais elle ne voulait pas d'un homme que seul intéresse un physique parfait. Non, même avec la meilleure volonté du monde, elle n'avait ni le visage ni la silhouette pour faire succomber un homme. Elle ne pouvait compter que sur elle-même et sur l'amour qu'elle portait dans son cœur.

Shane lança un bref sourire au miroir avant de se préparer à aller au lit. L'amour est la seule véritable aventure, elle en avait toujours été intimement convaincue.

# 6

Un faible soleil filtrait à travers les nuages menaçants. Le ruisseau était si gonflé de pluie qu'il courait avec vacarme, chuintant et se lamentant à l'endroit où il décrivait une courbe, non loin de la maison de Shane. Elle aussi se lamentait sur son sort.

La veille, elle avait sorti sa voiture de l'allée étroite pour permettre au camion de livraison d'accéder facilement à la véranda de derrière. Ne voulant pas ravager la pelouse, elle s'était garée sur le petit carré de terre qui servait autrefois de potager à sa grand-mère. Une fois le déplacement effectué, elle avait été si absorbée par le déchargement du bois que sa voiture lui était très vite sortie de l'esprit. A présent, le véhicule était profondément embourbé dans la terre et résistait à tout effort pour le tirer de là.

Elle appuya légèrement sur l'accélérateur, d'abord en marche avant, puis en marche arrière. Elle fit rugir le moteur et poussa un juron. Shane s'extirpa de la voiture par le côté passager et alla vers la roue arrière en pataugeant dans la gadoue qui lui arrivait jusqu'aux chevilles. Elle fixa le pneu d'un œil accusateur avant d'y lancer un coup de pied.

— Ça ne va pas vous avancer à grand-chose, lui fit remarquer Vance.

Cela faisait quelques minutes qu'il l'observait, partagé entre l'amusement et l'exaspération. Le plaisir aussi. Il éprouvait un plaisir simple ne serait-ce qu'à la voir. Depuis quelques jours, cette femme obsédait ses pensées.

A bout de patience, Shane se tourna vers lui, les mains sur les hanches. C'était déjà bien assez contrariant de se retrouver dans une situation embarrassante sans devoir en prime subir les commentaires d'un public.

— Vous auriez pu me faire savoir que vous étiez là.

— Vous étiez… occupée, expliqua-t-il en lançant un regard appuyé en direction de sa voiture embourbée.

Elle le considéra avec froideur.

— Vous avez une meilleure idée, je suppose ?

— Quelques-unes, oui, acquiesça-t-il en traversant la pelouse pour la rejoindre.

Les yeux de Shane étincelaient de colère et sa bouche avançait en une moue boudeuse. Ses chaussures étaient crottées jusqu'aux chevilles. Son jean, retroussé au mollet, n'était guère en meilleur état. Elle semblait prête à exploser au premier mot de travers. Un homme prudent se serait gardé du moindre commentaire.

— Qui diable a garé cette voiture dans ce bourbier ? demanda Vance.

— C'est moi qui l'ai garée dans ce bourbier, rétorqua Shane en balançant au pneu un second coup de pied rageur. Et ça n'avait rien d'un bourbier quand je l'ai fait.

Vance haussa un sourcil ironique :

— Il ne vous a sans doute pas échappé qu'il avait plu toute la nuit ?

— Oh, ôtez-vous de mon chemin !

Outrée, Shane l'écarta sans ménagement et repartit en pataugeant vers le siège conducteur. Elle mit le contact, passa la première et appuya à fond sur l'accélérateur. Projetant une gerbe de boue dans les airs, la voiture gémit et s'enfonça encore plus profondément.

Enragée par sa propre impuissance, Shane en fut momentanément réduite à marteler le volant du poing. Elle aurait tellement aimé pouvoir dire à Vance qu'elle n'avait pas besoin de son aide ! Quoi de plus exaspérant qu'un mâle amusé prenant des airs supérieurs ? Surtout quand on en a besoin. S'obligeant à prendre une profonde inspiration, elle sortit de la voiture et opposa au sourire de Vance un calme glacial.

— Quelle est donc la première de vos meilleures idées ? lui demanda-t-elle froidement.

— Vous avez une paire de planches ?

Encore plus agacée de ne pas y avoir pensé elle-même, Shane alla à la remise et trouva deux longues et fines planches. Sans geste ni discours superflus, Vance s'en empara et les plaça juste sous les roues avant. Shane croisa les bras et le regarda faire en tapant nerveusement du pied dans la boue.

— C'est ce que j'allais faire, marmonna-t-elle.

— Peut-être.

Vance se releva pour aller à l'arrière du véhicule.

— Mais vous ne seriez allée nulle part vu la façon dont vos roues arrière sont embourbées.

Shane attendit qu'il lâche une remarque sur la stupidité féminine. Ce qui lui donnerait un prétexte pour lui montrer toute la mesure de sa colère. Mais il se borna à détailler son visage empourpré et ses yeux furibonds.

— Et alors ? s'enquit-elle enfin.

Quelque chose ressemblant fort à un sourire releva les commissures de la bouche de Vance. Shane lui lança un regard mauvais.

— Alors remontez dans la voiture et, moi, je vais pousser, répliqua-t-il avant de l'arrêter d'une main posée sur son bras. Mais cette fois, allez-y mollo sur la pédale, on n'est pas sur un circuit. Repassez en mode de conduite, et en douceur.

— C'est une quatre vitesses, précisa-t-elle avec dignité.

— Toutes mes excuses.

Vance attendit qu'elle eut regagné l'avant de la voiture en pataugeant. Pour la première fois depuis des mois, des années peut-être, il dut faire un effort de concentration pour maîtriser son envie de rire.

— Relâchez lentement l'embrayage, ordonna-t-il après s'être éclairci la voix.

— Je sais conduire, rétorqua-t-elle d'un ton sec en claquant vivement la portière.

Jetant un regard irrité dans le rétroviseur, Shane attendit que Vance lui fasse signe de la tête d'y aller. Avec une application méticuleuse, elle appuya sur la pédale d'embrayage tout en accélérant doucement. Lentement les roues avant grimpèrent sur les planches. Les pneus arrière patinèrent, puis se bloquèrent avant de repartir avec effort. Shane maintenait une vitesse lente et sans à-coups. Humiliant, pensa-t-elle en regardant droit devant elle avec rage, absolument humiliant qu'il la fasse sortir de là comme une fleur !

— Encore un peu, lui cria-t-il en changeant de pied d'appui. Toujours lentement.

— Quoi ?

Shane baissa la vitre et passa la tête par l'ouverture pour entendre sa réponse. Ce faisant, son pied glissa et appuya lourdement sur la pédale de l'accélérateur. La voiture jaillit de la boue comme une banane hors de sa peau. Poussant une exclamation d'horreur, Shane écrasa le frein et le véhicule s'immobilisa dans une dernière secousse.

Fermant les yeux, elle resta un moment assise sans bouger. Et si elle prenait la fuite ? A présent, elle n'osait même plus jeter un coup d'œil dans le rétroviseur. Elle réfléchit : ça ne serait pas bien sorcier de faire demi-tour et de foncer tout droit… Sauf que la lâcheté n'était pas dans ses habitudes. Elle déglutit, se mordit la lèvre inférieure et descendit de voiture, prête à assumer les conséquences de son acte.

Vance était à genoux dans la terre détrempée. Recouvert d'éclaboussures de boue et écumant de rage.

— Espèce d'idiote ! hurla-t-il avant qu'elle ait pu dire un mot.

Elle eut beau esquisser un début d'acquiescement, il continua à tempêter :

— Mais bon sang, qu'est-ce qui vous a pris ? Pauvre bécasse, vous avez un petit pois dans la tête ou quoi ? Je vous avais dit d'y aller *lentement* !

Il ne s'arrêta pas là. Il jura longuement, et en abondance, mais Shane perdit le fil du contenu de ses insultes. Comme si cela n'était pas assez de voir qu'il était dans une colère noire et tout à fait justifiée, elle devait en plus lutter désespérément contre le fou rire. Elle fit de son mieux et, de toutes ses forces, tenta de conserver un visage calme et repentant. Sentant qu'il serait aussi imprudent qu'inutile de l'interrompre avec des excuses, elle garda la bouche pincée, se mordit la lèvre inférieure et déglutit à plusieurs reprises.

Au début, elle s'obligea à soutenir le regard de Vance sans ciller, dans l'espoir que sa fureur lui ferait passer son envie de fou rire. Mais à la vue de son visage constellé de boue, une hilarité irrépressible lui comprima douloureusement les côtes. Elle pencha la tête en avant, simulant la honte.

— Je me demande bien où vous avez eu votre permis ! continuait Vance, furieux. Et d'abord, même le dernier des crétins n'aurait pas eu idée de garer sa voiture dans un marécage !

— C'était le potager de ma grand-mère, parvint à articuler Shane d'une voix étranglée. Mais vous avez raison. Vous avez tout à fait raison. Je suis navrée, vraiment…

Elle s'interrompit tandis qu'un gargouillis de rire montait dangereusement du fond de sa gorge. S'éclaircissant la voix, elle enchaîna à toute vitesse :

— Pardon, Vance. C'était très…

Elle dut fixer un point derrière lui pour se donner une contenance.

—… imprudent de ma part.

— Imprudent !

— Stupide, s'empressa-t-elle de corriger dans l'espoir que cela pourrait l'apaiser. Absolument stupide.

Vaincue par le fou rire, elle porta les deux mains à sa bouche sans pouvoir réprimer un gloussement.

— Je suis *vraiment* désolée, insista-t-elle, succombant à l'hilarité sous son regard meurtrier. Je n'ai pas envie de rire. C'est terrible.

Etourdie par l'effort de se retenir, Shane se plia en deux.

— Vraiment affreux, ajouta-t-elle dans un hurlement de rire.

— Puisque vous semblez trouver ça drôle..., marmonna-t-il d'un ton amer, et il la tira violemment par la main.

Toujours en riant, Shane atterrit sur les fesses dans un faible jaillissement d'éclaboussures.

— Je ne vous ai pas... Je ne vous ai pas remercié, lâcha-t-elle entre deux éclats de rire, d'avoir désembourbé ma voiture.

— Laissez tomber.

La plupart des femmes, songea-t-il, auraient été furieuses de se retrouver le derrière dans la boue. Shane, elle, riait à gorge déployée d'elle comme de lui. De façon tout à fait inattendue et spontanée, il sourit.

— Espèce de chipie ! fit-il d'un ton accusateur tandis que Shane secouait la tête en signe de dénégation.

— Oh non, pas du tout, je vous assure !

Elle pressa le dos de sa main contre sa bouche.

— J'ai simplement la terrible habitude de rire au mauvais moment. Parce qu'en fait, je suis vraiment désolée.

Son dernier mot fut noyé sous un déluge de rire.

— C'est ce que je vois.

— Enfin, je ne vous en ai quand même pas mis *partout*.

Ramassant une poignée de boue, elle la lui écrasa sur la joue.

— J'avais loupé cet endroit, ici.

Elle émit un bruit de gorge étranglé.

— Ah, c'est beaucoup mieux, approuva-t-elle.

— Vous en revanche, vous n'en avez pas assez, riposta Vance.

Et il lui barbouilla le visage des deux mains. En tentant de l'esquiver, Shane glissa et s'étala sur le dos. Son cri fut couvert par un éclat de rire homérique de Vance.

— Bien mieux, acquiesça-t-il, avant d'aviser la poignée de boue qu'elle s'apprêtait à lui lancer, et il tenta de retenir son bras. Ah, non, pas question !

Vance riait toujours quand elle s'écarta. Il atterrit moitié sur la poitrine, moitié sur le flanc. Jurant entre ses dents, il se redressa et la fusilla du regard.

— Rat des villes ! se moqua-t-elle avec une exclamation appréciatrice. Je parie que c'est votre première bagarre de boue.

Trop contente de sa manœuvre, elle ne vit pas venir le coup suivant.

Vif comme l'éclair, Vance l'attrapa par les épaules. Il la retourna sur le ventre et s'assit à califourchon sur elle tout en lui maintenant une main fermement bloquée derrière la nuque. Etendue de tout son long, Shane fixa la boue à quelques centimètres de son visage, les yeux écarquillés d'horreur.

— Oh, Vance, *vous n'oseriez tout de même pas !*

Son rire irrépressible continuait à fuser pendant qu'elle se débattait.

— Je vais me gêner !

Il lui rapprocha le visage d'un centimètre du sol.

— Vance !

Elle avait beau être désormais aussi glissante qu'une anguille, Vance la tenait fermement, l'immobilisant de ses genoux serrés de part et d'autre de son corps tandis que de la main il la forçait à baisser la tête. Alors que diminuait la distance séparant sa vengeance de son nez, Shane ferma les yeux et retint sa respiration.

— Vous vous rendez ? demanda-t-il.

Shane ouvrit un œil prudent. Elle hésita un instant,

tiraillée entre le désir de gagner et la vision de sa propre figure enfoncée dans la boue.

— Je me rends, lâcha-t-elle à regret.

Vance la retourna d'un geste brusque de sorte qu'elle se retrouva assise sur ses genoux.

— Rat des villes, hein ?

— Vous ne devez votre victoire qu'à mon manque d'entraînement, répliqua-t-elle. C'est la chance du débutant.

Elle le regardait d'un air moqueur. Elle avait le visage strié des traces de boue qu'avaient laissées ses doigts sur ses joues. Ses mains pressées contre son torse étaient toutes glissantes. Vance desserra sa prise sur sa nuque jusqu'à ce qu'elle se transforme en caresse. Sa main s'égara nonchalamment de sa hanche vers sa cuisse tandis qu'il baissait les yeux sur sa bouche. Lentement, sans réfléchir, il attira la jeune femme à lui.

Shane lut dans ses yeux son changement d'attitude et fut soudain prise d'angoisse. Avait-elle vraiment les moyens de se défendre comme elle s'en était vantée auprès de Donna ? Maintenant qu'elle était sûre de l'aimer, pouvait-elle encore se protéger ? « C'est trop rapide », songea-t-elle, paniquée. Tout allait trop vite. Essoufflée par le rythme effréné de son cœur, elle se remit debout tant bien que mal.

— Je serai la première au ruisseau, le défia-t-elle avant de filer comme l'éclair.

Vance la regarda faire le tour de la maison en méditant sur sa fuite soudaine. En temps normal, il aurait considéré cela comme un stratagème, mais cette fois sa théorie ne collait pas. De toute façon, rien ne collait avec cette fille, conclut-il en se relevant. Bizarrement, il s'aperçut que sa propre attitude non plus ne collait pas. Jusqu'alors il ignorait qu'il pouvait prendre du plaisir et de l'amusement à se bagarrer dans la boue. Tout comme il ignorait qu'il pouvait trouver une femme comme Shane Abbott à la fois fascinante et désirable. Tâchant de remettre de l'ordre dans ses pensées, Vance contourna la maison et partit à sa recherche.

Elle avait ôté ses chaussures et pataugeait jusqu'aux genoux dans l'eau tumultueuse du ruisseau.

— Elle est glacée ! lui cria-t-elle avant de se baisser jusqu'à la taille.

Le froid lui bloqua la respiration.

— Si elle avait été plus chaude, on aurait pu descendre jusqu'au Molly's Hole et faire quelques brasses.

— Molly's Hole ?

Les yeux rivés sur elle, Vance s'assit dans l'herbe pour enlever ses chaussures lui aussi.

— Juste après le virage, précisa Shane en indiquant d'un geste vague la direction de la grand-route. C'est un super-trou d'eau. Et un bon coin pour la pêche.

Frissonnant un peu, elle frotta le devant de son chemisier pour aider l'eau à faire partir le plus gros de la boue.

— On a de la chance qu'il ait plu, sinon le ruisseau ne serait pas assez haut pour qu'on puisse s'y laver.

— S'il n'avait pas plu, votre voiture ne se serait pas retrouvée embourbée.

Shane lui décocha un grand sourire.

— Remarque hors sujet.

Elle l'observa qui entrait dans l'eau.

— Froid ? demanda-t-elle gentiment en le voyant tressaillir.

— J'aurais dû vous enfoncer la tête dans la boue, décida-t-il.

Otant sa chemise, Vance la lança sur la rive herbeuse et entreprit de se nettoyer vigoureusement les mains et les bras.

— Vous auriez eu des tas de remords si vous l'aviez fait.

Shane se frictionna le visage avec l'eau du ruisseau.

— Ça, sûrement pas, affirma-t-il.

Levant la tête, Shane éclata de rire.

— Je vous aime bien, Vance. Gran vous aurait traité de canaille.

Il haussa un sourcil méfiant.

— C'est un compliment ?

— Pour elle, c'était le plus élogieux, acquiesça Shane en se relevant pour frotter les cuisses de son jean.

Plaqué à elle, le pantalon lui moulait les jambes tandis que sa chemise trempée collait à ses seins. Le froid avait durci ses mamelons qui tendaient le fin tissu de coton. Absorbée par le nettoyage de ses vêtements, elle bavardait, superbement inconsciente qu'elle était comme nue.

— Elle adorait les canailles, poursuivit-elle. C'est sûrement pour ça qu'elle me supportait. Je me fourrais toujours dans toutes sortes d'ennuis.

— Quel genre ?

Bien que débarrassé de toute boue à présent, Vance restait dans l'eau, torse mouillé. Shane avait une silhouette exquise. Comment n'avait-il pas remarqué plus tôt ses proportions parfaites ? Des petits seins ronds, une taille de guêpe, des hanches étroites et des cuisses fuselées.

— Ce n'est pas pour me vanter…

Shane tâchait d'ôter la boue des manches glissantes de son chemisier.

—… mais je peux vous montrer le meilleur moyen de s'introduire dans le verger du vieux Trippet si vous voulez chaparder quelques pommes vertes. Et à l'époque, je m'amusais beaucoup à monter sur les vaches laitières de M. Poffenburger.

Elle pataugea jusqu'à lui.

— Attendez, vous en avez encore sur le visage.

Prenant un peu d'eau au creux de sa paume, elle se mit en devoir de lui nettoyer elle-même le visage.

— J'ai déchiré mes fonds de culotte sur les clôtures de toutes les fermes dans un rayon de cinq kilomètres, continua-t-elle. Gran me les rapiéçait en disant qu'elle désespérait de me voir changer mes manières de voyou.

De sa main petite et douce, elle nettoyait méthodiquement le visage de Vance. De l'autre, elle gardait l'équilibre en s'appuyant contre sa poitrine nue. Il ne protesta pas et resta immobile à la regarder.

— La petite Abbott, c'est comme ça qu'on m'appelait, conclut Shane en lui frottant un point précis de la mâchoire. Aujourd'hui, je dois convaincre tous ces gens que je suis une honnête citoyenne si je veux qu'ils m'achètent des antiquités et qu'ils oublient que j'ai maraudé leurs pommes. Un voyou, ça ne fait pas très sérieux. Voilà, c'est mieux.

Satisfaite, Shane allait baisser la main, mais Vance la lui saisit au vol. Elle le regarda sans ciller, mais se figea brusquement.

Sans un mot, il se mit à ôter les quelques traces de boue qui restaient sur son visage. Il travaillait en cercles très lents, très délibérés, les yeux rivés aux siens. Sa main était rugueuse, mais sa caresse était douce. Les lèvres de Shane s'écartèrent dans un frémissement. Avec une sorte de curiosité, Vance dessina leur contour d'un doigt humide. Elle frissonna brièvement, convulsivement. Toujours avec la même lenteur, la même curiosité, il effleura l'intérieur de sa lèvre inférieure. Sous son pouce, il sentit le pouls à son poignet se mettre à battre la chamade. Le soleil fit une brève percée à travers les nuages ; la lumière changea et les illumina avant de faiblir de nouveau. Il regarda les reflets jouer sur le visage de la jeune femme.

— Cette fois, Shane, vous ne vous enfuirez pas, murmura-t-il comme pour lui-même.

Elle ne répondit rien, craignant de parler alors que le doigt de Vance s'attardait sur ses lèvres. Lentement, il descendit le long de son menton, le long du pouls qui palpitait à sa gorge. Il s'y arrêta un moment, comme pour jauger la réaction de Shane à sa caresse et s'en réjouir. Puis il laissa son doigt glisser sur le galbe de son sein et se poser légèrement sur sa pointe dressée que seul recouvrait le fin chemisier mouillé.

Shane était traversée par des sensations de chaud et de froid : l'eau lui glaçait la peau, et en même temps son sang s'était embrasé sous la caresse de Vance. Il vit la couleur se retirer de son visage tandis que ses yeux agrandis d'émoi s'assombrissaient de façon incroyable. Pourtant, elle ne s'écarta pas de lui ni ne protesta contre cette soudaine intimité. Il l'entendit retenir sa respiration puis la relâcher dans un souffle lent et saccadé.

— Vous avez peur de moi ? demanda-t-il en lui enserrant la nuque.

— Non, chuchota-t-elle. De moi.

Perplexe, Vance fronça les sourcils. Il la dévisagea un moment d'un regard féroce et dur. Sans être froids, ses yeux étaient perçants — remplis de questions, remplis de soupçons. Néanmoins, Shane n'éprouvait pas la moindre peur à son égard, elle n'avait conscience que de ses envies et du désir qui la consumait tout entière.

— Etrange réponse, Shane, murmura-t-il d'un air songeur. Mais vous êtes une femme étrange.

Il lui pétrissait la nuque tout en scrutant son visage à la recherche de réponses.

— Est-ce pour ça que vous m'excitez ?

— Je ne sais pas, répondit-elle, le souffle court. Je ne veux pas savoir. Embrassez-moi, c'est tout.

Il inclina la tête mais ne fit qu'effleurer ses lèvres des siennes avec la même légèreté que son doigt un peu plus tôt.

— Je me demande, chuchota-t-il contre sa bouche, ce qu'il y a chez vous que je n'arrive pas à cerner. Votre goût ?

Il enfonça ses dents de manière presque expérimentale dans sa lèvre inférieure, lui arrachant un faible gémissement de plaisir.

— Fraîche comme la pluie, et puis tout à coup cette saveur de miel mouillé.

Avec légèreté, langueur, il promena sa langue sur sa bouche.

— C'est ce qu'on ressent quand on vous touche ? Cette peau… comme le dessous d'un pétale de rose.

Il fit courir ses mains le long de ses bras avant de remonter de nouveau, l'attirant petit à petit jusqu'à ce qu'elle soit trop proche pour lui échapper. Shane entendait son propre cœur cogner à ses oreilles.

— Pourquoi cette question ? murmura-t-elle d'une voix tremblante. Pour savoir, vous n'avez qu'à me toucher.

Plaqués l'un contre l'autre, ils auraient aussi bien pu être nus — leurs deux corps n'étaient séparés que par les vêtements mouillés qui leur collaient à la peau.

— Embrassez-moi, Vance, embrassez-moi. Ça suffit.

— Vous avez un goût de pluie, maintenant, souffla-t-il en s'exhortant intérieurement à lui résister, tout en sachant qu'il en serait incapable. Pur et franc. Quand je vous regarde dans les yeux, je serais prêt à parier que vous ne connaissez pas le mensonge. J'ai raison ? l'interrogea-t-il.

Mais il la bâillonna d'un baiser fougueux avant qu'elle ait pu répondre.

Sous le choc, Shane chancela. Même lorsqu'elle tentait de reprendre son souffle, elle sentait la langue de Vance continuer à la sonder, à l'explorer. La colère qu'elle avait sentie en lui s'était transformée en passion pure. Le désir, la brutalité du désir de cet homme, l'excitait. L'eau filait à toute allure dans un grondement impatient, pressée d'arriver à la rivière, mais Shane n'entendait que les battements de son cœur. Elle ne sentait plus le froid piquant, seulement la chaleur de cette main qui allait et venait le long de sa colonne vertébrale.

Les lèvres de Shane ne suffisant plus à le satisfaire, Vance entreprit l'exploration effrénée de son visage. Son visage encore mouillé, au goût de fraîcheur pure du ruisseau. Mais dès que ses baisers s'égaraient, il était immanquablement ramené à la saveur douce et sucrée de sa bouche. Celle-ci semblait toujours l'attendre, prête à s'ouvrir, à l'accueillir, à exiger un autre baiser. Sous la docilité de Shane, sous son consentement, brûlait une passion aussi forte que la sienne, doublée d'une force dont il commençait à peine à prendre la mesure.

Il avait besoin d'une femme. C'est pour cela qu'il la désirait à ce point. Il avait besoin de la douceur et du parfum d'une femme, et Shane était là. Ce n'était pas lié à elle en particulier. Comment aurait-il pu en être autrement ? Néanmoins il y avait quelque chose dans son corps mince et son goût différent, quelque chose qui le fascinait, qui reléguait toutes les autres femmes dans quelque sombre recoin de son esprit, laissant Shane seule dans la lumière.

Il pouvait la prendre tout de suite, sur la rive de ce ruisseau, dans cette clarté incertaine, sur l'herbe gorgée de pluie. La bouche de Shane se déplaça, chaude et humide sous la sienne, et Vance imagina la sensation qu'il aurait à prendre entièrement possession de son corps. Sa faim et son énergie s'accorderaient aux siennes. Débarrassée du ridicule prétexte de la séduction, leur union serait la rencontre honnête de deux désirs.

Shane pressa ses petits seins ronds contre son torse nu. Il avait l'impression de sentir leur douloureuse urgence — ou bien était-ce la sienne ? Le désir faisait rage en lui, le harcelait jusqu'à l'obsession. La bouche de Shane, petite elle aussi mais avide, ne reculait jamais devant l'ardeur sauvage de la sienne. Au contraire, elle l'égalait, le poussant à aller de plus en plus loin, l'attirant de plus en plus près. Symbolisait-elle toutes les femmes en une seule, il n'en était plus aussi sûr, mais en tout cas, elle avait pris le dessus sur lui.

D'une certaine façon il savait que s'il couchait avec elle, il ne pourrait pas s'en détacher facilement. Pour des raisons encore un peu obscures, elle était différente des autres femmes qu'il avait connues et possédées. Il craignait que Shane ne l'enchaîne de sa bouche et de ses mains impatientes — or il n'était pas encore prêt à prendre ce risque.

Il la repoussa mais elle laissa tomber la tête sur sa poitrine. Il y avait dans ce geste quelque chose de vulnérable, même si ses bras passés autour de sa taille l'étreignaient avec vigueur. Ce contraste excita son désir, tout comme le cœur de Shane qu'il sentait battre la chamade. Il la garda un moment enlacée tandis que l'eau froide courait rapidement entre leurs jambes, sous la lumière voilée que laissaient passer les arbres.

Un jour, lui avait-elle confié, une forte chute de neige lui avait donné l'impression d'un isolement total. C'est exactement ce qu'il ressentait à cet instant. Ils auraient pu être seuls au monde, sans que rien n'existe au-delà du ruisseau bouillonnant et de cette frange d'arbres. Et, troublé, il se rendit compte qu'il n'avait besoin de rien d'autre. Il ne voulait qu'elle. Peut-être étaient-ils seuls… ? Cette idée l'excitait et le dérangeait tout à la fois. Peut-être n'y avait-il rien au-delà de ce petit coin perdu, et alors, il n'avait aucune raison de ne pas s'emparer de ce qu'il désirait.

Shane frissonna et il comprit qu'elle devait être glacée jusqu'aux os. Cela le ramena brutalement à la réalité. Il mit fin à leur étreinte.

— Venez, marmonna-t-il. Vous devriez rentrer chez vous.

Et il l'aida à regagner la rive glissante.

Shane se pencha pour ramasser ses chaussures. Quand elle fut assurée de pouvoir le faire calmement, elle croisa le regard de Vance.

— Vous ne venez pas avec moi.

Ce n'était pas une question. Elle n'avait que trop bien perçu son brusque revirement.

— Non, lâcha-t-il d'un ton redevenu indifférent alors que son sang bouillait encore de désir pour elle. Je vais me changer et ensuite je reviens m'attaquer à la véranda.

Shane avait tout de suite su qu'il la ferait souffrir, mais elle n'aurait pas cru que cela se produirait aussi vite. Ce rejet rouvrit ses anciennes blessures.

— Très bien. Si je ne suis pas là, faites ce vous avez à faire.

Vance sentit qu'il l'avait blessée, mais elle soutenait son regard et parlait d'une voix calme. Il aurait pu affronter des récriminations sans problème. Sa colère aurait été bienvenue. Pour la première fois depuis des années, il était totalement dérouté par une femme.

— Vous savez ce qui se passerait si j'entrais chez vous maintenant.

Il prononça ces mots avec la rudesse de l'impatience — il avait envie de la secouer.

— Oui.

— C'est ce que vous voulez ?

Shane resta un moment silencieuse. Puis elle sourit, mais ses yeux étaient mornes.

— Ce n'est pas ce que vous voulez, répondit-elle doucement.

Elle commença à rebrousser chemin vers la maison, mais Vance la saisissant par le bras lui fit faire volte-face. Il était furieux à présent, d'autant plus furieux qu'il voyait l'effort que lui coûtait le masque flegmatique qu'elle s'efforçait de composer.

— Bon sang, Shane, il faut être idiote pour ne pas comprendre que j'ai envie de vous !

— Vous ne voulez pas avoir envie de moi, répliqua-t-elle d'une voix égale. Pour moi, c'est tout ce qui compte.

— Quelle différence cela fait-il ? gronda-t-il avec impatience.

Frustré par le calme de sa réponse, il la secoua littéralement. Comment pouvait-elle le regarder de ses grands yeux sereins alors qu'elle l'avait mis au pied du mur quelques instants plus tôt ?

— Vous savez très bien que j'ai failli vous prendre là, par terre. Ça ne vous suffit pas de savoir que vous pouvez me pousser jusque-là ? Que vous faut-il de plus ?

Elle le scruta longuement.

— Vous « pousser jusque-là », répéta-t-elle avec calme. C'est vraiment comme ça que vous le voyez ?

Le conflit faisait rage en son cœur. Il ne souhaitait qu'une chose : s'éloigner d'elle.

— Oui, déclara-t-il amèrement. Comment pourrais-je le voir autrement ?

— Comment, en effet, acquiesça-t-elle dans un rire mal assuré qui déclencha en Vance une nouvelle montée de désir. Je suppose que certaines femmes doivent prendre ça comme une sorte de compliment.

— Si vous voulez, répliqua-t-il d'un ton sec en ramassant sa chemise.

— Non, murmura-t-elle. Mais souvenez-vous, vous m'avez dit que j'étais étrange.

Avec un soupir, elle planta son regard dans le sien.

— Vous vous êtes coupé de vos propres sentiments, Vance, et ça vous ronge.

— Qu'est-ce que vous en savez, bon sang ! riposta-t-il, encore plus furieux de l'entendre énoncer la vérité.

Tandis qu'il la fixait d'un regard meurtrier, Shane entendit un oiseau entonner un chant strident dans les bois derrière elle. Ces notes haut perchées, perçantes, s'accordaient à l'atmosphère de tension et de colère qui régnait à présent entre eux.

— Vous êtes loin d'être aussi dur et froid que vous le pensez, affirma-t-elle tranquillement.

— Vous ne savez rien de moi, rétorqua-t-il rageusement en lui saisissant de nouveau les bras.

— Et ça vous rend fou de voir que vous baissez la garde, poursuivit Shane comme si de rien n'était. Ça vous rend d'autant plus fou que vous éprouvez peut-être quelque chose pour moi.

Il desserra l'étau de ses mains et Shane s'écarta de lui.

— Moi, je ne vous pousse à rien, mais quelque chose d'autre le fait certainement à ma place. J'ignore ce que c'est, c'est vrai, mais vous non.

Elle le dévisagea attentivement et se calma par une longue inspiration avant de conclure :

— Vous devez résoudre votre propre conflit intérieur, Vance.

Et, tournant les talons, elle repartit vers la maison, suivie par son regard sidéré.

# 7

Il ne pouvait cesser de penser à elle. Au cours des semaines suivantes, les montagnes se parèrent d'une profusion de couleurs. L'air se chargea de la fraîcheur de l'automne. Par deux fois, Vance aperçut des cerfs par la fenêtre de sa cuisine. Et il ne pouvait cesser de penser à elle.

Il partageait son temps entre les deux maisons. La sienne prenait forme lentement. Il avait calculé que d'ici l'hiver il pourrait entreprendre des travaux plus minutieux à l'intérieur.

Le chantier de Shane progressait plus vite. Entre les couvreurs et les plombiers, sa maison avait connu la panique pendant plus d'une semaine. La vieille cuisine, qui avait été entièrement vidée, était prête à recevoir une nouvelle couche de peinture ainsi qu'un nouvel habillage. Shane avait patiemment attendu la pluie après que le toit eut été réparé. Ensuite, elle avait vérifié qu'aucun des endroits habituels ne présentait de signes de fuite. Fait étrange, elle s'était retrouvée un tantinet attristée de ne plus avoir à installer un seul seau ou casserole.

La partie musée était totalement achevée. Tandis que Vance travaillait ailleurs, Shane s'activait à agencer et remplir les vitrines qui lui avaient été livrées.

Parfois, elle partait des heures à la recherche de trésors, courant les ventes aux enchères et les vide-greniers. Il savait toujours qu'elle était rentrée car la maison se ranimait dès son retour. Au sous-sol, elle avait installé un atelier où elle restaurait certaines pièces et en entreposait d'autres. Il la voyait s'y engouffrer ou en sortir précipitamment. Il la voyait trimballer des tables, traîner des cartons d'emballage, grimper sur des échelles. Il ne la voyait jamais inactive.

Son attitude envers lui n'avait pas varié depuis leur première rencontre : amicale et ouverte. Pas une seule fois elle n'avait fait allusion à ce qui s'était passé entre eux. Il devait faire appel à toute sa volonté pour ne pas la toucher. Elle riait, lui apportait du café et lui faisait le compte rendu amusant de ses aventures dans les ventes aux enchères. Chaque fois que ses yeux se posaient sur elle, il la désirait davantage.

En ce moment, tandis qu'il terminait l'habillage de ce qui avait été le boudoir d'été, Vance savait que Shane était en bas. Il examina son travail d'un œil critique, traquant le moindre défaut, alors que le simple fait de savoir qu'elle était là ruinait sa concentration. Peut-être serait-il plus sage, songea-t-il, d'aller faire un petit tour à Washington. Jusqu'ici, il avait géré tout ce qui concernait sa société par e-mail ou par téléphone. Il n'y avait rien là-bas d'urgent qui exigeât son attention, mais ne serait-il pas raisonnable de prendre une semaine de recul ? Shane l'obsédait. Le hantait, rectifia-t-il. Envahi par une bouffée de frustration, il rangea ses outils. Cette femme ne lui apporterait que des ennuis. Des ennuis et rien d'autre.

Pourtant, alors qu'il s'apprêtait à partir, Vance fit un détour par l'escalier menant au sous-sol. Il hésita, se maudit intérieurement, puis entreprit de descendre les marches.

Vêtue d'un baggy resserré par des liens aux chevilles et d'un pull qui lui tombait sur les hanches, elle restaurait une table à plateau escamotable. Vance avait vu ce meuble quand Shane l'avait rapporté chez elle. Il était abîmé, rayé et terne. Rouge d'excitation, elle avait prétendu l'avoir eu pour une bouchée de pain et l'avait transbahuté jusqu'en bas. A présent le grain de l'acajou rutilait sous les fines couches de laque claire qu'elle lui avait appliquées. Elle était en train de lustrer consciencieusement la table à l'aide de cire en pâte. Le sous-sol sentait le citron et l'huile d'abrasin.

Vance allait remonter l'escalier quand Shane leva la tête et le vit.

— Salut !

Son sourire l'accueillit avant qu'elle lui ait fait signe d'approcher.

— Venez voir, vous qui êtes expert en bois.

Tandis qu'il traversait la pièce, Shane se recula pour jauger son travail.

— Le plus dur maintenant, marmonna-t-elle en entortillant une boucle de cheveux autour de son doigt, ce sera de m'en séparer. J'en tirerai un joli bénéfice. Je ne l'ai payée qu'une fraction de sa valeur.

Vance effleura du bout du doigt la surface de la table. Elle était lisse comme une peau de bébé et ne présentait pas le moindre défaut. Sa mère avait une pièce similaire dans le salon de leur propriété à Washington. Comme il la lui avait offerte, il en connaissait le prix. Il savait aussi faire la différence entre un travail d'amateur et celui d'un spécialiste. Ceci n'avait pas été fait n'importe comment.

— Vous n'avez pas compté votre temps, commenta-t-il. Ni votre talent. Si vous l'aviez donnée à restaurer, on vous l'aurait fait payer très cher.

— Oui, mais ça me plaît de le faire, c'est l'essentiel.

Vance leva les yeux au ciel.

— Vous montez une affaire pour gagner de l'argent, non ?

— Oui, bien sûr.

Shane referma le couvercle de la boîte de cire en pâte.

— J'adore l'odeur de ce truc.

— Vous ne gagnerez pas beaucoup d'argent si vous ne tenez pas compte de votre temps et de votre travail.

— Je n'ai pas besoin de gagner beaucoup d'argent. Elle posa la boîte sur une étagère, puis alla examiner la chaise à dossier en échelle qui avait besoin d'un nouveau cannage.

— Il me faut payer des factures, acquérir le stock de ma boutique et mettre quelques sous de côté pour mes loisirs.

Retournant la chaise à l'envers, elle contempla d'un air soucieux le trou effiloché au milieu de l'assise.

— Je ne saurais quoi faire de beaucoup d'argent.

— Vous finiriez bien par trouver, affirma Vance d'un ton sec. Vêtements, fourrures…

Shane releva la tête, vit qu'il était sérieux et éclata de rire.

— Des fourrures ? Oh, oui ! Je me vois bien aller acheter du lait au magasin général en faisant virevolter mon vison. Vous me faites rigoler, Vance.

— Je ne connais aucune femme qui sache résister à un vison, riposta-t-il.

— C'est que vous n'avez pas fréquenté celles qu'il fallait, répliqua-t-elle d'un ton léger tout en remettant la chaise à l'endroit. Je connais quelqu'un à Boonsboro qui est spécialisé dans le cannage et le rempaillage. Je vais l'appeler. Même si j'avais le temps de m'en charger, je ne saurais pas par où m'y prendre.

— Quel genre de femme êtes-vous donc ?

L'attention de Shane passa de la chaise à Vance. Reportant son regard sur lui, elle nota son expression cynique. Elle soupira.

— Vance, pourquoi cherchez-vous toujours des complications ?

— Parce qu'il y en a toujours, rétorqua-t-il.

Elle secoua la tête, les mains toujours posées sur le barreau supérieur de la chaise.

— Je suis exactement le genre de femme que j'ai l'air d'être. C'est peut-être trop simple pour vous, mais c'est la vérité.

— Le genre qui travaille douze heures par jour pour la seule satisfaction de gagner juste assez d'argent pour s'en sortir ? l'interrogea Vance. Le genre qui accepte de trimer heure après heure…

— Je ne trime pas, le coupa Shane avec irritation.

— Oh que si ! Je vous ai regardée. Traîner des meubles, coltiner des cartons, récurer à quatre pattes…

Ces souvenirs ne firent qu'attiser la colère de Vance. Cette femme était trop menue pour s'échiner à la tâche comme il l'avait vue faire durant ces dernières semaines. Sa rage monta encore d'un cran en s'entendant insister pour qu'elle arrête de s'épuiser ainsi.

— Bon sang, Shane ! C'est trop pour vous seule.

— Je sais de quoi je suis capable, riposta-t-elle en montant au créneau. Je ne suis pas une enfant.

— Non, vous êtes une femme qui ne rêve ni de fourrures ni de toutes les belles choses que peut décrocher une fille séduisante si elle sait bien calculer son coup.

Ses mots étaient empreints d'un sarcasme glacial.

Les yeux de Shane étincelèrent de colère. Luttant pour ne pas exploser, elle se détourna de lui.

— D'après vous, tout le monde fait des calculs, Vance ?

— Et certains sont plus doués que d'autres, fut sa réponse.

— Alors, je vous plains beaucoup, lâcha-t-elle d'un ton crispé. Vraiment beaucoup.

— Pourquoi ? Parce que je sais que c'est l'appât du gain qui motive les gens ? Seul un imbécile se contenterait de moins !

— Je me demande si vous le croyez vraiment, murmura-t-elle. Je me demande si vous en êtes vraiment capable.

— Et moi, je me demande pourquoi vous faites semblant de croire autre chose, rétorqua-t-il.

— Je vais vous raconter une petite histoire.

Elle se tourna vers lui, le regard noir de colère.

— Un homme comme vous va sans doute la trouver mélo et un peu rasoir, mais je vous demande seulement de m'écouter.

Fourrant les mains dans ses poches, elle se mit à arpenter la pièce basse de plafond le temps d'être certaine de pouvoir continuer.

— Vous voyez ça ? demanda-t-elle en lui indiquant une

rangée d'étagères sur lesquelles s'alignaient des bocaux à conserve pleins. C'est ma grand-mère — mon arrière-grand-mère, techniquement — qui les a préparés. Mis en réserve, comme elle disait. Non contente de creuser, biner, planter et désherber, elle passait encore des heures à faire des conserves dans une cuisine chaude et embuée. Elle faisait des réserves, répéta Shane d'une voix plus douce en examinant les bocaux colorés. A seize ans, elle vivait dans une splendide demeure du sud du Maryland. Sa famille était très fortunée. Elle l'est toujours, d'ailleurs, précisa Shane dans un haussement d'épaules. Ce sont les Bristol. Les Bristol de Leonardtown. Vous en avez peut-être entendu parler.

Effectivement, mais même si son regard refléta l'étonnement, Vance ne pipa mot. Les grands magasins Bristol s'éparpillaient dans tous les endroits stratégiques du pays. C'était une entreprise très ancienne, très prestigieuse, chez qui se fournissaient les gens riches et en vue. A ce jour encore, sa propre société s'était engagée par contrat à construire leur nouvelle succursale de Chicago.

— Bref, poursuivit Shane, c'était une jeune fille belle et choyée qui aurait pu avoir tout ce qu'elle voulait. Elle avait fait ses études en Europe et il était prévu qu'elle parachève son éducation à Paris avant de faire ses débuts dans le monde à Londres. Si elle s'en était tenue aux projets de ses parents, elle aurait fait un beau mariage, aurait eu sa propre splendide demeure et sa propre armée de domestiques. Son plus proche rapport à la terre aurait été de regarder son jardinier tailler un rosier.

Shane émit un petit rire comme si cette idée lui apparaissait à la fois comique et déroutante.

— Elle ne suivit pas le parcours programmé, cependant. Elle tomba amoureuse de William Abbott, un apprenti maçon qui avait été embauché pour bâtir un ouvrage sur le domaine. Bien sûr, la famille de ma grand-mère ne voulut rien entendre. Ses parents étaient déjà en train d'arranger un mariage entre Gran et l'héritier d'une quelconque aciérie. Dès qu'ils eurent vent de ce qui se passait, ils flanquèrent le maçon à la porte. Pour faire court, disons que Gran fit son choix et l'épousa. Sa famille la renia. De façon très théâtrale et victorienne. Du style : « Je n'ai plus de fille », le genre de truc qu'on lit dans les classiques du roman gothique.

Elle dévisagea Vance qui gardait le silence, le défiant presque de faire un commentaire.

— Ils s'installèrent ici, dans la famille de mon grand-père, continua Shane. Ils durent vivre sous le même toit que ses parents car ils n'avaient pas assez d'argent pour avoir leur propre maison. A la mort du père, ils s'occupèrent de la mère. Gran n'a jamais regretté d'avoir renoncé à toutes ces *belles choses*. Elle avait de si petites mains, murmura-t-elle en baissant les yeux sur les siennes. Qui aurait cru qu'elles soient si fortes ?

Elle chassa sa tristesse et détourna la tête.

— Ils étaient pauvres selon les critères du monde dans lequel elle avait grandi. Les chevaux qu'ils possédaient leur servaient à tirer une charrue. Une partie de votre terrain appartenait à ma grand-mère à une époque, mais entre les impôts et le fait qu'elle n'avait personne pour le travailler…

Elle laissa sa phrase en suspens et s'empara d'un bocal pour le remettre en place aussitôt.

— A sa mort, sa mère lui a laissé l'ensemble de salle à manger et quelques pièces de porcelaine, c'est le seul geste que ses parents aient jamais fait envers elle. Même à cette occasion, tout s'est passé par le biais de notaires.

Shane ramassa son chiffon à cire et se mit à le triturer nerveusement.

— Gran a eu cinq enfants, en a perdu deux en bas âge et un autre à la guerre. L'une de ses filles est partie vivre dans l'Oklahoma et s'est éteinte sans descendance il y a environ quarante ans. Son plus jeune fils s'est installé ici, s'est marié et a eu une fille. Lui et sa femme se sont tués quand leur fille avait cinq ans.

Elle marqua une pause, ressassant les faits les yeux levés vers le soupirail percé près du plafond. Le soleil y entrait à flots, formant une petite flaque de lumière sur le sol en béton.

— Je me demande si vous pouvez imaginer ce que ressent une mère qui a survécu à chacun de ses enfants.

Vance ne répondit rien et continua d'observer Shane qui déambulait nerveusement dans la pièce.

— Elle a élevé sa petite-fille, Anne. Gran l'adorait. Peut-être cet amour était-il en partie du chagrin, je ne sais pas. Ma mère était une très jolie petite fille — il y a des photos d'elle en haut — mais elle était perpétuellement insatisfaite. Les récits qu'on m'en a faits proviennent pour la plupart des habitants d'ici, même si Gran m'a parlé d'elle une ou deux fois. Anne détestait vivre ici, détestait se contenter de si peu. Elle voulait être actrice. A dix-sept ans, elle s'est retrouvée enceinte.

La voix de Shane s'altéra de façon subtile, mais ce changement n'échappa pas à Vance. Elle s'exprimait désormais d'une voix plate, dénuée de toute émotion. C'était la première fois qu'il l'entendait parler ainsi.

— Elle ignorait — ou refusait d'avouer — qui était le père de son enfant, dit-elle simplement. A ma naissance, elle a fichu le camp en me laissant ici avec Gran. De temps en temps, elle revenait, passait quelques jours à la maison et persuadait Gran de lui donner encore plus d'argent. Aux dernières nouvelles, elle s'est mariée trois fois. Je l'ai vue couverte de fourrures. Elle ne semblait pas heureuse pour autant. Elle est encore belle, toujours aussi égoïste, toujours aussi insatisfaite.

Shane se tourna vers Vance pour la première fois depuis le début de son récit.

— Ma grand-mère n'a jamais cherché qu'une chose dans la vie : l'amour. Elle parlait remarquablement français, lisait Shakespeare et cultivait son jardin. Et elle était heureuse. La seule chose que ma mère m'ait jamais apprise, c'est que les *choses* comptent pour rien. Une fois qu'on possède une *chose*, on est trop occupé à convoiter la prochaine pour que cela puisse suffire au bonheur. On s'inquiète trop que quelqu'un puisse en avoir une plus belle pour être en mesure d'en profiter. Toutes les manigances de ma mère n'ont jamais causé autre chose que de la souffrance aux gens qui l'aimaient. Je n'ai ni le temps ni l'habileté pour me prêter à ce genre de calculs.

Comme elle commençait à remonter les marches, Vance passa devant elle de manière à lui barrer le passage. Elle leva le menton d'un air de défi et le dévisagea d'un regard où brillaient la colère et les larmes.

— Vous auriez dû me dire d'aller au diable, dit-il d'une voix calme.

Shane ravala son chagrin.

— Alors allez au diable, marmonna-t-elle, et elle tenta de repasser devant lui.

Vance la saisit par les épaules, la tenant fermement à bout de bras.

— Etes-vous en colère contre moi, Shane, ou contre vous-même pour m'avoir confié quelque chose qui ne me regardait pas ? la questionna-t-il.

Shane inspira profondément et le fixa, l'œil sec.

— Je suis en colère parce que vous êtes cynique et que le cynisme est une chose que je n'ai jamais pu comprendre.

— Pas plus que je ne comprends l'idéalisme.

— Je ne suis pas idéaliste, riposta-t-elle. Simplement, je ne pars pas automatiquement du principe que les gens attendent de profiter de moi.

Elle se sentit soudain plus calme, plus triste aussi.

— Je pense qu'en refusant de faire confiance aux gens, vous passez à côté de beaucoup plus de choses qu'en prenant le risque de leur faire confiance.

— Et qu'est-ce qui se passe si cette confiance est bafouée ?

— On s'en remet et on passe à autre chose, répondit-elle avec simplicité. N'est victime que la personne qui choisit de l'être.

Vance fronça les sourcils, décontenancé. Etait-ce ainsi qu'il se considérait ? Comme une victime ? Allait-il encore longtemps laisser Amelia lui gâcher la vie, deux ans après sa mort ? Et combien de temps encore continuerait-il à vivre dans l'angoisse de la prochaine trahison ?

Shane sentit ses doigts se détendre, suivit le cheminement de ses pensées sur son visage perplexe. Elle lui toucha l'épaule.

— Vous avez beaucoup souffert ? lui demanda-t-elle.

Vance reporta sa concentration sur Shane avant de lâcher ses épaules.

— J'ai été… déçu.

— C'est la pire des blessures, je pense.

Elle posa une main sur son bras en signe de compassion.

— Quand la personne qu'on aime d'amour ou d'amitié s'avère être malhonnête, ou quand un idéal se brise en mille morceaux, c'est difficile à accepter. Je place toujours mes idéaux très haut. S'ils doivent s'effriter, ma chute en sera d'autant plus dure.

Elle lui sourit et glissa la main dans la sienne.

— Allons faire un tour en voiture.

Les mots de la jeune femme reflétaient tellement ses pensées qu'il fallut un moment à Vance pour comprendre sa proposition.

— Un tour en voiture ? répéta-t-il.

— Voilà des mois que nous vivons claquemurés, déclara Shane en l'entraînant vers l'escalier. Vous, je ne sais pas, mais moi, je passe mes journées à travailler jusqu'au moment où je m'écroule sur mon lit. C'est une journée magnifique, peut-être la dernière de l'été indien.

Elle referma la porte du sous-sol derrière eux.

— Et je parie que vous n'avez pas encore visité le champ de bataille. Sûrement pas accompagné d'un guide expert en la matière.

— Etes-vous un guide expert en la matière ? s'enquit-il en esquissant un sourire.

— Le meilleur, affirma-t-elle en toute modestie.

Comme elle l'espérait, la tension quitta les doigts de Vance qui étaient entrelacés aux siens.

— Il n'y a rien que je ne puisse vous raconter sur cette bataille ou, comme le prétendent certains de mes critiques, rien que je me refuse à vous dire.

— Tant qu'il n'y a pas d'interro à la sortie..., accepta Vance tandis qu'elle l'entraînait vers la porte de derrière.

— Je suis à la retraite, lui rappela-t-elle d'un ton guindé.

— La bataille d'Antietam, commença Shane en suivant une route étroite et sinueuse bordée de monuments, bien qu'elle ne soit pas considérée comme une victoire nette pour aucun des deux camps, s'est soldée par la retraite de Lee lors de sa première tentative d'incursion dans le Nord.

Son ton vaguement professoral amena un bref sourire sur les lèvres de Vance qui ne l'interrompit cependant pas.

— C'est ici, poursuivit-elle, près du ruisseau Antietam à Sharpsburg, que le 17 septembre 1862 Lee et McClellan s'engagèrent dans la journée la plus sanglante de la guerre de Sécession. Voilà la Dunker Church.

Shane lui désigna une minuscule église de l'autre côté de la route.

— Certains des combats les plus meurtriers s'y sont déroulés. J'en possède quelques assez belles gravures que je destine au musée.

Vance se retourna pour jeter un coup d'œil au petit endroit paisible tandis que Shane poursuivait sa route.

— Un coin plutôt tranquille aujourd'hui, commenta-t-il, s'attirant un doux regard.

Ignorant son interruption, elle continua :

— Lee avait divisé ses forces en deux colonnes et envoyé la première, dirigée par Jackson, s'emparer de Harper's Ferry. Un soldat de l'Union découvrit une copie des plans de Lee, donnant ainsi l'avantage à McClellan ; toutefois l'avance de ce dernier pécha par manque de rapidité. Même lorsqu'il attira l'armée beaucoup plus réduite de Lee dans Sharpsburg, il n'eut pas le temps d'enfoncer la ligne de front que Jackson arrivait déjà avec des renforts. Lee perdit un quart de ses hommes et battit en retraite. McClellan ne tira pourtant pas parti de son avantage. Même ainsi, on dénombra vingt-six mille pertes humaines.

— Pour un prof à la retraite, vous avez encore les faits bien en tête, constata Vance.

Shane rit en négociant adroitement un virage.

— Mes ancêtres se sont battus ici. Avec Gran, je ne risquais pas de l'oublier.

— De quel côté ?

— Des deux.

Elle eut un petit haussement d'épaules.

— Finalement n'était-ce pas le pire dans tout ça ? Devoir choisir son camp, la désintégration des familles… Nous sommes un Etat frontalier. Même si le Maryland tenait pour le Nord, tout au sud, les sympathies penchaient aussi lourdement vers les Confédérés. On imagine sans mal que bon nombre des habitants de cette région soutenaient secrètement ou ouvertement le Stars and Bars — le drapeau sudiste.

— Et avec toute cette partie du Maryland prise entre la Virginie et la Virginie-Occidentale…

— Exactement, acquiesça-t-elle, ressemblant fort à un professeur approuvant un élève brillant.

Vance gloussa de rire, mais Shane ne parut pas s'en apercevoir. Elle s'engagea sur une petite aire de parking en bord de route.

— Venez, allons marcher. C'est très beau ici.

Les montagnes les encerclaient dans toute la gloire de l'automne. Quelques feuilles claquèrent sur leur passage — orange, écarlates, couleur d'ambre — avant d'être arrachées et emportées par le vent. Autour d'eux s'étendait un paysage de collines onduleuses, dorées par la lumière oblique du soleil, et de champs où se dressaient des pieds de maïs desséchés et flétris. L'air était plus froid maintenant que le soleil s'enfonçait du côté des pics montagneux situés à l'ouest. Sans réfléchir, Vance prit la main de Shane dans la sienne.

— Le Chemin sanglant, signala Shane en attirant son attention sur un chemin creux, long et étroit. Horrible comme nom, mais tout à fait approprié. Les deux armées sont venues l'une vers l'autre en coupant à travers champs. Les Confédérés venaient du nord. Les Yankees du sud. Les bataillons d'artillerie s'installèrent ici — elle désigna l'endroit du doigt — et là. C'est dans cette tranchée que gisaient la plupart des tués quand tout fut fini. Bien sûr, il y avait eu des affrontements tout autour — au Burnside Bridge, à la Dunker Church — mais ici…

Vance lui lança un regard intrigué.

— Vous êtes vraiment fascinée par la guerre, n'est-ce pas ?

Shane survola le champ du regard.

— C'est la seule véritable infamie. La seule circonstance où l'on glorifie l'acte de tuer au lieu de le condamner. Les hommes deviennent des statistiques. Je me demande s'il existe quelque chose de plus barbare.

Elle poursuivit d'une voix plus songeuse :

— Vous n'avez jamais trouvé ça bizarre ? Le meurtre d'une personne par une autre est considéré comme le pire des crimes que puisse commettre l'être humain, alors qu'à la guerre, plus un homme tue de ses semblables et plus il reçoit d'honneurs. Il y en avait tant parmi eux qui n'étaient que de jeunes campagnards, enchaîna-t-elle avant que Vance ait pu formuler une réponse. Des enfants qui n'avaient jamais tiré sur autre chose qu'une fouine dans un poulailler. Ils ont enfilé un uniforme, bleu ou gris, et ont marché au pas vers la bataille. Je doute qu'une fraction d'entre eux ait eu la moindre idée de ce qui les attendait vraiment. Je vais vous dire ce qui me fascine.

Shane jeta un regard en arrière vers Vance, trop absorbée par ses pensées pour remarquer avec quelle intensité il la fixait.

— Qui étaient-ils vraiment ? Le garçon de seize ans tout droit sorti de sa ferme de Pennsylvanie qui s'est élancé à travers champs pour aller tuer un gamin de seize ans venu d'une plantation de Géorgie — sont-ils partis en quête d'aventure ? Cherchaient-ils quelque chose ? Combien d'entre eux se sont imaginés assis comme de vrais soldats autour d'un feu de camp et devenant des hommes loin des jupes de leur mère ?

— Beaucoup, j'imagine, murmura Vance.

Emu par la vision qu'elle projetait, il glissa un bras autour de ses épaules tout en contemplant le champ.

— Trop.

— Même ceux qui sont rentrés sains et saufs n'ont jamais retrouvé l'innocence de leur jeunesse.

— Alors pourquoi l'histoire, Shane, si elle est émaillée de tant de guerres ?

— Pour les gens.

Elle le regarda par-dessus son épaule. Le soleil déclinant qui brillait dans ses yeux semblait accentuer ces paillettes d'or qui parfois lui étaient invisibles.

— Pour l'adolescent que j'imagine traversant ce champ au mois de septembre, il y a plus de cent vingt ans. Il avait dix-sept ans.

Elle se retourna vers le champ comme si elle voyait vraiment le jeune homme qu'elle évoquait.

— Il avait pris son premier whisky, mais pas sa première femme. Il s'est élancé dans ce champ, empli de terreur et de gloire. Les clairons retentissaient, les cartouches explosaient, le tout dans un tel vacarme qu'il n'entendait pas sa propre peur. Il a tué un ennemi qui lui était si obscur qu'il n'avait pas de visage. Et une fois la bataille terminée, une fois la guerre finie, il est rentré chez lui en homme, fatigué et se languissant de sa propre terre.

— Que lui est-il arrivé ? murmura Vance.

— Il a épousé son amour d'enfance, il a eu dix enfants et a raconté à ses petits-enfants la charge du Chemin sanglant de 1862.

Vance l'attira à lui, geste non pas de passion mais de camaraderie.

— Vous deviez être un sacré bon prof, déclara-t-il d'une voix douce.

Ce qui fit rire Shane.

— J'étais une sacrée bonne conteuse, rectifia-t-elle.

— Pourquoi dites-vous ça ? l'interrogea-t-il. Pourquoi vous sous-estimez-vous ?

Elle secoua la tête.

— Non, je connais mes capacités et mes limites. Et, ajouta-t-elle, j'ai envie de les repousser un peu pour obtenir ce que je désire. C'est plus intelligent que de se prendre pour quelqu'un qu'on n'est pas.

Avant qu'il ait pu placer un mot, elle rit et lui serra le bras amicalement.

— Non, arrêtons de philosopher. J'ai eu ma dose pour aujourd'hui. Allez, montons jusqu'à la tour. De là-haut, la vue est magnifique.

Elle s'élança en courant, entraînant Vance à sa suite.

— On y voit à des kilomètres, précisa-t-elle tandis qu'ils gravissaient les étroites marches en fer.

La luminosité était faible en dépit des quelques rayons qui passaient par les étroites fentes percées dans les flancs de la tour en pierre. Le soleil se fit plus fort au fur et mesure qu'ils montaient, puis se répandit à flots par l'ouverture du sommet.

— C'est l'endroit que je préfère, lui confia-t-elle au moment où quelques pigeons courroucés s'envolaient de leur perchoir sous le toit. Shane se pencha par-dessus le large rebord en pierre, ravie de sentir le vent lui fouetter le visage.

— Oh, que c'est beau ! C'est vraiment la journée idéale pour venir ici. Regardez toutes ces couleurs !

Elle attira Vance près d'elle dans son désir de partager cette beauté avec lui.

— Vous voyez ? C'est notre montagne.

« Notre montagne ». Vance sourit en suivant la direction que lui indiquait la main de Shane. A sa façon de le dire, on aurait pu croire que la montagne leur appartenait exclusivement à tous les deux. Au-delà des collines densément plantées d'arbres, les montagnes les plus distantes étaient figées dans la lumière bleue d'un soleil déclinant. Autour des bourgs environnants reconnaissables à leurs constructions plus rapprochées, fermes et granges étaient disséminées çà et là dans la paix du début de soirée. A peine Vance entendait-il le bruit d'une voiture filant sur l'autoroute. Alors qu'il contemplait un champ de maïs, il vit s'envoler trois énormes corbeaux. Ils se chamaillèrent, se défiant mutuellement tout en planant dans le ciel. Après leur passage l'air retrouva son calme, tellement silencieux qu'il entendit le murmure de la brise dans les pieds de maïs desséchés.

C'est alors qu'il vit le cerf. Il se tenait plein d'assurance à moins de dix mètres de l'endroit où Shane avait garé sa voiture. Immobile comme une statue, la tête haute, les oreilles dressées. Vance se tourna pour le désigner à Shane.

Main dans la main, ils l'observèrent sans mot dire. Vance se sentit remué par quelque chose, un sentiment d'appartenance. A cet instant il n'aurait pas ri si Shane avait dit « notre montagne ». Il se lava de ses dernières traces d'amertume en prenant conscience qu'il avait la réponse devant les yeux. Il s'était maintenu dans son statut de victime, exactement comme le lui avait démontré Shane, car c'était plus facile de rester dans la colère que d'accepter de tourner la page.

Le cerf se déplaça en sauts rapides sur la colline herbeuse, franchissant d'un bond gracieux un mur de clôture en pierre avant de s'élancer hors de leur vue. Vance sentit plutôt qu'il n'entendit le long soupir silencieux de Shane.

— Je ne m'y ferai jamais, murmura-t-elle. Chaque fois que j'en vois un, j'en ai le souffle coupé.

Elle leva le visage vers lui. Il trouva naturel de l'embrasser ici, dans cet environnement de montagnes et de champs, avec en eux ce sentiment encore présent d'avoir partagé quelque chose. Au-dessus de leurs têtes, un pigeon émit un doux roucoulement, satisfait de voir que les intrus se tenaient cois.

C'était cette tendresse que Shane avait perçue en Vance mais dont elle doutait encore. Sa bouche était ferme sans être exigeante, ses mains puissantes sans être brutales. Elle avait l'impression de sentir son cœur palpiter dans sa gorge. Une sensation de chaleur et de douceur l'inonda tout entière, la laissant malléable et sans force entre ses bras. C'était ce qu'elle attendait — avoir enfin la confirmation de ce qu'il gardait verrouillé en lui : une douce bonté qu'elle respecterait autant que sa force et son assurance. Elle poussa un soupir non pas d'abandon mais de joie, sachant qu'elle pourrait désormais admirer l'homme qu'elle aimait déjà.

Vance serra Shane contre lui en modifiant l'angle de leur baiser, refusant de briser le charme de l'instant. Les émotions s'immiscèrent en lui par les fissures du rempart qu'il s'était construit depuis si longtemps. Il sentit le doux abandon de sa bouche, goûta sa générosité humide. Avec application, il laissa le bout de ses doigts se réaccoutumer au velouté de sa peau.

Etait-il possible qu'elle ait toujours été là pour lui, à attendre qu'il tombe sur elle à travers le rideau de son amertume et de sa suspicion ?

Vance la plaqua contre lui en l'enlaçant fermement des deux bras comme si elle risquait de se volatiliser. Etait-il trop tard pour tomber amoureux ? Ou pour conquérir une femme qui connaissait déjà ses pires côtés et n'avait aucune idée de ses avantages matériels ? Fermant les yeux, il appuya sa joue sur les cheveux de Shane. S'il n'était pas trop tard, devait-il prendre le risque de lui dévoiler son identité et sa position ? S'il lui révélait tout maintenant, il ne pourrait jamais être tout à fait sûr, si jamais elle lui cédait, qu'elle ne l'aimait que pour lui-même. Or il avait besoin de cette certitude — être accepté pour lui-même, au-delà de la fortune Riverton Banning et de sa puissance.

Il hésita, en proie aux affres de l'indécision. Ce dilemme même l'ébranlait en soi. Vance était un homme qui dirigeait une société de plusieurs millions de dollars grâce à son pouvoir de décision. Et voilà que ce petit bout de femme dont il sentait les cheveux en désordre boucler sous sa joue était en train de chambouler l'ordre de sa vie.

— Shane, commença-t-il en l'écartant pour lui embrasser le front.

— Vance.

En riant, elle lui donna un baiser sonore, plus comme une amie que comme une amante.

— Vous avez l'air bien sérieux.

— Dînez avec moi, ce soir.

Il se maudit intérieurement : les mots lui avaient échappé. Où était donc passée sa finesse avec les femmes ?

Shane repoussa ses cheveux décoiffés par le vent.

— D'accord. Je peux nous préparer quelque chose à la maison.

— Non, je veux vous emmener manger quelque part.

— Au restaurant ? s'enquit Shane, soucieuse à l'idée de la dépense que cela représentait.

— Rien de bien extraordinaire, affirma-t-il, croyant qu'elle s'inquiétait pour sa tenue — baggy et pull informe. Comme vous l'avez dit vous-même, ces dernières semaines nous n'avons pas fait grand-chose à part travailler.

Il lui effleura la joue du dos de son poing fermé.

— Accompagnez-moi.

Elle sourit pour lui faire plaisir.

— Je connais un petit endroit sympa en Virginie-Occidentale, juste de l'autre côté de la frontière.

Shane avait choisi ce minuscule restaurant isolé en raison de ses prix très abordables. D'autre part, elle y avait gardé de bons souvenirs de sa brève carrière de serveuse. Elle y avait travaillé l'été qui avait suivi la fin du lycée dans le but de se faire quelques sous supplémentaires pour la fac.

Après qu'ils eurent pris place dans un box exigu, de chaque côté d'une table où trônait une bougie dégoulinante de cire, elle lui adressa un grand sourire.

— Je savais que vous alliez adorer.

Vance jeta un regard circulaire aux paysages peints de couleurs vives dans leurs cadres en plastique. Il flottait dans l'air un vague relent d'oignon.

— La prochaine fois, c'est moi qui choisis.

— Ils servaient de super-spaghettis, à l'époque. C'était la formule spéciale du jeudi, on pouvait manger à volonté pour…

— Nous ne sommes pas jeudi, objecta Vance en ouvrant d'un air dubitatif le menu plastifié. Du vin ?

— Je pense qu'ils en ont.

Elle sourit en voyant son regard inquiet par-dessus le menu.

— On peut toujours aller à côté s'en acheter une bouteille pour deux dollars quatre-vingt-dix-sept.

— Un bon cru ?

— De la semaine dernière.

— On va tenter notre chance ici.

La prochaine fois qu'il l'emmènerait quelque part, décida-t-il, ce serait dans un endroit où il pourrait lui offrir du champagne.

— Je vais prendre un chili, annonça Shane, le ramenant au présent.

— Un chili ? fit Vance en se replongeant d'un œil méfiant dans le menu. Il est bon ?

— *Oh, non !*

— Alors pourquoi…

Il baissa le menu et s'interrompit en voyant que Shane se cachait derrière le sien.

— Shane, qu'est-ce que… ?

— Ils viennent d'entrer, chuchota-t-elle en orientant

son menu vers l'entrée afin de leur jeter furtivement un regard de côté.

Intrigué, Vance tourna également la tête. Il aperçut Cy Trainer accompagné d'une brune à l'air guindé, en tailleur fauve de coupe sévère et escarpins à talons plats. Sa première réaction fut la contrariété ; puis, après un second coup d'œil à la femme au bras de Cy, il se retourna vers Shane. Elle avait complètement disparu derrière son menu.

— Shane, je comprends que ça doit vous bouleverser, mais dites-vous que vous êtes condamnée à le croiser de temps en temps et que…

Il entendit un bruit étouffé derrière la carte plastifiée. D'instinct, il chercha sa main.

— On peut aller ailleurs, mais nous ne pourrons pas nous en aller sans qu'il vous voie.

— C'est Laurie MacAfee.

Elle pressa convulsivement les doigts de Vance. Il serra les siens en retour, furieux qu'elle éprouve encore des sentiments pour l'homme qui l'avait blessée.

— Shane, vous devez faire face à la situation et ne pas vous donner en spectacle devant lui.

— Je sais, mais c'est tellement dur…

Prudemment, elle inclina le menu sur le côté. Surpris, Vance découvrit qu'elle n'était pas convulsée de sanglots mais de rire.

— Dès qu'il nous aura repérés, commença-t-elle sur le ton de la confidence, il va venir à notre table pour nous saluer.

— Une véritable épreuve pour vous, à ce que je vois.

— Ah, ça oui, acquiesça-t-elle. Vous devez me promettre de me donner un coup de genou sous la table ou de m'écraser le pied dès que vous verrez que je suis prête à éclater de rire.

— Avec plaisir, l'assura-t-il.

— A l'époque, Laurie alignait toutes ses poupées par ordre de grandeur et cousait des étiquettes à leur nom sur tous leurs vêtements, lui expliqua Shane en prenant de profondes inspirations en vue de leur rencontre.

— Effectivement, ça en dit long.

— Bon, et maintenant, je vais poser ce menu.

Elle déglutit, et lui ordonna encore plus bas :

— Quoi que vous fassiez, ne les regardez pas.

— Loin de moi cette idée.

Après une dernière expiration destinée à chasser son envie de rire, Shane posa le menu sur la table.

— Le chili ? reprit-elle d'une voix normale. Oui, il est toujours très bon, ici. Je crois que je vais en prendre moi aussi.

— Vous êtes idiote.

— Oh, oui, je suis bien d'accord.

Un sourire aux lèvres, Shane saisit son verre d'eau. Du coin de l'œil, elle aperçut Cy et Laurie qui traversaient la salle dans leur direction. Pour couper court à toute envie de rire, elle s'éclaircit violemment la gorge.

— Shane, quel plaisir de te rencontrer.

Levant la tête, Shane réussit à feindre la surprise.

— Bonsoir, Cy. Bonsoir, Laurie. Comment vas-tu ?

— Très bien, répondit Laurie de sa voix soigneusement modulée.

Elle est vraiment très jolie, songea Shane. Même si ses yeux étaient un tantinet trop rapprochés.

— Je ne crois pas que vous connaissiez Vance, poursuivit-elle. Vance, je vous présente Cy Trainer et Laurie MacAfee, d'anciens camarades de classe. Vance est mon voisin.

— Ah, bien sûr, la vieille maison Farley.

Cy lui tendit la main. Vance la trouva douce. Sa poigne était ferme et brève comme il fallait.

— J'ai entendu dire que vous la retapiez.

— Un peu.

Vance s'autorisa à détailler le visage de Cy. Passable, estima-t-il, compte tenu de la mollesse de sa mâchoire.

— Vous devez être le menuisier qui aide Shane à monter sa petite boutique, intervint Laurie.

Son regard glissa de sa tenue de travail au pull de Shane.

— J'avoue que j'ai été surprise quand Cy m'a parlé de tes projets.

Voyant frémir la lèvre de Shane, Vance posa fermement un pied sur le sien.

— Ah oui ? fit celle-ci en reprenant de l'eau.

Ses yeux dansant d'amusement contenu croisèrent le regard de Vance par-dessus le verre.

— Eh bien, j'ai toujours aimé surprendre les gens.

— Nous n'arrivions pas à t'imaginer à la tête de ton propre commerce, n'est-ce pas, Cy ?

Laurie enchaîna sans lui laisser le moyen de répondre :

— Bien sûr, nous croisons les doigts pour toi, Shane, et tu peux compter sur nous pour t'acheter quelque chose afin de t'aider à démarrer.

Le rire lui tordait l'estomac. Shane dut appuyer une main à ce niveau tandis que Vance augmentait la pression sur son pied.

— Merci, Laurie. Je ne peux pas te dire à quel point ça me touche… Non, vraiment, je ne peux pas.

— Nous ferions n'importe quoi pour une vieille amie, pas vrai, Cy ? Nous formons des vœux pour ta réussite, tu sais, Shane. Je te promets de parler de ta petite boutique à tous les gens que je connais. Même si bien sûr, soupira-t-elle d'un air d'excuse, c'est toi qui devras assurer la partie vente.

— Oui. Merci.

— Nous devrions y aller, maintenant. Nous voulons commander avant qu'il n'y ait trop de monde. Ce fut un plaisir de faire votre connaissance.

Laurie adressa un bref sourire à Vance et entraîna Cy dans son sillage.

— Oh, mon Dieu, je crois que je vais éclater !

Shane vida son verre d'eau sans respirer.

— Votre petit copain n'a que ce qu'il mérite, murmura

Vance, en leur coulant un regard en douce. Elle va tout régenter à la maison, y compris leur vie sexuelle.

Il les suivit du regard, l'air songeur.

— Vous pensez qu'ils en ont déjà une ?

— Oh, arrêtez, l'implora Shane qui malmenait sa lèvre inférieure pour se contenir. Je vais avoir le fou rire d'une minute à l'autre.

— D'après vous, c'est elle qui lui a choisi sa cravate ? demanda Vance.

Renonçant à garder son sérieux, Shane laissa échapper son hilarité.

— Oh, flûte, Vance ! murmura-t-elle au moment où Laurie tournait la tête. Je m'en étais bien tirée jusque-là.

— Vous voulez leur donner de quoi jaser pendant tout le dîner ?

Avant qu'elle ait pu répondre, il l'attira par-dessus la table étroite et lui planta un long et langoureux baiser sur la bouche. Afin d'empêcher Shane d'y mettre fin trop tôt, il lui prit le menton et l'immobilisa. Il s'écarta d'elle quelques secondes, le temps de lui incliner la tête pour l'embrasser sous un angle différent. Shane émit un infime gémissement de détresse. Elle tenta bien de le repousser par l'épaule, mais quand Vance approfondit son baiser, sa main retomba inerte jusqu'au moment où il ôta ses lèvres des siennes.

— Bien joué, ironisa-t-elle quand elle eut repris ses esprits. D'ici demain midi, tout Sharpsburg croira que nous sommes amants.

— C'est vrai ?

Il porta la main de Shane à ses lèvres en souriant, puis lui embrassa lentement les doigts un à un. Il éprouva une certaine satisfaction à sentir courir un léger frémissement d'excitation.

— Oui, affirma Shane, le souffle court, et je ne…

Elle laissa sa phrase en suspens tandis que Vance lui retournait la main pour déposer un long baiser au creux de sa paume.

— Vous ne quoi ? s'enquit-il d'une voix douce, en faisant glisser ses lèvres vers son poignet — il sentait son pouls palpiter sous la légère caresse de sa langue.

— Je ne pense pas que… que ce soit sage, articula-t-elle, oubliant le restaurant, Cy, Laurie et tout le reste.

— Que nous soyons amants ou que tout Sharpsburg le pense ?

Vance savoura la confusion qu'il lut dans les yeux de Shane, d'autant plus que c'était là son œuvre.

Elle sentit son cœur s'emballer. Cet homme n'était pas comme les autres. Téméraire ? songea-t-elle, et un frisson d'excitation lui parcourut de nouveau l'échine. Posé ? Comment pouvait-il être les deux à la fois ? Et pourtant si. Il portait l'intrépidité dans son regard, mais ses gestes d'amour s'enchaînaient avec la tranquille fluidité de l'expérience.

Elle n'avait pas eu peur de l'homme dur et en colère qu'elle avait rencontré, mais éprouvait un soupçon d'angoisse vis-à-vis de celui qui, en ce moment même, caressait du pouce le pouls qui battait avec affolement à son poignet.

— Je vais devoir y réfléchir, murmura-t-elle.

— Faites donc, approuva-t-il plaisamment.

# 8

Antietam Musée et Antiquités ouvrit ses portes la première semaine de décembre. Comme Shane s'y attendait, les premiers jours la boutique et le musée ne désemplirent pas, mais d'une foule composée en grande partie de gens de sa connaissance. Ils étaient venus acheter ou jeter un coup d'œil par curiosité ou affection. D'autres étaient entrés voir la dernière frasque que leur avait concoctée « la fille Abbott ». Shane, amusée, les entendait évoquer ses anciens méfaits comme s'ils avaient eu lieu la veille. Le nom de Cy fut lâché une ou deux fois dans la conversation, l'obligeant à réprimer un gloussement et à changer de sujet. Une fois passé l'attrait de la nouveauté, les clients continuèrent cependant à défiler chez elle en nombre modeste mais constant. Cela suffisait à son bonheur.

Comme prévu, elle avait embauché Pat, la belle-sœur de Donna, à temps partiel. La jeune fille était motivée, pleine d'ardeur, et acceptait de consacrer quelques heures de ses week-ends au magasin. Pour Shane, ce coût supplémentaire trouva toute sa justification le jour où Pat, rouge de triomphe, conclut sa première vente. Guidée par les conseils de Shane et par ses propres recherches enthousiastes, la jeune assistante fut rapidement capable de classifier certains articles et de faire face aux questions dans la partie musée.

Shane était maintenant plus débordée que jamais, gérant la boutique, guettant les annonces de vide-greniers et supervisant le réaménagement de la maison, qui se poursuivait au premier étage. Ces longues journées chaotiques la stimulaient et l'aidaient à supporter la perte des trésors de sa grand-mère qui s'en allaient à un rythme lent mais régulier. C'est la loi des affaires, se remémorait-elle chaque fois qu'elle vendait un meuble d'angle ou un chandelier. C'était nécessaire. Durant les semaines qui avaient précédé l'inauguration, les factures s'étaient accumulées sur son bureau, et il fallait bien les payer.

Presque tous les jours elle voyait Vance qui clouait, sciait et réalisait les boiseries du premier étage. Même si sa réserve avait quelque peu fondu, la complicité qu'ils avaient partagée le temps d'un après-midi et d'une soirée avait disparu. Il la traitait en bonne copine, pas en femme dont il embrasserait la paume au restaurant.

Shane en avait conclu qu'il avait joué la comédie de l'amour au profit de Cy, et que depuis il avait repris son rôle de professionnel du bois. Elle n'en était pas découragée pour autant. En fait, l'homme avec qui elle avait dîné l'autre soir l'avait rendue nerveuse et mal assurée. Elle avait plus d'aplomb face à la colère de Vance que face à ses mots doux et ses tendres caresses. Comme elle se connaissait bien, elle savait qu'elle aurait du mal à ne pas se ridiculiser s'il continuait à la traiter avec tendresse. Elle n'était guère armée contre la romance.

Jour après jour, son amour pour Vance grandissait, renforçant sa conviction qu'il était l'homme de sa vie. Ce n'était qu'une question de temps, estimait-elle, pour qu'il s'aperçoive qu'elle était la femme de sa vie.

L'après-midi touchait à sa fin quand Shane gravit son perron tout neuf et entra dans le magasin, les bras chargés de ses dernières acquisitions. Le froid enluminait ses joues et elle était extrêmement contente d'elle-même. Petit à petit, elle apprenait à marchander sans pitié. Après avoir ouvert la porte d'un coup de postérieur, elle fit entrer la table de biais par l'embrasure.

— Regarde un peu ce que j'ai là ! lança-t-elle à Pat

avant de refermer la porte derrière elle. Une Sheridan ! Et sans la moindre égratignure, en plus.

Pat, qui était en train de nettoyer une vitrine, s'interrompit.

— Shane, tu étais censée prendre ton après-midi…

Machinalement, elle fit partir une dernière trace sur la vitre avant de reporter toute son attention sur Shane.

— Il te faut prendre un peu de temps pour toi, lui rappela-t-elle avec un brin d'exaspération. C'est pour ça que tu m'as engagée.

— Oui, bien sûr, acquiesça Shane d'un ton distrait. J'ai une pendule de cheminée dans la voiture et un ensemble complet de salières de verre taillé.

Assez fine pour comprendre que toute remarque serait ignorée, Pat poussa un soupir et suivit Shane dans la salle d'exposition principale.

— Tu ne t'arrêtes donc jamais ? s'enquit-elle.

— Si, si…

Après avoir installé la table près d'une chaise Hitchcock, Shane recula pour contempler l'effet produit.

— Je ne sais pas, dit-elle lentement. Elle serait peut-être mieux mise en valeur dans la salle de devant, juste sous la fenêtre. Bon, de toute façon, je veux d'abord la cirer.

Elle fonça vers le plan de travail et farfouilla à la recherche de cire pour meubles.

— Comment vont les affaires, aujourd'hui ? s'enquit-elle.

Pat secoua la tête. La première chose qu'elle avait apprise dans ce travail, c'est que Shane Abbott était une véritable boule d'énergie.

— Je m'en charge, intervint-elle en prenant la cire et le chiffon des mains de Shane.

L'énorme soupir de son employée la fit sourire mais elle ne protesta pas.

— Tu as eu sept personnes qui sont venues visiter le musée, lui apprit Pat en commençant à cirer la table Sheridan. J'ai vendu quelques cartes postales et une gravure du Burnside Bridge. Une femme de Hagerstown a acheté la petite table à bords striés.

Shane, qui défaisait sa parka, s'interrompit.

— Le guéridon tambour de bois de rose ?

Du plus loin qu'elle s'en souvienne, il avait fait partie du petit boudoir d'été.

— Oui. Et elle était aussi intéressée par le rocking-chair de bois cintré.

Pat se glissa une mèche de cheveux derrière l'oreille tandis que Shane tentait à contrecœur de se réjouir de ces nouvelles.

— Je pense qu'elle va revenir.

— Bien.

— Oh, et Oncle Festus a fait une touche.

— C'est vrai ?

Shane sourit en songeant au portrait victorien d'un homme austère auquel elle avait été incapable de résister. Elle l'avait acheté parce qu'il l'amusait, même si elle avait peu d'espoir de le vendre.

— Eh bien, je serai navrée de m'en séparer. Il donne de la dignité à cet endroit.

— Moi, il me flanque la chair de poule, rétorqua Pat hardiment tandis que Shane se dirigeait vers la porte d'entrée pour aller chercher le reste des nouvelles pièces de son stock.

— Oh, j'allais oublier ! s'exclama la jeune vendeuse. Tu ne m'avais pas dit que l'ensemble de salle à manger était vendu.

— Quoi ?

Shane s'arrêta, perplexe, la main sur le bouton de porte.

— L'ensemble de salle à manger avec les chaises en forme de cœur, expliqua Pat. Les Hepplewhite, précisa-t-elle, ravie de voir qu'elle commençait à retenir les marques et les époques. J'ai failli le vendre deux fois.

— Le vendre deux fois ?

Shane lâcha le bouton de porte et se planta devant Pat :

— Qu'est-ce que tu racontes ?

— Il y a quelques heures, des gens sont venus qui voulaient l'acheter. Apparemment, leur fille se marie et ils comptaient le lui offrir en cadeau de mariage. Ils doivent être riches, ajouta-t-elle d'un ton pénétré. La réception va avoir lieu au Country Club de Baltimore… avec un orchestre.

Elle commençait à rêvasser là-dessus lorsqu'elle s'aperçut que Shane la fixait d'un œil dur.

— Enfin bref, embraya-t-elle très vite, j'allais finaliser la vente quand Vance est descendu et m'a expliqué que l'ensemble était déjà vendu.

Le regard de Shane s'étrécit.

— Vance ? Vance t'a dit qu'il était déjà vendu ?

— Eh bien, oui, acquiesça Pat, décontenancée par le ton de sa patronne.

Si elle avait mieux connu Shane, elle aurait su repérer les prémices de sa colère. En toute innocence, elle poursuivit :

— Un coup de bol, d'ailleurs, sinon ils l'auraient acheté et organisé son expédition aussi sec. A mon avis, tu te serais retrouvée dans un sacré pétrin.

— Dans un sacré pétrin, siffla Shane entre ses dents. Ça tu peux le dire, quelqu'un s'est mis dans un sacré pétrin.

Elle fit brusquement volte-face et, sous le regard médusé de Pat, se dirigea à grandes enjambées vers l'arrière de la boutique.

— Shane ? Shane, qu'est-ce qui se passe ?

Troublée, Pat trottina à sa suite :

— Où vas-tu ?

— Régler une petite affaire, répliqua celle-ci d'un ton crispé. Sors les autres trucs de ma voiture, veux-tu ? lança-t-elle sans ralentir le pas. Et ferme. Je risque d'en avoir pour un bout de temps.

— D'accord, mais…

Pat n'acheva pas sa phrase en entendant claquer la porte de derrière. Elle s'interrogea un moment, abasourdie, puis haussa les épaules et alla exécuter les ordres qui lui avaient été donnés.

— Dans un sacré pétrin, marmonna Shane en foulant les feuilles mortes. Coup de bol qu'il soit descendu !

Elle balança un coup de pied rageur dans une branche tombée à terre qu'elle envoya valdinguer devant elle, dans l'attente du prochain coup de pied. Bouillonnant de colère contenue, elle descendit le sentier d'un pas déterminé parmi les arbres dépourvus de feuilles.

— Déjà vendu !

Folle de rage, elle émit un bruit de gorge inquiétant. Un écureuil éperdu traversa le chemin ventre à terre avant de filer dans une autre direction.

A travers les branches dénudées, elle aperçut la maison de Vance ; la fumée qui s'échappait de la cheminée s'élevait avec peine dans le bleu impitoyable du ciel. Shane serra les dents et pressa le pas. Le silence fut rompu par un bruit sourd et régulier : bam ! une pause, bam ! Sans hésitation, elle contourna la maison vers l'arrière.

Vance plaça une autre bûche sur la souche qui lui servait de billot et s'accroupit, la hache à la main, pour la fendre proprement en deux. Shane ne prit pas le temps d'admirer la précision ni la grâce de son geste.

— Vous ! cracha-t-elle avant d'aller se camper devant lui, les poings sur les hanches.

Vance s'interrompit dans son élan. Jetant un coup d'œil par-dessus son épaule, il vit Shane qui le fixait, le visage enflammé et les yeux étincelants de rage. Elle n'était jamais plus belle que dans la colère, songea-t-il distraitement, avant de se remettre à l'ouvrage. La bûche suivante se fendit en deux morceaux qui retombèrent de part et d'autre de la souche. La pile de bois était imposante, preuve qu'il devait s'activer depuis un certain temps.

— Salut, Shane.

— Pas de ça avec moi ! rétorqua-t-elle d'un ton cinglant, effaçant la distance qui les séparait en trois rapides foulées. Comment osez-vous ?

— La plupart des gens considèrent cette formule

comme une salutation tout à fait acceptable, riposta-t-il en se penchant pour ramasser une autre bûche.

D'un revers de main, Shane la fit tomber de la souche.

— Vous n'aviez pas le droit de vous en mêler, pas le droit de me faire rater une vente. Une vente importante, précisa-t-elle avec fureur.

Son haleine blanchissait l'air glacé.

— Mais pour qui vous prenez-vous ? Aller dire à mes clients qu'une chose est déjà prise ? Et quand bien même ça aurait été le cas — or ça ne l'était pas —, ce n'était sûrement pas à vous d'aller y mettre votre grain de sel !

Vance ramassa la bûche avec calme. Il s'était attendu à la voir arriver — elle et sa colère. Il avait agi sur un coup de tête mais n'en éprouvait aucun regret. Il gardait encore très nettement à la mémoire l'expression du visage de Shane lorsqu'elle lui avait montré pour la première fois l'ensemble de salle à manger qui faisait la joie et la fierté de sa grand-mère. Il était hors de question qu'il reste planté là sans agir tandis qu'elle regarderait ses meubles passer le seuil de sa porte.

— Vous ne voulez pas vendre cet ensemble, Shane.

La fureur augmenta dans le regard de la jeune femme.

— Ce que je veux faire ne vous regarde pas. *Je vais le vendre*. Et si vous n'aviez pas ouvert votre grande gueule, je l'aurais *déjà* vendu.

— Et passé des heures à vous en vouloir et à pleurer sur le bon de facture, riposta-t-il en plantant le fer de la hache dans la souche ; il regarda Shane bien en face. L'argent ne vaut pas un tel sacrifice.

— Epargnez-moi vos jugements de valeur ! s'indigna-t-elle, et elle lui enfonça un doigt dans la poitrine. Vous ne savez pas ce que je ressens. Vous ne savez pas ce que je dois faire. *Moi* si. J'ai besoin de cet argent, bon sang !

Avec un calme forcé, il enroula la main autour du doigt qu'elle pointait sur son torse et le tint en l'air un instant avant de le laisser retomber.

— Vous n'en avez pas suffisamment besoin pour renoncer à quelque chose qui compte beaucoup pour vous.

— Ce n'est pas avec des beaux sentiments qu'on paie les factures.

Ses joues s'empourprèrent davantage.

— J'en ai plein les tiroirs de mon bureau.

— Vendez autre chose ! lui cria-t-il, énervé.

Elle avait le visage levé vers lui et ses yeux étincelaient de colère. Il était déchiré entre l'envie de la protéger et celle de l'étrangler.

— Votre fichue baraque déborde de camelote !

C'était une déclaration de guerre.

— *De camelote ? De camelote !* répéta-t-elle d'une voix suraiguë.

— Débarrassez-vous de certaines choses dans tout le bric-à-brac qui s'entasse chez vous, lui conseilla-t-il avec une froideur qui aurait hérissé ses partenaires commerciaux.

Shane laissa échapper un sifflement de mauvais augure.

— Vous n'y connaissez strictement rien, fulmina-t-elle, lui enfonçant de nouveau l'index dans la poitrine, de telle sorte qu'il recula. Je récupère les plus belles pièces que je peux trouver, et *vous* — elle pointa encore son doigt sur son torse — vous ne savez pas distinguer un Hepplewhite de… d'un morceau d'aggloméré ! Alors n'allez pas fourrer votre nez de citadin dans mes affaires, Vance Banning, et retournez jouer avec vos rabots et vos forets. Je n'ai pas besoin des conseils à deux balles d'un type de la plaine.

— Maintenant, ça suffit, décréta-t-il d'un ton grave.

D'un seul mouvement, il la souleva de terre et la jeta sur son épaule.

— Mais ça ne va pas, qu'est-ce qui vous prend ? hurla-t-elle en le martelant d'une volée de coups de poing.

— Je vous emmène à l'intérieur pour vous faire l'amour, marmonna-t-il. J'en ai assez.

Shane, abasourdie, arrêta de le frapper.

— Vous *quoi* ?

— Vous m'avez très bien entendu.

— Mais vous êtes complètement cinglé !

Plus furieuse que paniquée, elle s'acharna à lui faire mal partout où ses poings et ses pieds pouvaient l'atteindre. Ce qui n'empêcha pas Vance de continuer sa progression et d'entrer dans la maison par la porte de derrière.

— Pas question que vous m'emmeniez à l'intérieur ! tempêta-t-elle, alors qu'il lui faisait traverser la cuisine. Je refuse d'y aller avec vous !

— Vous irez là où je vous emmènerai, rétorqua-t-il.

— Oh, Vance, vous allez me le payer ! promit-elle en lui bourrant le dos de coups de poing.

— Ça, je n'en doute pas, marmonna-t-il en entreprenant la montée de l'escalier.

— Reposez-moi tout de suite ! Je ne tolérerai pas ça plus longtemps.

Las de prendre des coups de pied, il lui ôta ses chaussures, les lança par-dessus la rampe et resserra le bras derrière ses genoux.

— Vous allez devoir en tolérer bien davantage dans quelques minutes.

Les jambes totalement immobilisées, Shane gigotait en vain tandis qu'il continuait de monter les marches.

— Je vous préviens, vous allez avoir de gros problèmes. Ça ne se passera pas comme ça, menaça-t-elle en le frappant avec rage.

Vance s'engagea dans le couloir et entra dans une chambre.

— Si vous ne me posez pas immédiatement, *immédiatement*, vous êtes viré !

Se sentant basculer dans les airs, Shane poussa un cri aigu suivi d'un ouf ! en atterrissant lourdement sur le lit. Furieuse et à bout de souffle, elle se mit tant bien que mal à genoux.

— Espèce d'idiot ! fulmina-t-elle d'une voix un peu haletante. Qu'est-ce que vous faites ?

— Je vous ai déjà dit ce que j'allais faire.

Vance retira son blouson et le jeta dans la pièce.

— Si vous vous imaginez une seule minute que vous pouvez me jeter sur votre épaule comme un sac de patates et vous en tirer comme ça, vous vous mettez le doigt dans l'œil !

Shane le regarda déboutonner sa chemise avec une fureur grandissante.

— Et arrêtez ça tout de suite ! Vous ne pouvez pas *m'obliger* à faire l'amour avec vous.

— Regardez-moi.

Vance ôta sa chemise.

Elle avait beau avoir mis les mains sur les hanches, toujours à genoux sur le lit, sa pose indignée perdit quelque peu de son assurance.

— Remettez ça tout de suite.

La fixant d'un œil froid, Vance laissa choir sa chemise par terre, puis se pencha pour enlever ses chaussures.

Shane le fusilla du regard.

— Vous croyez qu'il vous suffit de me jeter sur un lit et c'est tout ?

— Je n'ai même pas encore commencé, l'informa-t-il tandis que sa seconde chaussure tombait bruyamment au sol.

— Espèce d'abruti ! riposta-t-elle en le menaçant d'un oreiller. Je ne vous laisserais jamais me toucher même si…

Elle chercha une formule originale et dévastatrice mais opta finalement pour quelque chose de neutre.

—… même si vous étiez le dernier homme sur terre !

Vance lui décocha un long regard étincelant avant de déboucler sa ceinture.

— Je vous ai dit d'arrêter ça.

Shane pointa vers lui un doigt menaçant.

— Je ne plaisante pas. Je vous préviens, n'enlevez rien de plus. Vance ! s'exclama-t-elle en voyant qu'il était sur le point de défaire le premier bouton de son jean. Je suis sérieuse.

Elle acheva ce dernier mot dans un gloussement. Les mains de Vance se figèrent ; ses yeux s'étrécirent.

— Rhabillez-vous tout de suite ! ordonna-t-elle, mais en pressant le dos de sa main contre sa bouche.

Ses yeux s'étaient agrandis et brillaient sous l'effet de l'amusement.

— Qu'est-ce qu'il y a de si drôle, bon sang ? demanda-t-il.

— Rien, rien du tout.

Là-dessus, Shane s'écroula sur le dos, vaincue par l'hilarité.

— Drôle ? Non, non, la situation est très grave.

Convulsée de rire, elle se mit à marteler le lit de ses poings.

— Un homme est là, en train de se déshabiller d'un air assassin. Rien ne saurait être plus grave !

Elle lui jeta un coup d'œil, puis se couvrit la bouche des deux mains.

— Voyez la figure d'un homme submergé par le désir et la concupiscence !

Shane riait tellement qu'elle en avait les larmes aux yeux.

Qu'elle était agaçante ! songea Vance en esquissant un sourire involontaire.

Il alla vers le lit ; puis il s'assit près d'elle et lui prit la tête entre les mains. Plus elle essayait de maîtriser son hilarité et plus ses yeux se riaient de lui.

— Ravi de voir que ça vous amuse, commenta-t-il.

Shane ravala un gloussement.

— Oh non, je suis furieuse, absolument furieuse, mais tout ça était *tellement* romantique…

— Romantique ?

Le sourire de Vance s'élargit alors qu'il la considérait.

— Ah oui ! Vous m'avez littéralement mise sens dessus dessous !

Son rire résonna dans toute la chambre.

— Je ne me souviens pas d'avoir jamais été aussi *excitée*, articula-t-elle.

— Vraiment ? murmura Vance tandis que Shane s'abandonnait totalement au fou rire.

Très délibérément, il baissa la tête et lui effleura le menton de ses lèvres.

— Oui, sauf peut-être la fois où Billy Huffman m'a poussée dans les bruyères en CE1. Manifestement, j'ai le chic pour provoquer de violents accès de passion chez les hommes.

— Manifestement, acquiesça Vance en lui glissant une mèche derrière l'oreille. J'en ai eu plusieurs depuis que je vous fréquente.

La crise de fou rire de Shane fut stoppée net lorsqu'il lui saisit le lobe de l'oreille entre les dents.

— Et je pense être voué à en avoir encore beaucoup d'autres, murmura-t-il en descendant vers son cou.

— Vance…

— Sous peu, ajouta-t-il, la bouche contre sa gorge. D'une minute à l'autre.

— Je dois rentrer, commença-t-elle, haletante.

Alors qu'elle tentait de se rasseoir, il l'immobilisa d'une main plaquée sur son épaule.

— Je me demande ce qui peut encore vous exciter.

Il lui mordilla le cou.

— Ceci ?

— Non, je…

— Non ?

Il lâcha un rire grave et tranquille en sentant son pouls cogner contre ses lèvres.

— Autre chose, alors. Comme la fermeture Eclair de la parka de Shane était déjà ouverte, il défit d'une main habile la rangée de boutons de son chemisier.

— Ça ?

Très doucement, il effleura de sa langue la pointe de son sein.

Shane poussa un petit cri étouffé et se cambra contre lui. Vance prit son mamelon dans sa bouche et laissa son goût s'immiscer en lui. Il le savoura un moment tandis que

Shane enfonçait ses ongles dans ses épaules nues. Mais la chaleur l'envahit et il comprit qu'il devait s'écarter s'il ne voulait pas la prendre trop vite. Depuis le soir où ils avaient dîné ensemble, il avait pris soin de maintenir une certaine distance entre eux. Il ne voulait pas la brusquer. Mais maintenant qu'il la tenait sur son lit, il entendait bien savourer chaque instant de la situation.

Il leva la tête et plongea son regard dans le sien. Elle le fixa avec des yeux immenses. Pendant un moment, ils cherchèrent chacun des réponses. Shane sourit très lentement.

— Ça, murmura-t-elle, et elle attira la bouche de Vance vers la sienne.

Elle ne s'attendait pas à la douceur de ce baiser. Les lèvres de Vance s'affairaient tendrement sur les siennes. Leurs deux respirations se mêlèrent et s'accordèrent sur un même rythme. Il parcourut son visage de petits baisers, revenant malgré tout encore et toujours à sa bouche impatiente. S'attarder, profiter, faire durer chaque instant, chaque saveur ; il n'avait que cela en tête. Le seul fait de savoir qu'il pouvait la toucher, l'embrasser et l'aimer lui permettait de contenir ses désirs exacerbés. A sa connaissance, c'était la première fois que son envie de donner du plaisir à une femme surpassait son envie de prendre le sien. Du plaisir, il pouvait lui en donner par ces baisers langoureux qui faisaient bouillir son propre sang dans ses veines. Il se contenta d'abord de ses lèvres et de sa langue pour l'exciter, jusqu'au moment où il sentit qu'elle brûlait d'aller plus loin.

L'effleurant à peine, Vance lui dégagea les bras et les épaules de sa parka en la soulevant légèrement pour faire passer le vêtement sous elle. Ses gestes étaient d'une telle sûreté et d'une telle douceur que Shane ne pouvait s'apercevoir du duel que se livraient en lui la tendresse et la passion. Sans se presser, il lui ôta son chemisier, faisant glisser sa bouche sur sa peau au fur et à mesure qu'il dénudait ses épaules. Shane soupira sous ses baisers qui descendirent le long de son bras et se transformèrent en mordillements à l'intérieur du coude. Luttant contre son désir de plus en plus impérieux, Vance promena ses lèvres jusqu'au poignet de la jeune femme.

Le vent pouvait bien souffler au-dehors, les feuilles mortes balayer le sol, Shane n'en avait pas conscience. Plus rien n'existait que les doigts de Vance jouant sur sa peau, l'empreinte chaude de sa bouche. Comblée, presque ensommeillée, elle passa les doigts dans l'épaisse masse de ses cheveux tandis qu'il lui mordillait légèrement le cou. Le frottement alangui de sa peau contre la sienne lui fit battre le cœur puissamment. Elle aurait pu rester là à jamais, flottant dans un monde à mi-chemin entre passion et sérénité.

Lentement, il entreprit son exploration vers le bas, dans un mouvement imperceptible. Il encercla son sein de baisers et de légers suçons, progressant jusqu'à ce qu'il en ait capturé la pointe. Celle-ci devint chaude et dure dans sa bouche tandis que Shane commençait à bouger sous lui. Il la suça en jouant de sa langue, les amenant tous deux au bord du délire. A présent, elle dégageait une énergie qui jaillissait en un flot de passion et d'impatience. Elle se plaqua contre lui en gémissant son prénom.

Mais il y avait tant encore à donner, tant encore à prendre… Avec une application délibérée, Vance répéta le même parcours électrisant autour de son autre sein, sentant Shane frissonner, écoutant cogner la tempête de son cœur sous sa bouche entreprenante et avide.

— Si douce, murmura-t-il. Si belle.

Il resta un moment le visage simplement niché contre son sein, luttant pour garder le contrôle de lui-même. Avec un gémissement de désir, Shane tendit la main vers lui comme pour ramener sa bouche vers la sienne, mais Vance glissa plus bas.

Saisissant ses hanches cambrées, il promena sa langue le long de sa peau frémissante. Shane sentit son jean se desserrer à la taille et elle se trémoussa pour l'aider.

Mais Vance se contenta de presser sa bouche au fond du triangle de peau dénudée. De nouveau Shane gigota, creusant les reins pour s'offrir à lui, mais il s'attardait, traçant des cercles alanguis avec sa langue.

Quand il lui tira le jean sur les hanches, elle ressentit chaque effleurement torride de ses doigts. Il descendit le long de ses cuisses, s'arrêtant pour en caresser l'intérieur satiné, puis le long de ses mollets pour doucement mordiller leurs muscles tendus, et arriva à ses chevilles, faisant remonter d'un léger coup de langue une bouffée de chaleur dévastatrice dans tout le corps de Shane.

Il trouva des zones érogènes dont elle ignorait l'existence. Puis il fut tout au cœur de son intimité et, dardant sa langue en elle, la catapulta par-delà les limites de la raison. Elle gémit son prénom, bougeant avec lui, bougeant pour lui, le corps et l'esprit tourmentés par de sombres délices palpitantes.

Vance l'entendit prononcer son prénom dans un râle et en fut excité. L'énergie de Shane, le geyser de sa passion, l'embrasait, le poussant à la prendre plus profondément avant de la prendre tout entière. Sa saveur douce, si douce, accrut sa convoitise. Au fin fond de son esprit embrumé, il sentait bien qu'il n'était plus tendre envers elle, mais le désir lui fouettait le sang.

La folie s'empara de lui. Sa bouche parcourut sauvagement son corps tandis que ses doigts la menaient de sommet en sommet au pic suprême d'un plaisir étourdissant. Lorsqu'il trouva son sein, sa poitrine se soulevait et s'abaissait au rythme de sa respiration haletante. Si elle avait pu parler, Shane aurait supplié Vance de la prendre. Son monde tourbillonnait à une vitesse hallucinante, une vitesse qui défiait les limites de son imagination. Quand il écrasa sa bouche sur la sienne, elle répondit aveuglément. Il s'enfonça en elle.

Le flot d'énergie surgit de nulle part. C'était une force, une puissance qui pulvérisa les frontières du raisonnable et la projeta brutalement dans un univers impossible. Vance et elle se comblaient mutuellement, montant toujours plus haut et toujours plus vite jusqu'au paroxysme final. Ensemble, ils s'y cramponnèrent, secoués de frissons.

Depuis combien de temps gisait-il sur ce lit, Vance n'en savait trop rien. Peut-être même s'était-il assoupi. Lorsque son esprit commença à s'éclaircir, il s'aperçut que sa bouche était nichée contre la gorge de Shane, que celle-ci avait les bras passés autour de lui. Il était encore en elle et sentait les faibles pulsations d'un vestige de passion l'agiter au plus profond de son corps. Il resta encore un peu les yeux fermés : comment était-il possible d'être à la fois euphorique et rassasié ? Lorsqu'il bougea, par égard pour son confort, Shane resserra son étreinte pour le garder contre elle.

— Non, murmura-t-elle. Encore un peu.

Il rit tout en lui effleurant l'oreille d'un baiser.

— Tu arrives à respirer ?

— Je respirerai plus tard.

Satisfait, il enfouit de nouveau son visage au creux de son cou.

— J'aime le goût de ta bouche. Ça me pose un problème depuis la première fois que je t'ai embrassée.

— Un problème ? s'étonna-t-elle d'un air lascif, en parcourant les muscles de son dos d'une caresse expérimentale. Ça ne sonne pas vraiment comme un compliment.

— Ça te plairait d'en entendre un ?

Il appuya sa bouche contre sa peau.

— Tu es la créature la plus exquise que j'aie jamais vue.

Shane accueillit cette information avec un petit rire narquois.

— Ton premier compliment était un peu plus crédible.

Vance releva la tête et la dévisagea. Même ensommeillés par la passion, ses yeux brillaient d'amusement.

— Tu ne t'en rends pas compte, n'est-ce pas ? dit-il d'un ton songeur.

N'avait-elle pas idée de l'effet que sa peau satinée et ses grands yeux de biche pouvaient provoquer chez un homme, combinés à sa vivacité bien particulière ? Ne voyait-elle pas le pouvoir que renfermait l'absolue innocence lorsqu'elle était contrebalancée par une bouche sensuelle et une sexualité franche et ouverte ?

— Tu la perdrais si tu le savais, murmura-t-il presque pour lui-même. Et si je te disais que j'aime ton nez ?

Elle le considéra quelques secondes d'un air méfiant.

— Si tu me sors que je suis mignonne, je te cogne.

Il pouffa, puis embrassa l'une après l'autre ses joues creusées de fossettes.

— Tu sais depuis quand je rêve de ce moment ?

— Depuis notre première rencontre au magasin général.

Elle sourit en le voyant relever la tête.

— J'ai ressenti la même impression. C'était comme si j'avais passé ma vie à t'attendre.

Vance appuya son front contre le sien.

— J'étais furieux.

— J'étais stupéfaite. J'en ai oublié mon café.

Ils rirent jusqu'à ce que leurs lèvres se rencontrent.

— Tu as été affreusement impoli ce jour-là, se souvint-elle.

— Exprès.

Il ramena sa bouche vers la sienne.

— Je voulais me débarrasser de toi.

— Tu as vraiment cru que tu y arriverais ?

Elle lui mordilla la lèvre inférieure en gloussant.

— Tu ne sais donc pas reconnaître une femme déterminée quand tu en vois une ?

— J'aurais très bien pu me débarrasser de toi si j'avais pu fermer l'œil la nuit sans avoir ton image imprimée sur la rétine.

— Vraiment, c'est ce que tu avais ? Pauvre Vance…, se moqua-t-elle en lui donnant un baiser compatissant.

— Je suis sûr que tu es navrée de m'avoir fait perdre le sommeil.

Shane laissa échapper un rire suspect. Vance releva la tête et vit qu'elle se mordait fermement la lèvre inférieure.

— Je serais sincèrement navrée, affirma-t-elle, si je ne pensais pas que c'est merveilleux.

— J'avais souvent envie de t'étrangler sur le coup de 3 heures du matin.

— Je n'en doute pas, rétorqua-t-elle calmement. Pourquoi ne m'embrasses-tu pas plutôt ?

Ce qu'il fit, brutalement, comme si tous ses désirs contenus menaçaient de l'embraser de nouveau.

— Le jour où tu t'es retrouvée assise le derrière dans la boue, en train de rire comme une idiote, j'avais tellement envie de toi que c'en était douloureux. Bon sang, Shane, tu m'as chamboulé la raison pendant des semaines !

Il plaqua sa bouche contre la sienne avec le soupçon de colère qu'elle connaissait bien. Elle lui caressa la nuque d'une main apaisante.

Quand il releva la tête, leurs yeux se croisèrent en un long et profond regard. Shane posa la main sur sa joue.

« Tant de conflits, songea-t-elle. Tant de secrets. »

« Tant de douceur, songea-t-il. Tant de franchise ».

— Je t'aime, dirent-ils en même temps avant de se dévisager, stupéfaits.

Ils restèrent un moment sans bouger ni parler. On aurait dit que même leur respiration s'était arrêtée au même instant. Puis, dans un même élan, ils s'étreignirent cœur contre cœur, lèvres contre lèvres. Ce qui avait commencé comme la rencontre de deux bouches s'adoucit, se fit plus tendre et se transforma en promesse.

Vance ferma les yeux, submergé par des vagues de soulagement et la montée du plaisir. Il sentit Shane frissonner et l'enlaça plus fort.

— Tu trembles. Pourquoi ?

— Tout est trop parfait, répondit-elle d'une voix mal assurée. Ça me fait peur. Si je devais te perdre maintenant…

— Chut…

Il l'interrompit d'un baiser.

— Tout *est* parfait.

— Oh, Vance, je t'aime tellement ! J'ai attendu pendant des semaines que tu m'aimes en retour, et maintenant…

Elle lui prit le visage entre les mains et secoua la tête.

— Maintenant que tu m'aimes, j'ai peur.

Il planta son regard dans le sien et sentit monter en lui un violent sentiment de passion et de possession. Elle était à lui maintenant ; rien ne pourrait changer cela. Fini les erreurs, fini les déceptions. Il l'entendit retenir sa respiration puis frissonner.

— Je t'aime, déclara-t-il avec fougue. Je vais te garder, tu entends ? Nous sommes faits l'un pour l'autre. Nous le savons tous les deux. Rien, je te le jure, rien ne pourra jamais nous séparer.

Il la prit dans un élan sauvage où se mêlaient désir et désespoir, ignorant l'ombre d'inquiétude qui le guettait par-dessus son épaule.

# 9

Quand Shane s'éveilla, il faisait nuit. Elle n'avait aucune notion de l'heure ni du lieu où elle se trouvait, seul comptait le profond sentiment de sécurité et de satisfaction intérieure qu'elle éprouvait. Le poids d'un bras autour de sa taille était signe d'amour ; la calme respiration à son oreille, signe que son amant dormait à son côté. Cela suffisait à son bonheur.

Combien de temps avaient-ils dormi ? se demanda-t-elle paresseusement. Elle avait fermé les yeux au moment où le soleil se couchait. A présent, la lune était haute. Sa froide lumière blanche filtrait des fenêtres pour se répandre en travers du lit. Shane se déplaça légèrement et tourna la tête en arrière pour observer le visage de Vance. Dans la faible luminosité, elle discernait l'arrondi d'une pommette et le contour de la mâchoire, le nez fort et droit. Du bout des doigts, elle effleura doucement sa bouche en prenant bien garde de ne pas le réveiller. Tant qu'il dormait, elle pouvait le contempler tout son soûl.

Il avait un visage puissant, dur même, songea-t-elle, au teint mat et aux angles accusés. Sa bouche pouvait être cruelle, ses yeux glacés. Même dans sa façon de faire l'amour, il avait en lui une sorte de domination impitoyable. Dans ses bras, une femme pouvait peut-être se sentir en sécurité, mais jamais tout à fait tranquille. La vie avec lui regorgerait constamment d'exigences, de disputes et de passion.

« Et il m'aime », pensa-t-elle dans une sorte de terreur émerveillée.

Dans son sommeil, Vance bougea et l'attira à lui. Leurs deux corps nus s'épousèrent intimement et Shane fut remuée par une sourde palpitation de désir. Sa peau s'embrasa contre la sienne, parcourue de picotements à ce contact. Son cœur se mit à cogner à un rythme désordonné contre les lents et réguliers battements de cœur de son amant. Son désir n'avait jamais été aussi impérieux, pourtant Vance ne bougeait pas, il restait allongé près d'elle, profondément enfoui dans ses rêves.

Il en serait toujours ainsi, comprit-elle en nichant sa tête au creux de son épaule. Il ne lui accorderait que très peu de quiétude. Et même si la paix lui était toujours apparue comme une sorte d'évidence, Shane était désormais prête à se la voir confisquée avec joie. Cet homme était son destin ; elle l'avait su dès le premier instant. A présent, elle se sentait liée à lui comme après des dizaines d'années de mariage.

Elle resta un long moment les yeux ouverts, à l'écouter dormir, sentant sa poitrine s'abaisser et se soulever à un rythme régulier contre ses seins. Cela ne changera jamais, se dit-elle. Ce besoin de s'étreindre l'un l'autre. Elle se lova quelques instants contre lui, emplissant ses poumons de son odeur. Toute sa vie elle se rappellerait chaque seconde, chaque mot échangé au cours de leur première union. L'âge venu, elle n'aurait pas besoin de journal intime pour se remémorer le feu ardent de leur jeunesse. Le passage du temps ne ternirait pas le souvenir de ses sentiments.

Dans un soupir, elle effleura ses lèvres d'un murmure de baiser. Il ne broncha pas : rêvait-il d'elle ? Elle aurait bien voulu et, fermant les yeux, elle le lui intima de toute la force de son esprit. Elle s'écarta de lui avec précaution, puis se glissa doucement hors du lit. Leurs vêtements gisaient par terre en tas éparpillés. Shane tomba par hasard sur la chemise de Vance et l'enfila avant de quitter la chambre.

*
* *

L'odeur de Shane imprégnait encore la taie d'oreiller. Ce fut la première sensation qui pénétra l'esprit de Vance tandis qu'il émergeait peu à peu du sommeil. Ce parfum lui allait si bien — une fragrance fraîche, propre, terminée par une légère note de citron. Paresseusement, Vance la laissa s'insinuer en lui. Même quand il dormait, Shane occupait toutes ses pensées. Il éprouvait une légère raideur dans l'épaule à l'endroit où elle avait posé sa tête. Il effectua quelques rotations du bras pour détendre ses muscles engourdis et tendit la main pour l'attirer à lui. Il s'aperçut qu'il était seul. Ouvrant les yeux, il murmura son prénom.

Vance ressentit la même désorientation temporelle que Shane. La chambre était à peine éclairée par la lueur de la lune et, l'espace d'un instant, il crut avoir rêvé tout ce qui s'était passé. Mais les draps étaient encore tièdes de la chaleur de Shane, et son parfum flottait encore. Non, ce n'était pas un rêve. Une vague de soulagement le submergea. Il l'appela doucement. C'est alors qu'il sentit l'odeur du bacon. Dans le noir, il sourit d'un air idiot et se laissa aller en arrière. Dans le silence de la chambre, il entendit vaguement la voix de Shane qui chantait une rengaine populaire parfaitement niaise.

Elle devait être dans la cuisine. Il resta immobile, l'oreille tendue. Elle fouillait dans les placards dans un bruit de vaisselle entrechoquée. De l'eau coula d'un robinet. L'odeur de bacon s'intensifia. Combien de temps avait-il dû attendre pour éprouver cette sensation ? Il se sentait... *épanoui.* Si jusqu'à ce jour il avait ignoré être en attente, il savait en revanche ce qu'il avait trouvé. Shane comblait le vide qui l'avait tourmenté pendant des années, apaisait une vieille blessure envenimée. Elle était la réponse à toutes ses questions.

« Et toi, que lui apporteras-tu ? », l'interrogea sa conscience. Vance ferma les yeux. Il se connaissait trop pour prétendre offrir à Shane une vie sereine et sans heurts. Il avait un tempérament trop versatile, des responsabilités trop envahissantes. Même en s'arrangeant sur ces deux points, il ne pouvait lui faire miroiter une douce scène de bonheur pastoral. Sa vie, passée, présente et future, comportait trop de complications. Jusqu'à leur première nuit ensemble qui allait devoir être gâchée par l'un de ses fantômes. Il fallait qu'il lui parle d'Amelia. Une bouffée de rage l'envahit, suivie d'un désagréable frisson de peur.

Non, cette peur-là il ne la tolérerait pas, décida-t-il en se levant rapidement du lit. Rien ni personne ne se mettrait en travers de son bonheur. Ni l'ombre de sa femme disparue ni les exigences d'une entreprise tyrannique n'allaient lui prendre Shane. C'était une femme forte, se rappela-t-il, s'efforçant de surmonter son appréhension. Il pourrait lui faire voir son passé tel qu'il était : une période qui s'était déroulée avant elle. Peut-être serait-elle choquée d'apprendre qu'il était à la tête d'une société de plusieurs millions de dollars, mais une fois révélée, la situation ne pourrait que difficilement lui déplaire. Il allait tout lui dire et repartir de zéro. Cela fait, il pourrait lui demander de l'épouser. Si des ajustements professionnels s'avéraient nécessaires, il les accomplirait. Il avait déjà sacrifié son rêve de jeunesse dans l'intérêt de la société, il ne lui sacrifierait pas Shane. Tout en enfilant son jean, Vance tenta d'élaborer la meilleure façon de lui avouer la vérité et, peut-être plus important encore, de lui expliquer pourquoi il ne l'avait pas fait plus tôt.

Shane ajouta une pincée de thym à la soupe en boîte qu'elle faisait chauffer. Lorsqu'elle se mit sur la pointe des pieds pour attraper un bol sur l'étagère, le bas de la chemise de Vance frôla ses cuisses nues. Elle avait les cheveux en bataille et les joues en feu. Vance l'observa un moment depuis le seuil de la porte. Puis, en trois enjambées, il fut derrière elle et lui enlaça la taille en nichant son visage au creux de son cou.

— Je t'aime, murmura-t-il d'une voix grave et farouche. Mon Dieu, que je t'aime !

Avant qu'elle ait pu répondre, il la fit pirouetter et captura sa bouche. A la fois surprise et excitée, Shane se cramponna à lui, chancelante d'émotion. Mais elle lui rendit son baiser avec une passion égale, la bouche douce et consentante, jusqu'à ce qu'il l'écarte de lui d'un geste lent. La flamme de leur désir retombée en incandescence, Vance regarda Shane et sourit.

— Si tu veux me rendre fou, tu n'as qu'à enfiler une de mes chemises.

— Si j'avais su le genre de résultats que j'obtiendrais, je l'aurais fait des semaines plus tôt !

Souriant à son tour, Shane lui noua les mains autour du cou.

— J'ai pensé que tu aurais faim. Il est 8 heures passées.

— J'ai senti l'odeur de la nourriture, expliqua-t-il avec un large sourire. C'est pour ça que je suis descendu.

— Oh…, fit-elle. C'est la seule raison ?

— Quoi d'autre ?

Shane voulut répliquer mais éclata de rire tandis que Vance enfouissait son visage dans son cou.

— Tu aurais pu inventer quelque chose, suggéra-t-elle.

— Si ça peut te rasséréner, je pourrais te dire que j'étais incapable de rester loin de toi plus longtemps.

Il l'embrassa jusqu'à ce qu'elle se retrouve pantelante et sans force entre ses bras.

— Que lorsque je me suis réveillé, j'ai vu que tu n'étais plus là, que je suis resté au lit à t'écouter t'affairer dans la cuisine et que j'ai su que je n'avais jamais été aussi heureux de ma vie. Ça t'irait ?

— Oui, je…

Elle soupira en sentant ses mains caresser son dos sous l'ample chemise. Derrière elle, le bacon crépitait et sifflait dans la poêle.

— Arrête, Vance, sinon le repas va brûler.

— Quel repas ?

Il pouffa, ravi de la voir se libérer de son étreinte les joues en feu et le souffle saccadé.

— Soupe à la tomate perso spécialement modifiée par mes soins, accompagnée de mes célèbres sandwichs bacon-laitue-tomate plusieurs fois primés dans les plus grands concours culinaires.

Il l'attira à lui pour la câliner encore dans le cou.

— Mmm, ça sent drôlement bon. Toi aussi, d'ailleurs.

— C'est ta chemise, affirma-t-elle en se dégageant de nouveau de ses bras. Elle sent l'odeur des copeaux.

Shane ôta adroitement le bacon grésillant de la poêle pour l'égoutter.

— Si tu veux du café, l'eau est encore chaude.

Vance la regarda mettre la dernière touche à ce repas frugal. Elle faisait plus que remplir la cuisine d'odeurs de nourriture et de bruits de casserole. Lui-même l'avait bien assez fait ces dernières semaines. Mais Shane remplissait la cuisine de vie. Malgré tous ses efforts pour réparer, rénover et réaménager sa maison, celle-ci était restée vide. Vance réalisait à présent que sans Shane, elle resterait à jamais inachevée.

Il ne pourrait jamais vivre ici sans elle — ni ici ni ailleurs. Il fut traversé par la vision fugitive de la grande maison blanche située dans la banlieue chic de Washington — la maison qu'il avait achetée pour Amelia. Elle comportait une piscine ovale abritée par un mur de briques blanches, une roseraie à la française aux chemins dallés, ainsi qu'un court de tennis en terre battue. Deux femmes de ménage, un jardinier et une cuisinière. Du temps où Amelia était encore en vie, la maison comptait une femme de chambre supplémentaire attachée à son service exclusif. Son dressing à lui seul était plus vaste que la cuisine où Shane était en train de préparer une soupe et des sandwichs. Il y avait un boudoir orné d'un petit meuble de bois de rose qui plairait beaucoup à Shane et de lourdes tentures damassées qu'elle détesterait.

Non, décida-t-il, pas question d'y retourner pour le moment, pas plus que de demander à Shane de partager ses démons. Il n'avait aucun droit d'exiger qu'elle affronte une situation qu'il commençait à peine à résoudre lui-même. Mais il faudrait bien lui parler un peu de son précédent mariage, et de son travail, avant de pouvoir enterrer le passé.

— Shane…

— Assieds-toi, ordonna-t-elle, occupée à verser la soupe dans des bols. Je meurs de faim. Cet après-midi, j'ai sauté le déjeuner pendant que je marchandais cette magnifique table Sheridan. J'ai payé un peu trop cher pour la pendule, mais je me suis rattrapée sur la table et les salières.

— Shane, il faut que je te parle.

D'une main habile, elle coupa un sandwich en deux.

— Pas de problème, je peux parler et manger en même temps. Je vais boire du lait. Même moi, je me rends compte que ton café instantané est effroyable.

Elle s'affairait çà et là, posant les bols et les assiettes sur la table, fouillant dans le réfrigérateur. Vance fut soudain frappé par la vision de sa vie telle qu'elle était avant que Shane n'y fasse irruption : son rythme effréné, ses exigences, son travail qui en définitive ne lui avait rien apporté. Si jamais il la perdait… Cette pensée lui était insupportable.

— Shane.

Il l'interrompit brutalement en lui enserrant fermement les bras. Levant les yeux vers lui, elle fut surprise par l'intensité de son regard.

— Je t'aime. Tu me crois ?

Il resserra douloureusement son emprise en lui posant cette question, mais Shane n'émit aucune protestation.

— Oui, je te crois.

— Me prendras-tu simplement tel que je suis ? s'enquit-il.

— Oui.

Sans l'ombre d'une hésitation, d'une vacillation dans la voix. Vance l'attira à lui.

Quelques heures, c'est tout, demanda-t-il, le visage crispé. Encore quelques heures sans questions, sans passé. Ce n'était pas excessif comme requête.

— Il y a certaines choses que je dois te dire, Shane, mais pas ce soir.

Sa tension s'estompa et l'étau de ses mains se mua en caresse.

— Ce soir, je veux seulement te dire que je t'aime.

Devinant le tumulte intérieur qui agitait Vance, et désireuse de l'apaiser, Shane tourna la tête vers lui.

— Pour ce soir, c'est tout ce que j'ai besoin de savoir. Je t'aime, Vance. Quoi que tu puisses me dire, ça n'y changera rien.

Elle l'embrassa sur la joue et sentit son corps se détendre un peu. D'un côté, elle avait envie de le cajoler pour qu'il lui confie ce qui provoquait une telle tempête en lui, mais de l'autre, elle ressentait le même besoin d'isolement que Vance. C'était leur nuit. Les problèmes étaient faits pour la journée, pour une ambiance plus prosaïque.

— Viens, dit-elle sur un ton léger, le repas est en train de refroidir.

Elle le fit rire en l'enlaçant avec fougue.

— Quand je concocte un menu gastronomique, j'entends bien qu'on l'apprécie à sa juste valeur.

— Bien sûr, affirma-t-il en l'embrassant sur le nez.

— Bien sûr quoi ?

— Que je l'apprécie. Et toi aussi.

Il déposa un deuxième baiser sur sa bouche et suggéra :

— Allons dans le salon.

— Le salon ?

Shane plissa le front, perplexe, puis son regard s'éclaira.

— Oh, je suppose qu'on y aura plus chaud.

— C'est exactement ce que j'avais en tête, murmura-t-il.

— J'ai jeté deux bûches dans le feu quand je suis descendue.

— Tu penses vraiment à tout, Shane, déclara-t-il, admiratif, en lui prenant le bras pour l'entraîner hors de la cuisine.

— Vance, il nous faut prendre le repas.

— Quel repas ?

Shane rit et fit mine de retourner chercher les plats, mais il la propulsa dans le salon chichement meublé, éclairé par un feu de cheminée.

— Vance, dans une minute, il va falloir réchauffer la soupe.

— Elle sera succulente, affirma-t-il en commençant à déboutonner la chemise dans laquelle elle flottait.

— Vance ! s'exclama Shane en repoussant ses mains. Sois sérieux !

— Je le suis, répliqua-t-il d'un ton raisonnable tout en l'allongeant sur le tapis tressé de forme ovale. A mort.

— En tout cas, ce n'est pas moi qui irai la remettre à chauffer, prévint-elle tandis qu'appuyé sur un coude, Vance défaisait les boutons restants.

— Personne ne te le reprochera, assura-t-il en écartant les pans de la chemise. Froide, elle sera excellente.

Shane eut un reniflement de mépris.

— Froide, elle sera infecte.

— Tu as faim ? s'enquit-il d'un ton léger, en prenant un de ses seins au creux de sa paume.

Shane leva les yeux vers lui. Il vit son visage se creuser de fossettes fugaces.

— Oui !

Vive comme l'éclair, elle se coucha sur le torse de Vance, sa bouche collée avidement à la sienne.

Il resta interdit devant l'ardeur et la rapidité de sa passion. Alors qu'il comptait la taquiner, titiller lentement ses désirs, elle avait brusquement pris le contrôle de la situation. Sa bouche était impatiente, exigeante ; Shane le mordillait de ses petites dents et sa langue agile l'excitait si vivement qu'il l'aurait renversée sur le dos pour la prendre sur-le-champ si ses membres n'avaient été pris d'une étrange torpeur. Bien qu'elle fût légère comme une plume, il ne put la maîtriser lorsqu'elle alla lui faire des choses habiles et torturantes à l'oreille. Ses mains s'affairaient également, lui prenant les cheveux à pleine poigne, passant sans s'attarder sur ses épaules et sa poitrine pour trouver et exploiter de petites zones érogènes tout à fait dévastatrices.

Il tenta de lui enlever sa chemise, trop étourdi de désir pour s'apercevoir que ses mains tremblaient, et s'acharna maladroitement à tirer dessus sans résultat. Ivre de son propre pouvoir, Shane laissa échapper un rire bref, presque nerveux.

— Trop tôt, lui chuchota-t-elle à l'oreille. Beaucoup trop tôt.

Vance jura, mais sa malédiction s'acheva en gémissement quand elle apposa ses lèvres sur sa gorge. Shane brûlait de la même flamme que lui, mais elle était bien décidée à l'amener au summum du plaisir. Elle prit conscience avec une certaine griserie que par de simples baisers et caresses elle pouvait le rendre faible et vulnérable. Sous sa bouche aventureuse, la peau de Vance devint moite et brûlante. Il la toucha là où il pouvait l'atteindre, mais il y avait quelque chose de distrait dans ses caresses, comme s'il avait dépassé son premier sentiment de désespoir rageur. En dépit de sa force et de sa puissance, il avait capitulé face au pouvoir de Shane.

La lumière des flammes ondula et bondit, accompagnée par un craquement en provenance de l'âtre. Une bûche éclata et s'effondra dans une gerbe d'étincelles. Le vent se remit à souffler, refoulant vers le bas du conduit une bouffée de fumée stagnante qui tenta mollement de rivaliser avec les relents de bacon frit. Ni Shane ni Vance ne s'en aperçurent.

Sous son oreille, elle entendait les battements sourds du cœur de son amant ainsi que le bruit saccadé de sa respiration haletante. S'emparant de nouveau de sa bouche, elle l'embrassa profondément, se remplissant de lui, sachant qu'elle le vidait de son essence. Elle se repaissait avec volupté de son corps, découvrant ses angles, autorisant sa langue à se mêler à la sienne. Puis elle entreprit son voyage le long de sa gorge.

Il murmura son nom comme dans un rêve. Shane s'enhardit. A coup de baisers fermes et rapides, elle descendit le long de son torse jusqu'à son ventre plat et musclé. Vance sursauta comme sous l'effet d'une décharge électrique. Elle pressa ses lèvres contre sa peau brûlante, lui arrachant un gémissement, puis se mit à dessiner des cercles d'une langue presque paresseuse.

Shane était dans un état d'excitation à peine soutenable. Vance était à elle, elle se familiarisait avec tous ses secrets. Comme en apesanteur, elle se sentait capable de tout. Un désir lancinant grandissait au creux de son ventre, mais son envie d'apprendre et d'explorer fut la plus forte. Avec une sorte de gourmandise avide, elle parcourut son corps de sa bouche et de ses mains, se délectant sans retenue de la saveur de l'homme — *son* homme. Sur la poitrine de Vance, une traînée de poils s'amenuisait vers le bas. Shane la suivit.

Lentement, d'une main légère, elle lui desserra son jean et entreprit de le lui baisser sur les jambes. Curieuse, elle déplaça ses lèvres vers sa hanche et descendit jusqu'à sa cuisse.

Elle l'entendit crier son nom d'une voix rauque, désespérée, mais elle était fascinée par les muscles saillants de ses cuisses. « Il est si fort », songea-t-elle, tandis que son cœur se mettait à cogner douloureusement. Elle fit courir ses doigts le long de sa jambe, excitée par sa sveltesse et ses muscles bandés. Elle tâta le terrain, et sa langue vint prendre le relais de ses mains, enfin ce fut le tour de ses dents. Vance remua sous elle, murmurant des mots inaudibles entre deux halètements précipités.

Il avait un goût fait de masculinité et de mystère. Jamais elle ne pourrait s'en rassasier.

Mais il était au bord de la folie. Les doigts déliés de Shane, sa langue le faisaient passer par des hauts et des bas d'une telle intensité que chacun de ses souffles lui coûtait un effort surhumain. Tout son corps vibrait de plaisir et de douleur, son sang bouillonnait d'une passion à la fois torride et frustrante. Il avait envie qu'elle prolonge ses caresses qui le rendaient fou, mais en même temps il brûlait de la prendre rapidement avant de perdre la raison. Alors, lentement, la petite bouche avide de Shane remonta nonchalamment vers son ventre, faisant frissonner sa peau d'un nouvel accès de moiteur. L'excitation était intolérable et surpassait en merveilleux tout ce qu'il avait connu. Shane l'effleurait de ses seins aux pointes dures et dressées, lui donnant l'envie folle d'y goûter. Au lieu de quoi, elle lui donna sa bouche. Elle était allongée sur lui de tout son long, et son corps agile était un brasier.

— Shane, je t'en supplie, souffla-t-il en essayant de l'attraper.

Alors elle glissa sur lui et, poussant un soupir frissonnant de triomphe, le fit pénétrer en elle.

Vance sentit sa raison basculer. Inconscient de ses actes, il la fit brutalement rouler sur le dos, s'enfonçant en elle avec toute l'ardeur sauvage et désespérée qu'il avait contenue jusque-là. La passion l'ébranla jusqu'au tréfonds de son âme. Il délirait de désir.

Shane cria en cambrant son bassin pour le rejoindre, mais il était au-delà de tout contrôle. Il se mit à aller et venir en elle de plus en plus vite, de plus en plus fort, ignorant la morsure de ses ongles s'enfonçant dans sa chair, à peine conscient de son souffle court et laborieux. Elle se colla contre lui alors même que leurs deux corps ne pouvaient être plus proches. Il la conduisit et l'accompagna jusqu'à un sommet dangereusement élevé. Même la chute fut bouleversante de volupté.

Sous lui, Shane était secouée de frissons, étourdie,

faible, puissante. Vance fit courir un doigt circonspect sur son bras avant de l'enserrer de sa main. Son pouce et son index se rejoignirent.

— Tu es si petite, murmura-t-il. Je ne voulais pas être brutal.

Shane lui caressa les cheveux.

— Tu as été brutal ?

Il soupira, et son soupir s'acheva en un gloussement.

— Shane, tu me rends fou. En général, je ne moleste pas les femmes.

— Je ne pense pas que ce soit le moment d'en discuter, objecta-t-elle sèchement.

Il s'appuya sur un coude afin de pouvoir la regarder.

— Tu préfères que je te dise que tu provoques en moi de violents accès de passion ?

— Ce serait infiniment mieux.

— Il se trouve que c'est la vérité, murmura-t-il.

Elle lui sourit, caressant son épaule et son bras aux muscles durs avant de s'enquérir :

— Ça te contrarie ?

— Non, affirma-t-il d'un ton catégorique en couvrant sa bouche rieuse de la sienne.

— En fait, dit-elle d'un ton réfléchi, étant donné que tu me fais le même effet, ce n'est que justice.

Il aimait voir sur son visage cette expression ensommeillée d'après l'amour. Elle avait le regard doux et les paupières lourdes, la bouche légèrement tuméfiée. La lumière du feu dansait sur sa peau, dessinant des ombres mouvantes sur fond de halo rougeoyant.

— J'aime ta logique.

Doucement, il sculpta du bout du doigt la forme de son visage, imaginant l'impression qu'il aurait à s'éveiller tous les matins à son côté. Shane lui saisit la main et pressa sa paume contre ses lèvres.

— Je t'aime, dit-elle avec douceur. Te lasseras-tu un jour de l'entendre ?

— Non.

Il lui embrassa le front, puis la tempe. Glissant un bras sous elle, il l'attira à lui.

— Non, répéta-t-il dans un soupir.

Shane se blottit contre lui en lui caressant négligemment le torse.

— Le feu décline, murmura-t-elle.

— Hmm…

— On devrait rajouter du bois.

— Hmm-hmm.

— Vance.

Elle leva la tête vers lui : il avait les yeux clos.

— Tu n'as pas intérêt à t'endormir ! J'ai faim.

— Mon Dieu, cette femme est insatiable !

Après un long soupir, il lui prit un sein à pleine main.

— Je pourrais peut-être trouver l'énergie nécessaire, à condition qu'on me donne une bonne motivation.

— Je veux mon dîner, exigea-t-elle d'un ton ferme, mais ne fit rien pour arrêter sa main caressante. C'est *toi* qui vas faire réchauffer la soupe.

— Oh…

Vance réfléchit un moment en passant un doigt languide sur la pointe de son sein.

— Tu n'as pas peur que j'interfère avec ta fameuse touche perso ?

— Non, déclara-t-elle d'un ton sans appel. J'ai toute confiance en toi.

— C'est bien ce que je pensais, répliqua-t-il en s'asseyant pour remonter son jean.

Il se pencha sur elle et lui planta un bref baiser sur la bouche.

— *Toi*, en revanche, tu peux jeter quelques bûches dans le feu.

Mais après qu'il fut parti vers la cuisine, Shane resta un moment allongée à rêvasser. Le crépitement du feu était réconfortant. Elle resserra autour d'elle les pans de la chemise de Vance en douce flanelle et sourit en sentant son odeur qui l'imprégnait encore. Pouvait-il réellement avoir besoin d'elle à ce point ? se demanda-t-elle, l'esprit ensommeillé. L'amour, oui, le désir, oui, mais son instinct profond lui soufflait qu'il avait tout simplement besoin d'elle. Pas juste pour faire l'amour, pour la tenir dans ses bras, mais pour *sa présence.* Même si elle ignorait de quoi il retournait exactement, Shane savait qu'elle avait quelque chose — ou qu'elle était quelque chose — dont Vance avait besoin. Quoi qu'elle lui apportât, cela suffisait à faire contrepoids à sa colère, à sa méfiance. Une fois de plus, elle s'interrogea brièvement sur ce qui l'avait conduit à se barricader derrière son cynisme. La déception, avait-il dit. Qu'est-ce qui l'avait déçu ? Qui ? Une femme, un ami, un idéal ?

Elle regarda les braises rouges qui grésillaient dans l'âtre et réfléchit. Sa colère était toujours en lui. Elle l'avait sentie lorsqu'il lui avait demandé si elle le prendrait tel qu'il était. Patience, se dit-elle. Il lui fallait être patiente le temps qu'il soit prêt à partager ses secrets avec elle. Mais il était bien difficile de l'aimer sans essayer de l'aider. Secouant la tête d'un air résigné, elle s'assit pour reboutonner sa chemise ; il lui faudrait pourtant se plier à cette règle. Demain arriverait bien assez vite pour leur donner l'occasion de régler ces problèmes. D'une main experte, elle disposa d'autres bûches sur les braises avant de retourner dans la cuisine.

— Il était temps, lâcha Vance nonchalamment alors qu'elle passait la porte. Il n'y a rien que je déteste plus que de devoir manger froid.

Shane lui lança un drôle de regard.

— Quel sans-gêne de ma part !

Vance remit les bols sur la table et haussa les épaules :

— Enfin, il n'y a pas mort d'homme, admit-il avec indulgence.

Shane prit une chaise et croisa ses yeux qui pétillaient d'humour.

— Café ?

— Pas le tien, refusa-t-elle d'un ton sans appel. Il est atroce.

— Je suppose que si quelqu'un tenait vraiment à moi, il veillerait à ce que je puisse boire un café convenable tous les matins.

— Tu as raison, approuva Shane en levant sa cuillère. Je vais t'acheter une machine à café.

Et, un grand sourire aux lèvres, elle se mit à manger. La soupe avait une saveur chaude et épicée qui lui fit fermer les yeux de plaisir.

— Je meurs de faim !

— Tu n'es vraiment pas raisonnable de sauter des repas, commenta Vance avant de s'attaquer lui aussi au contenu de son bol.

Très vite, il s'aperçut qu'il était lui aussi affamé.

— Ça valait le coup, lança-t-elle en lui décochant un sourire. La Sheridan que j'ai achetée est fabuleuse.

Voyant qu'il se contentait de hausser un sourcil sceptique, elle pouffa :

— Ensuite, je comptais bien prendre un dîner tôt, mais… j'ai été distraite.

Vance se pencha pour lui prendre la main. D'un geste tendre il la porta à ses lèvres avant de lui mordre une phalange.

— Aïe !

Shane retira brusquement sa main tandis qu'il s'emparait de son sandwich.

— Je n'ai jamais dit que ce n'était pas une distraction agréable, précisa-t-elle au bout d'un moment. Même si tu m'as vraiment mise hors de moi.

— C'était réciproque, l'assura-t-il doucement.

— Au moins ai-je réussi à dominer ma colère, répliqua-t-elle d'un air pincé.

Elle le dévisagea d'un regard froid tandis qu'il s'étouffait sur sa soupe.

— J'avais bien envie de te coller mon poing dans la figure, expliqua-t-elle. De te mettre un bon pain !

— Là encore, c'était réciproque.

— Tu n'es pas un gentleman, l'accusa-t-elle, la bouche pleine.

— Ah ça, non ! confirma-t-il.

Il hésita un instant, choisissant ses mots avec soin.

— Shane, tu veux bien attendre encore un peu avant de vendre cet ensemble de salle à manger ?

— Vance…, commença-t-elle, mais il lui prit la main de nouveau.

— Ne me reproche pas de m'en être mêlé. Je t'aime.

Shane remua sa soupe en la fixant d'un œil soucieux. Pas question de dire à Vance combien il était urgent qu'elle paie ces factures. D'abord, elle était tout à fait confiante : entre son stock actuel et la petite somme d'argent qu'il lui restait, elle parviendrait à redresser ses finances. Qui plus est, elle ne voulait surtout pas lui faire porter le poids de ses problèmes.

— Je sais que tu as agi par affection, dit-elle d'un ton mesuré. Et j'apprécie, vraiment. Reste que pour moi, l'important c'est de faire marcher la boutique.

Elle leva les yeux pour affronter son regard perplexe et reprit :

— Je n'ai pas échoué en tant que professeur, mais ça n'a pas non plus été un succès. Ce coup-ci, je dois vraiment réussir.

— En vendant le seul souvenir tangible qui te reste de ta grand-mère ?

Il vit aussitôt qu'il avait touché un point sensible.

— Shane…

— Non. C'est dur pour moi, je ne vais pas prétendre le contraire.

Elle laissa échapper un long soupir de lassitude.

— Je ne suis pas quelqu'un de très pratique à la base, mais dans ce cas précis, j'y suis obligée. Je n'ai nulle part où mettre cet ensemble et il a beaucoup de valeur. L'argent qu'il rapportera au magasin me maintiendra à flot pendant un bon bout de temps. Et même plus…

Sa voix se brisa et elle secoua légèrement la tête :

— Je ne sais pas si tu peux comprendre, mais je trouve plus pénible de l'avoir sous les yeux en sachant qu'il doit être vendu que s'il était déjà parti.

— Laisse-moi l'acheter. Je pourrais…

— Non !

— Shane, écoute-moi.

— *Non !*

Retirant sa main de la sienne, elle se leva et alla s'appuyer contre l'évier. Elle resta un moment à contempler par la fenêtre les arbres éclaboussés de clair de lune.

— Je t'en prie, c'est très gentil de ta part, mais je ne pourrais pas accepter une chose pareille.

Frustré, Vance se leva, la prit par les épaules et l'attira dos contre lui. « Et maintenant, se dit-il, par quel bout commencer à lui expliquer ? »

— Shane, tu ne comprends pas. Je ne peux pas supporter de te voir souffrir, de te voir travailler si dur alors que je pourrais…

— Vance, s'il te plaît.

Elle se tourna vers lui. Ses yeux bien que secs n'en étaient pas moins éloquents.

— Je fais ce que j'ai à faire, et ce que j'ai envie de faire.

Elle serra très fort les mains de Vance.

— Ne crois pas que je n'apprécie pas ta volonté de m'aider. Je ne t'en aime que plus.

— Alors, laisse-moi t'aider, commença-t-il. Si c'est juste une question d'argent qui presse…

— Tu serais millionnaire que ça n'y changerait rien, affirma-t-elle, le faisant sursauter. Je continuerais à te dire non.

Partagé entre l'envie de rire et de pleurer, Vance l'attira contre lui.

— Je pourrais te faciliter la vie, espèce de tête de mule. Laisse-moi tenter de t'expliquer.

— Je refuse que quiconque, même toi, me facilite la vie.

Elle l'étreignit farouchement.

— Je t'en prie, essaie de me comprendre. Toute ma vie, j'ai été la mignonne Shane Abbott, la gentille petite-fille un peu étrange de Faye. J'ai besoin de prouver quelque chose.

Se souvenant à quel point il avait été frustrant pour lui de n'être que le fils de Miriam Riverton Banning, Vance soupira. Oui, il comprenait. Et c'est ce qui le retint de révéler à Shane combien il aurait été simple pour lui de lui venir en aide.

— Eh bien, mais..., insinua-t-il, désireux d'entendre son rire, c'est vrai que tu es plutôt mignonne.

— Oh, Vance..., gémit-elle.

— Et puis gentille aussi, ajouta-t-il en inclinant son visage pour l'embrasser. Et un tout petit peu étrange.

— Ce n'est pas comme ça que tu te feras aimer, le prévint-elle. Je lave et toi tu sèches.

— Tu laves quoi ?

— Les assiettes.

Il la serra plus fort contre lui, enroulant ses bras fermement autour de sa taille.

— Je ne vois aucune assiette. Tu as des yeux magnifiques, des yeux de cocker.

— Attention, Vance, lança Shane d'un ton menaçant.

— J'aime tes taches de rousseur, avoua-t-il en déposant un léger baiser sur l'arête de son nez. Je me suis toujours représenté Becky Thatcher avec des taches de rousseur.

— Tu cherches la bagarre, insista-t-elle, en étrécissant le regard.

— Et des fossettes, poursuivit-il avec insouciance. Elle devait aussi avoir des fossettes, tu ne crois pas ?

Shane se mordit la lèvre inférieure pour réprimer un sourire.

— La ferme, Vance !

— Oui, continua-t-il, en la contemplant avec un sourire rayonnant, c'est vraiment ce que j'appelle une mignonne petite bouille.

— Très bien, maintenant ça suffit !

Shane tenta de se dégager de son étreinte en gigotant de toutes ses forces.

— Tu veux aller quelque part ? s'enquit-il.

— Chez moi, jeta-t-elle d'un ton majestueux. Tu n'as qu'à faire ta vaisselle toi-même.

Il soupira.

— Bon, je suppose qu'il va encore falloir que j'emploie la manière forte.

Anticipant son intention, Shane commença à se débattre sérieusement.

— Si tu me jettes de nouveau sur ton épaule, tu es viré pour de bon !

Crochetant un bras derrière ses genoux, Vance la prit dans ses bras.

— Qu'est-ce que tu dis de ça ?

Elle noua les bras autour de son cou.

— C'est mieux, admit-elle à contrecœur.

Elle n'arrivait presque plus à contenir son sourire.

— Et ça ?

Doucement, sa bouche épousa la sienne et il laissa leur baiser s'approfondir jusqu'à ce qu'il entende Shane soupirer.

— Beaucoup mieux, murmura-t-elle tandis qu'il la portait hors de la pièce. Où allons-nous ?

— En haut, déclara-t-il. Je veux récupérer ma chemise.

# 10

— Oui, évidemment, vous pouvez toujours la convertir, acquiesça Shane en effleurant du doigt le pied en porcelaine d'une délicate lampe à pétrole.

— C'est exactement ce que j'avais en tête.

Mme Trip, son acheteuse potentielle, hocha sa tête de cheveux blancs coiffés avec soin.

— Qui plus est, mon mari se débrouille très bien en électricité.

Shane afficha un sourire forcé par égard pour les exploits de M. Trip. L'idée qu'on allait trafiquer cette adorable petite lampe lui brisait le cœur. Elle changea de tactique :

— Vous savez, ça peut servir de garder une lampe à pétrole dans la maison en cas de coupure de courant. Moi-même, j'en ai deux.

— Peut-être, ma chère, objecta Mme Trip avec placidité, mais j'ai des bougies pour ça. Je vais placer cette lampe juste à côté de mon rocking-chair. C'est là que je fais mon crochet.

Bien que connaissant la valeur d'une vente, Shane ne put s'empêcher d'ajouter :

— Madame Trip, si vous tenez vraiment à avoir une lampe électrique, vous pourriez acquérir une bonne reproduction de celle-ci pour bien moins cher.

Mme Trip lui adressa un sourire vague.

— Mais dans ce cas, ce ne serait pas une véritable antiquité, n'est-ce pas ? Vous avez un carton pour que je puisse la transporter ?

— Oui, bien sûr, murmura Shane, voyant qu'il était vain de répéter à cette cliente qu'en convertissant cette lampe à l'électricité, elle en diminuerait la valeur et le charme.

Résignée, elle rédigea le bon d'achat en se consolant à l'idée que le bénéfice qu'elle tirerait de cette vente l'aiderait à payer sa propre facture d'électricité.

— Oh, mon Dieu, mais je n'avais pas vu ça !

Levant les yeux, Shane constata que Mme Trip admirait un service à thé bleu cobalt. Par la fenêtre, le soleil répandait généreusement ses rayons sur les éléments d'un verre à la couleur riche et sombre. Un délicat filet d'or fin venait relever le bord de chaque tasse et de chaque soucoupe.

— Oui, il est ravissant, n'est-ce pas ? approuva Shane qui se mordit l'intérieur de la lèvre en voyant que la cliente commençait à examiner le sucrier.

Lorsque celle-ci tomba sur la discrète étiquette de prix, elle haussa un sourcil.

— Le sucrier est vendu avec le service complet, précisa Shane, sachant que le prix semblerait exorbitant à un profane de verre précieux. Il est fin XIXe et…

Mme Trip interrompit Shane dans son explication.

— Il me le faut, décréta-t-elle. Il fera merveille sur mon meuble d'angle, conclut-elle dans un grand sourire en direction de Shane, éberluée. Je dirai à mon mari que c'est lui qui me l'offre pour Noël.

— Je vous l'emballe, décida Shane, aussi ravie que Mme Trip à cette idée.

— Vous avez une boutique charmante, estima cette dernière pendant que Shane empaquetait le service de verre. Je dois avouer que je ne m'y suis arrêtée que parce que j'étais intriguée par le panneau en bas de la colline. Je me demandais bien sur quoi j'allais tomber. Mais ça n'a décidément rien de ces espèces d'immenses granges remplies du genre de pacotille qu'on trouve dans les vide-greniers.

Elle pinça les lèvres et embrassa le magasin d'un regard circulaire :

— Vous avez très bien fait les choses.

Shane, amusée par la description du bazar que la vieille dame s'attendait à trouver ici, la remercia en riant.

— Et c'est si sympathique, ce petit musée, poursuivit Mme Trip. Très intelligent comme idée, et tout est si bien ordonné ! Je crois que je reviendrai avec mon neveu la prochaine fois que je passerai dans le coin. Vous êtes mariée, ma chère ?

Shane la dévisagea avec une expression de méfiance amusée.

— Non, madame.

— Il est médecin, lui révéla Mme Trip. Interniste.

Shane s'éclaircit la voix tout en scellant le carton.

— C'est magnifique !

— Un bon garçon, affirma Mme Trip alors que Shane modifiait le bon d'achat pour y inclure le service à thé. Dévoué.

Elle tira un chéquier du fond de son sac, et sortit en même temps son portefeuille :

— J'ai une photo de lui, là-dedans.

Poliment, Shane examina le cliché d'un séduisant jeune homme au regard sérieux.

— Il est très beau, déclara-t-elle. Vous devez être fière de lui.

— Oui, avoua la dame d'un ton voilé de regret en rangeant son portefeuille dans son sac. Quel dommage qu'il n'ait pas encore trouvé la fille qui lui convienne… Je suis de plus en plus décidée à l'emmener faire un tour ici.

Et sans un regard pour la somme, elle rédigea son chèque sans sourciller.

Au prix d'un effort considérable, Shane parvint à rester de marbre jusqu'à ce que la porte se fût refermée sur la cliente. Ensuite, elle s'écroula en hurlant de rire dans un fauteuil à dossier capitonné. Elle ne savait trop si le neveu était à plaindre ou à féliciter d'avoir une tante aussi dévouée, mais le comique de la situation l'enchantait. Puis elle pensa : « Comment Vance parviendra-t-il à garder son sérieux lorsque je lui raconterai les efforts d'entremise de cette dame ? »

« Il prendra son air hautain, songea-t-elle, et lâchera quelque sèche remarque sur ma tendance à charmer les vieilles dames dans le but qu'elles m'agitent sous le nez la photo de leur neveu. » Elle commençait à bien le connaître. En grande partie, du moins, rectifia-t-elle avec un sourire songeur. Le reste viendrait en son temps.

Elle consulta sa montre : encore deux heures à attendre avant qu'il puisse la rejoindre, constata-t-elle avec impatience. Elle lui avait promis un dîner — quelque chose de plus élaboré que la soupe et les sandwichs de la nuit dernière. En ce moment même, une petite côte de bœuf rôtissait doucement dans le four à l'étage. « Je vais fermer tôt », décida-t-elle en calculant qu'elle aurait juste le temps de concocter un dessert ultraraffiné avant l'arrivée de Vance. Comme cette idée lui traversait l'esprit, la porte s'ouvrit sur une nouvelle cliente.

Laurie MacAfee entra, vêtue d'un long manteau fauve boutonné jusqu'au col.

— Eh bien, déduisit-elle en avisant la pose de Shane, nonchalamment affalée dans son fauteuil. Pas vraiment débordée à ce que je vois.

Shane la salua d'un sourire, mais une sorte de démon intérieur la poussa à rester assise.

— Non, c'est calme en ce moment. Comment vas-tu, Laurie ?

— Très bien. Comme je suis partie tôt du travail pour aller chez le dentiste, j'ai pensé que je passerais te voir ensuite.

Shane ne dit rien, attendant vaguement que Laurie fasse un quelconque commentaire sur son bilan dentaire impeccable.

— Ça me fait plaisir, finit-elle par répondre. Tu veux visiter ?

— J'aimerais beaucoup jeter un coup d'œil, accepta Laurie en regardant autour d'elle. Que de jolies choses !

Shane ravala une repartie cinglante et se leva.

— Merci, se contenta-t-elle de dire avec une humilité que Laurie ne remarqua pas.

« Elle est vraiment faite pour Cy », constata-t-elle une fois de plus.

— Je dois dire que l'endroit a changé du tout au tout.

D'un pas lent et mesuré, Laurie entreprit de flâner dans l'ancien boudoir d'été. Contrairement à ce qu'elle aurait cru, elle ne trouva rien à redire aux goûts de Shane en matière de décoration. La pièce était petite, mais claire et spacieuse avec ses murs de ton ivoire, et le parquet brillant teinté naturel était jonché de tapis artisanaux. Les meubles étaient mis en valeur par des accessoires disposés avec soin, dans le but de donner l'impression d'une pièce confortable plutôt que d'un magasin. Défaisant les premiers boutons de son manteau, Laurie se dirigea vers la salle d'exposition principale et, plantée sur le seuil, la parcourut d'un œil perçant.

— Mais, tu n'as pratiquement rien changé, ici ? s'exclama-t-elle. Pas même le papier peint.

— Non, confirma Shane, incapable d'empêcher son regard de glisser rapidement sur l'ensemble de salle à manger. Je n'en avais pas envie. Bien sûr, j'ai dû y installer davantage d'objets et agrandir les ouvertures, mais j'ai toujours adoré cette pièce telle qu'elle était.

— Eh bien, je dois avouer que je suis surprise, commenta Laurie en traversant d'un pas nonchalant ce qui avait été la cuisine. C'est si bien organisé, sans le moindre fouillis. Je me souviens que ta chambre était toujours dans un désordre épouvantable.

— Ça n'a pas changé, répliqua Shane d'un ton sec.

Laurie émit ce qui pouvait passer pour un rire avant de continuer sa visite.

— Ah, le musée, ça ne m'étonne pas, remarqua-t-elle avec un bref hochement de tête. Tu as toujours été douée pour ce genre de choses. Je n'ai jamais pu comprendre pourquoi.

— Parce que je n'étais douée pour rien d'autre ?

— Oh, Shane !

Laurie piqua un fard, dévoilant à Shane combien ses mots étaient proches de sa pensée.

— Excuse-moi.

Aussitôt contrite, Shane lui tapota le bras :

— C'était juste pour te taquiner. Je te montrerais volontiers l'étage, Laurie, mais il n'est pas tout à fait terminé et je ne peux en aucun cas laisser le magasin sans surveillance. Pat a cours cet après-midi.

Rassérénée, Laurie retourna vers la partie boutique.

— J'ai entendu dire qu'elle travaillait pour toi. C'est très gentil de ta part de lui avoir donné du travail.

— Elle m'est d'une aide précieuse. Je ne pourrais pas y arriver seule, sept jours sur sept.

Voyant que Laurie recommençait à tout regarder, Shane éprouva un brin d'impatience. A ce rythme-là, elle n'aurait jamais le temps de concocter autre chose qu'un gâteau au chocolat tout prêt...

— Ah, tiens ! C'est très joli, ça.

Pour la première fois, la voix de Laurie exprima une admiration sincère en examinant la table Sheridan que Shane avait achetée la veille.

— Elle ne fait pas vieux du tout, s'émerveilla-t-elle.

C'en était trop pour Shane. Elle partit d'un éclat de rire moqueur.

— Non, excuse-moi, expliqua-t-elle à Laurie qui s'était retournée et la considérait d'un œil perplexe. Tu serais étonnée du nombre de gens qui pensent que les antiquités doivent avoir l'air moisi ou abîmé. En réalité cette table est très ancienne, et tout à fait ravissante.

— Et chère, ajouta Laurie en tiquant sur le prix. Malgré tout, elle irait très bien avec la chaise que Cy et moi venons d'acheter. Oh...

Elle se retourna et jeta à Shane un bref regard coupable.

— Je ne sais pas si tu es au courant… C'est-à-dire que je comptais avoir une conversation avec toi.

— Au sujet de Cy ?

Shane refréna un sourire en notant que Laurie semblait véritablement mal à l'aise.

— Je sais que vous vous voyez beaucoup, tous les deux…

— Oui.

Hésitante, Laurie brossa du revers de la main une saleté inexistante sur son manteau.

— Ça va un peu plus loin, en fait. Vois-tu, nous… En réalité…

Elle s'éclaircit la voix, gênée.

— Shane, nous envisageons de nous marier en juin.

— Félicitations, répondit cette dernière avec une telle simplicité que les yeux de Laurie s'écarquillèrent.

— J'espère que tu n'es pas contrariée.

Laurie se mit à tortiller la bandoulière de son sac.

— Je sais que toi et Cy… Bien sûr, ça remonte à quelques années, mais enfin, vous étiez…

—… très jeunes, acheva Shane avec gentillesse. Je te souhaite sincèrement beaucoup de bonheur, Laurie.

Mais un éclair de malice lui fit ajouter :

— Tu lui conviens bien mieux que moi.

— Ça me fait vraiment plaisir que tu dises ça, Shane. Je craignais que tu puisses être…

Elle s'empourpra de nouveau.

— Cy est un homme tellement merveilleux…

« Elle le pense vraiment, constata Shane avec un certain étonnement. Elle l'aime pour de bon. » Et aussitôt elle se sentit tiraillée entre la honte et l'amusement.

— J'espère que vous serez heureux tous les deux, Laurie.

— Nous le serons, affirma celle-ci avec un sourire radieux. Et moi, je vais acheter cette table, ajouta-t-elle hardiment.

— Non, corrigea Shane. Tu vas emporter cette table comme cadeau de mariage anticipé.

Laurie en resta bouche bée de façon comique.

— Oh, je ne peux pas ! Elle est trop chère !

— Laurie, nous nous connaissons depuis longtemps, et Cy a représenté une partie importante de mon…

Elle chercha l'expression appropriée.

—… adolescence. J'aimerais vous l'offrir à tous les deux.

— Eh bien, je… merci, balbutia Laurie.

Elle semblait complètement décontenancée par cette générosité sans chichis.

— Cy va être tellement content.

— De rien.

La satisfaction nerveuse de Laurie la fit sourire.

— Je t'aide à la transporter jusqu'à ta voiture ? proposa-t-elle.

— Non, non, je peux me débrouiller toute seule.

Laurie souleva la petite table et marqua un temps d'arrêt.

— Shane, je te souhaite vraiment un énorme succès avec ce magasin. Franchement.

Elle se figea quelques secondes sur le pas de la porte, l'air emprunté.

— Au revoir.

— Salut, Laurie.

Shane ferma la porte en souriant et chassa aussitôt Cy et Laurie de son esprit. Un coup d'œil à sa montre lui indiqua qu'il lui restait à peine plus d'une heure avant l'arrivée de Vance. Elle se hâta de verrouiller l'entrée du musée. En se dépêchant, elle aurait peut-être le temps de… Elle proféra un juron en entendant le bruit d'une voiture.

Les affaires sont les affaires, se remémora-t-elle en ôtant le verrou. Si Vance voulait un dessert, il lui faudrait se contenter d'un sachet de cookies du commerce. Au bruit des pas sous la véranda, elle ouvrit la porte, un sourire figé aux lèvres. Ce dernier s'évanouit sur-le-champ en même temps que la couleur se retirait de son visage.

— Anne, articula-t-elle d'une voix qui n'était pas la sienne.

— Chérie !

Anne se pencha pour effleurer ses joues d'un rapide baiser.

— Quel accueil ! On pourrait croire que tu n'es pas très contente de me voir.

Il ne fallut que quelques minutes à Shane pour constater que sa mère était toujours aussi ravissante. Son visage clair en forme de cœur n'affichait aucune ride, ses yeux avaient ce même bleu porcelaine et sa chevelure rayonnait d'un blond splendide sur ses épaules. Elle portait une veste en vison bleu, serrée à la taille par une ceinture de cuir noir, et un pantalon de soie totalement inadapté à l'hiver de la côte Est. Comme toujours, sa beauté suscita chez sa fille les mêmes élans contradictoires d'amour et de rancœur.

— Tu es très jolie, Anne.

— Oh, merci, même si je dois avoir l'air d'une loque après ce terrible trajet de l'aéroport jusqu'ici ! Cet endroit est vraiment perdu au milieu de nulle part. Shane, ma chère, quand vas-tu te décider à faire quelque chose pour tes cheveux ?

Elle lança un coup d'œil critique à la coiffure de sa fille avant de lui passer devant avec désinvolture.

— Je ne comprendrai jamais pourquoi… Oh, mon Dieu ! *Mais qu'est-ce que tu as fait* ?

Médusée, elle promena son regard tout autour de la pièce, enregistrant au fur et à mesure les vitrines d'exposition, les rayonnages et les présentoirs à cartes postales. Partant d'un rire en trille, elle posa son exquis sac en cuir.

— Ne me dis pas que tu as ouvert un musée sur la guerre de Sécession dans le salon ? Je n'y crois pas !

Mortifiée, Shane croisa les bras devant elle.

— Tu n'as pas vu le panneau ?

— Un panneau ? Non… Ou si je l'ai vu, je n'y ai pas prêté attention.

Son regard glissa sur la pièce, vif et amusé.

— Shane, *mais qu'est-ce que tu as fabriqué ?*

Bien décidée à ne pas se laisser intimider, Shane redressa les épaules.

— J'ai monté une affaire, répondit-elle hardiment.

— *Toi ?*

Enchantée, Anne rit de nouveau.

— Mais chérie, tu plaisantes, sans doute.

Piquée au vif par la totale incrédulité qui transparaissait dans la voix d'Anne, Shane releva le menton d'un air de défi.

— Non.

— Eh bien, pour l'amour du ciel !

Sa mère émit un gloussement charmant et considéra le clairon cabossé.

— Mais qu'est devenu ton poste d'enseignante ?

— J'ai démissionné.

— Eh bien, je peux difficilement te le reprocher. Ça devait être horriblement barbant.

D'un geste elle balaya l'ancien métier de Shane comme s'il n'avait jamais eu le moindre intérêt.

— Mais au nom du ciel, pourquoi es-tu revenue t'enterrer ici, à Hicksville ?

— C'est chez moi.

Avec un murmure désapprobateur pour la colère qui étincelait dans les yeux de sa fille, Anne fit tourner le présentoir à cartes postales.

— Chacun ses goûts. Bon, et qu'as-tu fait du reste de la maison ?

Avant que Shane ait pu répondre, Anne passa rapidement le seuil de la porte et entra dans la boutique.

— Oh, non, ne me dis rien ! Un magasin d'antiquités ! Très pittoresque, beaucoup de goût. Shane, comme c'est intelligent de ta part !

Anne avait l'œil assez exercé pour reconnaître quelques très jolies pièces. Et si sa fille n'était pas aussi bête qu'elle l'avait toujours cru ?

— Eh bien…

Anne défit la ceinture de son vison et le laissa tomber négligemment sur un fauteuil avant de s'asseoir.

— Et ça dure depuis combien de temps, tout ça ?

— Pas longtemps.

Shane se tenait raide comme une statue, sachant qu'une partie d'elle-même était comme toujours attirée par la femme belle et étrange qu'était sa mère. Sachant aussi qu'Anne était nocive.

— Et ? l'encouragea cette dernière.

— Et quoi ?

— Shane, ne sois pas pénible.

Masquant son bref agacement, Anne lui décocha un sourire charmeur. Elle était actrice. Même si elle n'avait pas eu le succès qu'elle espérait, elle parvenait de temps en temps à décrocher quelques rôles secondaires. Elle avait assez de métier pour affronter Shane avec un sourire amical.

— Je me fais du souci, chérie, c'est naturel. Je veux seulement savoir comment tu t'en sors.

Gênée par son propre comportement, Shane se détendit.

— Plutôt bien, même si je n'ai ouvert que depuis peu. Je ne me plaisais pas dans l'enseignement. Ce n'est pas que je m'ennuyais, expliqua-t-elle, mais je n'étais pas faite pour ça, c'est tout. Dans ce nouveau métier, je suis heureuse.

— Mais c'est merveilleux, chérie !

Anne croisa ses jambes gainées de Nylon et promena de nouveau son regard sur l'ensemble de la pièce. Sa fille pouvait peut-être lui être utile, après tout ? Il lui avait fallu de l'intelligence et de la volonté pour monter ce genre d'affaire. Peut-être était-il temps qu'elle cesse de la considérer comme un petit caillou dans sa chaussure ?

— Ça me soulage de voir que tu es en train de te bâtir une belle situation, surtout qu'en ce moment la mienne est catastrophique…

Notant le regard méfiant de Shane, Anne lui adressa un petit sourire malheureux. Si sa mémoire était bonne, la petite était très réceptive aux histoires tristes.

— J'ai divorcé de Leslie.

— Ah oui ? fut la réaction de Shane qui se contenta de hausser un sourcil surpris.

Momentanément refroidie par l'indifférence de sa fille, Anne enchaîna :

— Si tu savais à quel point je me suis trompée sur lui ! Je me sens si sotte de l'avoir pris pour un homme charmant, gentil…

Elle omit de lui préciser qu'en dépit de nombreuses tentatives, son ex-mari avait systématiquement échoué à lui décrocher le genre de rôles qui l'auraient menée à cette célébrité qu'elle convoitait désespérément — ni qu'elle avait déjà jeté son dévolu sur un certain producteur qui, selon ses critères, saurait se montrer plus efficace.

— Il n'y a rien de plus dévastateur qu'un échec sentimental.

« Et tu sais de quoi tu parles », songea Shane qui s'abstint néanmoins de tout commentaire.

— Ces derniers mois n'ont pas été faciles, soupira Anne.

— Ils n'ont été faciles pour personne, acquiesça Shane qui ne la comprenait que trop bien. Gran est morte il y a six mois. Tu n'as même pas pris la peine de venir à ses obsèques.

Anne avait anticipé la réaction de sa fille. Poussant un infime soupir, elle baissa les yeux sur ses mains douces et soignées.

— Il faut que tu saches combien je regrette, Shane. Je terminais un film. On ne pouvait pas se passer de moi.

— Tu n'as pas trouvé le temps d'envoyer une carte, de passer un coup de fil ? l'interrogea Shane. Tu n'as même pas daigné répondre à ma lettre.

Comme sur commande, les beaux yeux d'Anne s'emplirent de larmes.

— Chérie, ne sois pas cruelle. J'étais incapable — incapable — de coucher des mots sur un papier.

Elle tira de sa poche de poitrine un délicat mouchoir de soie.

— Je savais bien qu'elle était âgée, mais j'avais

l'impression qu'elle vivrait éternellement, qu'elle serait toujours là.

Soucieuse de son mascara, elle tamponna ses larmes.

— Quand j'ai reçu ta lettre m'annonçant qu'elle était… J'étais tellement anéantie…

Elle leva sur Shane des yeux magnifiques, noyés de chagrin, attendant qu'une larme unique coule lentement le long de sa joue.

— Il n'y a que toi qui puisses comprendre ce que je ressens. C'est elle qui m'a élevée.

Anne s'étrangla sur un petit sanglot.

— Je n'arrive toujours pas à croire qu'elle n'est pas dans la cuisine en train de s'affairer aux fourneaux.

Bouleversée par cette image qui ravivait sa propre peine, Shane s'agenouilla aux pieds de sa mère. Elle n'avait pas eu de famille avec qui partager son deuil, personne pour l'aider à traverser ces heures déchirantes, ces moments de douleur, une fois passée la première hébétude du choc. Même si de toute sa vie elle n'avait jamais rien pu partager avec sa mère, peut-être pouvaient-elles se retrouver autour de cette perte ?

— Je sais, articula-t-elle d'une voix brouillée. Elle me manque encore terriblement à moi aussi.

Anne se mit à penser que cette petite scène recélait un énorme potentiel.

— Shane, pardonne-moi, je t'en prie.

Elle lui agrippa les mains et se concentra pour parfaire sa voix d'un léger tremblement :

— Je sais que j'ai eu tort de ne pas venir, tort de me dissimuler derrière des prétextes. Simplement, je n'étais pas assez forte pour affronter une telle épreuve. Encore aujourd'hui, quand je pense que j'aurais pu…

Elle laissa sa phrase en suspens et porta la main de sa fille à sa propre joue humide.

— Je comprends. Gran aurait compris, elle aussi.

— Elle s'est toujours montrée si bonne envers moi. Si seulement je pouvais la revoir une dernière fois…

— Tu ne dois pas ressasser ce genre de chose.

Shane avait eu l'esprit hanté par ces mêmes pensées des dizaines de fois, après les funérailles.

— J'ai eu le même sentiment, mais il vaut mieux se souvenir des moments de bonheur. Elle était si heureuse ici, dans cette maison, à jardiner, à faire ses conserves.

— C'est vrai qu'elle adorait cette maison, murmura Anne, embrassant d'un regard nostalgique l'ancien boudoir d'été. Et j'imagine qu'elle aurait été ravie de voir ce que tu en as fait.

— Tu crois ?

Shane leva la tête et sonda avec sérieux les yeux humides de sa mère.

— Au départ j'étais très sûre de moi, mais quand même, parfois…

Elle n'acheva pas sa phrase et jeta un œil aux murs repeints de frais.

— Evidemment qu'elle serait contente, affirma Anne avec brusquerie. Je suppose qu'elle t'a laissé la maison ?

— Oui.

Shane regardait la pièce en se remémorant son ancienne décoration.

— Il y avait donc un testament ?

— Un testament ?

Distraite, Shane reporta son attention sur sa mère.

— Oui, Gran avait fait un testament, il y a des années. Elle l'avait fait rédiger par le fils de Floyd Arnette dès qu'il s'était inscrit au barreau. Elle a été sa première cliente.

Shane sourit : Gran avait été si fière du jargon juridique sophistiqué qu'avait employé « ce blanc-bec de fils Arnette ».

— Et le reste des biens ? s'enquit Anne en tentant de refréner son impatience.

— Il y avait la maison et le terrain, bien sûr, répondit Shane, le regard encore perdu dans le passé. J'ai vendu certaines actions afin de payer les obsèques et de m'acquitter des droits de succession.

— Elle t'a tout laissé ?

Shane ne perçut pas le ton crispé de sa mère.

— Oui. Dans ses économies il y avait assez d'argent disponible pour faire face aux travaux sur la maison, et…

— Tu mens !

Anne la repoussa en se levant d'un bond. Shane se retint à l'accoudoir du fauteuil pour ne pas perdre l'équilibre. Puis, trop abasourdie pour bouger, elle demeura assise par terre.

— Elle ne m'aurait jamais déshéritée, laissée sans un sou ! explosa Anne en la toisant d'un regard meurtrier.

Ses yeux bleus brillaient désormais de l'éclat dur de la colère, son adorable minois était blême de rage. Shane avait déjà vu une ou deux fois sa mère dans un tel état de fureur — quand sa grand-mère ne lui avait pas donné exactement ce qu'elle voulait. Lentement, elle se releva pour lui faire face. Les accès de colère d'Anne devaient être gérés avec soin avant qu'ils ne virent à la violence.

— Gran n'aurait jamais songé à te déshériter, Anne, affirma Shane avec un calme qu'elle était loin d'éprouver. Elle savait que tu ne t'intéressais ni à la maison ni au domaine et, tu sais, il n'est pas resté grand-chose après les droits de succession.

— Tu me prends pour une idiote ? s'enquit Anne d'une voix dure et amère.

Bien plus que son manque de talent, c'était son caractère exécrable qui avait contrecarré sa carrière. Trop souvent, elle l'avait laissé s'exprimer à l'encontre des réalisateurs et des autres acteurs. Même là, quand la patience et des mots bien choisis lui auraient assuré la satisfaction de ses exigences, elle ne put s'empêcher de cracher :

— Je sais très bien qu'elle avait un magot qui devait moisir dans une banque ! De son vivant, j'ai toujours dû me battre pour lui faire lâcher le moindre sou. Aujourd'hui, j'ai bien l'intention d'avoir ma part du gâteau.

— Elle te donnait ce qu'elle pouvait, commença Shane.

— Qu'est-ce que tu en sais, toi ? Parce que tu me crois

assez bête pour ignorer que cette propriété vaut une jolie somme sur le marché ?

Elle jeta un regard dégoûté autour d'elle.

— Tu veux la baraque, garde-la ! File-moi juste le fric.

— Je n'ai rien à te donner. Gran n'avait pas…

— Ne me sors pas ton baratin !

Anne la poussa sur le côté et monta l'escalier.

Shane resta un moment figée sur place, prise dans un tourbillon d'incrédulité. Comment pouvait-on être aussi dépourvu de toute sensibilité ? Et comment faisait-elle pour se faire avoir chaque fois ? Eh bien, elle allait mettre un terme à tout cela, et une bonne fois pour toutes. Portée par sa propre vague de fureur, elle monta l'escalier quatre à quatre à la suite de sa mère.

Elle trouva Anne dans la chambre, en train de sortir des papiers de son bureau. Sans hésiter, Shane se rua sur elle et referma violemment l'abattant du secrétaire.

— Je t'interdis de fouiller dans mes affaires, la prévint-elle d'une voix menaçante. Ne t'avise pas de toucher à ce qui m'appartient !

— Je veux voir les livrets bancaires et ce prétendu testament.

Anne fit mine de quitter la chambre, mais Shane la retint par le bras d'une poigne étonnamment forte.

— Tu ne vas rien voir du tout. Cette maison est à moi.

— Et moi, je te dis qu'il y a de l'argent, ici, riposta Anne, furieuse, avant de se dégager d'une secousse. Tu essaies de me le cacher.

— Je n'ai pas à te cacher quoi que ce soit.

Shane fut submergée par un sentiment de rage, alimenté par des années de carence affective.

— Si tu veux voir le testament et connaître le statut de la propriété, trouve-toi un avocat ! Quant à moi, je suis propriétaire de cette maison et de tout ce qu'elle contient. Je ne tolérerai pas que tu fouilles dans mes papiers.

— Très bien…

Les yeux d'Anne se réduisirent à de simples fentes.

— Finalement tu n'as rien d'une brave gourde, pas vrai ?

— Tu n'as jamais su qui j'étais, asséna Shane d'une voix égale. Tu ne t'es jamais assez intéressée à moi pour chercher à me connaître. Ce n'était pas grave parce que j'avais Gran. Je n'ai pas besoin de toi.

Même si prononcer ces mots fut pour elle un soulagement, ils ne parvinrent pas à calmer sa fureur.

— A certains moments, j'ai pu croire que si, quand tu entrais ici comme une reine, si belle que j'avais peine à croire que tu étais vraie. En fait, sans le savoir j'étais proche de la vérité car il n'y a rien de vrai chez toi. Tu ne t'es jamais souciée de Gran. Elle le savait et elle t'aimait quand même. Mais pas moi.

Shane respirait très vite mais n'avait pas conscience d'être au bord des sanglots.

— Je n'arrive même pas à te haïr. Je veux juste être débarrassée de toi.

Elle se tourna pour ouvrir son secrétaire et en sortit un chéquier. D'une main rapide, elle rédigea un chèque d'un montant correspondant à la moitié du capital qu'elle avait mis de côté.

— Tiens, dit-elle en le tendant à Anne. Prends ça. Considère que c'est de la part de Gran. De moi tu n'obtiendras jamais rien.

Après lui avoir arraché le chèque, Anna fixa le montant avec un sourire narquois.

— Si tu crois que je vais me contenter de ça, tu te trompes.

Néanmoins, elle plia proprement le chèque en deux et l'empocha. Elle était assez fine pour ne pas tenter le diable, et sa propre situation financière était loin d'être réjouissante.

— Je vais prendre un avocat, promit-elle, alors qu'elle n'avait pas la moindre intention de gaspiller son argent en vue de la maigre éventualité d'en obtenir davantage. Et je vais contester le testament. Nous verrons bien combien j'obtiendrai de toi, Shane.

— Fais ce que tu veux, répondit cette dernière d'une voix lasse. Reste loin de moi, c'est tout ce que je te demande.

Anna rejeta sa chevelure en arrière avec un rire amer.

— Ne crois pas que je vais passer plus de temps que nécessaire dans cette baraque ridicule. Bon sang ! Je me suis toujours demandé comment tu pouvais être ma fille.

Shane pressa un doigt sur sa tempe palpitante.

— Moi aussi, murmura-t-elle.

— Mon avocat te contactera, lança Anne.

Et tournant les talons, elle quitta la pièce, effectuant sa sortie avec une grâce aérienne.

Shane resta près du secrétaire jusqu'à ce qu'elle eut entendu claquer la porte d'entrée. Eclatant en sanglots, elle se pelotonna dans un fauteuil.

# 11

Vance s'assit sur le seul fauteuil correct de son salon. Il consulta sa montre avec impatience. Cela faisait dix minutes qu'il aurait dû être avec Shane. Et c'est ce qui se serait passé, songea-t-il en jetant un coup d'œil à la porte d'entrée, si le téléphone ne l'avait pas retenu au moment où il quittait la maison. Résigné, il écouta la liste de problèmes énumérés par le directeur de sa filiale de Washington. Sans que rien n'ait été dit, Vance était conscient de l'existence d'un certain mécontentement dans les rangs de ses employés, mécontentement causé par la rumeur que le patron avait pris un congé sabbatique.

—… et avec ce conflit syndical, la construction de notre projet Wolfe a pris trois semaines de retard, poursuivait le directeur. J'ai été informé qu'il y aurait un retard concernant la livraison de l'acier sur le chantier Rheinstone — un retard peut-être important. Je suis désolé de vous déranger pour ça, mais comme ces deux projets sont d'une importance capitale pour l'entreprise, en particulier avec les appels d'offres que Rheinstone compte lancer sur le centre commercial, je me suis dit que…

— Oui, je comprends.

Vance coupa court à ce qui promettait d'être une explication détaillée.

— Mettez une équipe double sur le projet Wolfe jusqu'à ce qu'on ait rattrapé le retard.

— Une équipe double ? Mais…

— Nous nous sommes engagés à achever ce chantier d'ici le 1er avril, répliqua Vance d'un ton sec. Un accroissement du personnel nous coûtera moins cher que le paiement d'une clause de pénalité, sans parler du tort fait à la réputation de l'entreprise.

— Bien, monsieur.

— Et dites à Liebewitz de s'occuper de cette livraison d'acier. Si lundi cette histoire n'a pas été réglée de façon satisfaisante, je m'en chargerai moi-même d'ici.

Prenant un crayon, Vance griffonna un mot sur un bloc-notes :

— Quant à l'appel d'offres de Rheinstone, j'ai tout passé en revue moi-même la semaine dernière. Je ne vois aucun problème.

Il s'abîma dans la contemplation du parquet, la mine sombre.

— Organisez une réunion avec les chefs de service pour la fin de la semaine prochaine. J'y assisterai. Entre-temps, ajouta-t-il lentement, envoyez quelqu'un ici… Masterson, décida-t-il, en repérage pour l'emplacement d'une nouvelle succursale.

— Une nouvelle succursale ? Là-haut, monsieur Banning ?

Vance perçut un sourire dans la voix du directeur.

— Qu'il se concentre sur la région d'Hagerstown et qu'il me fasse un rapport. Je veux une liste d'emplacements viables dans quinze jours.

Il consulta de nouveau sa montre.

— Autre chose ?

— Non, monsieur.

— Bien. Je serai là la semaine prochaine.

Sans attendre de réponse, Vance mit un terme à la communication.

Ses derniers ordres, songea-t-il piteusement, allaient créer des remous au sein de son entreprise. Eh bien, quoi, réfléchit-il, Riverton s'était déjà agrandi dans le passé, et Riverton allait de nouveau s'agrandir. Pour la première fois depuis des années, la société allait lui apporter un certain bonheur personnel. Il pourrait s'installer avec la femme qu'il aimait, là où il avait envie de se fixer, tout en gardant bien en main les rênes de son entreprise. Et s'il devait justifier l'ouverture d'une nouvelle succursale devant le conseil d'administration, ce qui était voué à se produire, il soulignerait le fait qu'Hagerstown était la plus grande ville du Maryland. Qu'il fallait également prendre en compte sa proximité de la Pennsylvanie… et de la Virginie-Occidentale. Oui, songea-t-il, l'expansion pourrait être justifiée sans trop de difficulté devant le conseil d'administration. Ses antécédents contribueraient largement à rallier les membres à son projet.

Vance se leva et remit son manteau. Tout ce qu'il lui restait à faire, c'était parler à Shane. Pour la énième fois, il spécula sur la façon dont elle réagirait. Elle serait forcément stupéfaite quand il lui annoncerait qu'il n'était pas tout à fait le menuisier au chômage qu'elle connaissait. Et il ne fallait pas écarter la possibilité qu'elle lui en veuille de lui avoir laissé croire cette fable. Un pincement d'appréhension au cœur, il sortit dans la nuit claire et glaciale.

Un fort vent d'ouest, porteur d'une vague odeur de neige, lui cingla le visage et éparpilla les feuilles craquantes. Complètement absorbé par ses pensées, Vance ne remarqua pas le vieux cerf qui, à cinquante mètres sur sa droite, humait l'air en le regardant.

Au départ, son intention n'avait jamais été de la tromper sur son compte, se remémora-t-il. Lorsqu'ils s'étaient rencontrés, Shane se fichait bien de savoir qui il était. Et de surcroît, réfléchit-il, son seul but à lui était alors de prendre le large par rapport à son siège de président et d'être précisément tel qu'elle l'avait perçu. Comment aurait-il pu savoir qu'elle prendrait la première place dans sa vie ? Aurait-il pu deviner que quelques semaines après l'avoir rencontrée, il envisagerait de la demander en mariage, prêt à lancer sa société dans une course effrénée de préparatifs afin qu'elle n'ait pas à renoncer à sa maison ni à la vie qu'elle s'était choisie ?

Quand il lui aurait expliqué la situation, elle comprendrait, se persuada-t-il en faisant craquer les feuilles givrées sous ses pieds. L'une des qualités les plus attachantes de Shane, c'était sa capacité de compréhension. Et puis elle l'aimait. S'il était sûr d'une chose, c'était bien de celle-là. Elle l'aimait de façon inconditionnelle, sans questions, sans exigences. Personne n'avait jamais été aussi généreux envers lui en échange de si peu. Il avait bien l'intention de vouer le reste de sa vie à lui montrer à quel point elle comptait pour lui.

Une fois passé l'effet de surprise que lui causerait son aveu, elle se mettrait à rire. L'argent, le statut social qu'il était en mesure de lui offrir n'auraient aucune importance à ses yeux. Elle trouverait sans doute comique que le président de Riverton ait pris la scie et le marteau pour réaliser l'habillage de sa cuisine…

Lui parler d'Amelia serait plus difficile, mais il le ferait — sans laisser de zone d'ombre. Il ne court-circuiterait pas son premier mariage, mais raconterait tout à Shane en tablant sur sa compréhension. Il voulait lui dire qu'elle avait apaisé son sentiment de culpabilité, allégé son amertume. Son amour pour elle était la seule émotion sincère qu'il avait éprouvée depuis des années. Ce soir, il lui dévoilerait son passé de façon à le débarrasser des miasmes qui l'empoisonnaient ; ensuite, il demanderait à Shane de partager son avenir.

Toutefois, c'est avec un pincement d'angoisse que Vance approcha de la maison. Il aurait pu passer outre s'il ne s'était soudain rendu compte que toutes les fenêtres étaient sombres. Bizarre, songea-t-il en accélérant le pas. Shane devait sûrement être chez elle, d'une part parce que sa voiture était là, d'autre part parce qu'il se savait attendu. Mais alors, pourquoi n'y avait-il pas une seule lumière allumée ? Tandis qu'il atteignait la porte d'entrée, il tenta d'endiguer le flot d'anxiété véritable qui menaçait de le submerger.

La porte n'était pas fermée à clé. Il entra sans frapper

mais appela Shane immédiatement. La maison demeura noire et silencieuse. Appuyant sur l'interrupteur, il inonda de lumière la salle d'exposition à l'arrière. Un rapide coup d'œil lui permit de constater que tout était normal avant d'aller inspecter le reste du rez-de-chaussée.

— Shane ?

Le silence commençait à le perturber plus que l'obscurité. Après un rapide tour en bas, il monta à l'étage. Une odeur de nourriture lui parvint aussitôt aux narines. Mais la cuisine était vide. Machinalement il éteignit le four et s'engagea dans le couloir. L'idée lui vint qu'elle était peut-être allée s'allonger après la fermeture du magasin et qu'elle s'était tout simplement assoupie. L'amusement prit le pas sur son inquiétude, et il entra tranquillement dans sa chambre. Toute sa gaieté s'envola lorsqu'il la découvrit pelotonnée dans un fauteuil.

Malgré l'obscurité de la pièce, le clair de lune suffisait à la distinguer nettement. Elle ne dormait pas, mais elle était recroquevillée sur elle-même, la tête posée sur l'accoudoir du fauteuil. Il ne l'avait jamais vue comme ça. Sa première pensée fut qu'elle avait l'air perdu ; puis il se corrigea. Anéanti. Sa vivacité foncière avait déserté son regard et la lumière argentée de la lune soulignait la pâleur de son visage. Il aurait pu la croire souffrante si son subconscient ne lui avait soufflé que, même dans la maladie, Shane n'aurait pas perdu tout son entrain. Si elle avait remarqué sa présence, elle ne le montra pas et ne réagit pas davantage lorsqu'il prononça de nouveau son prénom. Il s'agenouilla devant elle et prit ses mains glacées.

— Shane.

Elle le dévisagea quelques instants d'un regard vide. Puis, comme si une digue s'était rompue en elle, le désespoir inonda ses yeux.

— Vance, dit-elle d'une voix hachée, en lui jetant les bras autour du cou. Oh, Vance !

Elle tremblait violemment mais ne pleurait pas. Les

larmes s'étaient figées à l'intérieur d'elle-même. Le visage enfoui au creux de son épaule, elle se cramponna à lui, émergeant brutalement de l'état d'hébétude qui avait suivi sa crise de larmes. C'est la chaleur de Vance qui lui fit réaliser combien elle avait froid. Sans poser de questions, il la serra contre lui avec force et douceur.

— Vance, je suis si heureuse que tu sois là ! J'ai besoin de toi.

Ces mots lui firent plus forte impression qu'une déclaration d'amour. Jusqu'à cet instant, il avait été inconfortablement conscient que ses attentes dépassaient largement celles de Shane. A présent, il avait l'occasion de faire quelque chose pour elle, ne serait-ce que l'écouter.

— Qu'est-ce qui s'est passé, Shane ?

D'un geste tendre, il s'écarta d'elle pour pouvoir la regarder au fond des yeux.

— Tu peux m'en parler ?

Elle inspira laborieusement, ce qui en soi fit comprendre à Vance l'effort qu'il lui en coûtait de s'exprimer.

— Ma mère.

Du bout des doigts, il repoussa de ses joues ses mèches en désordre.

— Elle est malade ?

— Non !

La réaction de Shane avait été explosive, rapide et furieuse. La violence de son démenti l'étonna, mais il prit ses mains agitées dans les siennes.

— Raconte-moi ce qui s'est passé.

— Elle est venue, articula Shane, luttant pour garder son calme.

— Ta mère est venue ici ? répéta-t-il d'une voix encourageante.

— Presque à l'heure de la fermeture. Je ne m'y attendais pas… Elle n'est pas venue aux obsèques et n'a pas répondu à ma lettre.

Ses mains tentèrent de se libérer de l'emprise de

Vance, mais ce dernier les garda tendrement serrées dans les siennes.

— C'était la première fois que tu la revoyais depuis le décès de ta grand-mère ? demanda-t-il.

Il parlait d'une voix calme et douce. Le regard de Shane se figea le temps de le regarder droit dans les yeux.

— Ça faisait plus de deux ans que je n'avais pas revu Anne, lâcha-t-elle d'un ton sec. Depuis qu'elle avait épousé son agent publicitaire. Comme ils ont divorcé, elle est revenue.

Shane secoua la tête d'un air incrédule et prit une profonde inspiration :

— Elle a presque réussi à me faire croire qu'elle s'intéressait à moi. J'ai pensé que nous pourrions nous parler. Nous parler vraiment.

Elle crispa les paupières.

— Toutes ses larmes et son chagrin, c'était de la comédie. Elle est restée là à me supplier de la comprendre, et j'ai cru…

De nouveau, sa voix se brisa et l'effort de continuer la fit frissonner.

— Si elle est venue, ce n'est ni pour moi ni pour Gran.

Lorsqu'elle rouvrit les yeux, Vance vit que la souffrance avait terni l'éclat de son regard. Il dut se faire violence pour conserver un ton calme :

— Pourquoi est-elle venue, Shane ?

Elle prit son temps pour répondre, gênée par sa respiration saccadée.

— Pour l'argent, lâcha-t-elle d'un ton catégorique. Elle a cru qu'il y aurait de l'argent. Elle était furieuse que Gran m'ait tout laissé et a refusé de me croire quand je lui ai dit que l'héritage se montait à une somme dérisoire. J'aurais dû m'en douter ! s'indigna-t-elle dans un subit accès de colère qui retomba aussitôt. Je le savais, pourtant.

Ses épaules s'affaissèrent comme sous le poids d'un fardeau intolérable.

— Je l'ai toujours su. Elle n'a jamais aimé personne.

J'espérais qu'elle éprouvait peut-être un brin de tendresse pour Gran, mais… Quand elle a foncé au premier pour aller fouiller dans mes papiers, je lui ai dit des choses horribles. Je n'arrive pas à regretter mes paroles.

Les larmes jaillirent de ses yeux, émotion qu'elle refoula promptement.

— Je lui ai donné la moitié de l'argent qui me reste et je l'ai sommée de partir.

— Tu lui as donné de l'argent ? l'interrompit Vance, incrédule.

Shane le regarda d'un air las.

— Gran aurait fait la même chose. Anne reste ma mère.

Vance sentit le dégoût et la rage lui monter dans la gorge. Il lui fallut toute sa volonté pour ne pas y céder. Sa colère ne serait d'aucune aide à Shane.

— Ce n'est pas ta mère, Shane, affirma-t-il d'un ton prosaïque.

Elle allait répliquer, mais il secoua la tête et enchaîna :

— D'un point de vue biologique, oui, mais tu es trop intelligente pour croire que ça a un sens. Les chattes aussi ont des petits, Shane.

Il resserra sa poigne et vit une ombre de souffrance traverser son visage.

— Pardonne-moi. Je ne voulais pas te faire de peine.

— Non. Non, tu as raison.

Ses mains redevinrent inertes et elle laissa échapper un soupir.

— La vérité, c'est qu'il est rare que je pense à elle. Les quelques sentiments que j'éprouve à son égard viennent seulement du fait que Gran l'aimait. Et pourtant…

— Et pourtant, acheva-t-il, tu te rends malade de culpabilité.

— Comment trouver naturel de lui demander de rester loin de moi ? demanda Shane d'une voix précipitée. Gran…

— Ta grand-mère aurait pu réagir différemment, elle aurait pu lui donner son argent par sentiment d'obligation.

Mais réfléchis un peu, à qui a-t-elle tout laissé ? Tout ce qui comptait pour elle ?

— Oui, oui, je sais, mais…

— Quand tu penses au sens du mot « mère », qu'est-ce qui te vient à l'esprit, Shane ?

Elle le contempla fixement. Cette fois, lorsque les larmes affluèrent, elles débordèrent de ses yeux. Sans un mot, elle laissa tomber la tête sur l'épaule de Vance.

— Je lui ai dit que je ne l'aimais pas. Je le pensais, mais…

— Tu ne lui dois rien, affirma-t-il en l'attirant tout contre lui. Crois-moi, Shane, j'en connais un rayon question culpabilité, je sais comment ça peut te lacérer le cœur. Je ne te laisserai pas t'infliger ça.

— Je lui ai demandé de ne plus m'approcher.

Elle poussa un long soupir de lassitude.

— Je ne pense pas qu'elle s'y risquera.

Vance se tut quelques instants.

— C'est ce que tu veux ?

— Oh, oui !

Il posa les lèvres sur sa tempe avant de la prendre dans ses bras.

— Viens, tu es exténuée. Allonge-toi un petit moment et dors.

— Non, je ne suis pas fatiguée, mentit-elle alors que ses paupières papillonnaient. J'ai juste mal à la tête. Et le dîner…

— J'ai éteint le four, la rassura-t-il en la portant jusqu'au lit. On mangera plus tard.

Après avoir repoussé la couette, il déposa Shane entre les draps frais.

— Je vais te chercher de l'aspirine.

Il lui ôta ses chaussures, mais alors qu'il lui remettait la couette, Shane lui prit la main.

— Vance, tu ne voudrais pas simplement… rester avec moi ?

Effleurant sa joue du dos de la main, il lui sourit.

— Bien sûr.

Aussitôt déchaussé, il se glissa dans le lit auprès d'elle.

— Essaie de dormir, murmura-t-il en la serrant fort contre lui. Je suis là.

Il entendit un long soupir apaisé, puis sentit ses cils effleurer son épaule comme des ailes de papillon tandis qu'elle fermait les yeux.

Combien de temps restèrent-ils allongés immobiles, impossible à dire. La grande horloge à balancier du salon sonna une fois l'heure, mais Vance n'y prêta pas attention. Shane avait cessé de trembler et sa peau s'était réchauffée. Elle respirait à un rythme lent et régulier. Il lui caressait doucement la tempe d'un geste apaisant qui était pourtant loin de refléter l'état de ses pensées.

Rien ni personne ne provoquerait plus jamais un tel désespoir chez Shane. Il y veillerait. Etendu sur le lit, il fixa le plafond en réfléchissant au meilleur moyen de neutraliser Anne Abbott. Il n'avait pas protesté pour l'argent parce que c'était la volonté de Shane. Mais il ne pouvait se résoudre à la laisser constamment en proie à une telle pression psychologique. La vue de son visage pâle et choqué, de ses yeux emplis de souffrance, l'avait bouleversé de façon inédite.

Il aurait dû savoir que lorsqu'on a le cœur aussi franc que Shane, on peut être aussi profondément meurtri que comblé. Et comment cette femme qui avait dû assumer ce genre de peine depuis l'enfance pouvait-elle déborder à ce point de joie et de générosité ? L'épreuve d'une mère négligente, la honte et la douleur d'une rupture de fiançailles, la perte du seul membre de sa famille qu'elle avait jamais connu — rien de tout cela n'avait entamé son moral ni sa bonté simple.

Mais ce soir, elle avait besoin d'une épaule consolatrice. Et Vance allait lui prêter la sienne — ce soir et chaque fois qu'elle aurait besoin de lui. Inconsciemment, il la serra contre lui comme pour la protéger de tout ce qui pouvait lui faire du mal.

— Vance.

Croyant qu'elle avait prononcé son nom dans son sommeil, il effleura ses cheveux d'un baiser léger.

— Vance, répéta Shane, de sorte qu'il baissa les yeux et vit ses yeux briller dans l'obscurité. Fais l'amour avec moi.

C'était une requête simple et tranquille qui appelait plus de réconfort que de passion. L'amour infini qu'il pensait déjà éprouver pour elle en fut multiplié par trois. De même que son inquiétude de ne pas être assez tendre. Avec une extrême douceur, il prit le visage de Shane dans sa main et posa sa bouche sur la sienne.

Shane se laissait flotter. Elle était trop exténuée tant sur le plan physique que psychologique pour ressentir un désir ardent, mais Vance semblait avoir compris ce qu'elle lui demandait. C'était la première fois qu'il lui manifestait autant de tendresse. Sa bouche était chaude et d'une douceur incroyable. Minute après minute, il l'embrassa — sans plus. Ses doigts caressèrent son visage d'un geste apaisant, puis se déplacèrent à la base de son cou comme s'il sentait la douleur sourde et lancinante qui en irradiait. Avec patience et amour, il suscita chez elle une calme réaction, ne lui demandant jamais plus que ce qu'elle pouvait lui donner. Shane se détendit et se laissa guider.

Avec une lenteur attentionnée, Vance parcourut son visage de baisers, frôlant ses lèvres et ses paupières fermées tandis que son doux massage se déplaçait de la nuque vers ses épaules. Ses caresses étaient d'une douceur concentrée qui tenait plus de la gentillesse que de l'amour. Quand sa bouche revint vers celle de Shane, il épousa ses lèvres tout en légèreté, approfondissant son baiser sans fougue ni fureur. Elle y répondit dans un soupir, laissant libre cours à ses envies.

Passivement, elle se laissa déshabiller. Les mains de Vance s'activaient sans exigences avec habileté et lenteur. Faisant preuve d'une sensibilité que ni l'un ni l'autre ne soupçonnait, il n'essaya pas d'exciter son désir. Même lorsqu'ils furent nus, il se contenta de l'embrasser et de la garder serrée contre lui. Shane prenait sans rien donner, elle le savait, et dans un murmure elle voulut le toucher.

— Chut…

Il déposa un baiser au creux de sa main avant de la retourner doucement sur le ventre. D'abord du bout des doigts, il la massa et la caressa jusqu'au bas du dos avant de remonter vers les épaules. Elle ignorait que l'amour pouvait être si plein de compassion et si désintéressé. Elle referma les yeux en soupirant et fit le vide dans sa tête.

Vance lui ôtait sa souffrance, lui rendait sa chaleur intérieure. Allongée dans le silence, Shane sentit qu'elle retrouvait son équilibre et sa confiance. Plus besoin de penser, plus besoin de sentir autre chose que les mains sûres et puissantes de Vance. Elle lui faisait une confiance aveugle. Conscient de son abandon, il prenait d'autant plus soin de ne pas en abuser.

Le lit d'époque oscilla légèrement lorsqu'il se pencha pour lui embrasser la nuque. Shane sentit le premier frisson de désir. C'était doux et merveilleusement facile. Heureuse, elle demeura immobile afin de jouir pleinement de la sensation d'être chérie. Vance la traitait comme un objet fragile et précieux. Elle se réjouissait voluptueusement de cette nouvelle expérience tandis qu'il semait de tendres baisers le long de sa colonne vertébrale. La tension et les larmes étaient à des années-lumière de ce lit Jenny Lind au matelas avachi et aux draps de lin usés. Plus rien n'existait en dehors des tendres gestes érotiques de Vance et de la réaction de plus en plus intense de son propre corps cajolé.

Il nota un changement subtil dans sa respiration — cette faible accélération qui indiquait que la détente se muait en désir. Cependant, il continua de la caresser sans insistance, ne voulant pas la brusquer. Dans le salon, l'horloge sonna une nouvelle fois l'heure à coups graves et lourds. Dans un craquement, la maison se referma douillettement sur eux, alternant gémissements et grincements. Vance n'entendait plus grand-chose hormis la respiration de plus en plus profonde de Shane.

Le clair de lune frissonnait sur sa peau, comme à la poursuite de ces mains aventureuses. La lumière blanche lui laissait voir encore plus nettement la sveltesse de son dos, la mince courbe de ses hanches. La bouche pressée contre l'épaule de Shane, Vance sentit le parfum citronné de ses cheveux mêlé à l'odeur de lavande en sachet qui imprégnait encore les draps. La pièce était noyée d'ombres.

Shane était couchée une joue sur l'oreiller, lui offrant une vue parfaite de son profil. Elle aurait pu dormir s'il n'y avait eu ce souffle précipité qui s'échappait de ses lèvres et les premiers mouvements subtils de son corps. Sans se départir de sa douceur, il la remit sur le dos pour pouvoir coller ses lèvres aux siennes.

Shane gémit, si absorbée en lui qu'elle était sourde à tout bruit, toute odeur qui n'émanait pas de Vance. Mais il ne modifia pas son rythme qui resta lent et sans hâte. Il avait terriblement envie d'elle mais n'éprouvait plus cette pulsion féroce et dévorante. C'était l'amour, bien plus que le désir, qui le poussait vers elle. Quand sa bouche descendit vers son sein, ce fut avec une tendresse si infinie que Shane sentit se répandre en elle une chaleur mi-agréable, mi-douloureuse. De sa langue, Vance se mit à transformer cette chaleur en brasier. Shane s'assit dans le lit mais comme portée par un nuage.

Avec le même soin infini, il se mit à parcourir son corps de sa bouche et de ses mains. La peau de Shane frémit sous ses caresses, mais à peine. Il n'y avait pas de douce souffrance dans la passion qu'il lui apportait, mais un tel plaisir, un tel réconfort, qu'elle ne l'en désirait que plus. Elle concentra toutes ses pensées sur son propre corps et les calmes délices que Vance avait éveillées en lui.

Même si ses lèvres s'éloignaient des siennes pour aller goûter son cou ou sa joue, elles revenaient sans cesse s'y ressourcer. La réponse instinctive de Shane, le souffle rauque qui tremblait dans sa bouche, déchaînèrent en lui un brasier. Mais il refréna les flammes de son désir. Ce soir, Shane était en porcelaine. Elle était aussi fragile que le clair de lune. Il ne laisserait pas sa passion et ses fantasmes prendre le dessus pour s'apercevoir plus tard qu'il s'était montré brutal avec elle. Ce soir, il oublierait la force et l'énergie de la jeune femme et se concentrerait sur sa fragilité.

Et lorsqu'il la prit, sa tendresse fit couler sur les joues de Shane des larmes silencieuses.

# 12

La neige tombait régulièrement en un épais rideau. Déjà, la surface de la route était glissante. De squelettes sombres, les arbres s'étaient rapidement métamorphosés en ramures scintillantes. Les essuie-glaces de Vance faisaient le va-et-vient sur le pare-brise avec le chuintement monotone du caoutchouc balayant le verre. La neige ne suscitait chez lui ni contrariété ni plaisir. C'est à peine s'il la remarquait.

Grâce à quelques coups de fil et questions désinvoltes, il en avait suffisamment appris sur Anne Abbott — ou Anna Cross, le nom de scène qu'elle s'était choisi — pour alimenter encore sa colère de la nuit dernière. Le portrait que Shane lui avait fait d'elle était trop indulgent.

Anne avait vécu trois mariages tumultueux. Tous représentant un contact avec l'industrie du cinéma. Elle avait froidement pressuré chacun de ses maris avant de passer très vite au suivant. Sa dernière victime en date, Leslie Stuart, s'était avérée un peu trop maligne pour elle — lui ou son avocat. Ce mariage n'avait strictement rien rapporté à Anne. Et, avec son penchant pour le luxe, elle s'était déjà lourdement endettée.

Elle travaillait de façon sporadique — des rôles secondaires, de la figuration, à l'occasion une publicité. Son talent était insignifiant, mais son visage lui avait valu quelques répliques dans deux ou trois films de bonne tenue. Elle aurait pu obtenir davantage si son égotisme et son mauvais caractère n'avaient pas entravé sa carrière. Elle était plus tolérée qu'appréciée dans le milieu d'Hollywood. Et même cette tolérance semblait plus à mettre à l'actif de ses différents maris et autres amants intermittents qu'à celui de sa propre personne. Les contacts de Vance lui avaient dépeint une femme belle et calculatrice, dotée d'une tendance à l'agressivité. Il avait l'impression de déjà la connaître.

Tandis qu'il roulait dans la neige de plus en plus drue, ses pensées se focalisèrent sur Shane. Il l'avait gardée toute la nuit dans ses bras, l'apaisant quand elle s'agitait, lui prêtant une oreille attentive lorsqu'elle avait besoin de parler. L'expression ravagée de son regard le poursuivrait longtemps. Ce matin encore, son enjouement feint n'avait pu masquer sa lassitude sous-jacente. Et Vance avait perçu sa crainte muette qu'Anne revienne lui infliger un autre séisme émotionnel. S'il ne pouvait changer ce qui s'était passé, il pouvait en revanche prendre des mesures pour protéger Shane à l'avenir. Et c'était précisément ce qu'il avait l'intention de faire.

Vance bifurqua pour s'engager sur le parking d'un motel de bord de route et y gara sa voiture. Il resta quelques minutes à contempler la neige qui s'accumulait sur le pare-brise. Après avoir un moment envisagé de dire à Shane qu'il comptait aller voir sa mère, il avait finalement rejeté cette idée. Shane était si pâle ce matin… De toute façon, elle s'y serait à coup sûr opposée — voire violemment. C'était une femme qui tenait à résoudre ses problèmes seule. Il respectait son attitude, l'admirait même, mais dans ce cas précis, il était bien décidé à passer outre.

Il descendit de voiture et traversa le parking glissant jusqu'à la réception du motel où on lui donna les renseignements dont il avait besoin. Dix minutes plus tard, il frappait à la porte d'Anne Abbott.

Quand celle-ci découvrit Vance, le pli de contrariété entre ses sourcils se mua en expression de considération. Assurément, il incarnait pour elle une agréable surprise. Vance la dévisagea d'un œil froid : Shane n'avait pas enjolivé la description de sa mère. Elle était ravissante. Son visage aux traits élégants et au teint délicat était complété par des yeux d'un bleu très profond et une crinière de cheveux blonds. Son corps, moulé dans un négligé rose, était tout en courbes voluptueuses. Même si sa blondeur dorée était aux antipodes de la beauté torride d'Amelia, Vance sut à la seconde que les deux femmes avaient été coulées dans le même moule.

— Bonjour…

Sa voix était languide et boudeuse, son regard amusé et appréciateur. Vance eut beau chercher, il ne trouva pas une once de ressemblance entre la mère et la fille. Surmontant une vague de dégoût, il lui sourit en retour. Il fallait qu'il s'introduise dans cette chambre.

— Bonjour, madame Cross.

Il vit aussitôt qu'il avait eu raison d'employer son nom de scène. Elle le gratifia du sourire ravageur qui comptait parmi ses meilleurs atouts.

— On se connaît ?

Le bout de sa langue rose effleura sa lèvre supérieure.

— Je vous trouve un air familier, mais je suis sûre que je n'aurais pas oublié votre visage si on s'était déjà rencontrés.

— Je m'appelle Vance Banning, madame Cross, répondit-il sans lâcher son regard. Nous avons des amis communs, les Hourback.

— Oh, Tod et Sheila !

Anne ne pouvait pas les voir en peinture, mais c'est d'une voix empreinte du plus vif plaisir qu'elle enchaîna :

— N'est-ce pas merveilleux ? Oh, mais entrez, je vous en prie ! Il gèle dehors. Cet horrible hiver de la côte Est !

Elle referma la porte derrière lui et s'y adossa un moment. Peut-être, songea-t-elle, ce bref retour au pays s'avérerait-il moins assommant que prévu après tout ? Il y avait belle lurette qu'un homme aussi séduisant n'avait frappé à sa porte… Et, s'il connaissait ces snobinards d'Hourback, il y avait fort à parier qu'il soit lui aussi plein aux as.

— Eh bien, dites-moi, le monde est petit, n'est-ce pas ? murmura-t-elle en glissant lentement derrière son oreille une mèche d'un blond délicat. Comment vont Tod et Sheila ? Cela fait une éternité que je ne les ai vus.

— Ils allaient bien la dernière fois que nous nous sommes rencontrés.

Bien conscient de l'orientation que prenaient les pensées d'Anne, Vance sourit de nouveau, cette fois avec un air d'amusement glacial.

— Dans la conversation, ils m'ont dit que vous étiez de passage ici. Je n'ai pas pu résister à l'envie de venir vous voir, madame Cross.

— Oh, je vous en prie, appelez-moi Anna, fit-elle gracieusement.

Elle soupira en englobant la pièce d'un regard de désespoir.

— Je dois vous présenter mes excuses pour cette chambre, mais j'ai des affaires qui me retiennent dans la région, et…

Elle haussa imperceptiblement les épaules.

— Je suis bien obligée de m'en contenter. Je peux cependant vous offrir à boire, si vous n'avez rien contre le bourbon.

Il était à peine 11 heures, mais Vance répondit d'une voix onctueuse :

— Si ça ne vous dérange pas trop.

— Pas du tout.

Anne alla d'un mouvement fluide jusqu'à une petite table. Elle se félicitait d'avoir emporté ce peignoir de soie et de ne pas avoir encore trouvé l'énergie de s'habiller. Ce négligé, elle le savait, était à la fois seyant et aguicheur. Dieu merci, elle venait d'achever son maquillage quand cet homme avait frappé.

— Mais dites-moi, Vance, poursuivit-elle, que diable

faites-vous dans un patelin aussi mortel ? Vous n'êtes pas du coin, si ?

— Les affaires, répondit-il simplement, en la remerciant d'un hochement de tête pour le verre de bourbon bien tassé qu'elle lui tendait.

Anne plissa les yeux quelques secondes avant de les écarquiller.

— Mais bien sûr ! Comment ai-je pu être aussi sotte ?

Elle lui décocha un sourire rayonnant tandis que les rouages s'enclenchaient à toute vitesse dans sa tête.

— J'ai entendu Tod parler de vous. Riverton Construction, c'est ça ?

— Exact.

— Ça, par exemple, je suis impressionnée…

Elle effleura ses dents d'une langue légère tout en réfléchissant.

— L'une des plus grosses entreprises de construction du pays…

— C'est ce qu'on dit, acquiesça-t-il calmement en voyant qu'elle l'épiait par-dessus son verre.

Il se demanda sans passion combien d'appâts elle lui lancerait avant de tenter de le harponner. S'il n'y avait pas eu Shane, il aurait pu prendre plaisir à la laisser s'enfoncer dans le ridicule.

Avec sa grâce languide et soigneusement étudiée, Anne s'assit au bord du lit. Combien de temps mettrait-il avant d'essayer de coucher avec elle et quelle somme de résistance devrait-elle feindre avant de lui céder ? se demanda-t-elle en sirotant sa boisson.

— Eh bien, Vance, que puis-je faire pour vous ?

Il fit tournoyer le bourbon dans son verre sans le boire. Il la regarda froidement, droit dans les yeux.

— Laissez Shane tranquille.

En d'autres circonstances, le changement d'expression d'Anne aurait pu être comique. Elle s'oublia assez longtemps pour le dévisager, bouche bée.

— De quoi parlez-vous ?

— Shane, répéta-t-il. Votre fille.

— Je sais très bien qui est Shane, répliqua Anne d'un ton cassant. Qu'a-t-elle à voir avec vous ?

— Je vais l'épouser.

Le choc se peignit sur le visage d'Anne avant de se dissoudre en un éclat de rire.

— La petite Shane ? Oh, c'est trop drôle ! Ne me dites pas que ma mignonne petite fille a enfin réussi à se dégotter un homme, un vrai ? Je l'ai sous-estimée.

La tête inclinée sur le côté, elle lui jeta un regard aigu :

— A moins que ça ne soit vous que j'aie surestimé.

Vance crispa les doigts autour de son verre, mais parvint à dominer sa colère. Lorsqu'il répondit, ce fut d'une voix dangereusement calme :

— Faites attention, Anne.

Le regard de Vance ôta toute envie de rire à celle-ci.

— Bien, enchaîna-t-elle avec un haussement d'épaules indifférent. Alors comme ça, vous voulez épouser Shane. En quoi ça me regarde ?

— En rien ! Absolument rien.

Dissimulant à la fois sa crainte et son irritation, Anne se leva avec grâce.

— Je suppose que je devrais féliciter ma petite fille pour la chance qu'elle a.

Vance la saisit par le bras. Même délivré sans pression explicite, la signification de son message était très claire :

— Vous n'allez rien faire de la sorte. Vous allez prendre vos cliques et vos claques et ficher le camp d'ici.

Folle de rage, Anne se dégagea d'une violente secousse.

— Mais pour qui vous prenez-vous, hein ? Vous ne pouvez pas m'ordonner de partir.

— Je vous le conseille, rectifia Vance. Et vous seriez sage d'obéir à ma suggestion.

— Je n'aime pas le ton de votre suggestion, rétorqua-t-elle. J'ai bien l'intention d'aller voir ma fille…

— Pourquoi ?

Vance la stoppa net sans élever la voix :

— Vous n'aurez pas un sou de plus, je vous le promets.

— Je ne vois pas du tout de quoi vous parlez, prétendit Anne, drapée dans une dignité glaciale. J'ignore quelles fadaises vous a racontées Shane, mais…

— Vous feriez mieux de bien réfléchir avant d'aller plus loin, la prévint Vance d'un ton calme. J'ai vu Shane peu de temps après que vous l'avez quittée, hier soir. Elle n'a pas eu besoin d'entrer dans les détails pour que je me fasse une idée.

Il la regarda longuement, l'œil dur.

— Je vous connais par cœur, Anne, aussi bien que vous-même. Il n'y aura plus d'argent, poursuivit-il devant le silence d'Anne. Alors, le plus intelligent pour vous, c'est d'arrêter les frais et de rentrer en Californie. Je n'aurais pas beaucoup de mal à faire bloquer le virement du chèque que Shane vous a déjà donné.

Anne fut contrariée par cette éventualité. Elle se maudit de ne pas s'être levée de bonne heure pour aller encaisser le chèque avant que Shane ait eu le temps de se raviser.

— J'ai la ferme intention d'aller voir ma fille.

Elle s'interrompit et lui lança un sourire éblouissant :

— Et à ce moment-là, je lui dirai ma façon de penser sur le choix de ses amants.

Les yeux de Vance ne reflétèrent ni feu ni glace, à peine un vague ennui. Rien n'aurait pu davantage irriter Anne.

— Je vous interdis de revoir Shane, insista-t-il.

Sous la soie du peignoir, le buste ravissant d'Anne se souleva d'indignation.

— Vous ne pouvez pas m'empêcher de voir ma fille !

— Si, je le peux, riposta Vance. Et je le ferai. Si vous entrez en contact avec elle, si vous essayez de lui soutirer encore un dollar avec vos cajoleries ou de lui faire du mal d'une façon ou d'une autre, je m'occuperai de vous personnellement.

Anne sentit le premier frisson de peur physique. Méfiante, elle recula d'un pas.

— Vous n'oseriez pas me toucher.

Vance eut un rire sans joie.

— N'en soyez pas si sûre. Cela dit, je ne pense pas que nous soyons amenés à aller jusque-là.

Il posa son verre de bourbon d'un air dégagé.

— J'ai un certain nombre de contacts dans l'industrie du cinéma, Anne. De vieux amis, des partenaires commerciaux, des clients. Quelques mots aux bonnes personnes et c'en sera fini de votre misérable petite carrière.

— Comment osez-vous me menacer ? lança-t-elle, à la fois furieuse et effrayée.

— Ce n'est pas une menace, affirma-t-il. Mais une promesse. Faites une fois encore du mal à Shane et vous me le paierez. Vous vous en tirez bien, Anne, ajouta-t-il. Elle n'a rien de ce que vous désirez.

Ecumante de rage, elle avança d'un pas vers lui.

— J'ai droit à ma part ! La totalité des biens de ma grand-mère devrait être partagée entre Shane et moi, cinquante-cinquante.

Vance haussa un sourcil spéculateur :

— Cinquante-cinquante, répéta-t-il, l'air songeur. Vous devez être aux abois pour vous satisfaire de ce genre d'arrangement.

Sans pitié, il balaya d'un geste ses problèmes.

— Je refuse de perdre mon temps à discuter de dispositions légales avec vous, encore moins de moralité ou d'éthique. Contentez-vous d'accepter le fait que vous n'obtiendrez jamais rien de plus que ce que vous a donné Shane hier.

Et sur ces mots, il alla vers la porte. Dans une ultime tentative désespérée, Anne s'effondra sur le lit et se mit à pleurer.

— Oh, Vance, vous ne pouvez pas être aussi cruel !

Elle leva vers lui un visage déjà baigné de larmes.

— Vous ne pouvez pas m'empêcher de voir ma propre fille, mon seul enfant !

Vance détailla cette belle figure tragique avant de lui décerner un bref hochement de tête approbateur.

— Excellent, commenta-t-il. Vous êtes meilleure actrice que ce qu'en dit la critique.

Alors qu'il refermait la porte derrière lui, il entendit le bruit d'un verre qui se fracassait contre le panneau de bois.

Bondissant sur ses pieds, Anne s'empara du second verre et le lança lui aussi violemment sur la porte. Elle ne laisserait personne, non *personne*, la menacer, se jura-t-elle. Ni se moquer d'elle, fulmina-t-elle en se remémorant le regard de Vance, plein d'une froideur amusée. Elle s'arrangerait pour qu'il lui paie cette humiliation. Se rasseyant sur le lit, elle serra les poings jusqu'à ce qu'elle ait maîtrisé sa colère. Il lui fallait réfléchir. Il devait bien y avoir un moyen de nuire à Vance Banning. *Riverton Construction*, songea-t-elle en fermant les yeux dans son effort de concentration. N'y avait-il pas eu quelque scandale en lien avec l'entreprise ? Frustrée, elle lança l'oreiller de toutes ses forces à travers la chambre. Rien ne lui venait à l'esprit. Que savait-elle d'une stupide boîte qui construisait des centres commerciaux et des hôpitaux ? Tout ça était d'un tel ennui ! songea-t-elle avec rage.

Attrapant le second oreiller, elle allait le lancer lui aussi lorsque soudain la lueur d'un souvenir la stoppa net dans son élan. Un scandale. Mais sans rapport avec l'entreprise. Il s'était passé quelque chose… quelque chose, quelques années auparavant. A peine quelques chuchotements lors d'une ou deux soirées. Zut ! jura-t-elle en son for intérieur en voyant que sa mémoire ne la menait nulle part. Sheila Hourback, pensa Anne en pinçant les lèvres. Cette vieille peau coincée pourrait peut-être lui être utile. Rampant tant bien que mal sur le lit défait, Anne s'empara du téléphone.

Lorsque Vance entra dans le magasin, Shane était occupée à retracer en détail une échauffourée de la bataille d'Antietam à trois garçons qui buvaient avidement ses paroles. Elle lui sourit et il entendit sa voix teintée d'enthousiasme, mais elle était encore pâle. Ce seul constat balaya ses derniers doutes concernant sa démarche : il avait eu raison. Shane saurait rebondir, se dit-il en flânant dans le magasin d'antiquités, parce que c'était dans son tempérament de rebondir. Mais même pour une personne aussi forte par nature que Shane, il y avait des limites au supportable. Apercevant Pat qui époussetait des objets de verre, il se dirigea vers elle.

— Salut, Vance ! lança-t-elle avec un sourire bref et amical. Comment ça va ?

— Je vais bien.

Il jeta un coup d'œil par-dessus son épaule afin de s'assurer que Shane était toujours prise par son récit.

— Ecoutez, Pat, je voulais vous parler de cet ensemble de salle à manger.

— Ah, oui… Il y a eu une embrouille à ce sujet. Je n'ai toujours pas pigé. Shane m'a dit que…

— Je vais l'acheter.

— *Vous ?*

La première réaction de surprise de Pat tourna à l'embarras. Néanmoins, Vance la dévisageait avec un large sourire et elle sentit le rouge refluer de ses joues.

— Pour Shane, expliqua-t-il. Cadeau de Noël.

— Oh, c'est trop mignon !

Elle fut immédiatement conquise par le romantisme du geste de Vance.

— C'était celui de sa grand-mère, vous savez. Elle y tient plus que tout.

— Je sais, mais elle est bien décidée à le vendre.

Distraitement, il saisit une tasse à moka en porcelaine.

— Et je suis tout aussi déterminé à le lui offrir. Mais elle refuse que je le fasse.

Il gratifia Pat d'un clin d'œil conspirateur.

— En revanche, elle pourra difficilement décliner un cadeau de Noël, pas vrai ?

— En effet.

Enchantée par l'astuce de Vance, Pat lui adressa un

sourire radieux. Ainsi donc, toutes ces rumeurs étaient fondées, songea-t-elle, ravie et curieuse. Il y avait bien quelque chose entre eux…

— Non, elle ne pourra pas, renchérit-elle. Ça va lui faire tellement d'effet, Vance ! Ça la tue de devoir vendre certains objets, mais l'ensemble de salle à manger, c'est le plus dur. Le truc, c'est que… euh, il est affreusement cher.

— Pas de problème. Je vais vous donner un chèque aujourd'hui.

Il songea soudain qu'en ville, la nouvelle allait se répandre qu'il avait beaucoup d'argent à dépenser. Très vite, il lui faudrait parler à Shane.

— Mettez dessus une affichette « Vendu ».

Il jeta un coup d'œil en arrière, voyant que les trois visiteurs de Shane s'apprêtaient à partir.

— Surtout ne lui dites rien, sauf si elle vous demande quelque chose.

— Motus et bouche cousue, promit Pat, ravie d'être dans la confidence. Et si jamais elle me pose des questions, je dirai juste que la personne veut qu'on le lui garde jusqu'à Noël.

— Vous ne manquez pas de ressources, la complimenta-t-il. Merci.

— Vance…

Pat baissa la voix :

— Elle a l'air d'avoir un peu le cafard, aujourd'hui. Vous pourriez peut-être lui faire prendre l'air un petit moment, histoire de lui remonter le moral. Oh, Shane, s'empressa-t-elle d'enchaîner d'une voix redevenue normale, comment tu as fait pour faire taire ces trois petits monstres pendant vingt minutes ? Ce sont les fils de Clint Drummond, expliqua-t-elle à Vance en frissonnant de façon comique. Quand je les ai vus entrer, j'ai failli m'enfuir par la porte de derrière.

— Ils étaient tout excités que les cours aient été annulés en raison de la neige.

D'instinct, Shane chercha la main de Vance dès qu'elle eut franchi le seuil.

— Ce qu'ils voulaient, c'était éclaircir les détails les plus intéressants de certains combats afin de pouvoir reconstituer leur propre bataille d'Antietam à coups de boules de neige.

— Prends ta parka, ordonna Vance en lui plantant un baiser sur le front.

— Quoi ?

— Et un bonnet. Il fait froid, dehors.

Shane lui serra brièvement la main en riant.

— Je sais bien qu'il fait froid dehors, idiot ! Il y a déjà quinze centimètres de neige.

— Alors nous ferions mieux d'y aller.

Il lui donna une tape amicale sur les fesses.

— Et tu devrais aussi te munir de bottes. Mais n'y mets pas des heures.

— Vance, on est en tout début d'après-midi. Je ne peux pas laisser le magasin !

— C'est pour le boulot, répliqua-t-il gravement. Tu dois acheter un sapin de Noël.

— Un sapin de Noël ?

Avec un gloussement de rire, elle ramassa le chiffon à poussière que Pat avait posé.

— C'est trop tôt dans la saison.

— Trop tôt ?

Vance décocha un sourire en direction de Pat.

— Tu sais, il ne te reste que quinze jours avant Noël, et tu n'as toujours pas d'arbre. La plupart des magasins qui se respectent ont leur vitrine décorée à partir de Thanksgiving !

— Oui, je sais, mais…

— Il n'y a pas de mais, coupa-t-il en lui ôtant des mains le chiffon à poussière pour le rendre à Pat. Que fais-tu de ton esprit de Noël ? Sans parler de ta stratégie commerciale… Selon le tout dernier sondage, les gens dépensent douze pour cent et demi de plus dans un magasin décoré pour Noël.

Shane lui lança un regard méfiant :

— Quel sondage ?

— L'Enquête sur le corollaire entre commerce de détail et ambiance saisonnière, lâcha-t-il d'un ton dégagé.

Pour la première fois en presque vingt-quatre heures, elle éclata d'un rire sincère.

— C'est un affreux mensonge.

— Certainement pas, s'insurgea Vance. C'est un mensonge remarquable. Et maintenant, va chercher ta parka.

— Mais Vance…

Pat l'interrompit en la poussant d'une bourrade vers l'escalier :

— Oh, ne sois pas bête, Shane ! Je peux très bien m'en sortir seule. Avec toute cette neige, ça m'étonnerait que les clients se ruent sur le magasin. En plus, renchérit-elle finement, connaissant son employeur, j'aimerais vraiment qu'on ait un arbre. Je lui ferai une place juste devant cette fenêtre.

Sans attendre sa réponse, Pat entreprit de modifier la disposition des meubles.

— Et des gants, ajouta Vance en voyant Shane hésiter.

— Très bien, capitula cette dernière. J'arrive dans une minute.

Dix bonnes minutes plus tard, elle avait pris place à côté de Vance dans la cabine de son petit pick-up.

— Oh, que c'est beau par ici ! s'exclama-t-elle en essayant de tout voir à la fois. J'adore la première neige. Regarde, voilà les fils Drummond !

Vance jeta un coup d'œil dans la direction qu'elle lui indiquait et vit trois garçons en train de se bombarder d'une pluie de boules de neige.

— La bataille fait rage, murmura-t-il.

— Comme prévu, le général Burnside a des problèmes, observa Shane avant de se tourner vers Vance. A propos, qu'est-ce que vous complotiez, Pat et toi, quand je suis montée chercher mes affaires ?

Vance feignit l'étonnement.

— Oh, lâcha-t-il, l'air content de lui, j'essayais de décrocher un rencard avec elle. Elle est plutôt mignonne.

— Ah oui ? fit Shane d'une voix traînante en le regardant fixement. Ce serait vraiment dommage pour elle de se faire virer à quelques jours de Noël.

— Je m'efforce seulement d'établir de bonnes relations avec les employés, se défendit-il en s'arrêtant à un stop.

Et la prenant par surprise, il l'attira dans ses bras et l'embrassa à pleine bouche.

— J'adore ton petit gloussement étouffé quand tu te retiens de rire. Refais-le.

Le souffle court, elle s'écarta de lui.

— Virer une employée n'a rien d'un sujet de plaisanterie, déclara-t-elle d'un ton guindé avant de rajuster son bonnet de ski. Tourne ici.

Au lieu de lui obéir, Vance l'embrassa de nouveau. Ils furent grossièrement interrompus par un coup de sirène tonitruant et, pour la seconde fois, Shane se libéra tant bien que mal de son étreinte.

— Voilà, tu as gagné !

Elle gâcha la sévérité de son sermon par un gloussement étouffé.

— Le shérif va t'arrêter pour entrave à la circulation.

— Un type grincheux au volant d'une Buick, ce n'est pas ce que j'appelle de la circulation, objecta Vance en tournant à droite. Tu sais où tu vas ?

— Evidemment. Quelques kilomètres plus bas il y a un endroit où tu pourras déraciner ton propre arbre.

— Déraciner ? fit Vance en écho, en lui jetant un coup d'œil.

Shane soutint son regard avec placidité.

— Oui, déraciner, répéta-t-elle. Selon le dernier sondage sur la protection de l'environnement…

— C'est bon, déraciner, la coupa-t-il en se rangeant à son avis.

Shane se pencha en riant pour lui embrasser l'épaule.

— Je t'aime, Vance.

Le temps qu'ils arrivent à l'exploitation forestière, la neige ne formait plus qu'une légère bruine. Shane le traîna d'arbre en arbre qu'elle soumettait chacun à un examen minutieux avant de les écarter. Même si les couleurs qui lui illuminaient le visage étaient dues au froid, Shane avait retrouvé sa joie de vivre, constata Vance. Et son énergie avait beau sans doute dériver de la tension nerveuse, il observait avec satisfaction qu'elle avait repris le dessus. Le plaisir simple de choisir un arbre de Noël avait suffi à rallumer un sourire au fond de ses yeux.

— Celui-ci ! s'écria Shane en s'arrêtant devant un pin à aiguilles courtes. Il est parfait.

— Je ne vois pas en quoi il diffère des cinq cents autres que nous avons passés en revue, grommela Vance en plantant le bout de sa pelle dans la neige.

— C'est parce que tu n'as pas l'œil du connaisseur, répliqua-t-elle d'un ton condescendant.

Vance ramassa une poignée de neige et lui en barbouilla le visage.

— Quoi qu'il en soit, poursuivit-elle avec un aplomb remarquable, c'est celui-ci. Creuse ! ordonna-t-elle, et, après s'être reculée, elle croisa les bras.

— Bien, m'dame, fit-il humblement en se penchant sur sa tâche.

Au bout de quelques instants, il reprit :

— Tu sais, je viens tout à coup de comprendre que tu vas vouloir que je creuse un trou pour replanter ce truc après Noël.

Shane lui décocha un sourire plein de franchise.

— Quelle bonne idée ! Je vois d'ici l'emplacement qui lui conviendra le mieux. Cela dit, tu auras sûrement besoin d'un pic. C'est plein de rocaille à cet endroit.

Ignorant la réplique malsonnante de Vance, elle héla de

la main un vendeur. Une fois l'arbre payé — avec l'argent de Shane, et ce malgré les objections de Vance — et ses racines soigneusement enveloppées de toile de jute, ils prirent le chemin du retour.

— Tu es pénible, Shane ! râla-t-il, exaspéré. Je voulais t'offrir cet arbre.

Les roues du pick-up grondèrent sur l'étroit pont de bois.

— Ce pin est destiné au magasin, lui rappela-t-elle non sans logique alors qu'il stoppait devant la maison. Donc, c'est le magasin qui a acheté ce sapin. De la même manière qu'il achète le stock et paie la note d'électricité.

Voyant qu'il était contrarié, Shane contourna le véhicule pour aller l'embrasser.

— Tu es un amour, Vance, et j'apprécie vraiment ton intention. Offre-moi autre chose !

Il la considéra d'un long regard perplexe :

— Quoi ?

— Oh, je ne sais pas ! J'ai toujours rêvé d'avoir quelque chose de frivole et d'extravagant… Un protège-oreilles en chinchilla, par exemple.

Au prix d'un gros effort, il parvint à garder son sérieux.

— Tu mériterais que je t'en offre un. Tu serais bien obligée de le mettre.

Elle se hissa sur la pointe des pieds, en invite à un autre baiser. Alors qu'il penchait la tête, Shane lui glissa dans le dos la poignée de neige qu'elle avait ramassée en douce. Vance jura avec conviction et elle fila comme une flèche se mettre à l'abri. Elle s'attendait évidemment à recevoir la boule de neige qui s'écrasa sur sa nuque, mais pas au plaquage adroit qui la fit s'étaler face contre terre dans la neige.

— Oh ! Tu n'as vraiment rien d'un gentleman ! marmonna-t-elle, la bouche pleine de neige.

Vance se mit à rire à gorge déployée tandis qu'elle s'efforçait de s'asseoir par terre tout en s'essuyant le visage.

— La neige te sied encore mieux que la boue, railla-t-il.

Shane se jeta sur lui et en l'attrapant lui fit perdre

l'équilibre, si bien qu'il bascula en arrière. Dans un bruit sourd elle atterrit sur sa poitrine. Avant qu'elle ait pu lui écraser sur le visage la poignée de neige qu'elle avait ramassée, il la retourna sur le dos et l'immobilisa au sol. Résignée, elle ferma les yeux et attendit. Au lieu du choc glacé de la neige, elle sentit les lèvres de Vance se plaquer fougueusement sur les siennes. Sa réaction ne se fit pas attendre : elle lui noua les bras autour du cou et répondit avidement à son baiser.

— Tu te rends ? s'enquit-il.

— Non, déclara-t-elle avec fermeté avant de l'attirer vers elle.

L'ardeur de sa réponse fit oublier à Vance qu'ils étaient étendus dans la neige au beau milieu de l'après-midi. Il ne sentait plus les flocons humides qui s'égaraient le long de sa nuque, même s'il en goûtait des semblables sur la peau de Shane. Il s'énervait contre ses vêtements épais qui lui dissimulaient sa silhouette, contre ses propres gants qui l'empêchaient de sentir le velouté de sa peau. Mais il pouvait toujours la savourer de sa bouche et il en profita avec gourmandise.

— Qu'est-ce que j'ai envie de toi, murmura-t-il, en brutalisant encore et encore sa petite bouche avide. Ici, tout de suite.

Il releva la tête pour la contempler, mais ce qu'il allait dire fut interrompu par le bruit d'une voiture qui approchait.

— Si j'avais eu un sou de bon sens, je t'aurais emmenée chez moi, marmonna-t-il avant de l'aider à se remettre debout.

Elle l'enlaça et lui murmura à l'oreille :

— Je ferme dans deux heures.

Tandis que Shane s'occupait d'un groupe désordonné de clients qui touchait tout et n'achetait rien, Vance se rendit utile en installant l'arbre. Le bavardage enjoué de Pat l'aida à calmer la fièvre que Shane avait si rapidement allumée en lui. Suivant les instructions de cette dernière, il trouva dans le grenier poussiéreux les cartons contenant les décorations de Noël.

Ils durent attendre la tombée du crépuscule pour se retrouver en tête à tête. Comme Shane était encore pâle, il la força à avaler un rapide encas avant qu'ils ne commencent à trier les décorations. Ils se contentèrent de viande froide — la côte de bœuf qu'ils n'avaient touchée ni l'un ni l'autre la nuit précédente.

Mais ce repas, tout en apaisant sa faim, rappela avec force à Shane la visite de sa mère. Elle s'efforça de chasser sa tristesse, ou à tout le moins de la dissimuler. Son bavardage était gai, insouciant et totalement factice.

Vance lui prit la main, l'interrompant net au beau milieu d'une phrase.

— Pas avec moi, Shane, dit-il avec calme.

Sans se donner le mal de feindre l'incompréhension, Shane serra brièvement sa main.

— Je ne ressasse pas, Vance. Simplement, tout ça s'insinue parfois dans mon esprit.

— Et quand ça se produit, je suis là. Repose-toi sur moi, Shane, quand tu en as besoin.

Il porta sa main à ses lèvres.

— Dieu sait que moi, je me repose sur toi.

— Alors maintenant, l'implora-t-elle d'une voix tremblante. Serre-moi fort une minute.

Il la prit dans ses bras et lui appuya la tête contre son cœur.

— Tant que tu voudras.

Elle poussa un soupir et se décontracta.

— Je déteste me conduire comme une idiote, murmura-t-elle. Je crois que c'est ce que je déteste le plus au monde.

— Tu ne te conduis pas comme une idiote, rectifia-t-il avant de s'écarter d'elle.

Sa décision était prise. Il lui avoua :

— Shane, je suis allé voir ta mère ce matin.

— Quoi ?

Son exclamation lui échappa dans un souffle.

— Tu as le droit d'être en colère, mais je refuse de rester là les bras croisés à te regarder souffrir une nouvelle fois. J'ai fait très clairement comprendre à ta mère que si jamais elle revenait t'embêter, elle aurait affaire à moi.

Bouleversée, elle se détourna de lui.

— Tu n'aurais pas dû…

— Ne me dis pas ce que j'aurais dû faire ou ne pas faire, la coupa-t-il avec irritation. Je t'aime, bon sang ! Tu ne peux pas t'attendre à ce que je reste là sans agir pendant qu'elle te pourrit la vie.

— Je suis capable d'assumer ça, Vance.

— Non.

Il la prit par les épaules et lui fit faire volte-face.

— D'accord, tu es capable d'assumer un nombre incroyable de choses, mais ça, non. Elle te ruine le moral.

Sa poigne se mua en caresse.

— Shane, si c'était moi qu'on avait fait souffrir, qu'est-ce que tu aurais fait ?

Elle fit mine de vouloir répondre mais ne produisit qu'un soupir longtemps retenu. Prenant le visage de Vance entre ses mains, elle l'attira vers le sien.

— La même chose, j'espère, admit-elle en l'embrassant avec douceur. Je ne veux pas savoir ce qui s'est dit entre vous, ajouta-t-elle d'une voix raffermie. Pour ce soir, on oublie les problèmes, Vance.

Agacé, il secoua la tête : il lui faudrait encore attendre pour tout lui avouer.

— Très bien, on oublie les problèmes.

— On va décorer l'arbre, déclara-t-elle avec décision. Ensuite, tu me feras l'amour dessous.

Le visage de Vance s'éclaira d'un large sourire.

— Ça doit pouvoir se faire.

Il se laissa entraîner en bas de l'escalier.

— Et si je te faisais d'abord l'amour sous l'arbre et qu'ensuite on le décore ?

— Ça n'aurait rien de festif, décréta-t-elle sévèrement en commençant à déballer les décorations.

— Tu veux parier ?

Elle rit mais secoua la tête en signe de dénégation.

— Sûrement pas. Il y a un ordre pour installer tous ces trucs, tu sais. Les lumières en premier, annonça-t-elle en extrayant une guirlande proprement enroulée.

Leur tâche leur prit plus d'une heure, étant donné que Shane faisait partager à Vance ses souvenirs concernant chaque décoration qu'elle déballait, ou presque. Alors qu'elle sortait une étoile en feutrine rouge, elle se rappela en quelle année elle l'avait confectionnée pour sa grand-mère. Toutes ces réminiscences lui procuraient un pincement au cœur en même temps qu'un sentiment de réconfort. Jusqu'ici, elle avait vu ce Noël approcher avec angoisse. Comment pourrait-elle célébrer les fêtes dans cette maison, en l'absence de celle avec qui elle y avait toujours vécu ? Gran lui aurait rappelé que la vie est un cycle, mais personnellement, Shane savait qu'elle aurait trouvé intolérable la vue d'un arbre ou d'une guirlande si elle avait dû passer ce Noël seule.

Elle observa Vance en train d'arranger soigneusement une couronne. Comme Gran l'aurait aimé, songea-t-elle avec un sourire. Et réciproquement. En un sens, ce n'était pas grave si les deux personnes qu'elle aimait le plus au monde ne s'étaient jamais rencontrées. Elle les connaissait toutes les deux, et cela suffisait à créer un lien entre elles. Shane était prête à se donner corps et âme à Vance.

« S'il ne me demande pas rapidement en mariage, réfléchit-elle, c'est moi qui devrai le faire. » Il lui lança un regard auquel elle répondit par un sourire impertinent.

— A quoi penses-tu ?

— Oh, à rien, affirma-t-elle, l'air innocent, en reculant pour juger de l'effet produit. Il est parfait, tout à fait tel que je l'imaginais.

Elle eut un hochement de tête approbateur et sortit la vieille étoile argentée qui ornerait le sommet de l'arbre.

Vance la lui prit des mains et considéra d'un air pensif la plus haute branche.

— Je n'arriverai jamais à installer ça là-haut sans faire dégringoler tout le reste. Il nous faut une échelle.

— Oh non, pas de problème ! Fais-moi grimper sur tes épaules.

— Il y a un escabeau au premier, commença-t-il.

— Oh, ne fais donc pas tant d'histoires !

Shane sauta lestement sur son dos, crochetant ses jambes autour de sa taille pour garder l'équilibre.

— Je vais l'atteindre sans problème, l'assura-t-elle, et en un rien de temps elle monta sur ses épaules.

Vance sentait les moindres contours de son corps comme s'il l'avait parcouru des mains.

— Là, fit-elle, enfin installée. Passe-la-moi pour que je l'accroche.

Il s'exécuta et la retint par les genoux tandis qu'elle se penchait en avant.

— Pas si loin, Shane ! Tu vas tomber dans l'arbre.

— Ne dis pas de bêtises, répliqua-t-elle d'un ton léger tout en fixant l'étoile à la branche. J'ai un équilibre exceptionnel. Voilà !

Les mains sur les hanches, elle considéra le résultat :

— Recule un peu pour que je voie l'arbre en entier.

Quand Vance lui eut obéi, Shane poussa un long soupir, puis déposa un baiser sur le sommet de son crâne.

— Il est splendide, hein ? Sens-moi cette odeur de sapin…

Elle croisa nonchalamment les chevilles autour de son torse avant d'ajouter :

— Et il sera encore plus beau quand on aura éteint le plafonnier.

Shane toujours sur ses épaules, Vance alla éteindre l'interrupteur. Dans le noir, les lumières colorées de l'arbre semblèrent s'animer d'un coup. Elles chatoyaient de mille feux sur fond de couronnes et de guirlandes, nimbant le sapin d'un halo chaleureux.

— Ah, oui, approuva Shane dans un souffle. Absolument parfait.

— Pas tout à fait encore, objecta Vance.

D'un mouvement adroit, il la récupéra dans ses bras tandis qu'elle descendait de ses épaules.

— Là, dit-il en l'allongeant sur le tapis, comme ça, c'est parfait.

Elle leva vers lui son visage où dansaient les lumières de Noël et sourit.

— Incontestablement.

Ce soir, les mains de Vance n'étaient pas patientes, mais celles de Shane non plus. Ils se déshabillèrent mutuellement en vitesse, riant et pestant un peu contre les boutons et autres pressions. Mais une fois nus, l'urgence de leur désir ne fit que s'intensifier. Leurs mains cherchèrent à se toucher, leurs bouches s'empressèrent de goûter — partout. Elle s'émerveilla encore de ses muscles durs et saillants. Il s'emplit de nouveau de la saveur et du parfum de sa peau. Pas plus qu'au froid glacial de la neige un peu plus tôt, ils ne prêtèrent attention à la chaleur des lumières ou à la senteur acidulée du sapin. Ils étaient seuls au monde. Ils étaient ensemble.

# 13

Le lendemain, Shane eut les plus grandes peines à se concentrer sur son travail. En dépit de plusieurs ventes, parmi lesquelles la table à plateau escamotable qu'elle avait minutieusement restaurée, elle resta distraite toute la matinée. Assez distraite pour ne pas remarquer la discrète affichette « Vendu » que Pat avait posée sur l'ensemble Hepplewhite à la place du prix. Vance monopolisait presque toutes ses pensées. Une ou deux fois dans la matinée, elle se surprit à se rappeler la nuit précédente en posant le regard sur l'arbre de Noël. Dans tous ses rêves, parmi tous ses vœux, elle n'aurait jamais imaginé qu'une telle chose puisse se produire ainsi. Chaque fois qu'ils faisaient l'amour, c'était différent, une nouvelle aventure. Et pourtant, en un sens, c'était comme s'ils étaient ensemble depuis des années.

Chaque fois qu'elle le touchait, c'était comme une nouvelle découverte, et malgré tout elle avait l'impression de le connaître depuis toujours, et non la bagatelle d'à peine trois mois. Quand il l'embrassait, c'était aussi exaltant et nouveau que la première fois. Cette sensation d'avoir reconnu Vance à l'instant où elle avait posé les yeux sur lui s'était approfondie en un sentiment plus durable : la fidélité.

Au fond de son cœur, Shane était sûre que l'excitation et l'apprentissage de l'autre dureraient encore et toujours par-delà ce confortable noyau d'amour sincère. Nul besoin de romancer la réalité. Elle n'avait qu'à regarder Vance pour savoir que le sentiment qu'ils partageaient était unique et inaltérable. Jetant encore un regard à l'arbre, elle se rendit compte qu'elle n'avait jamais été aussi heureuse de sa vie.

— Mademoiselle !

D'un ton impatient, la cliente qui examinait la chaise à dossier en échelle — cannée de neuf — attira l'attention de Shane.

— Oui, madame, excusez-moi.

Si le sourire de Shane était un peu rêveur, la femme ne parut pas s'en apercevoir.

— C'est une très jolie pièce, n'est-ce pas ? L'assise vient d'être refaite.

Se rappelant intérieurement à l'ordre, Shane retourna la chaise pour faire admirer à la cliente la qualité du travail.

— Oui, elle m'intéresse.

La femme tâta longuement le cannage.

— Mais le prix…

Reconnaissant ce ton, Shane se lança dans le marchandage.

Il était à peine midi passé quand le rythme commença à ralentir. Sans être extraordinaires, les bénéfices de la matinée étaient assez consistants pour calmer les inquiétudes de Shane concernant la large part de capital qu'elle avait abandonnée à sa mère. « Je ne suis pas encore à la rue », se consola-t-elle avec optimisme. Avec de la chance — et la ruée de Noël — elle serait encore quelque temps à l'abri du besoin. Deux ou trois belles ventes empêcheraient ses comptes de sombrer trop profondément dans le rouge. D'un point de vue professionnel, elle n'exigeait rien de plus que de se maintenir tranquillement à flot. Côté vie privée, elle savait exactement ce qu'elle voulait et avait bien l'intention de s'en occuper dans les meilleurs délais.

Elle allait épouser Vance et il était temps qu'elle aborde le sujet avec lui. S'il était trop fier pour la demander en mariage en raison de la précarité de sa situation, elle le persuaderait simplement de voir les choses sous un autre angle. Elle avait décidé de lui mettre les points sur les *i*, aujourd'hui même. Elle bouillait d'excitation, de l'audace de sa résolution. « Aujourd'hui, rien ne peut m'atteindre », pensa-t-elle avec un sentiment proche du vertige. Elle allait demander en mariage l'homme qu'elle aimait. Et elle ne tolérerait pas de refus.

— Pat, tu peux assurer seule si je m'absente une heure ?

— Pas de souci, de toute façon, c'est plutôt calme en ce moment.

Pat leva les yeux de la table qu'elle était en train de cirer.

— Encore une vente aux enchères ?

— Non, répondit Shane allègrement. Un pique-nique.

Et sous le regard médusé de Pat, elle fonça au premier.

Il lui fallut moins de dix minutes pour remplir le panier en osier. A l'intérieur elle avait placé une bouteille de chablis bien frais — une folie qu'elle s'était octroyée sans regarder à la dépense. C'était peut-être un peu trop sophistiqué pour des sandwichs au beurre de cacahuète, mais Shane n'était pas d'humeur à s'arrêter à ce genre de détail. En s'esquivant par la porte de derrière, elle se voyait déjà en train d'étendre la nappe à carreaux devant la cheminée du salon de Vance où brûlerait un bon feu.

Elle descendit les marches de la véranda et, dès qu'elle posa le pied sur la pelouse, ses bottes s'enfoncèrent dans la neige. La journée idéale pour un pique-nique, estima-t-elle, le panier se balançant à son bras. L'air était absolument immobile. De la neige fondue dégouttait du toit dans un tambourinement musical. L'eau rapide du ruisseau se frayait un passage à travers les fines couches de glace avec force sifflements et bouillonnements d'impatience. Shane marqua une pause et tendit l'oreille, profitant de ce mélange de sons. Son sentiment d'euphorie s'accrut. C'était une journée tout bonnement exquise avec ce ciel d'un bleu glacé, ces montagnes qui dressaient leurs cimes enneigées et ces arbres nus, aux branches lisses et luisantes d'humidité.

C'est alors que le sourd ronron d'un moteur rompit le silence. Shane regarda derrière elle et se figea en reconnaissant Anne qui se garait en haut du chemin. Toute la joie qu'elle se faisait de l'après-midi à venir la déserta au ralenti. C'est à peine si elle s'aperçut de la tension qui monta insidieusement lui enserrer la nuque.

Avec sa grâce irréprochable, Anne se fraya un chemin à travers la neige fondue, chaussée de bottes en vachette. Elle portait une coquette toque en renard, assortie à son manteau, et arborait un petit sourire suffisant. A ses oreilles étincelaient des clous en rubis, ou de belles imitations. Bien que sa fille se soit transformée en statue de sel, elle marcha vers elle d'un pas fluide pour la saluer d'un frôlement de lèvres sur les joues, comme à son habitude. Sans un mot, Shane posa le panier à pique-nique sur la première marche de la véranda.

— Chérie, il fallait que je passe te voir avant de partir.

Anne la gratifia d'un sourire radieux, mais son œil brillait d'un éclat glacé.

— Tu rentres en Californie ? s'enquit Shane d'un ton neutre.

— Oui, bien sûr, je viens d'obtenir un rôle tout à fait merveilleux. Evidemment, je vais sans doute devoir m'absenter pour des semaines de tournage en extérieur, mais…

Elle haussa gaiement les épaules.

— Mais ce n'est pas la raison qui m'amène.

Shane la fixa, sidérée. A croire que cette horrible scène n'avait jamais eu lieu entre elles. Anne était hermétique à toute émotion, comprit-elle soudain. Toute cette histoire n'avait pas la moindre importance à ses yeux.

— Pourquoi es-tu passée me voir, Anne ?

— Voyons, mais pour te féliciter, bien sûr !

— Me féliciter ?

Shane ne cacha pas son étonnement. En un sens, il était plus facile de savoir que la femme qui lui faisait face n'était qu'une simple inconnue. Quelques gènes communs ne forment pas un lien. Pour cela, il faut de l'amour ou de l'affection. Ou au minimum, du respect.

— J'avoue que je ne t'en aurais jamais crue capable, Shane, mais je suis agréablement surprise.

Shane les surprit alors toutes deux en poussant un soupir d'impatience.

— Tu veux bien en venir au fait, Anne ? J'allais sortir.

— Allons, allons, ne te mets pas en colère, poursuivit cette dernière d'un ton apaisant. Je suis vraiment très excitée pour toi. Mettre le grappin sur un homme comme lui…

Le regard de Shane se fit glacial.

— Je te demande pardon ?

— Vance Banning, chérie.

Anne eut un lent sourire appréciateur.

— Quelle belle prise !

— Etrange, je n'aurais jamais songé à lui en ces termes.

Et se penchant, Shane s'apprêta à reprendre son panier à pique-nique.

— Le président de Riverton Construction n'a rien d'un lot de consolation, mon chou, c'est un *coup de maître* !

Les doigts de Shane se figèrent sur l'anse du panier. Elle se redressa et regarda Anne droit dans les yeux.

— De quoi parles-tu ?

— Seulement de ta formidable chance, Shane. Après tout, ce type *nage* littéralement dans le fric. J'imagine que tu pourras transformer ta petite boutique en palais des antiquités si tu souhaites garder un passe-temps.

Elle émit un rire bref et cinglant.

— Faites confiance à la mignonne petite Shane pour se dégotter un millionnaire du premier coup ! Si j'avais davantage de temps, chérie, j'insisterais pour connaître tous les détails de ton exploit.

— Je ne sais pas de quoi tu parles.

Une froide panique commençait à monter en elle. Elle aurait voulu tourner les talons et s'enfuir, mais ses jambes étaient raides et refusaient de lui obéir.

— Dieu sait pourquoi il a décidé de venir s'enterrer dans ce trou, poursuivit Anne d'un ton amène. Mais c'est un sacré coup de chance pour toi qu'il se soit installé ici, et dans la maison la plus proche de la tienne, en plus ! Je suppose qu'il compte garder la maison comme petit nid d'amour une fois que vous aurez déménagé à Washington.

« Une fabuleuse demeure », songea-t-elle dans un éclair d'envie. « Des domestiques, des soirées… » Elle prit soin de conserver un ton enjoué :

— Je ne peux pas te décrire mon état d'excitation quand j'ai appris que tu avais harponné l'homme qui possède la plus grosse société de construction du pays.

— Riverton, répéta Shane, hébétée.

— Très prestigieux, Shane chérie. Je me demande vraiment comment tu feras pour t'adapter à cette vie-là, mais…

D'un geste de la main, elle balaya cette inquiétude et se prépara à donner le coup de grâce :

— Dommage qu'il y ait eu ce vilain scandale, cela dit.

Shane se borna à secouer la tête et fixa Anne d'un regard vide.

— Sa première femme, tu sais bien. Une histoire épouvantable.

— Sa femme ? répéta Shane d'une voix faible.

Elle sentit la nausée l'envahir.

— La femme de Vance ?

— Oh, Shane, ne me dis pas qu'il ne t'en a pas parlé !

C'était exactement ce qu'elle espérait. Anne secoua la tête et soupira :

— Ce n'est pas correct de sa part, vraiment. N'est-ce pas typique d'un homme de s'attendre à ce qu'une fille naïve prenne tous ses discours pour argent comptant ?

Elle émit un claquement de langue désapprobateur en pensant avec un secret plaisir que, sur ce coup-là, Vance Banning allait sacrément déguster. Elle ne songea pas une seconde à sa fille.

— Eh bien, il aurait quand même pu te dire qu'il avait déjà été marié, c'est bien le minimum, enchaîna-t-elle d'un air pincé. Même s'il n'avait pas envie de s'étendre sur cette sale affaire.

— Je ne…

Shane parvint à contenir sa nausée et reprit :

— Je ne comprends pas.

— Un petit scandale bien croustillant, lui révéla Anne. Sa femme était d'une beauté ravageuse, tu sais. Trop, peut-être.

Elle ménagea une pause délicate.

— L'un de ses amants lui a tiré une balle dans le cœur. Du moins, c'est la version officielle que les Banning ont donnée à tout le monde.

Le choc qui se refléta dans les yeux de Shane provoqua chez Anne une autre bouffée de satisfaction. Oh oui, songea-t-elle amèrement, Vance Banning allait payer pour ce qu'il lui avait fait subir.

— La famille a tout étouffé assez vite, ajouta-t-elle avant de balayer le sujet d'une main élégamment gantée. Une affaire bizarre. Bon, je dois filer, je ne veux pas manquer mon avion. Ciao, chérie ! et ne laisse pas passer une mine d'or aussi séduisante. Des tas de femmes meurent d'envie de lui mettre le grappin dessus.

Marquant une pause, elle effleura du doigt la tête bouclée de sa fille.

— Et pour l'amour du ciel, Shane, déniche-toi un coiffeur correct ! Je suppose que Vance doit te trouver un côté… rafraîchissant. Fais-toi vite passer la bague au doigt avant qu'il ne s'en lasse !

Elle frôla la joue froide de Shane et fila, satisfaite d'avoir rendu la monnaie de sa pièce à Vance pour ses menaces.

Shane suivit sa mère du regard, pétrifiée. Mais elle ne la voyait pas. Prisonnière de la gangue glacée du premier choc, sa douleur restait latente. Phénomène qui n'aurait pas manqué d'étonner Anne si celle-ci s'y était arrêtée une seule seconde. En femme totalement étrangère à la souffrance psychologique, elle supposait que Shane n'éprouverait que de la fureur. Mais sa rage était cernée de douleur, une douleur qui n'attendait que le moment de jaillir.

Le soleil tapait sans pitié sur la neige fondue. Un vent froid et vif la fouettait par les pans de sa parka qu'elle avait négligemment omis de boutonner. Un cardinal fondit du ciel en un éclair écarlate pour aller se percher confortablement sur une branche basse. Shane demeurait parfaitement immobile, inconsciente de ce qui se passait autour d'elle. Son esprit se remit à fonctionner de façon léthargique.

Ce n'était pas vrai. Anne avait tout inventé dans un but quelconque, personnel et inexplicable. *Président de Riverton ?* Non, Vance lui avait dit qu'il était menuisier. Et il l'était vraiment, songea-t-elle avec désespoir. Elle avait vu ses réalisations de ses propres yeux… Il avait… Il avait travaillé pour elle. Accepté le job qu'elle lui avait proposé. Pourquoi aurait-il… ? Comment aurait-il pu… s'il était tout ce qu'Anne avait prétendu qu'il était ? *Sa première femme.*

Shane subit un premier coup de poignard en plein cœur. Non, c'était impossible, il lui en aurait parlé. Vance l'aimait. Il ne lui aurait pas menti, il ne lui aurait pas joué la comédie. Il ne l'aurait pas dupée en lui faisant croire qu'il était chômeur s'il était à la tête de l'une des plus grosses entreprises de construction du pays. Il ne lui aurait pas dit qu'il l'aimait sans lui donner sa véritable identité. *Sa première femme.* Shane entendit un faible gémissement de désespoir sans réaliser qu'il s'échappait de ses propres lèvres.

Quand elle vit Vance arriver du sentier, elle le fixa d'un regard vide. Tandis qu'elle le voyait avancer, le tourbillon de ses pensées cessa brusquement dans sa tête. Elle comprit alors qu'elle avait été stupide.

En l'apercevant, Vance la salua d'un sourire et pressa le pas. Il était encore à quelques mètres d'elle quand il reconnut l'expression de son visage. Shane avait le même air anéanti qu'il lui avait vu au clair de lune, à peine quelques nuits auparavant.

— Shane ?

Il vint vers elle très vite, les bras tendus. Shane recula.

— Menteur, murmura-t-elle d'une voix brisée.

Ses yeux le fixaient d'un regard à la fois accusateur et implorant.

— Tout ce que tu m'as raconté, c'était un tissu de mensonges.

— Shane…

— Non, arrête !

Il tendit la main vers elle, mais la panique qu'il perçut dans sa voix suffit à le stopper net dans son élan. Elle avait tout découvert avant qu'il ait pu lui dire lui-même la vérité.

— Shane, laisse-moi t'expliquer.

— M'expliquer ?

Elle passa des doigts tremblants dans ses cheveux.

— M'expliquer ? Comment ? Comment peux-tu m'expliquer la raison pour laquelle tu t'es fait passer pour quelqu'un d'autre ? Comment peux-tu m'expliquer que tu n'aies pas pris la peine de me dire que tu étais président de Riverton, que tu… que tu avais déjà été marié ? Je te faisais *confiance*, murmura-t-elle. Mon Dieu, comment ai-je pu être aussi bête !

Vance aurait préféré essuyer sa colère — cette réaction aurait été plus facile à gérer. Il était confronté au désespoir de Shane sans savoir comment y faire face. Totalement désemparé, il enfonça les mains dans ses poches de manière à s'empêcher de la toucher.

— Je te l'aurais dit, Shane. J'avais l'intention de…

— *Tu me l'aurais dit* ?

Elle eut un rire bref et tremblant.

— Quand ? Quand tu te serais lassé de cette petite plaisanterie ?

— Ça n'a jamais été une plaisanterie ! s'indigna-t-il, furieux, avant de contenir son sentiment de panique. Je voulais tout te dire, mais chaque fois…

— Non, sans blague ?

Les yeux de Shane étincelaient à présent, signe avant-coureur de colère, signe des larmes imminentes.

— Tu m'as laissé te donner du travail. Tu m'as laissé te payer six dollars de l'heure et tu ne trouves pas ça drôle ?

— Je ne voulais pas de ton argent, Shane. J'ai essayé de te le dire. Mais tu ne voulais rien entendre.

Frustré, il se détourna d'elle le temps de reprendre son sang-froid.

— J'ai déposé les chèques sur un compte à ton nom.

— Comment as-tu osé !

Folle de douleur, elle s'en prit violemment à lui, sourde et aveugle à tout raisonnement, obnubilée par son sentiment de trahison.

— Comment as-tu osé jouer avec moi ! Je te croyais. J'ai cru tout ce que tu m'as raconté. Je pensais… Je pensais te donner un coup de main et pendant tout ce temps, tu te moquais de moi !

— Bon sang, Shane ! Je ne me suis jamais moqué de toi.

A bout de patience, il la saisit par les épaules.

— Tu sais bien que je ne me suis jamais moqué de toi !

— Je me demande comment tu as fait pour ne pas me rire au nez. Tu es vraiment très fort, Vance.

Sa voix se brisa sur un sanglot qu'elle ravala aussitôt.

— Shane, si tu essayais de comprendre dans quel but je suis venu ici, pourquoi je voulais me couper du monde pendant quelque temps…

Les mots adéquats le fuyaient. Il lança d'un ton agressif :

— Je n'avais rien à faire avec toi. Je ne comptais pas m'engager dans une relation.

— Ça t'a aidé à combattre l'ennui ? s'enquit-elle en se débattant pour se libérer de son emprise. Tu t'es bien amusé avec ta petite oie blanche de la campagne, tellement naïve qu'elle a gobé tous tes discours ? Comme ça, tu pouvais jouer au pauvre tâcheron et te distraire en même temps.

— Ça n'a jamais été ça.

Mis en rage par les propos de Shane, il se mit à la secouer par les épaules :

— Tu ne peux pas croire ce que tu dis !

Les larmes jaillirent passionnément des yeux de la jeune femme, étranglant sa voix :

— Et moi qui ne demandais qu'à te tomber dans les bras ! Tu le savais !

Elle sanglota en le repoussant d'un geste de désespoir.

— Depuis le début, je n'ai eu aucun secret pour toi.

— Moi si, admit-il d'une voix crispée. J'avais mes raisons pour ça.

— Tu savais très bien combien je t'aimais, combien je te désirais. *Tu t'es servi de moi !*

Elle poussa un gémissement et se couvrit la bouche à deux mains :

— Oh, mon Dieu ! Je me suis mise à nu.

Elle pleurait avec le même honnête abandon que lorsqu'elle riait. Incapable de faire autrement, il la serra de toutes ses forces contre lui. Si seulement il arrivait à la calmer, il parviendrait à lui faire comprendre !

— Shane, je t'en prie, tu dois m'écouter.

— Non, non !

Elle respirait de façon hachée tout en essayant de se libérer.

— Je ne te pardonnerai jamais. Je ne croirai plus jamais aucune de tes paroles. Lâche-moi !

— Pas avant que tu n'arrêtes et que tu n'écoutes ce que j'ai à te dire.

— Non ! Je refuse d'écouter plus longtemps tes mensonges. Je ne te laisserai pas me ridiculiser une fois de plus. Pendant tout ce temps, tout ce temps où je te donnais tout, tu mentais et tu te moquais de moi ! J'étais juste un jouet destiné à combler l'ennui de tes soirées de vacances.

Il la repoussa violemment, le visage crispé de fureur.

— Bon sang, Shane, tu sais bien que non !

Elle cessa brusquement de se débattre. Il vit ses larmes se figer comme de la glace. Elle le fixa d'un regard sans expression. Rien de tout ce qu'elle avait pu lui dire jusque-là ne le toucha au cœur comme ce regard de froide indifférence.

— Je ne te connais pas, constata-t-elle à voix basse.

— Shane…

— Ote tes mains de moi.

Son ordre était vide de toute passion. Vance sentit ses propres doigts se détendre sur ses épaules. Libérée, Shane recula jusqu'à ce qu'ils ne se touchent plus.

— Je veux que tu t'en ailles et que tu me fiches la paix. Reste loin de moi, ajouta-t-elle d'un ton catégorique en le regardant droit dans les yeux. Je ne veux plus jamais te revoir.

Elle tourna les talons et gravit les marches de la véranda jusqu'à la porte. Après un dernier cliquetis de serrure, il n'y eut plus qu'un silence absolu.

Tout en bas de la fenêtre, les rues étaient paralysées par un gigantesque embouteillage. La neige qui tombait à flocons réguliers ne faisait qu'accroître la pagaille. Sous l'avancée du grand magasin d'en face, un Père Noël aux joues enluminées faisait tinter sa cloche en gratifiant d'un « ho ! ho ! ho ! » sonore chaque passant qui laissait tomber une pièce dans son seau. La scène se déroulait en contrebas sous forme de pantomime. L'épaisseur du vitrage et la densité des murs ne laissaient passer aucun bruit de l'extérieur. Vance continua de fixer la rue, tournant le dos à son vaste bureau cossu.

Il avait fait son apparition obligatoire au Noël de l'entreprise. La fête battait encore son plein avec enthousiasme dans une grande salle de réunion du deuxième étage. Quand elle prendrait fin, tout le monde rentrerait chez soi passer le réveillon en famille ou entre amis. Depuis son retour à Washington, Vance avait décliné une douzaine d'invitations pour cette soirée. Accomplir son devoir à la tête de la société, d'accord, mais s'infliger des heures de bavardages et de festivités, non. « Elle ne serait pas là », songea-t-il, les yeux rivés sur le trottoir enneigé en bas de l'immeuble.

Deux semaines. En deux semaines, il était parvenu à démêler quelques problèmes de contrat, élaborer une offre pour la nouvelle aile d'un hôpital de Virginie et présider une réunion du conseil d'administration. Il avait réglé la paperasse ainsi qu'une intrigue mineure au sein de l'entreprise, péripétie qu'en d'autres temps il aurait jugée amusante s'il avait pu trouver le repos la nuit. Mais il n'arrivait plus à dormir, pas plus qu'il n'arrivait à oublier. Cette fois, son travail ne faisait plus office de potion magique. Comme elle n'avait cessé de le faire depuis la toute première seconde, Shane hantait son esprit.

Vance se détourna de la fenêtre et alla s'asseoir à sa place, derrière le lourd bureau en chêne. Il était net de tout papier. Avec une énergie rageuse née de sa frustration, il avait passé ces deux dernières semaines à s'occuper de chaque lettre, note de service et contrat, mettant sa secrétaire et ses assistants à rude contribution. A présent, il ne lui restait plus qu'un bureau propre et un agenda vide. Il pouvait peut-être prendre un vol pour Des Moines afin d'y superviser l'avancement de la construction des appartements en copropriété… Son arrivée sèmerait la panique au sein de sa succursale de l'Iowa, songea-t-il avec un rire bref. Ça ne serait vraiment pas sympa de sa part de leur faire passer un mauvais quart d'heure pour la simple raison qu'il ne pouvait pas tenir en place. Il contempla le mur opposé en broyant du noir : que faisait Shane en ce moment même ?

Il n'était pas parti en colère. Ç'aurait pourtant été plus simple. Il était parti parce que c'était le souhait de Shane. Il ne pouvait pas lui en vouloir, et cela aussi concourait à rendre toute l'affaire on ne peut plus frustrante. Pourquoi l'aurait-elle écouté ou compris ? Il y avait eu suffisamment de vrai dans les propos qu'elle lui avait jetés au visage pour renverser toute la situation. Il lui avait menti ou, du moins, il n'avait pas été franc avec elle. Pour Shane, cela revenait au même.

Il lui avait fait du mal. Il avait amené cet air d'impuissance désespérée sur son visage. C'était impardonnable. Vance repoussa son fauteuil et se mit à arpenter l'épaisse moquette écrue. Mais bon sang, si seulement elle l'avait écouté ! Si seulement elle lui avait laissé un moment pour s'expliquer ! Allant de nouveau à la fenêtre, il contempla l'extérieur, le regard sombre. Lui, rire d'elle, se moquer d'elle ? Jamais ! s'indigna-t-il dans le premier accès de fureur authentique qu'il ait ressenti depuis deux semaines. Jamais ! Et il n'allait pas rester là les bras croisés pendant qu'elle transformait en fumisterie l'événement le plus important de sa vie.

Elle avait eu son mot à dire, songea-t-il en se dirigeant vers la porte. A présent, c'était son tour à lui.

— Shane, ne fais pas ta tête de mule !

Donna suivit son amie de la partie musée jusque dans le magasin.

— Je ne fais pas ma tête de mule, Donna, j'ai vraiment des tas de choses à faire.

Et pour lui en donner la preuve, Shane se mit à feuilleter un catalogue afin de fixer le prix et l'ancienneté de ses dernières acquisitions.

— Avec le rush de Noël, j'ai vraiment pris du retard sur la paperasse. J'ai des factures à remplir, et si je ne mets pas à jour mes livres de comptes avant la fin du mois, je vais me retrouver dans le pétrin.

— N'importe quoi ! répliqua Donna à juste titre, en refermant le catalogue d'un coup sec.

— Donna, s'il te plaît…

— Non, il ne me plaît pas.

Son amie mit les mains sur les hanches.

— Et tu es seule contre deux, ajouta-t-elle en indiquant

Pat d'un geste de la tête. Nous n'allons pas te laisser passer le réveillon seule dans cette maison, un point c'est tout.

— Allez, Shane…

Pat se rangea du côté de sa belle-sœur :

— Tu devrais voir Dave et Donna en train de courir après Benji dès qu'il file vers l'arbre. Et comme Donna a pris un peu de poids, ajouta-t-elle en souriant à la future maman, elle n'est plus aussi rapide qu'avant.

Shane rit mais secoua la tête en signe de dénégation.

— Je vous promets de passer d'ici demain. J'ai un cadeau très bruyant pour Benji. Je suis sûre qu'après ça, vous ne m'adresserez plus jamais la parole.

— Shane, fit Donna en la prenant fermement par les épaules. Pat m'a dit que tu n'arrêtais pas de pleurnicher. De toute façon, poursuivit-elle en ignorant le regard agacé que Shane lança par-dessus son épaule à la malheureuse informatrice, tu es épuisée et malheureuse, ça crève les yeux.

— Je ne suis pas épuisée, rectifia Shane.

— Seulement malheureuse ?

— Je n'ai jamais dit…

Donna la secoua avec affection.

— Ecoute, j'ignore ce qui s'est passé entre Vance et toi…

— Donna…

— Et je ne te le demande pas, termina-t-elle. Mais ne t'attends pas à ce que je reste sans agir alors que ma meilleure amie est malheureuse. Comment veux-tu que je m'amuse si je te sais toute seule ici ?

— Donna…

Shane la serra farouchement dans ses bras avant de se détourner.

— J'apprécie, vraiment, mais en ce moment je ne suis pas de bonne compagnie.

— Ça, je sais, acquiesça Donna sans pitié.

Déclenchant par ces mots l'hilarité de Shane qui l'étreignit de nouveau avec affection.

— Je t'en prie, emmène Pat et retournez à votre famille.

— Soupira la martyre…

— Je ne suis pas une martyre, s'indigna Shane avec fureur avant de s'interrompre en voyant une lueur amusée danser au fond des yeux de Donna. Ça ne marche pas, affirma-t-elle. Si tu crois pouvoir me mettre hors de moi rien que pour prouver que tu as tort…

— Très bien, conclut Donna en s'installant dans un rocking-chair. Alors, je reste ici. Bien sûr, ce pauvre Dave va devoir passer le réveillon sans moi et mon petit garçon ne comprendra pas où est passée sa maman, mais…

Elle soupira et croisa les mains.

— Oh, Donna, franchement !

Shane se passa une main dans les cheveux, partagée entre le rire et les larmes, et ironisa :

— Tu parles d'une martyre !

— Oh, personnellement je ne me plains pas…, murmura Donna d'un ton de patience à toute épreuve. Pat, cours dire à Dave que je ne rentrerai pas. Et sèche les larmes du petit Benji pour moi.

Pat lâcha un rire étouffé, mais Shane roula des yeux au plafond.

— Tu me rends malade ! Donna, rentre chez toi ! insista-t-elle. Je ferme le magasin.

— Bon, va chercher ta parka. C'est moi qui conduis.

— Donna, je ne vais pas…

Elle laissa sa phrase en suspens tandis que s'ouvrait la porte du magasin. Voyant son amie pâlir, Donna tourna la tête et aperçut Vance.

— Bon, maintenant faut qu'on y aille, on est pressées, déclara-t-elle en bondissant prestement sur ses pieds. Allez, Pat ! Dave ne doit plus savoir quoi faire pour empêcher Benji de renverser l'arbre à force de tirer dessus. Joyeux Noël, Shane !

Elle lui donna un rapide baiser avant de s'emparer de son manteau.

— Donna, attends…

— Non, on ne peut plus rester, prétendit celle-ci en

opérant sans broncher un revirement à cent quatre-vingts degrés. J'ai des millions de choses à faire. Salut, Vance, ravie de vous avoir vu. Allez, Pat ! On y va.

Elles passèrent la porte avant que Shane ait pu prononcer un mot de plus.

Vance haussa un sourcil surpris devant cette sortie précipitée mais ne fit aucun commentaire. Il se contenta de dévisager Shane dans un silence qui s'éternisa et s'épaissit autour d'eux. La colère qui l'avait conduit jusqu'ici s'évanouit aussitôt.

— Shane, murmura-t-il.

— Je… je ferme le magasin.

— Parfait.

Vance se tourna et tira le verrou sur la porte.

— Comme ça, on ne sera pas dérangés.

— Je suis occupée, Vance. J'ai…

Elle se creusa désespérément les méninges à la recherche d'un prétexte valable.

—… des choses à faire, conclut-elle sans conviction.

Comme il restait immobile et muet, elle lui lança un regard suppliant.

— Je t'en prie, va-t'en.

Vance secoua la tête.

— J'ai essayé de m'en aller, Shane. Je ne peux pas.

Il ôta son manteau et le laissa tomber sur le rocking-chair qu'avait libéré Donna. Shane le dévisageait fixement, déconcertée par son apparence — costume de coupe impeccable et cravate de soie. Cela lui rappela une fois de plus qu'elle ne le connaissait pas. Et aussi, hélas, que cela ne l'empêchait pas de l'aimer. Elle se tourna et se mit à tripoter nerveusement une composition de verres taillés.

— Je suis désolée, Vance, mais j'ai quelques bricoles à régler au magasin avant de partir. Je suis censée passer la soirée chez Donna.

— Elle n'avait pas l'air de t'attendre, observa-t-il en marchant vers elle.

Avec douceur, il posa ses mains sur ses épaules.

— Shane…

Elle se raidit instantanément.

— Non !

Très lentement, il retira ses mains et les laissa retomber le long de son corps.

— Très bien, je ne te toucherai pas !

Les mots jaillirent sauvagement de sa bouche tandis qu'il faisait brusquement demi-tour.

— Vance, je t'ai dit que j'étais occupée.

— Tu m'as aussi dit que tu m'aimais.

Shane fit volte-face, blême de rage.

— Comment peux-tu me balancer ça au visage ?

— C'était un mensonge ? s'enquit-il.

Elle voulut répliquer, mais se ravisa de crainte de prononcer certaines paroles sous le coup de la colère. Levant le menton d'un air de défi, elle planta son regard dans celui de Vance :

— J'aimais l'homme que tu prétendais être.

Il tiqua, mais ne s'avoua pas vaincu pour autant.

— Touché, Shane, en plein cœur, reconnut-il calmement. Tu me surprends.

— Pourquoi, parce que je ne suis pas aussi sotte que tu le pensais ?

Un éclair de colère étincela fugitivement dans les yeux de Vance.

— Arrête.

Transpercée par ce simple mot, elle détourna la tête.

— Je suis navrée, Vance. Je n'ai pas envie de te dire des méchancetés. Il vaudrait mieux pour nous deux que tu t'en ailles.

— Facile à dire ! Tu n'es sans doute pas aussi malheureuse que moi. Tu arrives à dormir, Shane ? Moi pas.

— S'il te plaît, murmura-t-elle.

Vance prit une profonde inspiration et serra les poings. Il était venu ici, prêt à en découdre avec elle, à la bousculer, à la supplier. Or, tout ce qu'il semblait capable de faire, c'était de bredouiller des explications confuses.

— Très bien, je m'en vais, mais seulement si tu m'écoutes d'abord.

— Vance, soupira-t-elle avec lassitude, qu'est-ce que ça changera ?

Il sentit son cœur se serrer d'angoisse au ton définitif de sa voix. Au prix d'un grand effort, il parvint à garder une voix calme :

— Si c'est vrai, ça ne te coûtera rien de m'entendre.

— D'accord.

Shane se retourna pour lui faire face.

— Très bien, je t'écoute.

Il resta silencieux un moment, puis se mit à arpenter la pièce comme si les émotions qui le parcouraient l'empêchaient de rester en place.

— Je suis venu ici parce que j'avais besoin de m'enfuir, voire peut-être de me cacher. Je ne sais plus trop. Quand j'ai repris le flambeau à la tête de la société, j'étais encore très jeune. Ce n'était pas la vie dont je rêvais.

Il s'interrompit quelques secondes pour la regarder droit dans les yeux :

— Je suis menuisier, Shane, c'est la vérité. Je suis président de Riverton par obligation. Pourquoi ? Ça n'a pas grande importance au point où nous en sommes, mais un titre, une position ne modifient en rien la personne que je suis.

Comme elle ne répondait pas, il se remit à faire les cent pas.

— J'ai été marié à une femme que tu aurais cernée très vite. Elle était belle, charmante et tout en apparences. Elle était complètement narcissique, froide et même méchante.

Se remémorant Anne, Shane fronça les sourcils.

— Hélas, le temps que je reconnaisse ces traits de caractère, il était trop tard.

Il s'arrêta car les prochaines paroles étaient difficiles à prononcer.

— J'ai épousé la femme qu'elle prétendait être.

Comme il lui tournait le dos, Vance ne vit pas le brusque

changement dans l'expression de Shane. La souffrance envahit subitement son regard, mais elle ne pensait pas à son propre sort. Sa compassion était dirigée vers lui.

— Malgré tous nos efforts et nos bonnes résolutions, notre mariage a pris fin peu de temps après avoir commencé. Dans un premier temps je n'ai pas pu y mettre un terme légalement parce qu'il y avait trop de choses en jeu. Donc, nous avons continué à vivre ensemble pendant plusieurs années, dans une ambiance d'aversion mutuelle. Je me suis investi dans ma société jusqu'à l'obsession, tandis qu'elle se mettait à collectionner les amants. Je n'aspirais qu'à une chose : la faire sortir de ma vie. Puis, à son décès, j'ai dû continuer à vivre en sachant que j'avais souhaité sa mort un nombre incalculable de fois.

— Oh, Vance, murmura Shane.

— C'était il y a plus de deux ans, poursuivit-il. Je me suis réfugié dans le travail… et l'amertume. J'en étais arrivé à un point où je ne me reconnaissais plus moi-même. C'est pour ça que j'ai acheté cette maison et que je me suis mis en congé de l'entreprise. J'avais besoin de m'éloigner de ce que j'étais devenu, d'essayer de découvrir ce que j'avais vraiment au fond de moi.

Il passa une main nerveuse dans ses cheveux.

— Mais j'avais emporté mon amertume, si bien que quand tu as déboulé dans ma vie et que tu t'es mise à hanter mes pensées, j'ai voulu me débarrasser de toi à tout prix. J'ai vu… J'ai cherché, rectifia-t-il en se retournant vers elle, des défauts chez toi. Je n'osais pas croire que tu puisses être si… généreuse. La vérité, c'est que je ne voulais pas que tu le sois parce que je me savais incapable de résister à la femme que tu es.

Soudain ses yeux s'assombrirent et se plantèrent sans hésiter dans les siens.

— Je ne voulais pas de toi, Shane, et en même temps je te désirais à en crever. Je pense t'avoir aimée dès le premier instant.

Il inspira profondément et repartit contempler les guirlandes lumineuses qui clignotaient sur l'arbre.

— J'aurais pu tout te dire — j'aurais dû tout te dire —, mais au début, j'avais besoin que tu m'aimes sans connaître ma vie. C'était égoïste de ma part, impardonnable.

Shane se rappela les secrets qu'elle avait lus au fond de ses yeux. Se souvint aussi avoir pensé qu'ils lui appartiendraient tant qu'il ne les partagerait pas avec elle. Et pourtant, elle souffrait encore qu'il ne lui ait pas accordé sa confiance.

— Tu crois vraiment que ça aurait compté pour moi ?

Vance secoua la tête.

— Non.

— Alors pourquoi m'as-tu caché tout ça ?

Troublée, elle écarta les mains en geste d'incompréhension.

— Ça n'était pas mon intention. Les circonstances…

Il s'interrompit, plus trop sûr d'arriver à lui faire comprendre.

— La première nuit que nous avons passée ensemble, j'étais prêt à tout t'avouer, mais je ne voulais pas que le passé s'immisce entre nous cette nuit-là. Je me suis dit que ce n'était pas trop demander, et que je t'expliquerais ma situation le lendemain. Bon Dieu, Shane, je te jure que je l'aurais fait !

Il avança d'un pas vers elle puis se ravisa.

— Tu étais si perdue, si vulnérable après le départ d'Anne, que je n'ai pas pu. Comment aurais-je pu te déballer tout ça alors que tu avais déjà ton lot de problèmes ?

Elle garda le silence, mais il savait qu'elle l'écoutait avec attention. Il ignorait qu'elle se souvenait très nettement de ce qu'il lui avait dit lors de leur première nuit ensemble, de sa tension intérieure, des allusions qui restaient à préciser. Et elle se rappelait aussi sa compassion vis-à-vis d'elle le soir qui avait suivi.

— Cette nuit-là, tu avais besoin de mon soutien, pas de mes problèmes, continua Vance. Dès le début, tu m'as tout donné. Tu m'as ramené à la vie, Shane, et je savais que je prenais plus que je ne te donnais. Jusqu'à cette nuit, tu ne m'avais jamais rien demandé.

Elle le fixa d'un air perplexe.

— Je ne t'ai rien donné.

— Rien ? répliqua-t-il en secouant la tête, déconcerté. Ta confiance, ta compréhension. Tu m'as rendu le sens de l'autodérision. Peut-être ne vois-tu pas combien c'est important parce que toi, tu ne l'as jamais perdu. Je me suis dit que la seule chose que je pouvais te donner, c'était une certaine tranquillité d'esprit, ne serait-ce que pour quelques jours. J'ai essayé de nouveau de te parler la fois où nous nous sommes disputés à propos de ce fichu ensemble de salle à manger.

Il marqua une pause et lui décocha un regard de défi :

— Je l'ai acheté quand même.

— Tu…

— Tu ne peux plus intervenir, déclara-t-il en la coupant dans son exclamation de surprise. C'est fait.

Elle soutint ses yeux qui brillaient d'une colère mêlée de provocation.

— Je vois.

— Crois-tu ?

Il laissa échapper un rire bref et amer.

— Vraiment ? La seule chose que tu vois quand tu relèves le menton comme ça, c'est ton amour-propre.

Shane voulut protester mais n'en fit rien.

— Ce n'est pas plus mal, murmura-t-il. Ce serait difficile si tu étais parfaite.

Il alla vers elle mais prit soin d'éviter de la toucher.

— Je n'ai jamais eu l'intention de te tromper, mais il n'en reste pas moins que je l'ai fait. Et aujourd'hui, je dois te demander de me pardonner, même si tu ne peux pas accepter la personne que je suis et ce que je représente.

Shane baissa les yeux sur ses mains.

— Le problème, ce n'est pas d'accepter mais plutôt de comprendre, expliqua-t-elle d'une voix calme. Je ne sais rien du président de Riverton. Je connais l'homme qui a acheté la vieille maison Farley, tu comprends ?

Elle leva les yeux sur lui :

— Il était grossier, et désagréable, avec un fond de gentillesse qu'il faisait de son mieux pour dissimuler. Je l'aimais.

— Je me demande bien pourquoi ! soupira Vance en repensant à la description qu'elle venait de faire de lui. Si c'est ce que tu veux, je peux te promettre que je suis toujours aussi grossier et désagréable.

Elle se détourna de lui avec un petit rire.

— Vance, tout ça m'est tombé brutalement sur la tête, tu sais. Peut-être que si j'avais le temps de m'y habituer, d'y réfléchir à fond… Je ne sais pas. Quand je te prenais pour un simple…

Elle écarta les mains d'un geste d'impuissance qui ne lui ressemblait pas.

— Tout semblait si facile !

— Est-ce que tu ne m'aimais que parce que tu me croyais sans emploi ?

— Non !

Frustrée, elle tenta de s'expliquer :

— Mais moi, je n'ai pas changé, ajouta-t-elle avec une expression songeuse. Je suis toujours exactement conforme à l'apparence que je donne. Que ferait le président de Riverton avec moi ? Je ne bois même pas de Martini.

— Ne sois pas absurde !

— Ce n'est pas absurde, corrigea-t-elle. Sois honnête. Je ne m'intègre pas dans ton décor. Je ne serai jamais une femme élégante, même avec des années d'entraînement.

— Mais qu'est-ce qui cloche chez toi ?

Pris d'un soudain accès de colère, il la fit pirouetter devant lui.

— *Elégante !* Bon sang, Shane, tu délires ou quoi ? J'ai eu ma dose d'élégance au sens où tu l'entends, figure-toi ! Que je sois damné si tu me repousses à cause de la vision déformée que tu as de la vie que je mène. Si tu ne peux pas faire avec, d'accord. Je démissionnerai.

— Qu… quoi ?

— J'ai dit : je démissionnerai.

Elle le considéra attentivement, les yeux écarquillés de stupeur.

— Tu es sincère, constata-t-elle avec émerveillement. Tu penses vraiment ce que tu dis.

Il la secoua par les épaules d'un geste d'impatience.

— Bien sûr que je le pense ! Tu crois vraiment que ma société compte plus que toi à mes yeux ? Bon sang, faut-il que tu sois stupide !

Furieux, il la repoussa sans ménagement ni tendresse et s'éloigna à grandes enjambées.

— Tu ne me reproches pas à grands cris ce que je t'ai fait. Tu n'exiges pas d'entendre tous les détails sordides de mon premier mariage. Tu ne me demandes pas de ramper devant toi comme j'étais prêt à le faire, pourtant ! Tu me sors des bêtises sur l'élégance et les Martini.

Il proféra un juron bien senti et fixa la fenêtre.

Shane réprima une soudaine envie de rire.

— Vance, je…

— Tais-toi ! ordonna-t-il. Tu me rends dingue.

D'un geste brusque, il s'empara du manteau qu'il avait posé sur le rocking-chair. Shane voulut parler de crainte qu'il ne s'en aille en trombe, mais il se contenta de sortir une enveloppe de sa poche avant de lancer de nouveau son manteau dans le fauteuil à bascule.

— Tiens.

Il lui tendit l'enveloppe.

— Vance, tenta-t-elle de nouveau, mais il lui prit la main et fit claquer l'enveloppe sur sa paume.

— Ouvre-la.

Estimant préférable de baisser provisoirement la garde, Shane obéit. Elle fixa avec une stupeur muette les deux billets aller-retour pour les îles Fidji.

— Quelqu'un m'a dit que c'était l'endroit idéal pour

une lune de miel, affirma Vance d'un ton un peu plus calme. J'ai pensé que cette personne n'aurait peut-être pas changé d'avis.

Shane leva vers lui un regard qui reflétait tout ce qu'elle avait dans le cœur. Il n'en fallut pas plus à Vance pour l'enlacer, écrasant l'enveloppe et son contenu entre eux tandis que sa bouche retrouvait enfin la sienne.

Shane lui répondit avec une passion sans bornes. Elle se cramponna à lui alors que c'était elle qui exigeait, céda alors que c'était elle qui était excitée. Elle ne pouvait se rassasier de lui, de sorte que ses baisers désespérés n'attisaient que des désirs plus urgents.

— Oh, tu m'as tellement manqué, murmura-t-elle. Fais-moi l'amour, Vance. Montons et fais-moi l'amour.

Il enfouit son visage dans son cou.

— D'accord… Mais tu ne m'as pas encore dit si tu m'emmenais avec toi aux Fidji.

Cependant ses mains fouillaient déjà sous le pull de Shane. Il poussa un gémissement quand ses doigts effleurèrent sa peau chaude et douce et il la fit s'allonger par terre.

— Oh, Vance, ton costume !

Riant à perdre haleine, elle se débattit contre lui.

— Attends qu'on soit là-haut.

— Tais-toi, ordonna-t-il avant de s'assurer de son obéissance en la bâillonnant d'un baiser.

Il ne lui fallut qu'un instant pour comprendre que les tremblements de Shane étaient à mettre sur le compte de l'hilarité et non de la passion. Relevant la tête, Vance contempla ses yeux amusés.

— Zut, Shane ! lança-t-il, exaspéré. J'essaie de te faire l'amour.

— Eh bien alors, commence par enlever cette cravate, suggéra-t-elle avant de nicher son visage au creux de son épaule, terrassée par le fou rire. Excuse-moi, Vance, mais c'est trop drôle. Ce que je veux dire, c'est que tu es là, à me demander si je t'emmènerai avec moi aux Fidji avant que j'aie réussi à te demander en mariage et…

— Toi, me demander en mariage ? s'exclama-t-il en la regardant sous le nez.

— Oui, enchaîna-t-elle d'un ton allègre. J'en avais bien l'intention, même si je pensais avoir à surmonter une stupide question d'amour-propre. Tu sais bien, je te croyais au chômage…

— Une stupide question d'amour-propre, répéta-t-il.

— Oui, et bien sûr, maintenant que je sais que tu es quelqu'un de si important… Oh, mais cette cravate est de soie ! s'écria-t-elle après s'être débattue avec le nœud.

— Oui.

Il la laissa palper sa cravate avec curiosité.

— Et maintenant que tu sais que je suis quelqu'un de si important… ? l'encouragea-t-il.

— Je ferais mieux de te mettre le grappin dessus vite fait.

— De me mettre le grappin dessus ?

Il lui mordit méchamment l'oreille.

Shane se contenta de pouffer et noua ses bras autour de son cou.

— Et même si je refuse de boire des Martini ou d'être élégante, je ferais une très bonne épouse de…

Elle marqua une pause de quelques secondes, perplexe :

— Qu'est-ce que tu es au juste ?

— Fou de toi.

— De président de société, décida Shane avec un hochement de tête. Non, je ne pense pas que tu puisses trouver mieux. En y réfléchissant, tu fais une excellente affaire avec moi.

Elle lui donna un baiser sonore.

— Quand partons-nous pour les Fidji ?

— Après-demain, l'informa-t-il avant de se remettre debout et de la jeter sur son épaule.

— Vance, qu'est-ce que tu fais ?

— Je t'emmène en haut pour faire l'amour avec toi.

— Vance, commença-t-elle à protester, riant à moitié. Je t'ai déjà dit que je n'aimais pas être trimballée comme ça. Ce n'est pas une façon de traiter la fiancée du président de Riverton.

— Et tu n'as encore rien vu, lui promit-il.

Exaspérée, Shane lui asséna un franc coup de poing dans le dos.

— Vance, je ne plaisante pas, pose-moi par terre !

— Je suis viré ?

Il entendit l'étranglement caractéristique des fous rires de Shane :

— Oui !

— Bien.

Il lui enserra fermement les genoux et la porta en haut de l'escalier.

# UN CADEAU TRÈS SPÉCIAL

# Prologue

Zeke et Zack étaient tapis dans leur cachette perchée dans un arbre. C'est là, dans la solide cabane dissimulée par les branches d'un vénérable sycomore que se réglaient les affaires importantes : c'était l'endroit idéal pour conspirer, élaborer toutes sortes de plans ou discuter des diverses punitions pour infraction aux règlements.

Aujourd'hui, une pluie fine jouait des claquettes sur le toit de tôle et mouillait le feuillage vert sombre de l'arbre. La douceur régnait encore en ce début du mois de septembre et les deux garçons étaient en T-shirt. Rouge pour Zeke, bleu pour Zack.

Ils étaient jumeaux et se ressemblaient comme deux gouttes d'eau. Leur père se servait de ce code de couleur depuis leur naissance afin d'éviter qu'on les confonde.

Quand, par espièglerie, ils échangeaient leurs couleurs — autrement dit fréquemment —, les habitants de Taylor's Grove s'y trompaient tous. Tous, sauf leur père.

C'est d'ailleurs lui qui, en ce moment, était au centre de leurs préoccupations. Ils avaient déjà discuté à n'en plus finir des joies et des peurs que leur réserverait leur premier jour à la grande école : ils étaient sur le point d'entrer au CP.

Ils prendraient le bus comme l'année précédente, quand ils allaient encore à la maternelle. Mais dorénavant, ils passeraient la journée entière à la Taylor's Grove Elementary, comme les grands. D'ailleurs, leur cousine

Kim les avait prévenus : à la grande école, fini de jouer, les choses sérieuses allaient commencer.

Cet avertissement avait causé beaucoup de souci à Zack, le plus introverti des deux frères, qui avait passé des semaines à réfléchir au problème en l'analysant sous tous ses angles. Il y avait par exemple ces expressions décourageantes que lançait Kim à la cantonade : « devoirs » mais aussi « participation en classe »… Les jumeaux n'ignoraient pas que leur cousine, élève de première au lycée, croulait sous le poids des livres. De lourds volumes rébarbatifs et sans images.

Sans parler des soirs où elle leur servait de baby-sitter. Kim passait alors des heures absorbée dans ses manuels scolaires, sans lever la tête. Un peu comme lorsqu'elle restait pendue au téléphone avec ses copines, c'est pour dire…

Tout ceci était loin de rassurer Zack, perpétuel angoissé.

Certes, leur père allait les aider ; Zeke, grand optimiste devant l'éternel, n'avait pas manqué de le lui faire remarquer. Ne savaient-ils pas déjà lire des petits livres, comme *Green Eggs and Ham* ou *The Cat in the Hat*, grâce à leur père qui les aidait à reconnaître les mots et leur sonorité ? Et puis, ils savaient tous deux écrire toutes les lettres de l'alphabet, leurs prénoms, ainsi que des mots courts que leur père leur avait enseignés.

Le problème, c'est que ce dernier avait son travail et que, de surcroît, il devait s'occuper de la maison et du Commandant Zark, le grand chien qu'ils avaient sauvé du refuge deux ans auparavant, en le prenant chez eux. Bref, comme Zack l'avait souligné, leur père avait des tonnes de choses à faire. Et maintenant qu'ils allaient devoir aller à l'école, avec tout ce que cela impliquait de devoirs à rendre, d'exposés et de véritables bulletins scolaires, leur père allait avoir besoin d'aide pour arriver à tout assumer.

— Mme Hollis vient une fois par semaine, elle se charge de plein de trucs dans la maison.

Zeke fit emprunter à sa Corvette miniature une piste de course imaginaire sur le plancher de la cabane.

— Ce n'est pas assez.

Zack fronça les sourcils et son regard d'un bleu limpide se voila d'inquiétude. Il exhala un profond soupir empreint de résignation, qui fit voler la mèche de cheveux sombres qui retombait sur son front.

— Papa a besoin de la compagnie d'une gentille petite femme, et nous, de l'amour d'une mère. C'est Mme Hollis qui l'a dit à M. Perkins, au bureau de poste.

— Il va chez tante Mira, des fois. C'est une gentille petite femme…

— Mais elle ne vit pas chez nous. Et puis elle n'a pas le temps de nous aider à faire nos exposés de sciences.

Les exposés de sciences étaient la hantise de Zack.

— Il faut qu'on se trouve une maman.

Zeke se contenta d'émettre un grognement dubitatif mais Zack porta le coup de grâce en plissant les yeux :

— Au CP, on va avoir des dictées…

Zeke se mordit la lèvre inférieure. L'orthographe était sa bête noire.

— Comment on va faire pour trouver une maman ?

Zack eut alors un sourire. Sous ses dehors calmes et posés, il avait déjà tout manigancé dans sa tête.

— Nous allons la commander au Père Noël.

— Mais le Père Noël n'apporte pas de mamans ! objecta Zeke avec l'incommensurable mépris que l'on éprouve parfois envers ses frères et sœurs. Et de toute façon, Noël, c'est dans très longtemps !

— Non, ce n'est pas vrai. Mme Hollis s'est vantée devant M. Perkins d'avoir déjà fait la moitié de ses courses de Noël. Elle dit que prévoir les choses longtemps à l'avance permet de bien profiter de ses vacances.

— Tout le monde s'éclate à Noël. C'est vraiment des supervacances.

— Mouais… Il y a quand même des tas de gens que ça rend dingues. Tu te souviens quand on est allés au centre commercial avec tante Mira, l'an dernier ? Elle n'a pas arrêté de râler : il y avait trop de monde, tout était trop cher, on ne pouvait pas se garer…

Zeke haussa les épaules d'un air vague. Le passé ne l'inspirait guère ou, en tout cas, il s'y référait moins que son jumeau. Mais il faisait confiance à la mémoire de Zack.

— Oui, peut-être.

— Donc, si nous la lui demandons dès maintenant, Papa Noël aura tout le temps de trouver la maman qu'il nous faut.

— Et moi, je te dis que le Père Noël n'apporte pas de mamans.

— Pourquoi pas ? Si nous en avons vraiment besoin et que nous ne demandons pas trop de cadeaux à côté ?

— On avait dit qu'on commanderait des vélos, lui rappela Zeke.

— On peut toujours les lui demander, décida Zack. Mais c'est tout, après on laisse tomber tout le reste. Rien qu'une maman et des vélos.

Ce fut au tour de Zack de pousser un profond soupir. L'idée de renoncer à son interminable liste de jouets ne l'enchantait guère. Mais la perspective d'avoir une maman avait éveillé son intérêt. Ils n'avaient jamais eu de mère, et l'éventualité de ce mystère l'attirait.

— Bon, quel genre de maman tu veux qu'on commande ?

— Il faut qu'on l'écrive.

Zack s'empara du carnet et du bout de crayon à papier posés sur la table, contre le mur de la cabane. Ils s'assirent par terre et commencèrent à rédiger leur lettre en se chamaillant.

« Cher Papa Noël,

» Nous avons été sages. »

Zeke voulut rectifier par « très sages » mais Zack, la voix de la conscience, rejeta cette proposition.

« Nous avons donné à mangé à Zark et nous avons

aidé papa. Nous voulons une maman pour Noël. Une qui soit jentille et pas méchante. Ce serai bien si elle sourié beaucou et si elle avait des cheuveux jaune. Il faudré qu'elle aime les petits garçons et les gros chiens. Et qu'elle ais rien contre la boue et qu'elle sache faire des gateau. Nous voulons une maman jolie et aussi intéligente pour nous aidé dans nos devoirs. Nous nous ocuperons bien d'elle. Nous voulons aussi des vélos : un bleu et un rouge. Tu as plein de temps devan toi pour trouver cet maman et fabriqué les vélos, alors comme ça tu peux proffiter de tes vacances. Merci. Bisous. Zeke et Zack. »

# 1

Taylor's Grove, deux mille trois cent quarante habitants. Non, quarante et un, rectifia Nell d'un air suffisant en arpentant l'auditorium du lycée. Deux mois seulement après son arrivée dans la petite ville, elle s'y sentait déjà comme chez elle. Elle en appréciait le rythme lent, les jardins tirés au cordeau et les petites boutiques. Elle aimait papoter avec les voisins et craquait pour les fauteuils à bascule installés sur les vérandas et les trottoirs fissurés par le gel.

Il y a seulement un an, si quelqu'un lui avait prédit qu'elle troquerait gaiement Manhattan contre un bled perdu dans l'ouest du Maryland, elle aurait éclaté de rire. Et pourtant ! Elle occupait désormais le poste de professeur de musique au lycée de Taylor's Grove, et s'y sentait aussi confortablement installée qu'un chien couché devant un bon feu de cheminée.

Certes, le changement s'était avéré nécessaire. L'année précédente, suite au mariage de sa colocataire, elle s'était retrouvée le bec dans l'eau, face à un loyer exorbitant qu'elle était absolument incapable d'assumer seule. Sa nouvelle colocataire, qu'elle avait pourtant choisie elle-même après l'avoir soumise à un interrogatoire minutieux, avait également rapidement déserté l'appartement. En emportant tous les objets de valeur qu'il contenait. Cette fâcheuse aventure avait entraîné une ultime explication tout aussi déplaisante avec Bob, l'homme avec lequel elle était sur le point de se fiancer. Lorsque celui-ci s'était mis à la réprimander en lui reprochant pêle-mêle sa naïveté, sa sottise et son insouciance, Nell en avait conclu qu'il était temps d'arrêter les frais.

A peine avait-elle flanqué Bob à la porte qu'elle recevait les papiers lui annonçant son propre licenciement. Le lycée où elle enseignait depuis trois ans avait entamé un processus de restructuration, pour reprendre la formule consacrée. Un bel euphémisme ! Dans les faits, le poste de professeur de musique était passé à la trappe, et Nell avec.

Un appartement mis à sac et désormais au-dessus de ses moyens, un fiancé qui apparentait son naturel optimiste à une tare, la perspective du chômage, tout cela mis bout à bout avait considérablement terni l'image dorée qu'elle se faisait de New York.

Il fallait déménager. Une fois sa résolution prise, Nell avait décidé que ce départ serait l'occasion d'un changement radical. L'idée d'enseigner dans une petite ville avait immédiatement jailli dans son esprit et s'était imposée comme une évidence. Une inspiration de génie, songeait-elle à présent, car elle avait l'impression d'habiter là depuis quatre ans.

Son loyer était assez modéré pour qu'elle puisse se permettre de vivre seule, ce qu'elle appréciait. Son appartement, qui occupait le dernier étage d'une ancienne maison rénovée, se situait non loin du campus regroupant une école primaire, un collège et un lycée. Le trajet qui la séparait de son lieu de travail était donc prétexte à une promenade agréable.

Deux semaines à peine après avoir affronté la rentrée non sans une certaine nervosité, elle s'était rapidement approprié ses élèves et avait hâte de commencer les répétitions avec la chorale.

Pour Noël, elle était bien décidée à organiser un concert dont le programme en mettrait plein la vue aux habitants.

Un piano qui avait connu des jours meilleurs trônait au milieu de la scène. Elle alla s'y asseoir. Ses élèves n'allaient pas tarder à entrer dans l'auditorium, mais il lui restait encore un petit moment de répit.

Elle s'échauffa les doigts et se mit dans l'ambiance en interprétant un vieil air de Muddy Waters. Les vieux pianos qui avaient beaucoup vécu se prêtaient admirablement au blues, songea-t-elle. Un véritable plaisir !

— Waou ! Elle est vraiment trop cool, murmura Holly Linstrom à Kim tandis que les deux adolescentes se faufilaient par l'arrière de l'auditorium.

— Oui, répondit Kim sans lâcher ses cousins jumeaux qu'elle tenait chacun par l'épaule, d'une poigne ferme qui leur intimait le silence et menaçait de représailles immédiates en cas de désobéissance. Ce n'est pas le vieux Stryker qui aurait joué ce genre de morceau.

— Et tu as vu comment elle est habillée ? Trop top…

Holly se mit à détailler la tenue de Nell d'un regard où se mêlaient l'admiration et l'envie : pantalon cigarette, longue surchemise et veste courte.

— Que quelqu'un de New York puisse avoir envie de venir s'enterrer ici, ça me dépasse. Tu as vu les boucles d'oreilles qu'elle porte aujourd'hui ? Je te parie qu'elles viennent d'une boutique ultrachic de la Cinquième Avenue.

Les bijoux de Nell faisaient l'admiration des filles du lycée. Tout ce qu'elle portait était à la fois unique et original. Ses goûts vestimentaires, ses cheveux couleur de blé mûr qui lui arrivaient aux épaules, savamment décoiffés, son rire de gorge toujours prompt à jaillir et sa décontraction naturelle lui avaient rapidement attiré la sympathie de ses élèves.

— C'est vrai qu'elle a de la classe.

Mais pour l'heure, Kim s'intéressait davantage à la musique qu'à la garde-robe de l'interprète.

— Bon sang, si seulement je savais jouer comme elle !

— Bon sang, si seulement je pouvais être habillée comme elle ! ironisa Holly en pouffant.

Sentant une présence, Nell lança un coup d'œil par-dessus son épaule et leur adressa un large sourire.

— Approchez, les filles ! Le concert est gratuit.

— J'adore ce que vous jouez, miss Davis.

Tenant toujours fermement ses cousins par l'épaule, Kim entreprit de descendre l'allée centrale vers la scène.

— Qu'est-ce que c'est ?

— Muddy Waters. Il va nous falloir inclure un petit cours consacré au blues dans notre programme.

Se reculant sur la banquette, Nell se mit à étudier les deux petits garçons au doux visage qui encadraient Kim. Il y eut entre eux comme un étrange éclair de reconnaissance mutuelle qu'elle n'aurait su expliquer.

— Hé, salut, les garçons !

Ils lui rendirent son sourire, et une fossette identique se creusa au coin de leur bouche, du côté gauche.

— Vous savez jouer *Chopsticks* ? s'enquit Zeke.

Avant que Kim ait pu laisser libre cours à son indignation face à une question aussi humiliante, Nell se lança dans une interprétation endiablée de la valse pour débutant.

— Alors, qu'en dis-tu ? demanda-t-elle à la fin.

— C'était super !

— Je suis désolée, miss Davis. Je suis obligée de m'occuper d'eux pendant une heure. Ce sont mes cousins. Zeke et Zack Taylor.

— Les Taylor de Taylor's Grove, s'étonna Nell qui pivota sur sa banquette pour se tourner vers eux. Je parie que vous êtes frères, tous les deux. Je crois avoir repéré comme un air de famille entre vous.

Le visage des deux garçons s'illumina et ils se mirent à pouffer de rire.

— Nous sommes jumeaux, l'informa Zack.

— C'est vrai ? Alors, maintenant, je parie que je suis censée deviner qui est qui ?

Elle alla jusqu'au bord de la scène, s'assit et se mit à dévisager attentivement les garçonnets qui la regardaient, hilares. Chacun avait récemment perdu une incisive gauche.

— Toi, tu es Zeke, dit-elle en désignant l'un des jumeaux, et voilà Zack.

Impressionnés et ravis, les deux frères hochèrent la tête.

— Comment vous avez fait ?

Leur expliquer qu'elle avait une chance sur deux de tomber juste n'aurait fait qu'ôter l'aspect merveilleux de la chose.

— C'est de la magie. Vous aimez chanter, les garçons ?

— Oui. Enfin, on se débrouille…

— Eh bien ! Aujourd'hui, vous allez écouter. Vous n'avez qu'à vous asseoir au premier rang, comme ça vous pourrez nous donner votre opinion sur le programme.

— Merci, miss Davis, murmura Kim, qui poussa gentiment les deux garçons vers les sièges. D'habitude, ils sont plutôt sages. Et surtout, restez tranquilles, ordonna-t-elle avec toute l'autorité d'une grande cousine.

Nell se leva en adressant un clin d'œil aux garçons, puis fit signe aux autres élèves d'entrer.

— Allez, on commence !

Ce qui se déroula ensuite sur la scène parut fort ennuyeux aux jumeaux. Au début, il y eut beaucoup de discours, puis la confusion s'installa au fur et à mesure que l'on distribuait les partitions et que garçons et filles prenaient chacun la place qui leur était attribuée.

Mais Zack mit ce laps de temps à profit pour observer Nell. Sa splendide chevelure rehaussait l'éclat de ses immenses yeux bruns, empreints d'une grande douceur. Exactement comme ceux de Zark, songea-t-il avec une grande tendresse. Elle avait une drôle de voix, profonde et légèrement voilée, mais néanmoins agréable. De temps en temps, elle lui jetait un regard en souriant. Alors, son cœur réagissait de manière étrange et se mettait à cogner dans sa poitrine comme s'il venait de faire la course.

Nell se tourna vers un groupe de filles et se mit à chanter. C'était un air de Noël ; Zack ouvrit de grands yeux en l'entendant. Il n'était pas sûr du titre — quelque chose comme *Minuit au clair de lune* — mais il le reconnut tout de suite : il figurait sur l'un des disques que leur passait papa pendant les vacances.

Un chant de Noël. Un cadeau de Noël.

— C'est elle, souffla-t-il à l'oreille de Zeke, en enfonçant son coude dans les côtes de son frère.

— Qui ?

— La maman.

Zeke cessa de jouer avec la figurine qui dépassait de sa poche et leva les yeux vers la scène où Nell faisait répéter le pupitre des altos.

— C'est le professeur de Kim, notre maman ?

— Sûrement.

Soucieux de ne pas laisser transparaître sa surexcitation dans sa voix, Zack poursuivit sur un ton de conspirateur.

— Papa Noël a eu le temps de recevoir notre lettre : elle a chanté un air de Noël, elle a des cheveux jaunes et un gentil sourire. Et puis, elle aime les petits garçons, aussi. Ça se voit.

— Peut-être.

Encore un peu sceptique, Zeke examina Nell. C'était pourtant vrai qu'elle était jolie. Et puis elle riait beaucoup, même lorsque certains grands élèves commettaient des fautes. En revanche, cela ne signifiait pas pour autant qu'elle aimait les chiens ni qu'elle savait faire des gâteaux.

— Je n'en suis pas encore tout à fait sûr.

Zack souffla d'un air exaspéré.

— Elle nous connaît déjà : elle a réussi à savoir qui était qui sans se tromper. C'est de la magie, affirma-t-il en regardant son frère d'un air solennel. C'est notre maman.

— De la magie, fit Zeke en écho avant de fixer Nell avec des yeux ronds. Est-ce qu'on doit attendre Noël pour la prendre à la maison ?

— Je crois. Sûrement.

En tout cas, songea Zack, cela méritait réflexion.

Mac Taylor gara son pick-up devant le lycée, l'esprit accaparé par une dizaine de problèmes divers. Que faire à manger aux enfants ? Quel revêtement de sol choisir pour la maison de Meadow Street ? Comment trouver un moment pour se rendre au centre commercial et acheter de nouveaux sous-vêtements aux enfants ? La dernière fois qu'il avait rangé leur linge, il avait remarqué que la plupart de leurs dessous étaient tout juste bons à faire des chiffons. Ah, et surtout, se rappeler de commander du bois de chauffage demain matin sans faute, et s'occuper de toute cette paperasse ce soir.

Sans oublier de rassurer Zeke, tout angoissé à l'idée d'affronter sa toute première dictée dans quelques jours.

Fourrant ses clés dans sa poche, Mac effectua quelques mouvements d'assouplissement pour se décontracter les épaules : il venait de manier le marteau pendant près de huit heures. Les courbatures lui importaient peu. C'était une saine fatigue, qui lui rappelait qu'il avait accompli quelque chose de ses mains. Les travaux de rénovation de la maison de Meadow Street étaient désormais planifiés, budget à l'appui. Quand tout serait terminé, il ne lui resterait plus qu'à décider de la mettre en vente ou de la louer.

Son comptable tenterait de l'influencer, mais Mac savait qu'au final la décision lui reviendrait de toute façon. C'est ainsi qu'il aimait mener ses affaires.

Sortant du parking, il se dirigea vers le lycée en regardant autour de lui. Son arrière-arrière-grand-père avait fondé Taylor's Grove — un simple bourg, à l'époque —, aujourd'hui une petite ville longeant le cours de Taylor's Creek et s'étendant au-delà des collines arrondies jusqu'à Taylor's Meadow.

Le moins que l'on puisse dire, c'est que le vieux Macauley Taylor ne souffrait pas d'excès de modestie…

Mac, pour sa part, avait habité Washington pendant plus de douze ans. Cela faisait désormais six ans qu'il était revenu vivre à Taylor's Grove avec une joie et une fierté intactes. Il aimait toujours autant contempler les collines, les arbres et l'ombre des montagnes qui se découpait dans le lointain.

C'était un spectacle dont il ne pourrait jamais se lasser.

Ces derniers jours, l'air s'était imperceptiblement rafraîchi et une puissante brise se levait à l'ouest. Mais il n'avait pas encore gelé et les arbres arboraient toujours leur feuillage d'été vert foncé. Cette météo clémente lui facilitait la vie à plus d'un titre. Tant que le beau temps se maintiendrait, il pourrait achever les travaux extérieurs de la maison dans des conditions agréables. Et les garçons pourraient passer leurs après-midi et leurs soirées à jouer dans le jardin.

Une pointe de culpabilité l'effleura tandis qu'il poussait les lourdes portes de l'école. Son travail avait obligé ses fils à rester enfermés tout l'après-midi. L'arrivée de l'automne signifiait que sa sœur allait se lancer à corps perdu dans ses diverses activités municipales. Il ne pouvait décemment pas lui demander de s'occuper des enfants. D'un autre côté, le temps libre de Kim après les cours se réduisait comme peau de chagrin. Toujours est-il qu'il n'admettait pas l'idée que ses enfants soient livrés à eux-mêmes après l'école.

Contre toute attente, la solution trouvée avait fait l'unanimité. Kim emmènerait les enfants aux répétitions de sa chorale, et il épargnerait à sa sœur un trajet en voiture en allant les chercher tous les trois à l'école pour les ramener à la maison.

Kim allait passer son permis de conduire dans quelques mois. Elle ne cessait de le clamer à qui voulait l'entendre. Cependant, il n'envisageait pas de confier ses fils à une toute jeune conductrice de seize ans, malgré toute l'affection et la confiance qu'il éprouvait pour sa nièce.

« Tu les couves trop. » Mac roula des yeux en se remémorant le refrain que lui serinait sa sœur. « Tu ne pourras pas continuer à assumer seul le rôle du père et de la mère, Mac. Alors, si tu n'as pas envie de te remarier, tu ferais bien d'apprendre à leur lâcher un peu la bride. »

« Tu parles ! », songea Mac.

En approchant de l'auditorium, il entendit s'élever un chœur de voix jeunes chantant dans une subtile harmonie.

C'était un air agréable, chargé d'émotion, et qui amena un sourire sur ses lèvres avant même qu'il ait reconnu la mélodie. Un cantique de Noël… En cette saison, ce genre de chant avait quelque chose d'étrange : Mac sentait la transpiration de la journée qui commençait à peine à s'évaporer sur son dos.

Il poussa les portes de l'auditorium et fut accueilli par un flot de musique. Sous le charme, il resta au fond de la salle pour admirer les choristes. L'une des élèves était au piano. Un beau brin de fille, songea Mac. Elle relevait la tête de temps à autre, en faisant signe à ses camarades de classe comme pour les inciter à participer davantage.

Il était en train de se demander où était le professeur de musique, lorsqu'il repéra ses fils, assis au premier rang. Il descendit l'allée à pas feutrés et, voyant le regard de Kim croiser le sien, lui fit un signe de la main. Il prit place derrière les garçons et se pencha en avant.

— C'est beau, hein ?

— Papa !

Zack faillit pousser un cri aigu mais se souvint juste à temps que le chuchotement était de rigueur.

— C'est Noël !

— En effet, ça m'en a tout l'air. Comment Kim se débrouille-t-elle ?

— Elle s'en sort superbien, déclara Zeke qui se targuait désormais d'être un expert en arrangements polyphoniques. Elle va chanter un solo.

— Sans blague ?

— Elle est devenue toute rouge quand miss Davis lui a demandé de chanter seule, mais elle l'a fait quand même.

Mais Zeke s'intéressait davantage à Nell.

— Elle est jolie, hein ?

Quelque peu surpris par cette remarque — les jumeaux avaient beaucoup d'affection pour Kim mais en faisaient rarement l'éloge — il opina du chef.

— Tout à fait. C'est la plus jolie fille de l'école.

— On pourrait l'inviter à dîner un de ces jours, suggéra Zack d'un air entendu. Hein ?

Déconcerté, Mac ébouriffa les cheveux de son fils.

— Tu sais, Kim peut venir à la maison quand elle veut...

— Mais non, pas elle !

Imitant son père, Zack roula des yeux.

— Miss Davis ! Enfin, papa...

— Qui est miss Davis ?

— La mam...

Zeke fut arrêté net par un coup de coude de son frère jumeau.

— Le professeur, le coupa Zack en jetant un coup d'œil assassin en direction de son frère. Celle qui est jolie.

Il tendit le doigt, et le regard de son père alla vers le piano.

— C'est elle, le professeur ?

Avant que Mac ait pu corriger sa première impression, le flot de musique se tut brusquement et Nell se leva.

— C'était vraiment formidable. Vous l'avez bien filé pour une première fois et votre chant était soutenu jusqu'au bout.

Elle balaya en arrière sa coiffure ébouriffée.

— Mais il y a encore beaucoup de travail. J'aimerais que nous programmions la prochaine répétition pour mardi prochain après les cours. A 15 h 45.

Les élèves s'agitaient déjà en marmonnant et Nell dut hausser le ton pour arriver à se faire entendre par-dessus le brouhaha et leur donner la suite de ses instructions. Satisfaite, elle se tourna ensuite pour adresser un sourire aux jumeaux et se retrouva en train de fixer d'un air béat une version plus âgée et beaucoup plus troublante des fils Taylor.

« Leur père, sans l'ombre d'un doute », songea Nell. Les mêmes boucles sombres et épaisses moussaient sur le col de son T-shirt crasseux. Les mêmes yeux bleus et limpides bordés de longs cils foncés lui renvoyèrent son regard. Son visage avait perdu les traits poupins qui faisaient le charme de ses fils, mais ce spécimen adulte, plus buriné, était tout aussi séduisant. Grand, svelte, sans une once de graisse, et des bras puissants qui ne devaient rien à la salle de musculation. Il était bronzé et manifestement sale. Avait-il lui aussi une fossette au coin de la bouche quand il souriait ?

— Monsieur Taylor.

Nell ne prit pas la peine de descendre les marches et sauta au bas de la scène avec une agilité qui n'avait rien à envier à celle de ses élèves. Elle lui tendit une main ornée de bagues.

— Miss Davis.

Il prit sa main dans la sienne, calleuse, en se souvenant un peu tard qu'elle était loin d'être propre.

— C'est très gentil à vous d'accepter la présence de mes enfants pendant que Kim répète.

— Aucun problème. De toute façon, je travaille mieux devant un public, c'est stimulant, dit-elle en inclinant légèrement la tête sur le côté, et en regardant les jumeaux. Alors, les gars, c'était comment ?

— C'était vraiment super, commenta Zeke. Nous, ce qu'on préfère, c'est les chants de Noël.

— Moi aussi.

Encore tout émue et flattée qu'on lui ait demandé d'interpréter un solo, Kim les rejoignit.

— Salut, oncle Mac. Je vois que tu as fait la connaissance de miss Davis.

— Oui.

Que dire d'autre ? Encore une fois, il lui trouvait l'air trop jeune pour un professeur. Certes, elle n'avait rien d'une adolescente, mais… son teint crémeux, sa peau sans défaut et sa silhouette gracile étaient trompeurs. Et extrêmement séduisants.

— Votre nièce est très douée, affirma Nell en passant son bras autour des épaules de Kim. Elle possède une voix magnifique et une perception intuitive de la musique. Je suis ravie de l'avoir parmi mes choristes.

— Oui, nous aussi, on l'aime bien, renchérit Mac tandis que Kim devenait écarlate.

Zack se dandinait d'un pied sur l'autre. Ce n'était pas de cette grande idiote de Kim qu'ils étaient censés parler…

— Vous pourriez venir chez nous un de ces jours, miss Davis, suggéra-t-il d'une voix aiguë. On habite la grande maison marron, sur Mountain View Road.

— Avec grand plaisir.

Cependant, Nell nota que le père de Zack ne relayait pas l'invitation. D'ailleurs, l'idée ne semblait guère l'enthousiasmer.

— Quant à vous, les petits gars, vous serez toujours les bienvenus à nos répétitions. Kim, il faut que tu travailles ton solo.

— Je le ferai sans faute, miss Davis. Merci.

— Ravie d'avoir fait votre connaissance, monsieur Taylor.

Le temps qu'il marmonne une réponse, Nell était déjà remontée d'un bond sur la scène pour rassembler ses partitions.

« Quel dommage que le père soit dépourvu de la spontanéité et de la gentillesse de ses fils… », songea-t-elle.

# 2

Quoi de plus agréable qu'une balade dans la campagne par un doux après-midi d'automne ? Nell se remémora ses samedis de liberté à New York : quelques emplettes — le shopping était bien la seule chose qu'elle regrettait depuis qu'elle avait quitté Manhattan —, et parfois une promenade dans le parc. Jamais de jogging. Nell ne voyait pas l'intérêt de courir si l'on pouvait atteindre son but en marchant.

Et si l'on pouvait s'y rendre en voiture, alors c'était vraiment l'idéal. Jusqu'à ce jour, elle n'avait pas vraiment pris conscience du plaisir qu'il y avait à posséder sa propre voiture pour parcourir les petites routes serpentant dans la campagne, toutes vitres baissées, avec la radio à fond.

Maintenant que le mois de septembre était bien avancé, les feuilles commençaient à perdre leur couleur verte et les arbres se paraient de diverses nuances rivalisant de couleur entre elles. Mue par une subite impulsion, Nell bifurqua pour s'engager sur une autre route. Les arbres immenses étendaient leurs branches pour former une spectaculaire voûte de verdure au-dessus de l'asphalte. Les quelques rayons qui parvenaient à traverser le feuillage épais faisaient danser des taches de soleil sur la route. La voiture longeait le cours sinueux d'un torrent aux eaux bouillonnantes.

Nell roulait au hasard quand, tout à coup, elle vit un panneau lui indiquant qu'elle se trouvait sur Mountain View.

Elle se souvint que Zack avait fait allusion à une

grande maison marron. Rares étaient les maisons à cet endroit, à trois kilomètres des abords de la ville, mais elle entraperçut toutefois quelques habitations à travers les arbres qui ombrageaient la route. Des maisons marron, blanches, bleues, certaines situées près du lit du torrent, d'autres plus haut, au bout d'un sentier étroit et défoncé faisant office d'allée.

Qu'il devait faire bon vivre ici ! Et y élever des enfants… Mac Taylor avait beau être froid et taciturne, ses fils étaient une véritable réussite.

Elle n'ignorait déjà plus que le mérite en revenait à lui seul. Nell avait rapidement compris comment circulaient les informations au cœur d'une petite ville. Sans avoir l'air d'y toucher, à coup d'une remarque par-ci et d'une question par-là, elle s'était vite retrouvée à la tête d'une véritable mine de renseignements concernant la dynastie des Taylor.

Alors que Mac était encore tout jeune adolescent, ses parents avaient déménagé de Taylor's Grove pour aller s'installer à Washington. Il y a six ans, il était rentré au pays, flanqué de deux nourrissons. Sa sœur aînée, quant à elle, avait fréquenté les bancs de l'université avant d'épouser un garçon du coin. Cela faisait des années qu'ils vivaient là. Tout le monde s'accordait à dire que c'était elle qui avait insisté auprès de son frère pour qu'il revienne s'installer à Taylor's Grove pour y élever ses enfants après le départ de son épouse.

Cette dernière avait abandonné ces malheureux petits bébés du jour au lendemain, lui avait confié Mme Hollis par-dessus le comptoir de l'épicerie. Elle était partie sans dire au revoir et ne s'était plus jamais manifestée. Depuis, le jeune Macauley Taylor élevait seul ses jumeaux en cumulant les rôles de père et de mère.

Peut-être, pensa Nell avec un certain cynisme, que s'il avait adressé la parole à son épouse ne serait-ce que de temps en temps, elle serait restée à ses côtés…

« Je suis injuste », se reprit-elle. Rien ne pouvait justifier qu'une mère abandonne ses enfants en bas âge, sans jamais chercher à reprendre contact avec eux en six ans. Quel qu'ait été le comportement de Mac Taylor en tant qu'époux, il n'en demeurait pas moins que ces enfants méritaient mieux.

C'est à eux qu'elle songeait à présent, ces deux reflets identiques d'une seule image espiègle. Elle avait toujours aimé les enfants, et les jumeaux Taylor lui apportaient une double dose de bonheur. Elle n'avait pas mis longtemps à s'attacher à leur présence dans le public au cours des séances de répétition qui avaient lieu une ou deux fois par semaine. Zeke lui avait même montré sa toute première dictée, annotée d'une grosse étoile argentée. A une faute près, il avait failli obtenir l'étoile dorée.

Les regards que lui lançait Zack ne lui avaient pas non plus échappé, même s'il se hâtait toujours de baisser les yeux en rougissant. C'était si attendrissant d'être l'objet de son premier émoi d'enfant.

Elle soupira de plaisir tandis que la voiture émergeait de la voûte de verdure pour se retrouver en pleine lumière. Devant elle, apparurent soudain les montagnes qui donnaient son nom à la route, leurs crêtes zébrant le bleu vif du ciel. La chaussée avait beau décrire des courbes, les sommets se dressaient toujours au détour d'un virage, sombres et lointains, conférant au cadre un décor dramatique.

La route traversait un paysage de reliefs alternant collines en pente douce et affleurements rocheux. Nell ralentit en apercevant une maison perchée en haut d'une colline. Marron. Construite en bois de cèdre, très probablement, avec des fondations en pierre, d'immenses baies vitrées qui étincelaient dans le soleil et une terrasse au second étage. La maison était nichée dans un écrin de verdure, à l'ombre de grands arbres. A l'une des branches était suspendu un vieux pneu en guise de balançoire.

Se pouvait-il que ce soit la maison des Taylor ? Elle pria pour que cette solide demeure si admirablement agencée soit bel et bien le foyer de ses nouveaux petits amis. En passant devant la boîte aux lettres plantée au bord de la route, au départ d'un long sentier, elle ralentit et lut : M. Taylor et fils.

Elle sourit. Satisfaite, elle écrasa la pédale de l'accélérateur et resta interdite : le moteur eut quelques ratés et la voiture se mit à avancer en hoquetant.

— Allons bon, que se passe-t-il à présent ? marmonna-t-elle.

Elle relâcha la pédale de l'accélérateur puis l'enfonça de nouveau. Cette fois, la voiture émit une secousse avant de caler net. Oh, flûte ! Vaguement contrariée, elle tenta de remettre le contact tout en jetant un œil au tableau de bord. La pompe miniature représentée à côté de la jauge à essence était allumée.

— Quelle idiote ! se morigéna-t-elle à voix haute. Tu ne devais pas faire le plein avant de partir ?

Elle se renfonça dans son siège et poussa un soupir. Elle avait pourtant bien prévu de passer prendre de l'essence. Comme elle en avait déjà eu l'intention la veille, en sortant de son dernier cours…

Et voilà, elle se retrouvait maintenant en panne à trois kilomètres de Taylor's Grove, le réservoir à sec. Soufflant pour chasser les mèches qui lui tombaient sur les yeux, elle jeta un regard dans la direction de la maison de « M. Taylor et fils » et évalua la distance à parcourir : cinq cents mètres, tout au plus. C'était toujours mieux que de marcher pendant trois kilomètres. Et puis, après tout, n'avait-elle pas plus ou moins été invitée à passer chez eux ?

Elle prit ses clés et s'engagea sur le sentier.

Elle n'était pas à mi-chemin que les garçons la repérèrent. Ils dégringolèrent à toute vitesse le chemin pierreux et rempli de nids-de-poule. Nell resta saisie de crainte devant leur course folle. Mais, avec l'agilité d'un cabri, ils furent près d'elle en un éclair. Derrière eux gambadait un énorme chien jaune.

— Miss Davis, bonjour ! Vous êtes venue nous voir ?

— C'est un peu ça, oui.

En riant, elle s'accroupit et perçut une légère odeur de chocolat en les serrant contre elle. Avant qu'elle puisse leur donner davantage d'explications, le chien décida qu'il voulait lui aussi sa part de caresses. Par bonheur, il se retint poliment de lui mettre ses grosses pattes sur les épaules et se contenta de les lui poser sur les cuisses.

Consterné, Zack retint son souffle puis se détendit en voyant Nell éclater de rire et se pencher pour gratter Zark sur la tête et entre les omoplates.

— Toi, tu es un vrai costaud, hein ? Un grand et beau chien.

Zark lui lécha la main en signe de totale approbation. Nell surprit le bref regard qu'échangèrent les jumeaux. A la fois excité et satisfait.

— Vous aimez les chiens ? s'enquit Zack.

— Bien sûr ! J'aimerais bien en avoir un, maintenant. Je n'ai jamais eu le cœur d'en prendre un à New York pour le tenir enfermé toute la journée dans mon appartement.

Elle rit de nouveau lorsque Zark s'assit et lui tendit poliment la patte.

— C'est un peu tard pour les politesses, mon bonhomme, lança-t-elle tout en lui prenant néanmoins la patte. Je roulais tranquillement quand je suis tombée en panne d'essence juste à côté de chez vous. C'est amusant, non ?

Le visage de Zack se fendit d'un immense sourire. Elle aimait les chiens. Elle s'était arrêtée pile devant chez eux. Aucun doute, il y avait là autre chose que de la magie.

— Papa va vous arranger ça. Il peut tout arranger.

Plein d'assurance maintenant qu'elle était sur son territoire, Zack lui prit la main. Pour ne pas être en reste, Zeke lui saisit l'autre.

— Papa est dans l'atelier derrière la maison, il fabrique un « fauteuil rondak ».

— Un fauteuil en rondins ? suggéra Nell.

— Non, non. Un fauteuil rondak. Venez voir.

Ils lui firent faire le tour de la maison en passant devant une serre arrondie qui recevait la lumière du sud. A l'arrière, il y avait une autre terrasse dont les marches descendaient vers un patio au sol recouvert de pavés. L'atelier, qui se trouvait dans le jardin de derrière, était lui aussi bâti de bois de cèdre et suffisamment vaste pour pouvoir accueillir une famille de quatre personnes. Nell entendit des coups de marteau.

Débordant d'enthousiasme, Zeke fit irruption comme une fusée dans l'atelier.

— Papa ! Papa ! Devine qui est là !

— Tout ce que je sais, c'est qu'un jour je vais avoir une crise cardiaque.

Nell reconnut la voix grave de Mac aux accents amusés et pleins de bienveillance. Elle perdit un peu de son aplomb et hésita.

— Je ne voudrais pas le déranger en plein travail, dit-elle à Zack. Je pourrais peut-être simplement me contenter d'appeler la station-service ?

— Non, il n'y a pas de problème, venez !

Zack la tira jusqu'au seuil de la porte.

— Tu vois bien qu'elle est venue ! fit Zeke d'un air important.

Pris au dépourvu par cette visite impromptue, Mac posa son marteau sur l'établi. Il releva la visière de sa casquette et fronça machinalement les sourcils.

— Bonjour, miss Davis.

— Je suis navrée de vous déranger, monsieur Taylor, commença-t-elle, puis ses yeux se posèrent sur l'objet qu'il était en train de fabriquer. Un fauteuil Adirondack..., murmura-t-elle avant de sourire. C'était donc cela le fauteuil « rondak ». C'est magnifique.

— Il n'est pas encore fini, mais j'espère qu'il sera réussi.

Etait-il censé lui offrir un café ? Lui proposer de faire le tour de la maison ? Ou bien quoi ? D'ailleurs qu'avait-elle de si séduisant ? se demanda-t-il en passant du coq à l'âne. Elle n'avait rien d'exceptionnel. Sauf peut-être ses yeux. Bruns et immenses. Mais le reste était tout à fait ordinaire. Ce devait être la combinaison de ses traits qui la rendait si merveilleuse.

A la fois gênée et amusée d'être dévisagée ainsi, Nell se lança dans son explication.

— J'ai pris ma voiture pour le plaisir de conduire ainsi que pour me familiariser avec les environs. Je n'habite ici que depuis deux mois.

— Ah oui ?

— Miss Davis vient de New York, papa, lui rappela Zack. Kim te l'a déjà dit.

— En effet, je m'en souviens maintenant, se reprit-il en triturant son marteau. Belle journée pour une balade.

— C'est aussi ce que je me suis dit. Il fait si beau que j'en ai oublié de faire le plein avant de quitter la ville. Je suis tombée en panne d'essence en bas de chez vous.

Un voile de méfiance vint assombrir le regard de Mac.

— Tiens donc… Comme c'est drôle…

— Pas tant que ça, non.

Sans se départir de son ton amical, la voix de Nell se durcit légèrement.

— Vous me rendriez un grand service en me permettant de téléphoner de chez vous à la station-service.

— J'ai de l'essence ici, marmonna-t-il.

— Vous voyez, je vous avais bien dit que papa pourrait tout arranger, remarqua Zack avec fierté. On a des brownies, ajouta-t-il, s'efforçant par tous les moyens de la retenir encore un peu. C'est papa qui les a faits. Vous pouvez en manger un si vous voulez.

— Il me semblait bien avoir senti une odeur de chocolat.

Elle souleva Zack et huma son visage.

— Mon flair ne me trompe jamais.

Instinctivement, Mac lui enleva Zack des bras.

— Allez lui chercher des brownies, les garçons. Moi, je m'occupe de l'essence.

— D'accord !

Ils partirent en courant.

— Je n'avais pas l'intention de le kidnapper, monsieur Taylor.

— Je n'ai jamais dit ça.

Il alla vers le seuil de la porte, puis lui jeta un coup d'œil par-dessus son épaule.

— L'essence se trouve dans la remise.

Vexée, elle le suivit dehors.

— Que se passe-t-il, monsieur Taylor ? Une institutrice vous aurait-elle traumatisé dans votre petite enfance ?

— Mac. Appelez-moi Mac tout court. Non, pourquoi ?

— Pour rien. Je me demandais juste si votre problème était d'ordre personnel ou professionnel.

— Je n'ai aucun problème.

Il s'arrêta devant la petite remise où il rangeait sa tondeuse à gazon ainsi que ses outils de jardin avant de lancer :

— C'est drôle, non ? Les enfants vous donnent notre adresse et voilà que vous tombez en panne d'essence juste devant chez nous…

Elle inspira profondément et l'observa tandis qu'il se baissait pour prendre un bidon d'essence. Puis il se redressa et fit demi-tour.

— Ecoutez, cette situation ne m'amuse pas plus que vous et, après un tel accueil, j'ai encore moins envie de rire. Il se trouve que c'est ma première voiture et que j'ai encore quelques petits réflexes à acquérir. Le mois dernier, je me suis retrouvée à court d'essence devant l'épicerie. Vous pouvez vérifier si ça vous chante.

Il haussa les épaules, se sentant idiot et ridiculement susceptible.

— Je vous prie de m'excuser.

— Oublions cela. Si vous voulez bien me confier votre bidon, je prendrai l'essence nécessaire pour arriver jusqu'en ville, et là je demanderai qu'on me le remplisse avant de vous le rapporter.

— Je m'en chargerai, marmonna-t-il.

— Je ne voudrais surtout pas vous importuner.

Elle saisit l'anse du bidon et ils se mirent chacun à tirer de leur côté. Au bout d'un moment, une fossette se creusa à la commissure des lèvres de Mac.

— Je suis plus fort que vous.

Elle recula et écarta les mèches qui lui tombaient devant les yeux.

— Très bien. Alors, prouvez-le.

Furieuse, elle contourna la maison à sa suite, puis s'efforça de surmonter sa mauvaise humeur en voyant les jumeaux accourir vers elle. Ils tenaient chacun des brownies enveloppés dans une serviette en papier.

— Papa fait les meilleurs brownies du monde, affirma Zack en lui présentant son offrande.

Nell en prit un et mordit dedans.

— Je crois que tu as raison, dut-elle admettre, la bouche pleine. Et je m'y connais en brownies.

— Vous savez les faire ? s'enquit Zeke.

— Je suis réputée dans le monde entier pour mes cookies aux pépites de chocolat.

Son sourire se figea à la vue du regard qu'échangèrent les deux frères avant de hocher la tête.

— Si vous passez me voir un de ces quatre, je vous en ferai pour le goûter.

— Où habitez-vous ?

Profitant d'un moment d'inattention de son père, Zeke enfourna un brownie tout entier dans sa bouche.

— Dans Market Street, sur la place. L'ancienne maison en briques avec les trois vérandas. Je loue le dernier étage.

— Cette maison est à papa, lui apprit Zack. Il l'a achetée, réparée, et maintenant il la loue. Nous sommes dans l'immobilier.

— Ah, je vois, c'est donc ça…

Elle expira profondément. Elle envoyait ses chèques pour le loyer à Taylor Management, Mountain View Road.

— Donc, vous habitez chez nous, conclut Zack.

— D'une certaine façon, oui.

— L'appartement vous plaît ? lui demanda Mac.

— Oui, il est très agréable. Je m'y sens très bien. Et puis il est près du lycée, c'est pratique.

— Papa passe son temps à acheter des maisons pour les retaper.

Zeke se demanda s'il pouvait prendre un autre brownie sans se faire gronder.

— Il aime réparer les trucs.

Il suffisait de voir le soin minutieux apporté à la rénovation du vieil immeuble où elle résidait pour comprendre que leur père excellait dans les travaux de remise à neuf.

— Ainsi donc, vous êtes menuisier ? s'enquit-elle, s'adressant à Mac à contrecœur.

— Entre autres.

Ils avaient rejoint sa voiture. Mac n'eut qu'un geste à faire pour ordonner aux jumeaux et au chien de ne pas s'approcher de la route. Il dévissa le bouchon du réservoir et lança sans même lever les yeux :

— Zeke, si tu en manges encore un, tu es bon pour un lavage d'estomac.

Penaud, Zeke remit le brownie dans la serviette en papier.

— Vous avez des antennes, commenta Nell en s'appuyant contre la voiture pendant que Mac versait l'essence dans le réservoir.

— Ça fait partie du jeu.

Il la dévisagea. Le vent faisait voler ses cheveux, qui brillaient d'un éclat doré dans les rayons du soleil. La marche et la brise avaient rosi son visage. En la regardant, il sentit son pouls s'accélérer et en fut contrarié.

— Et pourquoi Taylor's Grove ? C'est si différent de New York.

— Justement. Je voulais du changement.

Elle inspira profondément en embrassant du regard le paysage environnant : des rochers, des arbres, des collines.

— Je dois avouer que j'ai été gâtée.

— La vie ici doit vous paraître bien calme comparée à celle que vous meniez.

— Le calme me convient parfaitement.

Il se contenta de hausser les épaules. Il ne lui donnait pas plus de six mois pour repartir, vaincue par l'ennui.

— Kim se passionne pour votre cours. Elle ne parle que de ça et de son permis de conduire.

— Je prends cela comme un compliment, alors. Il y a une bonne ambiance dans ce lycée. Les élèves ne s'impliquent pas tous autant que Kim mais c'est le défi qui me plaît. C'est pourquoi je vais la recommander pour faire partie du chœur national.

Mac vida le bidon.

— Elle chante si bien que ça ?

— Ça a l'air de vous surprendre…

De nouveau, il haussa les épaules.

— J'ai toujours pensé qu'elle avait une jolie voix, mais son ancien professeur de musique ne l'a jamais remarquée parmi les autres élèves.

— A ce qu'on dit, il ne s'est jamais intéressé à aucun de ses élèves, ni en cours, ni pendant les activités extra-colaires.

— Ça, c'est vrai. Stryker était un vieux…

Il se reprit et jeta un coup d'œil à ses fils qui se tenaient tout près de lui, attentifs à ne pas en perdre une miette.

— Il était vieux, reprit Mac. Et prisonnier de ses habitudes. Il proposait invariablement le même programme pour Noël et pour Pâques.

— Oui, j'ai parcouru ses notes. Je crois que vous allez tous avoir une belle surprise, cette année. On m'a dit qu'aucun élève de Taylor's Grove ne s'était jamais présenté à une audition pour faire partie du chœur national.

— Pas que je me souvienne, du moins.

— Eh bien ! Cela va changer.

Constatant avec satisfaction qu'ils étaient parvenus à nouer une conversation normale, elle rejeta sa chevelure en arrière.

— Et vous, vous chantez ?

— Seulement sous la douche.

De nouveau, sa fossette se creusa brièvement et ses fils se mirent à pouffer de rire.

— Attention, les gars, pas de commentaires !

— Il chante vraiment très, très fort, observa Zeke, ignorant la menace de son père. Et Zark se met à hurler.

— Je suis sûre que le spectacle en vaut la peine.

Nell gratta le chien, ravi, entre les oreilles. Il fit cogner sa queue contre le sol, puis, obéissant soudain à un appel de son horloge interne, fit demi-tour et remonta la colline.

— Tenez, miss Davis, vous pouvez les emporter.

Les deux garçons lui fourrèrent dans les mains les brownies enveloppés dans les serviettes en papier et filèrent à la suite du chien.

— A mon avis, ils ne doivent pas tenir en place bien longtemps, murmura-t-elle en les regardant poursuivre le chien jusqu'en haut de la colline.

— Ils se sont surpassés, aujourd'hui. Ils vous aiment beaucoup.

— Oui, les gens m'aiment bien, d'habitude.

Elle sourit en lui jetant un regard par-dessus l'épaule.

— Enfin, la plupart.

Elle remarqua qu'il la fixait une fois de plus d'un air vaguement contrarié.

— Vous n'avez qu'à poser le bidon sur la banquette arrière, je vous le rapporterai une fois que je l'aurai rempli.

— C'est sans importance.

Mac remit en place le bouchon du réservoir et garda le bidon à la main.

— Les habitants de Taylor's Grove sont sympathiques, vous savez. Enfin, la plupart.

— Prévenez-moi quand vous me jugerez digne d'en faire partie.

Elle se pencha dans la voiture pour déposer les brownies sur le siège passager. Mac put profiter ainsi d'une vue imprenable sur sa croupe tendue de jean. C'était à la fois excitant et embarrassant. Il sentit également son parfum, une senteur légère et épicée qui l'enivrait plus sûrement que les vapeurs d'essence.

— Ce n'est pas ce que j'ai voulu dire.

La tête de Nell émergea de la voiture. Elle lécha une trace de brownie sur son doigt et se redressa.

— Peut-être. En ce cas, merci pour votre aide.

Elle lui adressa un sourire lumineux en ouvrant la portière de la voiture.

— Et pour les brownies, aussi.

— Revenez quand vous voulez, s'entendit-il dire à sa grande consternation.

Elle s'installa au volant et lui jeta un petit sourire malicieux.

— Je n'y manquerai pas !

Puis, elle éclata de rire et démarra le moteur dans un rugissement qui fit grimacer Mac.

— Vous devriez passer de temps en temps pendant les répétitions, Mac, au lieu de rester à attendre sur le parking. Vous pourriez découvrir des tas de choses.

Il n'était pas sûr d'en avoir envie.

— Attachez votre ceinture, ordonna-t-il.

Elle s'exécuta docilement.

— Je n'en ai pas encore l'habitude. Dites au revoir de ma part aux jumeaux.

Elle démarra en trombe, à la limite de l'imprudence, en agitant par la fenêtre une main scintillante de bagues avec insouciance.

Mac la regarda partir jusqu'à ce que la voiture ait disparu derrière le tournant, puis se massa le plexus solaire, à l'endroit où ses muscles formaient une boule de tension. Cette fille avait quelque chose de spécial, songea-t-il. Quelque chose capable de faire fondre l'épaisse couche de givre qui enserrait son cœur depuis des années. C'était comme la promesse du dégel à la sortie d'un long hiver.

# 3

Encore une demi-heure, et il aurait fini de poser l'adhésif sur la cloison sèche de la chambre principale. Il pourrait peut-être même passer la première couche de composé à joint. Mac jeta un coup d'œil à sa montre et calcula que les enfants devaient être rentrés de l'école. Mais c'était le jour de Mme Hollis d'aller les chercher et elle les garderait jusqu'à 5 heures. Cela lui laissait largement le temps de terminer la cloison et de tout nettoyer avant de rentrer chez lui.

Peut-être même qu'il se paierait le luxe d'acheter une pizza, histoire de faire plaisir aux enfants et de s'éviter la corvée du repas.

Il avait l'habitude de faire la cuisine, mais il trouvait que cela prenait beaucoup de temps entre l'élaboration du menu, la préparation proprement dite et le nettoyage de la cuisine après le repas. Six ans passés à élever seul ses enfants lui avaient ouvert les yeux sur la charge de travail qu'avait dû assumer sa mère — véritable fée du logis à l'ancienne — en tant que femme au foyer.

Il s'arrêta quelques instants pour souffler et promena son regard tout autour de la chambre. Il avait abattu des cloisons, en avait monté d'autres et remplacé les anciens carreaux des fenêtres par du double vitrage. Deux lanterneaux laissaient passer les rayons déclinants d'un soleil de début octobre.

Désormais, l'ancienne bâtisse comportait trois grandes chambres à coucher au second étage à la place des quatre pièces glaciales et du couloir démesuré qu'il s'était empressé de transformer. La chambre principale posséderait même une salle de bains suffisamment spacieuse pour y loger une baignoire et une cabine de douche. Il caressait l'idée d'utiliser des pavés de verre pour réaliser ce projet. Cela faisait un petit moment qu'il avait envie de travailler avec ce genre de matériau.

S'il arrivait à respecter le calendrier qu'il s'était fixé pour les travaux, tout serait rénové d'ici Noël et il pourrait mettre la maison en vente ou en location pour le premier de l'an.

« Il faut vraiment que je me décide à la vendre », songea Mac en passant la main sur la cloison sèche qu'il avait fixée dans l'après-midi. Il lui fallait surmonter l'instinct de propriétaire qui l'envahissait lorsqu'il entreprenait de retaper une maison.

Il devait avoir ça dans le sang. Son père s'était fait une belle situation en rachetant des immeubles délabrés ou vétustes en vue de les réhabiliter pour les louer. Mac avait découvert la satisfaction de posséder un bien que l'on a soi-même embelli de ses propres mains.

A l'exemple de la vieille maison en briques que Nell habitait désormais. Savait-elle seulement qu'elle avait été construite plus de cent cinquante ans auparavant et qu'elle vivait dans un immeuble qui faisait pour ainsi dire partie du patrimoine historique ?

Il se demanda si elle était de nouveau tombée en panne d'essence…

Décidément, Nell Davis l'intriguait.

A tort, se morigéna-t-il intérieurement en se tournant pour attraper ses outils et le rouleau d'adhésif. Les femmes n'étaient bonnes qu'à attirer des problèmes. D'une façon ou d'une autre, elles compliquaient tout. Et Nell ne faisait pas exception à la règle, cela sautait aux yeux…

Il n'avait pas donné suite à sa proposition de venir les écouter à l'auditorium pendant les répétitions. Il avait d'abord commencé par venir une ou deux fois, mais son bon sens l'avait dissuadé de continuer. Nell était la première femme à éveiller en lui des sentiments qu'il croyait endormis depuis bien longtemps.

« Je refuse de me laisser troubler par cette femme, songea-t-il en fronçant les sourcils tout en appliquant de l'adhésif sur une jointure. Je ne peux pas me le permettre. J'ai trop de responsabilités, pas assez de temps, et surtout deux fils qui constituent ma priorité absolue dans la vie. »

A quoi bon se perdre en rêveries à propos d'une femme ? On négligeait son travail, on oubliait tout et… on s'énervait pour un rien. Mais passer à l'action était pire. Parce qu'après avoir fait le premier pas, il fallait encore trouver des sujets de conversation et organiser des distractions pour l'objet de vos pensées. Les femmes voulaient toujours qu'on les emmène quelque part, qu'on les dorlote… Et quand vous en tombiez amoureux — amoureux pour de bon —, elles étaient capables de vous déchirer le cœur.

Mac n'avait pas l'intention de prendre ce risque : pas question de souffrir de nouveau, et encore moins de faire souffrir ses fils.

Il ne croyait pas à cette théorie absurde selon laquelle les enfants auraient besoin d'une présence féminine et de l'amour d'une mère. Celle des jumeaux avait fait preuve de moins d'affection pour eux qu'une chatte envers ses chatons. L'amour maternel n'était pas inné. Etre une femme signifiait simplement posséder les caractéristiques physiologiques permettant de porter un bébé. Mais élever son enfant dans l'amour, c'était une autre affaire, qui n'avait rien à voir avec la féminité.

Mac s'arrêta de poser l'adhésif et poussa un juron. Cela faisait des années qu'il n'avait pas pensé à Angie. Enfin, pas sérieusement. La blessure qu'elle lui avait infligée était encore prompte à se réveiller, comme une plaie mal refermée. Voilà ce qui arrivait lorsqu'on se laissait tourner la tête par une jolie blonde.

Mécontent, il arracha le dernier morceau d'adhésif du rouleau. Il lui fallait se concentrer sur son travail et ne pas se laisser distraire par une femme. Bien déterminé à finir ce qu'il avait commencé, il descendit résolument l'escalier. Il avait d'autres rouleaux d'adhésif dans sa camionnette.

Dehors, la lumière diminuait à l'approche du crépuscule. Les jours raccourcissaient, songea-t-il. Raison de plus pour ne pas perdre de temps.

Arrivé en bas, il était sur le point de s'engager dans l'allée lorsqu'il l'aperçut. Elle se tenait à l'entrée du jardin et contemplait la maison, un léger sourire aux lèvres. Elle était vêtue d'une veste en daim roux et d'un jean délavé. A ses oreilles dansaient des pierres scintillantes. Elle portait une sacoche souple et passablement usée en bandoulière. Nell l'aperçut soudain :

— Tiens, bonjour !

La surprise éclaira son regard, ce qui eut pour effet d'éveiller instantanément la méfiance de Mac.

— Est-ce une des maisons que vous rénovez ?

— Oui.

Il passa devant elle pour rejoindre sa camionnette et s'en voulut de ne pas avoir retenu sa respiration : il émanait d'elle un parfum tout à la fois subtil et envoûtant.

— J'étais en train d'admirer cette maison. La maçonnerie en pierre est remarquable. Elle a l'air si solide et si rassurante, nichée au milieu de tous ces arbres.

Elle prit une profonde inspiration. L'air était rendu plus vif par la brise d'automne.

— La nuit va être belle.

— C'est possible, oui.

Après avoir trouvé son ruban adhésif, il resta planté là à faire tourner le rouleau entre ses mains.

— Etes-vous de nouveau tombée en panne d'essence ?

— Non.

Elle rit, visiblement amusée par le souvenir de sa mésaventure.

— J'aime bien me promener à pied à cette heure-ci

de la journée. En fait, je me rendais chez votre sœur. Elle habite à quelques maisons d'ici, n'est-ce pas ?

Il plissa les yeux. Que diable allait-elle fabriquer chez sa sœur ?

— En effet, oui. Pourquoi ?

— Pourquoi ?

Troublée, Nell était comme hypnotisée par les mains de Mac. Des mains rudes, calleuses… Larges. Elle sentit un léger frémissement très agréable au plus profond d'elle-même.

— Pourquoi quoi ?

— Pourquoi allez-vous chez Mira ?

— Oh… J'apporte des partitions à Kim. Je me suis dit que ça lui ferait plaisir.

— Vraiment ?

Il s'appuya contre sa camionnette, la jaugeant du regard. Décidément, son sourire était bien trop chaleureux. Bien trop attirant.

— Cela fait donc partie de votre travail d'apporter des partitions à domicile à vos élèves ?

— Cela fait surtout partie du plaisir.

La brise légère ébouriffa ses cheveux. Elle les ramena en arrière.

— Si votre travail ne vous procure pas de plaisir, alors à quoi bon continuer à se tuer à la tâche ?

Elle se tourna pour admirer la maison.

— Vous aussi, vous y prenez du plaisir, non ? Vous partez d'une vieille maison que vous vous appropriez en la retapant…

Il était sur le point de rétorquer par un sarcasme quelconque, quand il réalisa qu'elle avait vu juste.

— Ouais… On ne peut pas dire que ce soit très amusant de défoncer un plafond quand l'isolation vous dégringole dans les yeux.

Il eut un petit sourire.

— Et pourtant, vous avez raison.

— Alors, allez-vous vous décider à me faire visiter ?

Elle inclina légèrement la tête sur le côté.

— Ou bien êtes-vous comme ces artistes qui refusent de montrer leur œuvre avant d'y avoir appliqué l'ultime coup de pinceau ?

— Il n'y a pas grand-chose à voir, dit-il en haussant les épaules. Mais pas de problème, vous pouvez entrer si ça vous intéresse.

— Merci.

Elle s'engagea dans l'allée et lui lança un coup d'œil par-dessus l'épaule ; il ne semblait pas vouloir bouger.

— Vous ne me faites pas visiter ?

Il haussa de nouveau les épaules et la rejoignit.

— C'est vous qui avez réalisé l'habillage de mon appartement ?

— Oui, c'est moi.

— C'est un travail magnifique. On dirait du cerisier.

Il fronça les sourcils, surpris.

— En effet, c'est du cerisier.

— J'aime beaucoup ces contours arrondis. Ils adoucissent toutes les lignes. Faites-vous appel à un décorateur pour les coloris ou bien les choisissez-vous vous-même ?

— C'est moi qui les choisis, affirma-t-il en lui ouvrant la porte. Pourquoi, il y a un problème ?

— Non, aucun. J'aime vraiment beaucoup l'association de couleurs de la cuisine : les plans de travail bleu ardoise, le plancher mauve... Oh, quel splendide escalier !

Elle traversa rapidement la pièce à vivre encore en chantier pour aller l'examiner de plus près.

La construction de cet escalier avait été un travail de longue haleine pour lequel il n'avait pas ménagé ses efforts. Il lui avait d'abord fallu arracher l'ancien escalier pour le remplacer par celui-ci, en châtaignier foncé, puis incurver et élargir le palier du bas afin que les marches s'évasent largement dans la pièce à vivre.

Cet escalier faisait sa fierté.

— Est-ce vous qui l'avez fabriqué ? murmura-t-elle en caressant la courbe de la rampe.

— Les anciennes marches s'étaient effondrées, elles étaient fragilisées par la pourriture sèche. J'ai dû tout remplacer.

— Il faut que je l'essaie.

Elle monta les marches quatre à quatre. Arrivée en haut de l'escalier, elle se retourna vers lui avec un sourire radieux :

— Il ne craque même pas. C'est du beau travail, même si cela manque un peu de romantisme.

— De romantisme ?

— Souvenez-vous de la maison de votre enfance, quand vous descendiez l'escalier en douce… Je suis sûre que vous connaissiez par cœur les marches à éviter, celles qui en craquant auraient réveillé votre mère.

Brusquement, il éprouva une sensation d'oppression.

— Celles-ci sont en chêne, lança-t-il, à court d'inspiration.

— Quoi qu'il en soit, c'est un magnifique escalier. Cette maison est vraiment faite pour accueillir des enfants.

Sa bouche était intolérablement sèche.

— Pourquoi ?

— Parce que !

Prise d'une subite impulsion, elle s'installa à califourchon sur la rampe, prit son élan et se laissa glisser jusqu'en bas. Par réflexe, Mac ouvrit les bras pour la rattraper à l'arrivée.

— On dirait que cette rampe a été conçue exprès pour faire des glissades, constata-t-elle, le souffle court.

En riant, elle inclina la tête en arrière pour rencontrer son regard.

Leurs yeux se croisèrent et elle ressentit comme un déclic en elle. De nouveau, elle eut ce même frémissement, moins agréable cette fois. Troublée, elle s'éclaircit la voix et chercha quelque chose à dire.

— Je vous retrouve sans arrêt sur ma route, marmonna Mac.

Il aurait fallu qu'il la libère de son étreinte mais ses mains semblaient refuser d'obéir à son esprit.

— Taylor's Grove est une petite ville…

Il se contenta de secouer la tête. Ses mains lui enserraient désormais la taille et semblaient déterminées à glisser pour aller lui caresser le dos. Il crut la sentir trembler sous ses doigts — mais c'était peut-être lui.

— Je n'ai pas de temps à consacrer à une femme, la prévint-il en tentant de s'en convaincre lui-même.

— Eh bien…

La voix de Nell s'étrangla d'émotion.

— Je suis moi-même assez occupée.

Elle poussa un long soupir. Elle se sentait faiblir sous la caresse de ses mains qui parcouraient maintenant son dos.

— Et d'ailleurs, cela ne m'intéresse pas. Je sors d'une année extrêmement pénible sur le plan sentimental. Je pense que…

Mais il devenait très difficile de penser. Les yeux de Mac étaient d'un bleu si profond, son regard la transperçait de façon si intense… Elle ignorait ce qu'il lisait dans ses yeux, ou ce qu'il espérait y découvrir, mais elle se sentit défaillir, submergée par le trouble qu'il provoquait en elle.

— Je pense, reprit-elle, que tout serait plus simple si vous vous décidiez une bonne fois pour toutes : allez-vous m'embrasser oui ou non ? Je n'y tiens plus.

Pour lui aussi, l'attente devenait intolérable. Toutefois, cela ne l'empêcha pas de prendre son temps. Comme en toutes choses, c'était un homme méthodique et réfléchi. Il pencha son visage au-dessus du sien et, sans cesser de la regarder, promena lentement sa bouche sur ses lèvres en les effleurant à peine.

Un petit gémissement monta de la gorge de Nell ; elle fut prise d'un vertige lorsque la bouche de Mac effleura la sienne. Ses lèvres étaient douces, fermes et d'une redoutable patience. Elle vacilla sous l'ébauche de son baiser. Il s'attardait au-dessus de sa bouche, goûtant aux délices de ses lèvres avec gourmandise, approfondissant toujours plus son baiser. Eperdue de plaisir, elle s'agrippa passionnément à lui.

On ne l'avait encore jamais embrassée ainsi. Elle ignorait même qu'un tel baiser puisse exister. Langoureux, sensuel et profond. Quand il se mit à lui sucer doucement la lèvre inférieure, elle sentit le sol se dérober sous elle.

Elle frissonna et, gémissante, se laissa emporter par la passion.

Cette femme était décidément envoûtante. Tout en elle attisait ses sens : son parfum, sa peau, le goût de ses baisers… Il courait le risque de succomber à ses charmes le temps de quelques heures ou même pour le restant de sa vie, et il le savait. Son corps ferme et menu plaqué contre le sien, elle enfouissait ses mains dans ses cheveux. Mais cette attitude farouche ne l'empêchait pas de laisser sa tête partir mollement en arrière dans un soupir d'abandon qui faisait monter en lui un désir fou.

Il avait envie de la toucher. Ses doigts brûlaient d'impatience de lui ôter ses vêtements l'un après l'autre pour découvrir enfin la douceur de sa peau d'albâtre. Par défi — tant pour lui que pour elle —, il glissa ses doigts sous son pull et caressa son dos, jouissant du contact de sa peau brûlante et satinée tandis que sa bouche continuait d'assaillir ses lèvres de baisers alanguis.

Il se prit à fantasmer : il la faisait s'allonger nue sur une couverture, dans l'herbe. Il s'imagina en train d'observer le plaisir transfigurer son visage, il croyait la sentir s'arquer contre son corps, ouverte, parfaitement abandonnée.

Cela faisait trop longtemps, pensa-t-il en sentant ses muscles se contracter et son souffle s'accélérer. Oui, bien trop longtemps.

Mais il n'y croyait plus. Il avait peur.

Encore sous le coup de l'émotion, il releva la tête et s'écarta d'elle. Bien qu'il ait commencé à reculer, elle restait abandonnée contre lui, la tête appuyée contre son torse. Incapable de résister, il passa sa main dans ses cheveux en la caressant doucement.

— J'ai la tête qui tourne, murmura-t-elle. Mais que m'avez-vous fait ?

— Je vous ai embrassée, c'est tout.

Il avait besoin de se convaincre qu'il n'y avait rien d'autre. Cela l'aiderait à combattre le désir qui embrasait son cœur et son bas-ventre.

— Je crois que j'ai vu des étoiles.

Encore chancelante, elle se dégagea de façon à le regarder droit dans les yeux. Ses lèvres ébauchèrent un sourire mais ses yeux ne reflétaient aucune ironie.

— C'est la première fois que cela m'arrive.

S'il ne se reprenait pas très rapidement, il allait céder à la tentation de l'embrasser de nouveau. Il s'éloigna d'elle et la força à se tenir seule.

— Cela ne change rien.

— Oh, mais continuez à ne rien changer, surtout…

A présent, le jour était tombé. Il la distinguait à peine dans l'obscurité et cela lui facilitait la tâche.

— Je n'ai pas de temps à consacrer à une femme. Et je n'ai pas envie de commencer une relation quelconque.

— Je vois…

D'où venait la douleur qui la transperçait ? Elle dut lutter pour ne pas porter la main à son cœur. Elle souffrait.

— C'était un baiser bien passionné pour un homme aussi indifférent.

Se baissant, elle ramassa la sacoche qu'elle avait jetée au bas de l'escalier avant de s'élancer vers les marches.

— Eh bien, je ne vais pas vous encombrer plus longtemps. Je ne voudrais pas vous faire perdre un temps aussi précieux.

— Ce n'est pas la peine de monter sur vos grands chevaux.

— Qui, moi ?

Furieuse, elle pointa l'index sur la poitrine de Mac.

— Je suis bien au-dessus de tout ça, mon pauvre ami, et je n'ai nulle envie de me mettre en colère pour si peu. Vous êtes d'une prétention incroyable, Mac. Quoi, vous croyez peut-être que je suis venue vous voir dans l'intention de vous séduire ?

— J'ignore ce qui vous a poussée à venir ici.

— Eh bien ! Croyez-moi, on ne m'y prendra plus, dit-elle en mettant sa sacoche en bandoulière d'un air hautain. Personne ne vous a forcé.

Mac était tiraillé entre le désir et la culpabilité, une sensation fort désagréable.

— Vous non plus.

— Je n'ai pas l'intention de m'excuser. Vous savez, je n'arrive pas à comprendre comment un type aussi stupide et insensible que vous puisse élever deux enfants aussi adorables.

— Laissez mes fils en dehors de tout ça.

Son ton impérieux lui fit plisser les yeux de colère.

— Oh, vous croyez peut-être que j'ai des vues sur eux également ? Quel idiot vous faites !

Elle se hâta vers la porte mais, au moment de passer le seuil, elle se retourna vivement pour lui lancer une dernière pique :

— J'espère pour eux qu'ils n'auront pas hérité de votre misogynie !

Elle sortit en claquant la porte avec tellement de rage que l'écho se répercuta dans la maison déserte. Le regard sombre, Mac serra les poings dans ses poches. Il n'était pas misogyne, bon sang ! Quant à l'éducation de ses fils, elle ne regardait que lui.

# 4

Debout au milieu de la scène, Nell leva les mains. Elle attendit d'avoir toute l'attention des élèves, puis donna le signal du départ.

Le plaisir qu'elle éprouvait à entendre s'élever un chœur de voix jeunes était sans égal. Tout en dirigeant, elle se laissa envahir par leur chant, sans pour autant relâcher sa vigilance. Elle ne put retenir un sourire de bonheur. Les enfants se donnaient à fond sur cet air-là. Interpréter *Santa Claus is coming to town* dans la version de Bruce Springsteen accompagné par le E. Street Band les changeait radicalement des traditionnels chants de Noël et autres cantiques que leur ancien chef de chœur leur infligeait chaque année.

Les yeux des adolescents s'illuminaient au fur et à mesure qu'ils s'abandonnaient au rythme de la musique. « Allez, et maintenant, de l'énergie, songea-t-elle en faisant signe aux basses d'entrer. Donnez-vous à fond. Maintenant, le pupitre des sopranos, léger et cristallin… Puis les altos… Les ténors… Les basses… »

Elle leur adressa un sourire lumineux pour leur indiquer sa satisfaction tandis que la voix du chœur enflait de nouveau sous sa direction.

— Beau travail, les félicita-t-elle. La prochaine fois, les ténors, essayez de soutenir davantage. Vous ne voulez tout de même pas que vos voix soient noyées sous celles des basses ! Holly, tiens-toi droite et lève la tête quand tu chantes. Bon, nous avons le temps de filer une nouvelle fois *I'll be home for Christmas*. Kim ?

Kim tenta de faire abstraction des battements effrénés de son cœur et du coup de coude que lui donna Holly. Elle avança du second rang et alla se placer devant le micro du soliste comme un condamné face au peloton d'exécution.

— Tu as le droit de sourire, tu sais, lui fit gentiment remarquer Nell. Et surtout, sois attentive à ta respiration. Chante pour le dernier rang de la salle, et n'oublie pas de penser au sens des paroles. Tracy ?

Elle fit signe du doigt à l'élève d'une autre classe qu'elle avait réquisitionnée pour leur servir d'accompagnatrice.

L'introduction commença dans un tempo tranquille. Par ses gestes, ses expressions et son regard, Nell indiqua aux élèves le début de la mélodie douce et harmonieuse que le chœur devait fredonner bouche fermée en accompagnement de la soliste. Puis, Kim commença à chanter. Timidement, au début. Nell savait qu'il leur faudrait travailler ensemble pour atténuer son trac sur les attaques.

Malgré tout, Kim avait du talent et une voix vibrante d'émotion. Elle restait bien en mesure, constata Nell avec satisfaction. En quelques semaines, Kim avait nettement amélioré son style. La mélodie romantique convenait parfaitement à sa tessiture ainsi qu'à son allure.

Nell fit entrer le chœur tout en retenue. Il accompagnait désormais la voix de Kim aux accents passionnés. Nell, sentant le picotement des larmes à ses paupières, songea que s'ils chantaient ainsi le soir du concert, la salle entière allait sortir son mouchoir.

— Magnifique, commenta-t-elle lorsque s'évanouirent les dernières notes. Vraiment très bien. Vous avez fait de sacrés progrès en très peu de temps. Je suis extrêmement fière de vous. Allez, filez maintenant, et passez un bon week-end.

Elle s'approcha du piano pour rassembler ses partitions ; dans son dos les bavardages allaient bon train.

— Tu as vraiment été formidable, dit Holly à Kim.

— C’est vrai ?

— Juré. C’est aussi l’avis de Brad.

Holly jeta un coup d’œil furtif en direction du bourreau des cœurs du lycée, qui était en train d’enfiler sa veste d’uniforme aux couleurs de l’école.

— Il ne sait même pas que j’existe.

— Eh bien, maintenant il ne peut plus l’ignorer ! Il ne t’a pas quittée des yeux un seul instant. Je le sais, parce que je l’observais, affirma Holly en poussant un soupir. Si seulement je pouvais ressembler à miss Davis, c’est moi qui serais la cible de tous ses regards.

Kim éclata de rire mais, sous ses longs cils, coula un bref regard en direction de Brad.

— Miss Davis est vraiment géniale. Tu as vu sa façon de nous parler et tout ça ? M. Stryker était toujours en train de râler.

— M. Stryker était un vieux ronchon. A tout à l’heure, d’accord ?

— Oui.

La gorge de Kim se noua brusquement car, en effet, il semblait bien que Brad se dirigeait vers elle. Et c’était elle, l’objet de son attention !

— Salut !

Il lui adressa un sourire éblouissant, révélant des dents parfaites à l’exception d’une incisive un peu de travers qui la fit complètement craquer.

— Tu t’en es superbien sortie.

— Merci.

Elle avait du mal à trouver ses mots. « Brad est là, devant moi, n’arrêtait-elle pas de penser. Un élève de terminale. Le capitaine de l’équipe de football. Le porte-parole des délégués de classe. Avec ses cheveux blonds et ses yeux verts. »

— Miss Davis est vraiment géniale, tu ne trouves pas ?

— Si.

« Trouve une repartie intelligente », s’ordonna-t-elle intérieurement.

— Elle vient à la réception chez mes parents. Ma mère a invité des gens, ce soir.

— Je suppose qu'il n'y aura que des adultes ?

— Non, Holly sera là ainsi que quelques autres.

Le cœur battant la chamade, elle rassembla tout son courage pour lancer :

— Tu peux passer, si tu veux.

— Ça serait sympa. A quelle heure ?

Médusée, elle tenta de rassembler ses pensées.

— Oh, vers 20 heures, suggéra-t-elle en s'efforçant de prendre l'air décontracté. J'habite à…

— Je sais où tu vis, dit-il en lui décochant de nouveau son fameux sourire, ce qui ne fit qu'affoler son cœur davantage. Au fait, tu ne sors plus avec Chuck, n'est-ce pas ?

— Chuck ?

Qui était Chuck ?

— Oh, non ! On est sortis ensemble pendant quelque temps mais on a cassé cet été.

— Super. A tout à l'heure.

Il alla en coulisse rejoindre un groupe de garçons.

— Il est très séduisant, remarqua Nell dans le dos de Kim.

— Oui, soupira-t-elle, avec des étoiles au fond des yeux.

— Kimmy est amoureuse ! se mit à scander Zeke de son insupportable voix haut perchée qu'il réservait habituellement à des enfants plus petits que lui — et à ses cousines.

— Ferme-la, espèce d'idiot.

Il pouffa et se mit à danser tout autour de la scène en chantonnant son refrain. Nell, apercevant le regard meurtrier de Kim, tenta de faire diversion.

— Eh bien, je vois qu'aujourd'hui vous n'avez pas envie de chanter *Jingle Bells*, les garçons.

— Si !

Zack cessa de virevolter autour de la scène avec son frère et fonça vers le piano.

— Je sais laquelle c'est, dit-il en fouillant dans les

partitions que Nell avait soigneusement classées. Je vais la trouver tout seul.

— Non, c'est moi qui vais la trouver, répliqua Zeke, mais déjà son frère brandissait la partition d'un air triomphal.

— C'est un bon début.

Nell s'installa sur la banquette, encadrée par les deux garçonnets. Elle entama le morceau en plaquant un accord dramatique qui les fit glousser tous deux.

— S'il vous plaît, la musique est une chose sérieuse ! Et un, et deux et…

Désormais, les jumeaux arrivaient à chanter l'air correctement au lieu de s'égosiller comme la première fois qu'elle les avait invités à essayer. Par ailleurs, ils compensaient leur absence de style par un enthousiasme débordant.

Ils parvinrent même à arracher un grand sourire à Kim avant la fin de leur chanson.

— A vous, maintenant, miss Davis, supplia Zack de ses yeux implorants. S'il vous plaît.

— Votre père doit vous attendre.

— Juste une chanson.

— Oui, juste une, fit Zeke en écho.

En quelques semaines, elle était devenue incapable de leur résister.

— Rien qu'une alors, dit-elle en tendant la main vers la pile de partitions que les jumeaux avaient mise sens dessus dessous. J'en ai déniché une au centre commercial qui devrait vous plaire. Je parie que vous avez vu *La Petite Sirène.*

— Des tas de fois, se vanta Zeke. On a la cassette et tout.

— Alors, tu vas pouvoir reconnaître cet air.

Et elle se mit à jouer l'introduction de *Part of your world.*

Mac rentra la tête dans les épaules pour se protéger du vent en pénétrant dans l'école. Il en avait plus que ras le bol d'attendre indéfiniment sur le parking. Il y avait déjà plus de dix minutes que les autres élèves étaient sortis.

Il avait autre chose à faire, bon sang ! D'autant plus qu'il s'était laissé embringuer dans cette soirée chez Mira.

Il détestait aller à des réceptions.

Il entra d'un pas lourd dans le couloir. Puis il entendit sa voix. Il ne pouvait pas saisir les paroles. C'était impossible car les mots lui parvenaient étouffés par les portes de l'auditorium. Mais son chant arriva jusqu'à lui, chaud et profond. Une voix envoûtante, pensa-t-il de nouveau. Sensuelle, attirante. Sexy.

Il ouvrit la porte. Il le fallait. Et les chaudes vibrations de sa voix le submergèrent.

C'était une chanson pour enfants. Il la reconnaissait à présent, elle était extraite de la bande originale de ce dessin animé avec une sirène que les garçons adoraient. Il fallait être fou pour se laisser ainsi subjuguer par une femme chantant une simple mélodie enfantine.

Mais à vrai dire, il avait l'impression d'avoir perdu la tête depuis qu'il avait commis l'énorme erreur de l'embrasser.

Si elle avait été seule, il serait allé tout droit au piano et l'aurait embrassée de nouveau.

Mais elle n'était pas seule. Kim se tenait derrière elle et ses fils l'encadraient de chaque côté. De temps en temps, elle leur jetait un regard en chantant et souriait. Zack était appuyé contre elle, la tête inclinée comme lorsqu'il se préparait à monter sur les genoux de quelqu'un.

Son cœur se serra étrangement à la vue de ce spectacle. C'était un sentiment où se mêlaient douleur et angoisse. Mais aussi une immense douceur.

Bouleversé, Mac fourra les mains dans ses poches et serra les poings. Il fallait mettre un terme à tout cela. Quels que soient ses sentiments, il fallait mettre un terme à tout cela.

La musique prit fin et il inspira profondément. L'instant de silence qui suivit lui parut comme auréolé de magie — ridicule, vraiment !

— On va être en retard, lança-t-il, bien résolu à briser le charme de l'ambiance.

Quatre têtes se tournèrent en même temps dans sa direction. Les jumeaux se mirent à se trémousser sur la banquette.

— Papa ! Hé, papa ! On sait drôlement bien chanter *Jingle Bells* ! Tu veux écouter ?

— Je ne peux pas.

Il tenta de sourire pour atténuer leur déception, mais Zack avança sa lèvre inférieure, l'air boudeur.

— Je vais vraiment être en retard, les enfants.

— Désolé, oncle Mac, dit Kim en se baissant pour ramasser son manteau. On n'a pas vu le temps passer.

Tandis que Mac se dandinait d'un air gêné, Nell se pencha pour chuchoter quelque chose aux jumeaux. Instantanément, Zack retrouva le sourire et Zeke quitta son air frondeur. Puis ils se jetèrent au cou de Nell pour l'embrasser avant de foncer chercher leurs manteaux en coulisse.

— Au revoir, miss Davis ! A bientôt !

— Merci, miss Davis, ajouta Kim. A tout à l'heure.

Nell se leva et alla ranger sa pile de partitions en fredonnant.

Elle le battait froid ; du fond de l'auditorium Mac sentait peser sur lui le poids de son hostilité.

— Oh ! Et merci pour tout ce que vous faites pour eux, lança-t-il.

Nell leva la tête. Il distinguait parfaitement ses traits sous les lumières de la scène. Assez pour saisir son sourcil hautain et sa bouche sévère avant qu'elle ne baisse de nouveau la tête.

Très bien, pensa-t-il en interceptant les deux garçons dans leur course. De toute façon, lui non plus n'avait pas envie de lui parler.

# 5

Elle exagérait ! Ce n'était pas la peine de l'ignorer à ce point, tout de même. Tout en sirotant le verre de cidre que son beau-frère lui avait proposé d'office, Mac, bouillant de rage contenue, s'absorba dans la contemplation du dos de Nell.

En une heure, elle n'avait pas une seule fois tourné la tête dans sa direction.

Ceci dit, elle était tout aussi séduisante de dos, songea-t-il en écoutant d'une oreille distraite le bavardage incessant du maire.

Il admira son port de tête élégant, sa cambrure fluide et la courbe harmonieuse de ses épaules. Même de dos, elle était terriblement attirante dans la légère veste prune qu'elle portait sur une robe courte de couleur assortie.

Elle avait des jambes de déesse. Il ne se rappelait pas les avoir déjà vues. Sinon, nul doute qu'il s'en serait souvenu… A chacune de leurs rencontres, elle devait porter un pantalon.

Elle avait probablement choisi de porter une robe ce soir à seule fin de le tourmenter…

Mac s'excusa auprès du maire, interrompant ainsi le flot de son discours et marcha résolument vers elle.

— Ecoutez, tout cela est ridicule.

Nell lui jeta un regard bref. Elle était en train de s'entretenir agréablement avec un groupe d'amis de Mira tout en s'appliquant à ignorer délibérément le frère de celle-ci — elle s'amusait beaucoup.

— Je vous demande pardon ?

— C'est vraiment ridicule, répéta-t-il.

— Collecter des fonds pour promouvoir l'enseignement des matières artistiques, vous trouvez cela ridicule ? demanda-t-elle, tout en sachant pertinemment que la remarque de Mac ne concernait en rien la question dont elle discutait.

— Quoi ? Mais non ! Oh, bon Dieu, vous savez très bien de quoi je veux parler.

— Désolée.

Elle fit mine de se retourner vers le groupe de personnes avec lesquelles elle bavardait et qui les regardaient désormais avec l'expression du plus vif intérêt, mais, la prenant par le bras, il l'entraîna à l'écart du petit cercle.

— Tenez-vous vraiment à ce que je fasse un scandale dans la maison de votre sœur ? lui siffla-t-elle à l'oreille.

— Non.

Sans la lâcher, il se fraya un chemin parmi les invités, contourna la table de la salle à manger et entra dans la cuisine, où sa sœur s'affairait à regarnir un plateau de canapés.

— Laisse-nous seuls une minute, veux-tu ? demanda-t-il à Mira d'un ton autoritaire.

— Mac, tu vois bien que je suis occupée.

D'une main distraite, Mira lissa ses cheveux bruns coupés court.

— Veux-tu bien aller trouver Dave pour lui dire que nous allons manquer de cidre ?, demanda-t-elle en adressant à Nell un sourire où se lisait l'épuisement. Et moi qui croyais être une femme organisée…

— Laisse-nous seuls une minute, insista Mac.

Mira poussa un soupir d'impatience avant de hausser les sourcils, intriguée.

— Très bien, murmura-t-elle d'un air amusé et manifestement ravi. Je vous laisse tranquilles. J'ai bien envie d'aller voir de plus près ce garçon dont Kim s'est entichée.

S'emparant du plateau de canapés, elle se glissa par la porte.

Un silence oppressant se fit alors.

— Bien… Quelque chose vous tracasse, Macauley ?

— Je ne comprends pas votre attitude qui…

— Oui ? Quoi ?

— Vous faites exprès de ne pas m'adresser la parole.

Elle sourit.

— C'est vrai.

— Eh bien, c'est ridicule.

Elle aperçut une bouteille de vin blanc et s'en versa un verre. Après y avoir trempé les lèvres, elle lui sourit de nouveau.

— Ce n'est pas mon avis. Pour une raison qui m'échappe, j'ai l'impression de vous agacer prodigieusement. Etant donné que j'apprécie beaucoup votre famille, il me semble logique et courtois de me tenir à l'écart de vous pour éviter de vous contrarier. Bon, est-ce que c'est tout ? Parce que je m'amuse beaucoup à cette soirée.

— Vous ne m'agacez pas. Enfin, pas vraiment. Je suis désolé… pour ce qui s'est passé.

— Désolé de m'avoir embrassée ou de vous être conduit comme un idiot par la suite ?

— Vous n'êtes vraiment pas commode, Nell.

— Oh, une minute…

Feignant la surprise, elle ouvrit de grands yeux et porta la main à son oreille.

— Je dois souffrir d'un léger trouble de l'audition. Pendant un instant, il m'a semblé vous avoir entendu m'appeler par mon prénom.

— Ça suffit ! lança-t-il, avant d'ajouter à dessein : Nell.

— Alors là, ça se fête ! déclara-t-elle en levant son verre. Macauley Taylor a non seulement daigné m'adresser la parole, mais en plus il a réussi à prononcer mon prénom. J'en suis toute retournée…

— Ecoutez…

Excédé, il fit le tour du comptoir. Il était sur le point de la saisir brutalement par le bras mais parvint à contenir sa colère.

— Je voulais simplement que les choses soient claires entre nous.

Fascinée, elle étudia ses traits qui avaient retrouvé leur impassibilité.

— Vous êtes très doué pour contrôler vos émotions, Mac. Tout à fait remarquable. Néanmoins, je me demande ce qui se passerait si vous vous laissiez parfois aller à ce que vous ressentez vraiment.

— Il faut garder la tête froide lorsqu'on a la responsabilité de deux enfants.

— J'imagine, murmura-t-elle. Eh bien, s'il n'y a rien d'autre…

— Je suis désolé, répéta-t-il.

Cette fois-ci, elle se sentit mollir. De toute façon, elle n'était pas de tempérament rancunier.

— D'accord. Oublions cela. On fait la paix ? proposa-t-elle en lui tendant la main.

Il la prit dans la sienne. La main de Nell était si douce et si menue qu'il ne put se résoudre à la lâcher. Et le regard de la jeune femme n'exprimait désormais plus que de la tendresse. Ses yeux étaient immenses, liquides : des yeux de biche, l'expression lui convenait à merveille.

— Vous… vous êtes ravissante ce soir.

— Merci. Vous n'êtes pas mal non plus.

— Vous vous amusez bien à cette soirée ?

— Oui, tout le monde est très sympathique.

Elle sentit son cœur s'emballer brusquement. « Qu'il aille au diable ! » Elle se reprit :

— Votre sœur est formidable. Elle déborde d'idées et d'énergie, un véritable volcan.

— Prenez garde. Ou bien vous vous retrouverez embrigadée dans l'une ou l'autre de ses activités.

— Trop tard. Elle vient de me nommer membre du comité du centre culturel. Qui plus est, elle m'a désignée d'office comme volontaire pour lui prêter main-forte dans sa campagne en faveur du recyclage des déchets.

— L'astuce avec elle, c'est de toujours rester évasif dans ses réponses.

— Ça ne m'ennuie pas, à vrai dire. Cela risque même de me plaire.

Il lui caressait légèrement le poignet de son pouce.

— Mac, ne commencez rien que vous n'ayez l'intention de mener à bout.

Les sourcils froncés, il baissa les yeux vers leurs mains entrelacées.

— J'ai beaucoup pensé à vous. Pourtant, je ne peux pas me le permettre. Seulement, je ne peux pas m'en empêcher.

Voilà que cela recommençait. Les frémissements et les tremblements qui la parcouraient de façon incontrôlable.

— Que voulez-vous vraiment ?

Il leva les yeux et plongea son regard dans le sien.

— C'est bien là le problème.

La porte s'ouvrit brusquement et une horde d'adolescents s'engouffra dans la cuisine avant que Kim, qui était à leur tête, ne les arrête en pilant net à leur vue.

Stupéfaite, elle ouvrit de grands yeux en voyant son oncle lâcher vivement la main de son professeur. Nell et Mac firent un bond et s'écartèrent l'un de l'autre comme un couple d'adolescents surpris en train de flirter sur le canapé du salon.

— Excusez-moi. Oh, je suis désolée, vraiment, poursuivit-elle en pouffant. On voulait juste…

Elle tourna les talons et poussa ses amis vers la sortie. Ils disparurent en gloussant.

— Eh bien, ils vont pouvoir en faire des gorges chaudes, constata Nell d'un ton ironique.

Elle vivait depuis suffisamment longtemps à Taylor's Grove pour savoir que leur relation éventuelle serait dès le lendemain au cœur de tous les commérages. A présent remise de son émoi, elle se tourna vers lui.

— Ecoutez, que diriez-vous de progresser gentiment, étape par étape ? Voulez-vous que nous allions dîner ensemble demain ? Nous pourrions aller au cinéma ou ailleurs ?

Ce fut le tour de Mac de la dévisager, abasourdi.

— Un rendez-vous ? Vous êtes en train de me proposer un rendez-vous, c'est bien ça ?

Elle se sentit de nouveau gagnée par l'impatience.

— Oui, je vous invite. Cela ne vous engage pas à vie avec moi ! A la réflexion, mieux vaut nous quitter maintenant et laisser l'idée faire son chemin.

— J'ai envie de vous toucher.

Mac s'entendit prononcer ces mots avec stupeur. Mais il était trop tard.

Nell saisit son verre de vin blanc pour se donner une contenance.

— Eh bien, c'est simple.

— Non, ça ne l'est pas. Bien au contraire.

Rassemblant tout son courage, elle leva de nouveau les yeux vers lui.

— C'est vrai, admit-elle calmement en le regardant.

Ces dernières semaines, le visage de Mac s'était si souvent imposé à elle qu'elle avait renoncé à en tenir le compte.

— Vous avez raison, ce n'est pas si simple.

Néanmoins, ils ne pouvaient pas en rester là, décida-t-il. Il hésita, incapable de se résoudre à faire le premier pas. « Jette-toi à l'eau, s'ordonna-t-il à lui-même. Tu verras bien. »

— Cela fait bien longtemps que je ne suis pas allé au cinéma sans les enfants… C'est si loin que je ne m'en souviens même pas. Je dois pouvoir m'arranger pour trouver une baby-sitter.

— Parfait, acquiesça-t-elle en le dévisageant à présent aussi intensément que lui. Appelez-moi si vous arrivez à vous libérer. Demain, je serai chez moi presque toute la journée, j'ai des copies à corriger.

*
* *

Renouer avec le marivaudage n'était pas chose aisée — il n'y avait pourtant qu'une seule intéressée, et la perspective de leur rendez-vous était tout sauf déplaisante. Ce qui l'irritait le plus, c'était la nervosité dont il ne pouvait se départir, sans parler de l'agacement qu'il avait ressenti lorsque sa nièce avait accepté avec force sourires entendus de jouer la baby-sitter auprès des jumeaux.

A présent, tandis qu'il gravissait le solide escalier extérieur menant au troisième étage qu'occupait Nell, Mac se demandait s'il ne valait pas mieux mettre un terme dès maintenant à toute cette histoire.

En entrant dans sa véranda, il nota qu'elle l'avait ornée de deux pots de chrysanthèmes disposés de part et d'autre de la porte. Cela conférait une élégante touche finale à l'ensemble, songea-t-il. Il était sensible aux efforts de décoration que faisaient certains de ses locataires pour agrémenter leur logement.

Pas de panique, ils allaient simplement voir un film, se répéta-t-il avant de frapper à sa porte. Quand elle lui ouvrit, il constata avec soulagement qu'elle était vêtue de manière décontractée : elle portait un long pull sur ces espèces de leggings confortables que Kim affectionnait également.

Elle lui sourit, et sa bouche devint brusquement sèche.

— Salut ! Vous êtes pile à l'heure. Voulez-vous entrer pour voir comment j'ai arrangé l'appartement ?

— Vous êtes ici chez vous, vous pouvez faire ce que bon vous chante, à condition que vous payiez le loyer, évidemment, répliqua-t-il.

Mais elle l'avait déjà pris par la main et entraîné à l'intérieur.

Mac avait abattu toutes les cloisons, transformant ainsi les minuscules chambres de bonne en une immense pièce à vivre qui regroupait le salon, la salle à manger et la cuisine. Et Nell avait su merveilleusement tirer parti de cet espace.

Elle avait installé un canapé d'angle recouvert d'un tissu à fleurs, dont les coloris hardis aurait dû détonner, mais qui au contraire convenait parfaitement à la pièce, en lui apportant une touche de gaieté. Un pot-pourri était posé sur une petite table sous la fenêtre. L'un des murs était occupé par une bibliothèque dont les étagères supportaient des livres, une chaîne hi-fi et un petit téléviseur. Le meuble abritait également une multitude de bibelots, typiques, selon Mac, d'un appartement féminin.

Elle avait transformé l'espace salle à manger en une sorte de salon de musique où se trouvaient son épinette mais également son bureau. Sur un pupitre était posée une flûte.

— Je n'ai pas emporté grand-chose en quittant New York, expliqua-t-elle en enfilant son blouson. Seulement les choses auxquelles je tenais vraiment. Je suis en train de meubler l'appartement en chinant chez les antiquaires, j'écume aussi les marchés aux puces.

— Ce n'est pas cela qui manque, murmura-t-il. En tout cas, c'est charmant.

Il était sincère — le tapis ancien aux couleurs fanées qui recouvrait le plancher, les rideaux bonne femme à froufrous… Il ajouta :

— Très confortable.

— J'attache beaucoup d'importance au confort. Vous êtes prêt ?

— Bien sûr.

Ce n'était pas si compliqué, après tout.

Il lui avait laissé le choix du film et elle s'était décidée en faveur d'une comédie. Il se sentait étonnamment détendu, assis près d'elle dans la salle obscure, riant des mêmes choses tout en partageant un paquet de pop-corn.

Et il parvint même à faire abstraction de son désir pour elle — enfin presque. Elle était si séduisante…

Il lui proposa ensuite d'aller manger une pizza, ce qui

semblait être une suite logique. Ils arrivèrent à dénicher une table dans le restaurant bondé d'adolescents qui s'étaient donné rendez-vous ce soir-là.

— Eh bien..., dit Nell en s'étirant sur la banquette. Zeke se débat-il toujours avec les pièges de l'orthographe ?

— C'est loin d'être facile pour lui, mais je dois dire qu'il travaille d'arrache-pied. C'est drôle, Zack peut orthographier n'importe quel mot du premier coup alors que Zeke doit plancher sur son vocabulaire mot à mot. On dirait qu'il déchiffre les manuscrits de la mer Morte !

— Mais il se rattrape en mathématiques.

— C'est exact.

Mac était perplexe : elle semblait tout savoir de ses enfants.

— En tout cas, ils vous adorent.

— C'est réciproque. Cela va vous paraître étrange, mais..., hésita Nell, ne sachant trop comment formuler sa pensée. Vous savez, la première fois que je les ai vus, à la répétition, j'ai ressenti une sensation étrange... Comment dire ? Une impression de déjà-vu... Comme si je les retrouvais après une longue absence. Maintenant, quand Kim vient seule à la répétition, ils me manquent.

— Vous vous êtes habituée à leur présence.

C'était bien plus que cela, mais elle n'aurait su l'expliquer mieux. En effet, comment faire comprendre à Mac qu'elle avait tout bonnement eu le coup de foudre pour ses fils ?

— Ce que je préfère, c'est quand ils me racontent leur journée d'école et qu'ils me montrent leurs devoirs.

— Les premiers bulletins ne vont pas tarder à arriver. Je suis plus angoissé qu'eux à cette idée.

— Je trouve que l'on accorde beaucoup trop d'importance aux notes.

Il haussa les sourcils.

— Venant d'un professeur, voilà qui me paraît plutôt étonnant !

— A mon avis, les compétences individuelles, la concentration, la persévérance ou la mémoire sont des qualités bien plus importantes que le seul fait d'obtenir un A, un B ou un C. Mais, pour vous faire une confidence, je peux d'ores et déjà vous annoncer que Kim va avoir un A en chant choral et en histoire de la musique.

— Sans blague ?

Il se sentit envahi par un sentiment de fierté.

— C'est la première fois qu'elle obtient de telles notes. Elle s'est presque toujours contentée d'avoir des B.

— M. Stryker et moi avons une approche pédagogique radicalement opposée.

— Je n'en doute pas ! Le bruit court que la chorale va frapper un grand coup cette année avec votre nouveau programme. Quel est votre secret ?

— Oh, je n'y suis pour rien, tout le mérite revient aux enfants, lui assura-t-elle.

Elle se redressa en voyant leurs pizzas arriver.

— Mon travail consiste à leur inculquer l'esprit d'équipe pour pouvoir chanter ensemble comme un groupe cohérent. Sans vouloir critiquer M. Stryker, ajouta-t-elle en mordant à pleines dents dans sa pizza, j'ai tout de même l'impression qu'il se contentait de passer le temps en comptant les jours qui le séparaient de l'heure de la retraite. Pour enseigner, il faut aimer les enfants et les respecter. Ils portent en eux un potentiel énorme, même si chez certains, le talent est encore à l'état brut !

Elle rit, ce qui colora ses joues encore davantage.

— Cela dit, certains de ces enfants ne dépasseront jamais le stade de chanteur de salle de bains — et l'on ne peut d'ailleurs que s'en féliciter !

— Ah, vous avez donc quelques voix de casserole dans la chorale…

— Eh bien… Oui, nous en avons quelques-unes… Mais les élèves prennent du plaisir à chanter et c'est bien là l'essentiel. Par ailleurs, il y en a de plus doués, comme Kim. La semaine prochaine, je l'envoie passer des auditions en compagnie de deux autres élèves en vue d'intégrer le chœur national. Et après le concert de

Noël, je vais faire passer des auditions pour la comédie musicale que je compte monter au printemps.

— Cela fait bien trois ans que le lycée n'a pas donné de comédie musicale.

— Eh bien, vous pouvez d'ores et déjà réserver vos places, car il y en aura une cette année, cher ami. Et ça va être du tonnerre !

— Cela doit représenter une somme de travail énorme pour vous.

— Oui, mais j'aime ça. Et puis c'est pour cela qu'on me paie.

Mac chipotait avec sa deuxième part de pizza.

— Ça vous plaît vraiment, n'est-ce pas ? Je veux dire, l'école, la ville, tout, quoi ?

— Comment pourrais-je ne pas m'y plaire ? L'école est agréable, la ville aussi…

— Ce n'est pas Manhattan.

— Justement.

— Pourquoi en êtes-vous partie ? Excusez-moi, ça ne me regarde pas.

— Ce n'est pas un mystère. J'ai traversé une année difficile. J'avais déjà des velléités de changement mais la dernière année a vraiment été la goutte d'eau qui a fait déborder le vase. Ils ont supprimé mon poste à l'école où j'enseignais. Motif : restrictions budgétaires. D'où restructuration… Et vous savez bien comment ça se passe, on sacrifie toujours les matières artistiques en premier. De toute façon, ma colocataire venait de convoler en justes noces. Je ne pouvais plus assumer seule la charge du loyer, enfin, à moins de jeûner un jour sur deux… Alors, j'ai passé une petite annonce pour trouver quelqu'un d'autre. J'ai exigé des références, passé au crible leur personnalité…

Le coude sur la table, elle appuya sa tête dans sa main et soupira.

— Je croyais avoir pris toutes les précautions. Mais environ trois semaines après que la colocataire que j'avais choisie a emménagé, je suis rentrée pour découvrir qu'elle était partie en vidant l'appartement.

Mac resta la fourchette en l'air.

— Elle vous a volée ?

— Elle m'a littéralement dépouillée de tous mes biens. Télévision, chaîne hi-fi, bijoux de valeur, argent, sans compter les porcelaines de Limoges que je collectionnais depuis la fac. Sur le moment, j'étais vraiment hors de moi, ensuite je me suis rendu compte que j'étais en état de choc. Je ne me sentais plus en sécurité après cette mésaventure. Et puis le type avec qui je sortais depuis environ un an s'est mis à me faire la morale en me reprochant ma sottise et ma naïveté. Selon lui, c'était bien fait pour moi.

— Charmant bonhomme, marmonna Mac. On peut dire qu'il vous a bien soutenue.

— Oui, c'est le cas de le dire. Enfin, cela m'a permis de reconsidérer notre relation sous un nouveau jour et j'ai compris que, sur un point au moins, il avait raison. C'était bien fait pour moi : en restant avec lui, je ne pouvais pas m'attendre à autre chose. J'ai donc décidé de sortir de cette impasse et je l'ai laissé se débrouiller tout seul.

— C'était la meilleure chose à faire.

— C'est également mon avis.

Oui, songea-t-elle en étudiant les traits de Mac, c'était vraiment une excellente idée de l'inviter ce soir.

— Et si vous me parliez de vos projets pour la maison que vous êtes en train de rénover ?

— Je ne pense pas que vous vous intéressiez à la plomberie…

Elle se contenta de sourire.

— J'apprends vite, vous savez…

Il était près de minuit lorsqu'il gara sa voiture en bas de son appartement. Il n'avait pas eu l'intention de rentrer si tard. Jamais il n'aurait cru qu'ils pourraient passer des heures à parler de travaux d'électricité, de plomberie et de murs porteurs ! Ou à griffonner des petits croquis sur des serviettes en papier.

Et pourtant, de toute la soirée il ne s'était pas senti un seul instant ridicule, piégé ou en désaccord avec elle. Une seule chose le tracassait. Il avait envie de la revoir.

— Il me semble que nous avons franchi cette première étape avec succès, dit-elle en posant sa main sur la sienne et en l'embrassant sur la joue. Merci pour cette soirée.

— Je vous raccompagne chez vous.

Elle avait déjà la main sur la poignée de la portière. Il valait mieux pour eux deux que les choses en restent là pour ce soir, pensa-t-elle.

— Ce n'est pas la peine, je connais le chemin.

— Je vous raccompagne, insista-t-il.

Il descendit de voiture et fit le tour pour aller lui ouvrir la portière. Ils gravirent l'escalier ensemble. Le locataire du rez-de-chaussée ne dormait pas. La lumière bleutée d'une télévision allumée filtrait par la fenêtre.

La brise était tombée et, en dehors du murmure du téléviseur, un silence total régnait dans la nuit. Au-dessus de leur tête, le ciel dégagé était éclairé d'un scintillement sidéral profus.

— Si nous nous revoyons, commença Mac, les gens vont jaser, ils vont s'imaginer que nous sommes…

Il ne savait trop comment finir sa phrase.

— Ensemble ? suggéra Nell. C'est cela qui vous gêne.

— Je ne veux pas que les enfants se fassent des idées, qu'ils s'inquiètent ou que sais-je encore…

Lorsqu'ils arrivèrent sur le palier de son appartement, il baissa les yeux vers elle et se sentit de nouveau comme envoûté par son charme.

— Ce doit être votre beauté, murmura-t-il.

— Que dites-vous ?

— Ce doit être votre beauté qui m'obsède.

Et si tout cela n'était qu'une question d'attirance physique ? C'était une explication sensée, décida-t-il. Après tout, il n'était pas insensible aux charmes féminins. Tout au plus, prudent. Il reprit :

— Voilà ce que je rêve de faire.

Il prit délicatement son visage entre ses mains d'un geste empreint d'une telle tendresse qu'elle sentit tout son corps fondre sous ses doigts. Leur baiser fut divin, aussi langoureux et passionné que la première fois. Le seul contact de ses lèvres, sa patience frémissante de désir, tout en lui la bouleversait.

Etait-ce donc cela qu'elle attendait ? Etait-ce lui, l'homme de ses rêves ?

Il l'entendit soupirer profondément d'un air alangui tandis qu'il s'écartait lentement de sa bouche. S'attarder sur ses lèvres aurait été une erreur, il en était conscient, et il laissa ses mains retomber le long de son corps, se privant ainsi du plaisir d'aller plus loin dans ses caresses.

Comme pour conserver l'ultime saveur de leur baiser, Nell passa sa langue sur ses lèvres.

— Vous êtes très fort, Macauley. Et vous embrassez à merveille.

— On dit bien que qui trop embrasse, mal étreint. Personnellement, je m'économise…

Mais il savait qu'il ne s'en tirerait pas à si bon compte. Il y avait autre chose et cela ne laissait pas de le tourmenter.

Elle hocha faiblement la tête en le regardant redescendre l'escalier. Elle se tenait encore lascivement appuyée contre la porte quand elle entendit sa voiture s'éloigner.

Pendant une fraction de seconde, elle aurait juré que l'air vibrait du tintement lointain des clochettes d'un traîneau…

# 6

La fin du mois d'octobre annonçait immanquablement les réunions parents-professeurs, mais aussi, pour les élèves, l'arrivée tant attendue des vacances. Cette période était également synonyme de migraine pour Mac. Il avait dû jongler avec son emploi du temps et confier les jumeaux tour à tour à sa sœur, à Kim et à Mme Hollis, pour pouvoir aller commander des matériaux et demander un agrément pour l'installation électrique de la maison qu'il rénovait.

Au volant de sa camionnette, il tourna pour aller se garer sur le parking du groupe scolaire ; il avait les nerfs à fleur de peau. Dieu sait ce qu'on allait lui annoncer à propos de ses enfants ! Comment se comportaient-ils hors de sa vue et de son autorité ? Il se faisait également du souci pour leurs résultats : leur avait-il consacré suffisamment de temps pour les aider dans leurs devoirs ? Ou avait-il failli à son rôle de père dans ses efforts pour préparer ses fils aux exigences du CP tant au niveau scolaire que psychologique et social ?

Ses fils finiraient probablement tous deux névrosés, asociaux et analphabètes, et c'est lui qui en porterait l'entière responsabilité.

Il se montait la tête, il le savait, mais il ne pouvait s'empêcher de ressasser ses craintes dans son esprit.

— Mac !

Le coup de Klaxon suivi de son nom le ramena à la réalité. En se tournant, il reconnut la voiture de sa sœur. Elle passa la tête par la vitre et leva les yeux au ciel.

— Mais où étais-tu ? Je t'ai appelé trois fois.

— Je négociais le montant de la caution pour libérer mes fils délinquants, marmonna-t-il avant d'aller vers sa sœur. Je dois rencontrer l'institutrice des jumeaux dans une minute.

— Je sais. J'arrive d'une réunion au lycée. Tu te souviens, on a comparé nos emplois du temps.

— C'est vrai. Je ne veux pas être en retard.

— Tu as passé l'âge de te faire taper sur les doigts… Ma réunion concernait la collecte de fonds destinés à acheter de nouveaux uniformes pour la chorale. Les enfants portent les mêmes tenues de choristes depuis douze ans. Nous espérons arriver à récolter suffisamment d'argent pour pouvoir les habiller de façon un peu plus actuelle.

— Très bien, vous pouvez compter sur ma participation mais maintenant, il faut vraiment que j'y aille.

Il imaginait déjà le visage plein de fraîcheur de la jeune institutrice du CP notant son retard, ajoutant ainsi le manque de ponctualité à la liste grandissante des tares accablant les représentants masculins de la famille Taylor.

— Je voulais simplement te dire que Nell m'avait paru contrariée par quelque chose.

— Quoi ?

— Oui, bouleversée, insista Mira, satisfaite d'avoir enfin retenu son attention. Elle a proposé deux ou trois idées tout à fait intéressantes pour récolter des fonds, mais elle avait visiblement la tête ailleurs.

Mira prit un air soupçonneux et coula un regard en douce à son frère.

— Tu n'as rien fait qui pourrait lui avoir fait de la peine, n'est-ce pas ?

— Non, dit Mac en se dandinant d'un pied sur l'autre, l'air fautif. Pourquoi ?

— Je n'en sais rien. Mais étant donné que vous sortez ensemble…

— Nous sommes allés une fois au cinéma.

— Et vous êtes allés manger une pizza aussi, ajouta Mira. Des amis de Kim vous ont vus.

Ah, les petites villes et leurs commérages ! On ne pouvait rien faire sans que tout se sache… Mac fourra les mains dans ses poches.

— Oui, et alors ?

— Alors rien. C'est très bien. J'aime beaucoup Nell. Kim aussi. Je m'inquiète sûrement pour rien, mais je me sens un peu responsable d'elle. Elle avait vraiment l'air bouleversée, Mac, même si elle s'efforçait de le dissimuler. Peut-être qu'à toi, elle se confierait plus facilement ?

— Il est hors de question que j'aille mettre mon nez dans sa vie privée.

— A mon avis, tu en fais déjà partie. A tout à l'heure.

Elle démarra sans lui laisser la possibilité de répliquer.

Grommelant dans sa barbe, Mac marcha d'un pas décidé vers l'école primaire. Il en ressortit vingt minutes plus tard, le cœur léger. Finalement, ses enfants n'avaient rien de psychopathes à tendances homicides, après tout. En fait, leur institutrice s'était même répandue en compliments sur eux.

Evidemment…

Certes, Zeke avait tendance à prendre quelques libertés avec le règlement et discutait avec son voisin… Et Zack était un peu timide et n'osait pas toujours lever le doigt pour répondre lorsqu'il connaissait la réponse. Mais ils s'adaptaient petit à petit.

Libéré du poids de son angoisse, Mac se dirigea d'un pas nonchalant vers le lycée, se laissant guider par une subite impulsion. Il savait que la rencontre à laquelle il avait assisté était l'une des dernières de la journée. Il ignorait comment fonctionnait le système des réunions au lycée, mais le parking était presque désert. Il repéra néanmoins la voiture de Nell et se dit qu'il n'y avait pas de mal à passer la voir.

Ce n'est qu'à l'intérieur qu'il réalisa qu'il n'avait pas la moindre idée de l'endroit où la trouver.

Mac passa la tête dans l'auditorium, mais il était vide. Tant qu'il y était, il rebroussa chemin jusqu'à l'administration et attrapa au vol une des secrétaires, qui était sur le point de rentrer chez elle. Se fiant à ses instructions, il prit un couloir, s'engagea dans un escalier et tourna à droite.

La classe de Nell était ouverte. Dans ses souvenirs d'école, les portes étaient toujours fermées. Dans celle-ci se trouvaient un piano, des pupitres, des instruments de musique et un magnétophone. Sans oublier le traditionnel tableau noir, parfaitement nettoyé, et un bureau auquel Nell était assise, en train de travailler.

Il l'observa pendant un long moment, étudiant le mouvement de ses cheveux retombant sur ses épaules, sa manière de tenir le stylo, la façon dont son cou émergeait gracieusement de l'encolure de son pull. Il songea que s'il avait eu la chance d'avoir un professeur aussi séduisant qu'elle, il se serait certainement davantage intéressé à la musique.

— Salut.

Elle releva brusquement la tête. A sa grande surprise, il remarqua son front buté et la lueur d'agressivité qui couvait au fond de ses yeux. Tandis qu'il la fixait, elle expira lentement et esquissa un sourire forcé.

— Salut, Mac. Bienvenue dans la cage aux fauves.

— On dirait que vous croulez sous le travail.

Il entra dans la classe et alla jusqu'à son bureau. Celui-ci disparaissait sous des piles bien organisées de papiers, de livres, de listings et de partitions ; l'ensemble donnait une impression d'ordre.

— Je termine les corvées du premier trimestre : les appréciations, les moyennes, le programme, la stratégie de financement, les dernières mises au point pour la comédie musicale du printemps…

S'efforçant de dissimuler sa mauvaise humeur, elle se renfonça dans son siège.

— Et vous, comment s'est passée votre journée ?

— Plutôt bien. Je sors d'une réunion avec l'institutrice

des jumeaux. Ils s'en sortent bien. Il me tarde de recevoir leurs bulletins.

— Ce sont des enfants merveilleux. Ne vous faites aucun souci à leur sujet.

— On se fait toujours du souci pour ses enfants. Et vous, qu'est-ce qui vous préoccupe ? s'enquit-il avant de se rappeler qu'il ne souhaitait pas s'immiscer dans sa vie privée.

— De combien de temps disposez-vous pour écouter mes lamentations ? répondit-elle du tac au tac.

— Je peux prendre le temps qu'il faut.

Intrigué, il s'assit sur son bureau. Il réalisa qu'il avait envie de la réconforter, d'effacer le léger pli de contrariété entre ses sourcils.

— Rude journée ?

Elle haussa les épaules, puis repoussa sa chaise du bureau. Quand elle était de mauvaise humeur, elle était incapable de rester en place.

— Disons que j'en ai connu des meilleures. Connaissez-vous le montant des subventions que reçoit l'équipe de football de la part de l'école et de la municipalité ? Cela concerne tous les sports, d'ailleurs.

Elle se mit à empiler des cassettes vidéo dans un carton en faisant le plus de bruit possible, il fallait qu'elle s'occupe les mains.

— Même la fanfare de l'équipe a droit à une subvention ! Alors qu'à la chorale, nous devons mendier pour obtenir le moindre sou.

— C'est la question du budget qui vous contrarie à ce point ?

— Quoi d'étonnant à cela ? Ah, tant que c'est pour financer des équipements sportifs pour permettre à une bande de garçons de courir et de se faire des passes sur un terrain de foot, les subventions pleuvent ! Alors que, moi, je suis obligée de me traîner aux pieds des responsables pour me voir allouer les quatre-vingts dollars nécessaires à l'accord du piano, se reprit-elle en soupirant. Je n'ai rien contre le football, je suis la première à aimer ça et à reconnaître que le sport universitaire a une importance capitale.

— Je connais un type qui sait accorder les pianos, proposa Mac. Je pense qu'il accepterait de s'en charger gratuitement.

Nell se passa la main sur le visage puis se massa la nuque pour essayer de soulager sa tension. « Papa va tout arranger », pensa-t-elle, les jumeaux l'avaient bien dit. Un problème ? Faites appel à Mac.

— Ce serait formidable, répondit-elle en lui adressant un vrai sourire. A condition de remplir toute la paperasse nécessaire et d'obtenir l'autorisation de le faire. On ne peut pas lever le petit doigt sans le feu vert du conseil d'administration.

Cet état de choses avait le don de l'énerver.

— La bureaucratie est certainement l'un des pires aspects de l'enseignement. Peut-être aurait-il mieux valu que je continue à me produire dans des clubs.

— Vous vous produisiez dans des clubs ?

— Dans une autre vie, murmura-t-elle en balayant ce souvenir de la main. J'ai chanté pendant quelque temps pour payer mes études. C'était mieux que serveuse. Et puis de toute façon, ce ne sont pas ces histoires de budget qui me contrarient. Ni même l'absence d'intérêt de la part de la municipalité. J'en ai l'habitude.

— Voulez-vous qu'on en parle ou préférez-vous que je vous laisse remâcher votre colère ?

— Je m'amusais bien à râler toute seule dans mon coin. J'ai peut-être trop l'habitude des grandes villes. Je viens de me heurter pour la première fois à une réaction typiquement provinciale et je bous d'impuissance face à ce genre de mentalité complètement dépassée. Connaissez-vous Hank Rohrer ?

— Bien sûr. Il possède une laiterie sur Old Oak Road. Je crois que son fils aîné est en classe avec Kim.

— Hank Jr. Oui, Junior est l'un de mes élèves — il

possède une magnifique voix de baryton. Il se passionne pour la musique. Il va même jusqu'à composer.

— Sans blague ? C'est fantastique.

— Ah, c'est également votre avis, n'est-ce pas ?

Nell rejeta sa chevelure en arrière et retourna à son bureau pour mettre de l'ordre dans ses papiers qui étaient pourtant parfaitement classés.

— Eh bien, j'ai demandé à M. et Mme Rohrer de passer ce matin car Junior a refusé au dernier moment d'aller passer des auditions ce week-end en vue d'intégrer le chœur national. Je suis persuadée qu'il a de bonnes chances de réussir et je voulais discuter avec ses parents de la possibilité de demander une bourse pour qu'il entreprenne des études de musique. Quand je leur ai parlé du talent de Junior en leur disant que je comptais sur leur soutien pour le faire changer d'avis au sujet des auditions, Hank senior a réagi comme si je l'avais insulté. Il était horrifié.

Sa voix vibrait de colère et d'amertume. Elle imita le père de Junior :

— « Pas question qu'un de mes fils perde son temps à pousser la chansonnette comme un… »

Elle ne finit pas sa phrase, trop indignée pour répéter l'opinion que l'homme avait des musiciens.

— Ses parents n'étaient même pas au courant que Junior était dans ma classe. Ils croyaient qu'il avait choisi l'option « atelier technique », cette année. J'ai bien essayé d'arrondir les angles en prétendant que Junior avait besoin d'une note dans une matière artistique pour passer en terminale, mais ça n'a pas marché. M. Rohrer peut à peine supporter l'idée que Junior fasse partie de mes élèves. Il a persisté à me dire que Junior n'avait pas besoin de savoir chanter pour s'occuper d'une exploitation agricole. Et il refusera à coup sûr de laisser son fils passer une audition un samedi si jamais il a des corvées à faire à la ferme. Quant à moi, on m'a priée d'arrêter de lui bourrer le crâne avec mes histoires de fac et de musicologie.

— Ils ont quatre enfants, fit remarquer lentement Mac. Il se peut que payer leurs études soit problématique pour eux.

— Si c'était le seul obstacle, ils devraient alors se réjouir de la possibilité pour Junior d'accéder à une bourse d'études.

Elle referma son cahier de notes dans un claquement sec.

— Je vois là un garçon doué, intelligent, et qui n'aura jamais la possibilité de réaliser son rêve parce que ses parents s'y opposent. Ou plutôt son père, devrais-je dire. Sa mère n'a pas dit trois mots de tout l'entretien.

— Peut-être va-t-elle essayer de raisonner Hank une fois de retour chez eux.

— Mais peut-être aussi qu'il passera sa colère sur tous les deux !

— Hank n'est pas comme ça. Il a une mentalité un peu rigide et s'imagine tout savoir, mais il n'est pas méchant.

— J'ai un peu de mal à apprécier ses qualités vu la façon dont il m'a traitée… Il me voit certainement sous les traits d'une intrigante venue dilapider l'argent des contribuables durement gagné à la sueur de leur front. Alors que j'aurais pu changer la vie de ce gosse, murmura Nell en se rasseyant. J'en suis convaincue.

— Alors, faites-vous à l'idée que vous ne pourrez peut-être pas changer le cours du destin de Junior. Mais il reste tous les autres. Vous avez déjà transformé la vie de Kim.

— Merci. Ça me console un peu.

— Je suis sincère.

Il n'aimait pas la voir abattue, son énergie et son bel optimisme vaincus.

— Elle a énormément gagné en confiance. Jusqu'alors, elle se laissait freiner en tout par sa timidité et n'osait pas chanter. Alors que maintenant, sa véritable personnalité s'est enfin épanouie.

Les propos de Mac lui mettaient du baume au cœur. Cette fois, le sourire de Nell illumina son visage.

— Si je comprends bien, je devrais cesser de ruminer ma mauvaise humeur.

— Ce n'est pas dans votre caractère.

Il se surprit à caresser sa joue du bout des doigts. Nell frémit. Il ajouta :

— Le sourire vous convient mieux.

— De toute façon, je suis incapable de rester en colère bien longtemps. D'après Bob, c'était la preuve de mon caractère superficiel.

— Qui donc est ce Bob ?

— Le type que j'ai laissé tomber à New York.

— Un fin psychologue à ce que je vois !

Elle rit.

— Je suis contente que vous soyez passé me voir. Sans vous, je serais probablement encore en train de faire la tête.

— Une bien jolie tête, murmura-t-il avant de s'éloigner. Il faut que j'y aille. Je dois encore confectionner des déguisements pour Halloween.

— Vous avez besoin d'un coup de main ?

— Je…

C'était tentant. Mais il prendrait de gros risques en commençant à l'inviter à leurs fêtes de familles.

— Non merci, je vais m'en charger.

Nell ravala sa déception et réussit presque à donner le change.

— Vous sortez avec eux samedi soir, n'est-ce pas ? Pour la traditionnelle rançon de bonbons des petits monstres ?

— Bien sûr ! A bientôt.

Il alla vers la porte mais s'arrêta sur le seuil avant de se retourner.

— Nell ?

— Oui ?

— Les choses mettent parfois du temps à évoluer. Le changement peut faire peur à certaines personnes.

Elle inclina la tête sur le côté.

— Faites-vous allusion aux Rohrer, Mac ?

— Entre autres. A samedi soir.

Nell continua de fixer la porte par laquelle il venait de sortir en entendant l'écho de ses pas s'atténuer dans le lointain. Mac s'imaginait-il qu'elle essayait de le faire changer ? Et d'ailleurs, était-ce vraiment son but ? Elle se rassit et repoussa les papiers qui encombraient son bureau. Impossible de travailler correctement à présent.

Macauley Taylor lui ôtait toute faculté de concentration, c'était systématique. A quel moment cet homme calme et posé avait-il commencé à semer un tel trouble dans son cœur et dans son esprit ? Probablement dès le jour de leur rencontre, lorsque Mac était entré dans l'auditorium pour venir chercher Kim et les jumeaux.

Un coup de foudre ? Non, elle était trop sophistiquée, trop fine pour croire à ce genre de clichés. Sans compter qu'elle avait trop de bon sens pour se mettre en position de faiblesse en tombant amoureuse d'un homme qui ne partageait pas ses sentiments.

Ou plutôt qui refusait de s'abandonner à ses sentiments, rectifia-t-elle. C'était bien pire.

Après tout, que lui importait qu'il soit un père aimant et dévoué envers ses fils ? Certes, il était séduisant, sexy et large d'épaules. Et quand bien même ? Ce n'était pas une raison pour se laisser aller à rêver quand il était près d'elle ou lorsqu'elle pensait à lui. A rêver d'un foyer, d'une famille, d'une cuisine pleine de rires, et d'étreintes passionnées la nuit.

Elle laissa échapper un long soupir. A quoi bon se leurrer ? Elle était sur le point de succomber à l'amour.

# 7

On était déjà à la mi-novembre et les arbres avaient depuis longtemps perdu leurs feuilles. Nell trouvait cependant une beauté particulière à ce spectacle. Les branchages sombres et dépouillés, le craquement des feuilles mortes accumulées le long des trottoirs et le givre qui recouvrait l'herbe du matin d'une poudre de diamant.

Elle se surprenait à guetter à la fenêtre dans l'attente des premiers flocons, comme un enfant espère l'arrivée des vacances.

Cette ambiance était merveilleuse. Attendre l'hiver en se souvenant de l'automne. Elle repensait souvent à cette nuit d'Halloween, aux enfants qui étaient venus frapper à sa porte déguisés en pirates ou en princesses. Elle se rappelait Zeke et Zack pouffant de rire lorsqu'elle avait fait semblant de ne pas les reconnaître dans les splendides uniformes d'astronautes que leur père leur avait confectionnés.

Elle se remémora le concert de musique folk auquel Mac l'avait emmenée. Et la semaine dernière, quand ils s'étaient rencontrés par hasard au centre commercial, chacun fonçant vers les magasins, une liste interminable à la main, bien déterminés à boucler le plus tôt possible leurs emplettes de Noël.

En passant devant la maison que Mac était en train de restaurer, ses pensées s'orientèrent de nouveau vers lui. Il était tellement attendrissant l'autre jour dans ses efforts pour choisir la tenue qu'il voulait offrir à Kim pour Noël. Macauley Taylor ne plaisantait pas avec les cadeaux destinés à ceux qu'il aimait. Il fallait que tout soit parfait : la couleur et le style.

C'était vraiment l'homme idéal…

Elle dépassa la maison, respirant l'air glacé de la soirée, l'esprit en ébullition. Cet après-midi, elle avait pu annoncer avec fierté que deux de ses élèves avaient été retenus pour faire partie du chœur national.

Elle avait réussi à forcer le destin, songea-t-elle, fermant les yeux pour mieux savourer sa satisfaction. Ce n'était pas une question de prestige, et encore moins pour le plaisir de recevoir les félicitations du proviseur. Non, ce qui comptait avant tout, c'était l'expression des élèves. La fierté qui se lisait sur le visage de Kim, mais aussi dans les yeux du ténor qui chanterait avec elle dans le chœur national. C'était la joie qui transfigurait la chorale tout entière. Tous partageaient un même sentiment de triomphe, car au cours des dernières semaines, ils étaient devenus une équipe soudée.

Son équipe. Ses élèves.

— Il fait un peu frais pour se promener à cette heure-ci.

Nell sursauta, nerveuse, puis rit de sa réaction en apercevant Mac émerger de l'ombre d'un arbre dans le jardin de sa sœur.

— Mon Dieu, vous m'avez fait peur ! J'ai failli sortir ma bombe lacrymogène.

— Les rues de Taylor's Grove n'ont pourtant rien d'un coupe-gorge. Vous alliez rendre visite à Mira ?

— Non. En fait, j'étais simplement sortie me promener. J'ai besoin de me défouler en marchant, expliqua-t-elle, un sourire illuminant son visage. Vous êtes au courant pour la bonne nouvelle ?

— Félicitations.

— Oh, je n'y suis pour rien…

— Au contraire, vous y êtes pour beaucoup.

C'était sa manière à lui de lui avouer à quel point il était fier de sa réussite. Il jeta un coup d'œil en direction de la maison à l'intérieur de laquelle régnait une douce lueur.

— Mira et Kim sont en train de pleurer.

— En train de pleurer ? Mais…

— Ce n'est pas ce que je veux dire…, s'excusa-t-il, car les larmes des femmes le mettaient toujours dans l'embarras.

— Vous savez bien, enfin, pas de chagrin.

— Oh, je vois.

En réaction, Nell sentit elle-même monter le picotement des larmes.

— C'est merveilleux.

— Dave se pavane dans toute la maison, le sourire aux lèvres. Il était en train de l'annoncer à son père quand je me suis éclipsé. Mira a déjà prévenu nos parents ainsi que toutes nos connaissances.

— Ma foi, c'est un grand événement.

— Je sais bien, dit-il avec un sourire éblouissant. J'ai moi-même passé deux ou trois coups de fil. Vous devez être sacrément fière de vous.

— Ça, vous pouvez le dire. Si vous aviez vu la réaction de ces enfants aujourd'hui quand je leur ai annoncé la nouvelle… C'était incroyable. Et cela va faciliter les choses pour la personne chargée de récolter des fonds pour la chorale.

Le vent soufflant à travers les arbres la fit frissonner.

— Vous avez froid. Je vais vous raccompagner chez vous.

— C'est gentil. Il me tarde que la neige arrive.

En bon campagnard qui se respecte, il huma l'air et étudia le ciel.

— Ça ne devrait pas tarder, à mon avis, approuva-t-il en lui ouvrant la portière de sa camionnette. Les gosses ont déjà sorti leurs traîneaux.

— Je pourrais m'en acheter un, moi aussi, suggéra-t-elle en s'installant confortablement dans la voiture, détendue. Où sont les garçons ?

— Un de leurs amis organise une soirée pyjama. Je viens juste de les déposer en face.

— Ils doivent être surexcités par l'approche de Noël, surtout avec cette atmosphère de neige imminente.

— C'est étrange. D'habitude, passé Halloween, ils commencent à m'assaillir de listes, de photos de jouets qu'ils découpent dans des catalogues, ou de trucs qu'ils ont vus à la télévision. Cette année, ils m'ont annoncé que le Père Noël s'occupait de tout. Je sais qu'ils veulent des vélos, dit-il en fronçant les sourcils. C'est la seule chose que j'ai pu tirer d'eux. Ils passent leur temps à faire des messes basses à propos d'un mystérieux cadeau, mais se referment comme des huîtres sitôt qu'ils me voient.

— C'est ça, Noël, remarqua Nell avec douceur. C'est la période des secrets chuchotés tout bas. Et vous ? Que souhaitez-vous pour Noël ?

— Pouvoir faire la grasse matinée, pour changer.

— On doit pouvoir trouver mieux, tout de même.

— Mon plus beau cadeau, c'est de descendre le matin de Noël et voir le visage de mes gosses s'illuminer de joie. Vous retournez à New York pour les fêtes ?

— Non, je n'ai personne là-bas.

— Et votre famille ?

— Je suis fille unique. Mes parents ont l'habitude de passer les fêtes aux Caraïbes. Voulez-vous entrer quelques instants pour prendre un café ?

L'idée le tentait davantage que la perspective de retourner dans une maison où personne ne l'attendait.

— Je veux bien, merci.

Tout en montant l'escalier, il s'efforça avec tact de ramener la conversation sur le sujet des vacances et de la famille.

— C'est donc là-bas que vous passiez Noël quand vous étiez petite ? Aux Caraïbes ?

— Non. Nous fêtions Noël à Philadelphie dans un décor tout à fait traditionnel. Ensuite, je suis partie étudier à New York et mes parents ont déménagé en

Floride, expliqua-t-elle en ouvrant la porte et en ôtant son manteau. Nous ne sommes pas très proches, à vrai dire. Mes parents n'étaient pas tellement ravis de me voir m'engager dans des études de musique.

— Je vois.

Il posa négligemment son blouson par-dessus son manteau tandis qu'elle se dirigeait vers la cuisine pour faire du café.

— Ceci explique que vous ayez réagi si violemment au refus des parents de Junior.

— Peut-être. Mes parents n'ont pas réellement désapprouvé ma décision mais le moins qu'on puisse dire, c'est qu'elle les a déconcertés. En fait, je crois que l'éloignement géographique facilite nos rapports. Je crois que c'est pour cela que j'éprouve autant d'admiration pour vous.

Perdu dans la contemplation d'une boîte à musique de bois de rose, il releva la tête et la dévisagea avec stupéfaction :

— De l'admiration pour moi ?

— Oui, pour l'importance que vous attachez à votre famille, sans parler de votre implication auprès de vos enfants. Votre attitude est si rassurante, elle semble si naturelle de votre part.

Rejetant ses cheveux en arrière, elle prit une boîte contenant des cookies et commença à en disposer quelques-uns sur une assiette.

— Ce n'est pas donné à tout le monde d'avoir la capacité ou l'envie d'en faire autant pour sa famille en lui consacrant autant de temps. Il est rare de rencontrer un homme capable d'autant d'amour et de dévouement. Vous voilà tout embarrassé par ma faute…

— Non. Enfin, si, avoua-t-il en prenant un biscuit. Vous ne m'avez jamais posé de questions sur la mère des jumeaux.

Encouragé par le silence de Nell, Mac sentit qu'il pouvait se confier à elle :

— Je sortais de l'université quand nous nous sommes

rencontrés. Elle était la secrétaire de mon père, qui possédait une agence immobilière. Elle était belle. D'une beauté absolument renversante. Après deux ou trois rendez-vous, nous avons couché ensemble et elle s'est retrouvée enceinte.

Son ton dénué d'expression fit lever la tête à Nell. Mac, sentant monter en lui l'amertume, mordit dans son cookie.

— Je sais, à m'entendre, on pourrait croire que tout est sa faute. J'étais jeune, mais cependant assez mûr pour avoir conscience de ce que je faisais et assumer les conséquences de mes actes.

Il n'était pas homme à fuir ses responsabilités, songea Nell, ce n'était pas dans son caractère. A l'évidence, Mac était quelqu'un de droit.

— A aucun moment vous n'avez parlé d'amour.

— Non, c'est vrai.

Pour lui, l'amour n'était pas un sentiment à prendre à la légère.

— J'étais attiré par elle et c'était réciproque. Du moins, c'est ce que je croyais. Car ce que j'ignorais, c'est qu'elle m'avait menti en prétendant qu'elle prenait ses précautions. C'est après notre mariage que j'ai découvert qu'elle avait tout manigancé pour « se faire épouser par le fils du patron », selon sa propre expression. Pour Angie, ce mariage était l'occasion rêvée d'améliorer son train de vie.

Il constata avec étonnement que la simple évocation de son passé avait été prompte à faire resurgir une souffrance qu'il croyait pourtant enfouie tout au fond de lui. Il avait été profondément meurtri dans ses sentiments — et dans son amour-propre — d'avoir été manipulé avec autant de désinvolture.

— Toujours est-il, poursuivit-il de son ton monocorde, qu'elle n'avait pas prévu d'avoir des jumeaux et avait quelque peu sous-estimé les tracas de la maternité. Et donc, environ un mois après la naissance des garçons, elle s'est envolée après avoir vidé mon compte en banque.

— Je suis tellement désolée pour vous, Mac, murmura Nell.

Elle aurait voulu pouvoir trouver les mots, les gestes, pour adoucir la froideur glacée qu'elle lisait dans ses yeux.

— Vous avez dû passer par des moments terriblement douloureux.

— Cela aurait pu être pire, dit-il en haussant les épaules. C'est vrai, j'aurais pu être amoureux d'elle. Elle a cherché à me joindre, une fois, pour me demander de régler la facture du divorce. En échange, je pouvais avoir la garde des jumeaux sans autres frais. Sans autres frais, répéta-t-il. Comme s'il s'agissait de marchandises et non d'enfants. J'ai accepté sa proposition. Point final.

— Vraiment ? Même si vous ne l'aimiez pas, elle vous a fait souffrir.

Elle se mit sur la pointe des pieds et déposa un baiser sur sa joue pour tenter de le consoler, de lui apporter un peu de réconfort. Elle vit son expression se transformer et lut la souffrance au fond de son regard. Maintenant qu'il lui avait raconté son histoire, elle ne s'étonnait plus de son attitude. Elle avait vu la douleur crisper son visage. Mac avait été trompé, brisé. Et au lieu de s'apitoyer sur son sort ou de se décharger de son fardeau sur ses parents, il avait emmené ses fils et recommencé une nouvelle vie avec eux. Pour eux.

— Elle ne vous méritait pas, ni vous, ni les garçons.

— Je ne les ai jamais considérés comme un poids.

Il ne pouvait détacher son regard de celui de Nell, envoûté par ce qu'il lisait au fond de ses yeux. De la compassion, certes, mais par-dessus tout une compréhension qui n'avait pas besoin de mots pour s'exprimer.

— Mes enfants sont ma plus belle réussite. En aucun cas je ne voudrais donner l'impression que je me suis sacrifié pour eux.

— Je ne l'ai pas compris ainsi. Et ce n'est pas l'image que vous donnez.

Elle sentit son cœur fondre et glissa les bras autour

de son cou. Ce geste aussi se voulait une tentative de réconfort. Mais quelque chose d'autre, un sentiment plus profond, monta alors en elle.

— Vous donnez seulement l'image d'un père très aimant. C'est très touchant d'entendre un homme évoquer ses enfants comme un cadeau de la vie. Surtout en sachant qu'il est sincère.

Il l'enlaça sans trop comprendre comment il en était arrivé là. C'était si simple, si naturel, de la sentir lovée au creux de ses bras.

— Lorsqu'on vous fait un cadeau, un cadeau précieux, il faut en prendre soin.

Sa voix s'enroua, il était submergé par une multitude d'émotions. Ses enfants. Les sentiments qu'il éprouvait pour Nell. La façon dont elle levait ses yeux vers lui, ses lèvres sensuelles… Il esquissa le geste de lui caresser les cheveux mais se souvint juste à temps de sa résolution et se retint d'aller plus loin.

— Il faut que je rentre.

— Restez.

C'était si simple de le lui demander, s'aperçut-elle. Si facile, après tout, d'avouer qu'elle avait besoin de lui.

— Vous savez que j'ai envie que vous restiez. Vous savez que j'ai envie de vous.

Il était subjugué par son regard. Alors, un désir fou s'empara de lui, enveloppé toutefois d'une immense douceur.

— Cela ne ferait que compliquer les choses, Nell. Je traîne encore beaucoup de valises, même si je suis aujourd'hui en paix avec la plupart de mes souvenirs.

— Ça m'est égal. J'ai dépassé tout sentiment d'orgueil mal placé. J'ai envie de faire l'amour avec vous, Mac.

Dans un soupir, elle attira la tête de Mac à elle et posa ses lèvres sur les siennes.

Comment lui résister ? Depuis leur première rencontre, il luttait contre ce désir qui enflammait son cœur et son corps. Nell irradiait la douceur et la tendresse. Mac reconnaissait en elle l'essence même de la féminité, ce miracle dont il avait été privé depuis si longtemps…

Les bras de Nell autour de son cou, sa bouche qui se pressait avidement contre la sienne lui firent réaliser qu'il la désirait de toute son âme.

Le romantisme n'était pas son fort : une femme comme elle aurait peut-être préféré une ambiance aux bougies, de la musique douce et un air vibrant de parfums. Mais le décor était déjà installé, alors il la souleva et la porta dans ses bras jusqu'à la chambre.

Il alluma une lampe. A son grand étonnement, son trac s'évanouit en voyant le regard angoissé de Nell se poser sur lui.

— Je rêve de ce moment depuis si longtemps, lui avoua-t-il. Je veux te contempler à chacune de mes caresses. Je veux pouvoir admirer ton corps.

— D'accord. Moi aussi, j'ai envie de te voir.

Il la coucha sur le lit et s'allongea près d'elle, puis enfouit sa main dans ses cheveux avant d'aller caresser ses épaules. Il se pencha pour l'embrasser.

Leur intimité semblait si naturelle, comme née d'innombrables nuits passées ensemble. Et en même temps si excitante, comme s'ils faisaient chacun l'amour pour la première fois.

Une caresse, un baiser, long et passionné. Un murmure, un soupir, doux et léger. Sans céder à l'impatience, les mains de Mac s'attardèrent au plaisir des caresses, défaisant un à un les boutons de ses vêtements, s'arrêtant de temps à autre pour explorer sa nudité.

Nell frissonna sous ses caresses alors même que tout son corps s'embrasait de désir. Elle sentit sa peau vibrer d'une multitude de points sensibles qui se mirent à palpiter sous la pression de ses doigts et l'effleurement de sa langue. Ses propres mains tremblaient ; un rire lascif monta de sa gorge pour se briser dans un gémissement lorsque ses mains rencontrèrent enfin la chaleur de sa peau.

Faire l'amour. Cette expression lui semblait prendre

tout son sens en cette nuit. Une exquise tendresse mêlée de curiosité érotique qui enivrait leurs sens et unissait leurs deux corps dans une étreinte passionnée. Chacun des baisers de Mac la submergeait d'un profond émoi, si puissant qu'il la laissait au bord de l'extase. Plus rien n'existait pour elle en dehors de cet homme. L'amour qu'elle ressentait pour lui balayait tout le reste.

Elle s'abandonna avec une générosité qui le bouleversa. Leurs deux corps s'accordaient à la perfection, exacerbant la passion que Mac éprouvait pour elle. Dès qu'il craignait de céder à la puissance impérieuse de son désir, il reprenait le cours harmonieux de leurs caresses.

Un rythme lent et subtil qui leur permettait de goûter à toutes les sensations de leurs corps.

Elle avait un corps menu aux attaches délicates. La découverte de sa fragilité rendait les caresses de Mac encore plus tendres. Même lorsque son corps s'arqua lascivement contre le sien et qu'elle laissa échapper un premier cri de plaisir, il ne céda pas à la hâte. Le visage de Nell reflétait la moindre de ses émotions et il éprouvait une excitation incroyable à simplement la contempler.

Il lutta contre le désir de s'enfoncer profondément en elle et parvint à maîtriser sa fougue suffisamment longtemps afin de préserver pour tous les deux le plaisir de l'attente. Les yeux rivés aux siens, il la pénétra enfin. Le souffle court, elle haleta de plaisir et poussa un profond soupir en esquissant un léger sourire.

Dehors, le vent faisait vibrer les fenêtres d'une musique qui n'était pas sans rappeler le tintement des clochettes d'un traîneau. Les premiers flocons de l'hiver se mirent à tomber avec la douceur d'un souhait qui se réalise.

# 8

Il ne pouvait se rassasier d'elle. Un coup de folie sans doute… ou pire, une espèce d'obsession, songeait-il sombrement. Il avait beau s'occuper les mains, le cœur et l'esprit, il trouvait malgré tout le moyen de penser à Nell jour et nuit.

Tout en reconnaissant qu'il faisait preuve de cynisme, il aurait préféré que leur passion soit purement physique. S'il n'y avait eu que le sexe, il aurait pu mettre tout cela sur le compte des hormones et reprendre le cours normal de sa vie. Mais ses fantasmes ne se limitaient pas à leurs étreintes, à la simple envie de se perdre une heure encore dans son corps mince et fragile.

Quelquefois, lorsqu'elle s'immisçait dans ses pensées, il la voyait debout devant un chœur d'enfants, en train de les diriger par des gestes amples et gracieux, canalisant leurs voix par les mouvements de son corps tout entier. Ou bien, il l'imaginait au piano, encadrée par ses deux fils, et riant aux éclats. Ou bien encore, en train de se balader en ville, les mains dans les poches, le visage tourné vers le ciel.

Il était terrifié par le désir fou qu'il éprouvait pour elle.

Nell, au contraire, prenait les choses avec une telle aisance, songea-t-il en mesurant une plinthe avant de la scier. C'était la femme idéale, décida-t-il. Leur relation était basée sur la spontanéité et le naturel. Il leur suffisait d'être ensemble pour être heureux. Bref, il y avait de quoi faire perdre la raison à un homme.

Et il ne pouvait pas se le permettre. Il avait des enfants à élever, une affaire à gérer. Bon sang ! Et les tonnes de linge sale qui l'attendaient à la maison, à condition bien sûr qu'il trouve un moment pour y passer. Et flûte ! Il avait une fois de plus oublié de sortir le poulet du congélateur.

« Je m'arrêterai pour acheter des hamburgers en allant au concert », se dit-il. Il avait bien trop de choses en tête sans avoir en plus à préparer le dîner. Noël approchait à grands pas et les enfants se comportaient d'une manière étrange.

« On veut juste des vélos, papa, lui avaient-ils déclaré. Papa Noël est en train de les fabriquer et il s'occupe aussi du supercadeau. »

Quel supercadeau ? Impossible d'en savoir davantage : pour une fois, ses questions et ses ruses s'étaient heurtées à un mur de mutisme. Cela ne laissait pas de l'inquiéter. Il savait que dans un an — peut-être deux, avec de la chance — ses fils commenceraient à mettre en doute l'existence du Père Noël et son mystère. Cela sonnerait la fin de l'innocence. Il ignorait ce que les jumeaux comptaient découvrir au pied de l'arbre au matin de Noël, mais il était bien décidé à tout mettre en œuvre pour que ce fameux cadeau s'y trouve.

Toutefois, à chacune de ses tentatives pour percer leur secret, les garçons répondaient par un large sourire, se contentant d'affirmer que ce serait une belle surprise pour tous les trois.

Il fallait qu'il s'en occupe sérieusement. Mac cloua la plinthe. Au moins, ils avaient décoré l'arbre, confectionné des cookies de Noël et accroché les traditionnelles guirlandes de pop-corn. Il ressentit soudain une pointe de culpabilité : il s'était esquivé lorsque Nell lui avait proposé de venir participer aux préparatifs de Noël. Et il avait ignoré les questions des enfants qui voulaient savoir si elle viendrait les aider à décorer le sapin de Noël.

Etait-il donc le seul à comprendre à quel point il pouvait s'avérer néfaste que ses enfants s'attachent si rapidement à elle ? Après tout, elle n'était ici que depuis quelques mois. Elle pouvait repartir n'importe quand. Nell avait beau trouver ses fils mignons, adorables, ils ne représentaient aucun investissement pour elle. Bon sang ! Voilà que c'était son tour à présent de parler de ses fils comme s'il s'agissait de placements en Bourse.

Il s'exprimait mal, bien sûr… Simplement, personne ne referait le coup de l'abandon à ses enfants, jamais.

Pour rien au monde, il ne voulait prendre ce risque.

Après avoir fixé le dernier morceau de plinthe, il hocha la tête, satisfait. La maison prenait forme de belle manière. Il connaissait son travail. Et il savait ce qui était bon pour ses enfants.

Si seulement c'était si simple avec Nell…

— C'est peut-être pour ce soir.

Zeke observa la fumée blanche qui sortait de sa bouche. Lui et son frère jumeau étaient assis dans leur cabane, bien emmitouflés dans leur manteau et leur écharpe pour lutter contre le froid glacial de décembre.

— Ce n'est pas encore Noël.

— Mais c'est le concert de Noël, objecta Zeke d'un air buté. J'en ai assez d'attendre l'arrivée de maman. C'est à l'endroit où on l'a vue pour la première fois. Et puis il y aura la musique, le sapin, et tout le reste, alors ce sera comme si c'était Noël.

— Je ne sais pas.

Cette idée n'était pas pour déplaire à Zack, au contraire, mais il restait plus mesuré que son frère.

— Peut-être, mais nous ne recevons jamais les cadeaux avant Noël.

— Mais si ! Quand M. Perkins fait le Père Noël des pompiers à la caserne, c'est des semaines avant Noël et il distribue quand même des cadeaux aux enfants !

— Ce ne sont pas des vrais cadeaux. Pas ceux qu'on a commandés, dit Zack d'un air réfléchi. Peut-être que si on le souhaite de toutes nos forces, ça peut marcher. Papa l'aime beaucoup. Tante Mira a dit à oncle Dave que c'était la femme qu'il lui fallait même si papa ne voyait pas ce qu'il avait sous les yeux.

Zack plissa le front, perplexe :

— Comment c'est possible puisqu'il l'a sous les yeux ?

— Tante Mira dit tout le temps des trucs qui ne veulent rien dire, affirma Zeke avec le mépris souverain de la jeunesse. Papa va se marier avec Nell, elle va venir vivre chez nous et ce sera notre maman. C'est obligé que ce soit elle. On a été sages, pas vrai ?

— Mouais, approuva Zack en jouant avec le lacet de sa chaussure. Tu crois qu'elle nous aimera vraiment et tout ça ?

— Sûrement.

Zeke lança un regard à son frère jumeau.

— Moi, je l'aime déjà.

— Moi aussi.

Le visage de Zack se détendit dans un sourire de soulagement. Tout allait bien se passer, finalement.

— Parfait.

Nell haussa le ton pour se faire entendre par-dessus le vacarme de la salle. L'auditorium faisait également office de salle de répétition pour les soirs de concert et les élèves allaient et venaient dans la cohue, vérifiant leur tenue, leur maquillage et leur coiffure, trompant l'angoisse d'affronter le public en parlant à bâtons rompus.

— Installez-vous.

Un de ses élèves était assis, la tête entre les genoux, anéanti par le trac. Nell lui adressa un sourire compatissant tandis que le groupe parvenait peu à peu à faire silence.

— Vous avez tous travaillé dur pour arriver au concert. Je sais que vous êtes nombreux à avoir le trac ce soir car vous avez des amis et des parents dans le public. Servez-vous du stress pour aiguiser votre interprétation.

Et s'il vous plaît, tâchez de vous rappeler de sortir de manière organisée, dignement, comme nous l'avons fait aux répétitions.

Sa demande fut accueillie par quelques ricanements. Nell se contenta de hausser un sourcil.

— Pardon, j'aurais dû dire : souvenez-vous de sortir plus dignement qu'aux répétitions, et en ordre pour une fois. Pensez à sentir votre diaphragme et à projeter votre voix. Soyez attentifs à votre posture. Souriez. Et surtout, n'oubliez pas le plus important pour le concert de ce soir. Amusez-vous ! lança-t-elle avant de sourire. C'est Noël… Et maintenant, on va leur en mettre plein les oreilles.

Elle sentit son cœur se mettre à battre la chamade en observant les enfants s'avancer sur la scène pour prendre chacun leur place sur les estrades, tandis que du public s'élevaient des murmures. Puis, le silence se fit. Nell avait conscience que ce concert constituait pour elle son premier vrai test et qu'une partie du public était là pour la juger. Ce soir, la municipalité rendrait son avis et déterminerait si le conseil d'administration de l'école avait eu raison ou non de la nommer à ce poste de professeur de musique.

Elle prit une profonde inspiration, ajusta sa veste de velours et fit son entrée sur scène.

Elle s'approcha du micro sous des applaudissements polis.

— Bienvenue au concert de Noël de la Taylor's Grove High School, commença-t-elle.

— Waou ! T'as vu, papa ? Miss Davis est drôlement jolie, hein ?

— Oui, c'est vrai, Zack.

Ravissante aurait été un terme plus approprié à la circonstance, corrigea-t-il en son for intérieur. Un sourire nerveux aux lèvres, Nell resplendissait dans son ensemble en velours vert foncé.

Elle était magnifique dans la lumière des projecteurs, le savait-elle ?

A ce moment-là, Nell était uniquement en proie au trac.

Si seulement elle arrivait à mieux distinguer les visages ! Elle préférait voir le public quand elle était sur scène. C'était plus intime, plus agréable. Après son annonce, elle se tourna vers le chœur, vit le regard de ses élèves braqué sur elle et sourit pour les rassurer.

— Allez-y, murmura-t-elle, si bas que seuls les choristes l'entendirent. Mettez toute la gomme.

Elle les fit commencer très fort avec la chanson de Springsteen. Le public les écouta, médusé. C'était loin du programme soporifique auquel la plupart s'attendait…

Quand les applaudissements retentirent, Nell sentit sa tension s'envoler. Ils avaient franchi le premier obstacle. Après cette introduction divertissante, elle les fit enchaîner avec des chants de Noël plus traditionnels. Alors, vibrante d'émotion, elle écouta l'harmonie du *Cantate Domine* s'élever dans l'auditorium, avant de se laisser transporter par la montée des sopranos sur l'hymne *Adeste Fideles.* Puis, les choristes se lâchèrent sur *Jingle Bell Rock* et Nell s'illumina en voyant ses élèves se balancer en tapant dans leurs mains au rythme de la musique, selon la petite mise en scène qu'ils avaient travaillée.

Enfin, elle sentit son cœur se gonfler lorsque Kim s'approcha du micro et que les premières notes de son solo s'élevèrent de sa voix cristalline.

— Oh, Dave !

La voix nouée par l'émotion, Mira agrippa la main de son mari, puis celle de Mac.

— Regarde, c'est notre bébé.

L'objectif de Nell était en train de se réaliser : quand Kim retourna à sa place dans le chœur, la salle entière avait les yeux humides. Ils achevèrent le concert en interprétant *Douce nuit* a capella, sans piano. C'est ainsi qu'il convenait de le chanter, leur avait expliqué Nell. La partition avait été écrite en ce sens.

Lorsque la dernière note mourut dans l'air, elle se tourna pour faire signe au chœur de saluer, mais le public était déjà debout. Elle tressaillit de joie et vit l'air abasourdi de ses élèves, qui écarquillaient les yeux en souriant d'un air emprunté.

Ravalant ses larmes, elle attendit que les applaudissements se calment avant de traverser la scène pour aller de nouveau au micro. Elle savait y faire.

— Ils ont été fantastiques, n'est-ce pas ?

Ainsi qu'elle l'espérait, son intervention déclencha un nouveau tonnerre d'applaudissements. Elle attendit qu'ils prennent fin.

— Je voudrais tous vous remercier d'être venus nous écouter ce soir. En disant cela, je m'adresse tout particulièrement aux parents des choristes car c'est grâce à leur patience, leur compréhension et leur confiance que j'ai réussi à travailler tous les jours avec leurs enfants. Tous les choristes ont accompli un travail remarquable pour réussir ce concert et c'est avec une grande joie que je constate à quel point vous avez apprécié leur talent et leurs efforts. Je voudrais ajouter que les poinsettias qui décorent la scène nous ont été gracieusement fournis par Hill Florists et qu'ils vous seront proposés au prix de trois dollars le pot. Les recettes iront au budget qui nous permettra de financer de nouvelles tenues pour les choristes. Joyeux Noël à tous, et à bientôt pour un prochain concert.

Avant que Nell ait pu s'éloigner du micro, Kim et Brad vinrent l'entourer.

— Je voudrais encore ajouter quelque chose, dit Brad en s'éclaircissant la voix tandis que le brouhaha retombait dans la salle. La chorale souhaite vraiment remercier miss Davis pour tout son travail et ses encouragements. Euh…

Kim avait rédigé le petit discours, mais c'est Brad qui avait été désigné pour le lire. Il chercha ses mots puis regarda Kim avec un sourire gêné.

— C'est le premier concert de miss Davis à Taylor High et euh…

Impossible de se rappeler les gentilles phrases que

Kim avait si élégamment tournées ! Il décida de laisser parler son cœur :

— C'est vraiment un prof formidable. Merci, miss Davis !

— Nous espérons que cela vous fera plaisir, murmura Kim sous les applaudissements en tendant à Nell une petite boîte emballée de papier brillant. Tous les élèves se sont cotisés pour vous l'offrir.

— Je suis…

Bouleversée, elle renonça à aller plus loin. Elle ouvrit la boîte, le regard embué, et découvrit une broche en forme de clé de sol.

— Nous savons que vous aimez les bijoux, commença Kim. Alors, nous avons pensé que…

— Elle est magnifique. C'est exactement ce qu'il me faut, remercia Nell, et elle inspira profondément pour essayer de contenir son émotion et se tourna vers le chœur. Merci. Ce cadeau compte presque autant que vous à mes yeux. Joyeux Noël à tous.

— Elle a eu un cadeau, fit remarquer Zack.

Ils attendaient Kim pour la féliciter, dans le couloir bondé, à l'extérieur de l'auditorium.

— Ça veut dire que nous aussi, on peut en avoir un, ce soir. On pourrait l'avoir, elle, en cadeau.

— Pas si elle rentre chez elle tout de suite après.

Zack avait déjà réfléchi à la question. Il attendait le bon moment pour intervenir. Lorsqu'il vit Nell, il fonça vers elle.

— Miss Davis ! Par ici, miss Davis !

Mac ne bougea pas. Il était incapable de faire le moindre geste. Il s'était produit quelque chose pendant le concert. Assis au troisième rang, il l'avait vue sur scène. Il avait vu son sourire, ses yeux brillant de larmes. Il l'avait vue, elle.

Il était amoureux d'elle. C'était la première fois qu'il ressentait un amour d'une telle intensité. Comment gérer ce sentiment nouveau pour lui ? La fuite lui semblait l'option la plus raisonnable, mais il était pétrifié.

— Salut !

Elle s'accroupit pour prendre les jumeaux dans ses bras, les serra très fort contre elle et les embrassa sur les deux joues.

— Le concert vous a plu ?

— C'était vraiment bien. Kim a été super.

Nell s'approcha de l'oreille de Zeke pour lui murmurer :

— Je suis d'accord avec toi mais cela doit rester un secret entre nous.

— On est très forts pour garder les secrets. Nous, on en a un depuis des semaines et des semaines.

— Vous pouvez venir à la maison, maintenant, miss Davis ?, proposa Zack, et il s'agrippa à sa main en lui lançant son regard le plus charmeur. S'il vous plaît... Venez voir notre arbre et les décorations lumineuses. On a mis des lumières partout pour qu'on les voie depuis la route.

— Cela me ferait très plaisir. Mais votre papa est peut-être fatigué.

Fatigué, lui ? Non, il était juste complètement sonné... Les cils de Nell étaient encore humides et la petite broche que lui avaient offerte ses élèves brillait sur sa veste en velours.

— Tu es la bienvenue, si cela ne te dérange pas de conduire après le concert.

— Au contraire, cela me fera le plus grand bien. Je suis encore tout excitée.

Elle se redressa, cherchant un signe d'approbation ou de rejet sur le visage de Mac.

— Si cela ne vous dérange pas, bien sûr.

— Non, articula-t-il avec difficulté comme s'il avait bu. Il faut que je te parle.

— Je viendrai dès que j'aurai terminé ici, alors.

Elle fit un clin d'œil aux enfants et se fondit dans la foule.

— Elle a fait des merveilles avec ces enfants, déclara Mme Hollis en hochant la tête. Quel dommage pour nous si elle venait à partir.

— Partir ?

Mac baissa furtivement les yeux sur ses fils, mais ils complotaient déjà entre eux en chuchotant.

— Que voulez-vous dire ?

— Je le sais par M. Perkins qui le tient de Addie McVie qui est employée administrative au lycée : l'ancienne école de Nell Davis lui a proposé de reprendre son poste à la rentrée à New York. Nell et le proviseur ont eu une réunion à ce sujet ce matin même.

Mme Hollis continua son bavardage mais Mac n'écoutait plus. Le regard vide, il regardait loin derrière elle.

— Je n'ai vraiment pas envie qu'elle nous quitte. La chorale n'a plus rien à voir avec ce qu'elle était.

Puis, repérant une de ses copines de commérages, elle joua des coudes pour se frayer un chemin jusqu'à elle.

# 9

Mac avait une parfaite maîtrise de ses nerfs — une qualité qui s'était avérée indispensable ces dernières années. Il usa de tout son sang-froid pour dissimuler son mécontentement à ses fils, mais intérieurement il bouillait de colère.

Les jumeaux étaient si excités à l'idée qu'elle vienne chez eux, pensa-t-il avec amertume. Ils voulaient vérifier que toutes les lumières étaient bien allumées, que les cookies étaient sortis, et que Zark portait toujours le grelot qu'ils avaient accroché à son collier.

Eux aussi étaient sous le charme, comprit-il soudain. Quel gâchis !

Il aurait dû s'en douter. D'ailleurs, il le savait depuis le début. Mais il avait laissé les choses en arriver là. Il avait relâché sa garde et avait succombé. Entraînant ses enfants dans sa folie.

Soit, il ne lui restait donc plus qu'à réparer son erreur. Mac se servit une bière et commença à la boire à la bouteille. Il savait toujours tout arranger, pas vrai ?

— Les dames boivent du vin, l'informa Zack. Comme tante Mira.

Mac se souvint que Nell avait pris du vin blanc à la soirée de sa sœur.

— Je n'en ai pas, marmonna-t-il.

Se méprenant sur l'air contrarié de son père, Zack lui serra la jambe :

— Tu pourras toujours en acheter pour la prochaine fois.

Mac s'accroupit et prit le visage levé de son fils entre ses mains. Son amour pour lui était si fort, si viscéral, qu'il lui broyait les entrailles.

— Tu as toujours réponse à tout, hein ?

— Tu l'aimes bien, hein, papa ?

— Ouais, elle est sympa.

— Et nous aussi, elle nous aime bien, pas vrai ?

— Mais qui pourrait résister à mes petites canailles ?

Il s'assit à la table de la cuisine et fit grimper Zack sur ses genoux. Il n'y avait rien de plus merveilleux au monde que de serrer son enfant dans ses bras, il l'avait découvert quand ses fils n'étaient encore que de tout petits bébés.

— Même moi, je vous adore la plupart du temps…

Zack se mit à glousser de rire et se blottit encore davantage contre lui avant de remarquer :

— Mais elle vit seule, la pauvre…

Zack commença à jouer avec les boutons de la chemise de son père, signe infaillible qu'il manigançait quelque chose.

— C'est le lot de beaucoup de gens, répondit Mac.

— Nous, on a une grande maison, avec deux chambres qui ne servent à personne, sauf quand papi et mamie viennent nous voir.

La sonnette d'alarme retentit dans l'esprit de Mac. Il tira gentiment sur l'oreille de son fils.

— Zack, où veux-tu en venir ?

— Nulle part.

La moue boudeuse, Zack s'attaqua à un autre bouton.

— Je me demandais juste comment ça serait si elle venait vivre chez nous.

Il lui coula un regard en douce sous ses longs cils.

— Comme ça, elle ne se sentirait plus toute seule.

— Mais personne n'a jamais dit qu'elle souffrait de solitude, objecta Mac. Et je crois que tu devrais…

La sonnette de la porte d'entrée retentit tout à coup, déclenchant un concert d'aboiements de la part de Zark qui, tout excité, fit tinter frénétiquement le grelot qu'il portait au cou. Zeke déboula dans la cuisine et se mit à sautiller d'un pied sur l'autre.

— Elle est arrivée ! Elle est arrivée !

— Je crois que j'ai compris.

Mac ébouriffa les cheveux de Zack et le remit debout.

— Eh bien, faisons-la entrer, il fait froid dehors.

— J'y vais !

— Non, moi !

Les jumeaux firent la course pour atteindre le premier la porte d'entrée. Ils y arrivèrent ensemble, s'acharnèrent sur la poignée, puis traînèrent littéralement Nell à l'intérieur après avoir enfin réussi à ouvrir la porte en grand.

— Vous en avez mis du temps ! se lamenta Zeke. On vous attendait. J'ai mis des chants de Noël, vous entendez ? Et on a allumé le sapin et tout et tout.

— C'est ce que je vois.

La pièce était accueillante et elle lutta pour ne pas se laisser gagner par le ressentiment. Mac aurait quand même pu l'inviter plus tôt !

Elle savait qu'il avait presque entièrement bâti la maison de ses mains. Mais sur le reste, il était resté discret. Il avait créé un espace vaste mais chaleureux, dominé par le bois, avec une cheminée à insert où étaient déjà suspendus les traditionnels bas de Noël. L'arbre, un épicéa de deux mètres, croulait sous les décorations et trônait fièrement devant la large baie vitrée qui donnait sur le chemin.

— Il est fantastique !

Nell se laissa entraîner par les garçons et alla admirer l'arbre de plus près.

— Absolument magnifique. Par comparaison, le sapin que j'ai mis dans mon appartement me paraît bien chétif.

— On peut le partager avec vous, si vous voulez, proposa Zack, et il leva les yeux vers elle, éperdu d'amour. On peut vous donner un bas de Noël et tout le reste, avec votre nom écrit dessus.

— Ils le font au centre commercial, renchérit Zeke. On peut vous en acheter un gros.

Ils avaient touché la corde sensible. Profondément émue, elle s'accroupit pour les serrer dans ses bras.

— Vous êtes vraiment des amours, les garçons, dit-elle en sentant Zark essayer de s'immiscer entre eux pour avoir sa part de caresses. Mais oui, toi aussi, tu es gentil…

Prise d'assaut par les enfants et le chien, elle leva les yeux pour sourire à Mac qui entrait dans la pièce.

— Salut ! Désolée d'avoir mis autant de temps. Certains enfants se sont attardés, ils voulaient me parler des endroits où ils s'étaient trompés et revenir sur le triomphe du concert.

Pourquoi fallait-il que sa présence semble si naturelle dans la maison ? Elle semblait tellement à sa place à câliner ses fils sous l'arbre de Noël ! Une véritable image d'Epinal.

— Je n'ai entendu aucune erreur.

— Il y en avait, pourtant. Mais nous allons travailler tout cela.

Elle s'assit sur un coussin et attira les deux garçons contre elle. « Comme si elle voulait les garder », songea Mac.

— Nous n'avons pas de vin, annonça solennellement Zack. Mais nous avons du lait, des jus de fruits, des sodas et de la bière. Et plein d'autres choses. Ou alors… Quelqu'un pourrait peut-être nous faire du chocolat chaud ?

— C'est l'une de mes spécialités, déclara Nell, en se levant pour ôter son manteau. Où est la cuisine ?

— Non, je m'en charge, marmonna Mac.

— Je vais te donner un coup de main.

Décontenancée par sa soudaine froideur, elle alla vers lui.

— A moins que les femmes ne soient pas les bienvenues dans la cuisine ?

— Nous n'avons pas souvent l'occasion d'en voir chez nous. Tu étais très bien sur scène.

— Merci. Je me suis vraiment fait plaisir.

Mac baissa les yeux et rencontra le regard de ses fils, immense, rempli de joie et d'impatience.

— Allez donc vous mettre en pyjama, tous les deux. Pendant ce temps, je m'occupe du chocolat.

— On sera redescendus avant que tu aies fini, affirma Zeke en fonçant vers l'escalier.

— Seulement si vous jetez vos vêtements par terre. Et je vous l'interdis formellement.

Il retourna dans la cuisine.

— Vont-ils les suspendre ou les cacher sous leur lit ? demanda Nell.

— Zack va suspendre les siens, mais ils vont glisser par terre. Zeke, lui, les aura fourrés sous son lit.

Elle éclata de rire tout en le regardant sortir le lait et le cacao en poudre.

— J'ai oublié de te dire qu'ils ont accompagné Kim à la répétition, il y a quelques jours. Ils avaient échangé leurs pulls — tu sais, leur code de couleur. Je les ai épatés en les reconnaissant malgré tout.

Il s'interrompit, la cuillère en l'air.

— Comment as-tu fait ?

— Je n'y ai même pas réfléchi. Ils ont chacun leur personnalité bien distincte. Des expressions qui leur sont propres. Tu sais bien, quand quelque chose leur fait plaisir, Zeke plisse les yeux et Zack coule un regard par-dessous ses cils. Ils ont aussi des inflexions différentes.

Elle ouvrit un placard au hasard, à la recherche de tasses.

— Des attitudes. En fait, il y a mille et un petits détails à condition d'être attentif à eux et de bien les regarder. Ah, les voilà !

Elle inclina la tête sur le côté en s'apercevant qu'il la dévisageait. Froidement. Comme s'il examinait un objet.

— Quelque chose ne va pas ? demanda-t-elle.

— Il faut que je te parle, répondit-il tout en faisant cuire le chocolat.

— C'est ce que tu m'as dit.

Inquiète, elle éprouva soudain le besoin de s'appuyer d'une main sur le comptoir.

— Mac, est-ce une idée de ma part ou bien as-tu l'intention de rompre ?

— Ce n'est pas ainsi que je l'aurais formulé.

La confrontation s'annonçait pénible. Nell s'arma de courage.

— Et quelle expression emploierais-tu, alors ? demanda-t-elle en s'efforçant de conserver un ton calme.

— Je me fais un peu de souci pour les garçons. Je m'inquiète des conséquences que risque d'avoir ton déménagement sur eux. Ils se sont beaucoup trop attachés à toi.

Mac pesta intérieurement en s'entendant prononcer ces mots : ce n'était pas ce qu'il voulait dire. Il se sentit ridicule.

— Comment ? Et que dire de moi, alors ?

— Ecoute, je pense que nous leur avons donné une fausse idée de la situation, voilà pourquoi il vaudrait mieux pour eux que nous n'allions pas plus loin.

Il fit mine de se concentrer sur la préparation du chocolat chaud comme s'il s'agissait d'une expérience nucléaire.

— Nous sommes sortis deux ou trois fois ensemble, nous avons…

— Couché ensemble, termina-t-elle d'un ton glacial.

Il la poussait dans ses derniers retranchements.

Mac se retourna vivement, de crainte que ses fils aient saisi les dernières paroles de Nell. Mais non, on entendait toujours les petits pieds des jumeaux courir à l'étage.

— Oui… On a couché ensemble et c'était vraiment bien. Seulement, les enfants sont plus fins que ce qu'on croit. Alors, ils se font des idées. Ils s'attachent.

— Et tu ne veux pas qu'ils s'attachent à moi.

Effectivement, songea-t-elle, il allait la faire souffrir. Elle persista néanmoins :

— En fait, c'est toi qui ne veux pas t'investir.

— Je pense seulement que ce serait une erreur de continuer.

— C'est très clair. Tu te sens pris au piège, alors tu te débarrasses de moi.

— Ne le prends pas comme ça, Nell.

Il posa la cuillère et fit un pas vers elle. Mais il y avait une limite à ne pas franchir. Une limite qu'il s'était imposée lui-même. Si l'un d'eux s'aventurait au-delà de cette ligne à ne pas dépasser, la vie qu'il s'était si patiemment construite s'écroulerait comme un château de cartes. Il reprit :

— J'ai réussi à créer un équilibre que je dois préserver pour mes enfants. Ils n'ont que moi au monde. Et ils sont tout pour moi. Je ne peux pas risquer de tout détruire.

— Tu n'as pas besoin de te justifier, répliqua Nell d'un ton étranglé et d'une voix qui allait bientôt se mettre à trembler. Tu as été clair dès le début. Extrêmement clair, même. C'est drôle, non ? Tu m'invites chez toi pour la première fois et c'est pour me mettre à la porte.

— Je ne te mets pas à la porte, j'essaie de remettre de l'ordre dans la situation.

— Oh, va au diable ! Et contente-toi de remettre de l'ordre dans tes baraques !

Elle s'enfuit de la cuisine en courant.

— Nell, ne pars pas comme ça !

Mais à peine avait-il atteint le salon qu'elle enfilait déjà son manteau tandis que les garçons dégringolaient l'escalier.

— Où allez-vous, miss Davis ? Vous n'avez pas…

Choqués, les deux garçons s'interrompirent brusquement, à la vue du visage de Nell, inondé de larmes.

— Je suis désolée.

Inutile de tenter de dissimuler son chagrin, c'était trop tard. Elle se dirigea vers la porte.

— J'ai quelque chose à faire. Je suis navrée.

L'instant d'après, elle était partie, laissant Mac planté dans le salon, les bras ballants, impuissant face aux deux petits garçons qui le dévisageaient. Mille excuses vinrent se bousculer dans sa tête. Avant qu'il ait pu se décider pour l'une d'elles, Zack fondit en larmes.

— Elle est partie. Tu l'as fait pleurer et elle est partie.

— Ce n'était pas mon intention. Elle…

Il avança pour enlacer ses fils mais se heurta à un mur de farouche résistance.

— Tu as tout gâché.

Une larme roula sur le visage rouge d'indignation de Zeke.

— On a fait tout ce qu'il fallait, et, toi, tu as tout gâché !

— Elle ne reviendra jamais.

Zack se laissa tomber sur la première marche de l'escalier et se mit à sangloter.

— C'est fini maintenant, elle ne voudra jamais être notre maman.

— Quoi ?

Complètement désarçonné, Mac se passa la main dans les cheveux.

— Mais de quoi parlez-vous ?

— Tu as tout gâché, répéta Zeke.

— Ecoute, miss Davis et moi avons eu… un petit différend. Cela arrive parfois entre les gens sans que ce soit la fin du monde pour autant.

C'était pourtant manifestement le cas, songea Mac.

— Papa Noël nous l'avait envoyée, affirma Zack en se frottant rageusement les yeux de ses poings. Il l'a envoyée parce qu'on la lui avait commandée. Et voilà, elle est partie, maintenant.

— Qu'est-ce que c'est que cette histoire de maman envoyée par le Papa Noël ?

Mac s'assit résolument sur une marche. Il batailla pour arriver à prendre Zack sur ses genoux et attira Zeke contre lui.

— Miss Davis est venue ici pour enseigner la musique. Elle vient de New York, pas du pôle Nord.

— Ça, on le sait.

Sa colère un peu calmée, Zeke était en quête de réconfort. Il enfouit son visage dans la chemise de son père.

— Elle est venue ici parce qu'on a envoyé une lettre à Papa Noël, il y a des mois et des mois, pour être en avance et pour qu'il ait assez de temps.

— Assez de temps pour quoi ?

— Pour trouver la maman.

Tout tremblant, Zeke poussa un soupir et leva les yeux vers son père.

— On voulait quelqu'un de gentil, qui sente bon, qui

aime les chiens et qui ait les cheveux jaunes. Alors, on l'a commandée au Père Noël et elle est arrivée. Et normalement, tu aurais dû te marier avec elle pour qu'elle soit notre maman.

Mac poussa un long soupir et s'arma de patience.

— Pourquoi ne m'avez-vous pas dit que vous vouliez avoir une maman ?

— Pas une maman, notre maman, rectifia Zeke. C'est miss Davis notre maman, mais maintenant, elle est partie. Nous, on l'aimait, mais elle ne va plus vouloir de nous parce que tu l'as fait pleurer.

— Mais bien sûr que si, elle vous aimera toujours !

Elle allait le détester, lui, mais ses sentiments envers les garçons n'en seraient pas affectés.

— Mais quand même, vous êtes assez grands pour savoir qu'on ne commande pas une maman au Père Noël.

— Il nous l'a envoyée, comme on le lui avait demandé. On a juste commandé une maman et des vélos, rien d'autre, affirma Zack qui se blottit sur ses genoux. On n'a pas demandé de jouets ou de jeux. Seulement la maman. Fais-la revenir, papa. Il faut que tu arranges tout ça. Toi qui sais toujours tout arranger.

— Ça ne marche pas comme ça, mon gars. Les gens ne sont pas des jouets qu'on répare ou des maisons qu'on retape. Papa Noël n'a pas envoyé miss Davis, elle est venue ici pour son travail.

— Si ! C'est lui qui l'a envoyée.

Zack se laissa glisser des genoux de son père avant d'ajouter avec une étonnante dignité :

— Tu ne veux peut-être pas d'elle, mais nous, si.

Les jumeaux remontèrent à leur chambre, unis dans une détermination farouche qui l'excluait.

Mac resta seul, avec une immense sensation de vide à l'intérieur de lui. Une odeur de chocolat brûlé flottait dans la cuisine.

# 10

« Il faut que je m'éloigne pendant quelques jours, songea Nell. Que j'aille quelque part. N'importe où. Rien de plus triste que de rester seule le soir de Noël à regarder par la fenêtre les gens se bousculer dans la rue, vaquant fébrilement à leurs derniers préparatifs. »

Elle avait décliné toutes les invitations à réveillonner, inventant des prétextes qui sonnaient tous horriblement faux, il fallait bien l'admettre. C'est vrai, elle préférait rester seule à broyer du noir, alors que cela ne lui ressemblait pas. Mais après tout, c'était son premier véritable chagrin d'amour. Mac lui avait brisé le cœur. Elle avait besoin de temps pour panser ses plaies.

Avec Bob, seul son amour-propre avait souffert. Et la douleur s'était estompée avec une rapidité assez déconcertante.

Mais à présent, elle se retrouvait seule, le cœur en miettes, à l'époque de l'année qui réunissait d'habitude les êtres qui s'aimaient.

Mac lui manquait. C'était une vérité douloureuse à admettre, et pourtant… Son sourire lent et hésitant, sa voix calme, sa douceur, tout lui manquait. Au moins, si elle avait été à New York, elle aurait pu se perdre dans la foule, se noyer dans la cohue générale de Noël. Mais ici, tout réveillait en elle les souvenirs de son bonheur perdu.

« Allez, Nell, bouge-toi ! Monte dans la voiture et pars loin d'ici. »

Elle mourait d'envie de voir les enfants. Avaient-ils

fait du traîneau dans la neige qui était tombée hier ? Comptaient-ils les heures qui les séparaient de Noël en complotant de rester éveillés pour entendre les rennes passer au-dessus de leur maison ?

Les cadeaux qu'elle comptait leur offrir attendaient toujours sous son arbre de Noël. Elle les leur ferait passer par Kim ou par Mira. De nouveau, une vague de tristesse déferla en elle : elle ne serait pas là pour voir l'expression de leur visage pendant qu'ils déchireraient le papier cadeau.

« Ce ne sont pas tes enfants », se morigéna-t-elle. Sur ce point, Mac avait toujours été on ne peut plus clair. Donner un peu de lui-même avait été une épreuve suffisamment difficile pour lui. Mais l'idée même de partager ses enfants avec quelqu'un d'autre avait sonné le glas de leur relation.

Partir, il fallait partir. Elle s'exhorta à l'action. Elle allait remplir un sac de voyage, le fourrer dans la malle et rouler jusqu'à ce qu'elle décide de s'arrêter. Elle allait prendre deux ou trois jours. Et puis, flûte ! Elle pouvait bien s'octroyer une semaine. La perspective de passer les vacances de Noël seule était insupportable.

En dix minutes, elle jeta quelques affaires au hasard dans une valise sans réfléchir à quoi que ce soit. Maintenant que sa décision était prise, elle ne pouvait plus attendre. Elle boucla sa valise, la porta jusque dans le salon et alla chercher son manteau.

Elle suspendit son geste, exaspérée, en entendant qu'on frappait à la porte. Oh, non ! A coup sûr, ce devait encore être un voisin qui venait, plein de sollicitude, lui souhaiter un joyeux Noël et l'inviter à réveillonner chez lui. Elle sentit qu'elle allait piquer une crise de nerfs.

Elle ouvrit la porte ; aussitôt la douleur se raviva dans son cœur fraîchement meurtri.

— Tiens, Macauley… On vient souhaiter un joyeux Noël à ses heureux locataires ?

— Puis-je entrer ?

— Pour quoi faire ?

— Nell…

Sa voix était empreinte d'une patience infinie.

— S'il te plaît, laisse-moi entrer.

— Très bien, tu es le propriétaire des lieux, après tout. Désolée pour l'accueil, mais je n'ai rien à boire et je ne suis pas d'humeur à faire la fête.

— Il faut que je te parle.

Cela faisait des jours qu'il tournait les mots dans sa tête pour trouver la formule adéquate et le ton juste.

— Vraiment ? Excuse-moi si je ne montre pas davantage d'enthousiasme, mais je garde un souvenir amer de la dernière fois que tu as voulu me parler.

— Je ne voulais pas te faire pleurer.

— J'ai la larme facile. Tu devrais me voir pleurer au cinéma…

Incapable de continuer sur ce ton qui ne lui était pas naturel, elle renonça aux sarcasmes et lui posa la seule question qui importait à ses yeux.

— Comment vont les enfants ?

— Ils ne m'adressent pratiquement plus la parole.

Devant son air indifférent, il fit un geste vers le canapé.

— Tu ne veux pas t'asseoir ? C'est une histoire un peu compliquée.

— Je préfère rester debout. En fait, j'ai très peu de temps. J'étais sur le point de partir.

Le regard de Mac suivit le sien et se posa sur la valise. Son visage se contracta.

— Eh bien, au moins tu n'auras pas perdu de temps.

— Que veux-tu insinuer ?

— J'imagine que tu as accepté de reprendre ton poste à New York ?

— Je vois que les nouvelles vont vite. Eh bien, non ! Je n'ai pas accepté leur offre. Mon travail me plaît, j'aime les gens de Taylor's Grove et j'ai bien l'intention de rester ici. Je pars simplement en vacances.

— Tu pars en vacances ? A 5 heures de l'après-midi, la veille de Noël ?

— Je suis libre d'aller et venir comme bon me semble. Non, ce n'est pas la peine d'enlever ton manteau, lança-t-elle sèchement, au bord des larmes. Dis ce que tu as à dire et va-t'en. J'ai payé mon loyer, je suis donc encore chez moi, ici. Et puis non, tout compte fait, pars tout de suite. Bon sang ! Tu ne vas pas me faire pleurer une fois de plus !

— Les garçons croient que c'est le Père Noël qui t'a envoyée.

— Pardon ?

Il alla vers elle et, du pouce, essuya la larme qui venait de rouler sur sa joue.

— Ne pleure pas, Nell. Je ne supporte pas l'idée que tu sois malheureuse à cause de moi.

— Ne me touche pas.

Elle s'esquiva prestement et, le dos tourné, sortit fébrilement un mouchoir en papier d'une boîte.

Mac était au supplice.

— Je suis désolé. Je me rends compte à présent à quel point je t'ai fait souffrir.

— Tu es encore très loin du compte.

Elle se moucha et s'efforça de reprendre ses esprits.

— Qu'est-ce que c'est que cette histoire à propos des garçons et du Père Noël ?

— Ils ont écrit une lettre au Père Noël cet automne, peu avant qu'ils ne fassent ta connaissance. Ils ont décidé qu'ils voulaient une maman pour Noël.

Elle se tourna vers lui, interdite.

— Pas une maman, expliqua Mac, leur maman. Ils n'arrêtent pas de me corriger. Ils savent précisément ce qu'ils veulent. Elle était censée avoir des cheveux jaunes, sourire tout le temps, aimer les enfants et savoir faire des cookies. Ils voulaient aussi des vélos, mais en second choix. Ce à quoi ils tenaient vraiment, c'était la maman.

— Ah !

Il lui fallut tout de même s'asseoir sur un accoudoir du canapé.

— Je comprends mieux, maintenant.

Désormais remise de son émotion, elle tourna les yeux vers lui.

— Ils t'ont mis dans une situation bien peu confortable, n'est-ce pas ? Je sais à quel point tu les aimes, Mac, mais entreprendre une liaison avec moi dans le seul but de faire plaisir à tes enfants, c'est pousser un peu loin le dévouement paternel.

— Mais je n'étais pas au courant ! Bon Dieu ! Crois-tu vraiment que j'aurais pu jouer avec leurs sentiments ou les tiens avec une telle désinvolture ?

— Pas avec ceux de tes fils, non, répliqua-t-elle d'une voix lasse. Sûrement pas.

Il se souvint comme elle lui avait paru délicate lorsqu'ils avaient fait l'amour. Sa fragilité s'était désormais envolée. Ses joues avaient perdu leur éclat rose et ses yeux ne brillaient plus, constata-t-il avec un pincement de cœur.

— J'ai connu la douleur de l'abandon, Nell. Jamais je ne t'aurais rendue malheureuse de façon intentionnelle. Ils ne m'ont fait part de cette lettre que le soir où… Tu n'as pas été la seule à pleurer à cause de moi, cette nuit-là. J'ai bien tenté de leur expliquer que ça ne fonctionnait pas ainsi, mais ils n'ont rien voulu entendre. Ils sont persuadés que c'est le Père Noël qui t'a envoyée.

— J'irai leur parler si tu le souhaites.

— Je ne mérite pas…

— Ce n'est pas à toi que je pense, le coupa-t-elle, mais à eux.

Il hocha la tête.

— Je me demandais ce que tu éprouverais en apprenant quels étaient leurs plans te concernant.

— N'insiste pas, Mac.

Mais il ne pouvait se résoudre à renoncer et s'approcha d'elle sans la quitter des yeux.

— C'est aussi en pensant à moi qu'ils ont agi ainsi.

C'est la raison pour laquelle je n'étais pas dans la confidence. Tu étais censée être notre cadeau de Noël à tous les trois. Cela ne te touche donc pas ?

— Comment peux-tu dire cela ?

Ecartant sa main, Nell se leva et alla à la fenêtre.

— Cela me fait une peine immense. Je vous ai aimés tous les trois, dès le premier regard. Comment pourrais-je rester insensible à ce que tu me dis ? Va-t'en, laisse-moi seule.

Mac était tellement oppressé qu'il pouvait à peine respirer.

— Je croyais que tu partirais. Qu'un jour, tu nous laisserais tomber. Je n'arrivais pas à me persuader que tu nous aimais assez pour vouloir rester avec nous.

— C'était vraiment stupide de ta part, murmura-t-elle.

— Je reconnais que j'ai été maladroit.

Il contempla les petites lumières de l'arbre de Noël qui se reflétaient dans ses cheveux et, faisant fi de toute prudence, décida de se jeter à l'eau.

— Très bien, je l'admets, j'ai agi comme un imbécile. Je n'ai aucune excuse parce que j'ai fermé les yeux sur la réalité de tes sentiments comme des miens. Je ne suis pas tombé amoureux de toi immédiatement. Du moins, je n'en avais pas conscience. Jusqu'au soir du concert. C'est ce que je voulais te dire. Je ne savais pas comment m'y prendre. Et puis, j'ai entendu des rumeurs concernant cette proposition de travail à New York et, sans réfléchir, j'ai sauté sur le premier prétexte pour te quitter. Je croyais protéger mes enfants, je ne voulais pas qu'ils puissent souffrir.

Non, songea-t-il, écœuré, jamais il ne se servirait de ses fils, fût-ce pour la faire revenir vers lui par un quelconque chantage sentimental. Il poursuivit :

— Mais cela n'explique pas tout. Je tentais aussi de me protéger. Je n'arrivais pas à contrôler mes sentiments envers toi. Cela me faisait peur.

— Les choses n'ont pas évolué depuis, Mac.

— Mais il ne tient qu'à nous de les faire changer.

Il décida de tenter le tout pour le tout. Posant les mains sur ses épaules, il la fit pivoter pour lui faire face.

— Ce sont mes fils qui m'ont fait comprendre que, parfois, il suffit de vouloir quelque chose de toutes ses forces pour qu'un souhait se réalise. Ne me laisse pas, Nell. Ne nous abandonne pas.

— Je n'ai jamais eu l'intention d'aller où que ce soit.

— Pardonne-moi.

Elle fit mine de détourner la tête mais il prit délicatement son visage entre ses mains.

— Je t'en prie. Je ne suis peut-être pas capable de réparer le mal que je t'ai fait, mais laisse-moi au moins une chance d'essayer. J'ai besoin de toi. Nous avons tous besoin de toi.

Il y avait une telle patience dans sa voix, une force tranquille émanait de la main qui caressait sa joue. Elle sentait sa douleur s'apaiser rien qu'en le regardant.

— Je t'aime. Je vous aime, tous les trois. C'est plus fort que moi.

Il posa ses lèvres sur les siennes dans un baiser empreint de soulagement et de reconnaissance.

— Moi aussi, je t'aime. Et je ne veux surtout pas lutter contre cet amour.

L'attirant contre lui, il amena sa tête contre sa poitrine.

— Cela fait si longtemps que nous sommes seuls, tous les trois, que je ne savais pas comment te faire une place dans notre famille. Mais je crois que j'ai trouvé le moyen de tout résoudre.

Il s'écarta d'elle de nouveau et fouilla dans la poche de son manteau.

— J'ai un cadeau pour toi.

— Mac…

Encore chancelante sous le coup du tourbillon de toutes ces émotions, elle essuya ses dernières larmes du revers de la main.

— Ce n'est pas encore Noël !

— Nous n'en sommes pas loin. Et je crois que si tu acceptais d'ouvrir ton cadeau dès maintenant, je pourrais peut-être enfin me remettre à respirer normalement.

— Très bien. Considérons cela comme un gage de réconciliation. Je pourrais même envisager de…

Sa phrase resta en suspens lorsqu'elle découvrit ce que recélait la petite boîte. Une bague. Le traditionnel anneau d'or surmonté d'un diamant.

— Epouse-moi, Nell, demanda-t-il doucement. Sois la maman de mes enfants.

Eblouie, elle leva les yeux vers lui.

— Tu changes bien rapidement d'avis pour quelqu'un d'aussi posé que toi.

— C'est le soir de Noël, déclara-t-il, et il plongea les yeux dans les siens tout en sortant le solitaire de son écrin. Je me suis dit que c'était la nuit ou jamais pour tenter ma chance.

— Tu as très bien fait.

En souriant, elle lui tendit la main.

— C'est un excellent choix.

Quand il eut passé la bague à son doigt, elle lui caressa la joue et demanda :

— Quand ?

Il aurait dû se douter que ce serait tout simple, en fait. Avec elle, rien ne serait jamais compliqué.

— Nous ne sommes qu'à une semaine du premier de l'an. Ce serait une bonne façon de commencer l'année. Une nouvelle année pour une nouvelle vie.

— Oui.

— Veux-tu venir à la maison ce soir ? J'ai confié les enfants à Mira. Nous pourrions aller les chercher et ainsi, tu pourrais passer Noël avec ta famille, celle qui n'attend que toi.

Avant qu'elle ait pu répondre, il sourit et lui embrassa la main.

— Ta valise est déjà prête…

— C'est vrai. C'est sûrement ça, la magie de Noël.

— Je commence à me demander s'il n'y a pas du vrai dans tout ça.

Et prenant son visage entre ses mains, il se pencha vers elle pour déposer sur ses lèvres un long et profond baiser.

— Nell, je ne t'espérais plus, mais tu es sans nul doute mon plus beau cadeau de Noël.

Il enfouit son visage dans sa chevelure et contempla par la fenêtre les lumières multicolores qui décoraient les maisons, en bas, dans la rue.

— Tu n'as rien entendu ? murmura-t-il.

— Oh, si…, acquiesça-t-elle en se serrant contre lui. Les clochettes d'un traîneau…

# PASSION

# 1

La jeune femme virevoltait inlassablement sous les projecteurs, sa luxuriante crinière d'un noir de jais cascadant sur ses épaules. Elle offrait à l'objectif braqué sur elle son visage aux traits réguliers sur lequel se succédaient les expressions les plus variées.

— C'est ça, Hillary, continue, l'encourageait Peter Newman en mitraillant de son appareil photo chacun de ses mouvements. Ta bouche, je veux voir ta bouche ! N'oublie pas que c'est un rouge à lèvres que nous vendons. Là, fantastique ! conclut-il en se relevant de la position accroupie qu'il avait adoptée. C'est bon, ça suffit pour aujourd'hui.

Hillary étira sa longue silhouette élancée.

— Je suis exténuée ! Il me tarde d'être à la maison et de me couler dans un bon bain chaud.

— Songe un peu aux millions de dollars que cette marque de cosmétiques va gagner grâce à toi, ma chérie, commenta Peter en balayant consciencieusement le studio du regard avant d'éteindre les lumières du plateau.

— Quand j'y pense, c'est ahurissant tout de même !

— Mmm, tu as raison, renchérit Peter d'un air distrait. N'oublie pas que demain nous travaillons pour une marque de shampooing, alors veille à prendre soin de cette crinière de rêve. Ah, zut ! J'oubliais, j'ai un rendez-vous d'affaires, l'informa-t-il en se retournant vers elle. Je t'enverrai quelqu'un pour me remplacer.

Hillary lui adressa un sourire plein d'indulgence.

Depuis trois ans maintenant qu'elle travaillait comme mannequin, elle avait eu tout loisir d'apprécier Peter et d'en faire son photographe préféré. Elle lui trouvait des qualités rares que peu de professionnels possédaient, tel ce don qu'il avait de trouver du premier coup le bon angle et de capturer de façon presque instinctive l'expression juste qu'il traquait sur le visage de ses modèles.

Et le fait qu'il soit désespérément et irrémédiablement tête en l'air et désorganisé n'enlevait rien à l'admiration et au respect qu'Hillary lui portait.

— De quoi s'agit-il ? s'enquit cette dernière qui connaissait trop bien la capacité de Peter à perdre le sens des réalités et à tout mélanger dès que celles-ci ne concernaient pas son précieux matériel photographique.

— Ah ! C'est vrai, je ne t'en ai pas parlé.

Hillary confirma d'un signe de tête qui incita Peter à poursuivre.

— J'ai rendez-vous avec Bret Bardoff à 10 heures.

— Bret Bardoff, le patron du magazine *Mode* ? répéta Hillary, au comble de la perplexité. J'ignorais qu'il s'abaissait à accepter des rendez-vous avec le commun des mortels, poursuivit-elle d'un ton sarcastique.

— Eh bien, il faut croire qu'il a changé son fusil d'épaule puisque son assistante m'a contacté pour me dire qu'il voulait me rencontrer. Il paraît qu'il veut discuter avec moi d'un projet, ou je ne sais quoi.

— Je te souhaite bonne chance, alors. D'après ce que j'ai entendu dire de lui, c'est une forte personnalité qui n'a pas l'habitude qu'on discute ses ordres. Dur en affaires et prêt à écraser ceux qui se trouvent en travers de sa route.

— Il n'en serait pas où il en est aujourd'hui s'il n'avait pas eu ces qualités, plaida Peter dans un haussement d'épaules désabusé. Car même si c'est son père qui est le fondateur de *Mode*, il faut bien reconnaître que c'est grâce à son génie des affaires que les ventes ont doublé et qu'il a pu absorber d'autres magazines de presse. En outre, c'est non seulement un formidable homme d'affaires, mais également un photographe très talentueux, un de ceux qui n'hésiteraient pas à mettre leur réputation en jeu pour obtenir la photo du siècle !

— Toi, de toute façon, pourvu que quelqu'un sache faire la différence entre un Nikon et un Canon…, se moqua gentiment Hillary en ébouriffant tendrement les cheveux déjà hirsutes de son ami. En tout cas, ce n'est pas le genre d'homme qui m'attire. Il me terroriserait plutôt, même.

— Toi, terrorisée ? Il n'est pas encore né celui qui te fera peur ! assura Peter en regardant avec affection la jeune femme rassembler ses affaires et se diriger d'un pas décidé vers la porte. Bon, je t'envoie quelqu'un à 9 h 30, demain matin.

Hillary lui fit un petit geste de la main et sortit dans la rue où elle héla un taxi. Tout comme des centaines de ses concitoyens, la parfaite New-Yorkaise quelle était devenue avait très vite adopté ce moyen de locomotion.

Elle avait à peine vingt et un ans lorsqu'elle avait tout laissé tomber pour venir tenter une carrière de mannequin à New York. La transition entre la jeune campagnarde qu'elle était alors et le mannequin reconnu qu'elle était aujourd'hui n'avait pas été facile, mais elle n'avait jamais voulu renoncer, s'accrochant de toutes ses forces pour s'adapter à la vie trépidante de cette mégapole tentaculaire.

La première année avait été difficile, la voyant accepter de petits boulots sans intérêt, mais elle avait refusé d'abdiquer et avait définitivement chassé tout désir de retourner vivre dans le cocon familial. Puis, peu à peu, sa ténacité avait commencé à payer et elle était devenue l'emblème de nombreuses marques publicitaires. Elle avait fini par être incontournable et sa rencontre avec Peter l'avait hissée aux sommets. Depuis, son visage inondait les pages publicitaires des magazines quand il n'en faisait pas la couverture.

Elle avait gravi les échelons par paliers, et elle devait aux sommes exorbitantes qu'elle gagnait aujourd'hui d'être passée du petit studio minable de ses débuts au magnifique appartement surplombant Central Park dont elle était propriétaire.

Pourtant la profession de mannequin n'avait jamais été une vocation. Elle la considérait tout simplement comme un métier. Et si elle était venue se frotter à une ville comme New York, ce n'était pas pour courir après des chimères, mais juste avec la ferme intention de réussir ce qu'elle avait décidé d'entreprendre et de se prouver qu'elle pouvait se débrouiller seule.

Sa silhouette déliée, sa grâce naturelle et son port de reine l'avaient définitivement confortée dans le choix de cette profession. Le petit air exotique que lui donnaient sa lourde chevelure d'un noir de jais, ses pommettes saillantes et ses yeux d'un bleu profond bordés de cils incroyablement longs avait fait le reste. Quant à son teint de porcelaine, il contrastait merveilleusement avec sa bouche pleine et sensuelle naturellement carminée. Son allure étonnante lui donnait une aisance naturelle qui faisait d'elle l'un des mannequins les plus photogéniques de sa génération. Désormais, les photographes s'arrachaient cette jeune femme qui pouvait exprimer avec une facilité déconcertante la palette d'émotions qu'ils exigeaient d'elle et possédait la rare faculté d'évoluer avec une aisance stupéfiante devant les objectifs.

Une fois chez elle, Hillary se laissa tomber sur le canapé et envoya ses chaussures valser à l'autre bout de la pièce. Elle enfonça avec délectation ses pieds nus dans la moquette profonde et se réjouit à la perspective de passer une soirée tranquille, seule dans son grand appartement.

Une demi-heure plus tard, enveloppée dans une robe d'intérieur bleue qui présentait l'avantage d'être aussi confortable qu'élégante, elle s'affairait à la préparation de ce qui pour elle représentait un festin : une soupe légère accompagnée de biscuits diététiques.

Les trois petits coups frappés à la porte d'entrée lui annoncèrent l'arrivée inopinée de sa voisine.

— Salut, Lisa, lui dit-elle avec un grand sourire. Tu dînes avec moi ?

Lisa MacDonald plissa son petit nez retroussé et esquissa une moue dédaigneuse.

— Non, merci. Je préfère encore prendre quelques kilos plutôt que mourir de faim en ta compagnie.

— Si je ne faisais pas attention, se défendit Hillary en passant une main sur son ventre plat, eh bien… tu n'aurais plus qu'à me trouver un travail dans ton cabinet d'avocats. Au fait, comment va ton fringant collègue ?

— Je crains bien qu'il ne se soit pas encore rendu compte de ma présence, se plaignit la jeune femme en s'affalant sur le canapé. Je commence sérieusement à désespérer et s'il ne se passe rien d'ici quelques jours, je vais être obligée de prendre les choses en main. Et là, tu me connais : je suis capable du pire !

— Dans ce cas, pourquoi n'essaierais-tu pas de lui faire un croche-pied quand il passera devant ton bureau ? Il sera bien obligé de te remarquer.

— Mmm, pourquoi pas, en effet ?

Hillary adressa un petit sourire amusé à son amie et s'installa à côté d'elle. Elle allongea ses jambes sur la table basse et demanda d'un ton dégagé :

— Tu as déjà entendu parler de Bret Bardoff ?

Lisa écarquilla les yeux.

— Qui n'a pas entendu parler de lui ? Milliardaire, incroyablement beau, brillant homme d'affaires et toujours célibataire.

Lisa énumérait toutes ces qualités sur le bout de ses doigts.

— Pourquoi cette question ?

Hillary haussa légèrement les épaules.

— Peter a rendez-vous avec lui demain matin, mais à vrai dire, il ne sait pas trop pour quelle raison.

— Ils doivent se voir en tête à tête ?

— Oui.

La jeune femme posa un regard perplexe sur Lisa avant de reprendre :

— Bien sûr, nous avons déjà travaillé pour ses magazines mais je n'arrive pas à comprendre pourquoi l'insaisissable patron de *Mode* veut, en personne, rencontrer Peter. Aussi bon photographe soit-il. Tout le monde dans le milieu parle de lui en termes élogieux et si l'on en croit la presse à scandales, il est l'incarnation même du prétendant idéal dont rêve toute jeune fille bonne à marier.

Hillary s'interrompit un instant, l'air songeur.

— C'est bizarre, je ne connais personne qui ait eu affaire à lui directement, je me demande qui il est réellement. En fait, moi je l'imagine plutôt comme une espèce de dieu intouchable qui régnerait sur ses sujets depuis l'Olympe.

— Tu en sauras plus demain, quand Peter l'aura rencontré, suggéra Lisa.

— J'en doute. Tout ce qui ne concerne pas la photographie ne présente, à ses yeux, strictement aucun intérêt.

Il n'était pas tout à fait 9 h 30 lorsque Hillary pénétra dans le studio le lendemain matin.

Sa chevelure, soigneusement préparée pour la publicité dont elle allait faire l'objet, cascadait joliment sur ses épaules en une foison de boucles épaisses et soyeuses.

Hillary s'installa dans la petite salle qui faisait office de loge et se maquilla d'une main experte. A 9 h 45, elle était prête et allumait avec impatience tous les projecteurs nécessaires à une séance de photos d'intérieur.

L'heure du rendez-vous était largement dépassée lorsque la porte du studio s'ouvrit. La jeune femme fonça sur le nouveau venu, maîtrisant difficilement la colère qu'elle sentait monter en elle.

— Vous êtes en retard, lâcha-t-elle sèchement en guise de bienvenue.

— Vraiment ? riposta l'inconnu, l'air sincèrement étonné.

Hillary marqua un temps d'arrêt pour détailler l'homme

incroyablement séduisant qui se tenait devant elle. Son teint légèrement hâlé faisait ressortir le blond cendré de ses cheveux qu'il portait mi-longs, et le gris de ses yeux en amande. Sa bouche charnue esquissait un petit sourire en coin qui lui donnait un vague air familier mais qu'Hillary ne parvint pas à identifier.

— Nous n'avons jamais travaillé ensemble, je me trompe ? demanda la jeune femme que la grande taille de l'inconnu forçait à lever la tête vers lui.

— Pourquoi cette question ? lui demanda-t-il en la regardant fixement.

Hillary baissa les yeux, embarrassée par le regard pénétrant du photographe, et crut bon de rajuster les poignets parfaitement en place de son chemisier pour se donner une contenance.

— Mais… heu… il n'y a aucune raison particulière, balbutia-t-elle. Bien, et si nous nous mettions au travail à présent, nous avons perdu assez de temps comme cela, reprit-elle en retrouvant toute son assurance. Où est votre matériel ? Vous comptez prendre celui de Peter ?

— Je suppose, oui, répondit-il, laconique, sans esquisser le moindre geste mais en dardant toujours sur Hillary son regard magnétique.

La nonchalance affichée de cet homme commençait à heurter sérieusement le professionnalisme de la jeune femme qui riposta sèchement :

— Eh bien, allons-y, je n'ai pas l'intention d'y passer la journée. En outre, je suis prête depuis une demi-heure.

— Je suis désolé.

Il accompagna ses paroles d'excuse d'un sourire irrésistiblement charmeur. L'idée traversa l'esprit d'Hillary qu'il pouvait s'en servir comme d'une arme redoutablement efficace. Elle pivota et s'éloigna de lui, soucieuse d'échapper à l'incroyable pouvoir de séduction de cet inconnu. Elle n'était pas là pour batifoler mais pour travailler.

Le photographe s'approcha des appareils de Peter et les passa soigneusement en revue.

— A qui sont destinées les photos ?

— Peter ne vous a rien dit ? s'enquit Hillary, sceptique. Mais l'exaspération qu'elle sentait monter en elle s'évanouit aussitôt et, pour la première fois depuis l'arrivée de l'inconnu, un sourire attendri flotta sur ses lèvres.

— Peter est le plus talentueux des photographes mais il est aussi le plus distrait qui soit. A tel point que je me demande comment il fait pour ne pas oublier de se lever tous les matins.

Hillary enroula autour de ses doigts une boucle de cheveux qu'elle relâcha avant de déclamer sur un ton publicitaire :

— Pour des cheveux superbes, brillants et en bonne santé ! Une marque de shampooing, précisa-t-elle. Voilà ce que nous allons représenter aujourd'hui.

— Parfait, commenta laconiquement le photographe tout en réglant l'appareil choisi avec des gestes qui trahissaient un grand professionnalisme.

Au moins, il avait l'air de connaître son métier, songea Hillary, rassurée.

— Au fait, où est Peter ? demanda l'homme.

— Il ne vous a donc vraiment rien dit ? Remarquez, cela lui ressemble assez, ajouta la jeune femme qui commença à bouger gracieusement la tête devant l'objectif inquisiteur du photographe.

Celui-ci suivait le moindre des mouvements d'Hillary, capturant nombre de clichés sous des angles différents.

— Il avait rendez-vous avec Bret Bardoff, précisa-t-elle tout en soulevant sa lourde chevelure entre ses mains et en souriant à l'objectif. J'espère qu'il n'a pas oublié. En tout cas, s'il tient à rester en vie.

— Bret Bardoff a si mauvaise réputation ? demanda la voix derrière l'appareil.

D'un mouvement de tête, Hillary rejeta en arrière ses boucles brunes tout en poursuivant la conversation, oublieuse de l'appareil qui la mitraillait sans pitié.

— En tout cas, c'est comme cela que je l'imagine. Je

suppose qu'un homme d'affaires aussi intransigeant que lui ne doit tolérer aucune imperfection chez les autres. Alors, l'absence ou le retard d'un simple photographe…

— Vous le connaissez ?

Hillary laissa échapper un petit rire cristallin, comme si une telle éventualité était inconcevable.

— Non, et je ne le rencontrerai probablement jamais, nous n'avons vraiment rien en commun. Et vous ?

— Pas vraiment, non.

— Et pourtant, nous avons tous travaillé pour lui à un moment ou à un autre. Quand je pense que mon visage a paru des centaines de fois dans un de ses magazines et que je n'ai encore jamais rencontré Sa Majesté ! railla Hillary.

— Sa Majesté ? répéta le photographe, perplexe.

— Comment qualifier autrement un individu aussi imbu de lui-même ? D'après ce que j'ai entendu dire, il dirige ses affaires en véritable chef d'Etat.

— Vous ne semblez pas lui porter une grande estime.

Hillary haussa légèrement les épaules, signifiant ainsi le peu de cas qu'elle faisait de Bret Bardoff.

— En fait, je me sens peu d'affinités avec ce genre de personne. Vous savez, moi je ne suis qu'une fille toute simple, originaire de l'Amérique profonde.

— Eh bien, ce n'est pas l'idée que l'on se fait de vous lorsqu'on vous voit ! commenta-t-il en abaissant son appareil. C'est bon, Hillary, je crois qu'avec ce que j'ai là, vous allez faire vendre des millions de litres de shampooing.

Hillary abandonna ses poses langoureuses et le regarda avec curiosité.

— Vous me connaissez ? Excusez-moi, je n'arrive pas à vous situer. Nous avons déjà travaillé ensemble ?

— Difficile de ne pas tomber sur votre visage quelque part. Et puis la beauté des femmes fait un peu partie de mon métier.

Il s'exprimait avec une simplicité naturelle, un sourire amusé au coin des lèvres.

— Il semblerait que vous ayez l'avantage sur moi, monsieur… ?

— Bardoff. Bret Bardoff, répondit l'inconnu en braquant l'objectif de l'appareil sur l'expression abasourdie d'Hillary. Vous pouvez refermer la bouche à présent, la séance est terminée.

Son sourire s'élargit tandis qu'il poursuivait avec une ironie manifeste :

— Vous êtes devenue muette tout à coup ?

Hillary se détesta pour son manque d'à-propos. Comment avait-elle pu être aussi stupide pour ne pas le reconnaître ? Elle avait pourtant vu sa photo des dizaines de fois dans les journaux, dans les magazines.

La vague de colère qui la submergeait la porta pour affronter l'homme qui se tenait face à elle et semblait la narguer. Elle s'éclaircit la voix et lâcha, ses yeux lançant des éclairs, les joues empourprées de colère :

— Vous vous êtes moqué de moi ! Vous m'avez laissée me couvrir de ridicule tout en prenant des photos alors que vous n'aviez aucun droit de le faire.

— Je n'ai fait qu'obéir à vos ordres, riposta placidement Bardoff.

— Vous n'étiez pas obligé, mais surtout, dit-elle au comble de la colère, vous auriez dû me dire qui vous étiez !

— Vous ne me l'avez pas demandé.

Avant qu'elle ait eu le temps de répliquer, la porte s'ouvrit à la volée sur un Peter confus et agité.

— Monsieur Bardoff, commença-t-il en s'avançant vers le couple qui se tenait toujours sous les projecteurs. Je vous prie d'accepter mes excuses, je croyais que notre rendez-vous avait lieu dans votre bureau. Et lorsque je suis arrivé, votre assistante m'a dit que vous vous étiez rendu au studio. Je… je ne sais pas comment j'ai pu me tromper ainsi, je suis vraiment désolé de vous avoir fait attendre.

— Ne vous en faites pas pour ça, répliqua Bret, un sourire goguenard aux lèvres. L'heure qui vient de s'écouler a été très enrichissante.

Peter parut soudain prendre conscience de la présence d'Hillary, ce qui ajouta à sa confusion.

— Je savais que j'oubliais quelque chose ! se lamenta-t-il. Ne t'en fais pas, mon chou, nous allons faire ces photos immédiatement.

— Ce n'est pas la peine, objecta Bret en tendant son appareil à Peter. Hillary et moi nous en sommes occupés.

Peter considéra Bret d'un air sceptique.

— Vous avez fait les photos ?

— Oui. En fait, Hillary avait à cœur de ne pas perdre de temps. Mais vous verrez, je pense qu'elles vous plairont.

— Je n'en doute pas une seconde, apprécia Peter avec dévotion, je sais ce que vous êtes capable de faire avec un appareil photo entre les mains.

Silencieuse, Hillary écoutait les deux hommes discuter. Elle aurait voulu que le sol s'ouvre sous ses pieds et l'engloutisse à jamais. Et même si elle reconnaissait que la faute en incombait à Bret Bardoff, cela lui était une maigre consolation car elle ne s'était jamais sentie aussi ridicule ! Avec quel toupet il lui avait laissé croire qu'il était le photographe qu'elle attendait !

Elle se remémora, les joues en feu, la façon autoritaire avec laquelle elle lui avait ordonné de commencer la séance, puis toutes les horreurs qu'elle lui avait confiées.

Elle ferma les yeux, souhaitant désespérément se trouver à dix mille lieues de là et ne plus jamais rencontrer Bret Bardoff.

Elle rassembla fébrilement ses affaires éparses.

— Eh bien, je vais vous laisser bavarder, annonça-t-elle d'une voix qu'elle voulait désinvolte. J'ai une séance à l'autre bout de la ville.

Elle prit une profonde inspiration et enchaîna rapidement :

— Au revoir, Peter. Ravie de vous avoir rencontré, monsieur Bardoff.

Mais lorsqu'elle passa devant eux, Bret lui saisit le bras d'une main ferme, l'empêchant de se précipiter vers la sortie. La jeune femme leva les yeux sur lui et soutint son regard, électrisée par le contact de cette main puissante sur sa peau.

— Au revoir, Hillary. Cette matinée a été des plus enrichissante, aussi, j'espère que nous aurons l'occasion de nous revoir très bientôt.

Hillary marmonna de vagues paroles inaudibles puis, se libérant de l'étreinte de Bret, se hâta vers la porte.

Ce soir-là, elle se préparait pour se rendre à un dîner, tentant vainement de chasser de son esprit les événements de la journée. En tout cas, songeait-elle pour se rassurer, elle était sûre d'une chose : elle n'allait pas retomber de sitôt sur Bret Bardoff. Car après tout, ils n'avaient dû cette rencontre fortuite qu'à la négligence de Peter.

Hillary souhaita néanmoins que le vieil adage qui voulait que la foudre ne frappe jamais deux fois se révèle exact. Le souvenir de la situation humiliante qu'elle avait vécue le matin même lui fit de nouveau monter le rouge aux joues.

La sonnerie du téléphone vint à point nommé la tirer de ses sinistres réflexions.

Hillary alla décrocher et la voix surexcitée de Peter se fit entendre à l'autre bout du fil.

— Hillary, ma chérie, je suis si content de pouvoir te parler !

— A vrai dire, je n'ai pas beaucoup de temps, je m'apprêtais à sortir. Qu'y a-t-il de si urgent ?

— Je ne peux pas entrer dans les détails maintenant. Bret t'en parlera demain matin.

Hillary ne manqua pas de noter la familiarité qui s'était instaurée entre les deux hommes au point que Peter appelait maintenant le magnat de la presse par son prénom.

— Peter, de quoi parles-tu ?

— Bret t'expliquera tout cela lui-même demain matin. Tu as rendez-vous avec lui à 9 heures.

— Pardon ? s'écria Hillary, manquant de s'étrangler sous le coup de la surprise. Mais enfin, Peter…

— Hil, l'interrompit ce dernier, tu verras, c'est une formidable opportunité pour nous deux ! Mais tu en sauras plus demain. Tu sais où se trouvent les bureaux de Bret, j'imagine ?

C'était là une affirmation plus qu'une question tant nul n'était censé ignorer où se trouvait le siège du célèbre magazine *Mode*.

— Je ne veux pas revoir cet homme, Peter, protesta Hillary, paniquée à l'idée de croiser de nouveau les yeux gris métallique de Bret Bardoff. Je ne sais pas ce qu'il t'a raconté après mon départ, mais en tout cas ce que je peux te dire, moi, c'est que je me suis couverte de ridicule ! Tu comprends, je l'ai vraiment pris pour le photographe que tu devais m'envoyer, d'ailleurs tu es partiellement responsable et…

— Ne t'inquiète donc plus pour ça, s'écria Peter, ça n'a aucune importance. Sois bien à l'heure, n'est-ce pas ? A demain, ma chérie.

— Mais, Peter…

Hillary s'interrompit net, consciente de parler dans le vide. Peter avait raccroché.

C'en est trop, se dit-elle en se laissant lourdement tomber sur son lit. Comment Peter pouvait-il lui faire un coup pareil ? Comment pourrait-elle de nouveau affronter le regard narquois de cet homme après tout ce qu'elle avait dit sur lui ?

Elle releva soudain la tête, redressa les épaules et décida fièrement de ne plus se laisser aller à ce sentiment d'humiliation qui la submergeait depuis le matin. Bret Bardoff cherchait une nouvelle occasion de rire à ses dépens ? Eh bien, elle allait montrer à Sa Majesté l'Empereur de quel bois se chauffait une Hillary Baxter, fille de la campagne !

Hillary hésita un long moment avant de porter son choix sur une simple robe en maille blanche à col montant qui mettait parfaitement en valeur sa silhouette sans défaut. Elle enfila ensuite une paire d'escarpins à hauts talons qui lui permettraient d'être à la même hauteur que son interlocuteur, puis opta pour un chignon soigneusement tiré sur la nuque qui donnait un côté plus formel à sa tenue.

Elle jeta un bref coup d'œil à son reflet dans la psyché. Un sourire satisfait flotta sur ses lèvres. Bret Bardoff n'avait qu'à bien se tenir : aujourd'hui il n'aurait pas affaire à l'oie blanche rougissante et bégayante de la veille, mais à une jeune femme décontractée et sûre d'elle.

Hillary n'avait rien perdu de sa confiance lorsqu'elle parvint au dernier étage de la tour où se trouvaient les bureaux de *Mode*.

Elle consulta sa montre et constata avec satisfaction qu'elle était parfaitement à l'heure. Elle se dirigea d'un pas assuré vers le bureau de la réception derrière lequel trônait une jolie jeune femme brune qu'elle informa de son nom. Cette dernière passa un bref coup de fil interne puis conduisit Hillary jusqu'à une lourde porte en chêne qui ouvrait sur une vaste pièce où l'accueillit en souriant l'assistante personnelle de Bret Bardoff.

— Entrez, mademoiselle Baxter. M. Bardoff vous attend.

Hillary franchit une double porte et se retrouva dans l'imposant bureau de Bret. Tout dans cette pièce respirait l'opulence et le bon goût. Jusqu'au bureau de chêne massif, judicieusement placé devant une baie vitrée qui offrait une vue panoramique de la ville à couper le souffle.

Bret se leva et vint à sa rencontre.

— Bonjour, Hillary. Mais entrez donc, vous n'avez tout de même pas l'intention de rester debout, dos à la porte, durant tout notre entretien.

Le corps d'Hillary se raidit légèrement mais elle parvint néanmoins à afficher un sourire de circonstance.

— Bonjour, monsieur Bardoff. Je suis ravie de vous revoir si vite, mentit-elle avec aplomb.

Bret passa sa main sous le coude de la jeune femme et la guida jusqu'à un siège qui faisait face à son bureau.

— Allons, pas d'hypocrisie entre nous, Hillary. Je n'ignore pas que vous auriez préféré ne plus avoir à croiser ma route.

D'un sourire entendu, Hillary confirma les dires de Bret.

— Cependant, poursuivit ce dernier de la même voix égale, je vous suis reconnaissant d'être venue et de servir ainsi mes intérêts.

— Et quels sont-ils, ces intérêts ? s'enquit sèchement Hillary que l'arrogance de son interlocuteur commençait à exaspérer.

Bret se cala un peu plus dans son fauteuil et détailla ostensiblement Hillary de la tête aux pieds. Celle-ci resta de marbre face à cette provocation affichée, destinée sans doute à la déstabiliser. Car elle était plus que jamais déterminée à ne pas laisser voir à ce mufle trop sûr de lui que ses œillades la troublaient plus qu'elle ne l'aurait voulu.

— Eh bien, mes intérêts sont, pour le moment, strictement professionnels.

Bret épingla la jeune femme de son regard d'acier et reprit :

— Mais je ne vous cache pas que cela peut changer à tout moment.

Hillary sentit se craqueler la carapace dont elle s'était protégée et ses joues s'empourprèrent violemment, néanmoins elle mit toute sa volonté à soutenir le regard de Bret sans ciller.

Ce dernier, amusé par sa réaction, poursuivit sans pitié :

— Vous rougissez ! J'ignorais que cela existait encore de nos jours et vous êtes probablement la dernière d'une race en voie de disparition.

— Pourrions-nous en venir à la raison de ce rendez-vous, monsieur Bardoff ? demanda Hillary d'une voix policée. Vous devez avoir un emploi du temps extrêmement serré et, que vous le croyiez ou non, je suis moi-même submergée de travail.

— Bien sûr, bien sûr. « Ne perdons pas de temps », dit-il en la citant. Eh bien voilà, j'ai eu une idée de sujet que j'aimerais voir se concrétiser.

Il s'interrompit, le temps d'allumer une cigarette et d'en offrir une à Hillary que celle-ci refusa d'un signe de tête.

— A vrai dire, j'y pense depuis pas mal de temps déjà mais il me manquait le photographe et le mannequin qui me donneraient l'envie de le faire.

Il fit une nouvelle pause, regarda Hillary fixement, donnant à la jeune femme la désagréable impression d'être examinée au microscope, puis poursuivit :

— Mais je pense avoir trouvé.

— Si vous me donniez quelques détails, peut-être pourrions-nous avancer.

— En fait, j'ai imaginé une série d'articles spéciaux, ou plus exactement, toute une histoire en images sur les différentes facettes de la femme.

Enflammé par le sujet qu'il venait d'aborder, Bret quitta son fauteuil et vint s'asseoir sur un coin de son bureau, se rapprochant ainsi dangereusement d'Hillary qui ne resta pas insensible à la force et à la puissance de ce corps qu'elle devinait sous le costume strict.

— Ce que je veux, reprit-il, au comble de l'enthousiasme, c'est une illustration de tous les rôles que peuvent tenir les femmes dans notre société. Je veux la carriériste, la mère, l'athlète, l'épouse, la vamp, enfin, bref, un portrait complet de l'Eternel Féminin.

— Cela me paraît effectivement un sujet intéressant, admit Hillary, gagnée à son tour par la ferveur de son interlocuteur. Et vous avez pensé à moi pour illustrer certains aspects de ce sujet ?

— Pas « certains ». Tous. C'est vous que je veux, pour toutes les photos.

Hillary accusa le choc, tentant de rassembler ses esprits.

— Monsieur Bardoff, je vais être franche avec vous. Il faudrait être complètement stupide pour refuser une offre pareille, mais j'aimerais connaître la raison qui vous a poussé à me choisir, moi.

— Allons, Hillary, répliqua Bret avec une pointe d'impatience, ce n'est pas moi qui vais vous apprendre à quel point vous êtes belle et photogénique.

Il parlait d'elle avec une voix dénuée de toute émotion, comme s'il ne voyait en elle que le support idéal d'un produit publicitaire.

— Peut-être, persista la jeune femme, mais il y a à New York des centaines de filles tout aussi belles et photogéniques que moi. Alors, je vous pose de nouveau la question, pourquoi moi ?

Bret se leva brutalement et enfouit les mains dans ses poches, signe chez lui d'une profonde irritation.

— Parce que je ne vois que vous pour illustrer toutes ces femmes à la fois. Je sais pour vous avoir vue à l'œuvre que vous possédez une faculté d'adaptation qui, bien qu'étant l'essence même de votre métier, est une qualité extrêmement rare. La seule beauté ne suffit pas, vous le savez bien. Et parce que votre honnêteté et votre sincérité transparaissent à travers les clichés que l'on prend de vous.

— Vous me croyez vraiment capable d'incarner toutes ces femmes à la fois ? insista encore Hillary qui se sentait sur le point de rendre les armes.

— Vous ne seriez pas là si je n'en étais pas certain. Et je n'ai pas pour habitude de prendre mes décisions à la légère, sachez-le.

« Non, songeait Hillary en plongeant les yeux dans ceux de Bret. Je sais que tu ne laisses rien au hasard. »

— Je suppose que vous avez pensé à Peter pour les photos ?

Bret opina.

— Oui. Il y a entre vous une formidable complicité qui ressort de façon flagrante dans les photos qu'il fait de vous. Alors, pourquoi vouloir changer une équipe qui gagne ?

Hillary rougit légèrement sous le compliment et adressa à Bret un petit sourire embarrassé.

— Merci.

— Ne me remerciez pas, il ne s'agit pas là de flatterie mais d'une simple constatation. J'ai donné tous les détails à Peter, il ne vous reste plus qu'à signer les contrats, conclut Bret.

— Les contrats ? répéta Hillary, devenue soudain méfiante.

— Oui. Ce projet va nous prendre un certain temps et j'exige un droit d'exclusivité sur votre beau visage jusqu'à l'échéance du contrat.

— Je vois, commenta Hillary tout en se mordant machinalement la lèvre inférieure et en fronçant les sourcils.

— Ne me regardez pas comme si je venais de vous faire une proposition indécente, Hillary. Ce contrat est un contrat d'affaires et il n'y a rien de plus normal que d'en établir un.

La jeune femme releva fièrement le menton.

— Je sais. Ce qui me gêne c'est que, jusqu'à présent, je n'ai jamais signé de contrat à long terme.

— Oui mais, dans ce cas précis, il est obligatoire. Je n'ai nullement l'intention de vous voir accepter d'autres propositions durant tout le temps de ce projet. Si le côté financier vous inquiète, sachez que vous serez largement rétribuée, et si, malgré cela, vous avez des revendications à me présenter, je suis prêt à négocier mais en tout cas durant les six mois à venir, votre image m'appartient, conclut-il d'un ton qui n'admettait aucune réplique.

Il se drapa dans un silence éloquent, traquant le moindre indice de réponse sur le visage d'Hillary.

La jeune femme luttait pour ne pas se laisser intimider par la toute-puissance qui se dégageait de l'homme qui lui faisait face. Certes, le projet la séduisait, mais pas l'instigateur de ce projet. En outre, être liée de la sorte à quelqu'un pour six mois lui faisait peur. Elle avait l'impression qu'en apposant son nom au bas d'un formulaire, elle sonnerait le glas de sa liberté.

Pourtant, elle décida de prendre le risque et c'est avec le sourire qui avait fait d'elle l'enfant chérie de toute l'Amérique qu'elle lui annonça triomphalement :

— Vous pouvez considérer que vous avez trouvé votre visage, monsieur Bardoff.

# 2

Bret Bardoff fit preuve d'une redoutable efficacité. En moins de deux semaines les contrats furent signés et le planning établi pour que les prises démarrent au début du mois d'octobre. Le thème fut choisi : le premier tableau illustrerait la pureté et l'insouciance de la jeunesse.

Hillary retrouva Peter dans un parc désert soigneusement sélectionné par Bret. C'était une de ces belles matinées d'automne où les rayons d'un soleil déjà timide filtraient à travers les branches encore feuillues des arbres.

La jeune femme portait un jean retroussé jusqu'aux chevilles sur lequel tranchait un long pull rouge vif à col roulé. Elle avait tressé sa lourde chevelure en deux nattes sages terminées par un ruban assorti à son chandail. Le maquillage léger qui illuminait un peu plus son visage complétait à merveille sa tenue.

Elle était l'incarnation même de la jeunesse vibrante de vie et de joie.

— Tu es parfaite, commenta Peter tandis qu'elle venait à sa rencontre. Belle et pure. Comment t'es-tu débrouillée pour arriver à un résultat aussi parfait ?

Hillary fronça le nez en une mimique moqueuse.

— Mais c'est tout simplement parce que je suis belle et pure, vieux schnock.

Peter ne daigna pas relever l'ironie et pointa du doigt une balançoire flanquée de part et d'autre d'un toboggan et d'un portique.

— Tu vois ces jeux, belle enfant ? Eh bien, va jouer

et laisse le vieux schnock prendre quelques photos, répliqua-t-il avec humour.

Hillary courut s'installer sur la balançoire et c'est avec une joie toute puérile qu'elle laissa parler son corps. Elle prit son élan et lorsque le balancement fut assez fort pour la propulser au sommet, elle laissa aller sa tête en arrière pour se perdre dans l'azur du ciel. Elle escalada ensuite le toboggan et se laissa glisser, bras écartés, en poussant des petits cris de joie. Peter la mitraillait sans répit, ne négligeant aucun angle de vue.

— Tu as l'air d'avoir douze ans, dit-il en riant, l'œil rivé à l'objectif.

— Mais j'ai douze ans ! clama Hillary en se ruant sur le portique. Elle se suspendit par les jambes, ses nattes balayant la poussière du sol. Et je parie que tu ne sais pas faire le cochon pendu ! le défia-t-elle.

— Tout simplement renversant, commenta soudain une voix qui n'était pas celle de Peter.

Hillary tourna la tête et son regard s'arrêta sur un costume gris impeccablement coupé avant de remonter et de rencontrer une paire d'yeux d'un gris incroyablement métallique.

Bret Bardoff l'observait, un sourire ironique au coin des lèvres.

— Bonjour, charmante enfant, railla-t-il, ta maman sait où tu te trouves ?

— Qu'est-ce que vous êtes venu faire ici ? parvint à articuler Hillary qui se trouva soudain dans une position parfaitement ridicule.

— Je suis venu superviser votre travail, répondit-il complaisamment sans la lâcher du regard. Combien de temps comptez-vous rester suspendue ainsi ?

En guise de réponse, Hillary saisit la barre, passa ses jambes par-dessus et dans un saut périlleux parfaitement exécuté, vint se réceptionner sans flancher devant Bret. Celui-ci lui tapota affectueusement la tête, comme il l'aurait fait avec une enfant obéissante, puis il reporta toute son attention sur Peter.

— Alors, j'ai l'impression que ça se passe plutôt bien, je me trompe ?

Les deux hommes engagèrent une discussion technique qui chassa Hillary vers la balançoire. Elle se laissa doucement bercer d'avant en arrière, songeant à ses précédentes rencontres avec Bret. Elle ne pouvait s'expliquer les sentiments mitigés dont elle était victime dès qu'elle se trouvait en sa présence. Bien que très séduisant, c'était un homme plein de morgue et de suffisance, qui savait trop bien jouer de la puissance que lui conférait sa position. Elle n'était pas sûre de vouloir fréquenter de trop près ce genre d'individu, dont elle pressentait qu'il pouvait être source de complications. Elle n'aspirait qu'à poursuivre le cours d'une vie linéaire, volontairement bien rangée.

La voix grave de Bret qui prenait congé de Peter interrompit le cours de ses pensées.

— Je vous retrouve à mon club à 13 heures. Tout est arrangé.

Hillary s'approchait de Peter lorsque Bret lui dit sur un ton paternaliste :

— Tu peux rester encore un peu, jeune fille, il te reste encore une heure à tuer.

— Je n'ai plus envie de jouer, « papa » ! fulmina Hillary, au comble de la colère.

Elle s'apprêtait à le planter là lorsqu'il la saisit par le poignet, la stoppant dans son élan. Elle leva vers lui des yeux furibonds qui lançaient des éclairs.

— Enfant gâtée, n'est-ce pas ? murmura-t-il d'un ton mielleux. Qui mériterait une bonne fessée.

— Cela pourrait s'avérer plus difficile que vous ne semblez le supposer, monsieur Bardoff. Car en réalité, j'ai vingt-quatre ans.

— Vraiment ?

Il balaya de son regard implacable la silhouette élancée

de la jeune femme, s'attardant sur la rondeur de ses seins et de ses hanches.

— C'est possible, en effet.

La main qui enserrait le poignet glissa pour entrelacer les doigts qui tentèrent vainement de se libérer.

— Allons, venez ! proposa-t-il d'une voix si impérieuse qu'elle laissait supposer qu'il s'agissait d'un ordre. Pour me faire pardonner, je vous offre un café.

Un sourire flotta sur les lèvres de Peter qui ne résista pas à la tentation d'immortaliser le couple singulier que formait ce géant blond qui traînait derrière lui une femme-enfant récalcitrante.

Quelques instants plus tard, assise face à lui dans un petit bar de quartier, Hillary était tiraillée entre indignation et résignation. Après tout, bien qu'extrêmement maladroite, cette tentative de conciliation était touchante. Et, en tout cas, ne l'avait pas laissée indifférente.

— Peut-être devriez-vous commander une crème glacée, suggéra-t-il en désignant les joues rosies de la jeune femme.

Hillary était sur le point de répliquer vertement lorsque la serveuse arriva.

— Deux cafés, commanda Bret avec autorité.

— Non, pour moi ce sera un thé, riposta posément Hillary, pas mécontente de pouvoir enfin contredire cet homme trop sûr de lui.

— Pardon ?

— Je prendrai du thé. Si vous n'y voyez pas d'inconvénient, bien sûr. Je ne bois jamais de café, ça me rend nerveuse.

— Alors, un café et un thé, corrigea Bret. Mais comment faites-vous pour vous réveiller le matin sans une bonne tasse de café ?

Hillary rejeta ses nattes derrière ses épaules puis croisa les bras sur sa poitrine.

— Il suffit de mener une vie saine.

— Il est vrai que vous êtes le reflet même de quelqu'un

qui a une bonne hygiène de vie, admit Bret en allumant une cigarette.

Il prit le temps d'exhaler une bouffée de fumée puis riva un long moment son regard à celui d'Hillary avant de déclarer :

— J'ai rarement vu des yeux aussi beaux que les vôtres. D'un bleu profond, parfois si sombre qu'il en devient presque violet. Et ces pommettes saillantes qui vous donnent cet air exotique... Dites-moi, Hillary, de qui tenez-vous ce merveilleux visage ?

Bien que rompue aux compliments en tout genre, la jeune femme fut troublée par une déclaration aussi spontanée.

— Il paraît que je ressemble beaucoup à ma grand-mère qui avait du sang indien dans les veines, expliqua-t-elle d'un air détaché tout en sirotant son thé.

Bret hocha la tête mais n'en continua pas moins de la dévisager.

— J'aurais dû m'en douter. Mais... vous n'avez tout de même pas hérité de votre grand-mère la couleur de vos yeux ?

— Non, cette couleur n'appartient qu'à moi, riposta Hillary en soutenant vaillamment le regard inquisiteur de Bret.

— A vous, mais aussi, pendant les six mois qui viennent, à moi.

Bret poursuivit son examen attentif et s'attarda longuement sur la bouche sensuelle de la jeune femme.

— D'où venez-vous, Hillary Baxter ? Vous n'êtes pas d'ici, n'est-ce pas ?

— Mes origines se voient tant que ça ? Je pensais pourtant avoir acquis un certain vernis qui faisait de moi une parfaite New-Yorkaise.

Puis retrouvant tout son sérieux, elle ajouta :

— Je suis originaire du Kansas. D'une petite bourgade du Nord qui s'appelle Abilene.

Bret inclina légèrement la tête et porta la tasse à ses lèvres.

— Manifestement, la transition s'est faite sans problème. Y aurait-il des blessures cachées ?

— Disons qu'il y en a eu mais qu'elles sont guéries, affirma-t-elle un peu trop vivement. Et ce n'est pas moi qui vais vous apprendre que dans notre métier, tout se passe ici.

— Je vous imagine assez bien en grande fille toute simple de la campagne même si le rôle de citadine sophistiquée vous sied à merveille. Vous avez vraiment une capacité remarquable à vous adapter à l'environnement dans lequel vous vous trouvez !

Hillary esquissa une petite moue sceptique.

— Une espèce de caméléon passe-partout, en quelque sorte ?

— Un caméléon, vous ?

Cette comparaison lui parut si saugrenue qu'il éclata d'un rire sonore.

— Non, je pense au contraire que vous êtes une femme très complexe mais qui possède la faculté rare de pouvoir s'adapter en toutes circonstances.

Ce dernier compliment perturba Hillary au point qu'elle focalisa toute son attention sur sa tasse. Elle ne comprenait pas ce qui lui arrivait, elle d'habitude si sûre d'elle, si lucide ! Comment cet homme parvenait-il à lui faire perdre ainsi tous ses moyens ?

— Vous jouez au tennis, je suppose ?

L'incompréhension se peignit sur le visage d'Hillary. Comment pouvait-on passer du coq à l'âne avec autant d'aisance ? Puis elle se souvint que la séance de l'après-midi devait se dérouler sur les courts d'un club huppé de la ville.

— C'est beaucoup dire, répondit-elle, agacée par le ton condescendant de Bret. Disons que je me débrouille pour renvoyer la balle par-dessus le filet une fois de temps en temps.

— Ça devrait aller. Le principal étant que vous mimiez la bonne position et les bons gestes.

Il jeta un rapide coup d'œil à la montre-bracelet en or qu'il portait au poignet et s'empara du cartable qui ne le quittait jamais.

— Il faut que je repasse au bureau. Je vais vous appeler un taxi car j'imagine qu'il vous faudra un bout de temps pour vous métamorphoser en athlète accomplie. Je vous ai fait livrer une tenue de tennis au club, vous n'aurez qu'à vous maquiller là-bas, conclut-il en désignant d'un mouvement du menton le lourd sac qu'Hillary portait sur son épaule.

— Ne vous inquiétez pas, monsieur Bardoff.

— Je vous en prie, appelez-moi Bret car j'ai bien l'intention quant à moi de continuer à vous appeler par votre prénom.

— Ne vous inquiétez pas, répéta-t-elle en esquivant sa proposition. J'ai l'habitude des métamorphoses, c'est mon métier.

— Ce doit être sacrément intéressant, murmura-t-il d'un air pensif. Bien, le court est réservé pour 13 heures. Je vous retrouve là-bas.

— Vous allez assister à la séance ? s'enquit Hillary que cette perspective n'enchantait pas.

Bret lui ouvrit la portière du taxi, indifférent à la pointe de contrariété qu'il avait discernée dans sa voix.

— Je vous rappelle qu'il s'agit de *mon* projet, et j'ai bien l'intention de surveiller son élaboration de très près.

Confortablement installée sur la banquette arrière, Hillary tenta d'analyser objectivement ce qu'elle ressentait à l'égard du trop séduisant Bret Bardoff.

« Il ne me plaît pas, décida-t-elle fermement. Il est trop sûr de lui, trop arrogant, trop… »

Elle hésita un instant, cherchant le mot juste : « attirant ». Voilà, c'était exactement le terme approprié ! Bret Bardoff était beaucoup trop attirant et elle n'avait aucune intention de se laisser emporter par le désir qu'il lui inspirait. Car elle devait bien s'avouer qu'elle n'était pas insensible à la façon dont il la regardait, ou plutôt dont il la déshabillait du regard.

Elle appuya sa tête contre la vitre et suivit le flot incessant des voitures, laissant son esprit se perdre dans le vide.

Elle allait s'efforcer de le chasser de ses pensées. Ou plutôt, de ne voir en lui qu'un employeur comme les autres.

Elle baissa les yeux sur sa main, qu'il avait tenue dans la sienne, et ressentit une douce chaleur l'envahir. Elle repoussa ce souvenir, prit une profonde inspiration et décréta fermement que leur relation resterait strictement professionnelle.

En moins de temps qu'il n'en faut pour le dire, le jeune garçon manqué s'était miraculeusement transformé en une joueuse de tennis confirmée. Hillary avait troqué son jean contre une jupe plissée blanche qui dévoilait ses longues jambes fuselées, et portait un gilet assorti qui la préservait de la fraîcheur de cet après-midi d'octobre. Ses cheveux qu'elle avait soigneusement tirés en arrière accentuaient la pureté de ses traits et mettaient en valeur ses yeux légèrement maquillés et sa bouche charnue teintée d'un rose pâle.

Elle alliait ainsi à merveille charme et compétence.

Elle commença à s'échauffer, alternant dans le vide coups droits et revers et courant sur des balles, tandis que Peter cherchait les meilleurs angles de vue.

— Je pense que les prises seraient plus réalistes si vous aviez un vrai partenaire, lança la voix de Bret.

Hillary tourna la tête et contempla avec admiration le bel athlète qui venait d'arriver. Dans sa tenue d'un blanc immaculé, sa raquette à la main, lui aussi avait fière allure. La jeune femme, qui jusqu'ici ne l'avait vu que dans des costumes stricts, ne put s'empêcher de détailler le corps puissant, tout en muscles, qui s'offrait à sa vue.

— L'examen est positif ? demanda-t-il d'un ton goguenard.

Hillary devint cramoisie et trouva nécessaire de justifier son regard indiscret.

— Je trouvais juste surprenant de vous voir habillé de cette façon.

— Pour jouer au tennis, c'est encore ce qu'on a trouvé de mieux, non ?

— Parce que vous avez l'intention de jouer ?

— Oui. Je pense que les photos gagneront en crédibilité. Mais ne vous inquiétez pas, je saurai me mettre à votre niveau.

Hillary réprima à grand-peine l'exaspération que le ton suffisant de Bret avait déclenchée en elle, puis elle songea avec une pointe de satisfaction mesquine que son jeu risquait de le surprendre.

— Je vais faire de mon mieux pour vous renvoyer quelques balles, promit-elle d'un ton faussement candide.

— Parfait, commenta-t-il en gagnant le fond du court à grandes enjambées. Vous prenez le service ?

— D'accord, acquiesça-t-elle en se plaçant derrière la ligne de service.

Elle lança la balle en l'air et l'envoya habilement dans le carré de service d'où Bret la renvoya mollement. Hillary courut au filet et, d'un magnifique coup droit, frappa la balle qui échappa à la vigilance de Bret.

— Si je me souviens bien de la façon dont on compte les points, cela devrait faire 15-0, je me trompe ?

— Beau retour, la complimenta sobrement Bret. Vous jouez souvent ?

— De temps en temps, répondit évasivement Hillary en nettoyant sa jupe d'une poussière invisible. Vous êtes prêt ?

Bret hocha la tête et l'échange suivant les fit s'affronter courtoisement jusqu'à ce qu'Hillary, soudain montée au filet, prenne son adversaire par surprise, et marque le deuxième point en lobant adroitement sa balle qui retomba à quelques millimètres de la ligne de court, hors de portée de Bret.

— Je crains bien que cela fasse 30-0, non ? demanda-t-elle en battant innocemment des cils.

Les yeux de Bret se plissèrent en une interrogation muette tandis qu'il s'approchait du filet.

— Je ne sais pas pourquoi, mais j'ai la désagréable impression de me faire avoir.

— Vraiment ? s'exclama Hillary qui, devant la mine déconfite de Bret, ne put garder son sérieux bien longtemps. Je suis désolée, monsieur Bardoff, ajouta-t-elle en riant. Je n'ai pas pu résister, vous vous êtes montré si… paternaliste !

Au grand soulagement de la jeune femme, Bret ne lui tint pas rigueur de sa plaisanterie et rétorqua, sourire aux lèvres :

— Paternaliste, dites-vous ? Alors accrochez-vous à présent car je n'ai plus l'intention de vous faire de cadeaux !

— Je vous propose de recommencer à zéro. Je ne voudrais pas que vous me reprochiez d'avoir profité de votre crédulité !

Bret reprit son jeu habituel, lui retournant son service avec force, mais cela n'empêchait pas la jeune femme de suivre son rythme et, à son tour, de lui imposer le sien. Les deux adversaires se battaient à présent sur chaque point, indifférents au bruit incessant du déclencheur qui ponctuait chacun de leurs échanges.

Se maudissant d'avoir bêtement laissé passer une balle qui lui valut de perdre l'avantage, Hillary s'apprêtait à servir de nouveau lorsque la voix de Peter la stoppa dans son élan.

— C'est bon, vous pouvez arrêter, je crois que j'ai ce qu'il me faut. Hil, tu avais l'air d'une vraie pro !

— Arrêter ? s'écria la jeune femme. Tu n'y penses pas, nous sommes à égalité !

Puis, indifférente à sa présence et à ses protestations, elle se concentra profondément et servit avec force.

Durant les minutes qui suivirent, ils se battirent sans pitié, jusqu'à ce que Bret, dans une ultime balle rasante que le revers d'Hillary renvoya dans le filet, remporte la victoire.

Mains sur les hanches, Hillary rumina un court instant sa défaite avant de s'approcher du filet pour féliciter son adversaire.

— Bravo ! dit-elle en lui adressant un sourire charmeur. Vous avez un beau jeu !

Bret prit la main qu'elle lui tendait et la tint serrée dans la sienne.

— Merci, mais ça n'a pas été facile, on peut dire que vous m'avez donné du fil à retordre. J'avoue qu'il me plairait assez de vous avoir pour partenaire dans un double mixte.

— Vous pourriez tomber sur pire, en effet.

Il soutint un instant le regard qu'elle avait posé sur lui puis porta à ses lèvres la paume de sa main qu'il tenait toujours captive.

— Une si jolie main, murmura-t-il en l'examinant attentivement. Je me demande comment elle a pu manier aussi fermement cette raquette de tennis.

Le doux contact de sa bouche sur sa peau la fit frissonner. Elle regarda fixement ses doigts, comme hypnotisée, incapable d'émettre le moindre son.

Bret la regardait, un sourire amusé au coin des lèvres.

— Pour me faire pardonner, je vous invite à déjeuner. Et vous aussi, Peter, dit-il à l'intention du photographe.

— Je vous remercie, répondit celui-ci en rassemblant son matériel, mais je vais vite avaler un sandwich et je pars au labo développer ce film.

— Eh bien, alors, nous allons déjeuner en tête à tête, déclara-t-il avec une pointe de provocation.

— Vraiment, monsieur Bardoff…, commença Hillary, paniquée à l'idée de se retrouver seule avec lui et tentant vainement de libérer sa main. Ce n'est pas nécessaire, je vous assure.

Bret secoua la tête de droite à gauche, dans un mouvement qui voulait exprimer toute la déception que le refus de la jeune femme avait provoquée.

— Dites-moi, Hillary, est-ce dans vos habitudes de décliner systématiquement toutes les invitations ou dois-je comprendre que ces refus me sont exclusivement destinés ?

Hillary tenta de rester indifférente à la chaleur qui se dégageait de sa main sur la sienne et c'est d'un air qu'elle s'appliqua à vouloir détaché qu'elle répliqua :

— Ne soyez pas ridicule, voyons ! Et pourriez-vous, s'il vous plaît, lâcher ma main, monsieur Bardoff ?

Ce dernier ignora sa requête et resserra, au contraire, un peu plus la pression qu'il exerçait sur ses doigts.

— Essayez de m'appeler Bret, voulez-vous ? Une syllabe, c'est pourtant facile, vous devriez y parvenir sans difficulté.

Hillary sentit une telle détermination dans la voix de Bret, une telle condescendance doublée d'arrogance, qu'elle jugea préférable de céder à ce qu'elle considérait comme un caprice. Plus tôt elle accéderait à sa demande, plus tôt elle serait débarrassée de lui.

— Bret, pourriez-vous lâcher ma main ? répéta-t-elle en s'exhortant au calme.

— Eh bien, voilà ! Il semble que nous ayons surmonté le premier obstacle, commenta-t-il en se pliant à la volonté de la jeune femme, un sourire narquois aux lèvres.

Libérée de ce contact qui lui faisait perdre tous ses moyens, Hillary reprit instantanément l'assurance qui la caractérisait.

— Vous n'y êtes pas allé de main morte, c'est le cas de le dire, railla-t-elle en secouant ses doigts endoloris.

Bret parut ne pas entendre et poursuivit avec tout autant d'aplomb :

— A propos de ce déjeuner, maintenant…

D'un geste de la main, il balaya les objections qu'Hillary s'apprêtait à faire.

— Vous avez pour habitude de vous nourrir, n'est-ce pas ?

— Oui, bien sûr, mais…

— Alors, allons déjeuner, trancha-t-il.

Moins de cinq minutes plus tard, Hillary se retrouvait attablée au restaurant du club, face à un Bret au comble de la satisfaction.

Décidément, songeait Hillary, contrariée, les choses ne se passaient pas du tout comme elle l'avait prévu. Elle qui s'était promis de n'entretenir avec lui que des relations strictement professionnelles, elle devait bien reconnaître qu'elle n'était pas sur la bonne voie ! Mais comment ne pas succomber à son charme ravageur, à son dynamisme stimulant, à sa redoutable intelligence ?

Hillary avait beau essayer de se persuader que les exigences de sa vie professionnelle ne lui laissaient guère de temps pour une relation amoureuse, et tous les signaux avaient beau clignoter en même temps pour la prévenir que cet homme risquait de chambouler l'ordre bien établi de sa vie, ses pensées la ramenaient sans cesse vers lui.

La voix moqueuse de Bret s'éleva, la tirant brutalement du profond silence dans lequel elle s'était retranchée.

— Quelqu'un vous a déjà félicitée pour vos fabuleuses qualités d'oratrice ?

— Excusez-moi. J'étais ailleurs.

— J'avais remarqué. Que voulez-vous boire ?

— Un thé.

— Tout de suite ?

— Oui, confirma-t-elle en passant elle-même la commande. Vous savez, je bois très peu d'alcool, les effets sont dévastateurs sur moi. Question de métabolisme, je suppose.

Bret rejeta la tête en arrière et éclata de rire. Imaginer Hillary en état d'ivresse l'amusait beaucoup, cette image d'elle collant si peu à la réalité !

— Je paierais cher pour vous prendre en défaut.

A la grande surprise d'Hillary, le déjeuner fut très agréable, bien que Bret manifestât bruyamment sa désapprobation quant au choix qu'elle avait fait. Mais comment convaincre un homme affamé du bien-fondé de choisir une salade plutôt qu'un navarin d'agneau lorsqu'on est mannequin ?

Ce ne fut pas le bref exposé qu'elle lui fit sur les risques liés à la surcharge pondérale qui le convainquit.

Parfaitement détendue, Hillary jouissait de l'instant présent, bien loin des bonnes résolutions prises le matin même. Elle l'écoutait avec dévotion l'entretenir des prises de vue du lendemain qui auraient lieu, décida-t-il, dans Central Park afin de leur donner un caractère sportif.

— Je ne pourrai pas venir demain, j'ai des réunions toute la journée. Vous pensez que vous pourrez vous en sortir sans moi ? demanda-t-il avec humour.

Il reporta soudain tout son intérêt sur la salade diététique qu'avait choisie Hillary et esquissa une moue dédaigneuse.

— Vous êtes sûre que vous ne voulez pas quelque chose de plus consistant ? Vous ne tiendrez jamais le coup avec un régime pareil !

Hillary secoua la tête en signe de refus et continua à siroter son thé, sans prêter attention aux commentaires que Bret marmonna sur la façon insensée qu'avaient les mannequins de se nourrir avant de reprendre le cours de sa conversation.

— Si nous restons dans les temps, nous pourrons enchaîner avec ce qui est prévu lundi. Au fait, Peter veut commencer très tôt demain matin.

— Comme d'habitude, commenta Hillary à qui Bret n'apprenait rien. Enfin, si le temps le permet.

— Il fera beau, décréta Bret avec une confiance inouïe. Puisque je l'ai décidé.

Hillary se cala dans son siège et le regarda fixement sans chercher à dissimuler la curiosité qu'il lui inspirait.

— Je n'en doute pas un instant, se moqua-t-elle. La pluie ne va pas oser vous défier.

Ils se sourirent et, l'espace d'un instant, se sentirent liés par une profonde complicité.

— Vous prendrez un dessert ?

— Décidément, vous vous êtes mis en tête de me faire grossir ! rétorqua Hillary, soulagée de voir disparaître le trouble qui venait de la submerger. Malheureusement pour vous, j'ai une volonté de fer.

— Même si je vous dis : tarte Tatin, cheese cake, mousse au chocolat…, énuméra lentement Bret.

— Vous pouvez continuer, je ne céderai pas.

— Vous devez bien avoir un faible pour quelque chose. Laissez-moi encore quelques minutes et je vais finir par trouver.

— Bret chéri ! Quelle surprise de te trouver ici ! s'exclama près d'eux une voix féminine au ton passablement affecté.

Hillary leva vers l'inconnue qui venait de les rejoindre un regard sceptique. C'était une grande rousse élégante et qui, manifestement, connaissait très bien Bret Bardoff !

— Bonjour, Charlène, répondit Bret en lui adressant un sourire charmeur. Charlène Mason, Hillary Baxter.

— Enchantée, répondit du bout des lèvres la nouvelle venue. Nous sommes-nous déjà rencontrées ?

— Je ne crois pas, non, rétorqua Hillary, satisfaite qu'il en soit ainsi.

— Tu as dû voir le visage d'Hillary quelque part, précisa Bret. Lorsqu'il n'est pas placardé partout dans New York, il fait la couverture des magazines. Hillary est le mannequin vedette du moment.

Les yeux félins de Charlène s'étrécirent pour détailler ostensiblement Hillary de la tête aux pieds, puis elle se détourna d'un air méprisant de ce qu'elle jugeait désormais comme indigne d'intérêt.

— Bret, chéri, tu aurais dû me dire que tu venais ici, nous aurions pu passer un moment ensemble.

Ce dernier haussa les épaules de manière désinvolte.

— Désolé, mais je ne peux pas m'éterniser, et puis il s'agissait d'un repas d'affaires.

Le corps d'Hillary se raidit sous ce qu'elle considérait, à tort, comme une offense. Car, après tout, Bret avait raison, c'était bien un déjeuner d'affaires et elle s'en voulut d'y avoir vu autre chose.

Elle rassembla fébrilement ses affaires et se leva pour prendre congé.

— Je vous en prie, mademoiselle Mason, prenez mon siège. J'allais partir.

Elle vit avec une pointe de satisfaction la contrariété se peindre sur le visage de Bret.

— Merci pour ce délicieux déjeuner, monsieur Bardoff, ajouta-t-elle dans un excès de politesse.

Puis elle se tourna vers Charlène et lui adressa un de ces sourires professionnels dont elle avait le secret.

— Ravie de vous avoir rencontrée, mentit-elle avant de s'éloigner d'une démarche royale.

— J'ignorais qu'inviter tes employées à déjeuner faisait partie de tes attributions, commenta Charlène avec aigreur et suffisamment fort pour que sa remarque désobligeante parvienne jusqu'à Hillary.

Celle-ci résista à la tentation de riposter et quitta la pièce dignement sans attendre la réponse de Bret.

La séance du lendemain fut plus ardue que les précédentes car Peter s'était mis en tête de faire des photos desquelles ressortiraient volonté et effort physique.

Comme l'avait prévu Bret, le temps était magnifique. Pas un nuage n'entachait le ciel d'un bleu lumineux et le regard exercé de Peter sut mettre à profit la riche palette de couleurs qu'offrait le parc en cette saison. Il utilisa également avec bonheur le merveilleux mélange d'ors et de pourpres qui avait déserté les arbres pour tapisser le sol.

Se prêtant docilement aux exigences de Peter, Hillary prit des poses, sourit à l'objectif, marcha, courut, grimpa aux arbres et donna à manger aux pigeons affamés.

A plusieurs reprises, elle s'était surprise à guetter la venue de Bret, souhaitant ardemment qu'il puisse se libérer de ses obligations pour les rejoindre.

Mais le miracle ne se produisit pas et la journée s'acheva dans un troublant mélange de déception et de soulagement.

Ce soir-là, elle se coula avec délice dans un bain chaud, soupirant d'aise à mesure qu'elle ressentait les bienfaits des sels parfumés sur ses muscles endoloris.

Quelle journée harassante elle venait de passer, n'échappant à aucun moment à l'objectif impitoyable de Peter, lui offrant à chaque seconde le meilleur d'elle-même.

Elle réalisa à quel point ce contrat était important pour elle, et ce qu'il impliquait comme renoncements car ce qu'elle venait de vivre était l'exemple type des journées qui l'attendaient durant les six mois à venir. Mais elle savait aussi que ce projet était le tremplin d'un avenir qui pourrait s'annoncer exceptionnel. Grâce à lui, et à l'appui de Bret, elle pourrait prétendre à devenir l'un des mannequins les plus célèbres du pays.

Une ride de contrariété barra soudain son front.

Pourquoi cette perspective lui déplaisait-elle soudain ? Elle avait toujours eu suffisamment d'ambition pour vouloir réussir dans sa profession. Alors ?

« Non, Majesté, dit-elle fermement au visage de Bret qui hantait son esprit depuis des heures, je ne te laisserai pas contrarier mes plans ni chambouler ma vie. Je me limiterai à rester un de tes sujets. »

Hillary était assise au côté de Chuck Carlyle dans une des discothèques les plus courues de New York. Elle écoutait passivement la musique assourdissante, peu attentive aux jeux de lumière agressifs et à l'ambiance survoltée de l'endroit.

En fait elle réfléchissait au bien-fondé de poursuivre avec Chuck la relation platonique qui les liait l'un à l'autre. Elle ne savait trop à quoi attribuer son goût prononcé pour le célibat car elle avait aimé les baisers des rares hommes qui avaient jalonné sa vie et elle avait apprécié de sortir en leur compagnie.

Une paire d'yeux gris moqueurs s'imposa soudain à elle, interrompant le fil de ses pensées. Elle fronça les sourcils et focalisa son attention sur le contenu de son verre.

Elle décida que si elle se tenait aussi radicalement à l'écart de toute relation amoureuse sérieuse, c'était tout simplement parce que les hommes qu'elle avait rencontrés jusqu'à présent ne lui avaient pas donné l'envie de vouloir s'investir avec eux dans une relation à long terme. Heureusement, elle ne regrettait pas de ne pas avoir encore connu le grand amour, car il lui aurait alors fallu se plier à des concessions qui auraient été autant d'obstacles à sa carrière. Non, elle ne se sentait pas prête à se lier à un homme qui, à coup sûr, compliquerait le cours paisible de son existence.

Elle s'aperçut soudain que Chuck était en train de lui parler.

— C'est toujours un plaisir de sortir avec toi, chère Hillary, l'entendit-elle plaisanter, on ne peut pas dire que tu me coûtes très cher.

Hillary jeta un regard distrait sur le verre auquel elle avait à peine touché depuis le début de la soirée.

— Tu as beaucoup de chance, en effet, riposta-t-elle sur le même ton moqueur. Je te mets au défi de trouver une femme qui, comme moi, veillera à ne pas te ruiner.

Chuck poussa un profond soupir et feignit d'être au désespoir.

— Tu as raison, elles courent toutes après mon corps de rêve ou mon compte en banque. Malheureusement, je laisse indifférente la seule femme qui m'intéresse.

Il prit les mains d'Hillary entre les siennes et les porta à ses lèvres.

— Si seulement tu acceptais de m'épouser, amour de ma vie, tu verrais comme je prendrais bien soin de toi ! Nous délaisserions cette foule décadente pour aller vivre dans une jolie maison recouverte de vigne vierge, je te ferais deux ou trois enfants et nous vivrions très heureux jusqu'à la fin de nos jours.

— Et moi, je crois que si je te prenais au mot, tu serais bien embarrassé, rétorqua Hillary, un brin de défi dans la voix.

— Tu as peut-être raison, admit volontiers Chuck. Et puisque tous mes rêves d'une vie bucolique avec toi s'effondrent, profitons des plaisirs de cette civilisation corrompue, ajouta-t-il en l'entraînant sur la piste de danse.

Des regards admiratifs se fixèrent sur la silhouette racée de cette jeune femme qui portait une robe dont le bleu profond était parfaitement assorti à la couleur de ses yeux. Elle formait avec l'homme qui l'accompagnait un couple magnifique que renforçait la grâce naturelle dont ils faisaient preuve en dansant. Tous deux s'accordaient à merveille et suscitaient admiration et envie. Ils achevèrent la danse dans un savant enchaînement qui laissait voir, à chacun des pas d'Hillary, le galbe parfait de ses jambes fuselées.

La jeune femme se redressa en riant, les joues roses d'excitation et de joie. Chuck, tout aussi heureux, passa un bras protecteur autour des épaules de sa cavalière pour leur permettre de se frayer un passage à travers la foule dense qui s'agitait autour d'eux.

C'est alors que le regard de la jeune femme croisa celui de l'homme qui occupait ses pensées quelques minutes plus tôt.

— Bonsoir, Hillary, dit Bret avec désinvolture.

Hillary remercia le ciel de se trouver dans un endroit pareil où la soudaine pâleur de son teint pouvait passer inaperçue.

— Bonsoir, monsieur Bardoff, parvint-elle à articuler en s'interrogeant sur la brusque douleur qui lui nouait l'estomac.

— Vous connaissez Charlène, je crois, précisa Bret en désignant sa compagne.

Hillary opina d'un signe de tête.

— Oui. Ravie de vous revoir.

Puis elle se tourna vers Chuck et fit les présentations

qui s'imposaient. Celui-ci serra la main de Bret sans pouvoir cacher l'admiration et le respect que ce nom provoquait chez lui.

— Bret Bardoff ? *Le* Bret Bardoff ?

— Le seul que je connaisse en tout cas, répliqua Bret avec un petit sourire indulgent.

— Voulez-vous vous joindre à nous pour boire un verre ? proposa Chuck en désignant leur table.

Le sourire de Bret s'élargit tandis qu'il inclinait la tête vers Hillary, dans l'attente d'une réponse de sa part. Il semblait beaucoup s'amuser de l'embarras dans lequel l'avait plongée la proposition de Chuck.

— Très bonne idée, renchérit-elle d'une voix neutre qui ne laissait rien transparaître de ses émotions.

Car elle était bien déterminée à gagner la bataille sur ce tumulte intérieur qui bouillonnait en elle chaque fois qu'elle se trouvait en présence de Bret. Son regard glissa sur Charlène qui paraissait aussi peu enchantée qu'elle de passer ce moment en leur compagnie. Ou peut-être, imagina-t-elle, de partager Bret. Cette pensée la réjouit, et c'est le cœur plus léger qu'elle se glissa sur son siège.

— Très impressionnante, votre petite démonstration, commenta Bret à l'adresse de Chuck, en pointant la piste du menton. Vous devez bien vous connaître pour danser aussi merveilleusement ensemble.

— Hillary est la partenaire idéale, approuva Chuck en caressant affectueusement la main de son amie. Elle peut danser avec n'importe qui.

— Vraiment ? Alors, si vous le permettez, j'aimerais en juger par moi-même.

Un sentiment de panique s'empara de la jeune femme, réduisant à néant toutes ses bonnes résolutions.

Elle se leva docilement, ne laissant rien paraître de l'indignation déclenchée par l'attitude cavalière de Bret qui n'avait pas attendu son assentiment pour la prendre par la main et l'entraîner à sa suite.

— Cessez de vous comporter en martyre, lui dit-il à l'oreille tandis qu'ils rejoignaient les autres danseurs.

L'espace d'un instant, elle le détesta de lire en elle si facilement et c'est avec la plus grande appréhension qu'elle le laissa la prendre dans ses bras et plaquer contre elle son corps trop attirant. Elle lutta contre l'envie aussi irrépressible que puérile de résister à ce contact et de prendre la fuite avant que le trouble qui l'envahissait ne devienne palpable et tenta d'oublier la main chaude et puissante qui enserrait sa taille. Leurs corps, leurs pas s'accordaient à merveille, tandis qu'ils tournoyaient en cadence. Inconsciemment, Hillary s'était dressée sur la pointe des pieds et se grisait de l'odeur de sa peau contre la sienne, tandis que les battements désordonnés de son cœur témoignaient du trouble intense qui l'envahissait.

— J'aurais dû me douter que vous étiez une excellente danseuse, lui murmura-t-il.

Le pouls d'Hillary s'accéléra dangereusement au contact des lèvres chaudes de Bret sur son oreille.

— Vraiment ? dit-elle en veillant à garder un ton neutre et lointain. Qu'est-ce qui vous fait penser cela ?

— Cette grâce innée avec laquelle vous marchez, vous bougez. A vous voir évoluer, on devine tout de suite que vous avez le sens du rythme.

Elle aurait tant aimé lui rire au nez, lui signifiant ainsi qu'elle n'était pas dupe de ses compliments ! Mais au lieu de cela, elle se perdit dans la profondeur de ses yeux gris. Leurs bouches se frôlaient ; ils retinrent leur souffle.

— J'ai toujours cru que les yeux gris étaient froids, dit-elle, à peine consciente de s'exprimer à voix haute. Mais les vôtres sont comme les nuages.

— Sombres et menaçants ? suggéra-t-il en soutenant son regard.

— Quelquefois. Mais à d'autres moments, ils sont doux et légers comme une brume matinale. La foudre d'un terrible orage ou la légèreté d'une averse printanière : en fait, je ne sais jamais à quoi m'attendre.

— Pourtant vous devriez savoir interpréter mon regard maintenant, dit-il en s'attardant sur la bouche terriblement tentatrice de la jeune femme.

Hillary se raccrocha à ce qui lui restait d'assurance pour tenter de rassembler ses esprits.

— Monsieur Bardoff, ne seriez-vous pas en train d'essayer de me séduire, là, au beau milieu de cette discothèque grouillante de monde ?

— Disons plutôt que je sais profiter des opportunités qui me sont offertes.

— Désolée, dit-elle en s'écartant légèrement de lui, mais il semble que nous ne soyons pas libres, et en outre, la danse est terminée.

Mais Bret resserra son étreinte, l'empêchant de lui échapper.

— Vous n'irez nulle part tant que vous vous obstinerez à me donner du « monsieur Bardoff ».

Sentant le corps d'Hillary se raidir contre le sien et la jeune femme se murer dans un silence obstiné, il reprit :

— J'ai tout mon temps, vous savez, et votre corps est fait pour les bras d'un homme. D'ailleurs, il convient parfaitement aux miens.

— Très bien, siffla Hillary entre ses dents. Bret, s'il vous plaît, voulez-vous me lâcher ? Avant de me briser les os.

Bret afficha un sourire triomphant qui eut le don d'exaspérer un peu plus Hillary.

— Certainement, dit-il en relâchant son étreinte. Mais je ne vous crois pas fragile à ce point.

Puis ils regagnèrent leur table, son bras enserrant toujours la taille de la jeune femme.

La conversation battait son plein lorsque Hillary sentit peser sur elle le regard hostile de Charlène. Elle aurait voulu se trouver à des kilomètres de ces yeux verts qui la fusillaient et de cet homme qui l'avait si intimement serrée contre lui ! Aussi fut-ce avec un réel soulagement qu'elle vit le couple refuser la proposition de Chuck de boire un autre verre en leur compagnie et se lever pour prendre congé.

— Merci, mais je crains que Charlène n'apprécie pas vraiment l'ambiance de ces discothèques, dit-il en passant un bras protecteur autour des épaules de sa compagne.

Ce geste eut sur Hillary l'effet d'un coup de poignard, pourtant, elle se défendit d'éprouver le moindre sentiment de jalousie.

— En fait, elle m'a accompagné pour me faire plaisir.

Bret marqua un temps d'arrêt et poursuivit, un sourire énigmatique aux lèvres :

— J'ai pensé qu'un des portraits pourrait avoir pour décor ce genre d'endroit. Alors, vous comprenez, c'est une chance inouïe de vous avoir rencontrée ici ! Cela m'a donné quelques idées sur la façon d'organiser les choses.

Hillary capta la lueur amusée qui passa dans les yeux de Bret tandis qu'il parlait. La chance ! A d'autres, oui, mais pas à elle qui n'ignorait plus que les décisions de Bret ne devaient rien à la chance. Elle ne savait trop comment, mais elle devinait qu'il s'était débrouillé pour savoir qu'elle serait là ce soir, et que cette rencontre fortuite n'en était pas une. Comme ce contrat devait être important pour lui ! songea-t-elle, soudain mortifiée. Pour quelle autre raison serait-il venu ici ce soir alors qu'il était manifestement amoureux de Charlène ?

— A lundi, Hillary, dit Bret en s'éloignant au bras de sa compagne.

— Lundi ? répéta Chuck tandis qu'un sourire narquois flottait sur ses lèvres. Eh bien, dis-moi, il semblerait que tu te sois mis M. Bardoff dans la poche.

— Qu'est-ce que tu vas imaginer ? riposta Hillary avec irritation. Notre relation est strictement professionnelle. Je travaille pour lui, il est mon employeur, rien de plus !

— Très bien, très bien, ne te mets pas en colère, j'ai dû me tromper. Mais je ne suis pas le seul.

— Que veux-tu dire ?

— Ma chère Hillary, expliqua-t-il patiemment comme

s'il s'adressait à une enfant de dix ans, tu n'as pas senti une paire d'yeux verts te foudroyer pendant que Bret et toi dansiez ?

Hillary le regardant d'un air perplexe, il poursuivit :

— Cela fait trois ans que tu vis à New York, mais tu es toujours aussi incroyablement naïve ! Alors laisse-moi te dire que la jolie rousse qui accompagnait ton cavalier t'a fusillée du regard durant tout le temps de votre danse et que si ses yeux avaient été des poignards tu ne ferais plus partie de ce monde à l'heure qu'il est !

— Tu délires complètement ! protesta Hillary en faisant tournoyer les glaçons dans son verre. Mlle Mason savait pertinemment que Bret venait ici pour des raisons professionnelles. Tu l'as entendu toi-même l'affirmer, non ?

Chuck regarda attentivement son amie, puis secoua la tête en signe de renoncement.

— Et moi je te répète que tu es incroyablement naïve.

# 3

Le froid de ce lundi, gris et humide, annonçait les prémices de l'hiver. Hillary songea avec une pointe d'amusement que Sa Majesté Bret avait autorisé la météo à ne pas être clémente puisque les prises de vue étaient prévues en intérieur.

Une coiffeuse particulière fut envoyée pour assister Hillary et l'aider à se transformer en femme d'affaires avisée.

Sa lourde chevelure fut soigneusement tirée en un chignon strict qui faisait ressortir ses pommettes saillantes, et le tailleur gris ajusté qu'elle avait choisi ajoutait à l'ensemble la touche de féminité indispensable.

Peter disparaissait presque derrière son matériel, affairé à tester les différents angles de vue, lorsque Hillary pénétra dans le bureau de Bret. Elle admit que la pièce, tout en sobre raffinement, se prêtait parfaitement au sujet du jour. En silence, elle observa un moment Peter, et le tableau qu'offrait son ami, mesurant, ajustant, testant sans répit, amena un sourire amusé sur ses lèvres.

— Le génie à l'œuvre, murmura la voix de Bret à son oreille.

Hillary pivota et son regard rencontra les yeux gris qui la hantaient depuis des jours maintenant.

— C'est précisément ce qu'il est ! rétorqua-t-elle, furieuse de ne pas maîtriser le tremblement que provoquait immanquablement la proximité de Bret.

— Charmante humeur ! se moqua Bret. Auriez-vous ce que l'on appelle communément « la gueule de bois ? »

— Certainement pas ! s'offusqua Hillary. Je ne bois jamais assez pour être sujette à ce genre de chose, il me semble vous l'avoir déjà dit, d'ailleurs.

— Effectivement, j'avais oublié.

Hillary s'apprêtait à riposter lorsque Peter, constatant enfin sa présence, l'interpella :

— Hillary ! Enfin tu es là !

— Excuse-moi, Peter, il a fallu plus de temps que prévu à la coiffeuse pour s'occuper de moi.

Elle détourna le regard de celui, magnétique, de Bret, terrorisée par la capacité qu'il avait à lui faire perdre tous ses moyens.

— Vous effrayez-vous toujours aussi facilement ? s'enquit Bret à qui l'embarras de la jeune femme n'avait pas échappé.

Hillary releva fièrement le menton, stupéfaite qu'il lise en elle comme dans un livre ouvert, et le défia ouvertement du regard.

— Voilà qui est mieux ! approuva Bret. Sachez, ma chère, que la colère vous sied à ravir : elle assombrit dangereusement vos yeux et rehausse merveilleusement votre teint de porcelaine. En outre, cette fougue dont vous faites preuve est une qualité que je juge essentielle chez les femmes comme… chez les chevaux, conclut-il, conscient d'attiser le feu qu'il avait allumé.

Hillary manqua de s'étrangler d'indignation mais parvint, au prix d'un pénible effort, à afficher un calme apparent.

— Vous avez raison, dit-elle en articulant posément chacune de ses paroles. D'ailleurs, d'après mes propres observations, il ressortirait que la race masculine en manque singulièrement.

Peu concerné par la joute verbale à laquelle se livraient les deux jeunes gens, Peter étudiait d'un œil critique la coiffure d'Hillary.

— Ce chignon me paraît de circonstance, approuva-t-il.

— Oui, renchérit Bret, nous avons sous les yeux l'incarnation même de la femme d'affaires. Compétente, brillante…

— Sûre d'elle, agressive, implacable, compléta la jeune femme en lui lançant un regard lourd de sous-entendus. Mais dans ce domaine, je n'ai rien à vous apprendre, n'est-ce pas, monsieur Bardoff ?

— J'avoue qu'un duel avec vous me paraîtrait extrêmement fascinant. Mais pour l'heure, je vous laisse à votre travail et vais retrouver le mien, dit-il en s'éclipsant.

La pièce parut soudain étrangement vide, étrangement calme. Hillary inspira profondément et tenta de chasser Bret Bardoff de ses pensées pour se concentrer uniquement sur son travail.

L'heure qui suivit se passa sans incident notable, Hillary anticipant les exigences de Peter et se pliant de bonne grâce à ses directives.

— C'est bon, c'est dans la boîte ! annonça celui-ci. Tu peux te détendre un moment.

Hillary ne se fit pas prier et se laissa tomber dans un fauteuil en cuir moelleux.

— Sadique ! dit-elle à Peter tandis qu'il l'immortalisait, affalée dans son siège, les jambes étendues sur la table basse qui lui faisait face.

— « Femme éreintée après une journée de dur labeur », déclama-t-il en souriant.

— Je salue ton sens de l'humour, Peter, rétorqua la jeune femme en conservant la position décontractée qu'elle avait adoptée. Ça doit certainement venir du fait que tu vis avec ton viseur vissé sur l'œil en permanence. Cela te donne une perception déformée des choses.

— Allons, allons, n'entrons pas dans ce genre de considérations personnelles ! Et à présent, si Madame la Directrice veut bien daigner se lever de son siège, il est temps pour elle de regagner la salle de conférences.

— Madame la Présidente ! fit mine de s'indigner Hillary.

Mais Peter était déjà ailleurs, l'esprit concentré sur

son matériel. Hillary quitta la pièce en grommelant à son intention quelque chose qu'il n'entendit pas.

Le reste de la journée fut long et pénible. Peter, mécontent des éclairages, avait passé une bonne heure à essayer d'en améliorer les effets et lorsqu'il fut enfin satisfait, Hillary se sentait décomposée, les traits tirés par la fatigue.

Ce fut avec un immense soulagement qu'elle accueillit la fin de la séance et la perspective de regagner le doux cocon de son appartement.

Elle se surprit à guetter la silhouette longiligne de Bret dans le dédale des couloirs qui menaient à la sortie et fut déçue de passer la porte sans l'avoir rencontré. Cette réaction inattendue l'exaspéra au point qu'elle en conclut qu'il ne pouvait s'agir que d'une simple attirance physique. Et qu'en tant que telle, celle-ci lui passerait aussi vite qu'elle lui était venue.

Un sujet de diversion, décida-t-elle résolument en inspirant goulûment une bouffée d'air frais. Voilà ce qu'il lui fallait. Quelque chose qui lui permettrait de chasser définitivement Bret Bardoff de son esprit et de se remettre les idées en place. En débutant dans ce métier, elle avait fait de la réussite professionnelle et de ses corollaires, l'indépendance et la sécurité financières, ses priorités. Eh bien, il ne tenait qu'à elle de se focaliser de nouveau sur ces priorités qu'elle s'était choisies. Cela devrait largement suffire à combler ses journées et à ne laisser aucune place à une quelconque histoire sentimentale qui ne ferait que lui compliquer l'existence. Et lorsque le moment serait venu de poser ses valises, ce ne serait certainement pas avec un homme comme celui-là, mais avec quelqu'un de stable et de sécurisant sur qui elle pourrait compter.

De toute façon, songeait-elle en refoulant la mélancolie qui la gagnait, elle ne semblait pas correspondre au genre de femmes qu'il appréciait.

La séance reprit le lendemain dans les locaux de *Mode* mais cette fois Hillary devait incarner une employée de bureau. Elle avait revêtu pour la circonstance une jupe bleu pâle assortie d'un pull d'un ton légèrement plus foncé.

A la grande joie de l'assistante de Bret, June, la séance devait se dérouler dans son propre bureau.

— Vous ne pouvez pas imaginer à quel point je suis excitée ! s'exclama-t-elle en voyant arriver le mannequin et son photographe. J'ai l'impression d'avoir dix ans et d'aller au cirque pour la première fois !

Hillary adressa à la jeune femme, dont les yeux pétillaient d'une joie puérile, un sourire indulgent.

— Vous ne croyez pas si bien dire. Je vous assure que quelquefois j'ai vraiment l'impression d'être une bête de cirque !

— Pour vous c'est la routine, je suppose, mais pour moi qui suis étrangère à cette profession, c'est un monde tellement fascinant à mes yeux !

Son regard s'arrêta soudain sur Peter qui, comme à son habitude, s'affairait scrupuleusement à mettre ses appareils en place.

— M. Newman semble vraiment dans son élément parmi tous ces objectifs, ces écrans, ces projecteurs, je me trompe ? Il est très séduisant. Il est marié ?

Cette supposition parut si incongrue à Hillary qu'elle éclata de rire.

— Seulement à ses appareils photo, répondit-elle avec humour.

June esquissa un petit sourire de satisfaction mais se rembrunit aussitôt.

— Etes-vous, heu… comment dire… M. Newman et vous, êtes-vous fiancés ?

— Rassurez-vous, non. Je ne suis que son esclave, répondit-elle.

Elle observa attentivement Peter et, pour la première fois depuis qu'elle le connaissait, le vit tel qu'il était :

un homme charmant qui, s'il voulait bien s'en donner la peine, était tout à fait capable de séduction.

— Vous connaissez le vieil adage qui veut que le chemin qui mène au cœur des hommes passe obligatoirement par son estomac ? Eh bien, oubliez-le ! Celui qui mène au cœur de Peter doit obligatoirement passer par l'objectif de ses appareils photo.

L'arrivée soudaine de Bret dans le bureau l'interrompit. Il lui adressa un large sourire.

— La meilleure alliée d'un homme ! clama-t-il. Sa secrétaire.

Hillary tenta d'ignorer les battements désordonnés de son cœur et riposta d'un ton qui se voulait désinvolte :

— En effet. Comme vous pouvez le constater j'ai été rétrogradée dans mes fonctions.

— Ce sont les risques du métier. Un jour au sommet, un autre au plus bas de l'échelle. Le monde des affaires est un monde impitoyable, vous savez !

La voix de Peter s'éleva soudain, empêchant Hillary de rétorquer.

— C'est bon, tout est en place, annonça-t-il.

Ce n'est qu'en relevant la tête qu'il prit conscience de la présence de Bret dans la pièce.

— Salut, Bret, dit-il distraitement. Hillary, tu es prête ?

— Oui, ô Grand Maître, railla la jeune femme en le rejoignant.

— Sauriez-vous taper du courrier ? s'enquit soudain Bret le plus sérieusement du monde. Nous pourrions ainsi faire d'une pierre deux coups.

— Désolée, monsieur Bardoff, mais je crains bien que ces machines ne m'aient pas encore livré tous leurs secrets.

— Monsieur Newman, demanda timidement June, est-ce que cela vous dérange si j'assiste quelques minutes à la séance ? Je vous promets de me faire toute petite.

Peter grommela quelque chose qui ressemblait à un assentiment.

— J'aurai besoin de vous dans une demi-heure, June,

ordonna Bret en quittant la pièce. Venez avec le contrat Brookline.

June assista, fascinée, au jeu complice qui liait le photographe et son modèle. Puis, une fois le temps imparti écoulé, elle s'éclipsa si discrètement que ni Peter ni Hillary ne se rendirent compte de son départ.

Un moment plus tard, Peter baissa son objectif, l'air absent. Hillary le connaissait trop bien pour savoir qu'il ne s'agissait pas là de la fin de la séance, mais du signal d'une idée nouvelle germant dans la tête de l'artiste.

— J'ai envie de terminer par quelque chose de plus tangible, qui donnerait plus de réalisme aux photos, annonça-t-il, paraissant chercher un moyen d'y parvenir.

Son visage s'illumina soudain sous le coup de l'idée de génie qu'il venait d'avoir.

— J'ai trouvé ! Il y a une vieille machine à écrire sur le bureau, là-bas. Tu vas changer le ruban, ça sera à la fois réaliste et un peu rétro.

Hillary le regarda, interdite.

— Tu plaisantes ?

— Pas le moins du monde ! C'est exactement ce qu'il me faut ! Allez ! Vas-y !

— Mais enfin, Peter, tu sais parfaitement que je n'ai pas la moindre notion de la façon dont fonctionnent ces fichues machines ! protesta-t-elle, un brin agacée.

— Tu n'as qu'à faire semblant, s'entêta-t-il.

A contrecœur, Hillary s'installa derrière le bureau et contempla en silence la machine à écrire.

— Je ne sais même pas comment l'ouvrir, grommela-t-elle en pressant des touches au hasard.

— Il doit bien y avoir une touche spéciale quelque part, lui indiqua patiemment Peter. Vous n'avez jamais eu de machines à écrire dans le Kansas ?

— Bien sûr que si, mais c'était il y a longtemps... Oh ! cria-t-elle soudain, aussi enthousiaste qu'un enfant qui aurait réussi à placer la dernière pièce d'un puzzle. Ça y est, j'ai trouvé !

— C'est parfait, Hil, continue. Fais comme si tu savais ce que tu fais.

Hillary se prêta si bien au jeu qu'elle en oublia l'objectif pointé sur elle. Elle s'appliqua consciencieusement à tirer sur le ruban qui se déroulait sans fin entre ses doigts maculés d'encre. Elle finit par renoncer, consciente qu'elle livrait là une bataille perdue d'avance. Adressant à Peter un sourire penaud, elle désigna le petit tas que formait le ruban à côté de la machine.

— Magnifique ! approuva Peter en appuyant sur le déclencheur. Tu es ce que l'on peut faire de mieux en matière d'incompétence.

— Et tu te prétends mon ami ! Utilise un seul de ces clichés et je te traîne en justice, compris ? En outre je te laisse la responsabilité d'expliquer à June comment une telle catastrophe a pu se produire. Moi, je suis claquée, je renonce !

— Absolument, approuva la voix de Bret dans le dos d'Hillary.

Celle-ci fit pivoter son siège et se retrouva face à Bret et à son assistante qui venaient de faire leur entrée dans la pièce et contemplaient, médusés, le désordre qui régnait sur le bureau.

— Si un jour vous décidez d'abandonner votre profession et de vous reconvertir, je vous conseille de ne pas choisir ce genre de métier. Même si le matériel a évolué, j'ai l'impression que vous êtes une véritable calamité !

— Eh bien, Peter, à toi de nous sortir de ce mauvais pas ! Il semble que nous soyons pris en flagrant délit sur le lieu du crime, rétorqua Hillary en réprimant le fou rire qu'elle sentait monter en elle.

Bret s'approcha d'elle et inspecta de près ses doigts tachés d'encre.

— Preuve irréfutable. De même que sur ce beau visage, ajouta-t-il en essuyant d'un geste plein de douceur les traces noires qu'elle avait involontairement imprimées sur ses joues.

— Mais comment me suis-je débrouillée ? dit-elle en tentant d'oublier le contact des mains de Bret sur sa peau. Vous croyez que ça va partir ?

La question s'adressait à June qui lui assura qu'un peu d'eau et de savon suffirait à réparer les dégâts.

— Eh bien, je vais de ce pas m'employer à faire disparaître les preuves. Quant à toi, Peter, je te conseille vivement de faire amende honorable pour les dommages dont tu es la cause.

Puis arrivée à sa hauteur, elle se pencha légèrement vers lui et murmura :

— Le plus vite possible.

Bret la précéda, lui ouvrit la porte et fit quelques pas avec elle dans le couloir.

— Y aurait-il de la romance dans l'air entre mon assistante et Peter ? s'enquit-il avec curiosité.

— Possible, rétorqua évasivement Hillary. Il est temps que Peter se rende compte que la vie ne se résume pas à ses appareils photo et à sa chambre noire.

Bret la prit par le bras, la forçant à lui faire face, et lui demanda avec douceur :

— Et la vôtre, Hillary ? Votre vie ? De quoi est-elle remplie ?

— Mais… Je ne comprends pas de quoi vous voulez parler, balbutia-t-elle, prise de court. J'ai… j'ai tout ce que je souhaite.

— Vraiment ? insista Bret en l'épinglant de son regard métallique. Dommage que j'aie un rendez-vous, j'aurais volontiers continué cette petite conversation.

Il l'attira vers lui et effleura ses lèvres d'un baiser.

— Allez nettoyer votre visage, vous ne pouvez pas rester comme ça.

Puis il la relâcha et s'éloigna d'un pas nonchalant, la laissant seule, en proie à un mélange de frustration et de désir.

Elle passa l'après-midi à faire les boutiques, activité qui n'avait pour but que de calmer ses nerfs mis à mal par le baiser dont Bret l'avait gratifiée. Mais ce fut peine perdue : ses pensées la ramenaient sans cesse vers une paire d'yeux gris et un sourire irrésistible.

Se détestant d'être aussi vulnérable, elle héla un taxi. Il lui restait peu de temps avant son rendez-vous avec Lisa.

Il était presque 17 heures lorsqu'elle arriva chez elle, ce qui ne lui laissait guère plus de vingt minutes pour se préparer. Elle prit soin de ne pas verrouiller la porte derrière elle pour permettre à son amie d'entrer, comme à son habitude, déposa ses achats sur un fauteuil et alla se faire couler un bain brûlant qu'elle parfuma d'huiles essentielles. A peine venait-elle de sortir de la baignoire que la sonnette de la porte retentit.

— Entre, Lisa, cria-t-elle, c'est ouvert !

Elle s'enveloppa d'un drap de bain et se dirigea vers le salon dans des effluves de parfum.

— C'est toi qui es en avance ou moi qui suis en retard ? Laisse-moi une minute, je…

La surprise la cloua sur place. En place et lieu de la frêle Lisa se trouvait le magnifique… Bret Bardoff.

— Mais enfin, d'où sortez-vous ? lui demanda-t-elle lorsqu'elle put enfin parler. J'ai cru que c'était mon amie Lisa.

— J'imagine. Sans quoi vous ne m'auriez pas accueilli dans cette tenue, je me trompe ?

— Que faites-vous ici ? dit-elle en feignant d'ignorer le ton ironique de Bret.

Ce dernier lui tendit un stylo en or.

— Je suis venu vous rapporter ceci. Je suppose qu'il vous appartient, il y a les initiales « H. B » gravées dessus.

— En effet, c'est le mien. J'ai dû le faire tomber de mon sac par mégarde. Mais c'était inutile de vous déranger, je l'aurais récupéré demain.

— J'ai pensé que vous pourriez en avoir besoin.

Son regard balaya ostensiblement les longues jambes nues puis s'attarda à la naissance des seins.

— Et pour être franc, je ne regrette pas le déplacement.

Les joues d'Hillary s'empourprèrent violemment sous le sourire narquois de Bret.

— Je reviens dans une minute, dit-elle en quittant précipitamment la pièce.

Elle enfila à la hâte un pantalon en velours marron qu'elle assortit d'un pull en mohair beige, donna un rapide coup de brosse à ses cheveux emmêlés et d'une main experte se maquilla très légèrement.

Elle prit une profonde inspiration et retourna dans le salon tentant d'afficher une sérénité qu'elle était loin de ressentir.

Bret l'attendait patiemment, confortablement installé sur le canapé, arborant l'air d'un vieil habitué des lieux.

— Désolée de vous avoir fait attendre, s'excusa Hillary d'une voix qu'elle voulait neutre. C'est très aimable à vous d'être venu jusqu'ici pour me rapporter ce stylo. Puis-je… Voulez-vous…

Hillary se mordit la lèvre, se détestant de perdre ainsi son apparente assurance.

— Puis-je vous offrir quelque chose à boire ? A moins que vous ne soyez pressé…

— J'ai tout mon temps, répondit posément Bret. Et je prendrai volontiers un whisky si vous en avez. Sec.

— A vrai dire, je ne sais pas. Je vais voir, dit-elle en gagnant la cuisine où elle fouilla dans les placards, à la recherche d'hypothétiques bouteilles d'alcool.

Bret lui avait emboîté le pas et la proximité de ce corps trop attirant dans un espace aussi exigu accéléra les battements de son cœur. Elle se replongea avec une frénésie accrue dans sa recherche, tentant vainement de dissiper ce mélange de frustration et d'excitation qui la submergeait.

Etranger à ce genre d'émotions, Bret se tenait nonchalamment appuyé contre le réfrigérateur, mains dans les poches, son éternel sourire aux lèvres.

— Ah ! Voilà ! s'exclama Hillary d'une voix triomphale en brandissant une bouteille de scotch.

— Parfait.

— Je vous donne un verre tout de suite.

Elle marqua un temps d'arrêt et reprit, hésitante :

— Sec. Vous voulez dire sans eau ?

— Bravo ! Vous feriez une excellente serveuse, railla Bret en lui prenant la bouteille des mains pour se servir lui-même.

— Vous savez bien que je bois peu, grommela-t-elle.

— Oui, je me souviens. Maximum deux verres, sans quoi…

Il laissa sa phrase en suspens pour lui prendre la main et la guider vers le salon.

— Allons nous asseoir, voulez-vous ?

Hillary en oublia de protester et prit docilement place au côté de Bret.

— Très bel endroit, commenta-t-il en jetant un coup d'œil circulaire à la pièce. Coloré, chaleureux, vivant. Un peu à votre image, je me trompe ?

— Il paraît. Enfin… d'après mes amis.

— A propos d'amis, vous devriez vous montrer plus prudente et fermer votre porte à clé. Vous êtes à New York ici, pas dans une ferme isolée du Kansas.

— J'attendais quelqu'un.

— A votre avis, que se serait-il passé si quelqu'un d'autre que moi était tombé sur ce magnifique corps à moitié dénudé ?

Il ponctua son propos d'un regard si lourd de sous-entendus que, instantanément, Hillary rougit violemment.

— Non, je vous le répète, ce n'est pas sérieux de laisser votre porte ouverte.

— Oui, Majesté, ironisa Hillary en esquissant une courbette.

D'un mouvement aussi leste qu'inattendu, Bret la plaqua contre lui et Hillary ne dut son salut qu'à la sonnerie stridente du téléphone qui se mit à retentir.

— Lisa ! dit-elle en décrochant le combiné. Mais où es-tu ?

La voix surexcitée de Lisa lui répondit :

— Je suis désolée, Hil ! J'espère que tu ne m'en voudras pas mais je ne viendrai pas ce soir. Figure-toi qu'il m'est arrivé une chose extraordinaire !

— Bien sûr que non, je ne t'en veux pas. Mais, vas-y, raconte.

— Mark m'a invitée à dîner.

— Tu as suivi mon conseil, alors ?

— Plus ou moins.

— Lisa ! Ne me dis pas que tu lui as réellement fait un croche-pied !

— En fait, non. Nous nous sommes bousculés alors que nous portions chacun une énorme pile de livres.

— Je vois d'ici le tableau ! dit Hillary en riant.

— Alors, c'est bien vrai ? Tu ne m'en veux pas ?

— Je suis ton amie. Je ne vais pas laisser un vulgaire dîner-pizza te priver de la possibilité de connaître peut-être le grand amour ! Amuse-toi bien !

— Je dois admettre que c'est la conversation la plus fascinante que j'aie entendue depuis longtemps, commenta Bret, perplexe, une fois qu'Hillary eut raccroché le combiné.

Celle-ci lui décocha un sourire radieux et lui expliqua brièvement de quoi il retournait.

— Et si j'ai bien compris, la meilleure solution était de faire tomber ce pauvre bougre face contre terre, aux pieds de Lisa ?

— C'était une façon comme une autre d'attirer enfin son attention sur elle, plaida Hillary.

— En tout cas, le résultat est que vous vous retrouvez seule à présent. Un dîner-pizza, disiez-vous ?

— Zut ! Je me suis trahie, plaisanta Hillary en prenant soin cette fois de s'asseoir dans un fauteuil, à distance raisonnable de Bret. J'espère que vous saurez garder le secret, mais en fait, je raffole des pizzas et je suis obligée d'en consommer régulièrement sans quoi je suis en manque. Et croyez-moi, le spectacle n'est pas beau à voir !

— Dans ce cas, ne prolongeons pas la torture, intima

Bret en reposant son verre vide sur la table. Allez chercher un manteau, je vous invite.

Un sentiment de panique irraisonnée s'empara d'Hillary.

— Allons, ne discutez pas, commanda-t-il en la forçant à se lever de son siège. Allez chercher un manteau et suivez-moi. Moi aussi je meurs de faim !

Hillary s'exécuta docilement tandis que Bret, après avoir enfilé sa veste en cuir, introduisait la clé dans la serrure et poussait la jeune femme à l'extérieur.

Quelques instants après, ils étaient attablés dans un restaurant italien qu'Hillary lui avait indiqué. La petite table qu'ils occupaient était recouverte de l'incontournable nappe à carreaux rouges et blancs et la flamme d'une bougie vacillait dans une bouteille faisant office de chandelier.

— Qu'est-ce qui vous ferait plaisir, Hillary ?

— Une pizza.

— Je sais, mais quel genre de pizza ?

— Une pizza avec tout ce qui est mauvais pour ma ligne.

Un sourire compréhensif flotta sur les lèvres de Bret.

— Un verre de vin ?

Hillary hésita quelques secondes, puis répondit dans un haussement d'épaules :

— Pourquoi pas ? Après tout, on ne vit qu'une fois.

— Vous avez parfaitement raison, approuva Bret en faisant signe au serveur de venir prendre la commande.

Puis lorsque celui-ci s'éloigna, il enchaîna :

— Cependant, vous donnez l'impression d'avoir déjà vécu dans une vie antérieure. Je vous imaginerais bien réincarnée en princesse indienne. Je suis certain que lorsque vous étiez petite on vous appelait Pocahontas, je me trompe ?

— Vous ne croyez pas si bien dire ! J'ai même failli scalper un garçon à cause de ça !

— Vraiment ?

Bret se pencha en avant, coudes sur la table, tête entre les mains, et demanda, sincèrement intéressé :

— Racontez-moi ça, voulez-vous ?

— Vous êtes bien sûr de vouloir entendre cette sanglante histoire avant de dîner ?

Puis sans attendre de réponse, elle rejeta sa lourde chevelure en arrière et commença son récit.

— Il s'appelait Martin. Martin Collins et j'étais dingue de lui. Malheureusement, lui préférait Jessie Windfield, une jolie blonde aux immenses yeux noirs. A l'époque, j'avais onze ans, j'étais trop grande, trop maigre, un véritable squelette ambulant ! Un jour, je suis passée devant eux, verte de jalousie parce qu'il portait les livres de Jessie, et il s'est mis à crier : « Planquons-nous ! Voilà Pocahontas ! ». J'étais morte de honte et d'humiliation. Et vous savez ce que c'est, lorsqu'une femme est bafouée. J'ai donc décidé de me venger. Je suis rentrée à la maison, j'ai pris les ciseaux de couture de maman et avec son rouge à lèvres j'ai tracé sur mon visage des peintures de guerre. Puis je suis retournée à l'école où j'ai guetté ma proie, attendant patiemment le moment propice. Lorsque, enfin, je l'ai aperçu, je l'ai suivi à pas de loup, puis d'un bond, je l'ai plaqué au sol, me suis assise à califourchon sur lui et lui ai coupé autant de mèches de cheveux que possible ! Il hurlait mais je me suis montrée sans pitié. Il n'a dû son salut qu'à mes frères qui m'ont fermement maintenue, permettant au lâche qu'il était de partir en courant pleurer dans les jupes de sa mère.

Bret rejeta la tête en arrière et se mit à rire de bon cœur.

— Quel petit monstre vous étiez !

Hillary sirota une gorgée du vin que lui avait servi Bret et enchaîna :

— Croyez-moi, je l'ai payé cher ! J'ai reçu une fessée mémorable, mais je dois reconnaître que je ne l'avais pas volée ! Ce pauvre Martin a été obligé de porter un chapeau pendant des semaines !

Lorsque leur commande arriva, un climat de détente et d'amitié s'était instauré entre eux et ils se mirent à discuter à bâtons rompus, comme de vieux amis. Bret, sceptique, la regarda avaler de bon cœur sa dernière bouchée de pizza.

— Je ne vous aurais jamais crue capable d'ingurgiter une telle quantité de nourriture.

Hillary, sous l'effet conjugué du vin et de la satisfaction d'avoir assouvi une envie irrésistible, lui décocha un sourire rayonnant.

— Cela ne m'arrive pas souvent, heureusement !

— Vous êtes vraiment étonnante ; un véritable tissu de contradictions ! Je ne sais jamais à quoi m'attendre avec vous.

— N'est-ce pas justement la raison pour laquelle vous m'avez choisie, Bret ?

Pour la première fois, et sans vraiment en être consciente, Hillary l'avait appelé par son prénom.

Bret afficha un petit sourire victorieux. Il leva son verre en l'honneur d'Hillary et laissa sa question sans réponse.

Lorsqu'ils quittèrent le restaurant, un sentiment d'intense nervosité, qui ne fit que s'accroître à mesure qu'ils approchaient de son appartement, gagna la jeune femme. Elle fouilla fébrilement dans son sac à la recherche de ses clés, mettant ce court instant à profit pour tenter de retrouver un semblant de calme.

— Puis-je vous offrir un café ? lui proposa-t-elle néanmoins en feignant la plus grande désinvolture.

Bret lui prit le trousseau des mains et introduisit la clé dans la serrure.

— Je croyais que vous n'en buviez jamais.

— En effet, mais je dois être la seule sur cette planète, aussi en ai-je toujours en réserve pour mes invités.

Elle le précéda dans le salon et se débarrassa de son manteau.

— Asseyez-vous. J'en ai pour un instant, dit-elle sur le ton de la parfaite maîtresse de maison.

Elle le regarda ôter sa veste et se laissa troubler une fois de plus par le corps musculeux qu'elle devinait sous le chandail et le pantalon ajustés qu'il portait. Le cœur battant, elle détourna les yeux et se rendit dans la cuisine.

Tel un automate, elle mit une bouilloire remplie d'eau à chauffer et lorsque thé et café furent prêts, elle disposa les tasses et les soucoupes, ainsi qu'un sucrier, sur un plateau de verre. De retour dans le salon, elle sourit à la vue de ce quasi-inconnu occupé à étudier nonchalamment la collection d'albums musicaux qu'elle avait soigneusement répertoriés sur une étagère.

— Vous avez des goûts très éclectiques à ce que je vois. Mais qui correspondent assez bien à votre personnalité changeante, finalement, enchaîna-t-il sans lui laisser le temps de s'exprimer sur le sujet. Chopin, pour le romantisme, B.B. King lorsque vous êtes d'humeur mélancolique et Paul McCartney lorsque au contraire vous vous sentez d'humeur joyeuse.

Hillary fut à la fois agacée et troublée par la justesse de ses conclusions. Comment pouvait-il lire en elle de façon aussi évidente ?

— Décidément, rien ne vous échappe. Vous semblez me connaître parfaitement.

— Pas encore, déclara-t-il en reposant l'album qu'il avait entre les mains pour s'approcher d'elle. Mais je m'y emploie.

Elle le jugea soudain trop près d'elle et ressentit le besoin de se recentrer sur un terrain plus neutre.

— Votre café va refroidir, dit-elle en lui tendant sa tasse.

Mais dans sa précipitation à le servir elle fit tomber sa cuillère à café. Tous deux se penchèrent au même moment pour la ramasser, les doigts carrés et puissants de Bret frôlant ceux, longs et fins, d'Hillary. Une onde électrique parcourut le corps de la jeune femme. Elle leva vers Bret des yeux brûlant d'un désir contenu.

Elle sut à cet instant précis que les paroles étaient devenues inutiles car depuis le premier jour, leur rencontre n'avait été que le prélude à ce vers quoi tous deux tendaient, sans se l'être ouvertement avoué. Il existait entre eux une attirance irrésistible, un besoin de l'autre indéfinissable mais qu'elle ne chercha pas à s'expliquer. Elle se laissa guider par la main qu'il lui tendait et se blottit dans ses bras.

Les lèvres de Bret, d'abord douces et chaudes sur les siennes, se firent plus fermes tandis qu'il resserrait son étreinte jusqu'à sentir les seins tendus de sa compagne sur son torse puissant. Hillary répondit à son baiser comme elle ne l'avait jamais fait auparavant et songea, avant de se laisser emporter par la vague de passion qui la submergeait, qu'aucun homme ne lui avait donné de baiser aussi passionné.

Elle ne résista pas quand il la coucha sur le canapé et qu'il s'allongea sur elle, sa bouche scellant toujours la sienne, ses cuisses musclées enserrant celles de la jeune femme, lui témoignant ainsi le désir qu'il avait d'elle.

Ses lèvres impatientes partirent à la découverte de ce corps qu'il sentait consentant sous le sien, glissant lentement du creux de l'oreille à la naissance de la gorge pour revenir prendre sa bouche avec une avidité accrue. Les battements de cœur d'Hillary redoublèrent, son souffle s'accéléra tandis que les mains de Bret s'aventuraient sur ses mamelons durcis. Elle laissa échapper de petits gémissements étouffés et ondula au rythme de son corps enflammé. Jamais encore elle n'avait succombé avec une telle passion au désir d'un homme !

Elle s'abandonnait avec une rare volupté aux caresses que lui prodiguaient les mains expertes de Bret. Mais lorsque les doigts de celui-ci, rendus plus audacieux par les petits cris qu'elle laissait échapper, entreprirent de baisser la fermeture à glissière de son pantalon, Hillary se ferma, renonçant à plus de plaisir.

— Non, Bret, s'il te plaît, protesta-t-elle faiblement.

Bret, le souffle court, leva vers elle un visage empreint d'incompréhension et plongea dans ses yeux où se mêlaient la crainte et le désir.

— Hillary…, implora-t-il, réclamant de nouveau sa bouche.

Mais la jeune femme détourna la tête et le repoussa légèrement.

— Non, je ne veux pas, répéta-t-elle cette fois plus fermement.

Bret laissa échapper un long soupir et se détacha à regret du corps brûlant d'Hillary. Il prit, dans l'étui en or qu'il avait posé sur la table, une cigarette qu'il alluma, et dont il expira nerveusement une bouffée de fumée.

Hillary se rassit dans une posture d'enfant prise en faute, mains jointes sur les cuisses, et garda la tête obstinément baissée afin d'éviter le regard lourd de reproches de Bret.

La voix de celui-ci s'éleva, froide, implacable :

— Je vous savais versatile, mais pas allumeuse.

— Je ne suis pas une allumeuse ! s'écria Hillary, blessée par le ton mordant de Bret. C'est injuste ! Et ce n'est pas parce que j'ai reculé, parce que je ne vous ai pas laissé faire…

Sa voix se brisa dans un mélange de sentiments contradictoires. Comme elle aurait aimé pouvoir se blottir de nouveau dans ses bras ! Savoir qu'il comprenait ses doutes, ses hésitations !

— Vous n'êtes plus une enfant, que je sache ! trancha-t-il d'une voix frémissante de colère contenue. Que croyez-vous qu'il se passe lorsque deux personnes s'embrassent comme nous l'avons fait ? Lorsqu'une femme laisse un homme la caresser de cette façon ? Vous aviez envie de moi autant que j'avais envie de vous, alors pouvez-vous me dire à quoi rime ce petit jeu ? Vous saviez aussi bien que moi que nous en arriverions là ! Vous êtes adulte, Hillary, alors, cessez de vous comporter comme une vierge effarouchée !

Bret s'interrompit net, semblant soudain envisager une éventualité qui lui avait échappé. Il remarqua les joues cramoisies de la jeune femme. L'incrédulité se peignit sur son visage.

— Ne me dites pas que vous n'avez encore jamais eu d'amant !

En guise de réponse, Hillary ferma les yeux et garda obstinément le silence, pétrifiée d'humiliation.

— Comment une telle chose est-elle possible ? Comment une femme aussi séduisante que vous peut-elle être encore vierge à vingt-quatre ans ?

— Ça n'est pas très difficile, murmura Hillary, les yeux dans le vague. Il suffit de garder la tête froide et de ne pas laisser déraper la situation.

— Eh bien, moi, j'aurais préféré que vous me mettiez au courant avant que nous n'en arrivions là !

— Oui, je pourrais aussi me peindre le mot « vierge » en écarlate sur le front ! explosa Hillary en le défiant du regard. Comme ça je suis sûre que tout le monde sera au courant !

— Vous savez que vous êtes adorable quand vous vous mettez en colère comme ça, commenta placidement Bret qui avait recouvré le détachement qui lui était coutumier. Prenez garde, Hillary, il se pourrait que je veuille un jour vous faire basculer dans le monde des adultes.

— Et moi je ne vous crois pas capable d'une chose pareille. Pas par la force en tout cas.

Bret reposa la veste qu'il était en train d'enfiler et s'approcha de nouveau d'elle jusqu'à la frôler. Puis il se pencha à son oreille et murmura d'une voix menaçante :

— Sache que j'obtiens toujours ce que je veux.

Puis d'une main ferme il la repoussa, fixant d'un regard pénétrant et provocateur sa bouche sensuelle.

— Et que j'aurais pu t'avoir là, maintenant, sans même te forcer. Mais…, ajouta-t-il en se dirigeant vers la porte, je peux me payer le luxe d'attendre encore un peu.

# 4

Les semaines qui avaient suivi avaient filé à toute allure, et si Peter avait dû, à plusieurs reprises, reprocher à Hillary son manque d'enthousiasme, il avait semblé n'avoir rien remarqué d'anormal.

Peter débordait d'enthousiasme, satisfait de la progression de leur travail, et il apporta à Hillary les planches de leurs clichés afin qu'elle puisse se rendre compte des premiers résultats de leur collaboration.

L'étude objective des photos lui révéla que Peter et elle avaient réalisé là un travail fantastique, le meilleur sans doute qu'ils avaient jamais produit, ensemble ou séparément. Il y avait indéniablement une touche de génie quant au choix des angles de vue et des lumières, mais Peter avait su également tirer parti, en grand professionnel qu'il était, des différents filtres qu'il tenait à sa disposition. La capacité d'Hillary à endosser avec le plus grand naturel les rôles divers qu'on lui avait imposés avait fait le reste. Les clichés rangés par ordre chronologique, on obtenait une ébauche fascinante de l'étude de la Femme, telle que la voulait Bret.

Hillary songea qu'ils avaient déjà accompli la moitié de leur travail et estima que s'ils parvenaient à maintenir une cadence aussi soutenue, ils auraient même de l'avance sur la date prévue pour boucler le contrat.

Bret avait prévu la publication du dossier dans un numéro spécial qui paraîtrait au printemps.

Pour l'heure, les séances avaient été suspendues durant

les fêtes de Thanksgiving, laissant tout loisir au directeur artistique et à l'équipe rédactionnelle de commencer à réfléchir sur le choix des photos, les textes ainsi que sur la maquette.

Hillary ne pouvait qu'être soulagée de cette trêve inespérée qui lui permettait de mettre de la distance entre elle et l'homme qui, nuit et jour, hantait ses pensées.

Elle s'était attendue à un accueil glacial le lendemain de la soirée qu'elle et Bret avaient passée ensemble, mais il n'en fut rien. Egal à lui-même, Bret lui avait témoigné la même attention moqueuse et désinvolte qu'à l'accoutumée. Et jamais il n'avait fait la moindre allusion déplacée à cette malheureuse soirée et à la scène qui avait suivi. A tel point que la jeune femme s'était demandé si elle n'avait pas rêvé leur folle étreinte et les paroles blessantes qu'il lui avait infligées.

Elle souffrait en silence du détachement dont il faisait preuve à son égard, tentant vainement d'oublier le flot d'émotions que ses caresses avaient éveillé.

Hillary regardait par la fenêtre le voile gris que le ciel avait tendu au-dessus de la ville, nuançant chaque bâtiment d'une teinte lugubre en parfait accord avec son humeur mélancolique. Les arbres, nus à présent, offraient au regard leur silhouette noire et squelettique tandis que de petites touffes d'herbe éparses, résistant encore aux assauts de ce début d'hiver, avaient troqué le vert radieux de l'été contre un jaune pâle.

Une vague de nostalgie, aussi soudaine que violente, l'enveloppa tout entière. Elle eut envie des champs de blé dorés de son pays, ondoyant sous le soleil implacable de l'été.

Elle alla chercher un disque sur l'étagère et le plaça sur sa chaîne stéréo, se remémorant avec tristesse les propos de Bret au sujet de ses goûts musicaux et la perspicacité avec laquelle il l'avait percée à jour. Le souvenir de leurs corps passionnément enchevêtrés suscita une vague d'émotions qui lui fit comprendre que ce qu'elle éprouvait pour cet homme allait au-delà de la simple attirance physique.

Elle repoussa cette pensée de toutes ses forces : tomber amoureuse ne faisait pas partie de ses projets immédiats et encore moins s'il s'agissait de Bret Bardoff !

Cela ne pourrait lui apporter qu'humiliations et désespoir.

Mais elle avait beau tenter de se raisonner, elle ne pouvait effacer de sa mémoire les yeux gris qui la déshabillaient, la voix chaude et profonde qui murmurait à son oreille.

Elle se laissa tomber dans un fauteuil, en proie à la plus grande confusion.

La nuit était déjà bien avancée lorsque la jeune femme regagna son appartement. Elle avait dîné en compagnie de Lisa et Mark, s'appliquant à cacher sous une prétendue conscience professionnelle son manque d'appétit. Toute la soirée, elle avait accroché à ses lèvres un sourire de circonstance et ce fut avec un soulagement intense qu'elle referma sa porte derrière elle.

Elle s'apprêtait à ôter son manteau lorsque la sonnerie du téléphone retentit, déchirant le silence de la nuit.

— Allô, dit-elle d'une voix lasse en décrochant le combiné.

— Bonsoir, Hillary, répondit une voix qu'elle ne connaissait que trop bien. Vous étiez sortie ?

La jeune femme remercia le ciel que Bret ne puisse entendre son cœur battre la chamade.

— Bonsoir, monsieur Bardoff, articula-t-elle aussi posément que possible. Vous appelez toujours vos employés à une heure aussi tardive ?

Bret feignit d'ignorer le ton mordant d'Hillary.

— Vous m'avez l'air de bien mauvaise humeur ! Vous avez passé une mauvaise journée ?

— Excellente, au contraire, mentit-elle. Je viens juste de rentrer d'un dîner avec un ami. Et vous ?

— Magnifique ! En plus j'adore ce repas de Thanksgiving où je peux me gaver de dinde !

— Vous m'appelez pour me parler de votre menu ou vous aviez quelque chose d'important à me dire ?

Sa voix s'était durcie à l'idée de Bret et de Charlène partageant ce repas de fête dans un restaurant élégant de la ville.

— Eh bien, à vrai dire, j'aurais aimé boire un verre avec vous pour célébrer ces quelques jours de repos. Et je me disais que s'il vous restait de ce délicieux whisky…

Prise de court, Hillary sentit la panique la gagner.

— Non… je veux dire oui…, balbutia-t-elle. En fait, il m'en reste mais il est tard et…

— Vous avez peur ? l'interrompit Bret.

— Absolument pas ! répliqua Hillary trop vivement. Je suis éreintée et je m'apprêtais à aller me coucher lorsque vous avez appelé.

— Vraiment ?

La jeune femme put sentir l'amusement pointer dans la voix de Bret.

— Vraiment. Et si vous pouviez cesser de vous moquer de moi sans arrêt…

— Désolé, affirma-t-il d'une voix qui manquait de conviction. Mais vous prenez la vie tellement au sérieux ! Eh bien, tant pis ! Je ne viendrai pas taper dans votre réserve d'alcool.

Il marqua un temps d'arrêt et reprit, sûr de lui :

— En tout cas pas ce soir. Bonne nuit, Hillary. A lundi.

— Bonne nuit, murmura-t-elle, emplie de regrets sitôt qu'elle eut raccroché le combiné.

Elle balaya la pièce du regard et éprouva l'envie irrépressible d'avoir Bret à ses côtés, de le toucher, de l'embrasser. Mais eût-elle possédé son numéro personnel, elle pouvait difficilement le rappeler et lui avouer qu'elle avait décliné sa proposition, poussée par un ego malmené.

Elle tenta de se persuader que c'était mieux ainsi et

que le meilleur moyen d'oublier ce qu'elle qualifiait de toquade était de mettre le plus de distance entre eux.

— De toute façon, conclut-elle à voix haute, Charlène correspond beaucoup mieux à son style. Je ne pourrai jamais rivaliser avec une femme aussi sophistiquée, qui parle probablement couramment français, pour qui les grands crus n'ont aucun secret et à qui il faut plus d'une coupe de champagne avant qu'elle ne s'effondre.

Le samedi suivant, Hillary retrouva Lisa dans un restaurant chic de leur quartier, espérant que cet interlude agréable chasserait ses états d'âme.

— Excuse-moi, dit-elle en s'asseyant en face de son amie, je suis en retard, mais j'ai eu un mal fou à trouver un taxi. Et avec la température qu'il fait dehors, la circulation est impossible !

— Ah oui ? commenta distraitement Lisa.

— Evidemment, amoureuse comme tu l'es, tous les paramètres sont faussés. Mais... je dois reconnaître que tu irradies la joie de vivre !

Lisa lui adressa un sourire rayonnant.

— C'est vrai que j'ai l'impression d'être aussi légère qu'une bulle. J'espère que tu ne me prends pas pour une folle.

— Mais non, bien au contraire ! Je suis si heureuse pour toi !

Les deux jeunes femmes passèrent la commande auprès du serveur et Lisa surprit Hillary en disant soudain :

— Quelquefois, j'aimerais vraiment avoir pour amie un laideron plein de verrues, avec un nez crochu.

— Mais enfin, Lisa, qu'est-ce qu'il te prend ?

— Eh bien, il me prend qu'il vient d'entrer l'homme le plus séduisant de la planète et qu'il n'a d'yeux que pour toi !

— Tu dois te tromper. Il cherche quelqu'un avec qui il a rendez-vous.

— Il a déjà quelqu'un avec qui il a rendez-vous

accroché au bras. Ça ne l'empêche pas de te dévorer du regard, affirma Lisa en fixant le couple dont elle parlait. Non, non, ne te retourne pas, siffla-t-elle entre ses dents, il vient vers nous ! Surtout, reste naturelle, fais comme si de rien n'était.

— Lisa, reprends-toi, tu délires complètement ! dit Hillary que le comportement inhabituel de son amie amusait au plus haut point.

— Hillary ! Il semble que nous ne puissions plus nous passer l'un de l'autre, n'est-ce pas ?

Stupéfaite, Hillary reconnut la voix de Bret. Elle leva sur lui de grands yeux étonnés et lui adressa un sourire contrit.

— Bonsoir, monsieur Bardoff, parvint-elle à dire sans trahir le tumulte intérieur qui l'agitait. Mademoiselle Mason, ravie de vous revoir.

Charlène posa sur elle un regard glacial et hocha légèrement la tête en guise de salut.

— Je vous présente Lisa MacDonald. Lisa, voici Charlène Mason et Bret Bardoff.

Le nom de Bret Bardoff impressionna Lisa à tel point qu'elle s'exclama sans retenue :

— Le patron de *Mode* ! En chair et en os ! Je n'arrive pas à le croire !

Hillary fusilla son amie du regard, souhaitant de tout son cœur disparaître dans un trou de souris pour échapper à l'embarras dans lequel l'avait plongée la réaction de Lisa.

Elle coula un regard inquiet vers Bret mais celui-ci, qui paraissait s'amuser de l'admiration sans bornes que lui portait Lisa, lui adressait son plus charmant sourire.

— Vous savez, je suis une des plus ferventes lectrices de votre magazine ! poursuivit Lisa, indifférente au regard haineux dont elle était la cible. Il me tarde tant que le numéro « Spécial Hillary » paraisse ! Ce doit être un travail passionnant, non ?

— Disons que c'est une expérience… enrichissante. Qu'en pensez-vous, Hillary ?

— En effet, approuva la jeune femme en gardant un ton neutre.

Charlène, que l'intérêt trop manifeste de Bret pour Hillary contrariait au plus haut point, interrompit brutalement la conversation.

— Rejoignons notre table, Bret, veux-tu ? Et laissons ces jeunes femmes déjeuner tranquillement à présent.

Elle ponctua ses paroles d'un regard hautain destiné aux deux amies.

— Lisa, ravi d'avoir fait votre connaissance, déclara Bret sans se départir de son sourire ravageur. Quant à vous, Hillary, à bientôt.

Hillary parvint non sans mal à murmurer quelque chose qui ressemblait vaguement à un au revoir et plongea le nez dans sa tasse de thé, espérant que Lisa aurait la bonne idée de ne pas s'étendre sur cette rencontre.

Mais c'était mal la connaître.

— Waouh ! s'extasia celle-ci, tu m'avais caché qu'il était irrésistible ! Tu as vu ce sourire ? J'étais littéralement hypnotisée !

Dieu du ciel ! songea Hillary. Etait-il possible qu'il charme ainsi toutes les femmes qu'il croisait ?

— Tu n'as pas honte ? se moqua Hillary. Je te rappelle que tu es censée être amoureuse !

— Mais je le suis ! Ça ne m'empêche pas d'être sensible au charme ravageur de cet homme !

Elle coula un regard soupçonneux à son amie.

— Ne me dis pas que toi, il te laisse indifférente ? Je te connais trop bien pour croire une chose pareille !

Hillary poussa un profond soupir.

— Non, c'est vrai, admit-elle. Je ne suis pas insensible au charme irrésistible de M. Bardoff. C'est justement pour cela que je cherche à me prémunir contre ses effets dévastateurs.

— Il ne t'est pas venu à l'esprit que cette attirance pouvait être réciproque ? Je te rappelle que tu ne manques pas de charme non plus, tout de même !

— Tu n'as pas remarqué la rousse qui l'accompagne partout, enroulée à son bras comme le lierre s'accroche à un mur de pierre, ou tu le fais exprès ?

— Sûr que celle-là, on ne peut pas la rater ! Non mais tu as vu un peu la façon dont elle me regardait ? Comme si elle attendait de moi que je me lève pour lui faire la révérence ! Elle se prend pour « Sa Majesté la Reine des Cœurs » ?

— Tu ne crois pas si bien dire ! Elle est parfaitement assortie à « Sa Majesté l'Empereur ».

— Pardon ?

— Rien, rien… Tu es prête ? Alors partons d'ici, tu veux bien ?

Puis sans attendre de réponse, elle se leva et se dirigea vers la sortie, talonnée de près par son amie.

Le lundi suivant, Hillary se rendit au studio à pied, goûtant avec une joie d'enfant aux premiers flocons de neige de ce mois de décembre. Nez en l'air, elle offrait son visage à la douce caresse des flocons, se remémorant les immenses étendues d'un blanc immaculé de son Kansas natal, les balades en traîneau ou encore les concours de bonshommes de neige.

C'est tout excitée et l'humeur badine qu'elle retrouva son acolyte.

— Salut, vieux schnock ! Tes vacances se sont bien passées ?

Peter leva sur elle un regard empreint d'admiration. Enveloppée dans un long manteau assorti d'une toque en fourrure qui accentuait l'éclat de ses yeux et son teint de porcelaine rosi par le froid mordant, elle était outrageusement belle.

— Regardez-moi ce que cette première neige m'amène ! Tu es sublime ! Une publicité vivante pour des vacances d'hiver !

Hillary esquissa une petite moue moqueuse et se débarrassa de son manteau.

— Tu es vraiment incorrigible, Peter ! Tu ne pourras donc jamais voir les gens et les choses autrement qu'à travers l'objectif d'un appareil photo ?

— Déformation professionnelle, sans doute. June trouve que j'ai un sens de l'observation hors du commun.

Hillary leva les sourcils, signe chez elle d'un profond étonnement.

— June ?

— Oui… heu… je lui ai appris quelques rudiments sur le sujet.

— Je vois.

Face au ton ironique d'Hillary, Peter crut bon de se justifier.

— Oui. Elle… elle s'intéresse à la photographie.

— Ah, insista Hillary d'un air entendu. Et bien sûr, vos conversations restent strictement professionnelles.

— Ça va, Hil, lâche-moi un peu, tu veux bien ? grommela Peter en recentrant son intérêt sur l'appareil qu'il avait en main.

Mais Hillary, qui ne comptait pas en rester là, s'approcha de son ami et le serra dans ses bras.

— Embrasse-moi, vieux renard. Je suis si contente pour toi !

Peu habitué à ces manifestations de tendresse, Peter se dégagea promptement de l'étreinte amicale d'Hillary et lui demanda d'un ton bourru :

— Comment se fait-il que tu sois déjà là ? Tu as une bonne demi-heure d'avance.

— Tu remarques l'heure qu'il est, maintenant ? C'est nouveau, ça ! le taquina-t-elle. J'ai pensé que je pourrais jeter un coup d'œil aux nouvelles épreuves.

Peter indiqua d'un vague signe de tête son bureau, disparaissant à moitié sous une multitude de dossiers.

— Là-bas. Et laisse-moi finir mes réglages, à présent.

— Bien, Maître, plaisanta Hillary en se dirigeant vers le bureau.

Après avoir passé en revue les différents clichés, elle en brandit un en direction de Peter. C'était une des photos prises sur le court de tennis.

— Je veux un tirage de celle-ci, Peter. J'adore le côté combatif qui en ressort !

Mais le photographe, absorbé par ses mises au point, n'entendait déjà plus rien, totalement oublieux de la présence de la jeune femme.

— « Mais certainement, ma chérie, dit Hillary en singeant son ami. Tout ce que tu voudras. Regarde un peu cette position. Parfaite. Et cet air d'intense concentration, digne d'un grand champion. On te croirait prête pour Wimbledon ! »

— « Merci, Peter, minauda Hillary en jouant à présent son propre rôle. Mais arrête un peu… Tous ces compliments… Tu vas finir par me faire rougir ! »

— Vous savez qu'on enferme des gens pour moins que ça, lui susurra soudain une voix à l'oreille.

Hillary sursauta, lâchant le cliché qu'elle avait à la main.

— Nerveuse avec ça, ajouta la voix. Très mauvais signe.

Hillary pivota pour se trouver nez à nez avec Bret. Instinctivement, elle eut un mouvement de recul. La situation lui parut soudain si grotesque qu'elle lui adressa un sourire désarmant d'ingénuité.

— Vous m'avez fait peur. Je ne vous ai absolument pas entendu arriver.

— Excusez-moi. Mais vous étiez si absorbée par votre dialogue…

— Quelquefois, Peter est si accaparé par ce qu'il fait que je suis obligée de faire la conversation toute seule.

Elle pointa un long doigt fin vers lui.

— Non mais regardez-le ! Il ne s'est même pas aperçu de votre présence !

— Je ne m'en plaindrai pas, murmura Bret d'une

voix enjôleuse en repoussant derrière l'oreille de la jeune femme une mèche de cheveux rebelle.

Ce geste tendre lui fit l'effet d'un électrochoc. Le sang se mit à battre violemment à ses tempes.

— Ah ! Salut, Bret, dit Peter en reprenant pied avec la réalité. Il y a longtemps que tu es là ?

Hillary laissa échapper un profond soupir, ne sachant trop si elle devait l'attribuer à du soulagement ou à de la frustration.

L'hiver était à présent bien installé, semblant étirer sans fin ses journées froides et tristes.

Cela n'empêchait pas Hillary et Peter de progresser plus vite que prévu, prenant une nette avance sur l'emploi du temps initial. Ils estimaient même pouvoir boucler leur travail avant Noël. Le contrat d'Hillary s'achevant trois mois plus tard, elle se demanda ce qu'il adviendrait d'elle durant ce laps de temps. Bret déciderait peut-être de lui rendre sa liberté, mais cela lui parut bien improbable. Il ne voudrait certainement pas la voir travailler pour des concurrents tant que son projet n'aurait pas vu le jour. Il allait sans doute s'employer à lui trouver autre chose.

Mais après tout, songea-t-elle, rêveuse, pourquoi ne pas profiter de ces deux mois de liberté pour ne rien faire ? Etrangement, cette éventualité la séduisit, elle, l'hyperactive. Certes, elle adorait son métier qui, bien que parfois éreintant, était source de grandes satisfactions. Et il n'était pas question qu'elle l'abandonne. Du moins pas durant les dix prochaines années. Ensuite, elle verrait. Le moment serait alors venu de songer sérieusement à sa vie amoureuse. Elle choisirait un homme charmant, attentionné, quelqu'un de sérieux avec qui elle se marierait et bâtirait des projets d'avenir.

Curieusement, cette perspective d'avenir la rendit triste et mélancolique.

*
* *

Une effervescence inhabituelle régna au sein du studio durant la deuxième semaine de décembre. Hillary devant incarner une jeune mère, elle partageait la vedette avec un bébé de huit mois.

On avait consacré une partie du studio à l'aménagement de ce qui devait être un salon et la séance promettant d'être plus difficile qu'à l'accoutumée, Peter, accompagné de Bret, en vérifiait le moindre détail. Hillary regarda pensivement les deux hommes échanger des idées sur la façon de mettre en scène ce tableau bien particulier, puis elle alla rejoindre la jeune maman qui tenait dans ses bras l'enfant qui allait devenir le sien durant quelques minutes.

Elle fut à la fois troublée et amusée par la ressemblance qui existait entre elle et lui. Andy, c'était son nom, avait des cheveux aussi sombres que les siens et ses yeux étaient du même bleu profond. N'importe qui aurait pu jurer qu'elle était la mère de cet enfant.

— Vous savez qu'il n'a pas été facile de trouver un bébé ayant les mêmes expressions que vous ? dit Bret en rejoignant Hillary qui s'était assise, le petit Andy fermement calé contre sa poitrine.

Il contempla un instant la jeune femme qui, riant aux éclats, faisait sauter l'enfant sur ses genoux.

— Il est trop mignon ! Vous ne trouvez pas ? demanda-t-elle en frottant sa joue contre les cheveux soyeux du bébé.

— Si, il est magnifique, approuva Bret. Et la ressemblance avec vous est tellement frappante ! On croirait qu'il est réellement votre fils !

Une ombre passa sur le visage d'Hillary qui baissa les yeux, cachant ainsi le malaise diffus que ses paroles avaient provoqué.

— C'est troublant en effet, murmura-t-elle. Tout est prêt ?

— Oui.

— Alors, allons travailler, Andy, dit-elle en se levant, l'enfant bien calé sur la hanche.

— N'oublie pas que je veux de la spontanéité, lui indiqua Peter avant de démarrer la séance. Alors fais ce qui te vient naturellement à l'esprit. Joue avec lui…

Peter s'interrompit, troublé par le regard expressif que l'enfant posait sur lui.

— C'est drôle, on dirait qu'il me comprend.

— Evidemment qu'il te comprend ! se rengorgea Hillary, adoptant le ton d'une maman transportée de fierté. C'est un enfant très intelligent, qu'est-ce que tu crois !

— Alors, ne perdons pas de temps ! Avec des petits de cet âge, on ne peut pas travailler des heures d'affilée, il va nous falloir plusieurs pauses.

« Mère et fils » s'assirent sur le bout de moquette installé pour la circonstance dans un coin du studio et Hillary s'amusa à empiler des cubes qu'Andy s'employait à démolir dans de grandes effusions de joie. Tous deux étaient si absorbés par leur jeu qu'ils ne prêtaient aucune attention à Peter qui, tournant inlassablement autour d'eux, actionnait en permanence le déclencheur de son appareil.

Hillary, à présent allongée sur le ventre, avait entrepris la construction d'une tour lorsque l'attention du petit garçon fut attirée par une mèche de ses longs cheveux balayant le sol. Il l'enroula autour de ses petits doigts potelés et la porta à sa bouche.

La jeune femme délaissa alors les cubes pour rouler sur le dos. Puis elle prit l'enfant et le hissa à bout de bras au-dessus de sa tête, à la grande joie de celui-ci qui trouvait ce nouveau jeu à son goût.

Elle l'installa ensuite confortablement sur son ventre, le laissant découvrir avec fascination les boutons en nacre de son chemisier et tenter vainement de les défaire. C'est alors qu'il passait sa menotte sur le visage de la jeune femme que, de nouveau, un vague sentiment de nostalgie la submergea.

Elle se releva, tenant précieusement ce petit corps chaud

contre le sien, et la raison de sa mélancolie lui apparut soudain comme une évidence : elle voulait un enfant. Un enfant d'un homme qu'elle aimerait, une petite boule de tendresse qui nouerait ses bras autour de son cou.

Elle serra Andy plus fort contre elle et ferma les yeux tandis qu'elle caressait de sa joue la peau douce de l'enfant. Lorsqu'elle les rouvrit ce fut pour croiser le regard pénétrant de Bret.

La réalité la frappa alors de plein fouet : c'était cet homme qu'elle aimait, de lui qu'elle désirait un enfant. Et il était inutile de se voiler la face plus longtemps.

Sous le choc de sa découverte, elle détourna les yeux, toute chancelante. Comment une telle chose avait-elle pu se produire ? Il n'était pourtant pas dans ses projets immédiats de tomber amoureuse. Il lui fallait du temps pour tenter de comprendre ce qui lui arrivait.

Ce fut avec un immense soulagement qu'elle accueillit le signal de la pause. En grande professionnelle qu'elle était, elle parvint à afficher un sourire éclatant qui démentait le tumulte intérieur qui l'agitait.

— Magnifique ! s'extasia Peter. Vous avez fait du beau travail tous les deux !

« Du travail ! songea amèrement Hillary. Ce n'était pas du travail. Je n'ai fait que vivre un fantasme. »

Toute sa carrière, sa vie même, ne relevaient-elles pas du fantasme ?

Les petits braillements aigus que poussa Andy à ce moment-là la ramenèrent sur terre, l'empêchant fort à propos d'analyser plus profondément ses réflexions. Le moment était mal choisi pour mener à bien une introspection, si nécessaire soit-elle !

— L'installation du nouveau décor va prendre une bonne heure, Hil, déclara Peter. Tu devrais en profiter pour manger quelque chose avant de te changer.

Hillary acquiesça d'un signe de tête, soulagée à la perspective d'avoir un peu de temps à elle pour tenter de rassembler ses esprits.

— Je vous accompagne, dit Bret sur un ton qui n'entendait pas être discuté.

— Non ! riposta vivement Hillary en prenant son manteau au vol et en se pressant vers la sortie.

Puis notant l'air surpris que sa réaction avait provoqué, elle précisa, radoucie :

— Je voulais dire que ce n'est pas la peine. Je suppose que vous avez des tonnes de choses à faire et qu'il vous faut certainement repasser à votre bureau.

— Je vous remercie de vous inquiéter du travail qu'il me reste à faire, railla Bret, mais voyez-vous, il m'arrive aussi, de temps en temps, de m'arrêter pour me nourrir.

D'un geste autoritaire, il lui prit son manteau des mains et l'aida à l'enfiler, s'attardant au creux de ses épaules. Le simple contact des mains de Bret à travers l'étoffe électrisa ses sens, lui brûla la peau. Elle eut un imperceptible mouvement de recul et se raidit légèrement.

— Mais ce n'était pas mon intention de vous importuner, dit-il d'une voix douce qui contrastait étrangement avec son regard d'acier. Ne cesserez-vous donc jamais de me soupçonner des pires intentions ?

Hillary ne répondit pas, acceptant en silence sa présence à son côté. Ils marchèrent un moment sur les trottoirs recouverts d'une fine pellicule de neige et, sans trop savoir comment, elle se retrouva assise à côté de Bret dans sa luxueuse limousine.

Tandis qu'ils longeaient Central Park, elle s'appliqua à calmer les battements désordonnés de son cœur et à engager une conversation de courtoisie.

— Regardez comme c'est beau ! dit-elle en désignant les arbres du parc scintillant de mille feux sous l'effet d'un pâle rayon de soleil. J'adore la neige. Tout semble si pur, si limpide ! C'est un peu comme…

— Chez vous ? anticipa Bret.

— Oui, répondit-elle en se sentant faiblir sous le regard métallique dont il l'enveloppait.

Chez elle, songea-t-elle avec mélancolie. Avec cet

homme, ce pourrait être n'importe où. Mais il ne le saurait jamais. Elle garderait ce secret enfoui au plus profond d'elle-même, tel un trésor caché dans une forteresse.

Dans le petit restaurant où ils s'étaient attablés, Hillary continua à alimenter la conversation, s'estimant incapable de supporter la moindre minute de silence qui pourrait s'installer entre eux. Et qui pourrait trahir son lourd secret.

— Tout va bien, Hillary ? s'enquit Bret, devinant que ce bavardage incessant cachait quelque chose. Je vous sens nerveuse.

Durant un instant qui lui parut une éternité, Hillary, paniquée, redouta qu'il puisse lire dans ses pensées et la percer à jour.

— Non, non, tout va bien, parvint-elle à dire d'une voix admirablement calme. Je suis simplement très excitée à l'idée que l'article va bientôt paraître et j'avoue qu'il me tarde de voir le résultat de notre collaboration.

— Si c'est le nombre de tirages de ce numéro spécial qui vous inquiète, je crois être bien placé pour vous rassurer.

Sa voix était cassante, son regard plus dur que jamais.

— Vous allez être propulsée aux sommets, lui prédit-il. La télé, les journaux vont s'arracher vos services et les offres vont pleuvoir. Vous pourrez même vous permettre de vous montrer exigeante. C'est merveilleux, non ? N'est-ce pas ce que vous avez toujours voulu ? insista-t-il méchamment.

— Bien sûr, acquiesça Hillary avec plus d'enthousiasme qu'elle n'en ressentait. Je mentirais si je soutenais le contraire et je vous suis très reconnaissante de l'opportunité que vous m'avez offerte.

— Ne me remerciez pas, dit-il d'un ton tranchant. Ce travail est le résultat de toute une équipe et vous n'aurez pas volé les bénéfices que vous allez en retirer.

Il se leva brusquement et jeta sur la table de quoi régler l'addition.

— Et à présent, conclut-il toujours aussi froidement,

j'aimerais que nous partions. Comme vous me l'avez fait remarquer tout à l'heure, j'ai du travail qui m'attend.

Hillary hocha la tête en silence, se demandant ce qui avait bien pu provoquer la colère froide de Bret Bardoff.

Hillary retint son souffle et alla contempler son reflet dans le miroir de la loge. Ses doutes s'évanouirent sitôt qu'elle vit la soie fine et vaporeuse dessiner discrètement ses formes minces et souligner sans vulgarité la rondeur de ses seins.

Lorsqu'elle avait déballé le court négligé de soie qu'elle devait porter pour cette dernière séance, elle s'était montrée réticente. Certes, elle avait admis qu'il était magnifique mais elle avait douté de son effet sur elle.

C'est donc parfaitement rassurée qu'elle quitta la loge, sa beauté naturelle sublimée par le vêtement léger qui flottait derrière elle.

Elle attendit quelques instants que Peter ait mis la dernière touche au décor qu'il avait conçu et admira au passage le talent de l'artiste. Il avait imaginé une pièce dont les éclairages étaient si tamisés qu'ils donnaient l'illusion qu'un rayon de lune s'y profilait et qu'ils conféraient à l'endroit une ambiance aussi chaleureuse que romantique.

— Ah ! Tu es prête, dit-il en levant le nez sur elle, conscient enfin de sa présence.

Il fixa la jeune femme, muet d'admiration.

— Tu me surprendras toujours, commenta-t-il lorsqu'il eut recouvré la voix. Tu es tout simplement sublime ! Je te garantis que tous les hommes vont tomber amoureux de toi et que toutes les femmes vont te jalouser à mort.

Hillary éclata de rire et le rejoignit sur le plateau. C'est en se retournant qu'elle vit Bret arriver, Charlène suspendue à son bras.

Leurs regards s'accrochèrent un instant puis celui de Bret glissa ostensiblement sur le corps parfait qui s'offrait à lui.

— Vous êtes magnifique, Hillary !

— Merci, répondit la jeune femme, consciente du regard glacial dont Charlène accompagna le compliment de son compagnon.

Elle reçut ce regard haineux comme une douche froide et regretta amèrement que Bret ait amené avec lui sa rousse incendiaire.

— Nous allions juste commencer, annonça Peter qui, sans même s'en rendre compte, rompait fort à propos le silence lourd d'hostilité qui venait de s'instaurer.

— Faites comme si nous n'étions pas là, dit tranquillement Bret. Charlène voulait juste se faire une idée de ce projet qui m'occupe tant.

Une pointe de jalousie vrilla le cœur d'Hillary. L'association de leurs deux noms lui fit réaliser qu'ils formaient un vrai couple et lui rappela douloureusement que les sentiments qu'elle éprouvait pour Bret n'étaient pas réciproques.

— Viens par ici, Hil, commanda Peter en plaçant la jeune femme sous la lumière indirecte d'un des projecteurs.

Ses courbes parfaites se révélèrent alors aux regards indiscrets des visiteurs.

— Parfait, apprécia Peter qui mit le ventilateur en marche.

La légère brise artificielle fit joliment voleter les cheveux d'Hillary autour de son visage et plaqua la soie contre son corps, soulignant un peu plus ses formes impeccables.

Peter regarda dans le viseur et, satisfait, commença à mitrailler son modèle tout en lui donnant des directives.

— C'est bon là, vas-y ! Maintenant soulève tes cheveux. Parfait, tu vas tous les rendre fous !

Hillary s'exécutait, se pliant docilement aux exigences du photographe.

— Regarde l'objectif, Hil. Regarde-le amoureusement, comme si tu regardais l'homme que tu aimes. Imagine qu'il va arriver, qu'il va te prendre dans ses bras.

A ces mots, un frisson parcourut Hillary et c'est tout naturellement vers Bret que son regard se porta.

— Allons, Hillary, je veux voir la passion éclairer tes yeux, pas la panique ! Recommence !

Alors, le miracle se produisit. Lentement, elle autorisa ses rêves à prendre le pas sur la raison et vit Bret dans l'œil de l'appareil. Un Bret dont le regard s'allumait de désir mais aussi d'amour. Elle le revit la serrer contre son torse puissant, ses lèvres chaudes écraser les siennes tandis que ses mains parcouraient sa peau frémissante. Et lorsque sa bouche quitta sa bouche, ce fut pour lui murmurer les mots qu'elle désirait ardemment entendre.

— Tu l'as, Hil, tu l'as ! s'exclama Peter, au comble de la satisfaction.

Hillary reprit durement contact avec la réalité tandis que Peter continuait à s'enthousiasmer.

— Tu as été formidable, mon chou ! Moi-même je suis tombé sous le charme !

Hillary inspira profondément, espérant dissiper au plus vite ces images qui la troublaient au-delà du raisonnable.

— Eh bien, nous pourrions nous marier et t'acheter plein de nouveaux appareils photo, plaisanta-t-elle en se dirigeant vers sa loge.

La voix aiguë de Charlène qui se voulait ensorcelante la stoppa dans son élan.

— Ce négligé est une pure merveille ! Bret, chéri, il me le faut absolument !

Bret, qui n'avait d'yeux que pour Hillary, marmonna distraitement :

— Mmm ? Oui, oui, bien sûr. Si tu veux, Charlène.

L'assentiment de Bret fit à Hillary l'effet d'un coup de poignard. Bouleversée, elle le fixa quelques secondes, puis se précipita hors de la pièce.

Ce ne fut que dans l'intimité de sa loge qu'elle laissa libre cours à son chagrin. Cette nuisette était à elle, elle se l'était appropriée durant cette séance particulière. C'est dans cette tenue qu'elle avait imaginé Bret l'aimer et lui avouer son amour pour elle. Et désormais, c'est Charlène qui la porterait, sur elle qu'il promènerait des doigts impatients.

Elle ferma les yeux et refoula les sanglots qui lui nouaient la gorge. Comment pouvait-il lui faire une chose pareille ?

La peine céda soudain la place à la colère. Si c'était cela qu'ils voulaient, eh bien, ils l'auraient ! Et elle se chargeait de le leur donner en main propre !

Elle ôta le négligé à coups de gestes rageurs puis, après s'être rhabillée à la hâte, elle retourna dans le studio.

Bret s'y trouvait seul, nonchalamment installé derrière le bureau de Peter.

Hillary, portée par une rage froide, s'avança dignement vers lui et laissa tomber la boîte sur le bureau encombré.

— Pour votre amie. Mais d'abord, il faudra le faire nettoyer.

Elle lui tourna le dos, s'apprêtant à repartir aussi dignement qu'elle était venue, lorsqu'une main ferme agrippa solidement son poignet.

— Quelque chose ne va pas, Hillary ? s'enquit posément Bret.

— Tout va très bien au contraire, claironna-t-elle d'une voix faussement enjouée.

— Laissez tomber ce petit jeu, voulez-vous ? Je vois bien que vous êtes contrariée et je veux savoir pourquoi.

— Contrariée ? s'écria-t-elle, ivre de colère de ne pouvoir se libérer de la poigne de Bret. De toute façon, en admettant que je le sois, cela ne vous regarde pas ! Il n'est pas stipulé dans mon contrat que je doive justifier mes états d'âme, que je sache !

Si Bret lâcha le poignet de la jeune femme, ce ne fut que pour la prendre par les épaules et la secouer afin de calmer sa colère croissante.

— Arrêtez ! Vous allez me dire ce qui vous arrive, oui ?

— Eh bien, oui, je vais vous le dire ! Vous débarquez dans le studio, en terrain conquis, votre petite amie au bras et il suffit d'un battement de cils pour que vous cédiez à tous ses caprices ! Mais ce négligé m'appartient !

Bret la considéra un instant, stupéfait.

— Et c'est pour cette raison que vous vous mettez dans un état pareil ? Grands dieux, mais gardez-la, cette nuisette, ce n'est pas un problème !

— Cessez de me parler sur ce ton paternaliste ! vociféra-t-elle. Vous n'achèterez pas ma bonne humeur à coups de cadeaux ! Et gardez votre générosité légendaire pour quelqu'un qui saura l'apprécier. Maintenant, si vous voulez bien me lâcher, je voudrais partir.

— Vous n'irez nulle part tant que vous ne vous serez pas calmée et que nous ne serons pas allés au fond du problème.

Les yeux d'Hillary se remplirent soudain de larmes.

— Vous ne comprenez pas..., dit-elle, la voix étranglée de sanglots. Vous ne comprenez rien.

— Hillary, murmura Bret en essuyant du revers de la main les larmes qui, à présent, roulaient sans retenue sur les joues de la jeune femme. Ne pleurez pas, je vous en supplie.

Mais les pleurs redoublèrent.

— Je ne comprends pas comment une simple nuisette peut vous mettre dans un état pareil. Tenez, dit-il en lui tendant la boîte, reprenez-la. Charlène n'en a pas besoin, elle en a des dizaines.

Ces derniers mots, prononcés dans le but de dédramatiser, eurent l'effet inverse et ravivèrent la colère d'Hillary.

— Je n'en veux plus et je ne veux plus la voir ! s'écria-t-elle, la voix entrecoupée de sanglots. Et j'espère que vous et votre fiancée en ferez bon usage !

Puis, prenant Bret de court, elle saisit son manteau au passage et se rua dehors.

Elle se mit à arpenter le trottoir, luttant contre le froid qui l'assaillait de toutes parts.

« Quelle idiote j'ai été, rumina-t-elle. Pourquoi me suis-je acharnée ainsi sur ce malheureux bout de tissu ? »

Mais ce n'était pas plus stupide que de s'attacher à un type arrogant, insensible et qui en aimait une autre.

Elle s'apprêtait à héler un taxi lorsque deux bras robustes la firent se retourner. Elle se retrouva contre la veste en cuir de Bret.

— J'en ai assez de vos crises d'hystérie et je ne supporte pas qu'on me plante là de cette manière.

Hillary le brava du regard, nullement impressionnée par le calme menaçant de sa voix.

— Nous n'avons plus rien à nous dire, monsieur Bardoff.

— Et moi je crois, au contraire, que nous avons encore beaucoup à nous dire.

— De toute façon, je ne pense pas que vous puissiez comprendre. Vous n'êtes qu'un homme, après tout !

Elle le vit inspirer profondément avant de reprendre d'une voix qui se voulait égale :

— Sur ce dernier point, vous avez raison. Je suis un homme.

Et comme pour justifier son propos, il la plaqua contre lui et l'embrassa passionnément, la forçant à répondre à son baiser.

Le temps n'eut soudain plus aucune prise sur eux et chacun se laissa aller à savourer les lèvres de l'autre, indifférents aux passants qui les bousculaient.

Lorsque Bret relâcha son étreinte, Hillary s'écarta de lui et déclara d'un ton neutre :

— Eh bien, maintenant que vous m'avez prouvé que vous étiez un homme, je vais pouvoir partir.

— Non. Vous allez me suivre gentiment jusqu'au studio et nous allons reprendre notre discussion.

— La discussion est terminée.

— Pas tout à fait, décida-t-il en l'agrippant par le bras.

Il ne fallait pas qu'elle cède. Pas maintenant. Elle était trop vulnérable, il lirait en elle comme dans un livre ouvert.

— Vraiment, Bret, dit-elle, fière du calme qu'elle parvenait à afficher, je détesterais me faire remarquer en pleine rue, mais si vous vous obstinez à vous comporter en homme des cavernes, je n'hésiterai pas une seconde : je me mettrai à hurler, et croyez-moi, je peux hurler très fort.

— Vous ne feriez pas ça ?

— Si. Sans hésiter.

— Hillary, gronda-t-il d'une voix sourde, nous avons des choses à mettre au clair.

— Bret, tout cela a pris des proportions démesurées. C'était stupide, alors restons-en là, voulez-vous ?

— Pourtant, ça n'avait pas l'air si stupide tout à l'heure.

Hillary sentit sa mince carapace défensive se craqueler et elle conclut vivement :

— Soyez gentil, Bret. Mettez cela sur le compte de nos tempéraments sanguins et n'y voyez rien d'autre.

— Très bien, dit Bret. Je capitule… Pour le moment.

Hillary poussa un soupir de soulagement. Il était grand temps qu'elle le quitte, sans quoi, elle ne jurerait plus de rien.

Son œil avisé ayant repéré un taxi à l'angle de la rue, elle porta ses doigts à la bouche et émit un bref sifflement aigu, censé attirer l'attention du chauffeur.

Bret refoula l'hilarité qui le gagnait.

— Décidément, vous êtes une femme étonnante !

La réponse d'Hillary se perdit dans le bruit de la portière qu'elle claqua sur elle.

# 5

Noël approchait à grands pas, la ville avait revêtu ses plus beaux atours. Hillary, le cœur en fête, observait par la fenêtre le ballet incessant des voitures et celui des piétons qui se pressaient dans les rues scintillant de mille feux.

Elle s'amusa à suivre des yeux les gros flocons qui, telles des plumes d'oreillers éventrés, allaient s'écraser au sol et sur les toits.

Elle n'avait pas revu Bret depuis des jours et le tournage étant achevé, ses chances de le revoir étaient minces.

Une vague de tristesse assombrit son humeur joyeuse. Elle secoua la tête, bien déterminée à ne pas laisser ses états d'âme gâcher le plaisir qu'elle éprouvait à l'idée de retrouver les siens. Car le lendemain, elle retournait chez elle. Et c'était exactement ce qu'il lui fallait pour oublier le trop séduisant Bret Bardoff. Dix jours loin de lui devraient suffire à panser ses plaies et à envisager sérieusement un avenir d'où il serait définitivement exclu !

Des coups frappés à la porte la détournèrent de son poste d'observation.

— Qui est-ce ? s'enquit-elle, la main sur la poignée, prête à ouvrir.

— Le Père Noël, plaisanta une voix qu'elle reconnut immédiatement.

— B… Bret… c'est vous ? balbutia-t-elle.

— On ne peut rien vous cacher, n'est-ce pas ?

Il marqua une courte pause et reprit :

— Vous comptez me faire entrer ou me laisser sur le palier toute la nuit ?

— Excusez-moi, dit Hillary en s'empressant de déverrouiller la porte.

Comme à son habitude Bret affichait la plus grande décontraction. Négligemment appuyé contre le chambranle de la porte, il détailla avec une admiration non dissimulée la silhouette longiligne de la jeune femme que moulait une robe d'intérieur de velours ivoire.

— Puis-je entrer ?

— Bien sûr, répondit Hillary en s'effaçant pour le laisser passer. Mais je vous rappelle que le Père Noël est censé entrer dans les maisons par la cheminée.

— C'est exact, mais celui-ci est particulier et il boirait volontiers, pour se réchauffer, un verre de ce fameux whisky que vous gardez pour vos amis.

Puis, sans attendre d'y être invité, il retira son manteau et le posa sur le dossier d'une chaise.

— Moi qui croyais que les Pères Noël ne buvaient que du lait ! ricana Hillary.

— Et moi je suis persuadé qu'ils ont tous une flasque d'alcool cachée dans leur joli costume rouge.

— Ce que vous pouvez être cynique, parfois ! dit la jeune femme en allant dans la cuisine.

Bret, qui lui avait emboîté le pas, se tenait à présent sur le seuil et la regardait lui servir un verre de scotch.

— Bravo ! Vous avez fait des progrès, on vous prendrait pour une vraie professionnelle ! Mais vous allez bien trinquer avec moi, tout de même.

Hillary esquissa une moue de dégoût.

— Non, ce truc a le même goût que le savon avec lequel on m'a lavé la bouche un jour !

— Je ne vous ferai pas l'affront de vous demander pour quelle raison vous avez eu droit à une telle punition, dit Bret en lui prenant le verre des mains. En revanche je vais vous demander de m'accompagner, je déteste boire tout seul.

Hillary renonça à discuter et prit un pichet de jus d'orange dans le réfrigérateur. Elle s'en servit une généreuse rasade et porta un toast en l'honneur de son invité avant de regagner le salon, Bret sur les talons.

— Peter m'a dit que vous partiez dans le Kansas demain ? s'enquit ce dernier en prenant place dans le canapé tandis qu'Hillary s'asseyait prudemment sur une chaise en face de lui.

— C'est exact. Je resterai là-bas jusqu'au 2 janvier.

— Eh bien, levons notre verre à Noël et à la nouvelle année, alors. Je serai de tout cœur avec vous lorsque sonneront les douze coups de minuit.

— Je n'en suis pas si sûre. A mon avis, vous aurez autre chose à faire qu'à penser à moi, riposta-t-elle d'une voix lourde de reproche.

Elle se détesta aussitôt de faire preuve d'une si grande faiblesse dès lors qu'elle se trouvait en présence de Bret.

Mais celui-ci fit mine de n'avoir rien remarqué et sirota une gorgée de son whisky avant d'adresser à la jeune femme un de ses sourires renversants dont il avait le secret.

— Je trouverai bien une minute, ne vous inquiétez pas !

Hillary plongea le nez dans son verre, refoulant à grand-peine les commentaires désagréables dont elle brûlait de l'abreuver.

— J'ai un cadeau pour vous, reprit-il d'un ton désinvolte en se levant pour aller chercher un petit paquet dans la poche de sa veste.

Hillary le considéra un instant, sans voix.

— Oh, mais… je ne savais pas… C'est que… je n'ai rien pour vous, balbutia-t-elle, embarrassée.

— Vraiment ? plaisanta Bret, amusé de la voir rougir.

— Non, Bret, je ne peux pas accepter, ce ne serait pas correct !

— Eh bien, imaginez juste que c'est le présent d'un empereur à l'un de ses sujets.

Tout en prononçant ces mots, il prit le verre de la main d'Hillary et à la place, y déposa le petit paquet.

— Vous avez bonne mémoire, dit la jeune femme, souriant à l'allusion.

— C'est vrai, je n'oublie jamais rien, admit-il d'un air entendu. Mais je vous en prie, ouvrez votre paquet, je sais que vous en mourez d'envie.

— Vous avez raison, je ne peux pas résister à un cadeau de Noël. C'est une fête que j'adore !

Elle déchira avec fébrilité l'élégant emballage et retint son souffle à la vue des boucles d'oreilles serties de saphirs qui étincelaient dans leur écrin de velours.

— Je les ai choisis parce qu'ils me rappelaient le bleu profond de vos yeux. J'aurais trouvé criminel qu'ils appartiennent à quelqu'un d'autre que vous.

— Ils sont magnifiques ! Vraiment magnifiques ! s'extasia Hillary lorsqu'elle put de nouveau parler. Mais vous n'auriez pas dû…

— Je n'aurais pas dû, l'interrompit Bret, mais vous êtes heureuse que je l'aie fait.

Hillary afficha un sourire radieux.

— Oui, admit-elle humblement. C'est une attention si délicate. Je ne sais comment vous remercier.

— Moi je sais, déclara Bret en aidant la jeune femme à se lever de son siège.

Il la prit tendrement dans ses bras et effleura ses lèvres d'un baiser. Hillary sembla hésiter puis céda à la douce pression de cette bouche chaude sur la sienne. Après tout, c'était une jolie façon de le remercier.

Lorsque leurs lèvres se quittèrent, Hillary s'écarta légèrement de Bret mais celui-ci resserra son étreinte et lui murmura :

— Il y a deux boucles d'oreilles.

De nouveau sa bouche prit possession de celle de la jeune femme, cette fois plus passionnément. Il se grisa de son corps souple contre le sien, de ses bras graciles noués autour de son cou, de ses longs doigts fins qu'elle passait dans ses cheveux.

— Quel dommage que vous n'ayez que deux oreilles, ironisa Bret pour masquer la vive émotion qu'il ressentait.

Hillary, qui s'était blottie avec délice contre son torse, tentait de rassembler ses esprits.

— S'il vous plaît, Bret, je n'ai plus toute ma raison quand vous m'embrassez comme ça.

— Vraiment ?

Sa bouche effleura d'un baiser les cheveux soyeux d'Hillary.

— C'est très intéressant, mais très dangereux aussi, d'avouer une chose pareille. Je pourrais être tenté d'en profiter.

Il s'interrompit de nouveau, semblant hésiter, puis lui susurra à l'oreille :

— Mais pas cette fois.

Il relâcha son étreinte et, sans plus de commentaires, alla vider son verre d'un trait. Puis il enfila son manteau et se dirigea vers la porte.

— Joyeux Noël, Hillary, lui dit-il dans un dernier regard.

— Joyeux Noël, Bret, murmura-t-elle en retour.

Le cœur chaviré, elle fixa un long moment la porte qui venait de se refermer sur l'homme qu'elle aimait.

Hillary laissait avec bonheur la bise glaciale lui mordre le visage tandis qu'elle s'extasiait sur le bleu lumineux d'un ciel parfaitement vierge de tout nuage. Enfin, elle était chez elle !

Elle considéra la vieille ferme de son enfance, s'abandonnant, pour un court instant, au flot de souvenirs qui l'assaillaient. Le cœur débordant de joie, elle poussa la porte d'entrée et se dirigea vers la cuisine.

— Tom ! entendit-elle sa mère crier, qu'est-ce que tu fais ?

Elle était en train d'essuyer ses mains sur son tablier blanc, lorsque la surprise la cloua sur place : la mince silhouette de sa fille se découpait dans l'encadrement de la porte.

— Hillary ! Ma chérie !

Hillary courut se blottir contre sa mère.

— Oh, maman ! C'est si bon de rentrer à la maison !

Si Sarah Baxter nota la note de désespoir dans la voix de sa fille, elle se garda bien de tout commentaire. Dans un geste tendre, elle l'enveloppa de tout son amour.

— Eh bien, tu n'as pas grossi ! lui dit-elle lorsqu'elle se détacha d'elle pour mieux la regarder.

La voix de Tom Baxter, qui venait de pousser la porte donnant sur le jardin, s'éleva, grave et chaude :

— Mais regardez-moi ce que le vent de New York nous amène ! s'exclama-t-il, visiblement ravi de serrer à son tour sa fille contre son cœur.

Hillary inspira profondément les odeurs mêlées d'herbe coupée et de chevaux, qui étaient toute son enfance.

— Laisse-moi un peu te regarder, lui dit à son tour son père en la repoussant légèrement. Tu es magnifique, ma chérie ! N'est-ce pas, Sarah, que notre fille est magnifique ?

Plus tard, lorsqu'elle rejoignit sa mère dans cette même pièce, elle s'étourdit des odeurs familières qui s'en dégageaient et qui lui firent réaliser le chemin parcouru depuis son départ. Ses pensées la ramenèrent alors vers Bret et elle caressa d'un geste machinal les précieux saphirs dont elle ne se séparait jamais. Elle détourna la tête, espérant que les larmes qui lui brouillaient la vue avaient échappé à la sagacité maternelle.

Le matin de Noël, les rayons du soleil qui filtraient à travers les persiennes réveillèrent Hillary. Elle s'étira paresseusement dans son lit de jeune fille, les yeux encore lourds de sommeil. Elle s'était attardée à discuter avec ses parents la veille au soir, mais une fois couchée, elle n'était pas parvenue à s'endormir. Le visage de Bret l'avait hantée une bonne partie de la nuit et elle avait eu beau fixer son attention sur les ombres inquiétantes qui dansaient au plafond, rien n'y avait fait. Sans cesse, il était revenu, lui faisant ressentir le vide aigu de son absence.

Il fallait qu'elle se résigne : elle l'aimait. Et elle le détestait de ne pas lui rendre son amour. Bien sûr, il la désirait et ne s'en cachait pas. Mais désirer n'est pas aimer.

Comment avait-elle pu tomber si facilement dans le piège de l'amour, elle qui s'en était toujours parfaitement défendue ? Comment avait-elle pu tomber amoureuse d'un homme aussi arrogant, exigeant, présomptueux, bref, qui à lui seul réunissait tous les défauts qu'elle exécrait ?

« C'est Noël, et je n'ai pas l'intention de laisser Bret Bardoff me gâcher la journée », se dit-elle fermement dans une dernière tentative d'autopersuasion.

Forte de cette bonne résolution, elle bondit hors du lit, enfila sa robe de chambre et descendit rejoindre ses parents.

L'heure suivante se passa dans la joie et la bonne humeur, chacun ouvrant les cadeaux qui lui étaient destinés, remerciant et embrassant à grands coups d'exclamations.

Un peu plus tard dans la journée Hillary éprouva le besoin d'aller prendre l'air et c'est avec une joie enfantine qu'elle s'appliqua à faire craquer la mince pellicule de glace sous ses bottes. L'air était piquant, un vrai froid d'hiver, et elle resserra contre elle la veste qu'elle avait empruntée à son père. Elle rejoignit celui-ci dans la grange et sans un mot, se mit à mesurer le blé, retrouvant naturellement les automatismes de son enfance.

— Finalement, tu y es restée attachée à cette terre !

Ces mots, lâchés par son père pour plaisanter, allèrent droit au cœur d'Hillary qui acquiesça.

— Oui, je crois qu'au fond je suis restée une fille de la campagne.

Le voile de tristesse qui passa à ce moment-là dans son regard n'échappa pas à Tom Baxter.

— Hillary, qu'est-ce qui ne va pas ? demanda-t-il gentiment.

Hillary poussa un profond soupir.

— Je ne sais pas. Quelquefois, j'ai l'impression d'étouffer à New York. Trop de bruit, trop de monde…

— Ta mère et moi pensions que tu étais heureuse là-bas.

— Je l'étais… Enfin, je le suis… C'est une ville terriblement excitante, si colorée, si vivante ! Mais parfois, les grands espaces, le calme d'ici me manquent. Cette impression de paix…

Elle secoua la tête, repoussant l'image des yeux gris qui s'imposait à elle.

— Ce n'est rien, papa. Un peu de fatigue, sans doute. Je viens juste de terminer un travail dans lequel je me suis beaucoup investie.

— Hillary, si tu n'es pas heureuse et si je peux t'aider…

L'espace d'un instant, Hillary éprouva la tentation de s'abandonner contre cette épaule et de s'épancher. Parler de ses doutes, de ses frustrations. Mais à quoi bon ? Que pourrait son père au fait qu'elle était malheureuse parce qu'elle s'était entichée d'un homme pour qui elle n'était rien de plus qu'un agréable divertissement doublé d'un produit commercial inespéré ?

Elle lui adressa un pauvre sourire destiné à le rassurer.

— Merci. Mais vraiment, ce n'est pas grave. Une légère déprime due au stress de ces derniers jours. C'est courant dans le métier. Bon, je te laisse, je vais nourrir les poules, conclut-elle en s'éclipsant rapidement.

Lorsqu'elle regagna la maison, une chaude atmosphère y régnait, des cris d'enfants surexcités se mêlaient à des voix d'adultes enthousiastes et toute cette joyeuse effervescence combla momentanément le vide qui la hantait. Mais lorsque le dernier invité fut parti, elle retarda le moment d'aller se coucher et alla se pelotonner dans un fauteuil, fixant d'un air morne la guirlande électrique qui clignotait inlassablement entre les branches du sapin.

Comment Bret avait-il passé cette journée ? Dans son club de loisirs avec des amis qui lui ressemblaient ou seul avec Charlène, peut-être. En tout cas, à cette heure tardive ils devaient être en tête à tête devant un bon feu de cheminée, Charlène blottissant dans les bras de Bret son corps à moitié nu dans son beau négligé.

Elle repoussa de toutes ses forces cette vision qui lui faisait l'effet d'un coup de poignard dans le cœur. Mais rien n'y fit : toute la nuit, jalousie et profond désespoir se relayèrent pour la ronger.

Les jours s'écoulaient, paisibles, et peu à peu la routine rassurante qui rythmait ses journées lui rendit sa joie de vivre. Avec le vent frais du Kansas, les premiers signes de la dépression qui s'annonçait s'envolèrent. Elle prenait plaisir à faire de longues promenades dans la campagne vallonnée de son enfance.

Les gens des villes ne pourraient jamais comprendre ce qu'elle éprouvait. Comment serait-ce possible, quand on avait pour seul horizon des tours d'acier et de béton ? Comment pourraient-ils ressentir cet amour viscéral qui la liait à cette terre ? Sa terre. Riche d'histoire et de passé. Et lorsqu'elle ne serait plus là, et que d'autres générations lui auraient succédé, le paysage, lui, resterait inchangé. Les champs de blé s'étendraient toujours à perte de vue, et la terre riche et fertile nourrirait toujours ses habitants, année après année.

« J'aime cette terre, clama-t-elle à voix haute, j'aime la faire couler entre mes doigts et la fouler de mes pieds nus. J'aime son odeur lourde, entêtante. C'est elle qui a fait de moi cette fille simple que je suis restée. »

Allait-elle pour autant renoncer à sa carrière pour s'installer ici ? Non. Elle était jeune, sa voie était tracée désormais. Elle retournerait à New York.

Reprenant le chemin de la ferme elle décréta fermement que Bret Bardoff n'était pour rien dans cette décision.

A peine venait-elle de rentrer que la sonnerie du téléphone se mit à retentir. Sans prendre le temps de retirer sa veste elle décrocha le combiné.

— Allô ?

— Bonjour, Hillary.

— Bret ?

Une petite douleur aiguë lui transperça le cœur, l'empêchant de respirer.

— Bravo, railla Bret, comme à son habitude. Comment allez-vous ?

— Bien, je vais très bien, répondit Hillary, prise au dépourvu. Je… je ne m'attendais pas à vous entendre. Il y a un problème ?

— Un problème ? Non. C'était juste pour me rappeler à vous. Je ne voudrais pas que vous oubliiez de regagner cette bonne ville de New York.

— Je n'oublie pas. Pourquoi ? Vous avez quelque chose à me proposer ?

— Oui, j'aurais bien une ou deux choses…, rétorqua-t-il d'une voix lourde de sous-entendus.

Il marqua une légère pause, puis, reprenant tout son sérieux, s'enquit :

— Impatiente de vous remettre au travail ?

— Heu… Oui, oui… Je ne voudrais pas perdre la main.

— Je vois.

« Cela m'étonnerait beaucoup », songea Hillary, l'estomac noué par la frustration.

— Eh bien, nous verrons cela lorsque vous serez rentrée. Ce serait en effet un sacré gâchis de ne plus exploiter votre talent et votre beauté !

Il s'exprimait lentement, comme s'il avait déjà en tête un projet à lui soumettre.

— Je ne doute pas que vous allez nous trouver un contrat bien juteux, affirma-t-elle en adoptant le ton professionnel de Bret.

— Mmm. Vous rentrez à la fin de la semaine ?

— Oui.

— Je vous rappellerai d'ici là. Mais ne vous inquiétez pas, vous affronterez bientôt de nouveau les objectifs, puisque c'est ce que vous voulez.

— Très bien. Je… eh bien… merci d'avoir appelé.
— Je vous en prie. Je vous verrai à votre retour.
— Oui. Bret…

Elle cherchait désespérément un moyen de le retenir, de l'entendre encore prononcer son nom, de reculer le moment où le manque de lui la submergerait de nouveau.

— Oui ?

Elle ferma les yeux, détestant sa lâcheté qui lui fit dire :

— Rien. J'attends de vos nouvelles.
— Vous en aurez.

Puis d'une voix radoucie il ajouta avant de raccrocher :

— Passez une bonne fin de séjour.

# 6

Dès qu'Hillary fut de retour elle passa un coup de fil à Peter. Ce fut une voix féminine qui lui répondit.

— Excusez-moi, j'ai dû me tromper de numéro, dit-elle en s'apprêtant à raccrocher.

— Hillary, c'est June.

— June ! répéta-t-elle, confuse. Com… comment allez-vous ? Vous avez passé de bonnes vacances ?

— Très bonnes, et vous ? Peter m'a dit que vous étiez dans votre famille.

— Oui. C'est si bon de retourner au pays de temps en temps.

— Ne quittez pas, je vais chercher Peter.

— Ce n'est pas la peine, je…

Mais déjà la voix de Peter se faisait entendre à l'autre bout du fil.

— Cesse de te confondre en excuses, Hil, l'interrompit-il. June est juste venue me donner un coup de main pour classer mes dossiers.

Il apparut clairement à Hillary que la relation entre les deux jeunes gens était sérieusement avancée pour que Peter autorise June à mettre le nez dans ses précieux documents.

— Je voulais juste que tu saches que j'étais rentrée. Au cas où…

— Pourquoi ne passes-tu pas un coup de fil à Bret ? Je te rappelle que tu es toujours sous contrat avec lui.

— Il connaissait la date de mon retour. S'il a besoin

de moi, il sait où me trouver, répliqua-t-elle d'un ton qu'elle voulait dégagé.

Plusieurs jours s'écoulèrent avant que Bret ne contacte Hillary. La neige, qui semblait ne jamais vouloir s'arrêter de tomber, avait tenu la jeune femme confinée dans son appartement, rendant encore plus difficile sa réadaptation à la vie urbaine. Elle passait le plus clair de son temps le nez collé à la vitre, luttant contre le profond désespoir qui la gagnait de nouveau.

La présence de Lisa, venue dîner chez son amie de façon tout à fait impromptue, la tira momentanément de sa mélancolie. Les deux femmes se trouvaient dans la cuisine, Hillary occupée à rincer une salade sous l'œil attentif de Lisa, lorsque le téléphone se mit à sonner.

D'un mouvement du menton désignant le combiné, Hillary signifia à son amie de répondre à sa place.

— Lisa MacDonald, l'entendit-elle se présenter. Vous êtes bien chez Mlle Baxter qui viendra vous parler dès qu'elle aura les mains libres.

Hillary éclata de rire en se précipitant dans la pièce.

— Lisa ! Je ne peux jamais te faire confiance !

— Tiens, dit-elle en lui tendant le récepteur, je ne sais pas qui c'est mais il a une voix incroyablement sexy !

— Merci et remplace-moi dans la cuisine, ce sera ta punition.

Lisa s'éclipsa en adressant à son amie une petite moue de dédain.

— Ne faites pas attention, dit Hillary à son mystérieux interlocuteur, mon amie adore faire des plaisanteries de ce genre.

— Ne vous excusez pas, c'était de loin la conversation la plus censée que j'ai eue aujourd'hui.

Hillary réalisa au moment même où elle l'entendit à quel point cette voix lui avait manqué.

— Bret ?

— Bingo !

Hillary devina sans peine le sourire moqueur qui flottait à cet instant sur les lèvres de Bret.

— Bienvenue dans l'enfer de cette jungle de béton, poursuivit-il. Alors, comment s'est terminé votre séjour ?

— Bien… très bien, balbutia Hillary.

— Je m'en serais douté.

Hillary fit un effort surhumain pour tenter de retrouver le sang-froid que la voix de Bret avait instantanément réduit à néant.

— Et vous ? Vous avez passé de bonnes vacances ?

— Très agréables bien que, sans doute, beaucoup plus calmes que les vôtres.

— Certainement très différentes en tout cas, ne put-elle s'empêcher de commenter aigrement.

— Quoi qu'il en soit, tout cela est derrière nous à présent, trancha Bret. Je voudrais vous parler d'un projet pour ce week-end.

— Ce week-end ? répéta bêtement Hillary qui se sentit tout à coup stupide.

— Oui, un séjour en montagne.

— En montagne ?

— Pourriez-vous cesser de répéter tout ce que je dis comme un perroquet, Hillary ? Avez-vous prévu quelque chose entre vendredi et dimanche ?

— Eh bien, je…

— Quelle conversation fascinante ! commenta-t-il avec une pointe d'impatience.

Hillary tenta vainement de faire preuve d'un peu plus d'à-propos.

— Non, c'est-à-dire… rien de vraiment important. Je…

— Parfait, la coupa-t-il. Vous avez déjà skié ?

— Dans le Kansas ? railla Hillary qui sentait tout son aplomb lui revenir. Je croyais qu'il fallait des montagnes pour skier.

Mais Bret sembla ne pas avoir remarqué le ton ironique d'Hillary et poursuivit sur sa lancée :

— J'ai quelques idées de photos dans la neige. Je possède un chalet dans le massif des Adirondacks, près du lac George, c'est un endroit merveilleux, vous verrez ! Nous pourrions faire d'une pierre deux coups et combiner travail et détente.

— Nous ? protesta faiblement Hillary.

— Allons, allons ! Pas de panique ! Je vous vois déjà rougir à l'autre bout du fil. Je n'ai pas l'intention d'abuser de vous, vous savez, quoique… l'idée me paraisse intéressante.

Hillary l'entendit soudain éclater d'un grand rire sonore.

— Très drôle, en effet, commenta-t-elle avec une certaine raideur. D'ailleurs, je crois me souvenir que ce week-end je me suis déjà engagée, donc…

La voix de Bret se fit cassante.

— Je vous rappelle que vous avez signé un contrat qui vous lie à moi pour encore deux mois. Et ne vous plaignez pas, vous vouliez travailler, je vous ai trouvé du travail.

— C'est vrai, mais…

— Relisez votre contrat, Hillary. Et détendez-vous, nous ne serons pas seuls. Peter et June seront là pour vous protéger de mes avances malvenues, et Bud Lewis, mon directeur artistique, nous rejoindra un peu plus tard.

Empêtrée dans un flot d'émotions contradictoires, Hillary ne sut si elle était soulagée ou déçue.

— Je… enfin, le magazine, rectifia Bret, vous fournira les tenues adéquates. Je passerai vous chercher à 7 h 30. Soyez prête à partir.

— Oui, mais…

Ses mots se perdirent dans le silence du combiné. Bret avait raccroché sans même lui laisser une chance d'émettre une objection ou de trouver un prétexte pour décliner sa proposition.

— Qu'est-ce qui t'arrive ? s'enquit Lisa, venue la rejoindre. Tu as l'air complètement abasourdie !

— Je vais passer le week-end à la montagne, répondit machinalement Hillary, comme pour elle-même.

— A la montagne ? Avec l'homme à la voix envoûtante ?

— Oui, mais c'est professionnel. En fait, c'était Bret Bardoff, j'ai signé un contrat avec lui, alors tu sais, ce genre de week-ends…, conclut-elle d'un ton faussement désinvolte.

Hillary achevait sa deuxième tasse de thé lorsque la sonnette de la porte d'entrée retentit, annonçant l'arrivée de Bret.

— Bonjour, Hillary. Prête pour la grande aventure ?

Il avait troqué le costume strict de l'homme d'affaires contre une tenue décontractée qui adoucissait ses traits. Hillary, sous le charme de ce nouveau style, l'invita à entrer, puis elle alla mettre sa tasse dans l'évier avant d'endosser son manteau. Ce fut lorsqu'elle plaça sur ses cheveux sa toque en fourrure qu'elle eut conscience du regard pénétrant que Bret posait sur elle.

— Je suis prête, nous pouvons partir, déclara-t-elle, une pointe de nervosité dans la voix.

Tous deux se baissèrent en même temps pour prendre la valise qu'Hillary avait posée près du canapé et lorsque leurs doigts se frôlèrent, la jeune femme esquissa un mouvement de recul. Bret eut un petit sourire engageant et lui prit la main pour la conduire jusqu'à la porte.

La circulation étant fluide à cette heure matinale, il leur fallut peu de temps pour sortir du cœur de la ville et prendre la direction du nord. Bret conduisait d'une main sûre tout en bavardant gaiement de choses et d'autres et Hillary se surprit à apprécier d'être là, détendue, confortablement installée à côté de cet homme qui, tant de fois, avait chamboulé ses sens au point de lui faire perdre tous ses repères.

Lorsqu'ils attaquèrent les faubourgs de la ville, avec ses petits quartiers si pittoresques, Hillary eut du mal à croire qu'ils étaient toujours à New York, elle qui ne connaissait de la mégapole que Manhattan et ses environs immédiats.

Se sentant parfaitement en confiance, elle fit part de ses impressions à Bret qui s'empressa de lui donner quelques détails.

— New York n'est pas faite que de gratte-ciel, vous savez. Pour peu qu'on s'y hasarde, on y trouve aussi des vallées, des montagnes, des forêts, un paysage très varié, en fait.

— Jusqu'à présent je ne l'avais jamais envisagée autrement que comme l'endroit où je travaille, admit-elle en se tournant légèrement pour affronter son regard. Un endroit bruyant, vibrant d'une agitation permanente si frénétique et si épuisante que, quelquefois, je n'aspire qu'à une chose : retourner chez moi pour m'y gorger de silence.

— Et chez vous, ce n'est pas ici, n'est-ce pas ? demanda Bret, l'air soudain pensif.

Hillary ne répondit pas et se perdit dans la contemplation du paysage. Tout était si nouveau pour elle ! Lorsque le massif des Catskills se profila devant eux, elle ne put retenir un petit cri d'admiration.

— Regardez ! s'écria-t-elle en tirant spontanément sur la manche de Bret.

Ce dernier lui adressa ce petit sourire en coin qu'elle aimait tant et qui lui chavirait le cœur.

— Je vais peut-être vous paraître idiote, mais lorsqu'on n'a toujours connu que de vastes étendues de champs de blé, un paysage pareil, c'est comme une révélation !

— Je ne vous trouve pas idiote, Hillary, lui dit-il d'une voix douce. Au contraire, je trouve votre spontanéité tout à fait charmante.

Et sans qu'Hillary ne s'y attende, il prit sa main et en embrassa tendrement la paume. Une onde de désir parcourut alors le corps de la jeune femme. Si elle s'était désormais accommodée des moqueries et des sarcasmes dont elle était l'objet, elle craignait de ne pouvoir résister bien longtemps à ces accès de gentillesse auxquels il ne l'avait pas habituée. Décidément cet homme était dangereux. Beaucoup trop dangereux. Il fallait qu'elle se ressaisisse et qu'elle ne baisse pas la garde !

La voix de Bret brisa le silence, la tirant des profondes réflexions dans lesquelles elle était plongée.

— Je prendrais bien un café. Qu'en pensez-vous ? Vous n'aimeriez pas un thé bien chaud ?

— Si, répondit-elle en feignant la plus grande décontraction.

Bret entra dans le petit village de Catskill et gara la voiture devant la devanture d'un café. Hillary ne pouvait détacher son regard des cimes enneigées.

— Elles paraissent beaucoup plus hautes qu'elles ne sont en réalité, la renseigna Bret. En fait, elles ne sont qu'à quelques centaines de mètres au-dessus du niveau de la mer. Rien à voir avec les Rocheuses ou les Alpes, par exemple.

Puis, enlaçant ses doigts à ceux d'Hillary, il la guida à l'intérieur du café où ils s'installèrent autour d'une petite table de bois.

— Un café pour moi et un thé pour madame, dit Bret à la serveuse venue prendre la commande. Vous avez faim, Hillary ?

— Pardon ? Heu… non, en fait, si. Un peu.

Les gargouillis de son estomac lui rappelaient qu'elle n'avait rien mangé depuis la veille au soir.

— Alors deux tranches de cake, ordonna Bret. Vous verrez, il est divin !

— Ce n'est pas exactement ce que j'avais en tête, protesta Hillary qui aurait préféré manger un pamplemousse.

— Hillary chérie, ce n'est pas une tranche de cake qui va affecter votre silhouette ! Et de toute façon, ajouta-t-il avec une pointe d'impatience, quelques kilos supplémentaires ne vous feraient pas de mal.

— Vraiment ? rétorqua-t-elle en relevant fièrement le menton. Pourtant jusqu'à présent personne ne s'est plaint de mon poids, que je sache !

— Et ce n'est pas moi qui vais commencer, rassurez-vous. J'ai toujours adoré les femmes grandes et minces. Comme vous.

Tout en parlant il se pencha vers elle et repoussa une mèche de cheveux qui lui tombait sur le visage.

Hillary décida d'ignorer sa remarque et le geste qui l'accompagnait et d'adopter un ton désinvolte.

— Je ne me souviens pas d'avoir fait un jour un aussi joli trajet. Nous sommes encore loin ?

— A peu près à mi-chemin, l'informa Bret en ajoutant un nuage de lait à son café. Nous arriverons vers midi.

— Et les autres ? Comment viennent-ils ?

— Peter et June viennent ensemble, dans la même voiture. Je suis d'ailleurs étonné que Peter ait autorisé June à voyager en compagnie de son précieux matériel.

— Vraiment ?

— Cela ne me regarde pas, mais j'ai cru remarquer que notre photographe préféré avait un petit faible pour ma secrétaire, confia Bret en mordant à pleines dents dans sa part de cake. Il a l'air de beaucoup apprécier sa compagnie depuis quelque temps.

— Je crois que vous avez raison. Lorsque j'ai appelé Peter l'autre jour, June était en train de classer des dossiers que personne avant elle n'avait eu le droit de toucher. A mon avis, les fiançailles ne sont pas loin.

La voix d'Hillary se teinta de soulagement, tandis qu'imitant Bret, elle se jetait avec appétit sur son gâteau.

— Je n'arrive pas à le croire ! Peter amoureux d'une vraie femme, en chair et en os !

— Qui n'est pas, un jour ou l'autre, touché par la grâce de l'amour, mon chou ?

Hillary plongea le nez dans sa tasse, évitant soigneusement d'approfondir la question.

Lorsqu'ils reprirent la route, Hillary, bercée par le ronronnement régulier du moteur, se perdit de nouveau dans la contemplation du paysage, laissant Bret entretenir une conversation qu'elle avait de plus en plus de mal à suivre. Elle s'enfonça un peu plus dans son siège et ferma les yeux, s'abandonnant jusqu'à ne plus entendre la voix chaude et grave de son compagnon.

Lorsqu'elle étira langoureusement son corps engourdi, ils avaient quitté la nationale pour emprunter une petite route de montagne toute bosselée. Les premières brumes du sommeil dissipées, elle réalisa avec embarras que sa tête reposait sur l'épaule de Bret.

— Excusez-moi, dit-elle en se redressant vivement, les joues en feu. Je me suis endormie ?

— On peut le dire comme ça, oui. Vous avez dormi un peu plus d'une heure.

— Une heure ! répéta-t-elle, incrédule. Où sommes-nous ? J'ai dû rater des paysages magnifiques, marmonna-t-elle avec une pointe de regret.

— Nous venons de passer Schenectady et nous sommes sur la route qui mène au chalet.

— C'est si beau ! s'extasia-t-elle, à présent tout à fait éveillée.

La petite route qui serpentait le long d'un torrent traversait une forêt dont les arbres, totalement recouverts d'une épaisse couche de neige scintillante, s'élançaient majestueusement vers un ciel d'un bleu limpide.

— Tous ces arbres… C'est… comment dire ? Magique ! commenta Hillary, fascinée par le spectacle que lui offrait la nature.

— Les arbres, ce n'est pas ce qui manque ici, en effet.

— Cessez de vous moquer de moi, prévint Hillary d'une voix faussement menaçante en avisant le petit sourire ironique qui flottait sur les lèvres de Bret. Tout cela est si nouveau pour moi !

— Je ne me moque pas de vous, rétorqua-t-il en lui caressant tendrement l'épaule. Au contraire, j'adore votre enthousiasme, c'est si rare, de nos jours.

Parvenus à destination, Bret gara sa voiture dans une

petite clairière prévue à cet effet, et la vue du chalet se fondant parfaitement dans l'écrin que lui formait le paysage arracha à Hillary de nouveaux cris d'admiration.

— Venez voir de plus près, l'invita Bret qui, sorti le premier, lui prit la main pour la guider vers la maison.

Ils laissaient leurs pas s'enfoncer avec délice dans la neige vierge, écoutant religieusement le ruissellement d'un torrent qui dévalait, à proximité, les pentes escarpées de la montagne.

— Cet endroit est merveilleux ! Absolument merveilleux ! proclama Hillary qui, ayant lâché la main de Bret, tournoyait gaiement dans la neige. C'est si sauvage, si intact ! Si… fabuleusement primitif !

— Quelquefois, lorsque la pression est trop forte, je viens me réfugier ici, lui confia Bret, les yeux soudain perdus dans le vague. Je me laisse aller à la paix ambiante et j'oublie tout : les réunions, les contrats, les responsabilités.

Hillary considéra Bret en silence, surprise par une telle confession. Jamais elle n'aurait pu imaginer un homme pareil délaisser ses nombreuses activités professionnelles ainsi que les plaisirs de la ville pour venir se terrer ici et profiter du calme et de la tranquillité qu'un tel endroit avait à offrir. Pour elle, il était l'incarnation même de l'homme d'affaires implacable, exigeant de ses employés qu'ils obéissent à ses ordres au moindre claquement de doigts. Elle reconnut avec une pointe de satisfaction que la face cachée qu'il venait de lui dévoiler le rendait plus humain et qu'elle ajoutait une touche supplémentaire à sa séduction naturelle.

Elle prit soudain conscience du regard pénétrant qu'il avait posé sur elle et, de nouveau, son cœur s'emballa.

— En outre, c'est un endroit parfaitement isolé, ajouta Bret sur un ton beaucoup plus badin qui alarma brusquement la jeune femme.

Elle se trouvait là, au milieu de nulle part, seule avec un homme qu'elle connaissait à peine, ignorant totalement si elle pouvait lui faire confiance. Bien sûr, il lui avait assuré que Peter et June allaient les rejoindre, mais pourquoi le croirait-elle, après tout, elle n'avait même pas vérifié auprès de Peter. Et s'il avait manigancé toute cette mise en scène pour mieux la prendre au piège ? Que ferait-elle si jamais…

Bret, qui semblait avoir deviné ce qui la tourmentait, dissipa ses craintes d'une voix moqueuse.

— Calmez-vous, Hillary, dit-il en riant, je ne vous ai pas kidnappée, les autres seront bientôt là pour protéger votre vertu. Enfin… s'ils ne se perdent pas, parce que vous avouerez que cet endroit n'est pas facile à trouver. J'espère que je leur ai donné les bonnes indications.

Puis coupant court à d'éventuelles objections, il prit Hillary par la main et la conduisit à l'intérieur du chalet.

La porte d'entrée ouvrait directement sur un vaste salon dont les larges baies vitrées laissaient entrer le soleil à flots. Hillary admira les hauts plafonds qui, soutenus par d'énormes poutres apparentes, ajoutaient à l'impression d'espace. Un majestueux escalier de bois menait à une mezzanine qui surplombait toute la largeur de la pièce et le mobilier, rustique mais confortable, invitait à paresser devant l'énorme cheminée en pierre qui occupait presque tout un pan de mur. Des tapis ronds aux couleurs vives recouvraient partiellement le plancher de bois clair, accentuant la note chaleureuse qui émanait de l'endroit.

— C'est magnifique, Bret ! commenta Hillary en se dirigeant tout droit vers les immenses baies pour jouir de la vue qui s'offrait au regard. C'est quand même formidable d'être à l'intérieur tout en ayant l'impression de se trouver à l'extérieur, non ?

Elle se raidit imperceptiblement au contact des mains de Bret, qui cherchaient à la débarrasser de son manteau.

— Quel est votre parfum ? lui susurra-t-il en lui massant délicatement la nuque. J'adore cette odeur, légère, envoûtante.

Hillary avala péniblement sa salive, les yeux rivés sur la vitre.

— C'est… C'est un mélange de pomme et de vanille, parvint-elle à articuler au prix d'un effort surhumain.

— N'en changez jamais, lui recommanda Bret, il vous va à merveille.

Puis changeant subitement de ton, il annonça gaiement :

— Je meurs de faim. Pas vous ? Qu'est-ce que vous diriez d'aller nous ouvrir une boîte de conserve pendant que j'allume un bon feu dans la cheminée ?

— Volontiers, acquiesça la jeune femme en souriant. Je n'aimerais pas être responsable d'un malaise hypoglycémique. Où est la cuisine ?

— Là-bas, indiqua Bret en pointant du doigt une porte au fond du salon.

Hillary pénétra dans une pièce pleine de charme, où étaient suspendues des dizaines de casseroles rutilantes, en cuivre. Elle observa, un moment perplexe, la cuisinière antédiluvienne qui trônait contre un mur, puis constata après examen qu'il s'agissait d'un modèle d'électroménager des plus moderne. Elle alla fouiner dans le cellier qui jouxtait la cuisine et y trouva de quoi confectionner un repas qui, à défaut d'être gastronomique, serait tout à fait honorable.

Elle était affairée à verser une boîte de soupe dans une casserole quand elle entendit les pas de Bret résonner dans le couloir.

— Vous avez été rapide ! s'exclama-t-elle lorsqu'il fut près d'elle. Vous deviez être un jeune scout très efficace !

— En fait, j'ai l'habitude de toujours disposer des bûches dans l'âtre avant de quitter la maison. Ainsi, lorsque je reviens, je n'ai plus qu'à craquer une allumette, et le tour est joué !

— Quel homme organisé vous faites ! observa Hillary en allumant un des brûleurs sous la casserole.

Bret s'approcha doucement d'elle et glissa ses bras autour de sa taille.

— Mmm, ça sent bon ! Dites-moi, Hillary, vous cuisinez bien ?

Troublée par le corps de Bret plaqué contre le sien, Hillary éprouva quelques difficultés à répondre sur un ton dégagé :

— Il n'est pas nécessaire d'être un fin cordon-bleu pour ouvrir une boîte de conserve, vous savez !

Ces derniers mots s'étranglèrent dans sa gorge au contact des lèvres que Bret se mit à promener sur sa nuque.

— Je crois que je vais aller faire du café, murmura-t-elle en tentant mollement de se libérer des bras qui l'enserraient.

Mais l'étreinte se resserra tandis que la bouche de Bret se faisait plus pressante.

— Je croyais que vous aviez faim, protesta-t-elle faiblement, les jambes soudain chancelantes.

— J'ai terriblement faim, confirma-t-il en lui mordillant le lobe de l'oreille. Une faim de loup.

Il enfouit son visage dans le creux de son épaule et aventura ses mains sous le pull de la jeune femme.

— Non, Bret, gémit Hillary qui sentait voler en éclats les barrières qu'elle avait soigneusement érigées autour d'elle.

Mais tandis qu'elle essayait d'échapper à l'étau qui la retenait prisonnière, Bret la retourna d'un mouvement brusque et, l'obligeant à lui faire face, écrasa passionnément ses lèvres contre les siennes.

Il fit passer dans ce baiser le désir intense qu'il avait d'elle, libérant l'instinct sauvage qui sommeillait en lui et l'animait à ce moment-là. Semblant perdre tout contrôle, il l'embrassait furieusement, désespérément, l'entraînant avec lui dans la violence de sa passion. Hillary se sentait chavirer, prête enfin à céder à l'appel de ses sens, offrant son corps aux caresses qui se faisaient plus audacieuses. Elle se donnait à présent sans réserve, plongeant avec délice dans un tourbillon de volupté jusque-là inconnue.

Bret jura au bruit de portières qui claquèrent brusquement. Il déposa un baiser chaste sur les cheveux de sa compagne et déclara d'un ton résigné :

— Je crois que nous pouvons ouvrir une boîte de soupe supplémentaire.

# 7

La voix et les rires enjoués de Peter et de June leur parvinrent de l'extérieur. Bret s'écarta à regret du corps brûlant d'Hillary et alla accueillir ses invités, laissant la jeune femme reprendre ses esprits et tenter de se recomposer une attitude.

Le corps pressant de Bret contre le sien avait éveillé en elle des émotions insoupçonnées et elle était à présent consciente du fait que s'ils n'avaient pas été interrompus par l'arrivée de leurs amis, elle aurait cédé à ses avances sans protester. Son désir pour lui avait été incontrôlable et incontrôlé. Jamais son corps ne s'était embrasé à ce point et, pour la première fois, elle avait éprouvé un besoin vital, presque désespéré, de sombrer sans réticence dans le tourbillon de plaisir qui l'avait submergée.

Encore maintenant, le souvenir de leur étreinte la laissait toute tremblante et flageolante.

Elle pressa ses mains sur ses joues brûlantes et retourna s'occuper du repas, espérant que des tâches aussi triviales que celles-ci l'aideraient à retrouver un semblant d'équilibre.

— Je vois qu'il a déjà fait de vous son esclave ! s'exclama June en pénétrant dans la pièce, les bras chargés d'un énorme sac en papier. Pas de doute, c'est bien un homme !

— Bonjour, June, répondit Hillary en tournant vers la nouvelle venue un visage en apparence calme et serein. Qu'y a-t-il dans ce sac ?

— Quelques produits frais : du lait, du fromage, enfin,

bref, de quoi tenir le coup si jamais nous étions bloqués par la neige.

— Toujours aussi efficace, à ce que je vois, commenta Hillary dans un sourire.

— Je n'y peux rien, je suis née comme ça, riposta June en soupirant.

Lorsqu'elles eurent fini de préparer le déjeuner, elles mirent le couvert dans la salle à manger, et tous les quatre s'installèrent gaiement sur les bancs qui encadraient une immense table de bois, dévorant de bon appétit leur repas frugal.

Hillary, toujours sous le coup de l'émotion qu'elle venait de vivre, regardait Bret avec un certain recul, s'offensant de le voir discuter avec ses hôtes comme si de rien n'était. Mais après réflexion, elle jugea que c'était lui qui avait raison et elle se mêla à la conversation de bon cœur.

Les deux femmes quittèrent la table lorsque Bret et Peter se lancèrent dans une conversation technique sur l'art et la manière de photographier un sujet. Elles montèrent à l'étage repérer la chambre qui leur était dévolue et qu'elles allaient partager. C'était une pièce tout aussi pleine de charme que le reste de la maison où l'impression d'espace était renforcée par les larges baies qui offraient une vue panoramique sur les monts enneigés. Partout, comme dans les autres pièces, le bois dominait, conférant au lieu une atmosphère chaleureuse qu'accentuaient les lampes de chevet en cuivre qui encadraient les deux lits jumeaux recouverts de couvre-lits en patchwork.

Hillary s'affaira à ranger ses vêtements dans l'armoire, tandis que June se laissait lourdement tomber sur son lit.

— Cet endroit n'est-il pas merveilleux ? dit-elle en étirant langoureusement les bras au plafond. Si loin de tout ! Finalement, il ne me déplairait pas d'être bloquée ici jusqu'au printemps.

— Ce serait envisageable seulement si Peter avait prévu de prendre des pellicules pour deux mois. Sinon… c'est la dépression nerveuse assurée !

Hillary s'interrompit, le temps de sortir de la valise apportée par Bret un pantalon de ski rouge vif assorti d'une parka de la même couleur.

— Eh bien ! Avec ça, on ne risque pas de me rater sur les pistes ! commenta-t-elle après avoir inspecté sa tenue d'un œil professionnel.

— Il n'y aura plus qu'à vous peindre le nez en jaune et on vous prendra pour un cardinal géant ! plaisanta June, mains négligemment croisées sur la nuque. Non, rassurez-vous, ajouta-t-elle en voyant l'air sceptique d'Hillary, cette couleur est parfaite ! Elle va à merveille avec votre teint et votre couleur de cheveux. Et d'ailleurs, le patron ne commet jamais de faute de goût.

Un bruit de portières qui claquaient attira leur attention et elles se précipitèrent à la fenêtre pour voir débarquer Bud Lewis accompagné de… Charlène.

— Enfin… presque jamais, conclut June d'une voix lugubre.

Stupéfaite, Hillary retourna à sa valise, déballant le reste de ses affaires à coups de gestes rageurs.

— Bret ne m'avait pas dit que Mlle Mason devait venir, dit-elle en refoulant à grand-peine la colère qui la submergeait.

— A mon avis, il n'était pas au courant, murmura June. Il va peut-être la renvoyer dans ses foyers, ajouta-t-elle d'un air mauvais.

Hillary referma d'un coup sec sa valise vide.

— Ou peut-être sera-t-il content de la voir.

— Eh bien, en tout cas, ce n'est pas en restant ici que nous le saurons, déclara June, péremptoire, en entraînant Hillary à sa suite. Venez, allons voir.

La voix suave de Charlène parvint aux deux femmes tandis qu'elles descendaient l'escalier qui menait dans le salon.

— Tu es sûr que cela ne te dérange pas que je sois venue te rejoindre, Bret ? J'avais tellement envie de te faire la surprise !

Hillary pénétra dans la pièce au moment où Bret haussait les épaules dans un mouvement signifiant que peu lui importait la décision de Charlène. Il était assis dans une causeuse installée face à la cheminée et semblait ignorer le bras possessif que sa compagne avait passé sous le sien.

— Je croyais que tu détestais la montagne, dit-il en lui adressant un petit sourire distrait. Et si tu tenais tant que cela à venir, tu aurais pu me le demander au lieu de raconter à Bud une histoire abracadabrante.

— Oh, chéri, minauda Charlène, c'était un petit mensonge de rien du tout ! Une petite intrigue amusante, rien de plus.

— Espérons que ta « petite intrigue » ne va pas être source de « gros ennui ». Nous sommes bien loin de Manhattan ici, tu sais.

— Je ne m'ennuie jamais avec toi, Bret, poursuivit Charlène, de la même voix exagérément douce et enjôleuse qui avait le don d'exaspérer Hillary.

Son sourire se figea en une moue crispée lorsqu'elle capta le regard de Bret qui se fixait sur Hillary. Après des échanges de bienvenue faussement enthousiastes, cette dernière choisit de garder ses distances et alla s'installer à côté de Bud, à l'opposé de Bret et Charlène.

Celle-ci, qui avait de nouveau reporté toute son attention sur son compagnon, entendait bien marquer un peu plus son territoire.

— J'ai bien cru que nous n'arriverions jamais, se plaignit-elle en se blottissant amoureusement contre Bret. Je me demande bien pour quelle raison tu es allé acheter cette maison perdue au milieu de cette nature hostile ! Il n'y a que de la neige, des arbres, des rochers, et il fait si froid ! renchérit-elle en se serrant un peu plus contre lui. Heureusement que je suis venue, qu'est-ce que tu aurais fait tout seul ici ?

— J'aurais trouvé de quoi m'occuper, répondit Bret en allumant nonchalamment une cigarette. Et puis je ne me sens jamais seul ici. Pour peu qu'on s'y intéresse, la montagne grouille de vie : les écureuils, les lièvres, les renards ne manquent pas par ici.

— Ce n'est pas précisément le genre de compagnie auquel j'aurais pensé, murmura Charlène du bout des lèvres.

— Je n'en doute pas, mais pour moi, ce sont de véritables compagnons, amusants et peu exigeants. Je peux rester des heures devant cette baie vitrée et je ne suis jamais aussi heureux que lorsque je vois passer un daim ou un ours à portée de main.

— Des ours ? Il y a des ours ? Mais c'est horrible !

— De vrais ours ? s'enquit Hillary à son tour, les yeux brillants d'excitation. Pas des grizzlis, quand même ?

Bret lui adressa un petit sourire amusé.

— Non, des ours bruns, Hillary, mais ils sont tout aussi impressionnants que les grizzlis. En ce moment, ils sont en pleine période d'hibernation.

— Dieu soit loué ! souffla Charlène, sincèrement soulagée.

Bret ignora la remarque de cette dernière pour se tourner vers Hillary.

— Vous semblez prendre goût aux joies de la montagne, je me trompe ?

— Non, j'adore ce côté sauvage, indompté, où l'environnement est resté intact, préservé de toute modernisation anarchique ! approuva la jeune femme avec enthousiasme. Le cœur même de la nature, sur des kilomètres et des kilomètres !

— Eh bien ! Quel enthousiasme délirant ! railla méchamment Charlène.

Hillary foudroya cette dernière d'un regard qui en disait long sur l'estime qu'elle lui portait.

— Hillary est originaire du Kansas, expliqua Bret qui avait vu les feux de la colère s'allumer dangereusement dans le regard de la jeune femme. Elle n'avait jamais vu de montagnes avant aujourd'hui.

— Comme c'est touchant ! continua à ironiser Charlène. Je comprends qu'ayant probablement été élevée dans une petite ferme perdue au milieu de champs de maïs, vous soyez attachée à des valeurs aussi primitives.

Le coup bas que Charlène venait de lui porter ne fit qu'accroître sa colère.

— Vous avez parfaitement raison, mademoiselle Mason, rétorqua-t-elle en réprimant à grand-peine la rage qui bouillonnait en elle, sauf sur deux points : la ferme de mes parents est immense et puisque votre culture citadine semble limiter votre horizon à la seule ville de New York, je tiens à vous informer que nous ne vivons plus à l'âge préhistorique depuis longtemps. Nous avons même l'eau courante dans nos maisons ! Quant à l'amour que je peux porter à ma terre natale, je conçois que vous ne puissiez même pas envisager une telle éventualité.

— Eh bien, je vous laisse volontiers vos plaisirs ruraux. Moi, je continuerai toujours à préférer le confort et la richesse culturelle des grandes villes !

Hillary se leva d'un bond, désireuse de mettre un terme à cette conversation stérile. Il lui fallait mettre de la distance entre elle et cette femme superficielle avant que les choses ne s'enveniment de façon irréversible.

— Je vais faire un tour avant qu'il ne fasse nuit, annonça-t-elle en se dirigeant vers la porte.

Bud lui emboîta précipitamment le pas.

— Je vous accompagne !

Puis, se penchant vers la jeune femme, il lui murmura avec des airs de conspirateur :

— J'ai été enfermé avec elle toute la journée, j'ai besoin de prendre l'air !

Hillary accueillit cette remarque dans un grand éclat de rire et tous deux quittèrent la pièce, bras dessus bras dessous, sous l'œil noir de Bret.

Une fois dehors, ils poussèrent un profond soupir libérateur avant de ricaner comme deux adolescents enchantés du tour pendable qu'ils venaient de jouer.

Poussés par le même élan, ils s'enfoncèrent dans la forêt, empruntant un sentier qui longeait le torrent tumultueux.

Les quelques rayons de soleil qui parvenaient à filtrer à travers les arbres faisaient étinceler l'épais tapis de neige qui crissait sous chacun de leurs pas.

Ils s'arrêtèrent bientôt, partageant dans un silence religieux l'assise presque confortable d'une plate-forme rocheuse.

— C'est beau, souffla Bud, émerveillé.

Hillary opina d'un hochement de tête.

— J'ai l'impression de redevenir un humain normal, pas comme avec cette femme ! Je me demande ce que le patron peut bien lui trouver !

— Moi aussi, murmura Hillary comme à elle-même.

Lorsqu'ils reprirent le chemin de la maison, le soleil déclinait doucement, embrasant le paysage de sa lumière pourpre.

Ils riaient comme de vieux complices en pénétrant de nouveau dans le salon.

— Vous n'avez donc aucune jugeote pour revenir ainsi à la nuit tombée, dit Bret d'une voix glaciale.

Hillary, qui avait ôté une de ses bottes, sautillait comme un moineau pour tenter de garder un équilibre précaire.

— Nous ne sommes pas allés bien loin, riposta-t-elle tandis que Bud se précipitait pour passer un bras secourable autour de sa taille. Et puis, n'exagérez pas, ce n'est pas encore tout à fait la nuit.

— Nous ne risquions rien, renchérit Bud, nous avions laissé nos traces de pas dans la neige.

— La nuit tombe brutalement ici et si l'on n'y prend garde, on peut se perdre facilement, s'entêta Bret.

— Comme vous pouvez le voir, nous ne nous sommes pas perdus. Aucune raison de paniquer, donc, répliqua sèchement Hillary. Où est June ?

— Dans la cuisine. Elle prépare le dîner.

— Eh bien, je vais aller l'aider, dit-elle en adressant à Bret un sourire resplendissant.

Puis elle quitta la pièce, laissant Bud affronter seul l'humeur massacrante de son patron.

*
* *

— Nous, les femmes, n'arrêtons jamais ! soupira Hillary en rejoignant June qui s'affairait déjà à déballer des tranches de viande de leur emballage.

— Allez expliquer ça à notre amie Charlène. Elle était « si fatiguée par le trajet difficile qu'elle est allée se reposer avant le dîner », déclama June en imitant la voix haut perchée de Charlène.

— J'aime autant ça, de toute façon, murmura Hillary. Au fait, qui nous a désignées comme cuisinières permanentes ? Je suis sûre que ce n'est pas une clause de mon contrat.

— C'est moi.

— Vous vous êtes délibérément portée volontaire ?

— Oui, je préfère, expliqua June en fouillant dans les placards. J'ai eu un aperçu des talents culinaires de Peter, et franchement, je ne voudrais pas risquer de nouveau une intoxication alimentaire. Bret ne sait même pas comment s'y prendre pour faire bouillir de l'eau ; quant à Bud, je le connais suffisamment pour affirmer qu'il vaut mieux ne pas tenter le coup !

— Je vois, commenta Hillary en se résignant à mettre la main à la pâte.

La cuisine se mit alors à résonner gaiement du bruit des ustensiles utilisés et du bavardage incessant des deux femmes. Peter, qui commençait à trouver le temps long, passa soudain la tête dans l'entrebâillement de la porte.

— Je meurs de faim ! claironna-t-il. C'est bientôt prêt ?

En guise de réponse, June lui mit d'autorité une pile d'assiettes entre les mains.

— Va mettre la table, ça t'occupera l'esprit. Tu verras, tu auras beaucoup moins faim.

— Je savais bien que j'aurais dû rester à l'écart de cette pièce, ronchonna Peter en disparaissant avec son lourd fardeau.

— J'ai vraiment un appétit d'ogre, ici, commenta

Hillary entre deux bouchées, lorsque tous furent attablés. Ce doit être le grand air.

Le sourire entendu qu'elle surprit alors sur le visage de Bret la ramena quelques heures en arrière et ses joues s'empourprèrent violemment. Elle plongea le nez dans son verre de vin et en but une longue gorgée.

Le dîner se termina gaiement et ce fut dans une joyeuse confusion que tous se levèrent pour débarrasser le couvert, sous le commandement impérieux de June.

— Je vous rappelle que c'est moi le patron, la taquina Bret. C'est donc moi qui suis censé donner les ordres.

— Pas jusqu'à lundi, protesta June en le poussant vers la sortie.

Charlène se pendit au bras de son compagnon, profitant ainsi de l'occasion qui lui était donnée de se soustraire aux corvées ménagères.

— Je me suis retenue pour ne pas lui coller ma main sur la figure à celle-là ! commenta June en regardant le couple disparaître. Quelle mijaurée !

Les esprits apaisés et l'ordre rétabli, tous se retrouvèrent un peu plus tard dans le salon pour un dernier verre. Hillary refusa le brandy que lui tendait Bret et, confortablement installée dans une chauffeuse, elle se perdit dans la contemplation du feu qui crépitait joyeusement dans la cheminée. Les coudes sur les genoux, la tête entre les mains, toute pensée cohérente déserta bientôt son esprit et elle laissa son imagination dériver au gré des flammes.

La voix de Bret, venu se glisser à côté d'elle, la tira de la douce torpeur dans laquelle elle était plongée.

— Vous semblez bien loin de nous, Hillary. Comme hypnotisée.

— C'est exact, admit la jeune femme en lui souriant. Si on veut bien s'en donner la peine, on peut imaginer tant de jolies choses dans un feu de cheminée !

Elle inclina légèrement la tête de côté et pointa une flamme du doigt.

— Tenez, là, par exemple, je vois un château avec ses tourelles et là, un cheval, crinière au vent.

— Et moi, ici, je vois un vieil homme dans un fauteuil à bascule, murmura tendrement Bret.

Hillary tourna la tête vers lui, surprise qu'il ait interprété la même chose qu'elle.

Bret dardait sur elle un regard si pénétrant qu'elle se leva, chancelante et en proie à la plus vive émotion.

— La journée a été longue, déclara-t-elle d'un ton qu'elle s'appliqua à garder neutre. Il est temps que j'aille me coucher si je ne veux pas que Peter me reproche d'avoir le teint brouillé demain matin.

Puis après avoir souhaité une bonne nuit à l'assemblée, elle se retira sans laisser à Bret l'opportunité d'émettre la moindre objection.

Lorsque Hillary ouvrit les yeux le lendemain matin, elle sut à la faible clarté qui régnait dans la chambre que le jour venait à peine de se lever mais qu'elle ne se rendormirait pas. Elle s'était couchée la veille, convaincue que le tumulte intérieur qui l'agitait était l'assurance d'une nuit blanche passée à se torturer l'esprit. Pourtant, contre toute attente, elle avait sombré sans tarder dans un sommeil aussi profond que paisible.

Elle étira langoureusement son corps encore tout engourdi et s'assit, écoutant un moment la respiration régulière de June qui dormait encore profondément. Puis, le cœur léger, elle se glissa hors de son lit et passa la tenue de ski prévue pour elle par Bret.

Elle descendit l'escalier à pas feutrés, tendit l'oreille mais aucun bruit ne lui parvint de la maison plongée dans un profond silence.

Elle enfila ses bottes et ses gants puis enfonça sa toque sur ses cheveux avant de sortir d'un pas décidé dans l'air glacial.

Un silence sépulcral régnait partout, renforçant le

sentiment de solitude qu'éprouvait Hillary. Le cœur gonflé d'une joie intense, elle s'enfonça dans la forêt, s'enivrant de l'essence des sapins qui embaumait l'atmosphère. L'espace d'un instant, le temps suspendit son vol.

— Je suis seule au monde, décréta-t-elle d'une voix forte. La seule âme vivante sur terre !

Ivre de puissance et de liberté, elle se mit à courir dans la neige, ne s'arrêtant que pour tournoyer sur elle-même, bras écartés, ou pour prendre des brassées de neige qu'elle jetait en l'air et qui retombaient sur elle en gerbes fines.

— Je suis libre ! cria-t-elle à pleins poumons aux cimes enneigées environnantes.

Une fois de plus, elle s'extasia sur la beauté des montagnes majestueuses qui se dressaient devant elle, telles des sentinelles bienveillantes, et elle décida qu'un nouvel amour était né, similaire à celui qui la liait à sa terre natale : celui, éternel, qu'elle éprouverait désormais pour cet endroit.

Portée par une jubilation enfantine, elle se remit à courir, ne s'arrêtant que pour se laisser tomber, haletante, sur le tapis moelleux, bras en croix. Elle se perdit dans le bleu éblouissant de pureté du ciel jusqu'à ce qu'une paire d'yeux gris rieurs se penche sur elle.

— Je peux savoir ce que vous faites, Hillary ?

— Un ange, répondit-elle en souriant à Bret. C'est facile. Il suffit de vous laisser tomber et de bouger vos bras et vos jambes de cette façon.

Pour preuve, elle lui fit une démonstration de ce qu'elle avançait.

— Le problème se pose quand l'ange doit se lever. Cela demande une agilité et un équilibre hors du commun.

Elle interrompit son discours et s'assit un instant, puis mettant tout son poids sur les talons tenta vainement de se relever.

— Aidez-moi, je manque un peu de pratique, dit-elle en s'agrippant au bras que Bret lui tendait.

Une fois debout, elle désigna l'empreinte que son corps avait gravée dans la neige et annonça fièrement :

— Vous voyez, rien de plus simple !

— Magnifique, en effet, approuva Bret. Je dois admettre que vous avez beaucoup de talent.

— Je sais, merci, ajouta-t-elle avec une arrogance feinte. Mais dites-moi, que faites-vous dehors à cette heure matinale ? Je croyais être la seule à m'être levée si tôt.

— Je vous ai vue danser dans la neige depuis la fenêtre de ma chambre et j'ai voulu savoir à quoi vous jouiez.

— En fait, j'exprimais ma joie d'être seule ici, dans ce décor de rêve.

— Vous savez, même si on le croit, on est rarement seul dans les montagnes. Regardez.

Hillary suivit du regard le doigt que pointait Bret derrière elle et, muette d'admiration, écarquilla ses grands yeux bleus. Un cerf, couronné de ses bois majestueux, posait sur eux un regard mêlé de crainte et d'indifférence.

— Il est magnifique ! murmura Hillary, sous le choc.

Comme pour accentuer l'admiration dont il était l'objet, le superbe animal releva fièrement la tête et disparut dans une succession de bonds gracieux.

— Oh, Bret ! s'exclama-t-elle. Je suis amoureuse ! Définitivement amoureuse de cet endroit ! Comme jamais je ne pourrai l'être d'un homme !

— Vraiment ? railla Bret en lançant dans sa direction une énorme boule de neige.

— C'est la guerre que vous voulez ? Eh bien, vous allez l'avoir ! riposta Hillary en bombardant à son tour Bret de fragiles projectiles qu'elle façonnait à la hâte.

Hilares, ils se mitraillèrent ainsi jusqu'à ce que l'écart entre eux devienne si réduit qu'Hillary choisit de battre en retraite. Mais c'était sans compter sur l'agilité de Bret qui, d'un bond, fut sur elle et la fit rouler dans la neige. Les yeux de la jeune femme pétillaient de joie tandis qu'à bout de souffle elle tentait de se libérer de l'étau qui l'enserrait.

— C'est bon, vous avez gagné, Bret.

— Oui, tôt ou tard je finis toujours par l'emporter, et en tant que vainqueur, c'est à moi que revient l'honneur de choisir le gage. Et je crois que j'ai trouvé, murmura-t-il en effleurant les lèvres d'Hillary d'un baiser sensuel.

Puis ses lèvres se posèrent, légères, sur les paupières closes de la jeune femme avant de reprendre sa bouche, la forçant à répondre à son baiser devenu plus pressant.

— Quelle délicieuse créature vous faites, susurra-t-il en léchant à petits coups de langue les flocons plaqués sur ses joues gelées.

Puis rompant soudain la magie de l'instant, il ajouta d'une voix résignée :

— Les autres doivent nous attendre. Rentrons prendre le petit déjeuner avec eux.

Lorsque plus tard, Hillary se trouva de nouveau dans la neige, c'était cette fois pour sourire à l'objectif implacable de Peter.

— Reste là, Hil, commanda-t-il à la jeune femme qui obéit machinalement, l'esprit dans le vague.

Il lui semblait que cette séance n'en finissait pas et elle n'aspirait qu'à retrouver la douce quiétude du chalet pour déguster, confortablement installée devant la cheminée, un chocolat chaud.

— Hil, s'il te plaît, peux-tu redescendre sur terre deux minutes ? Je te rappelle que tu es censée laisser exploser ta joie.

— Puisse ton appareil geler sur place, grommela-t-elle entre ses dents tout en offrant à l'objectif un sourire resplendissant de bonheur.

— Arrête un peu de râler, Hil, dit Peter sans cesser de tourner autour de son modèle. Allez, ça ira pour aujourd'hui, annonça-t-il enfin.

Hillary se laissa tomber mollement dans la neige, feignant de s'évanouir de fatigue. Peter en profita pour actionner une dernière fois le déclencheur, provoquant l'hilarité offusquée de la jeune femme.

— Les séances sont plus longues, Peter, ou c'est juste une impression personnelle ?

— J'ai bien peur que cela ne soit qu'une impression, répondit Peter en passant la courroie de son appareil par-dessus la tête. Mais c'est normal, tu commences à prendre de l'âge, tes plus belles années sont derrière toi, à présent. Tu sais bien que dans ce métier, les mannequins sont rapidement sur le déclin.

Hillary se leva d'un bond et menaça Peter d'une poignée de neige.

— Je vais te montrer qui est sur le déclin, vieux schnock !

Ce dernier recula, plaçant une main qui se voulait protectrice devant son appareil photo.

— Ne fais pas ça, Hillary. Garde ton sang-froid, veux-tu ?

Puis sans laisser à la jeune femme le temps de riposter, il tourna les talons et prit la direction du chalet en courant. La boule de neige l'atteignit dans le dos et sitôt qu'Hillary l'eut rattrapé, elle grimpa sur son dos, ponctuant chacun de ses pas de petites tapes sur la tête.

— Alors, qui est sur le déclin à présent ?

— Hillary, supplia Peter en portant son fardeau aussi facilement que s'il s'agissait d'une plume, fais ce que tu veux, étrangle-moi, frappe-moi, mais surtout, surtout, fais attention à mon appareil photo.

Bret, venu à leur rencontre, interrompit la joyeuse complicité des deux amis.

— Alors, la séance est terminée ?

Hillary, haut perchée comme elle l'était, nota avec satisfaction qu'elle se trouvait à la même hauteur que Bret et qu'elle pouvait le regarder droit dans les yeux pour lui annoncer d'un air faussement navré :

— Monsieur Bardoff, j'ai bien peur qu'il nous faille trouver un nouveau photographe. Celui-ci a osé insinuer des horreurs sur mon compte.

— Je n'y peux rien si ta carrière touche à sa fin, ma chère, feignit de se défendre Peter. Et d'ailleurs, il est temps que tu te retires du métier, je crois bien que tu as pris du poids.

— Peter, je crois que tu ne me laisses pas vraiment le choix, je vais être obligée de te tuer.

— Si vous pouviez reporter à plus tard, intervint June venue rejoindre le petit groupe sur le pas de la porte, parce que Peter ne le sait pas encore mais j'ai l'intention de l'emmener faire une promenade dans les bois.

— Très bien, concéda Hillary, cela me laissera le temps de réfléchir au meilleur moyen d'éliminer cet individu. Tu peux me faire descendre, Peter, je t'accorde un sursis.

Hillary regarda les amoureux s'éloigner, main dans la main, puis commença à se débarrasser de ses vêtements de ski.

— Vous avez froid ? s'enquit Bret d'une voix douce.

— Plus que ça, je suis congelée. Je n'ai jamais été très résistante au froid, vous savez, précisa-t-elle en époussetant la neige qui parsemait sa chevelure.

— Votre métier n'est pas fait que de sourires et de paillettes, n'est-ce pas ?

Puis sans qu'Hillary s'y attende, il prit son menton entre ses doigts, l'obligeant à le regarder fixement.

— Est-ce qu'il comble toutes vos attentes, au moins, reprit-il avec gravité, ou avez-vous l'impression qu'il vous manque quelque chose ?

— C'est mon métier, et je crois le faire bien.

— Ce n'est pas la question que je vous ai posée, Hillary, insista Bret. Est-ce vraiment ce que vous voulez faire ? Ou autrement dit, n'y a-t-il pas autre chose que vous voudriez faire ?

— Autre chose ? Vous ne trouvez pas que j'en fais assez comme cela ? riposta la jeune femme en haussant les épaules.

Bret, dépité, la considéra un instant en silence. Ce n'était pas la réponse qu'il attendait.

Hillary le regarda s'éloigner, troublée par la sensualité qui se dégageait de lui.

Le reste de l'après-midi se déroula dans le calme et la sérénité. Hillary put enfin déguster le chocolat dont elle rêvait depuis le matin, confortablement installée devant la cheminée, tandis que Bret et Bud disputaient une impitoyable partie d'échecs. Tous trois parfaitement indifférents aux intrusions régulières de Peter qui, appareil en bandoulière, trouvait toujours une bonne raison de s'adonner à sa passion.

Charlène, quant à elle, restait obstinément cramponnée à son compagnon, affichant ouvertement le profond ennui qui la submergeait. C'est avec soulagement qu'elle vit la partie s'achever, puis elle entraîna Bret dans une promenade à travers les bois de laquelle elle rentra, un court moment plus tard, la mine renfrognée et se plaignant du froid intense qui régnait dans cette région reculée.

Elle n'apprécia pas plus le ragoût de bœuf qui fut servi au dîner et noya sa contrariété dans les verres de vin qu'elle se servait à intervalles réguliers.

Tout le monde ignora ses jérémiades et fit honneur au repas, chacun y allant de son commentaire sur les moments forts de la journée.

Puis Hillary et June se plièrent de bonne grâce à ce qui était devenu une habitude. Elles s'affairaient à ranger la cuisine, June décrétant qu'elle allait réclamer une augmentation, lorsque Charlène, passablement éméchée, fit irruption dans la pièce.

— Vous avez fini avec vos tâches ménagères ? demanda-t-elle, sarcastique.

— Oui, répondit June d'un ton glacial en empilant les assiettes dans le placard. Et nous vous remercions pour votre aide, on peut dire qu'elle nous a été précieuse.

— Si vous n'y voyez pas d'inconvénient, j'aimerais dire un mot en particulier à Hillary.

— Vous pouvez y aller, je n'y vois aucun inconvénient,

répliqua placidement June sans pour autant interrompre son rangement.

Charlène se tourna alors vers Hillary, occupée à nettoyer la cuisinière.

— Sachez que je ne supporterai pas plus longtemps votre attitude, lui dit-elle d'un ton plein d'arrogance.

— Parfait, riposta Hillary en lui tendant l'éponge dans un grand sourire, si vous voulez le faire vous-même…

— Je vous ai vue ce matin vous jeter à la tête de Bret.

— Vraiment ? Vous ne dormiez pas ?

— Bret m'a réveillée en se levant, lança-t-elle d'un ton mielleux qui ne laissait aucun doute quant à ce qu'elle voulait insinuer.

La flèche atteignit son but : Hillary ressentit une vive douleur lui vriller le cœur. Comment Bret pouvait-il passer si facilement des bras de Charlène aux siens ? Pour quelle raison prenait-il plaisir à l'humilier ainsi ? Elle ferma les yeux un instant, mortifiée à l'idée que le moment magique passé avec Bret n'avait en fait, aux yeux de celui-ci, aucune importance. Dans un sursaut de fierté, elle redressa crânement la tête et affronta sans ciller le regard vert triomphant que sa rivale dardait sur elle.

— Chacun ses goûts, lâcha-t-elle aussi indifféremment qu'elle le put tout en haussant négligemment les épaules.

Les masques tombèrent soudain et, toute retenue la désertant, Charlène lança violemment le contenu de son verre sur la jeune femme.

— Ça suffit comme ça ! explosa soudain June, indignée par le comportement de Charlène. Je vous préviens, vous ne vous en sortirez pas comme ça !

— Vous, je me charge de vous faire renvoyer ! éructa Charlène, au comble de la colère.

— Vous pouvez toujours essayer, mais lorsque le patron saura ce que vous avez fait, je doute qu'il…

— June, arrête, l'interrompit Hillary.

— Mais enfin…

— S'il te plaît. Laissons Bret en dehors de tout ça, je préfère régler ce problème moi-même.

— Très bien, si c'est vraiment ce que tu veux.

La jeune femme jeta un regard dégoûté à Charlène et ajouta :

— Vous avez de la chance.

Sans plus attendre, Hillary quitta précipitamment la pièce, désireuse de retrouver la quiétude de sa chambre pour panser les plaies vives que Charlène avait ouvertes. Elle s'apprêtait à monter l'escalier lorsqu'elle croisa Bret qui avisa, perplexe, les taches de vin qui maculaient son pull.

— Eh bien, Hillary, que vous est-il arrivé ? Vous avez livré une bataille que, manifestement, vous avez perdue ?

— Je n'ai rien perdu du tout ! rétorqua-t-elle en passant devant lui pour grimper les marches.

Bret lui agrippa fermement le bras, l'empêchant de battre en retraite.

— Qu'est-ce qui ne va pas, Hillary ?

— Rien, s'entêta la jeune femme qui sentait ses forces l'abandonner.

— Allons, Hillary, regardez-vous ! insista Bret en lui relevant le menton.

Hillary eut alors un brusque mouvement de recul qui laissa Bret sceptique.

— Ne jouez pas à ce petit jeu-là avec moi, Hillary, et dites-moi ce qui ne va pas, gronda-t-il d'une voix sourde en la forçant à le regarder dans les yeux.

— Rien, répéta-t-elle d'une voix glaciale, sans ciller. Et si vous pouviez cesser de me tripoter sans arrêt comme vous le faites…

Elle vit les yeux de Bret virer dangereusement au gris métallique et sentit ses doigts s'enfoncer douloureusement dans sa chair.

— Estimez-vous heureuse de ne pas être seule avec moi dans cette maison, siffla-t-il entre ses dents, sans quoi je vous aurais appris, acte à l'appui, le véritable sens du mot « tripoter ». Et ne vous inquiétez pas, je saurai à l'avenir ne pas froisser votre fragile innocence.

Hillary ne fit aucun commentaire et, relevant fièrement la tête, s'engagea dans l'escalier.

# 8

Février avait tout doucement cédé la place à mars, pourtant le froid et la grisaille semblaient s'être donné le mot pour être toujours au rendez-vous. Depuis son retour de week-end, plusieurs semaines auparavant, Hillary n'avait eu aucunes nouvelles de Bret et n'en espérait plus.

Le numéro spécial de *Mode* qui lui était consacré avait paru et lorsqu'elle contemplait son reflet sur les pages glacées du magazine, elle ne se reconnaissait pas. La jeune femme souriante et heureuse de vivre qu'elle était alors n'existait plus. Hillary fixait une étrangère qui n'avait plus rien de commun avec elle.

La parution de ce numéro spécial avait connu un énorme succès, les magazines se vendant sitôt mis en rayon. Depuis, Hillary croulait sous des offres mirobolantes mais qu'elle ignorait royalement, poursuivant dans l'indifférence la plus absolue sa carrière telle qu'elle était auparavant. Toute ambition semblait l'avoir désertée et les jours passaient, la voyant ruminer un peu plus son vague à l'âme.

Un coup de fil de June qui lui demandait de se rendre de toute urgence au siège de *Mode* pour y rencontrer Bret mit fin à la longue période de léthargie dans laquelle elle était plongée. Elle hésita à obtempérer, mais la perspective, si elle refusait, de voir débouler Bret chez elle à toute heure du jour ou de la nuit la décida à accepter.

Elle revêtit pour la circonstance un tailleur jaune paille

qui épousait parfaitement ses formes et tira soigneusement ses cheveux en un chignon sur la nuque.

Elle jeta un coup d'œil critique dans le miroir, mais l'élégante jeune femme qui s'y reflétait la conforta dans l'idée qu'elle avait fait le bon choix.

Dans l'ascenseur qui la conduisait au bureau de Bret, Hillary se contraignit à rester froide et distante et à afficher une attitude désinvolte. Des années d'expérience lui avaient appris comment cacher ses sentiments et ses états d'âme face à un objectif, il n'en serait pas autrement face à Bret Bardoff.

June, ravie de revoir la jeune femme, l'accueillit avec sa gentillesse coutumière.

— Vous pouvez y aller, il vous attend.

Hillary prit une profonde inspiration, plaqua un sourire de circonstance sur ses lèvres et entra dans l'arène.

— Bonjour, Hillary, dit Bret d'une voix policée sans daigner se lever de son fauteuil. Asseyez-vous, je vous en prie.

— Bonjour, Bret, dit-elle à son tour de la même voix lisse, se félicitant d'arriver à garder une désinvolture qu'elle était loin d'éprouver.

— Vous avez l'air en pleine forme, commenta platement Bret.

— Merci. Vous aussi.

Ces mots résonnaient, vides de sens, les rendant soudain conscients de toute l'absurdité de la situation dont ils étaient prisonniers.

— J'étais en train d'étudier les résultats de notre opération. Cela dépasse largement tout ce que nous espérions.

— Oui, je suis heureuse que cela ait si bien marché.

Bret se plongea soudain dans l'étude attentive des photos et demanda :

— Laquelle de ces jeunes femmes êtes-vous, Hillary ? La sportive, la mondaine, la carriériste, l'épouse parfaite, la mère attentive, la séductrice ? Dites-moi, qui êtes-vous vraiment ?

Il fixa alors sur elle un regard pénétrant qui fit dangereusement vaciller toutes ses certitudes. Elle parvint néanmoins à simuler l'indifférence.

— Je ne suis que la projection de ce qu'un photographe me demande d'être. Vous êtes bien placé pour le savoir puisque c'est la raison pour laquelle vous m'avez embauchée. Je me trompe ?

— En fait, vous changez de personnalité sur commande.

— C'est en effet ce pour quoi je suis payée, oui.

Bret se cala confortablement dans son fauteuil et, doigts croisés, la regarda de nouveau intensément.

— J'ai entendu dire que vous crouliez sous les propositions. J'imagine que vous devez être débordée.

— C'est exact, dit Hillary, feignant, dans un flot de paroles ininterrompu, un enthousiasme délirant qu'elle était loin d'éprouver. Tout cela est si excitant ! Je n'ai pas encore décidé avec qui je vais signer, peut-être une grande marque de cosmétiques, je ne sais pas encore, car cela supposerait un contrat exclusif de trois ans et des spots publicitaires. D'ailleurs on m'a recommandé de prendre un attaché de presse pour m'aider dans mes choix, mais j'hésite, tout cela est si nouveau pour moi !

— Je vois. Si mes sources sont exactes, on m'a dit aussi que vous aviez été contactée par une chaîne de télévision.

Incapable de s'étendre sur les détails d'une proposition qu'elle n'avait fait que parcourir rapidement, Hillary éluda d'un geste vague de la main.

— Oh oui, mais… ce serait un métier différent, alors je ne veux surtout pas me précipiter. Je préfère me donner le temps d'y réfléchir.

Hillary se félicita intérieurement pour ses talents, jusque-là inconnus d'elle, de comédienne.

Bret ne fit aucun commentaire et se leva, lui tournant le dos pour se perdre en silence dans la contemplation du panorama. Hillary observait fixement la silhouette qui se découpait à contre-jour, s'interrogeant sur ce que Bret avait en tête.

— Votre contrat avec moi s'achève, et je suis prêt à vous faire une nouvelle proposition, annonça-t-il au bout de quelques minutes. Mais il est bien évident que je ne pourrai jamais m'aligner sur les prix que vous a certainement proposés cette chaîne de télévision.

« Une offre, songea Hillary, heureuse que Bret ne puisse voir la déception se peindre sur son visage. Voilà donc pourquoi il m'a convoquée. Pour m'offrir un nouveau contrat ! »

Elle allait refuser, même si elle n'avait pas l'intention d'accepter les autres propositions qui lui avaient été faites. Compte tenu du trouble et de l'émotion que cet homme faisait naître dès lors qu'ils étaient ensemble, elle ne se sentait pas le courage d'entretenir avec lui des contacts quotidiens.

Elle se leva, puis répondit d'une voix calme et posée :

— J'apprécie beaucoup votre proposition, Bret, mais je dois songer à ma carrière. Je ne voudrais pas vous paraître ingrate, et sachez que je n'oublierai jamais ce que vous avez fait pour moi, mais…

Bret fit volte-face et la colère qu'elle lut dans ses yeux la dissuada de poursuivre.

— Je n'ai que faire de votre gratitude, Hillary ! Ni de vos jolies formules toutes faites, d'ailleurs.

Il saisit d'un geste rageur le numéro spécial de *Mode* et le lança sur le bureau.

— Tout ce que vous avez gagné, reprit-il en pointant du doigt le visage de la jeune femme qui figurait en couverture, vous ne le devez qu'à vous-même ! Je n'y suis pour rien ! Et vous le savez aussi bien que moi !

Il marqua un temps d'arrêt pour s'exhorter au calme, et poursuivit d'une voix plus maîtrisée :

— Je m'attendais à ce que vous refusiez mon offre, néanmoins, sachez que si vous changiez d'avis, je serais prêt à négocier vos honoraires. Je vous souhaite bonne chance et… d'être heureuse.

— Merci, chuchota Hillary dans un sourire contrit avant de tourner les talons et de se diriger vers la porte.

— Hillary…

La jeune femme crispa la main sur la poignée qu'elle s'apprêtait à tourner et rassembla toute sa volonté pour faire face à Bret une dernière fois.

— Oui ?

— Au revoir.

— Au revoir, Bret, murmura-t-elle avant de franchir précipitamment la porte.

Tremblant comme une feuille, elle s'adossa au mur, sous le regard plein de sollicitude de June.

— Hillary ? Tout va bien ?

Hillary la regarda distraitement, semblant émerger de lointains limbes obscurs, puis hocha la tête.

— Oui… oui, tout va bien.

Elle quitta la pièce en courant, refoulant les sanglots qui lui nouaient la gorge.

C'est sans grand enthousiasme qu'Hillary héla un taxi quelques jours plus tard. Elle avait accepté la proposition de Peter et June de se rendre avec eux à une soirée que donnait Bud dans son superbe appartement de l'autre côté de la ville.

En ouvrant les yeux ce matin-là, elle avait fermement décidé de ne plus s'apitoyer sur son sort et de renouer avec ses amis en même temps qu'avec une vie sociale qui était autrefois son quotidien. Il était grand temps de se reprendre en main, avait-elle décrété, et rester dans son coin à ruminer des idées noires ne l'aiderait certainement pas à retrouver une vie normale.

Elle resserra contre elle l'étole destinée à la préserver des nuits encore fraîches de ce mois d'avril déjà bien entamé et s'engouffra dans la voiture qui venait de s'arrêter à sa hauteur.

C'est rassérénée et bien déterminée à passer une bonne

soirée qu'elle arriva chez Bud où son hôte l'accueillit à bras ouverts, heureux de la voir renouer avec les plaisirs futiles de la civilisation. Il lui passa un bras amical autour des épaules et la conduisit au bar. Elle s'apprêtait à commander, comme à son habitude, un verre d'alcool largement dilué dans de l'eau lorsqu'un cocktail d'un joli rose vif attira son attention.

— Mmm, ça a l'air bon. Qu'est-ce que c'est ?

— Un planteur, l'informa Bud qui, sans même attendre son assentiment, lui en servait déjà un verre.

Hillary en goûta une gorgée, décréta que c'était délicieux et partit se fondre dans la foule des invités.

Elle allait de groupe en groupe, souriante, discutant avec les uns, plaisantant avec les autres, ravie du changement d'humeur qui s'opérait progressivement en elle. Déprime et vague à l'âme semblaient un lointain souvenir tandis que, son troisième verre à la main, elle flirtait ouvertement avec un séduisant célibataire répondant au nom de Paul.

— Bonjour, Hillary, lui dit soudain une voix qu'elle ne connaissait que trop bien. Quelle bonne surprise de vous voir ici !

Elle fit volte-face et présenta à Bret un visage fermé. N'avait-elle pas accepté de se rendre à cette soirée à la seule condition que Bret n'y serait pas ? C'est en tout cas ce que lui avait certifié June auprès de qui elle avait pris la précaution de se renseigner. Elle lui adressa un sourire distrait, se demandant pour quelle étrange raison sa vue commençait à se troubler.

— Bonjour, Bret. Que nous vaut l'honneur de votre visite parmi les simples mortels ? railla-t-elle.

Bret considéra un instant les joues rosies et le regard vague de la jeune femme.

— Eh bien… disons que j'ai eu envie de m'encanailler un peu. En outre, c'est excellent pour mon image de me montrer sous un autre jour.

Hillary repoussa une mèche de cheveux qui lui barrait le visage et vida son verre d'un trait.

— Mmm… je vois. Et en termes d'images nous nous y connaissons tous les deux, n'est-ce pas ?

Elle se tourna ensuite vers son chevalier servant, qui se trouvait toujours à son côté, et lui demanda dans un sourire éblouissant :

— Paul, voulez-vous être un amour et aller me chercher un autre verre de cette excellente boisson ? C'est le punch qui se trouve sur cette table, là-bas.

Bret attendit que Paul se fût éloigné et prit le menton d'Hillary entre ses doigts, l'obligeant à le regarder droit dans les yeux.

— Combien en avez-vous bus, Hillary ? s'enquit-il d'un air soupçonneux. Je croyais que vous ne supportiez pas l'alcool.

— Ce n'est pas de l'alcool, c'est du jus de fruits ! Et je n'ai pas l'intention de m'arrêter là, parce que c'est un grand jour aujourd'hui : je fête ma renaissance !

Un sourire narquois flotta sur les lèvres de Bret.

— Compte tenu de votre regard, je parierais qu'il n'y a pas que des fruits là-dedans et je vous recommande vivement d'aller boire un café.

— Ce que vous pouvez être rabat-joie ! lui dit-elle en passant une main caressante sur sa chemise. Mmm… de la soie. J'ai toujours eu un faible pour la soie.

Puis sautant du coq à l'âne, elle s'écria :

— Peter est là ! Et devinez ? Il n'a pas pris son appareil photo ! Vous vous rendez compte ! Je ne le reconnais plus !

— Dans l'état où vous êtes, je doute que vous reconnaissiez votre propre mère, ironisa Bret.

— Ma mère, elle, ne prend jamais de photos ! annonça-t-elle triomphalement en buvant une gorgée du verre que Paul venait de lui apporter.

Elle l'agrippa soudain par le bras.

— Paul, allons danser, voulez-vous ? J'adore danser !

Puis elle se tourna vers Bret et lui tendit son verre.

— Tenez, soyez gentil de me le garder.

Elle se sentait merveilleusement bien, légère comme

une bulle, et elle s'étonna même de s'être laissé troubler par Bret comme elle l'avait fait. Une agréable sensation de vertige la rendit un peu plus euphorique et son corps qui se mouvait langoureusement alla se plaquer un peu plus étroitement contre celui de son cavalier. Elle eut vaguement conscience de Paul lui murmurant quelque chose à l'oreille et elle laissa échapper un petit soupir de satisfaction en guise de réponse.

Lorsque la musique se tut, la main de Bret lui tapota l'épaule.

— Qu'y a-t-il ? Vous voulez danser vous aussi ?

— Ce n'est pas vraiment ce que j'avais en tête, répondit-il en la tirant par le bras.

— Mais je n'ai pas du tout envie de partir ! protesta Hillary en tentant de se dégager de l'emprise de Bret. Il est tôt et pour une fois, je m'amuse bien !

— Je vois, oui, dit Bret en resserrant son étreinte. Mais nous partons quand même.

— Je n'ai pas besoin de vous ! D'ailleurs, je suis sûre que ce cher Paul se fera une joie de me ramener.

— Je n'en doute pas une seconde, grommela Bret en poussant la jeune femme devant lui.

— Je veux danser encore, insista Hillary en venant se plaquer contre son torse. Vous voulez bien danser avec moi, Bret ?

— Pas ce soir, Hillary. J'ai bien peur que vous ne soyez plus en état de maîtriser quoi que ce soit.

Puis, la prenant par surprise, il la saisit par les hanches et la flanqua sur son épaule, se frayant ainsi avec son étrange fardeau un chemin parmi la foule compacte. Et provoquant, contre toute attente, l'hilarité de la jeune femme.

— C'est drôle ! Mon père avait l'habitude de me porter comme ça quand j'étais petite !

— Formidable !

Au passage, June tendit à Bret l'étole et le sac à main d'Hillary.

— Ça va aller, patron ?

— Il faudra bien, dit-il en s'éloignant dans le couloir.

Parvenu à la voiture, il laissa tomber Hillary sans ménagement sur le siège avant et lui tendit son étole.

— Mettez ça, lui ordonna-t-il.

En guise de réponse, elle lança son châle sur la banquette arrière et se cala confortablement contre le dossier.

— Je n'ai pas froid. Je me sens même merveilleusement bien.

Bret mit le moteur en marche et jeta à la jeune femme un regard amusé.

— Rien d'étonnant à cela ! Avec tout l'alcool que vous avez bu, vous pourriez réchauffer toute la ville de New York.

— Ce n'était que du jus de fruits, s'entêta Hillary. Oh, regardez ! s'exclama-t-elle en s'accoudant sur le tableau de bord. La lune ! Allons faire une promenade, ce sera tellement romantique !

Bret, qui s'était arrêté à un feu rouge, tourna la tête vers elle et dit fermement :

— Non.

— Décidément, ronchonna Hillary, vous n'êtes pas drôle !

Puis rejetant la tête en arrière elle se mit à chanter gaiement jusqu'à ce qu'ils arrivent devant sa résidence. Bret gara alors la voiture et lui demanda :

— Vous pensez pouvoir marcher ou faut-il que je vous porte de nouveau ?

— Evidemment que je peux marcher, s'offusqua Hillary. Cela fait même des années et des années que je peux marcher ! Regardez !

Après s'être extirpée, non sans difficulté, de son siège, elle se demanda pourquoi le sol était devenu subitement instable sous ses pieds, mais elle tint néanmoins à prouver ce qu'elle venait d'avancer.

— Vous voyez, dit-elle en titubant dangereusement. Equilibre parfait.

— Je vous félicite, vous êtes une merveilleuse funambule.

Il se précipita vers elle pour prévenir une chute inévitable et décida qu'il valait mieux la porter. Hillary s'abandonna, tête rejetée en arrière, et bras noués autour du cou de Bret.

— Je préfère quand vous êtes gentil comme ça, annonça-t-elle tandis que l'ascenseur commençait sa lente montée vers les étages. Vous savez ce que j'ai toujours voulu faire ?

— Non, répondit distraitement Bret. Hillary..., commença-t-il tandis que la jeune femme lui agaçait l'oreille du bout de la langue.

Elle l'interrompit en dessinant le contour de sa bouche d'un doigt léger.

— Vous avez la bouche la plus fascinante que j'aie jamais vue, murmura-t-elle.

— Hillary, arrêtez.

— Un beau visage, des traits réguliers, poursuivit-elle sans tenir compte des protestations de Bret, et des yeux... des yeux dans lesquels j'adore me perdre.

Elle nicha sa tête dans le creux de son épaule et promena ses lèvres le long de son cou.

— Mmm, votre parfum sent si bon !

Arrivé devant la porte, Bret parvint tant bien que mal à trouver la clé et à l'introduire dans la serrure.

— Hillary, si vous ne cessez pas immédiatement, vous risquez de me faire oublier que le jeu a des limites que je ne dois pas dépasser.

Une fois la porte enfin ouverte, il la referma sur eux et s'adossa un instant contre le mur pour reprendre son souffle... et ses esprits.

— Je croyais que les hommes aimaient qu'on les séduise, susurra Hillary d'une voix enjôleuse tout en frottant sa joue contre celle de Bret.

— Ecoutez, Hillary...

Mais la jeune femme lui ferma la bouche d'un baiser.

— J'adore vous embrasser, dit-elle avant de bâiller discrètement et d'enfouir son visage contre sa poitrine.

— Hillary, pour l'amour du ciel !

Lorsque Bret, chancelant sous le poids de son fardeau devenu trop lourd, parvint enfin dans la chambre à coucher d'Hillary et qu'il voulut l'allonger, elle s'accrocha si désespérément à son cou qu'elle lui fit perdre l'équilibre et qu'il bascula avec elle sur le couvre-lit. Elle resserra alors son étreinte et reprit sa litanie de mots doux incohérents qu'elle n'interrompit que pour effleurer de sa bouche les lèvres de Bret.

Ce dernier jurait intérieurement, tentant de se dégager de son emprise.

— Hillary, vous ne savez plus ce que vous faites.

Pour toute réponse, elle ferma les yeux et lui sourit béatement.

Une fois libéré des bras qui le retenaient prisonnier, Bret entreprit de lui retirer ses chaussures.

— Vous portez quelque chose là-dessous ?

N'obtenant en guise de réponse qu'un murmure inaudible, il baissa la fermeture à glissière de sa robe et la passa par-dessus ses épaules.

— Je te ferai payer cette épreuve que tu m'infliges, dit-il à voix haute en luttant pour ne pas caresser la peau douce mise à nu sous le fin caraco de soie.

Il rabattit le couvre-lit sur le corps inerte de la jeune femme qui poussa un petit gémissement avant d'enfouir sa tête dans l'oreiller et de sombrer instantanément dans le plus profond des sommeils.

Bret écouta un instant la respiration régulière d'Hillary puis quitta la pièce en refermant la porte derrière lui.

« Je ne peux pas croire qu'il m'arrive une chose pareille, se dit-il. Bien possible que je me déteste demain matin. »

Il poussa un profond soupir et décida qu'un verre de scotch lui ferait le plus grand bien.

# 9

Hillary se réveilla, hagarde, aux premiers rayons du soleil. Elle plissa les yeux et tenta de fixer son attention sur les objets familiers qui l'entouraient, mais la violente migraine qui lui vrillait les tempes l'en empêchait. Elle s'assit lentement sur le bord de son lit puis tenta de se lever mais sitôt qu'elle eut posé un pied par terre, elle fut prise de vertiges qui la forcèrent à retrouver la position allongée.

Après plusieurs tentatives, elle parvint, au prix d'un effort surhumain, à tituber jusqu'à sa penderie pour y prendre une robe de chambre.

Qu'avait-elle bien pu boire pour se retrouver dans un état pareil ? se demandait-elle en fouillant désespérément sa mémoire. Elle avisa sa robe pliée au pied de son lit. Elle ne se souvenait absolument pas de s'être déshabillée. Elle secoua la tête, perplexe. De l'aspirine, un jus d'orange et une bonne douche froide, voilà ce qu'il lui fallait pour se remettre d'aplomb ! Elle se dirigeait à petits pas lents vers la cuisine lorsque l'incompréhension la cloua sur place. Que faisaient cette veste et cette paire de chaussures d'homme sur le canapé de son salon ?

— Oh, mon Dieu ! s'écria-t-elle tandis qu'une partie de sa mémoire lui revenait.

Bret l'avait ramenée, et elle…

Elle frissonna au souvenir de sa conduite de la veille.

Que s'était-il passé ensuite ? Elle n'en savait fichtrement rien. Trop de pièces manquaient encore au puzzle.

— Bonjour, chérie.

Elle tourna lentement sa tête endolorie, et blêmit à la vue de Bret qui, en caleçon et torse nu, lui souriait tendrement. Ses cheveux encore mouillés attestaient du fait qu'il venait juste de sortir de la douche. « Ma douche », songea Hillary, horrifiée par ce que cela laissait supposer.

Il s'approcha d'elle et l'embrassa tendrement sur la joue, ce qui ne fit qu'accroître l'angoisse d'Hillary.

— Je vais préparer du café, annonça-t-il en se dirigeant vers la cuisine, Hillary sur les talons.

Il mit de l'eau à bouillir et s'approcha de nouveau de la jeune femme pour, cette fois, la prendre amoureusement par la taille.

— Chérie, tu as été merveilleuse, lui murmura-t-il à l'oreille.

Hillary l'écoutait en silence, mortifiée.

— Et toi, tu as aimé ? poursuivit-il de la même voix sensuelle.

— Eh bien, je… je… à vrai dire, je ne me souviens pas très bien.

Bret la fixa, incrédule.

— Tu ne t'en souviens pas ? Mais comment as-tu pu oublier ? C'est impossible, voyons, tu as été si… si extraordinaire !

— Eh bien… Oh ! ma tête, gémit-elle en portant ses mains aux tempes.

— Ce n'est rien, la rassura Bret, plein de sollicitude. Juste une légère gueule de bois. Je vais m'occuper de toi, ma chérie.

— La gueule de bois ! Mais je n'ai bu que du punch !

— Certes, mais avec trois sortes de rhum.

— Du rhum ? Mais je croyais que…

— Hillary, il s'agissait d'un planteur, pas d'un cocktail de fruits sans alcool ! Et tout le monde sait que les planteurs se font avec du rhum blanc, du rhum brun et du rhum ambré.

— Je l'ignorais, sans quoi je n'en aurais jamais bu

autant. Je n'ai vraiment pas l'habitude et vous… vous avez profité de la situation.

Bret la regarda, interloqué.

— Profité de la situation ? Moi ? Mais, ma chérie, c'est toi qui t'es montrée très… comment dire… entreprenante. Une vraie tigresse, conclut-il en lui adressant un clin d'œil lourd de sous-entendus.

— Mais c'est affreux ! explosa Hillary qui s'arrêta net, la douleur l'empêchant d'aller plus loin. Oh, mais que j'ai mal !

— Tiens, bois ça, commanda Bret en lui tendant un verre dans lequel finissait de pétiller un comprimé effervescent.

— Qu'est-ce que c'est ? s'enquit la jeune femme, méfiante.

— Bois, répéta Bret sans répondre à la question.

Hillary s'exécuta en grimaçant une moue de dégoût.

— Eh oui ! C'est le prix à payer quand on s'est enivré, mon amour.

— Je n'étais pas ivre, se rebiffa Hillary. Je n'avais pas les idées très claires, voilà tout ! Quand je pense que vous… que vous en avez profité pour…

— Hillary, je peux jurer sur ce que j'ai de plus cher que c'est tout le contraire qui s'est produit.

— Je ne savais plus ce que je faisais !

— Je peux t'assurer que tu savais très bien ce que tu faisais, insista-t-il d'un air entendu.

— C'est affreux, je ne me souviens de rien, gémit-elle, au bord des larmes.

— Allons, détendez-vous, Hillary, dit Bret en reprenant leur vouvoiement habituel, signe que le jeu était terminé. Il ne s'est rien passé.

Hillary s'essuya les yeux du revers de la main.

— Que voulez-vous dire ?

— Que je ne vous ai pas touchée. Que vous êtes aussi pure et virginale qu'hier car je vous ai laissée pour venir dormir sur ce canapé exceptionnellement inconfortable.

— Vous n'avez pas… Nous n'avons pas… ?

— Non, répondit laconiquement Bret en versant l'eau bouillante dans la cafetière.

Le premier moment de soulagement passé, Hillary laissa éclater librement sa colère.

— Et pourquoi ne s'est-il rien passé ? Qu'est-ce que j'ai de si repoussant ?

Bret la considéra un instant, médusé, puis éclata de rire.

— Hillary, vous êtes vraiment pétrie de contradictions ! D'abord vous êtes désespérée parce que vous pensez que j'ai sali votre honneur et la minute d'après vous vous sentez offensée parce que je ne l'ai pas fait.

— Je ne vois pas ce qu'il y a de si amusant ! Vous m'avez délibérément laissée croire que je… que nous…

—… avons dormi ensemble ? suggéra gentiment Bret en sirotant son café. Non. Pourtant, je vous assure que vous l'auriez mérité. Vous m'avez rendu fou durant tout le trajet jusqu'à votre chambre.

Un sourire amusé flotta sur ses lèvres tandis que les joues d'Hillary s'empourpraient violemment.

— Et souvenez-vous bien de ce que je vais vous dire, reprit-il. Je connais peu d'hommes qui, comme moi, auraient renoncé à une folle nuit d'amour avec vous pour venir s'exiler sur cette misérable couche, alors si j'étais vous, dorénavant, j'éviterais de boire trop de punch aux fruits.

— Je jure bien de ne plus jamais toucher à un verre d'alcool de ma vie ! promit Hillary en se frottant de nouveau les tempes. Mais pour l'heure je prendrais volontiers un thé ou même un café, tiens !

La sonnerie stridente de la porte d'entrée lui vrilla les tempes en même temps qu'elle lui arracha un chapelet de jurons, inhabituel dans sa bouche.

— Je vous prépare un thé, offrit Bret qui s'amusait du langage ordurier de la jeune femme. Allez ouvrir.

Hillary obéit en traînant les pieds. Sur le seuil se tenait Charlène, le visage déformé par la haine, ses yeux verts lançant des éclairs.

— Je vous en prie, entrez donc, dit Hillary en s'effaçant pour la laisser passer puis en claquant la porte sitôt qu'elle eut franchi le seuil.

— J'ai entendu dire que vous vous étiez donnée en spectacle hier soir, affirma la nouvelle venue sur un ton glacial.

— Les nouvelles vont vite, à ce que je vois. Et je suis flattée que mon sort vous intéresse à ce point, ironisa Hillary.

— Votre sort ne m'intéresse pas le moins du monde. En revanche, je m'intéresse de près à celui de Bret. Il semblerait que vous ayez pris la fâcheuse habitude de vous jeter à sa tête, aussi suis-je venue vous dire que je n'ai pas l'intention de supporter cela plus longtemps.

Hillary réprima à grand-peine la colère qui la gagnait. Elle feignit un bâillement tout en affichant l'expression du plus profond ennui.

— C'est tout ?

— Si vous croyez que je vais laisser une moins-que-rien dans votre genre salir la réputation de l'homme que je vais épouser, vous vous trompez lourdement.

L'effort que fit Hillary pour conserver une apparente indifférence raviva sa migraine avec plus d'intensité encore.

— Je vous présente mes félicitations, parvint-elle néanmoins à dire. Quant à ce pauvre Bret ce sont plutôt mes condoléances que je lui adresserai.

— Je vous briserai ! glapit Charlène. Je veillerai personnellement à ce que votre visage ne soit plus jamais photographié, vous m'entendez ? Plus jamais !

La voix traînante de Bret qui venait d'entrer dans la pièce en boutonnant sa chemise la cloua sur place.

— Bonjour, Charlène.

Interloquée, elle se retourna vers son compagnon. Son regard alla des vêtements froissés qu'il portait à sa veste négligemment jetée sur le canapé.

— Bret ? Mais… mais que fais-tu ici ?

— Cela me paraît évident, non ? répondit ce dernier

en se laissant tomber sur le canapé pour mettre ses chaussures. Et c'est bien pour vérifier, que tu as pris la peine de te déplacer jusqu'ici, je me trompe ?

« Il se sert de moi, pensa Hillary, en proie à un sentiment diffus où se mêlaient étroitement colère et souffrance. Il se sert de moi pour la rendre jalouse. »

Charlène détourna son attention de Bret pour déverser sa rage dévastatrice sur Hillary.

— Vous, ce n'est pas la peine de vous faire d'illusions ! Je le connais bien et je peux vous certifier que vous n'êtes pour lui qu'une aventure insignifiante ! Et lorsqu'il se sera lassé de vous, à la fin du week-end, c'est vers moi qu'il reviendra !

— Formidable ! rétorqua Hillary, à bout de patience. Et tant mieux pour vous ! Mais pour l'instant, je vous ai assez vus tous les deux, je vais donc vous demander de partir.

Elle pointa la porte d'un doigt rageur.

— Et tout de suite ! Dehors !

— Eh, une minute ! intervint Bret qui finissait de lacer ses chaussures.

— Bret, je vous conseille de ne pas vous en mêler ! aboya Hillary. Quant à vous, ajouta-t-elle en s'adressant à Charlène, j'en ai par-dessus la tête de vos scènes de jalousie. Alors, si vous y tenez vraiment, nous reprendrons cette intéressante conversation un autre jour, car franchement, aujourd'hui, je ne suis pas en état de discuter de quoi que ce soit !

— Je ne vois aucune raison de m'abaisser à reprendre cette discussion avec vous, riposta Charlène qui avait recouvré tout son calme et sa froideur naturelle. Je vous l'ai dit, votre petite personne ne m'intéresse pas, et je doute qu'une intrigante de votre espèce intéresse beaucoup Bret.

— Intrigante ? Moi ? répéta Hillary d'une voix sourde en s'avançant lentement vers Charlène.

Bret, conscient du drame qui menaçait d'éclater, se leva et enlaça Hillary par la taille.

— Hillary, calmez-vous.

— Décidément, nous avons affaire à une vraie petite sauvage ! insista méchamment Charlène.

— Je vais vous montrer, moi, si je suis une sauvage ! hurla Hillary en se démenant désespérément pour se libérer de l'étau qui l'empêchait de se ruer sur son ennemie.

— Charlène, je te conseille vivement de te tenir tranquille, ou je ne réponds plus de rien.

Les paroles blessantes de Bret firent retomber instantanément la colère d'Hillary.

— Lâchez-moi, lui dit-elle fermement. Je ne la toucherai pas. Et sortez de chez moi, j'en ai plus qu'assez de vous deux. Je ne veux plus jamais vous voir ni l'un, ni l'autre. Et la prochaine fois que vous voudrez rendre votre petite amie jalouse, Bret, trouvez quelqu'un d'autre.

— Je ne m'en irai pas tant que vous n'aurez pas écouté ce que j'ai à vous dire, déclara Bret d'un ton péremptoire.

— Je ne veux plus vous écouter. C'est fini, vous comprenez ? Je veux juste que vous et votre amie sortiez d'ici pour ne plus jamais y revenir. Et maintenant allez-vous-en, j'ai besoin d'être seule.

Bret se résigna à aller chercher sa veste.

— Très bien, nous partons, dit-il en fixant les yeux mouillés de larmes de la jeune femme. Mais je reviendrai, Hillary, ne croyez pas que nous en resterons là.

Hillary attendit que la porte se referme sur eux et essuya d'un geste brusque les larmes qui, à présent, roulaient sur ses joues sans retenue. Il pourrait bien revenir, décida-t-elle rageusement. Elle ne serait plus là.

Elle se précipita dans sa chambre, lança deux valises sur son lit et y entassa pêle-mêle tous les vêtements qui lui tombaient sous la main.

« J'en ai assez, se dit-elle, au comble de la colère. Assez de New York, de Charlène Mason mais par-dessus tout, assez de Bret Bardoff ! Je rentre à la maison. »

Une fois ses bagages bouclés, elle alla frapper chez Lisa, qui fixa, perplexe, le visage bouleversé de son amie.

— Hillary ? Que…

— Je n'ai pas le temps de t'expliquer, l'interrompit brutalement la jeune femme, je pars. Tiens, prends mes clés. Il y a des provisions dans le réfrigérateur et dans les placards, sers-toi, je ne reviendrai pas. Je m'occuperai de mes meubles et du bail plus tard. Je t'écrirai dès que je pourrai, conclut-elle en se dirigeant vers l'ascenseur.

— Mais enfin, Hil, dis-moi au moins où tu vas !

— Je rentre chez moi, répondit la jeune femme sans se retourner.

Si l'arrivée impromptue d'Hillary ne manqua pas de surprendre ses parents, ils n'en dirent rien et ne lui posèrent aucune question jugée indiscrète.

Elle reprit vite ses habitudes, se coulant sans difficulté dans la douce monotonie des jours. Une semaine passa ainsi, rythmée par les rudes travaux de la ferme et les longues plages de repos qu'elle s'accordait sous la véranda. Elle aimait laisser son esprit vagabonder à l'heure où tout est calme après une journée de dur labeur. Doucement bercée par le lent va-et-vient de la balancelle, elle se perdait de longues heures dans la contemplation du ciel étoilé.

— Je crois qu'il est temps que nous ayons une petite discussion, Hillary, lui dit un soir son père, venu la rejoindre.

Il s'assit à côté d'elle et passa un bras affectueux autour de ses épaules.

— Allons, dis-moi un peu pourquoi tu es venue ici sans t'annoncer.

Hillary poussa un profond soupir, prête à livrer ses secrets.

— Pour plusieurs raisons, avoua-t-elle en se blottissant contre son père. La principale étant que je suis fatiguée.

— Fatiguée ?

— Oui. J'en ai assez d'être photographiée sans arrêt, toujours pimpante, d'afficher des expressions que je suis souvent loin de ressentir et de toujours devoir composer. J'en ai assez de voir mon visage exhibé partout, j'en ai assez du bruit, de la foule. Je ne supporte plus ce monde superficiel, papa.

— Mais ta mère et moi avons toujours cru que c'était ce que tu voulais.

— Eh bien, je me suis trompée. Je me rends compte que ce n'est pas ce à quoi j'aspirais.

Elle scruta la profondeur de la nuit, tentant d'y trouver une réponse à ses interrogations.

— J'ai l'impression que je n'ai rien accompli de valable, tu comprends ?

— Tu n'as pas le droit de dire ça, Hillary ! Tu as travaillé dur pour en arriver là et aujourd'hui tu peux être fière de toi, de ta carrière. Comme ta mère et moi le sommes.

— Je sais que je dois ma réussite au seul travail que j'ai effectué, et je sais que j'ai fait du bon boulot. Ce que je veux dire c'est que lorsque j'ai quitté la maison, je voulais faire mes preuves, voir de quoi j'étais capable une fois livrée à moi-même. Je savais exactement ce que je voulais et où j'allais. Tout était bien ordonné dans ma tête et je n'ai pas dévié une seconde de la ligne de conduite que je m'étais fixée. Grâce à cette détermination, je suis parvenue au sommet, et nombre de femmes se damneraient pour être à ma place. Mais aujourd'hui, alors que je pourrais largement récolter les fruits de ce travail acharné, je comprends que ce n'est pas ce que je veux. Je ne veux plus jouer la comédie, papa.

— Eh bien, dans ce cas, tu as raison. Si tu en es à ce point il faut que tu arrêtes. Mais n'y aurait-il pas une autre raison que tu me cacherais ? Un homme, peut-être ?

— C'est fini, affirma Hillary, péremptoire. Nous n'étions pas du même monde.

— Hillary Baxter, gronda Tom, je t'interdis de penser des choses pareilles !

— Et pourtant c'est la vérité. Je ne me suis jamais vraiment intégrée à son mode de vie. Lui évolue dans un monde raffiné, basé exclusivement sur l'argent et le profit, alors que je suis restée la jeune femme simple que j'ai toujours été. Imagine un peu que je siffle pour appeler un taxi ! A New York ! Non, papa, regardons les choses en face, quel que soit le vernis que l'on peut acquérir, nous restons foncièrement ce que nous sommes.

Elle eut un petit haussement d'épaules désabusé et reprit :

— De toute façon, je n'étais rien pour lui.

— Eh bien, c'est qu'il manque singulièrement de discernement, commenta sobrement Tom Baxter en tirant sur sa pipe.

— Et toi, papa, tu manques singulièrement d'objectivité, conclut-elle en lui donnant un rapide baiser sur le front. Je monte me coucher, une rude journée nous attend demain.

L'air était pur et doux lorsque, quelques jours plus tard, Hillary sella son cheval pour une promenade matinale. Elle chevauchait, libre et légère, cheveux au vent, oubliant dans la plénitude de ce moment de bonheur les blessures qui lui avaient fait fuir New York. Gonflée d'une satisfaction toute terrienne, elle contemplait les champs de blé déroulant à perte de vue leurs épis ondulants et se gorgeait des odeurs typiques du printemps, offrant son visage aux douces caresses du soleil.

Comme elle aimait son pays ! Comment avait-elle pu le quitter un jour ? Pour chercher quoi ? La réponse lui vint spontanément. C'était elle, Hillary Baxter, qu'elle cherchait. Et maintenant qu'elle l'avait trouvée, qu'allait-elle en faire ?

— J'ai juste besoin d'un peu de temps, Cochise, murmura-t-elle à sa monture en se penchant pour lui flatter l'encolure. Juste un peu de temps pour rassembler les dernières pièces du puzzle.

Sous l'autorité d'Hillary le cheval prit docilement la direction de la ferme au pas, mais lorsqu'il arriva en vue de la bâtisse, il s'arrêta net et piaffa en tirant sur le mors.

— Oui, ça va, j'ai compris, Cochise, dit Hillary en riant.

D'un coup de talon imprimé dans les flancs de l'animal,

elle le fit partir au galop. L'air vibrait du martèlement des sabots sur le sol aride, et Hillary, courbée sur sa monture, se laissait griser par la vitesse.

Ils approchaient de la maison lorsque la jeune femme avisa une silhouette masculine négligemment appuyée contre la barrière de l'enclos. La surprise fut telle qu'elle tira brutalement sur les rênes, obligeant Cochise à se cabrer dans un hennissement offusqué.

— Désolée, mon vieux, dit-elle en tapotant sa crinière pour le rassurer.

Manifestement, la distance qu'elle avait mise entre Bret Bardoff et elle n'avait pas suffi !

# 10

— Bravo ! s'extasia Bret en se dirigeant vers eux. Jolie performance ! J'avais même du mal à discerner la cavalière de sa monture.

— Que faites-vous ici ? s'enquit Hillary sans préambule.

Bret caressa le museau de l'animal et répondit avec désinvolture :

— Je passais dans le coin, alors j'ai pensé à venir vous saluer.

Hillary se laissa glisser de son cheval et balaya Bret d'un regard indifférent.

— Comment avez-vous su que j'étais ici ?

— C'est Lisa qui me l'a dit. Elle m'a entendu frapper chez vous.

Il parlait d'un ton détaché, laissant penser qu'il s'intéressait plus au magnifique hongre d'Hillary qu'à la teneur des réponses qu'il donnait.

— Il est vraiment superbe ! Et vous le montez à merveille.

— Oui, je sais comment le prendre, en effet, confirma-t-elle, vaguement contrariée par la complicité immédiate qui s'était instaurée entre Bret et son cheval.

— Votre ami a-t-il un nom ? demanda-t-il à la jeune femme tout en lui emboîtant le pas.

— Cochise, répondit-elle succinctement en réprimant l'envie qui la tenaillait de lui claquer la porte de l'écurie au nez.

Mais Bret, qui paraissait ne se rendre compte de rien,

s'adossa nonchalamment contre le mur et regarda Hillary panser énergiquement l'animal.

— Je me demande si vous vous rendez compte à quel point la couleur de votre cheval vous va bien.

— Sachez qu'il ne me viendrait jamais à l'idée de choisir une monture pour des raisons aussi futiles, ironisa-t-elle sans interrompre sa tâche.

— Vous l'avez depuis longtemps ?

— Je l'ai eu à sa naissance.

— Ceci explique sans doute la formidable complicité qui existe entre vous.

Bret interrompit son interrogatoire et commença à fureter dans l'écurie, tandis qu'Hillary poursuivait la toilette de son cheval. Cela la dispensait de formuler les dizaines de questions qui se pressaient dans sa tête et qu'elle brûlait de poser à Bret.

Finalement, incapable de supporter le lourd silence qui s'était installé entre eux, elle délaissa sa tâche et sortit précipitamment du box, Bret sur les talons.

— Pourquoi vous êtes-vous enfuie ? lui demanda-t-il, explicitant enfin la vraie raison de sa visite.

Prise de court, Hillary improvisa rapidement une réponse.

— Je ne me suis pas enfuie. J'avais besoin de prendre du recul pour étudier les propositions qui m'ont été faites. Je ne voudrais pas commettre une erreur qui pourrait être fatale à ma carrière.

— Je comprends.

Elle ne sut dire si l'ironie perçue était réelle ou si elle était le fruit de son imagination.

— Je suis désolée mais je dois vous laisser, à présent. Il faut que j'aille aider ma mère à préparer le repas.

Mais le sort, ou plus exactement Sarah Baxter, en avait décidé autrement.

— Hillary, dit-elle après s'être approchée pour saluer Bret, profite donc de l'occasion pour faire visiter la ferme à ton ami. Je n'ai plus besoin de toi, tout est prêt.

— Je t'avais promis de faire une tarte, insista Hillary qui ne tenait pas à prolonger son tête-à-tête avec Bret.

Ignorant le ton suppliant de sa fille, Sarah persista :

— Si tu tiens vraiment à la faire, tu as encore du temps devant toi. Emmène donc Bret faire un tour avant le dîner.

Bret adressa un sourire victorieux à Hillary.

— Je crois que votre maman vient de m'inviter à partager votre repas.

Puis, se tournant vers Sarah qui regagnait la maison, il cria :

— J'accepte votre invitation avec plaisir, madame Baxter !

Furieuse contre sa mère et Bret qui avaient noué le contact si facilement, elle se résigna à faire visiter la ferme à ce dernier.

Elle s'arrêta à quelques mètres de là et lui demanda d'un ton mielleux :

— Vous préférez commencer par le poulailler ou par la porcherie ?

— Ça m'est égal, répondit Bret qui parut ne pas percevoir l'ironie qui perçait sous la question.

Contre toute attente, il se montra un compagnon très agréable, s'intéressant aussi bien au jardin potager de Sarah qu'aux énormes machines agricoles de Tom. Lorsque son regard se porta sur les champs de blé qui s'étendaient à perte de vue, il arrêta Hillary en lui posant une main sur l'épaule.

— Maintenant, je comprends ce que vous ressentez, Hillary, murmura-t-il, émerveillé par l'océan doré qui s'étendait devant eux. C'est magnifique !

Hillary ne fit aucun commentaire.

Avant qu'elle ait pu émettre la moindre objection, Bret avait pris ses mains dans les siennes.

— Vous avez déjà vu une tornade ?

— Evidemment, rétorqua la jeune femme, on ne peut pas passer vingt ans de sa vie dans le Kansas sans avoir vu au moins une tornade.

— Ce doit être fascinant, non ?

— Assez, oui. Je me souviens d'en avoir vécu une alors que j'avais sept ans. Elle était annoncée depuis la veille et tout le monde s'affairait à mettre les bêtes en sécurité, à renforcer portes et fenêtres, bref à s'apprêter prêt à affronter le monstre. Moi, je me tenais là, sans pouvoir détacher les yeux de l'énorme spirale noire qui se dirigeait vers nous, totalement inconsciente du danger. Tout était si calme soudain, comme si la vie s'était arrêtée à ce moment-là pour toujours. Le silence était si pesant qu'il en était presque palpable. Tout d'un coup, mon père est arrivé en courant, il m'a hissée sur ses épaules et m'a emmenée rejoindre le reste de la famille dans l'abri anticyclonique. Quelques instants plus tard, la fin du monde s'abattait sur nous.

Bret avait écouté en silence, captivé par ce souvenir d'enfant. Il adressa à Hillary ce petit sourire en coin qui avait le don de la faire chavirer.

— Hillary, murmura-t-il, vous êtes adorable !

Elle ne répondit rien et cacha son embarras en fourrant nerveusement ses mains dans les poches de sa veste. C'est alors qu'ils approchaient de la ferme qu'elle trouva le courage de lui poser la question qui lui brûlait les lèvres :

— Vous êtes venu dans le Kansas pour affaires ?

— En quelque sorte, oui.

Agacée par le laconisme de sa réponse, elle éprouva le besoin d'être méchante.

— Comment se fait-il que vous vous soyez déplacé vous-même ? Vous auriez pu envoyer un de vos subalternes, comme vous avez l'habitude de le faire.

— Il y a des questions que je préfère traiter personnellement, répondit-il toujours aussi évasivement, sans prendre ombrage du ton sarcastique de la jeune femme.

Hillary haussa les épaules dans un mouvement désinvolte destiné à exprimer toute l'indifférence que lui inspirait cette conversation.

Comme à son habitude, Bret avait su sans peine s'intégrer à ce nouveau décor et Hillary, irritée, l'observait se fondre avec la plus totale décontraction dans cette famille nombreuse qui n'était pas la sienne. Au bout d'une demi-heure tout le monde l'avait adopté. Les deux belles-sœurs d'Hillary, sous le charme, l'écoutaient avec dévotion discuter avec Tom, ses deux frères le considéraient avec le plus grand respect et sa jeune sœur semblait déjà lui vouer une adoration éternelle.

Agacée par ce qu'elle considérait comme une intrusion, elle se retira dans la cuisine en marmonnant.

— Quelle parfaite fée du logis vous faites ! ironisa Bret qui l'avait rejointe. Oh, vous avez de la farine sur le nez.

Joignant le geste à la parole il essuya d'un doigt léger la fine pellicule blanche tandis qu'Hillary étalait sa pâte à grands coups de gestes nerveux.

— Quel genre de tarte faites-vous ?

— Une tarte meringuée au citron, répondit-elle en espérant que le ton cassant qu'elle avait adopté allait le dissuader de poursuivre.

— Mmm, j'adore ça ! Ce mélange d'acidité et de douceur. Un peu comme vous.

Il s'accouda nonchalamment au plan de travail et la regarda étaler avec adresse une seconde couche de pâte.

— Vous avez l'air de bien vous débrouiller.

— Oui, mais je préfère travailler seule.

— Qu'avez-vous fait de ce fameux sens de l'hospitalité, si caractéristique des gens d'ici ?

— Reconnaissez que vous ne m'avez guère laissé le temps de l'exprimer ! Vous maîtrisez si parfaitement l'art de vous imposer tout seul !

Elle donna un dernier coup de rouleau vengeur à sa pâte et reprit en le fusillant du regard :

— Pourquoi êtes-vous venu ? Pour vérifier par vous-même l'état de la ferme dans laquelle je vis ? Pour vous moquer de ma famille et faire un rapport hilarant à Charlène dès que vous serez de retour à New York ?

Piqué au vif, Bret laissa tomber son attitude désinvolte et saisit brutalement Hillary par les épaules.

— Je vous interdis de penser ça ! Avez-vous si peu d'estime pour les membres de votre famille que vous vous permettiez d'en parler ainsi ? Et contrairement à ce que vous pensez, je trouve cette ferme très impressionnante et les gens qui y vivent extrêmement sympathiques et chaleureux. D'ailleurs, je suis quasiment tombé amoureux de votre mère.

L'étonnement se peignit sur le visage de la jeune femme tandis que toute trace de colère la désertait.

— Excusez-moi, murmura-t-elle. J'ai été stupide.

Pour tout commentaire, Bret annonça d'une voix égale :

— Je crois qu'on m'attend pour un match de base-ball.

Hillary le regarda claquer la porte derrière lui et rejoindre ses frères qui, après l'avoir accueilli dans de grandes effusions enthousiastes, lui tendirent impérativement une batte et un gant.

Sarah, venue la rejoindre, entama une discussion qu'Hillary écoutait d'une oreille distraite et à laquelle elle répondait par des hochements de tête absents.

— Tu peux les appeler, lui dit soudain sa mère d'une voix plus forte qui la tira de la rêverie profonde dans laquelle elle était plongée.

Elle alla à la porte et, machinalement, émit un sifflement strident censé signaler à tous que le repas était prêt. A peine avait-elle retiré ses doigts de la bouche, qu'elle regrettait ce qu'elle venait de faire. Voilà qu'elle se comportait de nouveau comme une sauvage, donnant en ce sens raison à Charlène !

Lorsque, à table, elle se retrouva assise à côté de Bret, elle tenta d'ignorer les battements désordonnés de son cœur et se mêla d'un air détaché à la conversation générale. Personne ne devait deviner le trouble qui l'habitait.

Un peu plus tard, alors que toute la famille se trouvait réunie dans le salon, Hillary se consacra à une course de voitures avec son neveu tout en observant à la dérobée le petit frère de celui-ci grimper sur les genoux de Bret. Ce dernier l'aida à s'installer sans pour autant interrompre la discussion passionnée qu'il menait avec Tom.

— Tu vis avec tante Hillary à New York ? demanda innocemment l'enfant.

Le bruit sec du petit camion qu'Hillary venait de laisser tomber sur le sol résonna étrangement dans toute la pièce.

— Je ne vis pas avec elle dans la même maison, mais je vis aussi à New York, répondit Bret avec simplicité, souriant du rouge qui montait aux joues d'Hillary.

— Tante Hillary m'a promis de m'emmener tout en haut de l'Empire State Building, ajouta-t-il, tout gonflé de fierté. Et je vais pouvoir cracher à des millions de kilomètres en bas. Tu peux venir avec nous si tu veux.

— J'adorerais vous accompagner, affirma Bret en ébouriffant les petites boucles brunes. Mais il faudra me dire quand vous comptez y aller.

— Je sais pas, mais tante Hillary m'a dit qu'on ira quand il n'y aura pas de vent sinon je serai tout éclaboussé, expliqua-t-il gravement du haut de ses six ans.

Un éclat de rire général accueillit le commentaire du petit garçon. Hillary se leva et le prit par la main.

— Viens avec moi dans la cuisine, nous allons voir s'il ne reste pas un morceau de tarte pour occuper cette jolie petite bouche.

La nuit commençait à tomber lorsque les frères d'Hillary et leurs petites familles respectives s'en allèrent. Elle s'attarda un moment sous la véranda, contemplant en silence la ligne d'horizon qui s'embrasait dans un majestueux mélange de pourpres. Elle ne se décida à rentrer que lorsque les étoiles se mirent à scintiller dans le ciel pur et les premiers criquets de la saison à déchirer le silence de la nuit.

On n'entendait, dans la maison redevenue étrangement calme, que le tic-tac régulier de la grosse horloge ancienne qui trônait dans le salon.

Hillary se pelotonna dans un fauteuil et suivit avec

intérêt la partie d'échecs à laquelle se livraient son père et Bret. Elle ne pouvait détacher les yeux des grandes mains carrées de ce dernier qui déplaçaient judicieusement les pièces sur l'échiquier.

— Echec et mat, annonça soudain Bret.

Tom fronça les sourcils, doutant une seconde de ce qu'il venait d'entendre, puis esquissa le sourire satisfait de celui qui vient de se découvrir un adversaire à sa mesure.

— Félicitations, mon garçon, dit-il en tirant sur sa pipe. Vous avez joué finement et je viens de passer un excellent moment.

Bret se cala confortablement dans son siège et alluma une cigarette.

— Merci, Tom, sachez que le plaisir est réciproque. J'espère que nous nous donnerons l'occasion de disputer d'autres parties comme celle-là lorsque Hillary sera devenue ma femme.

La nouvelle, énoncée avec le plus grand détachement, eut l'effet d'une bombe dans le cerveau embrumé d'Hillary. Elle le regarda, bouche bée.

— Au point de vue financier, poursuivit Bret tout aussi nonchalamment, je peux vous assurer que votre fille sera définitivement à l'abri du besoin et si elle continue à travailler ce ne sera que parce qu'elle l'aura elle-même décidé. Pour sa satisfaction personnelle.

Tom, placide, écoutait en silence.

— J'ai bien réfléchi à tout cela, enchaîna Bret en exhalant une longue bouffée de fumée, et je suis sûr à présent que le moment est venu pour moi de me marier et de fonder une famille. Hillary correspond exactement à l'épouse qu'il me faut. Une forte personnalité, belle, intelligente, surprenante parfois ! Un peu trop mince, peut-être..., conclut-il avec humour.

Tom qui, jusque-là, avait ponctué la tirade de Bret de petits hochements de tête approbateurs afficha une mine navrée.

— Pourtant sa mère et moi nous sommes donné un mal de chien pour lui faire prendre quelques kilos !

— Il y a aussi la question de son caractère, ajouta Bret en feignant de peser les avantages et les inconvénients. Mais finalement, le sens de la repartie peut être considéré comme une qualité, et puis, j'aime les femmes qui ont de l'esprit.

Hillary se leva d'un bond, incapable d'en entendre plus.

— Comment osez-vous ? explosa-t-elle en se plantant, mains sur les hanches, entre son père et Bret. Comment osez-vous parler de moi comme si j'étais une vulgaire marchandise ! Et toi, mon propre père, comment peux-tu consentir sans réagir !

— Ai-je mentionné son mauvais caractère ? demanda Bret à Tom.

Ce dernier acquiesça d'un signe de tête.

— Espèce de prétentieux ! d'arrogant ! de…

— Prends garde, Hillary, l'interrompit placidement Bret, ne m'oblige pas à te laver la bouche avec du savon.

— Vous êtes complètement fou si vous avez cru une seconde que j'allais accepter de vous épouser ! vociféra Hillary. Plutôt mourir ! Alors, vous pouvez rentrer à New York vous occuper de vos chers magazines ! conclut-elle, ivre de rage, en claquant la porte derrière elle.

Bret tira de nouveau sur sa cigarette et se tourna vers Sarah.

— Je suis sûr que votre fille voudra se marier ici. Je vous laisse donc informer votre famille et vous occuper des préparatifs, moi je me charge de ses amis new-yorkais.

— D'accord, Bret, approuva Tom. Vous avez fixé la date ?

— Le week-end prochain.

L'ampleur de la tâche à accomplir en si peu de temps parut déstabiliser Sarah : elle écarquilla les yeux, réfléchit deux secondes, puis replongea tranquillement dans son tricot.

— Vous pouvez compter sur moi.

Satisfait, Bret se leva.

— Hillary a dû se calmer à présent. Je vais la chercher.

Tom tapota sa pipe éteinte dans la paume de sa main et annonça :

— Dans la grange. Elle va toujours se réfugier dans la grange quand elle est contrariée.

Bret le remercia et quitta la pièce à grandes enjambées.

— Eh bien, Sarah, conclut Tom, il semblerait que notre fille ait trouvé chaussure à son pied.

Hillary arpentait la grange de long en large, fulminant encore contre son père et Bret.

« Pour un peu, il aurait demandé à inspecter l'état de la marchandise », enrageait-elle.

Elle se retourna, contrariée, au bruit de la porte qui grinçait sur ses gonds.

— Prête à discuter des préparatifs du mariage avec moi, chérie ? s'enquit Bret, toujours investi de son incroyable assurance.

— Je n'ai pas l'intention de discuter de quoi que ce soit avec vous ! glapit Hillary que le calme de Bret rendait hystérique. Je ne vous épouserai jamais, vous m'entendez ? Jamais, jamais, jamais ! Je préférerais épouser un… un… un nain à trois têtes !

— Pourtant, tu deviendras ma femme, riposta Bret sur le même ton, dussé-je pour cela te traîner par les cheveux jusqu'à l'autel.

— J'ai dit non, affirma Hillary en le défiant du regard. Et vous ne m'y obligerez pas !

— Vraiment ?

Pour preuve de ce qu'il avançait, il plaqua la jeune femme contre lui et lui ferma la bouche d'un baiser.

— Ne m'approchez pas ! siffla-t-elle en le repoussant brutalement. Ne m'approchez plus jamais !

— Comme tu voudras, dit Bret.

D'un geste sec qui la déséquilibra il l'envoya rouler dans l'épaisse réserve de foin odorant.

— Sale brute ! éructa Hillary en essayant vainement de se relever pour se jeter sur lui.

Mais la paille épaisse qui la retenait prisonnière l'empêchait de faire tout mouvement cohérent.

— Je n'ai fait qu'obéir à tes ordres, chérie. D'ailleurs, ajouta-t-il en se laissant tomber à son côté, je dois avouer que je t'aime mieux en position allongée.

Elle détourna la tête alors que la bouche de Bret cherchait la sienne.

— Vous ne pouvez pas faire ça, protesta-t-elle faiblement, frissonnant sous les lèvres qui, à présent, effleuraient sa gorge.

— Si, je peux, susurra-t-il en capturant la bouche qui s'était dérobée quelques instants auparavant.

S'abandonnant enfin, Hillary noua ses bras autour du cou de Bret et répondit passionnément à son baiser.

— Et maintenant, murmura ce dernier en repoussant d'un geste tendre une mèche de cheveux qui lui barrait le visage, acceptes-tu de m'épouser ?

Hillary ferma les yeux.

— Je n'arrive pas à réfléchir. Je n'arrive jamais à réfléchir quand je suis dans tes bras.

— Tu n'as pas besoin de réfléchir, chuchota-t-il tandis que ses doigts agiles faisaient sauter un à un les boutons de son corsage. Dis-moi simplement « oui », poursuivit-il en caressant la poitrine libérée et offerte à ses mains. Dis-moi simplement « oui » et tu auras tout le temps de réfléchir.

— Très bien, répondit-elle en gémissant de plaisir sous les caresses de Bret, tu as gagné. J'accepte de devenir ta femme.

— Parfait, dit-il simplement en reprenant ses lèvres.

Hillary essaya vainement de lutter contre la vague de désir qui la submergeait et qui semblait lui faire perdre toute pensée cohérente.

— Bret, protesta-t-elle mollement, tes méthodes ne sont pas très loyales.

Il haussa les épaules et resserra un peu plus son étreinte.

— Il en va de l'amour comme de la guerre, ma chérie : pour gagner, il faut savoir user de subterfuges, pas toujours loyaux, je te l'accorde.

Puis adoptant un ton grave qu'Hillary ne lui connaissait pas, il poursuivit :

— Je t'aime, Hillary. J'aime tout en toi. Ta pensée m'obsède, jour et nuit.

Hillary se sentit fondre de bonheur. Combien de fois avait-elle espéré ces mots ! Elle couvrit le visage de Bret de petits baisers tendres.

— Oh, Bret, je t'aime tant moi aussi ! Je t'aime si fort que parfois, cela en est même douloureux. Quand nous nous sommes connus, je pensais que… Enfin… quand Charlène m'a laissé entendre que vous aviez passé la nuit ensemble dans ton chalet, je…

— Attends une minute, et écoute-moi bien, la coupa Bret en prenant son visage entre ses mains. Que les choses soient bien claires, lorsque je t'ai rencontrée, j'avais déjà quitté Charlène, mais elle ne voulait rien savoir. Elle continuait à faire comme si de rien n'était !

Il marqua une pause, le temps de lui sourire et de l'embrasser, puis il reprit :

— A la minute où je t'ai vue dans le studio de Peter, je n'ai plus pu penser à aucune autre femme. Et j'étais déjà amoureux de toi avant même de te connaître.

— Comment ça ?

— Au travers de tes photos. Ton visage me hantait sans cesse.

— Et moi qui croyais que tu ne me prenais pas au sérieux !

Elle lui caressa tendrement les cheveux, attentive à ce qu'il s'apprêtait à dire.

— A vrai dire, au début, je pensais que ce n'était qu'une attirance physique. Je savais que je te désirais comme un fou, comme jamais je n'avais désiré une autre femme. Mais cette fameuse nuit, dans ton appartement, lorsque tu m'as révélé que tu n'avais encore jamais appartenu à un homme, quelque chose a basculé au fond de moi et j'ai réalisé que ce que j'éprouvais pour toi allait bien au-delà du simple désir physique.

— Pourtant tu ne m'as jamais laissée supposer le contraire.

— Tu semblais si peu concernée par une vraie relation. Tu fuyais chaque fois que je t'approchais de trop près, je ne voulais pas t'effrayer. J'ai compris qu'il te fallait du temps et c'est ce que j'ai essayé de te donner : du temps. Mais je peux t'avouer maintenant que ça n'a pas été facile et que j'ai bien manqué faillir à la promesse que je m'étais faite, lorsque nous nous sommes retrouvés tous les deux au chalet. Si Peter et June n'étaient pas arrivés à ce moment-là, les choses se seraient passées différemment.

Il s'interrompit de nouveau, dessinant du bout des doigts le contour du visage d'Hillary.

— Alors quand je t'ai entendue me cracher à la figure que tu ne voulais plus que je te tripote, j'ai failli t'étrangler de rage. Et d'incompréhension.

— Je suis désolée, Bret, j'étais en colère, je voulais que tu souffres autant que moi. Je pensais…

— Je sais aujourd'hui ce que tu pensais, mais j'ignorais alors ce que Charlène t'avait dit. Ensuite, j'ai cru que seule ta carrière t'importait, que tu n'avais pas de place dans ta vie pour autre chose ou pour quelqu'un. La dernière fois que nous nous sommes vus dans mon bureau, tu semblais si détachée, si indifférente, ne t'animant que lorsque nous avons évoqué les propositions que tu avais reçues.

— Je t'ai menti sur toute la ligne, lui murmura-t-elle en frottant sa joue contre la sienne. Aucune de ces offres ne m'intéressait, je les ai à peine lues. Je ne voulais que toi.

Bret, enfin apaisé, reprit son récit.

— Aussi lorsque June m'a finalement raconté la scène que Charlène t'avait faite au chalet et que je me suis rappelé la violence de ta réaction, j'ai commencé à comprendre. Les choses se mettaient peu à peu en place. C'est pour cette raison que je suis allé chez Bud, je voulais que nous en parlions.

Ce souvenir amena un sourire attendri sur ses lèvres.

— Mais tu n'étais pas vraiment en état d'entendre la déclaration d'amour que j'avais à te faire. Quand j'y repense, je me demande comment j'ai eu la force de te résister ! Tu étais si belle, si vulnérable !

Une nouvelle onde de désir le fit se pencher vers Hillary et prendre sa bouche tandis que ses mains dessinaient les courbes de son corps. Hillary se plaqua plus étroitement contre lui, prête enfin à se perdre avec lui dans les méandres du plaisir.

Mais un sursaut de conscience fit brusquement réagir Bret. Il s'écarta d'Hillary qui, elle, n'entendait pas renoncer si facilement aux promesses de volupté qu'elle avait pressenties et vint se blottir, enjôleuse, contre lui.

— Nous pouvons attendre encore un peu, chérie. Je ne pense pas que Tom Baxter apprécierait beaucoup que je prenne sa fille dans une meule de foin alors que nous ne sommes même pas mariés.

Il l'enlaça amoureusement et elle nicha spontanément sa tête contre l'épaule rassurante qu'il lui offrait.

— Hillary, reprit-il gravement, je ne peux pas te donner ce Kansas que tu chéris tant. Il faut que tu saches que nous ne pourrons pas vivre ici, en tout cas pas dans l'immédiat. Trop d'obligations me retiennent à New York et il y a des affaires que je ne peux tout simplement pas traiter d'ici.

— Oh, Bret..., commença Hillary.

Mais Bret ne la laissa pas poursuivre, trop anxieux de la convaincre. Il la serra un peu plus fort contre lui et reprit :

— Nous pourrions nous installer dans le Connecticut. Tu verras, c'est très beau et c'est la campagne aussi là-bas mais nous pourrons effectuer les trajets sans problème. Si tu le veux je t'achèterai une maison et tu pourras avoir tout ce que tu désires : un jardin, des chevaux, des poules, une demi-douzaine d'enfants. Nous reviendrons ici aussi souvent que nous le pourrons et puis nous irons passer de longs week-ends, juste toi et moi, dans le massif des Adirondacks que tu aimes tant maintenant !

Bret s'arrêta, alarmé par les larmes qui ruisselaient sur les joues d'Hillary.

— Ma chérie, ne pleure pas, l'implora-t-il en essuyant ses yeux. Je ne veux pas que tu sois malheureuse. Je sais combien tu es attachée à ce pays.

— Oh, Bret, je t'aime ! Je ne suis pas malheureuse, au contraire je suis follement heureuse. Tu es si gentil, si attentionné ! Peu m'importe l'endroit où nous vivrons, pourvu que ce soit avec toi et pour toujours.

— Tu en es sûre, mon amour ?

En guise de réponse, elle lui adressa un sourire rayonnant de bonheur, puis lui ferma la bouche d'un baiser.

# UNE FAMILLE POUR NOËL

# 1

Tant de choses peuvent changer en dix ans ! Jason Law s'y était préparé. Dans l'avion qui l'emmenait loin de Londres, il avait songé à toutes les différences qu'il allait trouver, et sa réflexion s'était poursuivie le long de l'interminable route qui serpentait du nord de Boston jusqu'à Quiet Valley, New Hampshire, 326 habitants — du moins quand il en était parti, dix ans auparavant. Une décennie ne s'écoulait pas sans apporter son lot de changements, même dans ce coin perdu de Nouvelle-Angleterre. Il devait y avoir eu des naissances et des décès. Maisons et boutiques avaient sûrement changé de main. Peut-être certaines avaient-elles même disparu…

Pour la énième fois depuis qu'il avait pris sa décision, Jason se trouva stupide d'être retourné voir son village natal. Après tout, il y avait fort à parier que personne ne le reconnaîtrait. Le garçon rebelle de vingt ans, frêle d'épaules et vêtu d'un jean râpé, revenait aujourd'hui sous les traits d'un homme ayant appris entre-temps à troquer la révolte contre l'arrogance de la réussite. S'il avait conservé sa silhouette élancée, celle-ci était désormais mise en valeur par des costumes sur mesure de Savile Row et de la 7e Avenue. En dix ans, le garçon désespéré, bien décidé à se faire un nom, s'était métamorphosé en homme content de lui — du moins en apparence. Car ce qui n'avait pas changé en dix ans, c'était sa nature profonde. Il était toujours en quête de ses racines, de sa véritable place. C'était la raison de sa venue à Quiet Valley.

La route décrivait toujours les mêmes courbes et zigzags à travers bois, franchissait des montagnes, exactement comme le jour où il l'avait empruntée dans la direction opposée, à bord d'un Greyhound. Le sol disparaissait sous la neige, ici parfaitement lisse, là plus cahoteux, aux endroits où des congères s'étaient formées sur les rochers. Dans le soleil, les arbres scintillaient de blancheur. Ce paysage lui avait-il manqué ? Il avait passé un hiver enfoncé dans la neige jusqu'à la taille, sur la cordillère des Andes. Un autre à suffoquer sous l'impitoyable soleil d'Afrique. Les années se confondaient mais bizarrement, sur dix ans, il se souvenait de tous les endroits où il avait passé Noël, bien qu'il ne l'ait jamais fêté. La route se rétrécit et décrivit un large virage. Il pouvait voir les montagnes couvertes de pins et saupoudrées de blanc. Oui, tout cela lui avait manqué.

La lumière du soleil se réverbérait violemment sur les amas de neige. Il mit ses lunettes de soleil, ralentit, puis s'arrêta, mû par une subite impulsion. Lorsqu'il descendit de voiture, son haleine forma des bouffées blanches dans l'air glacé. Le froid lui picota la peau mais il ne boutonna pas son manteau et ne fouilla pas ses poches à la recherche de ses gants. Il avait besoin de retrouver cette sensation. Respirer cet air rare et glacial, c'était comme inhaler des milliers de minuscules épingles. Jason parcourut les quelques mètres qui le séparaient du haut de la crête et laissa son regard plonger en contrebas, sur Quiet Valley.

Il était né dans ce village, il y avait grandi. C'est là qu'il avait fait connaissance avec le malheur — et qu'il était tombé amoureux. Même d'ici, il apercevait la maison de Faith — ou plutôt la maison de ses parents, se corrigea-t-il, et la même bouffée de rage familière l'envahit. Elle devait vivre ailleurs désormais, avec son mari, ses enfants…

Voyant qu'il serrait les poings, il se força consciencieusement à détendre ses mains. En dix ans, il avait poussé à l'extrême sa faculté de canaliser ses émotions, il en avait fait tout un art. S'il arrivait à se maîtriser dans son travail, où il rendait compte de la famine, de la guerre et des souffrances, il pouvait bien s'appliquer cette discipline à lui-même. Les sentiments qu'il avait éprouvés pour Faith étaient ceux d'un adolescent. Il était un homme aujourd'hui et, quant à elle, elle faisait partie de son enfance, au même titre que Quiet Valley. Il avait fait plus de huit mille kilomètres rien que pour se le prouver. Faisant demi-tour, il revint à sa voiture et entreprit de descendre la montagne.

De loin, sous son manteau de neige, Quiet Valley, nichée entre montagne et forêt, ressemblait à une toile de Currier & Ives. Mais en approchant du village, c'est un paysage moins idyllique et plus accessible qui s'offrit à lui. La peinture des premières maisons isolées s'écaillait par endroits. Les barrières ployaient sous la neige. Il découvrit de nouvelles habitations là où jadis s'étendaient des champs à perte de vue. Le changement. Il s'y était pourtant préparé…

De la fumée s'échappait des cheminées. Des enfants et des chiens gambadaient dans la neige. Un coup d'œil à sa montre lui indiqua qu'il était 3 h 30. L'école était finie, et cela faisait quinze heures qu'il voyageait. Le plus judicieux était d'aller voir si l'auberge du coin, la Valley Inn, existait encore et d'y prendre une chambre. Un sourire flotta sur ses lèvres : était-ce toujours le vieux M. Beantree qui tenait l'auberge ? Combien de fois Beantree lui avait-il seriné qu'il ne ferait jamais rien de bon dans la vie ? Aujourd'hui, Jason revenait nanti d'un Pulitzer et d'un Overseas Press Award pour lui prouver le contraire.

A présent, les habitations étaient plus rapprochées les unes des autres et il les reconnut. La demeure des Bedford, la maison de Tim Hawkin, celle de la veuve Merchant. Il ralentit de nouveau en passant devant la coquette maison en bardeaux bleus de la veuve. Celle-ci n'avait pas changé la couleur de la façade, remarqua-t-il, et il en fut bêtement ravi. Et devant, le vieil épicéa du jardin était déjà orné de rubans rouge vif… Cette femme s'était montrée bonne envers lui. Il n'avait pas oublié les chocolats chauds qu'elle lui préparait et l'oreille bienveillante qu'elle lui prêtait tandis qu'il discourait pendant des heures sur les voyages qu'il comptait faire, sur les endroits qu'il rêvait de voir. Quand il était parti de Quiet Valley, la veuve affichait soixante-dix ans bien sonnés, mais c'était une femme robuste, native de Nouvelle-Angleterre. Il y avait des chances pour qu'il la retrouve dans sa cuisine, en train d'alimenter patiemment son fourneau à bois tout en écoutant son cher Rachmaninov.

Les rues du village étaient nettes et dégagées. Les habitants de Nouvelle-Angleterre sont des gens pratiques et, songea-t-il, de nature aussi rude que le socle rocheux sur lequel ils s'étaient fixés. Comme prévu, le village n'avait pas changé. La quincaillerie Railings se trouvait toujours à l'angle de la rue principale et le bureau de poste occupait toujours un bâtiment en briques pas plus grand qu'un garage. La sempiternelle guirlande rouge courait d'un réverbère à l'autre, comme dans ses souvenirs de jeunesse, à la saison des fêtes. Des enfants confectionnaient un bonhomme de neige devant la maison des Litner. Les enfants de qui ? se demanda Jason. Il scruta les cache-nez rouges et les bottes brillantes, sachant que parmi ces enfants se trouvaient peut-être ceux de Faith. De nouveau la rage le submergea et il détourna le regard.

L'enseigne de la Valley Inn avait été repeinte, mais c'était bien la seule différence visible sur le bâtiment en pierre de deux étages. L'allée avait été nettoyée à fond et des deux cheminées s'échappait de la fumée en épaisses volutes. Il dépassa l'auberge, malgré lui. Il avait autre chose à faire en priorité, il le savait depuis le début. Il aurait pu tourner à l'angle de la rue, rouler jusqu'au croisement et revoir la maison où il avait grandi. Mais il n'en fit rien.

Presque au bout de Main Street, il y aurait une maison blanche et proprette, plus grande que la plupart des autres habitations, avec deux grandes baies vitrées et une large véranda. C'est là que Tom Monroe avait emmené sa toute jeune épouse. Un journaliste de l'envergure de Jason savait comment dénicher ce genre d'info. Peut-être Faith avait-elle mis aux fenêtres les rideaux en dentelle qui lui plaisaient. Tom lui avait sûrement acheté les jolis services à thé en porcelaine dont elle rêvait. Il devait avoir comblé toutes ses attentes.

Au bout de dix ans, Jason avait encore du mal à le digérer. Néanmoins, il s'exhorta au calme tout en se garant le long du trottoir. Faith et lui avaient été amis jadis, et même amants, brièvement. Il avait eu d'autres maîtresses depuis, et elle un mari. Mais il se souvenait encore d'elle à dix-huit ans : ravissante, douce et passionnée. Elle avait voulu le suivre, mais il avait refusé. Elle lui avait promis de l'attendre, mais elle ne l'avait pas fait. Il inspira profondément et descendit de voiture.

La maison était pimpante. Derrière la grande baie vitrée qui donnait sur la rue trônait un arbre de Noël, bien vert et croulant sous les décorations dans la lumière du jour. De nuit, il devait se parer d'un scintillement magique. Jason n'avait aucun doute là-dessus : Faith avait toujours cru dur comme fer au miracle de Noël.

Planté sur le trottoir, il s'aperçut qu'il luttait contre la peur. Il avait couvert des guerres et interviewé des terroristes, mais jamais il n'avait senti une appréhension semblable à celle qui lui tordait l'estomac en ce moment, debout sur ce petit trottoir balayé par la neige, face à une maison d'une blancheur immaculée, avec ses buissons de houx de part et d'autre de la porte d'entrée. Il pouvait toujours faire demi-tour. Il n'avait pas besoin de la revoir. Elle était sortie de sa vie. Puis, il vit les rideaux en dentelle aux fenêtres et son ancien ressentiment remonta à la surface, au moins aussi fort que sa peur.

Comme il s'engageait dans l'allée, une petite fille apparut en courant à l'angle de la maison, précédant de peu une boule de neige lancée avec adresse. La fillette se jeta à terre, roula et esquiva le projectile. Une seconde plus tard, elle s'était relevée et répliquait en lançant une autre boule de neige de toutes ses forces.

— En plein dans le mille, Jimmy Harding !

Dans un cri, elle se retourna en courant et fonça droit dans Jason.

— Oh, pardon !

Elle leva les yeux vers lui avec une grimace, couverte de neige de la tête aux pieds. Jason se crut revenu des années en arrière.

La gamine était le sosie de sa mère. Ses mèches brun foncé s'échappaient de sa capuche et retombaient à la diable sur ses épaules. Son petit visage triangulaire était mangé par des yeux bleus pétillants d'espièglerie. Mais c'était son sourire, ce même sourire qui semblait tout prendre à la légère, qui lui serra le cœur. Bouleversé, il recula d'un pas tandis que la petite fille brossait de la main la neige qui la recouvrait tout en le scrutant d'un œil aigu :

— C'est la première fois que je vous vois.

Il glissa les mains dans ses poches. « Mais moi, je t'ai déjà vue », songea-t-il.

— Oui. Tu habites ici ?

— Oui, mais pour la boutique, il faut faire le tour, c'est de l'autre côté.

Floc ! Une boule de neige s'écrasa à ses pieds. Elle haussa le sourcil d'un air très étudié.

— C'est Jimmy, expliqua-t-elle du ton d'une femme excédée par un soupirant. Il sait pas viser... La boutique est de l'autre côté, répéta-t-elle en se baissant pour confectionner une autre boule de neige. Vous n'avez qu'à entrer.

Elle fila, une boule de neige dans chaque main. Jimmy ne se doutait pas de ce qui l'attendait...

La fille de Faith. Il ne lui avait pas demandé son nom et il faillit la rappeler. Aucune importance. De toute façon, il ne resterait que quelques jours avant de repartir pour son prochain reportage. Il ne faisait que passer. Pour remettre les compteurs à zéro, c'est tout.

Il rebroussa chemin et fit le tour de la maison. Quel

genre de boutique Tom pouvait-il bien tenir ? De toute façon, mieux valait le voir lui en premier. Il s'en délectait presque d'avance.

Le petit atelier auquel il s'attendait s'avéra en fait être un cottage victorien miniature. Le traîneau devant la boutique contenait deux poupées grandeur nature vêtues de chapeaux haut de forme et de bonnets de laine, de capes et de bottines. Au-dessus de la porte était accrochée une enseigne fantaisie peinte à la main et qui portait l'inscription : « La Maison de Poupée ». Jason poussa la porte qui s'ouvrit dans un tintement de clochettes.

— Je suis à vous tout de suite.

En entendant sa voix, Jason sentit le sol se dérober sous ses pieds. Mais il devait faire face. Il ne pouvait pas faire autrement. Otant ses lunettes noires, il les fourra dans sa poche et regarda autour de lui.

Des meubles d'enfant étaient disposés dans la boutique à la manière d'un petit salon douillet. Des poupées de toutes formes, de toutes tailles et de tous styles occupaient les chaises, les tabourets, les étagères et les placards. Devant une cheminée pour lutin où dansaient des flammes, une grand-mère poupée était assise, vêtue d'un bonnet et d'un tablier en dentelle. L'illusion était si forte que Jason s'attendait presque à la voir se balancer sur le rocking-chair.

— Pardon de vous avoir fait attendre.

Une poupée en porcelaine dans une main et un voile de mariée dans l'autre, Faith passa le seuil.

— J'étais en plein…

Elle se figea et le voile s'échappa de sa main. Sans un bruit, il voltigea jusqu'à terre. La couleur se retira du visage de Faith, donnant par contraste un reflet presque violet à ses yeux d'un bleu profond. En réaction — ou peut-être par réflexe de défense —, elle serra la poupée contre sa poitrine.

— Jason.

# 2

Dans l'encadrement de la porte, éclairée par la faible lumière hivernale qui filtrait chichement des minuscules fenêtres, elle était encore plus ravissante que dans ses souvenirs. Il avait espéré que cela serait différent. Il avait espéré que dans ses rêves il aurait exagéré sa beauté, comme souvent dans les fantasmes. Mais elle était là, en chair et en os, et si merveilleuse qu'il en fut saisi. C'est peut-être pour cela que son sourire se fit cynique et qu'il s'adressa à elle d'une voix plutôt froide.

— Salut, Faith.

Elle était pétrifiée sur place. Il l'avait piégée comme il l'avait déjà fait tant d'années auparavant. Il ne l'avait pas su à l'époque et elle n'allait pas le lui avouer maintenant. Elle lutta pour ne pas se laisser submerger par l'émotion qu'elle réprimait depuis si longtemps au fond de son cœur, et elle y parvint.

— Comment vas-tu ? réussit-elle à articuler, les mains crispées autour de la poupée.

— Bien.

Il alla vers elle. Dieu ! Que c'était bon de voir cette lueur de panique au fond de ses yeux… Dieu ! Quelle torture de sentir qu'elle avait toujours le même parfum… Doux, frais, plein d'innocence.

— Tu es superbe, lâcha-t-il d'un ton nonchalant, l'air presque blasé.

— Tu es vraiment la dernière personne que je m'attendais à voir entrer ici.

Du moins avait-elle appris à ne plus l'attendre… Bien décidée à se maîtriser, elle relâcha son emprise sur la poupée.

— Depuis quand es-tu ici ?

— Quelques jours à peine. Ça m'a pris brusquement.

Elle rit en espérant ne pas lui sembler exagérément nerveuse.

— Comme toujours. Nous lisons beaucoup d'articles sur toi. Tu as réussi à voir tous les endroits dont tu rêvais.

— Et d'autres encore.

Elle se détourna pour s'accorder une pause, fermer les yeux et se remettre de ses émotions.

— Tu as fait la une quand tu as décroché le Pulitzer. M. Beantree s'est pavané dans tout le village comme s'il avait été ton mentor. « Un gars bien, ce Jason Law, disait-il, j'ai toujours su qu'il deviendrait quelqu'un. »

— J'ai vu ta fille.

C'était sa plus grande peur, son plus grand espoir, le rêve auquel il avait renoncé bien des années plus tôt. Faith se baissa pour ramasser le voile d'un geste nonchalant.

— Clara ?

— Là, dehors. Elle était sur le point de faire sa fête à un certain Jimmy.

— Oui, c'est bien Clara.

Un sourire illumina aussitôt son visage, étonnamment identique à celui de sa fille.

— C'est une redoutable adversaire, précisa-t-elle. Elle aurait voulu ajouter « comme son père » mais n'osa pas.

Il y avait trop à dire, trop de choses qui ne pouvaient être exprimées. Jason mourait d'envie de tendre la main vers elle pour la toucher. La toucher ne serait-ce qu'une fois pour se rappeler l'impression que cela faisait.

— Je vois que tu as tes rideaux en dentelle.

Elle se sentit envahie de regrets. Elle aurait préféré des fenêtres nues, des murs vides.

— Oui, j'ai mes rideaux en dentelles et toi, ta vie de baroudeur.

— Et cette boutique, ajouta-t-il en promenant de nouveau son regard autour de la pièce. Quand tout cela a-t-il commencé ?

« Je vais tenir le coup, se promit-elle, je vais supporter cette conversation, ces horribles banalités. »

— J'ai ouvert la boutique il y a presque huit ans maintenant.

Il saisit une poupée de chiffon dans un couffin.

— Alors, comme ça, tu vends des poupées… C'est un passe-temps ?

Quelque chose brilla au fond des yeux de Faith. Une certaine force.

— Non, c'est mon travail. Je les vends, je les répare, et parfois même j'en fabrique.

— Ton travail ? s'étonna-t-il en reposant la poupée, et le sourire qu'il lui adressa n'avait rien à voir avec de la bonne humeur. J'ai du mal à imaginer Tom approuvant que sa femme monte sa propre affaire.

— Vraiment ?

La conversation prenait un tour pénible, mais Faith installa la poupée en porcelaine sur un comptoir et entreprit d'ajuster le voile sur sa tête.

— Tu as toujours été perspicace, Jason, mais il y a longtemps que tu es parti.

Elle le dévisagea par-dessus son épaule d'un regard où ne se lisait plus ni force ni nervosité. Un regard froid, c'est tout.

— Oui, bien longtemps, répéta-t-elle. Tom et moi avons divorcé il y a huit ans. Aux dernières nouvelles, il vivait à Los Angeles. Tu vois, lui non plus n'avait guère de goût pour les petits villages. Ni pour les filles de la campagne.

Jason fut remué par un tourbillon d'émotions indéfinissables qu'il préféra ignorer pour l'instant. L'amertume constituait une parade plus aisée.

— On dirait que tu as tiré le mauvais numéro, Faith.

Elle rit de nouveau, mais froissa le voile dans sa main.

— On dirait, en effet.

— Tu ne m'as pas attendu, laissa-t-il échapper malgré lui. Il s'en voulut et lui en voulut à elle aussi.

— Tu étais parti.

Elle se tourna lentement et joignit les mains.

— Je t'avais dit que je reviendrais. Je t'avais dit que je viendrais te chercher dès que possible.

— Tu ne m'as jamais téléphoné ni écrit. Pendant trois mois j'ai…

— Trois mois ? s'exclama-t-il, ulcéré, en la saisissant par les bras. Après tout ce que nous nous étions promis, tout ce que nous espérions toi et moi, trois mois, c'est tout ce que tu étais prête à m'accorder ?

Elle l'aurait volontiers attendu toute sa vie, mais elle n'avait pas eu le choix. Luttant pour conserver une voix calme, elle le regarda droit dans les yeux. Il avait toujours le même regard : intense, impatient.

— Je ne savais pas où tu étais. Même ça, tu me l'as refusé.

Elle se dégagea de son emprise car elle éprouvait pour lui le même désir que jadis.

— J'avais dix-huit ans et tu étais parti.

— Et Tom était là.

Elle le fixa d'un air de défi.

— Et Tom était là, oui. Ça fait dix ans, Jason, et en dix ans tu ne m'as pas écrit une seule fois. Pourquoi maintenant ?

— Je me suis posé la même question, murmura-t-il, et il sortit, la laissant seule avec ses poupées.

Faith avait toujours eu des aspirations trop fantaisistes. Petite fille, elle rêvait de blancs destriers et de pantoufles de vair. Il lui fallait faire face tous les jours à la réalité d'une famille où l'on compensait le manque d'argent par un redoublement de fierté. Ses rêves, en revanche, ne se limitaient pas à la nuit.

Elle était tombée amoureuse de Jason à l'âge de huit

ans, alors qu'il en avait dix : il était bravement venu à bout de trois garçons qui l'avaient jetée à terre dans la neige. Oui, ils avaient dû s'y mettre à trois. Encore aujourd'hui Faith y repensait avec un sentiment de satisfaction. Mais c'est le souvenir de Jason volant à son secours avec rage, dispersant ses adversaires, qui était encore le plus vivace à son esprit. Il était fluet à l'époque, et portait un manteau trop grand pour lui et rapiécé aux coudes. Elle se rappelait ses yeux baissés sur elle, d'un brun si sombre sous ses sourcils froncés de contrariété. La neige recouvrait ses cheveux blond clair et donnait des couleurs à son visage. Elle avait plongé ses yeux dans ce regard et était tombée amoureuse. Il avait marmonné quelque chose à son intention, lui avait tendu la main pour l'aider à se remettre debout, et l'avait grondée pour s'être attiré des ennuis. Puis, il était parti la tête haute, ses mains nues enfoncées dans les poches de son manteau trop grand pour lui.

De toute son enfance et son adolescence, jamais elle n'avait regardé un autre garçon. Bien sûr, de temps en temps elle faisait semblant de s'intéresser à quelqu'un d'autre, mais c'était dans l'espoir que Jason Law jette un regard sur elle.

Puis, à seize ans, sa mère lui avait cousu une robe pour le bal du printemps donné à la mairie, et il l'avait enfin remarquée. Lui et plusieurs autres garçons, et toute la soirée Faith avait flirté outrageusement avec un seul but en tête : Jason Law. Maussade et provocateur, il l'avait regardée danser tour à tour avec chacun des garçons. Elle avait tout fait pour cela. De même qu'elle avait veillé à le regarder droit dans les yeux avant de sortir prendre l'air. Il l'avait suivie, exactement comme elle l'avait espéré. Elle avait fait des manières. Il s'était montré mal élevé. Et il l'avait raccompagnée chez elle sous une pleine lune rebondie.

Il y avait eu d'autres balades après ce soir-là — au printemps, en été, à l'automne et en hiver. Ils s'aimaient comme seuls s'aiment les adolescents, avec insouciance, innocence, sans penser au lendemain. Elle lui confiait ses envies de maison remplie d'enfants, de rideaux de dentelle et de tasses en porcelaine. Il lui parlait de sa passion pour les voyages, de son désir de tout voir pour ensuite en rendre compte par écrit. Elle savait qu'il étouffait dans ce petit village, bridé par un père sans amour et qui ne lui laissait que peu d'espoir. De son côté, il savait qu'elle rêvait de pièces paisibles décorées de fleurs dans des vases en cristal. Mais ils étaient attirés l'un par l'autre et mêlaient tous leurs rêves en un seul.

Puis, par une belle nuit d'été où l'air embaumait le doux parfum des herbes sauvages, ils avaient cessé d'être des enfants et leur amour avait cessé d'être innocent.

— Maman, tu es encore dans la lune…

— Comment ?

De l'eau savonneuse jusqu'aux coudes, Faith se retourna. Sa fille se tenait sur le seuil de la cuisine, douillettement enveloppée dans une robe de chambre en flanelle qui lui arrivait jusqu'au menton. Avec ses cheveux fraîchement brossés et son visage rutilant de propreté, on aurait dit un ange. Mais Faith ne s'y trompa pas.

— En effet. Tu as fini tes devoirs ?

— Oui… C'est nul d'avoir des devoirs à faire alors que c'est presque les vacances.

— A qui le dis-tu !

— Tu es de mauvais poil, constata Clara en considérant la boîte à cookies d'un œil fixe. Tu devrais aller te balader.

— Un seul, déclara Faith, décryptant sans mal les intentions de sa fille. Et n'oublie pas de te laver les dents ensuite.

Elle attendit que Clara ait plongé la main dans la boîte.

— Tu as vu un homme cet après-midi ? Grand avec des cheveux blonds ?

— Hon-hon, répondit Clara, la bouche pleine, en se tournant vers sa mère. Il venait vers la maison, alors je l'ai envoyé vers la boutique.

— Est-ce que… Est-ce qu'il t'a dit quelque chose ?

— Pas vraiment. Au début, il m'a regardée d'un drôle d'air, comme s'il me connaissait. Tu le connais, toi ?

Le cœur de Faith se mit à cogner calmement sur un rythme monotone et elle se sécha les mains.

— Oui. Il vivait ici il y a longtemps.

— Ah… Jimmy aime bien sa voiture.

Aurait-elle droit à un second cookie ?

— Je pense que je vais aller faire cette balade, Clara, mais je veux que tu ailles te coucher.

Reconnaissant le ton de sa mère, Clara comprit que le cookie devrait attendre.

— Je peux recompter les cadeaux sous l'arbre ?

— Tu les as déjà comptés et recomptés une dizaine de fois.

— Il y en a peut-être un nouveau ?

Faith la souleva de terre en riant.

— Aucune chance.

Puis elle sourit et porta Clara jusque dans le salon.

— Mais ça ne peut pas faire de mal de les compter une fois de plus.

Elle sortit dans l'air glacé à l'odeur de neige. Pourquoi fermer la porte à clé dans un village où elle connaissait tout le monde ? Resserrant son manteau autour d'elle, elle jeta un regard derrière elle en direction de la fenêtre du premier étage où dormait sa fille. Si, contre toute attente, sa maison n'était pas froide, si sa vie n'était pas vide, c'était grâce à Clara.

Elle avait laissé les lumières du sapin allumées, et les décorations colorées qui encadraient la porte lançaient des éclats festifs. Encore quatre jours avant Noël, songea-t-elle, et la magie était déjà de retour, comme chaque année. De l'endroit où elle se trouvait, le village avait le charme d'une carte postale avec ses guirlandes lumineuses, sa place avec l'arbre au sommet duquel brillait une étoile, ses réverbères allumés. Elle sentait la fumée des cheminées et l'odeur envahissante du pin.

A certains, le village pouvait sembler trop tranquille,

ennuyeux diraient d'autres. Mais Faith y avait bâti sa vie avec sa fille. Elle avait altéré le cours de sa vie pour s'adapter à celle de Clara, et cela lui convenait tout à fait.

Pas de regret, se dit-elle en lançant un dernier regard en direction de la fenêtre de sa fille. Non, aucun.

Au cours de sa promenade, le vent se leva légèrement. Il y aurait de la neige à Noël. Elle le sentait. Elle attendait cela avec impatience, brusquement ramenée au présent.

— Tu aimes toujours te balader ?

# 3

Avait-elle su qu'elle tomberait sur lui ? Peut-être. Peut-être même l'avait-elle secrètement espéré…

— Certaines choses ne changent pas, répondit-elle simplement tandis que Jason se joignait à elle.

— Un après-midi m'a suffi pour m'en rendre compte.

Il songea au village qui n'avait pratiquement pas changé. Et aux sentiments qu'il éprouvait pour la femme qui marchait à son côté.

— Où est ta fille ?

— Elle dort.

Il était plus calme que l'après-midi, et bien décidé à le rester.

— Je ne t'ai pas demandé si tu avais d'autres enfants ?

— Non.

Il perçut une note de regret dans sa voix, à peine un soupir.

— Je n'ai que Clara.

— Pourquoi as-tu choisi ce prénom ?

Faith sourit. C'était bien de lui de poser des questions auxquelles personne n'aurait songé.

— Ça vient de *Casse-Noisette*. Je voulais qu'elle sache rêver.

Comme elle-même. Enfonçant les mains dans ses poches, elle se morigéna intérieurement : ils n'étaient que deux vieux amis traversant un paisible village.

— Tu es à l'auberge ?

— Oui… (Amusé, Jason se frotta la poitrine.) Beantree s'est chargé lui-même de me monter mes bagages.

— Le gars du coin qui a réussi…

Elle se tourna vers lui pour le regarder. En un sens, c'était plus facile en se baladant ainsi. Etrange, quand elle l'avait revu, c'est l'image du jeune garçon qui s'était imposée à elle. Mais à présent, elle voyait l'homme. Ses cheveux avaient légèrement foncé, mais ils restaient très blonds. Ils n'étaient plus en bataille, mais coupés dans un style négligé très séduisant, qui laissait quelques mèches retomber sur son front. Il avait des traits si fins, avec ces pommettes saillantes… un visage qui l'avait toujours fascinée. Et sa bouche, toujours pleine, mais qui désormais affichait un pli dur qu'elle n'avait pas autrefois.

— Car tu as réussi, n'est-ce pas ? Tu as réalisé tous tes rêves.

— Presque tous.

Son regard croisa le sien et elle sentit tous ses anciens désirs affluer en elle.

— Et toi, Faith ?

Elle secoua la tête et continua à marcher, les yeux tournés vers le ciel.

— Je n'ai jamais eu autant d'aspirations que toi, Jason.

— Tu es heureuse ?

— Si l'on n'est pas heureux, c'est qu'on l'a bien cherché.

— C'est trop facile.

— Je n'ai pas vu les choses que tu as vues. Je n'ai pas eu à affronter les situations que tu as eu à gérer. Je suis quelqu'un de simple, Jason. C'était bien là le problème, n'est-ce pas ?

— Non.

Il se tourna vers elle et fit glisser ses mains sur son visage. Il ne portait pas de gants et ses doigts se réchauffèrent au contact de sa peau.

— Mon Dieu ! Tu n'as pas changé.

Comme elle restait parfaitement immobile, il passa

la main dans ses cheveux, puis redescendit le long des pointes qui lui frôlaient les épaules.

— Des centaines de fois j'ai évoqué ton image au clair de lune. Tu étais exactement comme ce soir.

— J'ai changé, Jason, protesta-t-elle, troublée. Et toi aussi.

— Certaines choses ne changent pas, lui rappela-t-il avant de céder au désir qui l'embrasait.

Quand sa bouche effleura la sienne, il sut qu'il s'était retrouvé. Tous ses souvenirs, toutes ces choses qu'il croyait perdues lui appartenaient de nouveau. Faith était douce et sentait le printemps même si autour d'eux le sol était saupoudré de neige. Sa bouche était consentante, comme la première fois qu'il avait goûté à ses lèvres. Il n'aurait su dire pourquoi, lui-même ne se l'expliquait pas, mais chaque femme qu'il avait tenue dans ses bras n'avait été que l'ombre du souvenir qu'il gardait de Faith. A présent, elle était bien réelle, blottie entre ses bras, et lui offrant ce bonheur qu'il avait oublié.

Juste une fois, se promit-elle en se fondant contre son corps. Juste encore une fois. Comment aurait-elle pu savoir que sa vie souffrait d'un tel manque ? Elle avait voulu tirer un trait sur cette partie de sa vie qui incluait Jason, tout en sachant que c'était impossible. Elle avait tenté de se convaincre que leur histoire n'était qu'une passion de jeunesse, un engouement de petite fille, mais c'était un mensonge et elle le savait. Il n'y avait jamais eu personne d'autre que lui, elle n'avait de souvenirs que d'un seul homme, et des désirs, des rêves à moitié oubliés.

Mais à cet instant, ce n'était pas un fantôme du passé qui l'enlaçait, mais bel et bien Jason, aussi réel et ardent qu'autrefois. Tout en cet homme lui était si familier : le goût de ses lèvres sur les siennes, la douceur de ses cheveux quand elle fit courir ses doigts dans ses mèches blondes, l'odeur virile, brute et sauvage, qui avait toujours été la sienne, même petit garçon. Il murmura son prénom et l'attira davantage à lui, comme si les années essayaient de les séparer de nouveau.

Elle l'enlaça, aussi consentante et fougueuse, aussi éprise que la dernière fois qu'il l'avait tenue entre ses bras. Le vent leur fouettait les chevilles, soulevant des nuages de neige tandis que le clair de lune les gardait enlacés.

Mais le passé était loin, se souvint-elle en reculant d'un pas. Et demain n'était pas encore là. Elle vivait dans le présent et c'était cela qu'il lui fallait maintenant affronter. Elle n'était plus une enfant, sans responsabilités et gonflée d'un amour si immense qu'il éclipsait tout le reste. Elle était une femme avec une enfant à élever et un foyer à créer. Jason, lui, était un nomade. Il n'avait jamais prétendu être autre chose.

— Toi et moi, c'est fini, Jason, dit-elle, mais elle lui abandonna sa main une seconde encore. C'est fini depuis longtemps.

— Non, répliqua-t-il, et il la saisit par le bras avant qu'elle n'ait pu s'écarter. Ce n'est pas fini. C'est pourtant ce que j'ai voulu croire, et j'étais revenu ici pour me le prouver à moi-même. J'ai passé la moitié de ma vie à être obsédé par toi, Faith. Ça ne sera jamais fini.

— Tu m'as quittée. (Les larmes qu'elle s'était promis de ne pas verser débordèrent de ses yeux.) Tu m'as brisé le cœur. J'ai à peine eu le temps de panser mes plaies, Jason. Je ne te laisserai pas me meurtrir une nouvelle fois.

— Il fallait que je parte, tu le sais bien ! Si tu m'avais attendu…

— Aujourd'hui ça n'a plus d'importance.

Résignée, elle secoua la tête et s'éloigna. Elle ne pourrait jamais lui expliquer pourquoi il lui avait été impossible de l'attendre.

— Ça n'a plus d'importance, parce que dans quelques jours tu seras reparti. Je n'accepterai pas que tu entres et sortes de ma vie comme un ouragan pour m'abandonner ensuite au chaos de mes émotions. Nous avons tous les deux fait notre choix, Jason.

— Mais bon sang, tu m'as tellement manqué…

Elle ferma les yeux. Quand elle les rouvrit, ils étaient secs.

— J'ai dû cesser de penser à toi. Je t'en prie, laisse-moi tranquille, Jason. Je croyais que nous pourrions être amis, mais…

— Nous l'avons toujours été.

— Toujours ne veut plus rien dire.

Néanmoins, elle tendit les mains et saisit la sienne.

— Oh, Jason… tu étais mon meilleur ami, mais je ne peux pas t'accueillir à bras ouverts pour ton retour : tu me fais bien trop peur.

— Faith, murmura-t-il en entrelaçant ses doigts autour des siens. Nous avons besoin de plus de temps, pour parler.

Elle le regarda et laissa échapper un long soupir.

— Tu sais où me trouver, Jason. Tu l'as toujours su.

— Laisse-moi te raccompagner jusque chez toi.

— Non.

Rassérénée à présent, elle sourit.

— Pas cette fois.

De la fenêtre de sa chambre, Jason jouissait d'une vue quasi imprenable sur Main Street. Il pouvait, s'il le voulait, regarder les chalands entrer et sortir du bazar, le Porterfield's Five and Dime, ou les gens qui traversaient d'un pas nonchalant la place du village. Trop souvent, son regard s'égarait vers la maison blanche située presque au bout de la rue. En proie à une agitation tenace, Jason s'était posté à la fenêtre pour voir Faith sortir de chez elle et surveiller du pas de la porte Clara qui partait à l'école en compagnie d'un groupe d'enfants. Il l'avait vue s'accroupir pour arranger le col du manteau de sa fille. Puis, du trottoir, tête nue et le dos tourné vers lui, elle avait suivi des yeux les enfants qui s'embarquaient pour une journée studieuse. Elle était restée là un long moment, les cheveux malmenés par le vent, et il avait vainement attendu qu'elle se retourne en direction de l'auberge, pour d'une certaine manière valider sa présence ici. Mais elle avait fait le tour de la maison pour aller à sa boutique sans un regard en arrière.

Et voilà que des heures plus tard, il se retrouvait à sa fenêtre, dans le même état d'agitation. Au vu du nombre de gens qu'il voyait repartir de La Maison de Poupée, le commerce de Faith était prospère. Elle travaillait sans relâche alors que lui restait posté à sa fenêtre, pas rasé, sa machine à écrire silencieuse, posée sur le bureau non loin de lui.

Il avait prévu de travailler à son roman pendant ces quelques jours — le fameux roman qu'il s'était promis d'écrire. Encore une promesse qu'il n'avait jamais été capable de tenir en raison de ses impératifs de voyages et de son métier de reporter. Il s'était dit qu'il pourrait y travailler ici, dans le calme et paisible village de son enfance, loin des exigences du journalisme et du rythme de vie effréné qu'il s'était imposé. Il s'était dit beaucoup de choses. Mais ce qu'il n'avait pas prévu, c'est qu'il se découvrirait aussi fou amoureux de Faith qu'il l'avait été à vingt ans !

Il s'écarta de la fenêtre et considéra fixement sa machine à écrire. Il y avait là des documents, les notes qui gonflaient des enveloppes de papier kraft, les pages inachevées de son manuscrit. Il n'avait qu'à s'asseoir et s'astreindre à travailler toute la journée ainsi qu'une bonne partie de la nuit. Il avait la discipline requise pour ce genre d'exercice. Mais sa vie ne se bornait pas à un livre laissé en plan, il y avait autre chose. Et il était en train d'en prendre conscience.

Quand il fut rasé et habillé, il était déjà midi passé. Il songea brièvement à traverser la rue pour aller vérifier que Mindy's servait toujours la meilleure soupe maison du village. Mais il n'était pas d'humeur pour une conversation de comptoir. Il prit délibérément la direction du sud — loin de Faith. Pas question de se ridiculiser en lui courant après.

En marchant, il passa devant une demi-douzaine d'anciennes connaissances. On l'accueillit avec des tapes dans le dos, des poignées de main et une curiosité avide. Au cours de ses nombreuses pérégrinations, il avait flâné sur la Rive gauche, remonté Carnaby Street et suivi les ruelles étroites de Venise. Après dix ans d'absence, la promenade le long de Main Street lui parut tout aussi fascinante. Il y avait une enseigne de coiffeur dont la spirale rouge tournoyait sur elle-même, s'enroulant à l'infini le long de son axe. Devant une boutique de vêtements, un Père Noël en carton grandeur nature faisait signe aux passants d'entrer.

Avisant un étalage de poinsettias, Jason se glissa à l'intérieur de la boutique et acheta le plus gros qu'il pouvait porter. La vendeuse était une ancienne camarade de terminale et elle lui tint la jambe dix bonnes minutes avant qu'il puisse s'esquiver. Il s'était attendu à ce qu'on lui pose des questions mais n'avait pas prévu qu'il serait devenu la gloire du village. Amusé, il redescendit la rue comme il l'avait déjà fait tant de fois auparavant. Arrivé devant la maison de la veuve Merchant, il ne prit pas la peine de passer par la porte d'entrée. Selon sa vieille habitude, il fit le tour et frappa à la double porte de derrière. Elle grinçait toujours, détail qui le transporta de joie.

Quand la veuve eut ouvert la porte et que ses yeux vifs l'eurent scruté entre les feuilles rouges des fleurs de poinsettia, il se rendit compte qu'il lui souriait comme à dix ans.

— Il était temps, lâcha-t-elle en le laissant entrer. Essuie-toi les pieds.

— Bien, m'dame.

Jason frotta ses chaussures contre le rude paillasson avant de poser le poinsettia sur la table de la cuisine.

Du haut de son mètre cinquante, la veuve le considéra, les mains sur les hanches. Elle était un peu courbée par l'âge et son visage arborait toute une harmonie de plis et de rides. Son tablier à bavette était maculé de farine. Jason sentit l'odeur des cookies dans le four et entendit le son majestueux de la musique classique s'échappant des enceintes du salon. La veuve hocha la tête à la vue des fleurs.

— Tu as toujours aimé les grandes déclarations.

Lorsqu'elle se tourna pour le détailler de pied en cap, il se redressa d'instinct.

— Tu as forci à ce que je vois, mais quelques kilos de plus ne te feraient pas de mal. Allez, viens m'embrasser.

Il se pencha pour déposer consciencieusement un léger baiser sur sa joue, puis à sa grande surprise, il se retrouva à la serrer contre lui. Il la sentit fragile. Il ne s'en était pas aperçu en la regardant, mais elle gardait le parfum des bonnes choses de l'enfance : le savon, la poudre et le sucre chaud.

— Vous n'avez pas l'air étonnée de me voir, murmura-t-il en se redressant.

— Je savais que tu étais ici.

Elle lui tourna le dos pour s'affairer autour du four afin de dissimuler ses yeux remplis de larmes.

— L'encre de ta signature sur le registre de l'auberge n'était pas encore sèche que j'étais déjà au courant. Il faut que je sorte ces cookies du four.

Il s'assit et garda le silence pendant qu'elle s'activait, digérant le sentiment réconfortant d'être rentré à la maison. C'est ici qu'il avait toujours pu trouver refuge étant enfant. Tandis qu'il la regardait s'affairer aux fourneaux, elle entreprit de faire chauffer du chocolat dans une petite casserole cabossée.

— Tu restes combien de temps ?

— Je n'en sais rien. Normalement, je suis censé être à Hongkong dans quinze jours.

— Hongkong ?

La veuve eut une moue méprisante tout en disposant les cookies sur une assiette.

— Tu es allé partout où tu rêvais d'aller, Jason. Etait-ce aussi palpitant que ce que tu t'imaginais ?

— Certains endroits, oui.

Il s'étira les jambes. Il avait oublié ce que c'était que la sensation de pouvoir se détendre le corps, l'âme et l'esprit.

— D'autres, non.

— Et maintenant, tu es rentré au pays, constata-t-elle en allant poser les cookies sur la table. Pourquoi ?

Avec toute autre personne, il aurait pu se contenter de rester dans le vague. Il pouvait même se mentir à lui-même. Mais cette femme n'admettrait que la vérité.

— Faith.

— Toujours Faith.

De retour au fourneau, elle remua le chocolat. Jason avait été un enfant perturbé et, adulte, il continuait à traîner son mal-être.

— Tu as su qu'elle avait épousé Tom ?

Et avec la veuve Merchant, inutile de dissimuler son amertume.

— Six mois après mon départ, j'ai appelé chez elle. J'avais décroché un boulot chez *Today News*. On m'avait affecté à un bureau minable à Chicago, mais pour moi, c'était quelque chose. J'ai appelé Faith, mais je suis tombé sur sa mère. Elle a fait preuve de beaucoup de gentillesse, de compassion même, pour m'apprendre que Faith était mariée, mariée depuis trois mois, et qu'elle attendait un bébé. J'ai raccroché et j'ai noyé mon chagrin dans l'alcool. J'ai bu jusqu'à l'ivresse. Le lendemain matin, je suis parti pour Chicago.

Il prit un cookie dans l'assiette et haussa les épaules.

— La vie continue, pas vrai ?

— Oui, la vie continue, bon an mal an. Mais tu sais qu'elle est divorcée à présent ?

— Nous nous étions fait une promesse. Et elle a épousé quelqu'un d'autre.

La veuve poussa un soupir exaspéré, tel un jet de vapeur s'échappant d'une bouilloire.

— Tu es devenu un homme, à ce que je vois, tu n'es plus un gamin impétueux. Faith Kirkpatrick…

— Faith Monroe, rectifia-t-il.

— Bon, bon, d'accord…

Patiemment, elle versa le chocolat chaud dans les mugs. Après les avoir posés sur la table, elle s'assit en poussant un soupir tranquille.

— Faith est une femme forte et magnifique, à tous points de vue. Elle élève seule sa petite fille et s'en sort remarquablement bien. Elle a monté un commerce et le fait prospérer. Seule. Et crois-moi, j'en connais un rayon sur la solitude…

— Si elle m'avait attendu…

— Eh bien, elle ne l'a pas fait. Quant à ses raisons, je préfère garder mon opinion pour moi.

— Pourquoi a-t-elle divorcé de Tom ?

La vieille femme se carra dans son fauteuil, laissant ses coudes reposer sur les accoudoirs usés.

— Il l'a quittée alors que Clara n'avait que six mois.

Les doigts de Jason se crispèrent sur l'anse de son mug.

— Il l'a quittée, comment ça ?

— Tu devrais savoir ce que ça signifie. Tu as fait la même chose. (Elle saisit son mug de chocolat à deux mains.) Je veux dire par là qu'il a pris ses cliques et ses claques et qu'il est parti. Faith est restée avec la maison — et les factures. Il a vidé le compte en banque et s'en est allé dans l'Ouest.

— Mais sa fille…

— La dernière fois qu'il l'a vue, elle était encore en couche-culotte. Faith s'est débrouillée seule. Après tout, il lui fallait penser à son enfant, même si c'était à son propre détriment. Ses parents l'ont soutenue. Ce sont des gens bien. Elle a emprunté et monté sa boutique de poupées. Nous sommes fiers d'elle ici.

Jason regarda fixement par la fenêtre, là où s'étendaient les rameaux d'un vieux sycomore, dégouttant de neige et de glace.

— Donc quand je suis parti, elle a épousé Tom et c'est lui ensuite qui est parti ? On dirait que Faith a le don de tirer le mauvais numéro.

— Tu crois ?

Il avait oublié à quel point sa voix pouvait être sèche et il eut du mal à réprimer un sourire.

— Clara ressemble à Faith.

— Mmm… Elle tient beaucoup de sa mère. (La veuve sourit, le nez dans son mug.) Mais j'ai toujours su déceler les traits de son père chez elle. Ton chocolat est en train de refroidir, Jason.

Il en prit une gorgée, l'air absent. La saveur du chocolat fit affluer les souvenirs à sa mémoire.

— Je ne m'attendais pas à retrouver ce sentiment d'appartenance à Quiet Valley. C'est drôle. Du temps où je vivais ici, je n'avais pas cette impression comme je l'éprouve aujourd'hui.

— Tu n'es pas encore retourné voir ton ancienne maison ?

— Non.

— C'est un couple très sympathique qui y habite maintenant. Ils ont fait construire une véranda à l'arrière.

Cela ne signifiait rien pour lui.

— Cet endroit n'a jamais été un foyer pour moi. (Il posa son mug de chocolat et prit la main de la vieille dame.) Contrairement à cette maison. Vous êtes la seule mère que j'ai jamais eue.

La main de la veuve, fine et sèche comme du parchemin, agrippa la sienne.

— Ton père était un homme dur, et perdre ta mère si jeune n'a peut-être pas arrangé son caractère.

— A sa mort, je n'ai ressenti que du soulagement. Et je n'en éprouve même pas de regrets. C'est peut-être pour ça que je suis parti à ce moment-là. Mon père mort, la maison vendue, le moment me semblait bien choisi.

— Il l'était peut-être, pour toi. Et peut-être qu'une même occasion propice se représentera. Tu n'étais pas un bon garçon, Jason. Mais tu n'étais pas un mauvais gars non plus. Accorde-toi donc un peu de ce temps que tu voulais tellement prendre de vitesse il y a dix ans.

— Et Faith ?

La vieille dame se renfonça de nouveau dans son siège.

— Si je me souviens bien, tu ne l'as pas beaucoup courtisée. J'ai plutôt l'impression que cette fille te tournait autour en affichant clairement ses intentions. Un homme comme toi, qui a roulé sa bosse, devrait savoir comment conter fleurette à une femme. Tu as probablement appris à faire de belles phrases.

Il se servit un autre cookie et mordit dedans.

— Une ou deux expressions…

— Je n'ai jamais vu une femme rester indifférente à de beaux discours.

Il se pencha pour lui baiser les deux mains.

— Vous m'avez manqué.

— Je savais que tu reviendrais. A mon âge, on sait attendre. Va reconquérir ta petite amie.

— C'est ce que je vais peut-être faire, en effet.

Il se leva et enfila son manteau.

— Je reviendrai vous voir.

— J'y compte bien.

Elle patienta le temps qu'il ouvre la porte.

— Jason… Boutonne ton manteau.

Elle ne sortit son mouchoir que lorsque la porte se fut refermée sur lui.

# 4

Lorsqu'il se retrouva dehors, le soleil brillait haut dans le ciel. De l'autre côté de la rue, un bonhomme de neige était en train de perdre ses rondeurs à vue d'œil. Jason retrouva les rues telles qu'elles lui étaient apparues la veille en arrivant au village : pleines d'enfants tout juste sortis de l'école. Il éprouva lui-même une bouffée de liberté. Se dirigeant vers le nord, il vit une fille s'écarter d'un groupe d'enfants pour venir vers lui. Même emmitouflée comme elle l'était dans son bonnet et son écharpe, il reconnut Clara.

— 'Scusez-moi, vous viviez ici avant ?

— Absolument.

Il avait envie de rentrer les mèches de la petite fille sous son bonnet mais se retint.

— Ma mère me l'a dit. Aujourd'hui à l'école, la maîtresse nous a dit que vous étiez parti et que vous étiez devenu célèbre.

Il ne put réprimer un large sourire.

— Eh bien, disons simplement que je suis parti, oui.

— Et vous avez eu un prix. Comme le frère de Marcie qui a gagné un trophée au bowling.

Il songea à son Pulitzer et parvint, non sans mal, à garder son sérieux.

— Quelque chose comme ça.

Aux yeux de Clara, il n'avait rien d'exceptionnel, elle ne le voyait pas comme un baroudeur ayant parcouru le monde. La petite fille plissa les yeux :

— Vous êtes vraiment allé à tous ces endroits comme les gens racontent ?

— Ça dépend de ce qu'ils racontent.

D'un accord tacite, ils se mirent à marcher ensemble.

— J'ai été à certains endroits.

— A Tokyo, par exemple ? C'est la capitale du Japon, on l'a appris à l'école.

— Oui, à Tokyo, par exemple.

— Vous avez mangé du poisson cru ?

— Ça m'est arrivé.

— Berk, c'est vraiment dégoûtant !

Mais elle semblait plutôt ravie. Elle se baissa pour ramasser une poignée de neige sans ralentir son allure.

— C'est vrai qu'en France ils écrasent le raisin avec leurs pieds ?

— Je ne l'ai jamais vu faire, mais je l'ai entendu dire.

— Je suis sûre que je boirai jamais de vin après ça. Est-ce que vous êtes déjà monté sur un chameau ?

Il la regarda lancer son projectile contre un tronc d'arbre.

— Figure-toi que oui.

— C'était comment ?

— Inconfortable.

Elle le crut volontiers car elle s'était déjà fait la même réflexion.

— La maîtresse nous a lu un de vos articles aujourd'hui. Celui sur la tombe qu'on a découverte en Chine. Vous avez vu les statues ?

— Oui.

— C'était comme dans *Les Aventuriers de l'Arche perdue* ?

— Comme dans quoi ?

— Vous savez bien, le film avec Indiana Jones…

Il lui fallut un moment pour comprendre, puis il rit. Instinctivement, il lui rabattit son bonnet sur les yeux.

— Un peu, oui.

— Vous écrivez bien.

— Merci.

Ils se tenaient sur le trottoir devant sa maison. Jason leva les yeux, surpris. Il ne s'était pas rendu compte qu'ils avaient parcouru autant de chemin et regretta de ne pas avoir ralenti le pas.

— On a un exposé à faire sur l'Afrique, dllara Clara en fronçant le nez. Il faut que ça fasse cinq pages. Mle Jenkins veut qu'on l'ait fini après les vacances de Noël.

— Depuis combien de temps tu as ce devoir ?

Il n'avait pas oublié son passé d'écolier…

Clara dessina un cercle dans la neige, au bord de la pelouse de sa maison.

— Une quinzaine de jours.

Oui, constata-t-il avec plaisir, ses souvenirs étaient exacts…

— Je suppose que tu l'as déjà commencé.

— Euh, si on veut…

Elle lui adressa son fameux sourire éclair, lumineux.

— Vous êtes allé en Afrique, pas vrai ?

— Deux ou trois fois.

— Vous devez tout savoir sur le climat, la culture et ce genre de trucs… ?

Il la considéra avec un grand sourire.

— Disons que j'ai quelques connaissances.

— Vous pourriez peut-être rester manger chez nous ce soir ?

Sans lui laisser la possibilité de répliquer, elle le prit par la main et lui fit contourner la maison pour l'amener à la boutique.

Ils trouvèrent Faith en train d'emballer une poupée dans une boîte. Ses cheveux étaient relevés en chignon et elle portait un pull ample sur un jean. Elle riait des propos d'une cliente.

— Lorna, vous savez que vous n'auriez pas pu l'avoir autrement.

— Bah, n'importe quoi !

La femme posa la main sur son énorme ventre et soupira.

— Je voulais vraiment que ce bébé arrive avant Noël.

— Il vous reste encore quatre jours.

— Salut, maman !

Faith se tourna pour sourire à sa fille. Apercevant Jason, elle laissa échapper de sa main la pelote de ruban qui se dévida à ses pieds en un flot écarlate.

— Clara, tu ne t'es pas essuyé les pieds, parvint-elle à dire sans quitter Jason du regard.

— Jason ! Jason Law.

La femme se précipita sur lui et le saisit par les deux bras.

— Lorna… Lorna McBee !

Il contempla le joli visage rond de son ancienne voisine.

— Bonjour, Lorna, la salua-t-il — et il baissa rapidement le regard sur elle. Félicitations.

Une main sur son ventre, celle-ci se mit à rire.

— Merci, mais c'est mon troisième.

Il revit la fille maigre et désagréable qui vivait à côté de chez lui.

— Trois ? Tu n'as pas perdu de temps.

— Bill non plus. Tu te souviens de Bill Easterday, non ?

— Tu as épousé Bill ?

Il se rappelait un garçon qui traînait sur la place du village à chercher les ennuis. En certaines occasions, Jason lui en avait fourni le prétexte.

— Je l'ai mis au pas.

A la vue de son sourire, il la crut bien volontiers.

— C'est lui qui tient la banque. (Elle gloussa devant la mine que fit Jason.) Sans blague, tu n'as qu'à y passer un de ces quatre. Il faut que je mette cette boîte sous clé dans un placard avant que mon aînée ne puisse la voir. Merci Faith, c'est absolument ravissant.

— J'espère que la poupée lui plaira.

Pour s'occuper les mains, Faith entreprit de rembobiner la pelote de ruban. Un courant d'air froid s'engouffra dans la boutique lorsque Lorna s'esquiva, mais fut interrompu quand la porte se referma derrière elle.

— C'était la poupée en robe de mariée ? s'enquit Clara.

— Oui.

— Trop tarte. Je peux aller chez Marcie ?

— Et tes devoirs ?

— J'en ai pas, à part cet exposé débile sur l'Afrique. Il va m'aider à le faire.

Jason haussa un sourcil en voyant le sourire que lui adressa Clara.

— Pas vrai ?

Comment résister à un tel regard ?

— Oui, c'est d'accord.

— Mais Clara, tu ne peux pas…

— Puisque je te dis que c'est d'accord : je l'ai invité à dîner.

Elle la dévisagea, hilare. Sa mère ne manquerait pas d'être prise à son propre piège : elle lui rebattait suffisamment les oreilles avec son obsession des bonnes manières !

— C'est les vacances ce soir, alors je peux faire cet exposé après le repas, hein ?

Jason décida de venir à sa rescousse.

— Une fois, j'ai passé six semaines en Afrique. Clara pourrait obtenir un A.

— Ça ne lui ferait pas de mal, marmonna Faith.

Ils la regardaient. Mais son cœur leur appartenait déjà à tous les deux.

— Je crois que je ferais mieux d'aller préparer le repas.

Faith n'avait pas fermé la porte de La Maison de Poupée et retourné le panonceau « Fermé » côté rue, que Clara filait déjà dans le jardin des voisins.

— Désolée si elle t'a embêté, Jason. Elle a l'habitude de harceler les gens de questions.

— Je l'aime beaucoup, répondit-il simplement, et il observa Faith s'affairer maladroitement avec le loquet.

— C'est très gentil de ta part, mais ne te sens pas obligé de l'aider à faire cet exposé.

— J'ai dit que je l'aiderais. Je tiendrai ma promesse, Faith. Tôt ou tard, ajouta-t-il en effleurant l'une de ses épingles à cheveux.

Elle fut forcée de croiser son regard. Impossible de faire autrement.

— Evidemment, tu es le bienvenu à la maison ce soir.

Elle tripotait les boutons de son manteau tout en parlant.

— J'avais prévu de faire frire du poulet.

— Je vais te donner un coup de main.

— Non, ce n'est pas la…

Il l'interrompit en refermant sa main sur la sienne.

— Je ne te rendais pas si nerveuse, avant.

Avec effort, elle se reprit.

— Non, c'est vrai.

Dans quelques jours, il serait parti. Sorti de sa vie. Peut-être devrait-elle profiter du peu de temps qui lui était accordé ?

— Très bien, tu peux venir m'aider.

Il lui prit le bras pour traverser la pelouse. Bien que percevant sa résistance initiale, il fit mine de l'ignorer.

— Je suis allé voir la veuve Merchant. J'ai eu droit à des cookies tout juste sortis du four.

Faith se détendit et elle poussa la porte de la cuisine.

— Elle garde le moindre entrefilet signé de ton nom.

La cuisine était deux fois plus grande que celle qu'il venait de quitter et les dessins affichés sur le réfrigérateur tout comme la paire de chaussons ouatinés balancés dans un coin témoignaient de la présence d'un enfant. Se mouvant avec aisance, Faith alla mettre la bouilloire sur le feu avant d'ôter son manteau. Elle le suspendit à une patère près de la porte, puis se retourna pour prendre celui de Jason. Les mains de ce dernier se refermèrent sur les siennes.

— Tu ne m'avais pas dit que Tom t'avait quittée.

Elle savait qu'on se serait vite chargé de le lui dire ou qu'il n'aurait pas mis longtemps à l'apprendre de toute façon.

— Ce n'est pas le genre de détail que j'ai en permanence à l'esprit. Du café ?

Elle drapa son manteau sur un crochet et se tourna vers lui, mais il lui bloqua délibérément le passage.

— Qu'est-ce qui s'est passé, Faith ?

— Nous avons commis une erreur.

Elle énonça cette constatation calmement, avec même une certaine froideur dans la voix. C'était la première fois qu'il l'entendait s'exprimer sur ce ton.

— Mais il y avait Clara…

— Arrête.

La colère envahit immédiatement son regard et demeura au fond de ses yeux, brûlante.

— Laisse tomber, Jason, je ne plaisante pas. Clara, c'est mon affaire. Mon mariage et mon divorce, ça me regarde. Tu ne peux pas revenir maintenant et espérer obtenir des réponses à tout.

Ils restèrent un moment face à face en silence. Quand la bouilloire émit un sifflement, Faith sembla s'être ressaisie.

— Si tu veux m'aider, tu peux éplucher quelques pommes de terre. Elles sont là-bas, dans le garde-manger.

Elle s'activait machinalement, remarqua-t-il avec colère. Elle mit de l'huile à chauffer dans une poêle et en enduisit le poulet. Il connaissait bien son caractère. Il en avait déjà fait les frais auparavant, l'évitant parfois, l'affrontant tête baissée à d'autres moments. Il savait aussi comment faire retomber la pression. Il se mit à parler, presque pour lui-même, de certains des endroits où il était allé. Quand il lui raconta comment il avait trouvé à son réveil un serpent enroulé contre sa tête alors qu'il campait en Amérique du Sud, elle éclata de rire.

— Sur le moment, je n'ai pas trouvé ça très drôle. Je suis sorti de la tente en cinq secondes chrono, nu comme un ver. Mon photographe a pris toute une pellicule de clichés fort intéressants. J'ai dû lui filer un billet de cinquante dollars en échange des négatifs.

— Je suis sûre qu'ils valaient davantage. Tu n'as pas mentionné le serpent dans ta série d'articles sur San Salvador.

— Non. (Intéressé, il posa son couteau économe.) Tu l'as lu ?

Elle disposa les morceaux de poulet dans l'huile chaude.

— Bien sûr. J'ai lu tous tes articles.

Il mit les pommes de terre dans l'évier pour les laver.

— Tous ?

Son intonation la fit sourire mais elle resta le dos tourné.

— Ne t'emballe pas, Jason. Ton ego t'a toujours joué des tours. J'estime à quatre-vingt-dix pour cent la proportion d'habitants de Quiet Valley à avoir lu tous tes articles. C'est comme si nous avions tous un peu participé à ta réussite. (Elle régla la flamme sous la poêle.) Après tout, tu es le seul du coin à avoir dîné à la Maison Blanche.

— La soupe était claire…

Pouffant de rire, elle mit une casserole d'eau sur le feu et y jeta les pommes de terre.

— Je suppose que dans certaines situations, il faut prendre les choses comme elles viennent — sans faire le difficile, si j'ose dire. J'ai vu une photo de toi il y a deux ans, poursuivit-elle d'une voix neutre en rajustant une épingle dans ses cheveux. Elle a été prise à New York, je crois. Tu avais une femme à moitié nue à ton bras.

Il se retourna vivement.

— Vraiment ?

— Enfin, elle n'était pas à moitié nue à proprement parler, temporisa Faith. Je suppose qu'elle en avait l'air parce qu'elle avait bien plus de cheveux que de robe. Blonde — très blonde si je me souviens bien. Avec, comment dire… une poitrine opulente.

Il se passa la langue sur les dents.

— On rencontre des tas de gens intéressants dans mon boulot.

— Apparemment.

Avec l'efficacité née de l'habitude, elle retourna le poulet. L'huile grésilla.

— Tu dois trouver ça très stimulant.

— Pas autant que cette conversation.

— Si ma cuisine ne te convient pas…, murmura-t-elle.

— C'est ça… Il commence à faire sombre. Clara ne devrait-elle pas être rentrée ?

— Elle est chez les voisins d'à côté. Elle sait qu'elle doit être à la maison avant 5 h 30.

Il alla néanmoins à la fenêtre et jeta un regard en direction de la maison voisine. Faith étudia son profil. Il était devenu plus affirmé, plus rude. Cela devait correspondre à l'évolution de son caractère : Jason avait dû s'endurcir, forcément. Que restait-il du garçon qu'elle avait follement aimé ? Peut-être que ni l'un ni l'autre n'aurait su le dire.

— J'ai beaucoup pensé à toi, Faith.

Même s'il lui tournait le dos, elle pouvait presque sentir ses mots courir sur sa peau.

— Mais surtout à cette époque de l'année. En général, j'arrive à te bannir de mes pensées quand j'ai du travail, des échéances à respecter, mais à Noël, tu ne me laisses aucun répit. Je me souviens de chaque Noël que nous avons passé ensemble, de la façon dont tu me traînais dans les magasins. Ces quelques années avec toi ont compensé toutes les fois où, gamin, je me suis réveillé seul face au vide.

Le cœur de Faith s'enfla d'une compassion familière.

— Ton père n'arrivait pas à affronter les fêtes de fin d'année, Jason. Il n'arrivait pas à s'en sortir sans ta mère, c'est tout.

— Je le comprends mieux maintenant… Maintenant que je t'ai perdue.

Il se retourna. Elle ne le regardait pas ; elle était penchée au-dessus de la cuisinière, l'air concentré.

— Toi aussi, tu passes tes Noëls seule ?

— Non, moi j'ai Clara.

Il alla vers elle et sentit qu'elle se contractait.

— Personne pour remplir le bas de Noël avec toi ou partager des secrets à propos des cadeaux disposés sous le sapin ?

— Je me débrouille. Pour être heureux, il faut accepter de faire des changements dans sa vie.

— Oui…, approuva-t-il en lui saisissant le menton entre le pouce et l'index. Je commence à le croire.

La porte s'ouvrit en grand. Trempée et hilare, Clara se tenait dégoulinante sur le paillasson.

— On a fait des anges dans la neige.

Faith haussa un sourcil.

— C'est ce que je vois. Bon, tu as un quart d'heure pour ôter tes vêtements mouillés et mettre la table.

Clara se dépêtra de son manteau.

— Je peux allumer le sapin ?

— Vas-y.

— Viens voir ! s'écria Clara en tendant la main à Jason. C'est le plus beau de toute la rue !

Assaillie d'émotions, Faith les regarda sortir ensemble.

# 5

A la fin du repas, Faith était toujours aussi bouleversée. Elle savait que sa fille était une enfant sociable, parfois même trop, mais Clara s'était attachée à Jason comme à un ancien ami perdu de vue. Elle bavardait avec lui comme avec une vieille connaissance.

Cela saute aux yeux, songea Faith en regardant Clara empiler les assiettes. Ni l'un ni l'autre ne paraissait s'en apercevoir. Que ferait-elle si cela arrivait ? Elle ne croyait pas au mensonge, et pourtant elle avait été forcée de vivre en plein dedans.

Ils s'installèrent avec les manuels scolaires de Clara sans véritablement prêter attention à elle. Dans le style fluide et aisé qui lui était naturel, Jason commença à discourir sur l'Afrique : le désert, les montagnes, la jungle profonde et luxuriante qui fourmillait de vie et de dangers.

Leurs têtes se rejoignirent au-dessus d'une photo dans un livre de Clara et, en les regardant, Faith fut envahie par un sentiment de panique.

— Je vais à côté, annonça-t-elle impulsivement. J'ai beaucoup de travail en retard.

— Hon-hon…

Et sur ce, Jason ne s'intéressa plus à elle. Un rire monta dans sa gorge jusqu'à devenir douloureux. Saisissant son manteau, Faith prit la fuite.

Pour elle, les poupées étaient bien plus que de simples jouets. Certainement bien davantage qu'un simple commerce. Les poupées qui peuplaient sa boutique représentaient la jeunesse, l'innocence, la foi dans les miracles. Elle avait voulu ouvrir le magasin peu après la naissance de Clara, mais Tom s'y était opposé de façon catégorique. Comme elle se sentait redevable envers lui, elle avait laissé filer, comme pour tant d'autres choses. Ensuite, quand elle s'était retrouvée seule avec une enfant à nourrir, monter sa boutique lui avait paru tout naturel.

Elle y travaillait des heures et des heures pour tenter d'atténuer le vide que même l'amour qu'elle éprouvait pour sa fille n'arrivait pas à combler.

Dans son atelier à l'arrière de la boutique, il y avait des étagères recouvertes de pièces détachées et d'éléments disparates de poupées. Des têtes en porcelaine, des jambes et des torses en plastique. Dans une autre section se trouvaient les malades et les blessées. Des poupées au bras cassé ou au corps abîmé qu'on lui apportait à réparer. Même si la vente lui plaisait, elle éprouvait une immense joie créatrice à confectionner ses propres poupées ; rien ne la satisfaisait tant que de récupérer un jouet auquel tenait un enfant pour lui rendre son aspect originel. Elle alluma la lumière, la radio et se mit à l'ouvrage.

C'était un travail apaisant. Au fur et à mesure que le temps passait, sa nervosité s'atténua. A l'aide d'un crochet et d'élastiques, avec de la colle et un soin minutieux, elle ramenait le sourire aux poupées sans visage. Certaines se voyaient octroyer de nouveaux vêtements ou une nouvelle coupe de cheveux, tandis que d'autres ne nécessitaient qu'un fil et une aiguille maniés par une main experte.

Saisissant une poupée de chiffon en lambeaux, elle se mit à fredonner.

— Tu vas réparer ça ?

Surprise, elle manqua se piquer avec l'aiguille. Les mains dans les poches, Jason se tenait dans l'encadrement de la porte, à l'observer.

— Oui, c'est mon métier. Où est Clara ?

— Elle s'est pratiquement endormie sur son livre. Je l'ai mise au lit.

Faith fit mine de se lever.

— Oh, alors je…

— Elle dort, Faith, avec une espèce de boule de poils verte qu'elle appelle Bernardo.

Décidée à prendre les choses avec calme, Faith se rassit.

— Oui, c'est sa peluche préférée. Clara n'est pas très branchée poupées traditionnelles.

— Contrairement à sa mère ?

Intéressé, il se mit à déambuler dans l'atelier.

— Je croyais que lorsqu'un jouet était cassé ou usé, on s'en débarrassait.

— Trop souvent, hélas. J'ai toujours trouvé cette attitude révélatrice d'un manque de reconnaissance envers un objet qui nous a rendus heureux.

Jason saisit une tête en plastique souple, chauve et lisse, qui lui souriait.

— Tu as peut-être raison, mais je ne vois pas ce qu'on peut faire pour sauver de la poubelle le tas de chiffons que tu tiens à la main.

— Beaucoup de choses.

— Tu crois toujours aux miracles, Faith ?

Elle leva les yeux brièvement et, pour la première fois, elle lui adressa un sourire vraiment sincère, accompagné d'un regard chaleureux.

— Oui, bien sûr que j'y crois. Surtout en période de Noël.

Ce fut plus fort que lui : il tendit la main et lui effleura la joue.

— Je t'ai déjà dit que tu m'avais manqué. Mais je ne m'étais pas rendu compte à quel point.

Faith sentit la passion se réveiller en elle et un désir inassouvi s'emparer de tout son corps. Elle feignit l'indifférence et se concentra sur la poupée.

— C'est très gentil à toi d'avoir aidé Clara, Jason. Mais je ne veux pas te retenir.

— Ça t'ennuie qu'on te regarde travailler ?

— Non, affirma-t-elle en commençant à remplacer le

bourrage de la poupée. Il arrive parfois qu'une maman inquiète reste ici pendant que je rafistole un patient.

Jason s'appuya d'une hanche contre le comptoir.

— En revenant ici je m'étais imaginé tout un tas de choses. Mais ça, jamais.

— Quoi ?

— Que je te regarderais redonner vie à un morceau de chiffon. Tu ne t'en es peut-être pas aperçue, mais cette chose n'a même pas de visage.

— Elle en aura un. Où en est l'exposé ?

— Clara n'a plus qu'à le mettre au propre.

Faith leva la tête de son ouvrage, les yeux agrandis d'étonnement.

— Clara ?

— Elle a eu la même réaction que toi.

Puis il sourit et s'appuya de nouveau sur le comptoir. Le parfum de Faith flottait dans la pièce. Le savait-elle ?

— C'est une gosse intelligente, Faith.

— Parfois même trop…

— Tu as de la chance.

— Je sais.

En quelques gestes sûrs et rapides, elle acheva le remplissage de la poupée et répartit correctement le bourrage.

— De toute façon les enfants doivent t'adorer, non ?

— Ne crois pas ça, le corrigea-t-elle en levant de nouveau la tête. Il faut gagner leur affection.

Munie d'un fil et d'une aiguille, elle entreprit de renforcer les coutures.

— Tu sais, Clara tenait à peine debout, mais elle a absolument tenu à ce qu'on s'arrête devant l'arbre de Noël pour compter les cadeaux. Elle a le pressentiment qu'il va y en avoir un de plus.

— J'ai bien peur qu'elle ne soit déçue. Sa liste ressemblait à un ordre de réquisition de l'armée. J'ai dû fixer des limites.

Reposant l'aiguillée, elle prit un pinceau.

— Mes parents la gâtent déjà bien assez comme ça.

— Mmm…

Faith avait déjà saisi la personnalité de la poupée tout en travaillant sur elle. A présent, elle commençait à la faire ressortir en quelques touches de pinceau.

— De temps en temps ils parlent vaguement de partir s'installer en Floride, mais je ne sais pas s'ils le feront jamais. C'est à cause de Clara. Ils en sont complètement fous. Tu pourrais aller les voir, Jason. Tu sais que ma mère t'a toujours beaucoup aimé.

Il examina une robe rouge et moulante qui tenait au creux de sa main.

— Mais pas ton père.

Sa remarque la fit sourire.

— Il ne te faisait pas confiance, c'est tout. (Elle lui décocha un petit sourire coquin.) Quel père aurait eu confiance en toi ?

— C'est vrai qu'il avait de bonnes raisons de se méfier de moi.

Il avança vers elle et vit la poupée qu'elle tenait à la main.

— Ça alors !

Charmé, il s'en empara et la tint sous la lumière. Ce qui n'était qu'un tas de loques s'était métamorphosé en une poupée rebondie à l'expression impertinente. Des cils démesurément longs partaient de ses grands yeux. Fixés par quelques points, ses cheveux bouclés avaient été rajustés de façon que quelques boucles espiègles lui retombent sur le front. Elle était douce, sympathique et jolie comme un cœur. Même un homme pouvait comprendre qu'une petite fille s'illumine de joie à la vue d'une telle poupée.

En le voyant sourire devant son ouvrage, Faith éprouva un ridicule sentiment de fierté devant le travail accompli.

— Elle te plaît ?

— Je suis impressionné. Combien demandes-tu pour ce genre de réalisation ?

— Celle-ci n'est pas à vendre, lui apprit Faith en la plaçant dans un grand carton au fond de la pièce. Au village il y a environ une douzaine de fillettes que leurs familles n'ont pas les moyens de gâter à Noël. Il y a aussi des petits garçons, bien sûr, mais avec Jake, le propriétaire du bazar, nous avons passé un accord il y a quelques années. Le soir de Noël, nous déposons un cadeau sur le pas de la porte. Les filles reçoivent une poupée, les garçons un camion, un ballon ou autre chose.

Evidemment, il aurait dû s'en douter. Cela ressemblait tant à Faith, c'était si conforme à sa nature.

— Le Père Noël existe donc bien.

Elle se tourna pour lui sourire.

— A Quiet Valley, oui.

C'est son sourire qui déclencha tout. Il était si chaleureux, si familier. Jason supprima la distance qui les séparait avant que l'un ou l'autre ait pu s'en rendre compte.

— Et toi ? Tes souhaits seront-ils exaucés à Noël ?

— J'ai tout ce qu'il me faut.

— Tout ?

Il lui prit le visage entre les mains.

— N'était-ce pas toi, la rêveuse ? Celle qui croyait que les vœux se réalisent toujours ?

— J'ai grandi. Jason, tu devrais t'en aller maintenant.

— Je ne te crois pas. Je ne crois pas que tu aies cessé de rêver, Faith. Le seul fait d'être avec toi me donne envie de tout recommencer.

— Jason…

Elle posa les mains sur sa poitrine, consciente qu'il lui fallait mettre un terme à ce qui ne pourrait jamais être fini entre eux.

— On ne peut pas toujours avoir ce qu'on désire, tu le sais. Dans quelques jours tu vas repartir. Tu auras tout loisir de t'intéresser à un tas d'autres choses passionnantes aux quatre coins du monde.

— Qu'est-ce que ça vient faire ici, maintenant ? Il n'y a que le présent qui compte, Faith.

Il passa les mains dans ses cheveux, éparpillant les épingles. Son opulente chevelure brune croula entre ses doigts. Il avait toujours aimé le contact de ses cheveux, leur parfum…

— Tu es mon unique amour, murmura-t-il. Il n'y a jamais eu personne d'autre que toi.

Elle ferma les yeux avant qu'il puisse l'attirer à lui.

— Tu vas t'en aller. Et moi, je dois rester ici. J'ai déjà assisté à ton départ il y a dix ans. Je ne pense pas pouvoir supporter ça une fois de plus si je te laisse de nouveau entrer dans ma vie. Tu ne peux donc pas le comprendre ?

— Peut-être. Mais tout ce que je sais, c'est qu'aujourd'hui j'ai envie de toi comme jamais. Je ne suis pas sûr que tu puisses me garder à distance, Faith.

Mais il fit un pas en arrière, dans leur intérêt à tous les deux.

— Ou en tout cas, pas longtemps, reprit-il. Tu me l'as déjà dit : je n'ai pas droit à toutes les réponses. C'est peut-être vrai. Mais il m'en faut au moins une.

C'était un sursis, un moyen de temporiser un peu. Faith laissa échapper une longue exhalaison et hocha la tête.

— Très bien. Mais tu me promets de t'en aller si je réponds à ta question ?

— Je m'en irai. Tu étais amoureuse de lui ?

Elle ne pouvait pas mentir. Elle n'était pas comme cela. Alors elle le regarda droit dans les yeux, le menton fièrement levé.

— Je n'ai jamais aimé que toi.

Les yeux de Jason s'allumèrent — de triomphe, de rage. Il tendit la main vers elle, mais elle s'écarta.

— Tu as dit que tu t'en irais, Jason. Je t'ai fait confiance.

Elle l'avait piégé. Elle le mettait à la torture.

— C'est il y a dix ans que tu aurais dû me faire confiance.

Il sortit brusquement de l'atelier et s'engouffra dans la nuit glaciale.

# 6

Quiet Valley était en pleine effervescence de Noël. Des chants traditionnels s'échappaient d'un haut-parleur de fortune fixé sur le toit de la quincaillerie. Un jeune homme entreprenant d'une ferme du voisinage avait obtenu l'autorisation de proposer des promenades en boghei le long de Main Street. Les enfants, excités par l'absence d'école et le plaisir anticipé de Noël, filaient en criant à tous les coins de rue. Le ciel s'était couvert, mais la neige se faisait attendre.

Jason, assis au bar du petit restaurant, buvait tranquillement son café tout en prêtant l'oreille aux derniers racontars du coin : l'aîné des Hennessy avait attrapé la varicelle — il allait passer les vacances à se gratter ; chez Carlotta's, les arbres de Noël étaient vendus moitié prix et la quincaillerie faisait une promotion sur les vélos à dix vitesses.

Dix ans plus tôt, Jason aurait trouvé ce genre de conversation insipide. Mais aujourd'hui, il l'écoutait avec plaisir tout en savourant son café. C'est peut-être ce qui manquait au roman qu'il essayait d'écrire depuis si longtemps. Certes il avait fait le tour du monde, mais tout s'était déroulé à une allure effrénée. En certaines occasions, sa vie tout comme son reportage n'avaient tenu qu'à un fil. Sur le moment on ne pensait pas à ce genre de choses. C'était impossible. Mais maintenant, assis dans l'agréable chaleur de la gargote parmi les odeurs de café et de bacon en train de frire, il avait enfin l'occasion de se pencher sur son passé.

Il avait accepté des missions de reportage, parfois très périlleuses, parce qu'il se fichait de tout. Il avait déjà perdu la partie de lui-même qui comptait le plus à ses yeux. C'est vrai qu'au fil des années, il s'était reconstruit une existence, péniblement, pierre après pierre, mais jamais il n'avait retrouvé son équilibre — parce qu'il l'avait laissé ici, dans le village de son enfance. Et maintenant qu'il l'avait compris, que faire ?

— On sert vraiment n'importe qui, ici !

Jason leva un regard absent vers l'homme qui s'était exprimé et il s'illumina.

— Paul ! Paul Tydings.

Deux énormes mains saisirent la sienne.

— Bon sang, Jas, tu n'as pas changé ! Toujours aussi maigre mais toujours aussi beau !

Jason contempla longuement son plus vieil ami. Sous une tignasse de cheveux bouclés, son visage plein et rougeaud était barré d'une moustache broussailleuse. Dans le temps, sa carrure de taureau lui avait assuré la place de botteur sur la ligne d'attaque. Mais avec les années, Paul s'était alourdi et affichait désormais une corpulence imposante, pour qualifier la chose avec élégance.

— Mais tu peux en dire autant, tu sais, estima Jason.

Dans un rugissement de rire, Paul lui asséna une claque dans le dos.

— Je n'aurais jamais cru te revoir par ici.

— Moi non plus. Je pensais que tu vivais à Boston.

— C'était avant. J'ai gagné de l'argent et je me suis marié.

— Sans blague ? Depuis quand ?

— Ça fera sept ans au printemps. J'ai cinq gosses.

Jason s'étrangla avec son café.

— Cinq ?

— Trois plus des jumeaux. Il y a six ans, je suis venu en visite ici avec ma femme et elle a eu le coup de foudre pour le coin. On tenait une bijouterie à Manchester, alors j'en ai ouvert une ici aussi. Je crois que je te dois des remerciements pour bien des choses.

— A moi ? Pourquoi ?

— Tu m'as toujours bourré le crâne avec tes idées. Et puis tu es parti. Ça m'a fait penser que moi aussi je devrais essayer de voir du pays. Et puis un an plus tard environ, alors que je travaillais dans une bijouterie de Boston, voilà que je vois entrer le plus beau brin de fille que j'aie jamais vu. J'étais tellement troublé que j'ai oublié d'imprimer le reçu de sa carte de crédit. Elle est revenue le lendemain avec le reçu vierge, et grâce à elle j'ai réussi à sauver ma place. Ensuite elle m'a carrément sauvé la vie en m'épousant. Je ne l'aurais jamais rencontrée si tu ne m'avais pas autant parlé de tout ce qu'il y a à voir dans le monde.

On servit son café à Paul qui remercia d'un hochement de tête.

— Je suppose que tu es allé rendre visite à Faith ?

— Oui, je l'ai vue, bien sûr.

— Je la fais beaucoup travailler : trois de mes gosses sont des filles et ce sont toutes des chipies.

Il sourit et ajouta deux dosettes de sucre à son café.

— Faith est aussi jolie qu'à seize ans quand elle dansait au bal, dans la salle de la mairie. Tu vas régulariser cette fois, Jason ?

Avec un petit rire, Jason repoussa son café en train de refroidir.

— Peut-être.

— Viens à la maison pour que je te présente ma famille, d'accord ? C'est juste au sud du village, une maison en pierre à un étage.

— Je l'ai vue en arrivant.

— Alors, ne repars pas sans y être entré. Rares sont les amis avec qui on peut évoquer ses souvenirs d'enfance, Jason. Tu sais… (Il jeta un coup d'œil à sa montre.) Ah, je crois que c'est à peu près l'heure à laquelle Faith fait sa pause-déjeuner. Je dois y aller.

Paul asséna une dernière claque dans le dos de son ami et le laissa seul au bar.

L'air songeur, Jason prit une gorgée de café. Il était parti dix ans, ce qui était généralement considéré comme un bon bout de temps, et pourtant, toutes les personnes qu'il croisait se comportaient comme s'il était encore avec Faith. C'était donc si facile de gommer une décennie ? « Facile pour tout le monde, sauf pour Faith et moi », songea-t-il. Balayer les années et le temps perdu peut-être, mais comment ignorer le mariage de Faith, et sa fille ?

Il la désirait toujours. Voilà une chose qui n'avait pas changé. Il en souffrait toujours. Cette douleur-là ne s'était pas estompée. Mais Faith, qu'éprouvait-elle ? La nuit précédente, elle lui avait avoué qu'elle n'avait jamais aimé d'autre homme que lui. Cela signifiait-il qu'elle l'aimait encore ? Jason laissa un billet sur le comptoir et se leva. Il n'y avait qu'un seul moyen de le savoir. Il allait lui poser la question.

La Maison de Poupée grouillait d'enfants. D'enfants bruyants. Lorsque Jason entra dans la boutique, les murs vibraient de cris et de rires. Des ballons d'hélium se massaient au plafond et le sol était jonché de miettes de cookies. Sur le seuil de la porte qui menait à l'atelier se dressait un grand château en carton. Devant un rideau d'un blanc brillant s'agitaient deux marionnettes : un Père Noël et un lutin en costume vert. Avec moult palabres et efforts exagérés, ils étaient en train de charger un traîneau scintillant d'or avec des paquets colorés. A deux reprises, le lutin tomba face contre terre en soulevant un cadeau, ce qui provoqua des éclats de rire chez les enfants. Après beaucoup de tribulations, tous les paquets furent enfin chargés. Lançant un tonitruant « Ho-ho-ho ! », le Père

Noël grimpa sur le traîneau qui, dans un tintement de clochettes, disparut cahin-caha de l'autre côté du rideau.

Précédée par les applaudissements, une troupe de marionnettes traversa la scène pour aller saluer le public. Jason vit la Mère Noël, deux lutins et, reconnaissable entre tous, le petit renne au nez rouge, avant que le Père Noël n'attire toute l'attention du public en lançant gaiement « Joyeux Noël ! ». Sans en avoir conscience, Jason s'était adossé contre la porte et admirait le spectacle, hilare, quand Faith émergea de derrière le château pour aller elle aussi saluer.

C'est alors qu'elle l'aperçut. Se sentant ridicule, elle salua une dernière fois alors que les enfants commençaient à vouloir escalader le château. Avec l'aisance d'une enseignante de maternelle expérimentée, elle les orienta vers les boissons fraîches et les biscuits.

— Très impressionnant, lui murmura Jason à l'oreille. Je regrette d'avoir manqué la plus grande partie du spectacle.

— Ce n'est pas grand-chose, affirma-t-elle en se passant les mains dans les cheveux. Je fais ça depuis des années maintenant, sans y apporter beaucoup de variations. Ce n'est pas très important, estima-t-elle après avoir jeté un coup d'œil en direction des enfants.

— Au contraire. (Il lui prit la main et la porta à ses lèvres tandis qu'un groupe de petites filles se mettait à pouffer de rire.) C'est très important pour eux.

— Madame Monroe ?

Un petit garçon aux cheveux carotte et au visage parsemé de taches de rousseur tirait sur sa jambe de pantalon.

— Quand est-ce qu'il va passer, Papa Noël ?

Faith s'accroupit et lui lissa les cheveux en arrière.

— Tu sais, Bobby, j'ai entendu dire qu'il était terriblement occupé cette année.

Le petit garçon avança la lèvre inférieure en une moue de dépit.

— Mais il passe toujours !

— Eh bien, je suis sûre qu'il trouvera un moyen

d'apporter les cadeaux jusqu'ici. Dans une minute j'irai voir ce qui se passe à l'arrière de la boutique.

— Mais je dois lui parler !

La moue de l'enfant faillit avoir raison d'elle.

— S'il ne peut pas venir, tu peux toujours me donner une lettre pour lui. Je veillerai à ce qu'elle lui parvienne.

— Un problème ? murmura Jason lorsqu'elle se fut redressée.

— Jake fait toujours le Père Noël après le spectacle de marionnettes. Nous distribuons quelques bricoles, trois fois rien en réalité, mais les enfants y tiennent énormément.

— Jake ne peut pas le faire cette année ?

— Un des fils Hennessy lui a passé la varicelle.

— Je vois.

Il y avait des années qu'il n'avait pas fêté Noël, depuis... depuis qu'il avait quitté Faith.

— Je peux m'en charger, s'entendit-il déclarer à sa grande surprise.

— Toi ?

Quelque chose dans l'expression du visage de Faith le décida à être le meilleur saint Nicolas depuis l'original.

— Mais oui, moi. Où est le déguisement ?

— Dans la petite pièce du fond, mais...

— J'espère que tu n'as pas oublié les oreillers, lâcha-t-il avant de s'éloigner d'un pas nonchalant.

Il va se dégonfler, songea Faith. En fait, il n'était pas parti depuis cinq minutes qu'elle était persuadée que Jason avait déjà changé d'avis et s'était esquivé par la porte de derrière. Personne, pas même le groupe d'enfants qui s'empiffraient de cookies, ne fut plus enchanté qu'elle lorsque le Père Noël fit son entrée par la porte, un grand sac jeté sur l'épaule.

Il eut juste le temps de lancer un tonitruant « Joyeux Noël ! » avant d'être assailli de toutes parts. Pétrifiée d'étonnement, elle regarda les enfants gesticuler, bondir de joie et s'accrocher à son déguisement rouge.

— Papa Noël aimerait bien s'asseoir.

Jason fixa Faith d'un regard d'une telle intensité qu'elle en fut troublée jusqu'au plus profond d'elle-même. Elle mit quelques secondes avant de se ressaisir. Elle fila dans l'arrière-boutique et en rapporta une chaise à haut dossier qu'elle installa au milieu de la boutique.

— Maintenant, mettez-vous tous à la queue leu leu, ordonna-t-elle en rassemblant les enfants. Chacun à son tour.

Elle s'empara d'une boîte de cannes en sucre d'orge et les disposa sur la table, près de la chaise. Un par un, les enfants grimpèrent sur les genoux de Jason. Faith comprit très vite qu'elle n'aurait jamais dû douter de Jason. Elle avait entraîné Jake à répondre aux enfants de façon adéquate et, surtout, à ne rien promettre pour ne pas risquer qu'ils soient déçus. Après que le troisième enfant fut redescendu des genoux du Père Noël, Faith se détendit. Jason jouait le rôle à merveille.

En outre il s'amusait comme un fou. Il avait fait cela juste pour donner un coup de main à Faith, peut-être même pour l'impressionner, mais il en retirait bien plus de satisfaction qu'escompté. Jamais un enfant sur ses genoux ne l'avait contemplé avec dans le regard une confiance et un amour aussi aveugles. Il écouta leurs souhaits, leurs confessions et leurs doléances. Chacun eut la permission de plonger la main dans le sac qu'il portait sur l'épaule et d'en sortir un cadeau.

Tous l'étreignirent, lui plaquèrent des baisers poisseux sur les joues et s'acharnèrent à malmener son déguisement. Un petit garçon entreprenant tira un grand coup sur sa barbe postiche avant que Jason ne réussisse à détourner son attention. Les enfants quittèrent la boutique, heureux, en compagnie de leurs parents ou en groupe.

— Tu as été fantastique !

Quand le dernier enfant fut sorti, Faith retourna le panonceau « Fermé » sur la vitrine pour se ménager une pause, le temps de reprendre son souffle.

— Tu veux venir sur mes genoux ?

En riant, elle alla vers lui.

— Je suis sincère, Jason, tu as vraiment été génial. Je n'ai pas de mot pour exprimer la joie que tu m'as procurée.

— Alors montre-la-moi.

Il l'attira sur ses genoux et elle s'enfonça dans les oreillers qui rembourraient son déguisement. Elle rit de nouveau et l'embrassa sur le nez.

— J'ai toujours craqué pour les hommes en costume rouge. Si seulement Clara avait pu être là…

— Pourquoi n'a-t-elle pas assisté au spectacle ?

Avec un petit soupir, Faith s'autorisa à se laisser aller contre lui.

— Elle est trop âgée désormais pour tout ça — du moins c'est ce qu'elle prétend. Elle est allée faire les magasins avec Marcie.

— Trop âgée à neuf ans ?

Faith resta silencieuse un moment, puis haussa les épaules.

— Les enfants grandissent vite.

Elle tourna la tête vers lui.

— Tu as fait beaucoup d'heureux aujourd'hui.

— C'est toi que j'aimerais rendre heureuse, lui confia-t-il en lui caressant les cheveux. A une époque, j'y arrivais.

— N'as-tu jamais rêvé de pouvoir revenir en arrière ? demanda-t-elle en se blottissant dans ses bras, satisfaite. Quand nous étions adolescents, tout paraissait si simple. Et puis, on ferme les yeux une minute et quand on les rouvre, on est devenu adulte. Oh, Jason… Je voulais que tu m'emmènes au loin, vers un château, au sommet d'une montagne… J'étais tellement romantique !

Ils étaient seuls dans la boutique, entourés de poupées et de l'écho du rire des enfants. Il lui caressait toujours les cheveux.

— Et moi, pas assez, n'est-ce pas ?

— Tu avais les pieds sur terre, et moi la tête dans les nuages.

— Et maintenant ?

— Maintenant, j'ai une fille à élever. C'est parfois terrifiant d'avoir conscience que l'on est responsable d'une autre vie que la sienne. Est-ce que tu..., hésita-t-elle, se sachant en terrain glissant. Est-ce que tu as déjà songé à avoir des enfants ?

— Non, jamais. Dans mon travail, je dois me rendre dans des endroits où être responsable de sa propre vie est déjà bien assez difficile.

Elle s'était déjà fait cette réflexion à propos de lui — et cela lui avait causé bien des cauchemars...

— Mais ça t'excite toujours.

Il repensa à certaines choses qu'il avait vues, à la cruauté, au malheur...

— Ça ne m'excite plus depuis longtemps. Mais je suis bon dans mon travail.

— Je crois que je l'ai toujours su. Jason... (Elle se tourna de nouveau pour plonger son regard dans le sien.) Je suis contente que tu sois revenu.

Lorsqu'elle appuya sa joue contre la sienne, les mains de Jason l'étreignirent plus fort.

— Et il a fallu que tu attendes que je sois rembourré comme un éléphant de mer pour me dire ça !

Dans un rire, elle lui noua les bras autour du cou.

— J'ai l'impression que justement, pour une fois, je peux le faire en toute sécurité.

— Si j'étais toi, je ne parierais pas trop là-dessus !

Il pressa ses lèvres contre les siennes et les sentit frémir.

— Qu'y a-t-il de si drôle ?

Réprimant son envie de rire, elle s'écarta de lui.

— Oh, rien, rien du tout... J'ai toujours rêvé d'être embrassée par un barbu coiffé d'un bonnet rouge à clochettes. Il faut que j'aille ranger tout ce bazar dans la boutique.

Elle descendit de ses genoux et il tenta tant bien que mal de se lever de sa chaise.

— Les meilleures choses ont une fin...

Faith ne répondit pas et rassembla les lambeaux de

papier coloré. Jason ramassa son sac et glissa un œil à l'intérieur.

— Il reste un paquet là-dedans.

— C'est pour Luke Hennessy. La varicelle.

Il regarda le cadeau, puis reporta son regard sur Faith. Ses cheveux lui voilaient le visage alors qu'elle s'employait à décoller une canne en sucre d'orge de la moquette.

— Où habite-t-il ?

Elle se redressa, la friandise à la main. A certains, il aurait pu sembler ridicule avec son torse rembourré, emmitouflé de tissu rouge et le visage à moitié dissimulé par les boucles de sa barbe blanche. Il ne lui avait jamais paru aussi merveilleux. Elle alla vers lui et lui tira la barbe sur le menton. Elle l'entoura de ses bras et sa bouche trouva la sienne.

Elle embrassait toujours avec la même générosité, songea-t-il, son baiser était empreint d'espérance et de bonté simple. Le désir lui incendia les veines et l'installa dans une douce satisfaction.

— Merci, dit-elle.

Elle l'embrassa de nouveau, un baiser amical cette fois.

— Il habite à l'angle d'Elm et de Sweetbriar.

Jason attendit quelques instants, le temps de reprendre ses esprits.

— Je pourrai avoir une tasse de café à mon retour ?

— Bien sûr, acquiesça-t-elle en lui rajustant sa barbe. Je serai à côté.

# 7

La traversée du village avait été un grand moment, il fallait bien le reconnaître. Une ribambelle de gamins s'était attachée à ses pas. Les adultes l'avaient apostrophé en agitant la main. On lui avait offert un nombre incalculable de cookies. Mais c'est le regard du jeune Hennessy, très impressionné, qui lui avait causé le plus de satisfaction. Cela avait surpassé la stupeur de sa mère quand elle avait ouvert la porte au Père Noël.

Jason prit son temps pour rentrer, flânant sur la place. Etrange, de voir à quel point l'habit pouvait faire le moine… Il se sentait… comment dire, débordant de bienveillance. Si l'un de ses collègues avait pu le voir maintenant, il serait tombé raide dans la neige. Jason Law avait la réputation d'être un homme impatient, d'une franchise brutale et d'un tempérament emporté. Ce n'était pas sa bienveillance qui lui avait permis de décrocher le Pulitzer. Et pourtant, d'une certaine manière, à cet instant précis, sa barbe en polyester et ses clochettes à trois sous lui procuraient davantage de plaisir que toutes les récompenses qu'il avait reçues au cours de sa carrière.

Il rebroussait chemin en lançant des *ho-ho-ho !* à tout bout de champ lorsque Clara sortit du bazar. Elle et la petite brune qui l'accompagnait partirent d'un fou rire.

— Mais c'est…

Un regard menaçant de Jason suffit à la faire taire. S'interrompant aussitôt, Clara se racla la gorge et lui tendit la main.

— Comment ça va, Père Noël ?
— Fort bien, Clara.
— Ce n'est pas Jake, souffla Marcie à Clara.
Elle s'approcha pour tenter de reconnaître le visage qui se cachait derrière les boucles blanches.
Très amusé, Jason lui décocha un clin d'œil.
— Salut, Marcie !
La brunette ouvrit de grands yeux.
— Comment il peut savoir mon nom ? chuchota-t-elle à l'oreille de son amie.
Clara étouffa son rire derrière sa main.
— Le Père Noël sait tout, pas vrai, Père Noël ?
— J'ai mes sources…
— Le Père Noël n'existe pas.
Mais l'attitude adulte qu'affectait Marcie était en train de s'effriter.
Jason se pencha pour donner une pichenette au pompon de son bonnet.
— A Quiet Valley si, affirma-t-il, et en le disant il faillit y croire lui-même.
Il remarqua que Marcie avait cessé de vouloir voir derrière la barbe et qu'elle acceptait la magie de Noël. Estimant préférable de ne pas trop tenter le diable, il poursuivit son chemin le long de la rue.
Pour un gros bonhomme en costume rouge, s'introduire discrètement chez quelqu'un n'est pas chose simple, mais Jason avait de l'expérience. Une fois dans l'arrière-boutique de Faith, il ôta son déguisement de Père Noël. Il avait envie de recommencer. Tout en se glissant dans son pantalon étroit, il prit conscience que cela faisait des années qu'il ne s'était pas autant amusé. Cela venait en partie de l'éclat dans le regard de Faith, de la façon dont elle s'était adoucie avec lui, même brièvement. A cause aussi du simple fait de procurer du bonheur aux autres. Depuis quand n'avait-il pas agi de façon désintéressée ? En reportage, il fallait toujours marchander. Tu me donnes ceci et en échange je te donne cela. Il s'était blindé contre

la compassion, la pitié, afin de découvrir la vérité et d'en rendre compte. Si son style était sans concession, c'est qu'il avait toujours choisi des sujets qui l'exigeaient. Cela l'avait aidé à oublier. Mais aujourd'hui qu'il était revenu chez lui, les souvenirs s'imposaient à lui, impossible d'y échapper.

Quel genre d'homme était-il vraiment ? Il n'en était plus très sûr, mais il savait qu'il existait une femme capable de le rendre heureux ou bien de lui briser le cœur. Rangeant le déguisement dans le placard, il alla la trouver.

Elle l'attendait. Elle était prête à admettre qu'elle l'attendait depuis dix ans. Pendant tout le reste de l'après-midi, Faith avait réfléchi à sa décision. Elle avait réussi sa vie. Même si sa quête du bonheur n'avait pas toujours été facile, elle en avait retiré de la satisfaction. La confiance était venue au fil des années et elle savait qu'elle pouvait continuer son chemin seule. Il était temps d'arrêter d'avoir peur de ce que serait sa vie une fois Jason parti, et d'accepter le cadeau que lui offrait le destin. Jason se trouvait à Quiet Valley, ici et maintenant, et elle était amoureuse de lui.

Lorsqu'il entra dans la maison, il la découvrit pelotonnée dans un fauteuil, près de l'arbre, la joue posée sur le bras. Elle attendit qu'il s'avance vers elle.

— Quelquefois, la nuit, je reste assise ici. Clara dort en haut et la maison est plongée dans le silence. Je peux penser à des petits détails ou à des choses très importantes, exactement comme quand j'étais petite. Les lumières des guirlandes se fondent entre elles et l'arbre sent divinement bon. On peut voyager où on veut dans un fauteuil.

Il la fit se lever et la sentit succomber ; il s'installa dans le fauteuil et la prit sur ses genoux.

— Je me rappelle être resté assis comme ça avec toi à Noël, chez tes parents. Ton père ronchonnait.

Elle se blottit tout contre lui. Sans les oreillers, il n'y avait plus que son corps svelte qu'elle connaissait si bien.

— Ma mère l'entraînait dans la cuisine pour que nous puissions rester seuls un moment. Elle savait que tu n'avais pas d'arbre de Noël chez toi.

— Ni arbre ni rien.

— Je ne t'ai pas demandé où tu vivais à présent, Jason, si tu avais trouvé un endroit où tu étais heureux ?

— Je bouge beaucoup. J'ai un point de chute à New York.

— Un point de chute ?

— Un appartement.

— A t'entendre, ça ne ressemble guère à un foyer, murmura-t-elle. Est-ce que tu décores un arbre à la fenêtre pour Noël ?

— Ça m'est arrivé une fois ou deux, je crois, quand j'étais là.

Faith en éprouva une peine immense, mais elle ne dit rien.

— Ma mère a toujours prétendu que tu avais la bougeotte. Il y a des gens qui ont ça en eux.

— J'avais quelque chose à prouver, Faith.

— A qui ?

— A moi-même.

Il appuya sa joue sur le sommet de son crâne.

— Et à toi, bon sang !

Elle inspira l'odeur du sapin ; les lumières dansaient sur l'arbre. Il leur était déjà arrivé de rester assis comme ça, il y avait bien longtemps. Ses souvenirs en étaient presque aussi tendres que la réalité présente.

— Je n'ai jamais eu besoin que tu me prouves quoi que soit, Jason.

— C'était peut-être une des raisons pour lesquelles il fallait que je le fasse. Tu étais trop bien pour moi.

— C'est absurde !

Elle voulut se dégager pour protester mais il la tenait serrée.

— Si, et ça n'a pas changé.

Lui aussi considéra l'arbre de Noël. La guirlande

scintillait de lumières, comme une vision féerique de la vie qu'il aurait tant voulu offrir à Faith.

— C'est peut-être ce qui m'a poussé à partir au moment où je l'ai fait — et peut-être est-ce aussi pour ça que je suis revenu. Tu es pétrie de bonté, Faith. Le seul fait d'être avec toi fait ressortir ce qu'il y a de meilleur en moi. Et Dieu sait pourtant qu'il n'y a pas grand-chose à sauver !

— Tu as toujours été trop dur envers toi-même. Je n'aime pas ça.

Cette fois elle parvint à se dégager de son étreinte ; elle posa les mains sur ses épaules et plongea son regard dans le sien.

— Si je suis tombée amoureuse de toi, ce n'est pas par hasard. Tu étais gentil même si tu prétendais le contraire. Tu voulais te faire passer pour un dur et un provocateur parce que ça te rassurait.

Jason sourit et d'un doigt lui effleura la joue.

— J'étais bel et bien un provocateur.

— Alors peut-être que j'aimais ça. Tu n'acceptais pas les évidences, tu ne craignais pas de les remettre en question.

— J'ai failli me faire renvoyer deux fois du lycée à cause de cette attitude.

Son ancienne colère resurgit en lui. Faith était-elle donc la seule personne à l'avoir jamais compris ? Personne d'autre qu'elle n'avait donc été capable de comprendre ses aspirations et ses tourments les plus intimes ?

— Tu les surpassais tous en intelligence. Et tu l'as prouvé, si besoin en était.

— Tu as souvent dû prendre ma défense, n'est-ce pas ?

— Je croyais en toi. Je t'aimais.

Jason caressa son visage d'un geste familier qui la fit fondre.

— Et aujourd'hui ?

Elle avait trop à dire et pas assez de moyens pour l'exprimer.

— Tu te souviens de cette nuit de juin, après le bal

de fin d'année ? Nous sommes partis en voiture. C'était pleine lune et l'air embaumait la douceur de l'été.

— Tu portais une robe bleue qui faisait ressortir tes yeux comme des saphirs. Tu étais si belle que je n'osais pas te toucher.

— J'ai donc fait ta conquête…

Elle avait l'air si contente d'elle-même qu'il rit.

— Absolument pas !

— Oh, que si ! Sinon tu n'aurais jamais fait l'amour avec moi. (Elle lui effleura les lèvres de sa bouche.) Dois-je de nouveau te séduire ?

— Faith…

— Clara dîne à côté, chez Marcie. Elle va y passer la nuit. Viens au lit avec moi, Jason.

Le calme de sa voix incendia ses sens. Le contact de sa main sur sa joue lui fit l'effet d'une brûlure au fer rouge. Pourtant, mêlé au désir qu'il éprouvait pour elle, s'attardait un amour adolescent qui n'avait jamais mûri.

— Tu sais bien que j'ai envie de toi, Faith, mais nous ne sommes plus des enfants.

— Non, nous ne sommes plus des enfants, acquiesça-t-elle en appuyant ses lèvres au creux de sa main. Et j'ai envie de toi. Pas de promesses, pas de questions. Aime-moi comme lors de cette merveilleuse nuit que nous avons passée ensemble.

Elle se leva et lui tendit la main.

— Je veux un souvenir pour les dix prochaines années.

Main dans la main, ils montèrent l'escalier. Il refusa de penser à l'autre homme que Faith avait choisi, à la vie qu'elle s'était construite. Lui aussi allait chasser de son esprit ces dix années gâchées et saisir l'occasion qui lui était offerte.

L'hiver, la nuit tombe de bonne heure — la lumière était chiche. En silence, elle alluma des bougies qui éclairèrent la chambre d'une lueur dorée et la peuplèrent d'ombres mouvantes. Elle se tourna vers lui, un sourire aux lèvres, avec au fond des yeux toute la confiance et l'expérience d'une femme. Sans un mot, elle vint vers lui et leva la tête pour lui offrir sa bouche et tout le reste.

D'une main sûre, elle défit les boutons de sa chemise. Les doigts de Jason tremblèrent lorsqu'il parvint aux boutons de son corsage. Lui murmurant des mots tendres, elle attendit que ses mains effleurent sa peau, puis soupira de pur plaisir. Ils se dévêtirent chacun avec lenteur, sans aucune gêne, mais avec la tranquille certitude de devoir savourer chaque moment, chaque seconde de leurs retrouvailles.

Quand il la découvrit aussi mince, adorable et inexplicablement innocente que la première fois, il fut submergé par un tourbillon de désirs, de doutes et d'envies. Mais elle fit un pas vers lui, colla son corps au sien et fit voler en éclats ses dernières hésitations. Elle était plus forte qu'avant. Pas physiquement, mais psychologiquement. Peut-être Faith avait-elle changé, mais le désir qui l'embrasait était identique à celui que, tout jeune homme, il avait autrefois éprouvé pour elle. Avec l'insouciance des enfants qu'ils avaient été jadis, ils se laissèrent tomber sur le lit.

Ils ne revécurent pas leur expérience passée. Leur amour était aussi neuf et aussi follement excitant que la première fois. Mais ils étaient devenus un homme et une femme à présent, plus exigeants, plus avides. Faith l'attira contre elle et le caressa avec une impatience toute nouvelle, laissant libre cours à un bouillonnement longtemps refréné. Elle avait tant attendu ce moment, depuis une éternité, qu'elle ne pouvait patienter un instant de plus.

Mais Jason lui prit la main et la porta à ses lèvres. Il apaisa sa fougue en la bâillonnant d'un baiser.

— Je ne savais pas trop comment m'y prendre la première fois.

Il l'embrassa dans le cou jusqu'à ce qu'elle se mette à gémir, enflammée par la perspective du plaisir qu'il allait lui donner.

— Mais maintenant, j'ai de l'expérience.

Et il l'emporta vers des cieux jusqu'ici inconnus d'elle.

Plus haut, toujours plus haut, pour la plonger ensuite dans les profondeurs d'un air lourd et sombre. Prise dans un tourbillon, elle se cramponna à lui. Elle aurait voulu lui donner de l'amour, mais elle était sans forces dans ses bras. Les mains de Jason, tendres, douces, sûres, la caressèrent jusqu'à ce que son corps frémisse. Il but ses soupirs avec une ardeur brutale, impérieuse et sans pitié, avant d'apaiser de nouveau ses sens, patiemment. Le plaisir monta en elle, anéantissant toute pensée, toute raison et même tout souvenir.

Lorsqu'ils atteignirent l'extase ensemble, ils partagèrent un bonheur infini. Le temps ne poursuivit pas son cours mais les retint enlacés dans la parenthèse du présent.

Jason la garda serrée très fort contre lui et tous deux goûtèrent la plénitude du moment. Les yeux fermés, Faith savoura leur unité. Elle était amoureuse, et pour l'instant, rien d'autre n'existait. Mais la félicité de Jason était tourmentée de questions. Faith était si ardente, si généreuse dans ses émotions. Elle l'aimait. Il n'avait pas besoin de mots pour s'en rendre compte, elle et lui s'étaient toujours compris de façon implicite. Mais la loyauté qui, pour lui, représentait l'essence même de Faith, cette loyauté-là avait été rompue. Comment pouvait-il trouver le repos sans savoir pourquoi ?

— J'ai besoin de comprendre comment nous avons pu gâcher dix ans, Faith.

Comme elle restait silencieuse, il l'obligea à tourner la tête vers lui. A la lueur vacillante des bougies, les yeux de Faith brillèrent sans toutefois que les larmes s'en échappent.

— J'ai besoin de savoir, aujourd'hui plus que jamais.

— Ne me pose pas de questions, Jason. Pas ce soir.

— J'ai attendu suffisamment longtemps. Nous avons attendu suffisamment longtemps.

Elle inspira profondément et s'assit dans le lit. Elle ramena ses genoux à la poitrine et les enserra de ses bras. Sa chevelure cascadait le long de son dos. Incapable de résister, il saisit une poignée de ses cheveux à pleine main. Elle avait été sienne, jadis, corps et âme. Il avait été le premier. Bien sûr, il lui fallait admettre qu'elle s'était mariée avec un autre homme et qu'elle avait eu un enfant de lui, mais avant tout, pourquoi s'était-elle tournée vers quelqu'un d'autre si peu de temps après son départ ?

— Donne-moi une explication, Faith. N'importe quoi.

— Nous nous aimions, Jason, mais nous avions des buts différents. (Elle se tourna vers lui.) Et c'est encore vrai aujourd'hui.

Elle lui prit la main et l'appuya contre sa joue.

— Si tu me l'avais permis, je t'aurais suivi jusqu'au bout du monde. J'aurais quitté ma maison, ma famille sans un seul regret. Mais tu avais besoin de partir seul.

— Je n'avais rien à t'offrir..., commença-t-il.

Elle l'arrêta d'un regard.

— Tu ne m'as pas laissé le choix.

Il tendit la main pour l'effleurer.

— Et si je te le donnais aujourd'hui ?

Elle ferma les yeux et laissa son front reposer contre le sien.

— Aujourd'hui j'ai une fille, et je ne peux pas lui ôter son foyer. Mes désirs sont secondaires.

Elle s'écarta de lui pour le dévisager.

— Et les tiens aussi. Il y a dix ans, je n'aurais jamais cru que tu t'en irais pour de bon. Mais cette fois, je sais que tu repartiras. Alors, profitons simplement de l'instant présent, offrons-nous ce Noël. S'il te plaît.

Elle referma la bouche sur la sienne, coupant court à toute autre question.

# 8

Le soir de Noël est un moment magique. Faith en avait toujours été persuadée. Lorsqu'elle s'éveilla auprès de Jason, elle éprouva bien autre chose qu'une sensation de miracle. Elle resta un moment allongée près de lui, à le regarder dormir. Elle s'était déjà imaginé cette scène étant enfant, puis femme, mais aujourd'hui, elle n'avait pas besoin de recourir à l'artifice du rêve. Jason était là, contre elle, son corps chaud et paisible, alors que dehors une neige matinale blanchissait le petit jour. Prenant garde à ne pas le réveiller, Faith se glissa hors du lit.

Lorsque Jason roula sur le côté, il perçut son odeur : cette senteur de printemps que ses cheveux avaient laissé sur la taie d'oreiller. Il resta allongé quelques minutes et laissa ce parfum s'immiscer dans tout son être. Comblé, il se retourna et considéra la chambre qu'il n'avait pas pu voir dans l'obscurité.

Un papier peint ivoire, parsemé de brins de violette recouvrait les murs. Les fenêtres s'ornaient de rideaux bonne femme à volants. Un vieux secrétaire de bois de rose disparaissait sous des boîtes et des flacons colorés. Sur une coiffeuse s'alignaient une brosse et un peigne à manche argenté, de style ancien. Il regarda la neige tomber et huma le pot-pourri placé sur la table de nuit. Cette chambre était vraiment à l'image de Faith : charmante, fraîche et très féminine. Un homme pouvait s'y détendre même en sachant qu'il risquait de trouver une paire de bas jetée sur le dossier d'une chaise ou un corsage mélangé à ses chemises. Ici il pouvait se relaxer. Et il n'allait pas laisser Faith lui échapper une seconde fois.

A mi-escalier, l'odeur du café parvint à ses narines. Faith avait mis des chants de Noël sur la chaîne hi-fi et le bacon était en train de frire. Il ignorait que le seul fait d'entrer dans une cuisine et d'y trouver sa femme en train de préparer le petit déjeuner pouvait procurer autant de bonheur.

— Ah, tu es levé !

Elle était drapée dans un peignoir en flanelle de couleur vive. Il sentit le désir lui contracter le ventre.

— Le café est prêt.

— C'est merveilleux, dit-il en allant vers elle. J'ai senti l'odeur en me réveillant.

Elle posa la tête sur son épaule en s'efforçant de ne pas penser : c'est à cela qu'aurait dû ressembler leur vie si seulement…

— Maman ! Maman ! Il neige !

Clara fit irruption dans la cuisine et se mit à danser tout autour de la pièce.

— Ce soir on va faire une promenade en charrette à foin en chantant des chants de Noël et tout est couvert de neige !

Elle se figea devant Jason et lui adressa un sourire épanoui :

— Bonjour.

— Salut, toi.

— Marcie et moi, on va faire un bonhomme de neige. Elle dit que les plus beaux sont ceux qu'on fait à Noël. Tu pourras nous aider si tu veux.

Faith s'était demandé comment réagirait Clara en voyant Jason assis à la table du petit déjeuner. Secouant la tête, elle se mit à battre les œufs. Elle aurait dû savoir que Clara accepterait l'homme que sa mère avait choisi d'aimer.

— Tu dois prendre un petit déjeuner.

Clara tripota le Père Noël en plastique accroché au

revers de son manteau, tirant sur le cordon pour que son nez s'allume, ce qui la ravissait chaque fois.

— J'ai mangé des céréales chez Marcie.

— Tu as dit merci à sa mère pour t'avoir gardée ?

— Ouais…, soupira-t-elle avant de s'interrompre, perplexe. Enfin, je crois… De toute façon, on va faire deux bonshommes de neige pour organiser un mariage et tout le reste. Le mariage, c'est une idée de Marcie.

— Clara préférerait jouer à la guerre, confia Faith à Jason.

— Je m'étais dit qu'on pourrait jouer à ça après. Je vais peut-être d'abord boire un chocolat chaud.

Elle considéra fixement la boîte à cookies et évalua ses chances. Minimes.

— Je vais t'en préparer un. Et tu auras droit à un cookie quand tu auras fini ton bonhomme de neige, promit Faith, le dos tourné. Suspends tes affaires près de la porte.

Tout en s'extrayant de son manteau, Clara papota avec Jason.

— Tu ne vas pas retourner en Afrique, hein ? Moi, je trouve que l'Afrique, c'est pas marrant à Noël. La mère de Marcie dit que tu vas sûrement partir dans un endroit génial.

— Je suis censé être à Hongkong dans quelques semaines.

Il lança un coup d'œil en direction de Faith. Celle-ci restait le dos tourné.

— Mais je vais passer Noël ici.

— Tu as un arbre dans ta chambre ?

— Non.

Clara le fixa, les yeux écarquillés.

— Mais alors, où tu vas mettre tes cadeaux ? Noël sans arbre, c'est pas vraiment Noël, pas vrai, maman ?

Faith songea à Jason qui avait grandi sans jamais avoir d'arbre à Noël. Il faisait tant d'efforts, se souvint-elle, pour lui faire croire qu'il s'en fichait.

— Un arbre ne sert qu'à rappeler aux autres que c'est Noël.

Sceptique, Clara se laissa tomber sur une chaise.

— Mouais, peut-être…

— A moi aussi, elle me disait la même chose, confia Jason à Clara. De toute façon, à mon avis, M. Beantree n'apprécierait guère que je sème des aiguilles de sapin partout dans la chambre.

— Mais nous, on a un arbre, alors tu pourrais venir manger chez nous ? réfléchit-elle. Maman prépare une énorme dinde et papi et mamie viennent manger ici. Mamie apporte des gâteaux et on se goinfre toute la journée.

— Ça m'a l'air génial comme programme…

Amusé, il lança un regard en direction de Faith qui faisait glisser les œufs sur un plat.

— Il m'est déjà arrivé deux ou trois fois de passer le repas de Noël chez tes grands-parents.

— C'est vrai ?

Clara l'examina d'un œil intéressé.

— Il paraît que tu étais l'amoureux de maman, avant. Comment ça se fait que vous vous êtes pas mariés ?

— Tiens, Clara, voilà ton chocolat. Tu ferais mieux de te dépêcher, Marcie t'attend.

— Vous allez nous rejoindre dehors ?

— Bientôt.

Soulagée d'avoir pu si facilement détourner l'attention de sa fille, Faith posa le plat d'œufs au bacon sur la table. Ignorant le haussement de sourcil mi-figue mi-raisin de Jason, elle s'assit.

— Il nous faut des carottes, des cache-nez et tout un tas de trucs.

— Je m'en occupe.

Avec un grand sourire, Clara avala son chocolat.

— Et des chapeaux ?

— Et des chapeaux.

Une boule de neige vint s'écraser contre la fenêtre de la cuisine. Clara se leva d'un bond.

— C'est elle ! Je dois y aller. Dépêche-toi de venir, maman, c'est toi la plus forte pour les bonshommes de neige !

— Dès que je serai habillée. N'oublie pas de boutonner ton manteau jusqu'en haut.

A la porte de derrière, Clara hésita.

— J'ai un petit arbre de Noël en plastique dans ma chambre. Tu peux le prendre si tu veux.

Touché, Jason la dévisagea. Tout le portrait de sa mère… et il tomba amoureux une seconde fois.

— Merci.

— De rien. Salut !

— C'est vraiment une gosse formidable, commenta Jason tandis que la porte se refermait derrière Clara… Oui, je l'aime bien… Je lui donnerai un coup de main pour son bonhomme de neige.

— Tu n'y es pas obligé, Jason.

— Ça me fait plaisir. Ensuite, il faudra que je m'occupe de certaines choses.

Il consulta sa montre. On n'était encore qu'à la veille de Noël… Mais quand le destin vous offrait une seconde chance, mieux valait battre le fer tant qu'il était chaud.

— Puis-je espérer une invitation pour ce soir ?

Faith sourit faiblement et du bout de la fourchette joua avec la nourriture dans son assiette.

— Depuis quand as-tu besoin d'une invitation ?

— Ne prépare rien, j'apporterai quelque chose.

— Ce n'est pas la peine, je…

— Ne prépare rien te dis-je, répéta-t-il en se levant.

Il se pencha pour l'embrasser, s'attardant sur ses lèvres.

— Je reviens.

Il prit son manteau à la patère, où il avait côtoyé celui de Clara. Quand Jason fut parti, Faith contempla le toast qu'elle avait réduit en miettes entre ses doigts. Hongkong. Cette fois au moins, elle savait où il allait.

*
* *

Au bord du jardin, les bonshommes de neige le regardèrent passer, hilares, lorsqu'il les longea pour se frayer un chemin jusqu'à l'arrière de la maison. Chargé de cartons en équilibre, Jason frappa à la porte de derrière du bout de sa chaussure. Il neigeait à gros flocons depuis le matin.

— Jason !

Interloquée, Faith recula pour le laisser entrer en le voyant vaciller sous le poids des paquets.

— Où est Clara ?

— Clara ? répéta-t-elle en le regardant fixement, et elle repoussa ses cheveux en arrière. En haut, elle se prépare pour sa promenade en charrette à foin.

— Bien. Prends le carton sur le dessus.

— Jason, mais qu'est-ce que c'est que tout ça ?

— Prends le carton sur le dessus te dis-je, à moins que tu ne préfères que la pizza finisse écrasée par terre ?

— D'accord, mais…

Faith rit en voyant qu'un énorme carton menaçait de glisser des bras de Jason.

— Jason, qu'est-ce que tu as fait ?

— Attends une minute.

Tenant la pizza, elle le regarda traîner le grand carton dans le salon.

— Jason, qu'est-ce que c'est que ça ?

— Un cadeau.

Il voulut le poser sous l'arbre mais s'aperçut qu'il n'y avait pas la place. Au prix de quelques efforts, il parvint à appuyer le paquet contre le mur, à côté de l'arbre. Il se retourna vers Faith, radieux. Il ne s'était jamais senti aussi heureux de sa vie.

— Joyeux Noël.

— A toi aussi. Jason, qu'y a-t-il dans cette boîte ?

— Bon sang, il gèle dehors !

Il se frotta les mains, prenant à peine conscience du froid mordant qui régnait à l'extérieur.

— Il reste du café ?

— Jason…

— C'est pour Clara.

Il se sentit un peu bête, mais curieusement, cela n'atténua en rien sa joie.

— Ce n'était pas la peine de lui offrir un cadeau, commença Faith, mais elle fut vaincue par la curiosité. Qu'est-ce que c'est ?

— Ça ? fit Jason en tapotant la boîte de presque deux mètres. Oh, ce n'est rien…

— Si tu ne me dis pas ce que c'est, tu seras privé de café ! Et je garderai la pizza pour moi, ajouta-t-elle avec un sourire.

— Quel rabat-joie tu fais ! C'est un toboggan, révéla-t-il.

Il prit Faith par le bras et l'entraîna hors de la pièce.

— Pendant que nous faisions le bonhomme de neige, Clara m'a confié qu'un de ses copains avait un toboggan identique à celui-ci et qu'il faisait des superglissades.

— Des superglissades…, murmura Faith.

— Et la neige, c'est idéal pour faire des superglissades…

— Idiot, répliqua Faith en l'embrassant avec fougue.

— Pose cette pizza et répète-moi ça.

Elle rit et laissa la pizza entre eux.

— Waou !

Faith haussa un sourcil surpris en entendant l'exclamation en provenance du salon.

— Je crois que Clara a vu le carton…

La fillette fonça sur eux comme une fusée.

— Tu as vu ? Je savais qu'il y en aurait un de plus, je le savais ! Il est aussi grand que toi, dit-elle à Jason. Et tu as vu ? ajouta-t-elle en le tirant par la main pour l'entraîner dans le salon, il y a mon nom écrit dessus.

— Tu te rends compte…

Jason la souleva et l'embrassa sur les deux joues.

— Joyeux Noël.

— Il me tarde tellement ! s'écria-t-elle en lui nouant

les bras autour du cou de toutes ses forces, il me tarde tellement !

En les regardant, Faith se sentit douloureusement déchirée par un tourbillon d'émotions contradictoires. Que devait-elle faire ? Que pouvait-elle faire ? Lorsque Jason se retourna, tenant toujours Clara dans ses bras, les lumières de l'arbre de Noël nimbèrent leurs visages d'une aura féerique.

— Faith ?

Pas besoin de mots, il suffisait à Jason de lire l'expression de son visage pour reconnaître la détresse, la souffrance et le bouleversement qu'elle ressentait.

— Qu'est-ce qui se passe ?

Faith tritura nerveusement le carton à pizza.

— Rien. Je vais aller découper cette pizza avant qu'elle ne refroidisse.

— De la pizza ? s'exclama Clara en se dégageant de l'étreinte de Jason. Je pourrai en avoir deux parts ? C'est Noël…

— Coquine ! la gourmanda Faith avec tendresse tout en lui ébouriffant les cheveux. Va mettre la table.

— Qu'y a-t-il, Faith ?

Jason la prit par le bras avant qu'elle ait pu suivre sa fille dans la cuisine.

— Quelque chose ne va pas.

— Non, pas du tout.

Il fallait qu'elle se maîtrise. Elle avait réussi à refouler toutes ses émotions depuis si longtemps…

— Je me sens un peu dépassée par tout ce que tu fais, expliqua-t-elle, et elle lui effleura la joue en souriant. Ce n'est pas la première fois, d'ailleurs. Allez viens, allons manger.

Comme elle ne semblait pas disposée à lui livrer le fond de sa pensée, il laissa aller et lui emboîta le pas vers la cuisine où Clara essayait de glisser un œil à l'intérieur de la boîte en carton. Il n'avait encore jamais vu d'enfant engloutir de la nourriture avec un tel enthousiasme.

Comment aurait-il pu deviner que le soir de Noël était un moment aussi extraordinaire ? Il n'avait jamais eu personne à ses côtés pour partager cette soirée.

Clara avala le dernier morceau de sa seconde part de pizza.

— Peut-être que si j'ouvrais un cadeau ce soir, il y aurait moins de pagaille demain matin… ?

Faith parut réfléchir à la question.

— Moi, j'aime bien la pagaille, estima-t-elle, et Jason comprit que cette conversation était un rituel entre elles deux.

— Peut-être que si j'ouvrais juste un cadeau ce soir, je pourrais aller au lit tout de suite. Comme ça, tu n'aurais pas à attendre des heures avant d'aller remplir les bas de Noël en cachette…

— Hum…

Faith repoussa son assiette vide et savoura le vin que Jason avait apporté.

— Ça ne me déplaît pas de traîner dans la maison, la nuit…

— Si j'ouvrais juste…

— Pas question.

— Mais si je…

— Non.

— Mais il reste encore des heures et des heures avant que ça soit Noël !

— Atroce, n'est-ce pas ? la taquina Faith en souriant. Et tu vas aller chanter des chants de Noël dans dix minutes, alors tu ferais mieux de mettre ton manteau.

Clara alla enfiler ses bottes.

— Peut-être que quand je reviendrai, tu te diras que dans le tas, il y a un cadeau moins important que les autres et que c'est pas la peine d'attendre jusqu'à demain matin pour l'ouvrir… ?

— Les cadeaux qui se trouvent sous cet arbre sont tous d'une importance capitale.

Faith se leva pour l'aider à passer son manteau.

— Et tu vas bien obéir aux instructions. Tu ne t'éloignes pas du groupe. Tu n'enlèves pas tes mitaines, je tiens à te récupérer avec tous tes doigts. Ne perds pas ton bonnet. Souviens-toi que M. et Mme Easterday sont responsables de vous.

— Maman..., soupira Clara en tapant du pied. Tu me traites comme si j'étais un bébé !

— Mais tu es mon bébé, répliqua Faith en lui plaquant un baiser sonore sur la joue. Donc...

— Oh ! lala ! Je vais avoir dix ans en février. C'est comme si c'était demain.

— Et tu seras toujours mon bébé en février. Amuse-toi bien.

Clara poussa un soupir résigné d'enfant incomprise.

— D'accord...

— D'accord, fit Faith en l'imitant.

Clara lança un bref coup d'œil derrière sa mère.

— Tu restes jusqu'à ce que je revienne ?

— Bien sûr.

Satisfaite, elle sourit et ouvrit la porte.

— A tout à l'heure.

— Quel petit monstre ! déclara Faith en empilant les assiettes.

— Elle est géniale.

Jason se leva et entreprit de l'aider à débarrasser la table.

— Mais pas très grande pour son âge, je trouve. Je ne lui aurais jamais donné dix ans. C'est dur à...

Il s'arrêta net tandis que Faith déposait les plats dans l'évier.

— Elle va avoir dix ans en février.

— Mmm... Moi-même j'ai du mal à y croire. Parfois j'ai l'impression que c'était hier, et puis...

Elle n'acheva pas sa phrase, soudain saisie d'angoisse.

Avec un soin étudié, elle se mit à remplir l'évier d'eau savonneuse.

— J'en ai pour une minute. Si tu veux bien emporter le vin dans le salon...

— En février…, répéta Jason en la saisissant par le bras.

Il la força à se tourner vers lui et vit le sang se retirer de son visage. Ses doigts se resserrèrent autour de son bras sans que ni l'un ni l'autre ne s'aperçoive qu'il lui faisait mal.

— Dix ans en février. Nous avons fait l'amour en juin, il y a dix ans. Je ne sais plus combien de fois cette nuit-là. Je ne t'ai plus jamais touchée par la suite, nous n'avons plus jamais eu l'occasion de nous retrouver seuls jusqu'à ce que je m'en aille, à peine quelques semaines plus tard. Tu dois avoir épousé Tom en septembre.

Faith avait la gorge sèche comme du parchemin. Bouleversée, elle se contenta de le regarder fixement.

— C'est ma fille, murmura-t-il, et les mots vibrèrent à travers la pièce. Clara est ma fille.

Faith voulut parler, mais que pouvait-elle dire ? Les lèvres tremblantes, les yeux noyés de larmes, elle ne put que hocher la tête.

— Mon Dieu !

Il la saisit par les bras, manquant la soulever de terre avant de la pousser contre le comptoir. Son regard brûlait d'une telle fureur qu'elle aurait pris peur si elle n'avait pas estimé sa colère légitime.

— Comment as-tu pu ? Bon sang, Faith, c'est notre fille et tu ne me l'as jamais dit ! Tu as épousé un autre homme et tu as eu notre enfant avec lui. Tu lui as menti à lui aussi ? Tu lui as fait croire qu'il était le père afin d'avoir ton petit foyer bien douillet avec des rideaux en dentelle ?

— Jason, je t'en prie…

— J'ai des droits !

Il la repoussa brutalement de peur de perdre son sang-froid et de céder à la violence qui l'animait.

— J'ai des droits sur elle. Dix ans… Tu m'as volé dix ans !

— Non ! Non, ça ne s'est pas passé comme ça. Je t'en prie, Jason… Tu dois m'écouter !

— Va au diable.

Il prononça ces mots avec un tel calme qu'elle recula comme sous l'effet d'une gifle. Elle pouvait affronter sa colère, elle pouvait même essayer de le raisonner. Mais devant sa rage froide, elle était impuissante.

— Je t'en prie, laisse-moi essayer de t'expliquer.

— Il n'y a rien qui puisse justifier ça. Rien !

Il arracha son manteau de la patère et sortit en trombe.

— Tu es un bel imbécile, Jason Law.

Installée dans le rocking-chair de sa cuisine, la veuve Merchant le fixa d'un regard courroucé.

— Elle m'a menti. Elle me ment depuis des années.

— Sottises !

Elle tripota nerveusement la guirlande du petit arbre de Noël posé sur la tablette près de la fenêtre. Les joyeux accords de *Casse-Noisette* leur parvenaient du salon.

— Elle a fait ce qu'elle devait faire, ni plus ni moins.

Jason tournait dans la cuisine comme un lion en cage. Pourquoi était-il venu ici au lieu d'aller au Clancy's Bar ? Il l'ignorait. Il avait marché dans la neige pendant une heure, peut-être plus, et s'était retrouvé sur le pas de la porte de la veuve.

— Vous le saviez, n'est-ce pas ? Vous saviez que j'étais le père de Clara.

— J'avais ma petite idée là-dessus.

Le rocking-chair grinçait doucement tandis qu'elle se balançait.

— Elle te ressemble.

Cette remarque électrisa Jason d'un sentiment inconnu, déconcertant.

— C'est le portrait de Faith.

— C'est vrai, sauf si on y regarde de plus près. Elle a tes sourcils et ta bouche. Sans parler de ton caractère, doux Jésus ! Jason, si tu avais su il y a dix ans que tu allais être père, qu'aurais-tu fait ?

Il se tourna vers la vieille dame.

— Je serais revenu pour elle, affirma-t-il en passant une main dans ses cheveux. J'aurais paniqué, admit-il d'une voix plus calme. Mais je serais revenu.

— C'est ce que j'ai toujours pensé. Mais c'est… enfin, c'est à Faith de tout t'expliquer. Tu ferais mieux de retourner chez elle et d'écouter sa version de l'histoire.

— Ça m'est égal.

— Je ne supporte pas les martyrs, marmonna la veuve.

Il voulut rétorquer vertement, mais préféra pousser un soupir.

— C'est dur. C'est vraiment dur.

— Oui, mais c'est ta vie, lâcha-t-elle, non sans compassion. Tu veux de nouveau les perdre toutes les deux ?

— Non. Mon Dieu, non ! Mais je ne sais pas jusqu'à quel point je peux lui pardonner.

La vieille femme haussa les sourcils.

— Très bien. Demande donc à Faith dans quelle mesure elle est capable de te pardonner à toi aussi.

Avant qu'il ait pu répliquer quoi que ce soit, la porte de la cuisine s'ouvrit à toute volée. Sur le seuil se tenait Faith, couverte de neige, le visage ruisselant de larmes. Sans tenir compte de ses vêtements trempés, elle se précipita sur Jason.

— Clara, parvint-elle à articuler.

Il la prit dans ses bras et sentit son corps secoué de frissons. Elle lui communiqua aussitôt sa panique.

— Qu'est-ce qui s'est passé ?

— Elle a disparu.

# 9

— Ils vont la retrouver.

Jason tenait Faith par le bras tandis qu'ils rejoignaient péniblement sa voiture dans la neige.

— Ils l'ont probablement déjà retrouvée.

— Un des enfants pense qu'elle et Marcie se sont aventurées derrière cette ferme pour aller voir les chevaux dans la grange. Mais quand ils sont allés vérifier, elles n'y étaient pas. Il fait noir…

Faith sortit maladroitement ses clés.

— Laisse-moi conduire.

Elle ne protesta pas et monta du côté passager.

— Lorna et Bill ont appelé le shérif du téléphone de la ferme. La moitié du village est partie à leur recherche. Mais il y a tellement de neige et elles sont si petites ! Jason…

Il lui prit le visage entre les mains, l'air calme et décidé.

— Nous allons les retrouver.

— Oui.

Elle essuya ses larmes de la paume de la main.

— Dépêchons-nous.

Il ne pouvait dépasser les cinquante à l'heure, c'était trop risqué. Ils descendirent la route enneigée, scrutant les environs dans l'espoir de repérer un signe quelconque. Les collines et les champs se déroulaient, immaculés, paisibles. Implacables aux yeux de Faith. Mais bien qu'en proie à une folle angoisse, elle retenait ses larmes.

A quinze kilomètres du village, les champs étaient éclairés comme en plein jour. Des groupes de voitures formaient un réseau de phares sur la route et des hommes et des femmes s'enfonçaient dans la neige en lançant des appels. A peine Jason eut-il coupé le moteur que Faith bondit hors de la voiture pour se précipiter vers le shérif.

— Nous ne savons toujours pas où elles sont, Faith, mais nous allons les retrouver. Elles ne peuvent pas être allées bien loin.

— Vous avez fouillé la grange et les dépendances ?

Le shérif hocha la tête en direction de Jason.

— Chaque centimètre carré.

— Et du côté opposé ?

— Je vais envoyer des hommes par là-bas.

— Nous allons y aller tout de suite.

Aveuglé par la neige, il se fraya un passage entre les voitures. Une fois qu'ils eurent repris la route, il ralentit encore son allure et se mit à prier. Il avait participé à des recherches un jour, dans les Rocheuses. Il gardait encore à la mémoire les séquelles d'un séjour de quelques heures dans le vent et la neige.

— J'aurais dû lui dire de mettre un autre pull.

Désespérée, Faith joignit les mains sur ses genoux tout en s'efforçant de discerner quelque chose par la vitre. Dans sa hâte, elle avait oublié ses gants mais elle ne sentait pas ses doigts gourds.

— Elle déteste tellement que je fasse des histoires que je n'ai pas eu le cœur de lui gâcher sa soirée. Noël représente tant pour Clara. Elle était si excitée…

Une vague de peur la submergea et sa voix se brisa.

— J'aurais dû lui dire de mettre un autre pull. Elle va être… Stop !

Jason écrasa brutalement le frein, et la voiture fit un tête-à-queue. Il lui fallut tout son sang-froid pour contrôler le dérapage dans la neige. Faith ouvrit la portière et jaillit du véhicule.

— Là-bas, il y a…

— C'est un chien.

Il la retint par le bras avant qu'elle ait pu s'élancer à travers le champ désert.

— C'est un chien, Faith.

— Oh, mon Dieu !

Perdant tout contrôle sur elle-même, elle s'effondra contre lui.

— Elle est si petite… Où peut-elle bien être ? Oh, Jason, où est-elle ? J'aurais dû l'accompagner. Si j'avais été là, elle…

— Arrête !

— Elle a froid, elle doit être terrorisée…

— Et elle a besoin de sa mère, affirma-t-il en la secouant. Elle a besoin de toi.

Luttant pour ne pas céder à la crise de nerfs, elle pressa une main contre sa bouche.

— Oui, tu as raison. Ça va aller. Allons-y. Allons voir un peu plus loin.

— Tu vas m'attendre dans la voiture. Je vais faire quelques mètres dans ce champ pour voir si je repère quelque chose.

— Je viens avec toi.

— J'irai plus vite seul. Ça ne me prendra que quelques minutes.

Il l'entraînait vers la voiture quand son regard saisit un éclair rouge.

— Là-bas !

Il lui agrippa le bras tout en essayant de distinguer quelque chose à travers les flocons. Il revit une fois de plus l'éclair rouge, juste en bordure du champ.

— C'est Clara ! s'écria Faith, en se frayant déjà un passage dans la neige. Elle porte un manteau rouge !

Elle se mit à courir, projetant de la neige autour d'elle. C'était froid et mouillé mélangé aux larmes qui l'aveuglaient. Rassemblant son souffle, elle appela de toutes ses forces. Les bras grands ouverts, elle reçut les deux fillettes et les serra contre elle.

— Oh, mon Dieu, Clara, j'ai eu si peur ! Regardez

dans quel état vous êtes ! Vous êtes gelées toutes les deux. On va retourner à la voiture. Tout va bien. C'est fini maintenant.

— Est-ce que maman est très en colère contre moi ?

Marcie sanglotait en frissonnant contre son épaule.

— Non, non, elle est inquiète, c'est tout. Tout le monde se fait du souci pour vous.

— Hop là ! fit Jason en soulevant Clara de terre.

Pendant un court instant, il s'offrit le luxe de blottir son visage dans le cou de sa fille. Il regarda par-dessus son épaule et vit Faith prendre Marcie dans ses bras.

— Ça va aller ?

Faith sourit, serrant contre elle la petite fille en larmes.

— Pas de problème.

— Alors, rentrons à la maison.

— On voulait pas se perdre…

Les larmes de Clara dégoulinaient le long de son col.

— Bien sûr que non.

— On voulait juste aller voir les chevaux et puis on a tourné en rond. On n'a pas pu trouver quelqu'un. J'ai pas eu peur.

Clara hoqueta en se serrant contre lui.

— C'est Marcie qui avait peur.

Sa fille… Il sentit sa vision se brouiller en l'étreignant de plus belle.

— Vous ne risquez plus rien maintenant.

— Maman pleurait…

— Elle va bien elle aussi.

Il s'arrêta devant la voiture.

— Tu peux les prendre toutes les deux à l'avant sur tes genoux ? demanda-t-il à Faith. Elles auront plus chaud.

— Bien sûr.

Quand Faith se fut installée à l'intérieur de la voiture avec Marcie, Jason lui fit passer Clara. Ils échangèrent un long regard au-dessus de sa tête.

— On n'arrivait pas à voir les lumières de la maison dans toute cette neige, murmura Clara en se blottissant contre sa mère. Et puis, pendant très longtemps, on n'a pas retrouvé la route. Il faisait tellement froid. J'ai pas perdu mon bonnet.

— Je sais, chérie. Tiens, enlève tes mitaines, elles sont mouillées. Toi aussi, Marcie. Jason a mis le chauffage à fond. Dans un rien de temps, vous allez cuire.

Elle couvrit leurs visages de baisers et lutta pour ne pas fondre en larmes.

— Quels chants de Noël avez-vous chantés ?

— *Jingle Bells*, renifla Marcie.

— Ah, un de mes préférés !

— Et aussi *Joy to the world*, intervint Clara.

Le chauffage soufflait de l'air chaud sur leurs mains et leurs visages.

— Tu l'aimes encore plus que *Jingle Bells*, celui-là.

— C'est vrai, mais je ne me souviens plus du début. Comment ça commence, Marcie ?

Elle sourit à Clara et la serra encore plus fort contre elle.

D'un filet de voix haut perché et encore mal assuré, Marcie entonna le chant traditionnel. Elle avait presque atteint la fin du premier couplet lorsqu'ils arrivèrent à la hauteur du reste des équipes de recherche.

— C'est mon papa !

Bondissant sur les genoux de Faith, Marcie se mit à faire de grands signes de la main en direction de son père.

— Il n'a pas l'air en colère…

Avec un petit rire, Faith déposa un baiser au sommet de son crâne.

— Joyeux Noël, Marcie.

— Joyeux Noël, madame Monroe. A demain, Clara.

Marcie eut à peine le temps d'ouvrir la portière qu'elle fut happée par les bras de son père.

— Quelle nuit !

La voiture se fraya un passage à travers la foule qui poussait des cris de joie et agitait la main vers eux.

— C'est le soir de Noël, rappela Clara à sa mère.

Le monde avait retrouvé son ambiance sûre et chaleureuse.

— Je devrais peut-être ouvrir le gros paquet ce soir…
— Pas question, répliqua Jason en lui tirant les cheveux.
Faith tourna sa fille vers elle et la serra de toutes ses forces.
— Ne pleure pas, maman.
— J'en ai besoin, juste une minute.
Elle tint parole, et lorsqu'ils arrivèrent devant la maison, ses yeux étaient secs. Jason porta Clara à l'intérieur, épuisée et endormie sur son épaule.
— Je vais m'occuper d'elle, Jason.
— Nous allons nous occuper d'elle.
Faith laissa les bras retomber le long de son corps et hocha la tête.
Ils lui retirèrent ses bottes, ses chaussettes et ses pulls, puis l'enveloppèrent dans un pyjama chaud. Elle murmura des mots indistincts et s'efforça de garder les yeux ouverts, mais les aventures de la soirée eurent raison d'elle.
— C'est le soir de Noël, marmonna-t-elle. Je veux me lever super-tôt demain matin.
— Aussi tôt que tu voudras, répondit Faith en l'embrassant sur la joue.
— Je pourrai avoir des cookies au petit déjeuner ?
— Une demi-douzaine, acquiesça Faith sans hésitation.
Clara sourit et sombra dans le sommeil avant que Faith l'ait bordée sous les couvertures.
— J'ai eu si peur… (Faith laissa sa main s'attarder sur la joue de sa fille.) J'ai eu si peur de ne plus jamais la revoir comme ça. A l'abri, au chaud. Jason, je ne sais pas comment te remercier d'avoir été là. Si j'avais été seule…
Sa voix se brisa et elle secoua la tête.
— Je crois qu'on devrait descendre, Faith.
Au ton de sa voix elle se raidit. Elle était prête à affronter ses accusations, son amertume, son ressentiment.
— Je boirais bien quelque chose, remarqua-t-elle tandis qu'ils descendaient l'escalier. Du brandy. On dirait que le feu s'est éteint.
— Je m'en occupe. Va chercher le brandy. J'ai à te parler.

— Très bien.

Elle le laissa pour aller au petit buffet de la salle à manger. Lorsqu'elle revint dans le salon, le feu était en train de prendre. Jason se redressa de la cheminée et prit le verre de brandy qu'elle lui tendait.

— Tu veux t'asseoir ?

— Non, je ne peux pas rester assise.

Elle prit une gorgée de son verre, mais il lui aurait fallu bien plus que du brandy pour calmer ses nerfs éprouvés.

— Quoi que tu aies à me dire, Jason, dis-le.

# 10

Faith se tenait devant lui, très raide, les yeux brillants d'émotion, les mains crispées sur son verre de brandy. Une partie de lui-même avait envie d'aller vers elle, de la prendre dans ses bras et de la garder serrée tout contre lui. En une nuit, il s'était découvert une fille et avait failli la perdre. Le reste comptait-il vraiment ? Mais au fond de lui-même, il y avait un vide qui demandait à être comblé. Il bouillait de questions, de revendications, d'accusations qui exigeaient des réponses. Il fallait mettre la situation à plat avant de pouvoir s'entendre, et parvenir à une compréhension mutuelle avant qu'il puisse être question de pardon. Mais par où commencer ?

Jason alla vers l'arbre de Noël. Au sommet de celui-ci brillait une étoile qui baignait toutes les autres couleurs d'une lumière argentée.

— Je ne sais pas trop quoi dire. Ce n'est pas tous les jours qu'on se découvre une fille préadolescente. J'ai l'impression qu'on m'a volé ses premiers pas, ses mots d'enfant. Il n'y a rien que tu puisses dire ou faire pour me rendre ça, n'est-ce pas ?

— Non.

Il se tourna vers elle : calme et très pâle, elle serrait son verre de brandy sur ses genoux. Maîtresse de ses émotions. Non, ce n'était pas la Faith qu'il avait quittée jadis. La jeune fille d'autrefois n'aurait jamais été capable de contrôler ses nerfs comme la femme qui se tenait aujourd'hui devant lui.

— Des excuses, Faith ?

— Je pensais en avoir, mais cette nuit, quand j'ai cru l'avoir perdue…

Sa voix se brisa et elle secoua la tête.

— Non, je n'ai aucune excuse, Jason.

— Clara croit que Tom est son père.

— Non !

Faith perdit son calme et ses yeux lancèrent des éclairs.

— Crois-tu que je l'aurais laissée croire que son père l'avait abandonnée, qu'il ne se souciait même pas de lui écrire ? Elle connaît quasiment toute la vérité. Je ne lui ai jamais menti.

— Mais quelle vérité ?

Elle prit une profonde inspiration et leva les yeux vers lui ; elle restait pâle mais c'est d'une voix ferme qu'elle déclara :

— Que j'aimais son père, et que lui aussi m'aimait, mais qu'il avait dû partir avant que je me sois aperçue que j'étais enceinte d'elle et qu'il n'avait pas pu revenir.

— Il serait revenu.

Un éclair de désespoir traversa le regard de Faith mais elle détourna la tête.

— C'est ce que je lui ai dit aussi.

— Pourquoi ?

Il sentit monter en lui une bouffée de rage et dut lutter pour ne pas se laisser envahir.

— J'ai besoin de savoir pourquoi tu as agi comme tu l'as fait. Quand je pense que j'ai perdu toutes ces années…

— Toi ?

Faith eut plus de mal à maîtriser sa colère que son chagrin. Des années de souffrance refoulée se mirent à bouillonner en elle. Elle éclata :

— *Toi*, tu as perdu toutes ces années ? répéta-t-elle en faisant volte-face vers lui. Tu étais parti et j'avais dix-huit ans, j'étais seule et enceinte !

Il fut gagné par un sentiment de culpabilité. Ce n'était pas prévu.

— Je ne t'aurais pas quittée si tu m'en avais parlé.

— Je l'ignorais.

Elle posa son brandy et ramena sa chevelure en arrière à deux mains.

— Ce n'est qu'une semaine après ton départ que j'ai découvert que je portais notre enfant. J'étais très excitée.

Avec un petit rire, elle croisa les mains sur la poitrine. Pendant un instant elle parut terriblement jeune et innocente.

— J'étais si heureuse… J'ai attendu jour après jour, nuit après nuit, que tu m'appelles pour pouvoir t'annoncer la nouvelle.

Son regard s'éteignit. Son sourire s'estompa.

— Mais tu n'as jamais appelé, Jason.

— J'avais besoin de temps pour me faire une situation — trouver un boulot stable, un foyer décent.

— Du moment que j'étais avec toi, j'aurais pu vivre n'importe où, mais ça tu ne l'as jamais compris.

Elle secoua la tête avant qu'il puisse répliquer.

— Ça n'a plus d'importance aujourd'hui. Tout ça est loin. Une semaine est passée, puis deux, puis un mois. Je me suis rendue malade d'angoisse, j'avais des nausées matinales, et j'ai commencé à réaliser que tu n'appellerais jamais. Au début, j'étais furieuse contre toi, j'avais compris que tu ne m'aimais pas suffisamment. Que pour toi je n'étais qu'une petite campagnarde.

— C'est faux. Je n'ai jamais pensé ça.

Elle l'étudia un moment, d'un œil presque détaché. Les lumières de l'arbre nimbaient ses cheveux blond foncé, se reflétaient dans son regard si profond, ce regard qui avait toujours recélé ses propres secrets. Cette impatience qui ne le laissait jamais en repos.

— Vraiment ? murmura-t-elle. Tu voulais t'en aller, c'est évident. Pour toi, je faisais partie de Quiet Valley, et tu voulais tout quitter.

— Je voulais t'avoir auprès de moi.

— Mais pas assez pour me laisser venir avec toi.

Il fit mine de protester mais elle l'interrompit en secouant la tête.

— Pas assez pour me faire venir quand tu as eu fait tes preuves comme tu le souhaitais. Je n'ai jamais compris, Jason, mais depuis que tu es revenu, je commence à entrevoir la vérité.

— Tu n'allais rien me dire à propos de Clara, n'est-ce pas ?

Elle perçut de nouveau l'amertume dans sa voix et ferma les yeux pour s'en protéger.

— Je ne sais pas. Franchement, je l'ignore.

Il but une gorgée dans l'espoir que l'alcool réchaufferait le froid glacial qui s'était emparé de lui.

— Raconte-moi la suite de l'histoire.

— Je voulais ce bébé mais j'avais peur, tellement peur que je n'ai pas osé en parler à ma mère.

Elle reprit son verre de brandy mais se contenta de le serrer très fort.

— J'aurais dû, bien sûr, mais je n'avais pas les idées claires.

— Pourquoi as-tu épousé Tom ?

Mais en posant la question, il se rendit compte que ses vieilles rancœurs étaient en train de s'estomper. Tout ce qu'il voulait, c'était comprendre.

— Tom passait me voir presque chaque soir. Nous discutions. Ça n'avait pas l'air de le déranger que je lui parle de toi, et Dieu sait que j'en avais besoin… Et puis, un soir, alors que nous étions assis sous la véranda, j'ai craqué. J'étais enceinte de trois mois et mon corps commençait à se modifier. Ce matin-là, je n'avais pas pu boutonner mon jean.

Elle se passa la main sur le visage et laissa échapper un rire mal assuré.

— Ça peut paraître bête, mais je n'ai pas réussi à boutonner mon jean et ça m'a terrifiée. J'ai compris que je ne pouvais plus faire marche arrière. Je lui ai tout avoué sous la véranda, les mots jaillissaient de moi, je ne pouvais pas m'arrêter. Tom m'a dit qu'il allait m'épouser. Evidemment j'ai refusé, mais il a commencé à raisonner en me démontrant que c'était la meilleure solution. Tu ne revenais pas et j'étais enceinte. Il m'aimait et il voulait m'épouser. L'enfant aurait un nom, un foyer, une famille. Son raisonnement m'a paru si juste sur le moment… et puis je voulais que mon enfant soit à l'abri du besoin. Je voulais être à l'abri du besoin.

Elle prit une gorgée de brandy pour tenter de dénouer sa gorge.

— C'était une erreur dès le départ. Tom savait que je n'étais pas amoureuse de lui, mais lui voulait de moi, ou du moins le croyait-il. Les premiers mois, nous avons essayé, nous avons vraiment fait des efforts. Mais après la naissance de Clara, il n'a plus pu gérer la situation. Chaque fois qu'il posait les yeux sur elle, il pensait à toi, je le voyais bien. Mais Clara était ta fille et je n'y pouvais rien.

Elle marqua une pause et s'aperçut qu'il était finalement plus facile de tout avouer.

— Je ne pouvais rien y faire. Avec Clara, c'était comme si tu étais encore un peu avec moi. Tom ne l'ignorait pas, quels qu'aient été mes efforts pour correspondre à ce qu'il attendait de moi. Il s'est mis à boire, à chercher la bagarre, à fuir la maison. Comme s'il voulait me pousser à demander le divorce.

— Mais tu ne l'as pas fait.

— Je n'ai pas demandé le divorce parce que je… eh bien, parce que je me sentais redevable envers lui. Et puis un jour, je suis rentrée à la maison — j'étais sortie avec Clara — et Tom n'était plus là. Les papiers du divorce sont arrivés par la poste, et voilà.

— Pourquoi n'as-tu jamais essayé de prendre contact avec moi, Faith, par le biais de magazines ou de journaux ?

— Pour te dire quoi ? Jason, tu te souviens de moi ? Au fait, tu as une fille à Quiet Valley. Passe donc nous voir un de ces quatre !

— Un mot — un seul mot de toi et j'aurais tout quitté pour revenir ici. Je n'ai jamais cessé de t'aimer.

Elle ferma les yeux.

— Je t'ai regardé partir. Je t'ai vu monter dans le car et m'abandonner sans laisser la moindre trace. Je suis restée plantée là pendant des heures à t'attendre, avec le vague espoir que tu descendrais au prochain arrêt et que tu reviendrais. C'est moi qui suis restée seule ici, Jason.

— Je t'ai appelée. Bon sang, Faith, il m'a fallu six mois pour me bâtir un semblant de situation.

Elle sourit.

— Et quand tu as appelé, j'étais enceinte de sept mois. Ma mère m'a caché ton coup de fil pendant longtemps, elle ne m'en a parlé qu'après que Tom m'a quittée. Tu le lui avais fait promettre, m'a-t-elle dit.

— J'avais ma fierté.

— Je sais.

Elle n'en doutait pas.

A son sourire, il devina qu'elle l'avait toujours compris.

— Tu as dû être terrifiée.

Faith s'adoucit.

— A certains moments, oui.

— Tu as dû me haïr.

— Jamais. Comment l'aurais-je pu ? Tu étais parti mais tu m'avais laissé la chose la plus merveilleuse de ma vie. Peut-être était-ce toi qui avais raison, peut-être était-ce moi. Peut-être avions-nous tort tous les deux, mais il y avait Clara. Chaque fois que je posais les yeux sur elle, je me souvenais de mon amour pour toi.

— Comment te sens-tu maintenant ?

— J'ai le trac.

Elle eut un petit rire, puis joignit les mains, résolue à agir correctement.

— Clara doit connaître la vérité. Je préfère lui parler moi-même.

Cette perspective le fit tendre la main vers son verre de brandy.

— Comment crois-tu qu'elle va prendre la chose ?

— Elle a appris à vivre sans père. Cela ne signifie pas pour autant qu'elle n'en ait pas besoin d'un.

Elle se redressa sur son siège et leva le menton d'un air de défi.

— Bien sûr, tu es en droit de la voir quand tu veux, mais je refuse qu'elle soit ballottée entre nous. Je comprends aussi que tu ne peux pas rester ici tout le temps à cause de ton travail, mais tu ne peux pas entrer sans crier gare dans sa vie pour en ressortir aussitôt. Il te faut faire un effort pour rester en contact avec elle, Jason.

Voilà donc encore une peur qu'elle portait en elle depuis bien longtemps… Peut-être méritait-il tout cela, après tout.

— Tu n'as pas confiance en moi, n'est-ce pas ?

— Clara est trop importante pour moi et, ajouta-t-elle avec un petit soupir, toi aussi.

— Si je te disais que je l'ai aimée avant de savoir qu'elle était ma fille, cela changerait-il quelque chose pour toi ?

Elle songea au toboggan, à l'expression de Jason lorsque Clara lui avait jeté les bras autour du cou.

— Elle a besoin de tout l'amour qu'on peut lui donner. Comme nous tous. Elle te ressemble tellement, je…

Sa voix se brisa et ses yeux s'emplirent de larmes.

— Bon sang ! Je ne veux pas pleurer… (D'un geste impatient, elle chassa ses larmes.) Je lui parlerai demain, Jason. Le jour de Noël. Pour ce qui est des modalités, nous pourrons régler ça entre nous. Je sais que tu pars bientôt, mais si tu pouvais rester quelques jours de plus afin de lui laisser un peu de temps, ça nous faciliterait les choses à tous les trois.

Il se massa la nuque pour soulager sa tension.

— Tu ne m'as pas demandé grand-chose jusqu'à présent, n'est-ce pas ?

Elle sourit.

— Je t'ai tout demandé, au contraire. Nous étions tous les deux trop jeunes pour en avoir conscience.

— Tu as toujours cru aux miracles, Faith.

Il tira un petit paquet de sa poche.

— Il est presque minuit. Ouvre-le.

— Jason…

Elle se passa les mains dans les cheveux. Comment pouvait-il songer à des cadeaux en cet instant ?

— Je ne crois pas que le moment soit bien choisi.

— Nous avons dix ans de retard.

Il la força à accepter la petite boîte et Faith se surprit à la serrer des deux mains.

— Je n'ai rien à t'offrir.

Il lui effleura le visage, presque timidement.

— Tu viens de m'offrir une fille.

Elle fut submergée par une vague de soulagement. La voix de Jason vibrait de gratitude — son amertume avait disparu. L'amour qu'elle n'avait jamais cessé d'éprouver pour lui illumina son regard.

— Jason…

— S'il te plaît, ouvre-le.

Une fois ôté, le papier glacé de couleur rouge révéla un écrin de velours noir. D'une main un peu tremblante, elle l'ouvrit. La bague était un diamant taillé en poire, semblable à une goutte de givre brillant de mille feux sous les lumières de l'arbre de Noël.

— Paul m'a affirmé que c'était ce qu'il avait de plus beau en magasin.

— Tu as acheté cette bague avant de savoir que…

— Oui, avant de savoir que j'allais demander la mère de ma fille en mariage. Nous allons officialiser notre famille, tous les trois.

Il lui prit la main et laissa passer quelques secondes.

— Que dirais-tu d'une seconde chance ? Je ne te décevrai pas, Faith.

— Tu ne m'as jamais déçue.

Au bord des larmes, elle lui effleura la joue.

— Ce n'était ni ta faute ni la mienne, c'est la vie qui en a décidé ainsi. Oh, Jason ! J'ai tellement envie de devenir ta femme. Tu comprends, mon seul rêve a toujours été de me marier avec toi et de fonder une famille.

— Alors, laisse-moi passer cette bague à ton doigt.

— Jason, je ne suis pas seule dans cette histoire. Autrement, je partirais avec toi à la seconde. Nous irions à Hongkong, en Sibérie, à Pékin… N'importe où. Mais je ne suis pas seule : je dois rester ici.

— Tu n'es pas seule, répéta-t-il.

Il prit la bague et se débarrassa négligemment de l'écrin.

— Et c'est *moi* qui dois rester ici. Crois-tu que je pourrais t'abandonner une seconde fois ? Crois-tu que je pourrais partir en laissant la petite fille qui dort là-haut et renoncer à la chance de la voir grandir ? Non, je ne vais nulle part.

— Mais tu avais parlé de… Hongkong.

— J'ai démissionné.

Il sourit en sentant s'évanouir la tension accumulée entre eux pendant toutes ces années.

— Aujourd'hui. C'est une des choses que j'ai réglées cet après-midi. Je vais écrire un livre, annonça-t-il en la prenant par les épaules. Je n'ai plus de travail, je vis à l'hôtel et je te demande de m'épouser.

Bouleversée jusqu'au tréfonds d'elle-même, elle sentit son cœur cogner violemment dans sa poitrine. Oui, elle avait toujours cru aux miracles. Et Jason était là, devant elle.

— Il y a dix ans, je croyais t'aimer autant qu'il est possible d'aimer. Mais tu n'étais qu'un adolescent. Ces derniers jours, j'ai appris qu'aimer un homme était tout à fait différent.

Elle s'interrompit et considéra la bague au creux de la main de Jason. Elle scintillait sous les lumières festives de l'arbre de Noël.

— Si tu m'avais demandée en mariage il y a dix ans, je t'aurais répondu oui.

— Faith…

Elle se jeta à son cou en riant.

— Et je vais te faire la même réponse aujourd'hui. Oh, je t'aime, Jason, plus que jamais !

— Nous avons tant d'années à rattraper…

— Oui.

La bouche de Faith rencontra celle de Jason avec une passion égale, un espoir identique.

— Ce temps perdu, nous le rattraperons. Tous les trois.

— Tous les trois…, répéta-t-il, et il laissa son front reposer contre celui de Faith. Trois, ce n'est pas assez pour moi.

— D'ici Noël prochain, nous aurons bien le temps de donner à Clara un petit frère ou une petite sœur.

Ses lèvres cherchèrent de nouveau celles de Jason.

— Nous aurons bien le temps de faire tout ce dont nous avons toujours rêvé…

Les cloches se mirent à carillonner depuis la mairie du village. Minuit.

— Joyeux Noël, Faith.

Elle sentit qu'il lui glissait la bague au doigt : tous leurs vœux se réalisaient.

— Bienvenue chez toi, Jason.

Composé et édité par HARLEQUIN

Achevé d'imprimer en octobre 2014

La Flèche
Dépôt légal : novembre 2014

Pour l'éditeur, le principe est d'utiliser des papiers composés de fibres naturelles, renouvelables, recyclables, et fabriquées à partir de bois issus de forêts qui adoptent un système d'aménagement durable. En outre, l'éditeur attend de ses fournisseurs de papier qu'ils s'inscrivent dans une démarche de certification environnementale reconnue.

*Imprimé en France*